이승의 한生

김지연 소설가와
27人의 소설

이승의 한 생 生

김지연 이다경
고중제 이수빈
구영비 이월성
김상희 이채원
김진영 이혜미
김채강 임옥희
김태정 장덕영
김현주 전현서
낭 은 조순자
박 황 채수원
유영근 채은유
윤천석 최성진
이태연 황이정
이남산 강수화

정은출판

<발간사>

『이승의 한 生』을 상재하며

선생님과 함께 저희들 『이승의 한 生』 소설집을 상재하게 되어 기쁩니다.

"한 번뿐인 삶인데, 글귀신에 씌어 평생을 골즙빼며 살아온 것이 지극히 우매하고 답답한 일인 것 같으면서도, 후회는 없다."고 하신 선생님 말씀을 기억합니다.

선생님께서는 대학재학 중의 여성지 소설신인상(1964년)과 신춘문예 소설 당선(1967년), 유력문학지 소설 추천 완료(1968년)로 문단에 데뷔하시고 총 37권의 소설 등 저서를 출간하면서 베스트셀러와 활발한 문단활동 등 남다른 화려한 이력을 소유하셨기에, 그 말씀이 깊게 들렸습니다. 처음에는 선생님이 너무 어렵고 조심스러워 가까이 다가가기도 어려웠습니다.

수업 중에 자신의 작품 발표할 차례가 되면 우린 모두 긴장했지요. 선생님께서는 누구랄 것도 없이 작품 내용은 물론 저자의 속마음까지 훤히 꿰뚫고 계신 '매의 눈' 이셨기 때문입니다. 문장이 어쩐지 석연찮다 싶으면 그 부분에서는 여지없이 지적을 받았고요. 매서운 지적을 그 누구도 피해 갈 순 없었습니다. 반면, 작품 속의 긍정적인 면을 기어이 찾아내어 처진 기운을 올려도 주었지요. 긍정의 에너지와 따끔한 질책으로 카리스마 넘치는 실기 위주의 소설 창작 시간이었지만, 제자들에 대한 선생님의 사랑은 유난히 따뜻했습니다. 그 사랑과 열정은 "될성부른 제자는 자식처럼 아끼셨다"는 선생님의 스승이셨던 김동리金東里 선생님을 닮은 모습일 거라고 짐작합니다.

그렇게 시간이 흐르고, 소설 쓰고 남의 소설 읽고 독후감 쓰고 합평하고 작품 발표하면서 지적받고 칭찬 들으면서, 멀찍이서 어렵게 바라볼 때와는 다른, 한 발자국씩 다가갈수록 정겹고 친근한 선생님을 만날 수 있었습니다. 늘 벅차고 긴장했던 시절이 파노라마처럼 스쳐 갑니다.

선생님의 앨범 속 단발머리 때 모습이 너무 고우셔서 "백발이신 선생님께서 이런 때가 있었다!"고 우린 호들갑을 떨었는데, 벌써 산수傘壽를 맞이하셨다니요. 갑자기 시간이 흐르는 속도가 번개 같다고 느껴집니다. 부모님의 잔치를 맞이하는 자식들의 마음이랄까요?

대단한 삶을 살았던 분들도 세월 앞에선 장사 없다는 말처럼 시간은 무심하고 공평하게 스쳐 지나갔습니다. 뜨거운 머리 끌탕하며 살아온 문인들도 서로가 서로에게 가끔은 그 우직하고 외곬인 삶 속에 묻혀서도 오직 자신만을 위한 삶을 한 번 쯤은 선물하고 싶어질 때가 있지요. 작가들에게 정년이 없는 것은 참으로 다행입니다. 조금 늦더라도 꿈은 이루어진다는 말처럼 언젠가는 선생님 곁에 우리도 선이 굵은 카리스마로 서 있고 싶습니다.

선생님의 산수 헌정문집 표제『이승의 한 生』소설집 출간을 한 마음 한뜻으로 기뻐하며 축하의 마음을 담아 헌사獻辭합니다.

아직 우린 어설픈 실력으로 가야 할 길이 멀기만 한데, 선생님께서는 언제나 그 자리에서 계셔주시기만을 바라는데, 산수를 맞으셨다니 믿기지 않습니다. 그러나 한편으론 팔순을 맞이하셨음에도 현역인 선생님이 우리는 무척 자랑스럽습니다.

60년에 가까운 문학의 여정을 원천적인 자연과 인간의 동화, 생명의 존엄함을 누구보다 치열하게 해부하며 살아오신 선생님이시기에, 또한 소설이 무엇인지 우리들 숨은 재능을 끌어내 주시고 저희 든든한 울타리가 되어 주심에 한없이 감사드립니다. 먼먼 어느 날, 선생님 계신 그 자리에 우리가 설 때면 "60년을 쓰고도 아직 마저 쓰지 못한 작품이 숙제로 남아 있다. 머리가 경직되지 않는 한 계속 소설을 쓸 것이다."라고 하신 말씀을, 저희도 그대로 따라 되풀이하고 싶습니다.

문학의 스승이시면서 부모이기도 한 선생님! 이렇게 서로가 의지하며 살아가도록, 선생님이 사랑한 제자들의 이야기가 큰 마당에 한데 묶어졌으니, 참으로 소중하고 어여쁜 큰 인연입니다. 부디 지금처럼 강건하셔서 우리들 빛나는 순간을 지켜봐 주시기를 바라겠습니다. 그리고 저희가 함께 했던 인연과 추억들이 담긴 『이승의 한 生』 소설집, 깊은 추억과 그리움의 의미로 기억되길 바라겠습니다.

편집위원 _ 고중제 김태정 유영근 윤천석
이남산 이월성 이채원 채수원

차례

〈단편소설 1〉

이승의 한 生 · 하나

金芝娟

바람의 일렁임도 없는데 고색창연한 단청지붕의 모서리에 매달린 풍경이 운다. 보석 알이 부딪치면 저런 소리를 낼까 싶은 청명한 울림이 귓속을 간지럽힌다. 아니다, 예리한 금속의 입자들이 서로 스치며 재그러운 소리로 형성되어 심장 깊숙이 파고드는 것 같다. 아프다. 산사의 적요함이 죽음처럼 깊어져서 일상의 풍경소리가 미묘한 울림으로 다가드는 것인가 쇠봉노인은 헤아려 본다.

콧속으로 스며드는 분향 내음 역시 유별하다. 법당 내에 번져 있는 은은한 향내가 무리지어 단숨에 폐 속으로 몰켜들듯 강도가 짙다. 폐장으로 흡입된 향이 염통으로 직입된 것처럼 명치끝의 심장께가 연신 저리고 아리다. 그러나 심장통의 감각도 서서히 무디어져 간다.

"그만…가시요…이승의 한은…, 내세에 가서 푸시오…. 산감아재는… 극락왕생 할 것이요…"

공양주 보살의 소리인 듯도 주지스님의 소리인 듯도 싶다. 서낭당 당집이 떠오르다 참나무 버혀 내다 산 노루와 뒹구르는 정경도 아슴아슴 떠오르다 스러진다. 눈물 콧물 범벅의 예닐곱살 사내아이가 짝

불알을 달랑대며 논두렁 밭두렁 좁은 길을 어미를 부르며 휘젓고 다니는 모습도 떠오르다 스러진다. 스러져 간다.

일천구백사십 년 늦봄 한나절. 샛노란 햇살이 무더기로 쏟아지는 토담 아래에서 쇠봉이 때에 절은 누비저고리를 벗어 이를 잡기 시작한다. 사철 입는 단벌의 누더기 저고리였지만 무명 속에 솜을 넣어 꼼꼼히 손으로 누벼 지은 겨울입성이다. 햇살 좋은 날 이 잡을 때 외에는 봄, 가을 겨울 내내 입고 자고 놀던 저고리를 이날은 벗어버리기로 작정하고 흙담장 아래에 퍼지르고 앉은 것이다. 아홉 살의 쇠봉에게 여름에는 옷이 필요 없었다. 벌거숭이로 산이나 개울이나 들판으로 쏘다니지만 동네의 고만고만한 아이들도 여름에는 거의 모두 그렇게 벗고 살았다. 이제 누비저고리는 여름을 지나 선선한 바람이 몸을 오싹케 하는 가을부터나 입을 것이었다. 일 년에 딱 한 번 옷을 씻는 날도 바로 벗는 날이었는데 그는 그냥 냇가로 들고 가지 않는다. 겨우내 그의 살 속 피를 먹고 탱탱해진 이나 서캐(이의 알)를 전몰시키고야 물속에 담글 작정이었다. 물속에 오래 불려 두거나 햇살에 바짝 말려 버리면 보담도 옷을 빨아 먹을 살도 없으니 굶어 죽겠지만 그러고 싶지 않았다.

쇠봉은 이 잡기를 좋아했다. 누빈 옷 홈친 켜켜에 숨어 있는 허옇게 살찐 이를 끌어내어 양 엄지손톱으로 톡 터트려 죽이는 맛이 기막히게 재미있었던 것이다.

"니가 내 살 묵고 살아남을 줄 알았더나 — 올매나 처묵었으모 뱃떼지가 똥장군 같애 가지고…, 어라이 이놈아 콱 뒈져라 —. 하이고 쌔까래(서캐)도 엄청나게 까낳네, 미엉(목화)밭 맨키로 송알송알 싸질러 났네—"

쇠봉은 이음새가 많은 저고리의 겨드랑켠을 뒤집으며 함성을 내지른다. 엄지의 두 손톱에는 핏물과 이의 살점들이 묻어 있고 서캐의 무더기도 손톱으로 모두어 터트린다. 톡톡톡 이의 뱃살 터지는 소리보다 서캐의 몸통 터지는 똑똑똑 소리가 더 재미있어 몸을 흔들며 키들거린다.

"하이고, 산돼지 같은 시커먼 머릿니도 있네! 옷에는 회색 이만 있어야제 머릿니가 와 있노? 그란데 이상타 말이다, 흰 옷에는 와 흰 이만 있고 까만 머리에는 왜 까만 이가 살제? 쌔까래는 머리고 옷에고 하얗던데…"

쇠봉이 고개를 갸웃거리며 킬킬 웃는다. 그러다 머리를 박박 긁는다. 머릿속이 스멀거리기 시작한 것이다.

그는 누빈 저고리를 흙바닥에 활짝 펼치고 깎지 않아 귀밑까지 산발한 머릿속에 열 손가락을 넣어 박박 긁으면서 털어내기 시작한다. 하얀 누비저고리에 시커먼 머릿니가 투둑투둑 떨어졌다. 쇠봉은 연신 킬킬거리며 떨어지는 검은 이를 돌팍으로 집어내어 손톱으로 짓이긴다.

"내가 묵는 기 머 있다고 니놈들이 대가리와 몸띠에 악착같이 들러붙어 피를 빠느냐 말이다, 죽어봐라, 이놈아 죽어봐라—"

까악 까악 까악

울긋불긋 색실과 헝겊조각이 둘러쳐진 서낭나무 위에서 느닷없이 까마귀가 울어 젖혔다. 머리를 털어내던 쇠봉이 고개를 쳐들며 "이노무 재수 없는 까마구야— 내가 이 죽인깨네 섧다고 곡하나 — 울어라 울어라" 소리친다.

까마귀 두 마리가 나무 위에서 돌무더기 위로 내려앉으면서 더욱 큰소리로 자지러지게 울어댄다.

"씨끄럽다, 고만 울어라 — 까치도 아닌 것이 와 자꾸 울어쌓노 —"

쇠봉이 돌을 주워 돌에다 침을 뱉곤 돌무더기 위로 날린다. 까마귀가 푸드득 날개를 털며 밤골 쪽으로 날아갔다. 쇠봉은 연달아 돌팔매질을 하다 소리를 내지르다 멈추곤, 흙바닥에 깔아놓은 저고리를 집어 들고 집아래의 개울로 향해 뛰어내린다. 물속에 옷을 담궈 이와 서캐를 물먹여 죽이자는 생각에서다. 아랫도리의 홑바지가 바람맞은 풍선처럼 불룩해졌다가 달라붙는 등 잽싼 뜀박질에 춤을 춘다.

맑은 개울 물속에는 기다란 잎새가 뱀처럼 일렁이고 조개구름의 푸른 하늘이 둥둥 떠 있었다. 쇠봉이 얼굴을 비춰본다. 산발한 긴 머리가 얼굴 앞으로 쏠려 마치 강부잣집 삽살이처럼 물속에서 일렁인다.

저고리를 물속에 철석 담근다. 편편한 반석을 찾아 젖은 저고리를 돌팍에 패대기를 친다. 두 번 세 번 패대기를 치다 두 발로 지근지근 밟기도 한다. 물 먹은 이와 서캐를 죽이자는 목적이지만 이참에 때절은 옷을 씻기도 함께 하는 것이다. 오래 입어 닳아서 너덜너덜 해진 옷에서 검정 땟물이 발에 밟힐 때마다 물컹물컹 빠져 나간다.

쇠봉은 홑바지를 입은 채로 물속에 뛰어든다. 늦봄이지만 초여름에 가까운 날씨여선지 개울물은 차갑지 않았다. 쇠봉은 산발한 머리를 물속에 처박듯 넣고 두 손톱을 세워 우둑우둑 긁는다. 머릿니가 물먹고 죽으라고 손아귀에 힘을 준다. 옷 속의 흰 이보다 머릿속의 검정것이 더 분통터져 어미가 쓰던 참빗으로 싹싹 빗어내리면 훑어 낼 수도 있겠지만 그 빗을 잃어버린 지 오래다. 머릿속이 멧돼지 소굴이 되어 있을 것이라는 생각을 한다. 머리를 힘껏 흔들어대니 고개가 빠질듯이 아프고 입속으로 들어간 물이 콧속으로 되흘러 시큰거리면서 눈물이 쏙 빠진다.

그때였다. 개울을 낀 밭둑길에서 호통소리가 났다.

“저놈 봐라, 왜 저리도 머리를 흔들어 대는고? 물속에 처박히겠네, 야 이 녀석아, 너 거기서 무엇 하냐?”

쇠봉이 고개를 쳐들어 돌아본다. 배낭을 메고 밀짚모자를 쓴 키가 장승처럼 큰 스님이 그를 내려다보고 서 있음을 보면서 퉁명스럽게 내쏜다.

"보몬 모리요? 머리 깜는 거."

"허, 그놈 소리 한번 퉁명스럽네! 네 집이 어디냐."

"와 묻십니꺼? 집 움씨모 지어 줄랍니꺼? 시님 가시던 길이나 가이소 —"

쇠봉은 다시 소리치곤 머리를 물속으로 박는다. 스님은 그러는 쇠봉을 유심히 바라보며 밭둑에 엉덩이를 놓고 털썩 주저앉는다.

"너 몇 살이냐?"

쇠봉이 다시 머리를 쳐들고 소리를 팩 지른다.

"참말로 할 일 없는 시님이시네, 아홉 살입니더, 와예? 우리 집 저기 서낭나무 밑에 있는 당집입니더, 됐습니꺼, 인자 말 걸지 마이소 —"

쇠봉은 고개를 쳐든 김에 손가락으로 코를 횅 풀곤, 두 팔을 쫙 뻗어 헤엄을 치기 시작한다. 스님이 쇠봉의 턱짓을 따라 서낭나무 켠으로 얼굴을 돌리다가 고개를 주억거린다.

"네가…, 천무당의 손자로구나… 집 나간 네 엄니는 돌아왔냐?"

쇠봉이 들은 척도 않는다. 그러자 스님이 말을 이었다.

"꼬마야, 너, 갈 데 없으면 중산리 무영사無影寺로 오너라. 내가 네 머리 깎아주고 거두어 줄테니… 가만, 네 이름이 뭐라 했더라?"

쇠봉이는 여전히 들은 척도 아니하고 개헤엄만 친다. 스님은 다시 이름이 무엇이냐고 좀더 큰 소리로 물었다.

"허허… 그 녀석 쇠고집이네… 꼬마야, 무영사 찾아오면 원주스님을 찾아라. 그럼, 나는 간다 —"

스님이 일어나 승복자락을 털며 가던 길을 재촉했다.

쇠봉이 갑자기 스님을 불러세운다.

"시님요 — 지는 시님은 안 될끼고요, 머리는 시님 맨키로 싸악 밀어 뿌리고 싶은데요, 그렇키 해줄랍니꺼 —"

스님이 돌아섰다.

"중은 안 된다면서 머리를 왜 밀려고 하는데?"

"시커먼 이가 버글버글 한 깨요. 머리칼이 엄쓰면 이도 몬산다 아입니꺼?"

스님이 웃었다.

"그거는 맞다, 그럼 그렇게 해라. 언제 머리 깎으러 올래? 이름이 뭐라고 했더냐?"

쇠봉이 진정 못마땅하다는 듯 눈길을 아래로 깔더니 소리를 내지른다.

"참말로 그노무 이름 떡치게 물어쌌네 — 그래요, 내 이름 쐬봉알이요, 알짜 빼고 쐬봉이요 — 인자 됐십니꺼—"

"성이 쐬시냐? 소씨를 쐬시라 부르는 것이냐?"

"나는 그런 거 모립니더, 나는 성이 없대요. 어미도 내 성을 모린대요, 봉알(불알)이 짝봉알이라 쐬봉알이라 칸대요, 짝봉알이 머땜에 쐬봉알인지 그것도 나는 모르니깨 인자 더 묻지 말고 가시소…"

쇠봉은 갑자기 콧속으로 찡한 통증이 뻗질러져 코를 실룩거린다. 그러다 닭똥 같은 눈물을 후두둑 쏟아낸다. 원인을 알 수가 없었다. 무엇 때문에 성이 없고 이름도 없고 하필이면 불알 두 쪽이 짝짝이어서 그것으로 이름이 불리어진 것인지, 그 문제가 어미 아비 없이 혼자 살고, 먹을 것이 없어 매일 들판 산판을 헤매고, 동네의 새끼머슴을 사는 일보다 창피하고 더 서러운 것이었다.

스님은 얼굴이 시뻘겋게 상기되어 울음을 참느라 콧구멍을 벌름거리는 물속의 쇠봉을 가만히 바라보더니 긴 한숨을 뿜어낸다.

"쇠봉아! 언제든지 무영사로 오너라. 내가 성도 이름도 지어줄테니…”

쇠봉이 다시 발끈한다.

“중은 되기 싫타는데 와 자꾸 절로 오라카는기요. 시님, 지금 바로 지 머리 좀 밀어주모 안됩니꺼? 지가 집에 가서 정지(부엌)칼 갖고 올깨예.”

쇠봉이 갑작스런 제안을 하자 스님이 잠시 생각에 잠기는 얼굴이 된다. 그러다가 고개를 크게 주억거렸다. 평소에 삭발도구를 갖고 다니지 않는데 이날은 마침 이런 인연을 만날 것처럼 바랑 속에 면도기 등이 들어 있었던 것이다.

“허허… 그래라, 나오너라. 너희 집 식칼은 안 된다. 내가 깨끗이 깎아주마!”

들판 끝자락에 아지랑이가 아른거리고 있었다. 5월 중순께의 훈풍이 스님의 승복 소매깃을 날렸다. 스님의 면도칼이 가끔씩 햇살에 번득여 푸른 기운이 사방으로 뻗혔다.

쇠봉의 숱 많은 긴 머리가 천천히 젖혀지고 동글동글 반들반들한 맨머리통이 드러나기 시작했다. 두상이 여느 아이에 비해 큰 편이라 해도 아홉 살 아이의 삭발은 금방 끝이 났다.

“시님! 고맙심더. 밤이고 낮이고 너무 근지러버서 살 수가 움씼던기라예, 머리가 길어서 눈도 찌르고 더웠는데 너무 씨원합니더! 숱이 많아도 머리가 무거운 줄은 몰랐는데 깎고 나니까 너무 개버워서 날라갈꺼 같심니더!”

쇠봉이 연신 두 손으로 두상을 만지면서 즐거워했다. 팔짝팔짝 깸짝을 뛰기도 했다. 스님이 삭발도구를 헝겊에 감으면서 빙긋이 웃었다.

“너는, 이제 중이 된거다… 언제라도 부처님께 오너라…”

스님은 배낭을 둘러메면서 가던 길로 접어들었다.

"아무리 꼬시도 중은 안될낍니더—"

쇠봉은 키 큰 스님의 뒷모습을 향해 손을 흔든다.

"까치도 아닌 까마구가 되지게 울어쌌더니… 시님 만날라꼬 그랬나 보다…"

쇠봉이 혼잣소리를 내면서 땟물을 빼던 저고리를 집어 물속에 두세 번 더 휘젓곤 그대로 들고 집으로 향한다. 삭발한 맨머리는 날아갈 듯 가볍고 상쾌한데 왠지 가슴 한켠으로 바람이 드나들 듯 휑해짐을 느낀다. 스님이 할미인 천무당을 들먹이면서부터 얼굴 기억도 선명치 않은 어미라는 사람이 떠오르고, 그 생각이 머릿속에서 시종 감돌고 있었던 탓이다.

그는 터덜터덜 당집으로 들어선다. 집이라고 이름하기보다 움막 같으다. 울긋불긋 색실과 헝겊을 감은 서낭나무 아래에 웅크린, 서낭신을 뫼시는 당집이다. 서낭당신이 모셔진 방 한칸과 정짓간 그리고 엉덩이만 겨우 걸칠 수 있는 쪽마루가 전부인 초가인데, 그나마 할미인 천무당이 굿을 하고 살았을 적에는 집 모양을 하고 있었다. 그러나 천무당이 죽고 무당을 돕던 외동딸이 누구의 자식인지도 모를 애를 배슬러 낳고, 밤낮으로 읍내를 들락날락 돌아치다 쇠봉이 세 살도 되기 전부터 숫제 돌아오지 않으면서 당집은 폐가처럼 되어 버렸다.

할미가 죽고 여섯 살 먹은 쇠봉이 혼자 당집에 버려졌던 처음에는 동네 사람들이 혀를 차며 고구마 감자 따위를 들이밀어 그나마 연명했다. 나이보다 야무지고 앙팡스런 쇠봉이를 강부잣집에서 새끼머슴으로 데려갔었으나 쇠봉이는 한 달도 되지 않아 당집으로 돌아와 버렸다. 일이 힘들고 어른들의 호통이 무섭고 강부잣집 아들들과 동네 아이들의 '쐬봉알 쐬봉알' 놀려댐이 싫었던 것이다. 외롭고 배고팠지만 동네에서 떨어진 당집이 그래도 자유롭고 덜 무서워 어느 집에서 들어와 살라해도 가지 않았다. 어미라는 여자가 언젠가는 돌아올 것이라는 믿음이 있었기 때문이었다.

쇠봉은 흙담장 켠의 탱자나무 가지에 누빈 저고리를 걸어두고 정짓간의 무쇠솥을 열어 어저께에 삶아둔 고구마 두 개를 꺼내 우적우적 먹기 시작한다. 아침 겸 점심이다. 겨울에 얼어 썩은 물고구마라 물컹들큰하여 목이 메일 것은 없어도 터진 솥 밑구멍으로 들이친 불기운으로 불냄새가 나는 것이 언짢았다. 터진 무쇠 밑구멍에 반죽한 밀가루를 붙여 불기를 막으려 하지만 번번히 불은 새어들어 어쩌다 밥을 지어도 불냄새가 진동했다.

집안에 구멍 난 곳이 밥솥만이 아니다. 서낭당이 뫼셔진 방의 천정은 몇 년 째 이엉을 얹지 않아 비만 오면 누르끼한 짚물이 새고 정짓간 천정에서도 비가 샌다. 구멍 난 정짓간 천정으로는 참새도 드나들고 참새를 잡아먹는 집지킴이 구렁이도 드나든다.

쇠봉은 허벅지에 휘감겨 치덕이는 젖은 홑바지를 벗어버린다. 여름 한철 벌거벗고 살 일이 신명 났지만 그래도 올여름에는 집에서만 벗어야 될 것 같다. 작년 여름에도 동네 어른들조차 '쇠봉이 짝봉알 한번 보자'며 샅의 고추를 잡으려 했고 아이들은 졸졸 뒤쫓아 다니며 놀렸기 때문이다.

"똑같아 보이는데 와 짝봉알이라 카노 말이다."

아무리 고개를 숙이고 고추 밑의 불알을 보아도 똑같은 모양인 것 같은데, 그러나 폭염이 내리쬐는 한여름에는 한쪽은 계란같고 한쪽은 메추리알처럼 작은 것으로 감지되기는 했다.

"그렇키로 그기 머 우쨌다는 것꼬? 짝부랄이 지들한테 밥을 달라카나 죽을 달라카나 와 놀리는데?"

쇠봉은 투덜대며 방구석 궤짝 안에서 어민지 할민지 누가 입었던 것인지는 모르지만 무명 속바지를 꺼내 가위로 반토막을 잘라서 입어본다. 치마처럼 폭이 넓었지만 그래도 고추는 충분히 가려졌다. 쇠봉은 킬킬거리며 다시 집을 나가 뒷산으로 오르기 시작한다. 물고구마 두 개를 먹었어도 뱃속이 허전하여 찔레순을 꺾기 위해서다. 산에는 연초록 잎새들이 바람결에 합창하듯 차르륵 거리고 찔레꽃은 막물에 접어들어 꽃잎이 낙하되었어도 달큰한 향내를 한껏 내뿜고 있었다.

쇠봉은 찔레순을 한 아름 꺾는다. 우선 제일 큰 순을 골라 잎사귀만 떼어내고 껍질 채 와작와작 씹어먹는다. 잎이 세어버린 취나물과 늦고사리도 꺾는다. 먹을거리이기 때문이다. 쇠봉이의 주식은 산나물 칡뿌리 이삭 줏은 고구마와 감자, 논고동 물방개 메뚜기 미꾸라지 따위의 산야에서 얻을 수 있는 것들이다. 밥생각이 나면 모심기나 타작하는 집을 찾아가 아기를 업어주거나 잔심부럼을 해주고 고슬고슬한 더운 밥도 얻어먹는다.

찔레순을 실컨 먹었는데도 쇠봉은 계속 허기졌다. 다른 날도 거의 언제나 배가 고프지만 이날은 더 유난스런 것이 아마 머리를 밀어버린 탓일게라고 그는 맨머리를 쓰다듬으면서 다시 산을 뛰어내린다. 상여집이 있는 설봉산 아래의 저수지로 가기 위해서다.

설봉산 기슭으로 귀신이 나온다는 오래된 상여집이 있고 그 아래로 수초가 많은 못池이 있었다. 못 주변으로 무논들도 많아 그곳으로 가면 우렁이와 물방개를 잡을 수 있고 무논에 이어진 논도랑을 파헤치면 미꾸라지도 건질 수 있었다,

쇠봉은 다시 당집으로 달려가 커다란 박바가지와 식칼을 들고 나왔다. 콧노래도 흥얼거린다. 면도로 밀어낸 머리통이 신기로울 정도로 너무나 가볍고 시원하여 채머리를 흔들어도 본다.

저수지로 가려면 동네를 가로질러야 했다. 골목에서 혹은 동네 마당에서 만나는 사람들마다 눈을 동그랗게 떴다.

"하이고, 쐬봉이 새끼중 되었네! 씨언하게 잘 밀었다! 예사 솜씨가 아닌데, 누가 네 머리 밀어 주더노?"

"옴마, 옴마, 쐬봉이 중새끼 됐다! 맨대가리 됐다 — 새끼중, 까까중, 쐬봉알, 쐬봉알 얼래리 꼴래리…"

아이들이 쐬봉알에 새끼중을 덧붙여 놀려댔다. 쇠봉은 못들은 척 동네마당을 가로질러 달려간다. 놀리든 말든 머리가 시원하니 몸둥이 전체가 붕 뜨듯 뜀박질도 잘되고 기분도 계속 상승하여 놀림이 언짢지도 않았다.

못 가상자리를 빙빙돌며 물속에 눈을 박았다. 수초가 춤추듯 일렁이는 속에 새카만 물고동이 앉아 있고 물방개도 헤엄쳐 다녔다.

쇠봉이는 아예 홑바지를 벗어 못 둑에 놓고 물속으로 들어가 그것들을 집어낸다. 잡는다기보다 손으로 집어낸다 함이 어울릴 정도로 얕은 가상자리에서도 우렁이와 물방개는 많았다. 금방 커다란 박바가지의 반을 채웠다. 그러는 사이 쇠봉의 종아리와 허벅지에는 갈색의 거머리가 서너 마리나 들러붙어 피를 빨았다. 그는 빠르게 물밖으로 나와 종아리에 들러붙은 거머리를 잡아뗀다. 주둥이와 꼬리께를 살속에 박은 채 쇠봉의 우악스런 손끝에 몸통이 활처럼 휘어져도 잘 떨어지지 않아 쇠봉은 이를 물고 잡아챈다. 거머리를 떼어낸 자리에서는 피가 흘렀다.

"야, 이 쌔끼들아, 내 피가 그리도 맛있냐—"

쇠봉은 떼어낸 거머리를 패대기를 치며 소리친다. 그리고 나선 김에 주변의 무논으로 들어간다. 다른 논에는 이미 못자리(볍씨 파종)를 만들었는데 이곳 무논들은 작년 벼 베어낸 자리 그대로였다. 쇠봉은 이 빠지고 녹슬은 식칼을 휘두르기 시작한다. 다시 신바람이 오르기 시작했다. 벼 베어낸 자국의 옆으로 빗금치듯 금간 곳을 살펴보면 구멍처럼 홈진 데가 있고 그 구멍에 칼 끝을 찔러보면 따글따글 소리가 났다. 우렁이가 있다는 신호였다. 그러면 홈진 곳 주변을 식칼로 뒤집었고, 거기에는 어김없이 논고동 너댓 마리가 보물처럼 불거졌다. 구멍 하나에 한 마리인 경우는 거의 없었다. 구멍이 우렁이의 숨구멍인지 집인지 최소한 두 마리 많으면 대여섯 마리가 나오는 수도 있었다. 쇠봉은 식칼로 구멍을 뒤집을 때마다 환호성을 내질렀다. 함지만한 박바가지가 우렁이와 물방개로 가득채워지자 그는 그것을 안고 다시 당집으로 달린다. 그것들을 한시바삐 삶고 구워먹을 생각에 발바닥이 땅에 닿는 것 같지 않았다.

우렁이는 땜질한 무쇠 솥에 삶고 물방개는 아궁이의 밑불을 긁어내어 구웠다. 삶아낸 우렁이는 대꼬챙이로 몸통을 돌려 빼내 소금에 찍어먹고 노릿노릿 구워진 물방개는 볼록한 뱃대기가 입안에서 톡 터지며 고소한 맛을 듬뿍 안겼다. 쇠봉이는 삶은 우렁이며 구운 물방개로 허전한 뱃속을 한껏 채웠다.

"히히… 내만 부지런하모 배고플끼 읎는기라, 물컹물컹 썩은 물고구마와 찔레순에도 허전턴 뱃때기가 괴기로 꽉 채운기라! 아, 배부르다! 낼은 논 또랑에서 미꾸라지도 잡고, 작년 김장배추 도려낸 밭에서 배뚱구리(배추뿌리)도 캐서 쪄묵고, 좀 세었겠지만 들쑥도 씨뿌쟁이도 빼뿌쟁이도 캘끼다!"

쇠봉이는 바른손으로 불룩한 배를 찰삭찰삭 두드린다. 그리고 햇살이 낮종일 부서져 내리는 쪽마루에서 입을 찢어지게 벌리고 긴 하품을 한다.

쇠봉이 지리산 대원사를 찾아든 것은 열네 살 적. 사람들은 해방이 되었다고 희희낙락 모두들 들떠 흥분했으나 쇠봉은 해방이 무엇인지 영문을 알지 못했다. 다만, 동네에서 효험 없는 서낭나무를 제거하고 무허가의 당집을 없앤다는 소문이 떠돌아, 그는 아홉 살적 냇가에서 머리를 밀어준 중산리 무영사의 원주스님을 찾아갔다. 그러나 스님은 강원도 운지사로 떠나고 없었고, 무영사의 주지승은 쇠봉을 쉽게 받아들이지 않았다. 쇠봉의 눈빛에 야생의 기운이 뻗쳐있어 좋은 연緣이 되지 않을 것 같다는 예감이 이유였다.

쇠봉은 다시 지리산의 여승 암자인 대원사로 찾아 들어 사찰의 산림과 농사를 관장하는 산감 겸 절 머슴으로 안착했다.

그는 호적도 성도 이름도 없어 어디를 가든 사회적 인간대접을 받은 적이 없었다. 쇠봉을 몸종처럼 부리던 강부잣집 두 아들이 군에 입대할 때도 그는 족보가 없어 징집호출을 받지 않았다. 산청군 삼장면의 암자에서 살고 있지만 기록에는 어디에도 없는 사람이었다. 살아도 살지 않는 사람이었다. 그는 그러한 자신의 현실에 의외로 절망하지 않았다. 통탄함보다 웃도는 기분은 완벽한 자유스럼에의 희열이었다. 울창한 숲속의 수만 그루 나무 중의 한 그루 나무가 자신이라고 생각했다. 대지와 물과 하늘을 누비는 생명 있는 모든 만물 중의 하나로 세상에 태어나, 원천적 자유를 누리는, 자연의 한 부분인 자신은 진정 복 받은 존재라고 생각했다.

나무는 땅속에 박혀있어 그곳에서만 삶을 다하고 산 동물은 자유롭되 말을 하지 못하며, 불공 올리려 찾아오는 수많은 중생들의 사연은 하나같이 제도권에 기인된 인생극으로 다난多難하고 고달파 보였기 때문이다.

쇠봉은 갑년甲年에 이르는 당금까지도 절 밭 절 논 절 산 숲에서 생명을 키우고 보호하고 생명들과 뛰놀며 야생의 산판 들판을 돌아쳤다. 그 삶이 즐거웠다. 하고 싶으면 일을 하고, 하고 싶지 않으면 몇 날 며칠이고 일손을 놓았다. 암자의 비구니들 그 누구도 그를 간섭하지 않았다. 간섭하면 어디론가 훌쩍 떠났다가 또 어느 날 훌쩍 돌아오는 그를 절 사람들은 바람낭인이라 부르며 내버려 두었다. 절에서는 그에게 세 끼의 공양과 사철 입을 옷과 잠 잘 방을 제공할 뿐 세경이나 품

삿 따위로 그를 구속하지 않았다.

산에서 그는 송이도 따고 석청도 따고 산배 산밤 고염 다래 머루도 따고 칡뿌리도 캐먹고 나무들과 쉬임 없이 대화하고 노래하고 노루와 청솔 따위와 키득거리며 뒹구는 재미로 그는 매일이 황홀한 삶이었다.

어른팔로 두 아름이 되는 거대한 참나무를 베기 전에, 쇠봉은 참나무를 끌어안고 울었다. 암자 인근의 고목인 이 참나무는 매년 조금씩 고사되므로 하여 유독 쇠봉의 보호와 연민을 한 몸에 받았던 수목이었다.

그런데 암자에서는 주례 종회에서 숯을 만들기 위해 수명이 다해가는 이 참나무를 베기로 결정했다며 산감에게 도움을 요청했고 쇠봉은 그럴 수 없다고 했다.

그러나 총무스님을 비롯한 암자의 모든 비구니들이 숯을 만들어야 하는 힘든 상황을 설명하며 간절하게 소망하여, 그는 어쩔 수 없이 그들의 청을 들어주기로 했다.

쇠봉은 태풍에 반쯤 기울어진 노후한 참나무의 밑자락을 쇠톱으로 베며 연신 미안하다는 말을 읊조렸다. 그리고 참나무가 뿌지직 뿌지직 비명 지르듯 무너지는 소리를 들으면서 그도 나무와 함께 무너졌다. 참나무가 쓰러지는 방향의 곁가지에 머리를 심하게 부딪치면서, 그는 낙엽이 지북한 곳에 몸을 놓아버린 것이다.

향내는 여전히 그윽했다.

"산감아재… 이제 다 내려놓고… 훌훌 떠나시오… 아재는…극랑왕생 하실 것이요…"

누구일까… 쇠봉노인의 눈귀에 비죽여진 물기를 수건으로 따독따독 눌러주며 옆에 있어주는 사람들이. 스님일까 보살일까.

풍경 소리는 점차 멀어지고… 발가벗은 사내아이의 영상이 꿈결로 스치듯 흘러가자 목탁 소리가 이어졌다. 주지스님의 염송이 이어지듯 끊어지듯 그러나 그 소리도 아스라이 스러져갔다. 〈終〉

〈단편소설 2〉

닥터 할리

고중제

“밴드! 거, 아이돌 가수 있잖아! 거시기 뭐냐, 요즘 뜨는 그 애, 그 춤 잘 추고 쎅시한 애 몰라?”

“아! 예 사장님, 노래 제목만 아시면 바로 연주해 드리는데요.”

“이 아저씨야 우리가 지금 양주를 몇 병째 흔들고 있는데 제목이 생각이 나냐! 확 그냥! 이거 뭐 밴드가 이 모양이야, 밴드 바꿔야겠구먼. 운타 불러. 야! 운타야! 운타야! ‘카운타!’”

그러자 소파 가운데 조용히 앉아 고개를 숙이고 있던 손님이 혀가 꼬인 체 일행을 말리면서 중얼거렸다.

“야! 애들아, 좀 참아 봐봐… 밴드! 그럼 빠른 최신곡으로 몇 곡 잘 깔아봐!”

손님들은 그 후로도 두어 시간이나 더 밴드 마스터 성우의 진을 빼다가 같이 놀던 여자를 하나씩 끼고 룸을 빠져나갔다.

드디어 룸살롱의 밴드 업무가 종료되었다. 성우는 담배 하나를 꺼내 물며 ‘후’ 하고 하얀 한숨을 내 쉬었다. 머릿속은 아직도 취객들의 악쓰는 노랫소리와 아가씨들의 웃음 파는 소리가 난청처럼 귓속에서

윙윙거렸다.

'아… 이제는 지쳤다. 진이 빠졌어…. 이런 후진 곳에서 이 짓은 더는 못할 것 같다.'

누가 들으라고 한 소리는 아닌데 혼자 중얼거리는 것을 캐셔가 들었나 보다.

"마스터님, 오늘은 손님들이 많이도 마셨지만…. 좀 그랬지요? 일찍 댁에 가서서 푹 주무세요. 얼굴빛이 안 좋아 보여요."

성우는 말없이 다시 룸으로 들어가 악기를 정리하다가 소파에 두 다리를 쭉 뻗으며 늘어지듯 털썩 앉았다. 그리고 스트레이트 잔에 몰트위스키 한잔을 가득 따르고 한입에 털어 넣는다. 다시 한잔을 따라 온더록스 잔으로 옮기고 얼음 두 개를 넣어 빙글빙글 흔들며 돌린다. 입술에 차가운 위스키를 촉촉하게 적시니 전신으로 밀물이 소리 없이 스며들 듯 나른하고 피곤해짐에 눈을 잠시 감는다. 몸속 이곳저곳을 휘감는 위스키의 온기가 머릿속을 잔잔하게 어루만지며 지나간 세월의 상념 속으로 빠져들게 했다.

*

성우가 초등학교 피구선수로 선발되어 체육복을 맞추러 낙원상가에 간 날이었다. 검은색 비닐 천으로 등 번호 8번을 재봉틀로 박고 있을 때 휘황찬란한 조명에 반들반들 빛나는 악기들이 성우의 시선 안으로 들어왔다. 성우는 자신도 모르게 처음 보는 악기들에 홀려 몽유병 환자처럼 악기점으로 들어갔다. 상점에는 젊은 청년 하나가 전자기타로 애드리브를 연주하고 있었다. 성우는 처음 보고 듣는 전자기타 연주를 멍하니 홀린 듯 바라보았다. 한참을 연주하던 청년이 갑자기 눈앞에 있는 어린 성우를 바라보았다. 눈동자가 순간적으로 마주쳤고 둘을 이어주는 기타연주는 몽환 속으로 깊숙이 빠져들 게 만들고 있었다. 성우는 한 번도 들어보지 못한 이국의 멜로디를 자유자재로 즉석에서 만들어 내는 청년이 마술사 같이 느껴졌다. 청년은 손짓으로 앞에 앉으라고 하며 잠시 기타 줄을 튜닝 하더니 즉석에서 또 다른 연주곡 하나를 완곡으로 들려주었다.

유럽 귀족의 마술지팡이처럼 생긴 전자기타의 여섯 개 현으로부터 시작되어 앰프에서 변조되어 강하게 흘러나오는 선율은 어린 성우의 귓속을 휘감아 돌며 상상의 공간과 감각의 시간을 떠돌다가 달팽이관에 살포시 안착했다.

연주가 끝나자 청년은 성우를 마주 보며 다정한 어투로 나지막이 속삭였다.

"꼬마야, 이 노래가 그룹 산타나의 유로파란다. 잘 기억해둬. '산타나의 유로파'. "

처음으로 경험한 이 순간은 지금까지 봐온 작은 세상과는 전혀 다른 세계의 특별한 그 무엇이라 생각되었고 말로 표현할 수 없는 아름다운 선율을 잊지 않기 위해 성우는 집으로 걸어오는 내내 첫음절을 되새겼다.

피구복을 들고 씩씩하게 북촌의 삼청동, 한옥의 별채 셋방으로 돌아오자 엄마가 성우의 발개진 차가운 볼을 어루만져 주었다. 아버지는 청계천로에서 작은 헌책방을 운영하였고 어머니는 집안 살림을 하며 짬짬이 인형 만들기 부업으로 가계를 돕고 있었다.

주인집에는 성우와 동갑내기인 덕배가 학교를 같이 다니고 있었고, 어느 사이 둘은 단짝이 되어있었다. 감성적이면서도 활동적인 성우와는 달리 체구가 작은 덕배는 조용하면서도 심지가 굳은 아이였다. 덕배네는 낙원동에서 떡집을 하고 있었고 부모님이 워낙 사람이 선하고 손재주가 좋아서 북촌에서는 꽤 알려진 가게였다. 명절이나 경사 때면 북촌 사람들은 덕배네 떡을 언제나 찾았으며 주변 가게로부터 부러움을 샀고 워낙 후덕한 성품 때문에 덕배네를 질투하는 법이 없었다. 덕배 부모님은 성우를 무척 예뻐해 주었고 성우 부모에게도 난 척 한번 안 하고 가족처럼 스스럼없이 지냈다. 체구가 작은 덕배가 친구들에게 맞고 오는 날이면 덩치가 크고 운동에 만능인 성우가 나서서 괴롭힌 놈들을 혼쭐나게 때려주었기에 덕배의 부모님은 성우를 보면 항상 우리 의젓한 성우, 너희 둘은 평생 같이 가는 거라고 말하곤 했다. 둘 다 형제가 없으니 언제까지나 형제처럼 지내야 한다고 말하며 은근히 성우가 착하기만 한 덕배 곁에 오래도록 함께 있으면서 보호해 주기를 바라고 있었다.

그러나 밤이 되면 성우는 작은 골방에 누워 우리 가족이 궁상스러운 셋방을 언제나 면할 수 있을까 생각하며 앞날이 보이지 않는 것 같아 눈을 질끈 감고 작은 번민에 빠지곤 했다.

입추를 며칠 앞둔 어느 날 저녁, 덕배 어머니와 성우 어머니는 들통에 풀을 쑤었다. 성우와 덕배를 나란히 곁에 앉게 하곤 빨간 단풍잎과 색바랜 분홍 진달래꽃을 소설책 사이에서 꺼냈다. 새로 사 온 창호지도 꺼내 펼쳤다. 그리고 성우에게 창호지 위에 여러 개의 꽃잎으로 문양을 넣게 했다. 이어 덕배 어머니가 풀 먹인 창호지를 그 위에 덧붙였다. 뽀얀 창호지에 꽃 자수가 예쁘게 박힌 격자 모양의 창틀에 한껏 멋을 부렸다. 너무나 예쁜 모습에 모두 손뼉을 치며 웃는 정겨운 시간이 지나가고 있었다.

그날 밤 성우는 어두운 방에 드러누워 바람에 파르르 떨리는 문풍지를 바라보았다. 은은한 보름달이 스며든 창호지 위로 부조된 진달래꽃 한잎 두잎, 단풍잎 한잎 두잎 세 잎을 세어보는데 자신도 모르게 눈물이 뺨을 따라 주르륵 흘러내림을 느꼈다.

선율을 만드는 마법사가 선물해준 파랗던 꿈이 있었다.

키 작은 개 복숭아 길을 홀로 걸으며
함석집 양잿물 태우며 일하는 노인의 모습
친구는 떡을 만들기 위해 왔고
나는 무엇을 위해 이곳에 와 있는 걸까?
오늘은 이 길로 내일은 저 길로 걸어가 보지만
시간은 흘러가고 의문은 사라지지 않는다.
흐린 날 교실 창문 밖에 먹구름 몰려올 때도
텅 빈 겨울 운동장 쓸쓸히 거닐 적에도
한밤중 냉기 시린 골방에서 웅츠릴 적에도
난 누구에게 묻지도 못하고
나에게 다시 또 물을 수밖에 없었다.
그리고
어린 눈시울을 훔치곤 했다.

덕배네 떡집은 날로 번창하게 되었으나 성우네 헌책방은 운영이 점점 더 어려워지며 월세도 항상 밀려 허구한 날 급전을 구하기에 급급했고, 얼마 되지 않는 성우의 학비도 덕배 어머니에게 꾸어야 하는 힘든 나날이었다.

강남으로 한 집 두 집 이사할 적에도 덕배의 부모님은 조상들에게서 물려받은 삼청동 한옥을 절대로 팔지 않겠다며 덕배에게도 이 삼청동을 떠나면 조상님들에게 벌을 받는다고 누누이 강조했다. 그분들에게 북촌은 조상의 고향이었으며 신념이었고, 존재의 근간이었다.

성우와 덕배는 재동초등학교와 삼청동 외교단지 언덕에 있는 중앙중학교를 졸업하고 중앙고등학교도 함께 입학했다. 덕배는 여전히 작은 키에 덩치가 작았고 성우는 늘씬한 키에 이목구비까지 뚜렷해 근방 여학생들에게 인기가 많았다. 덕배의 어머니는 그런 성우가 부럽기도 했지만 장하기도 해서 언제나 칭찬과 응원을 아끼지 않았다.

고등학교에 입학하고 얼마 지나지 않은 어느 날이었다. 운동장을 거닐던 성우는 어떤 소리에 이끌려 따라가다가 합주실 앞에 멈추게 되었다. 한 선배가 전자기타를 멋진 폼으로 연주를 하고 있었다. 그런데 그 멜로디는 어린 영혼의 감성을 일깨워 주었던 그 소리, 분명 낙원상가에서 들었던 그 노래였다.

'아, 내가 왜 이 노래를 잊고 있었던 거지?'

성우는 자신에게 물어보면서도 귓속으로 찾아드는 멜로디를 놓치지 않기 위해 순간순간 애를 썼다. 그런데 연주에 심취할수록 몸은 목석이 되어가는 듯 움직일 수가 없었고 눈동자 또한 기타를 연주하는 손가락 외에는 아무것도 바라볼 수 없게 마비가 되어가는 것 같았다. 연주를 끝낸 선배가 말을 던졌다.

"기타 칠 줄 아냐?"

"아니요, 그 노래를…. 어릴 적에 들었던 거 같아서요"

"이 노래를 들었다고? 하하하, 이 노래를 어디서 들어? 제목이 뭔지나 아냐?"

"아뇨, 모르지만 분명 낙원상가 악기점에서 들어본 곡이에요. 어떤 무명악사가 들려주었는데요. 듣고 있으며 꿈을 꾸고 있는 것 같았어요."

"음, 네가 이 노래의 가치를 알긴 아는구나. 이 노래는 산타나의 '유로파'라는 곡이야."

선배는 기타를 쳐다보며 만지작거리다가 갑자기 물었다.

"너, 기타 배우고 싶지?"

예상 못 한 질문인데 '네'라는 대답이 입 밖으로 바로 튀어나오고 말았다.

"그럼, 내일부터 방과 후 이 합주실로 와라."

그렇게 성우는 고등학교 그룹사운드 밴드 써클의 막내 멤버가 되었다. 그 연주곡의 주인공은 밴드의 보컬이자 팀리더인 윤개라는 선배였다. 성우의 싹싹한 성격과 잘생긴 외모가 마음에 들었는지 선배는 혹독하게 훈련을 시켰지만, 연주의 이론과 리듬주법에 대해서도 하나씩 자세히 가르쳐 주었다.

타고난 재능이 있었던 듯 성우의 실력은 일취월장했다. 2년여 동안 여학교 축제는 도맡아 다니며 노래와 연주를 했으며 야간에는 가발을 쓰고 업소에 나가 아르바이트를 했다. 그렇게 갈고 닦은 기타 실력으로 종로 근방 학교에서는 그 누구도 따라올 수 없는 고수로 소문이 났다. 윤개의 뒤를 이어 밴드장을 자연스럽게 물려받았다.

성우는 서울에서 가장 유명한 실용음악대학에 응시하게 되었다. 실기시험 날에는 교수들의 귀를 의심할 정도로 그의 특이한 애드리브 실력을 인정받아 칭찬과 함께 높은 점수로 합격하여 입학하게 됐다. 덕배는 고등학교 3년 내내 과외선생을 붙여서인지 한남동에 있는 대학의 기계공학과에 어렵게 입학을 할 수 있었다.

성우는 자신이 작곡한 노래로 대학가요제에서 금상을 받기도 했다. 상을 타던 그날은 그의 음악 인생에서 가장 큰 사건으로 기억되는 날이 아닐 수 없었다. 각 방송국에서 출연 요청이 줄이어 들어 왔으며 강남의 일류 나이트클럽에서 끊임없이 섭외가 이어졌다. 성우는 제법 큰 돈을 만지기 시작했고 강남에 보란 듯이 팀 연습실과 자기만의 오피스텔도 얻게 되었다. 또한, 그가 가장 갖고 싶었던 전설의 기타 '깁슨'으로 연주하게 되었으며 강력한 엔진과 머플러에서 뿜어져 나오는 굉음 소리의 특허까지 받은 오토바이'닥터할리'를 몰고 다니게 되었다. 그 자신의 로망을 다 이루어 준 '강남'이란 존재는 그에게 신앙이었으며 북촌의 때를 벗고 세련되고 화려한 세계로 탈출할 수 있는 환희의 돌파구 그 자체였다.

그는 강남에서 시간을 보낼수록 점점 더 그곳을 사랑하게 되었다. 강남은 그에게 끊임없이 돈을 퍼 주었고 온갖 종류의 여자들과 사귈 수 있게 해주었으며, 젊은이들이 머리를 미친 듯 흔들고 날뛰는 격한 음악의 영감을 불러일으켜 주었다. 돈과 환락으로 나날이 더 타락해져 가는 그곳에서 성우는 허영과 허상만을 좇는 마치 마약에 중독되어 가듯 빠져들어 갔다. 잊고 지내던 덕배가 보고 싶다고 전화를 해와도 모른 척하고, 오로지 강남에서 일어나고 강남에서 숨 쉬다가 밤이 되면 불나방들과 쾌락을 위해서 발광하다 지쳐 쓰러져 자는 날의 연속이었다. 학교도 자연스레 중도 포기를 하게 되고 오로지 강남에서의 음악과 돈, 여자 그리고 쾌락과 술에 절어 하루하루를 태우고 있었다. 차일피일 군의 입대도 미루다가 결국 군대에 끌려가게 되었다. 군문선대에서 기타와 보컬의 실력을 인정받은 그는 사기진작을 위한 군의 공연에서도 없어서는 안 될 귀하고 귀한 존재였다. 제대하게 되면서 난잡한 생활로부터 조금씩 정신이 돌아오는 듯했지만, 강남을 신봉하는 그의 태도는 여전히 바뀌지 않았다. 따라서 변함없이 사는 곳도, 쇼핑도 친구를 만날 때도 강남이어야 하는 모든 것을 강남에서 하지 않으면 그것이 무척 궁상스럽고 촌스럽다고 그는 강하게 믿고 그곳에서 벗어나지 않았다.

덕배는 대학을 졸업하고 낙원동의 떡집을 물려받았고 결혼도 했지만, 부모님 말씀대로 삼청동 한옥을 떠나지 않았다. 어릴 적부터 보수적인 가정교육을 받았고 성향 자체도 조용한 성격의 덕배는 나이가 들어가며 북촌이 더욱더 정감이 가고 어릴 적 추억이 고스란히 남아있는 곳의 믿음과 신념이 생길 정도로 북촌을 사랑하게 되었다. 가업인 떡집이 있는 낙원동 또한 죽는 날까지 떠나지 않으리라 다짐했다.

IMF가 터지자 떡집은 순식간에 손님이 급격하게 줄어들었다. 반면 벤처기업으로부터 흘러나오는 돈의 위력은 강남의 야간유흥업소가 초 절정기를 달리게 만들고 있었다.

군에서 제대를 하자마자 특급 룸살롱과 나이트클럽의 밴드 마스터로 이름을 날리기 시작하며 성우의 제2의 전성기가 본격적으로 시작되고 있었다. 그의 일은 보통 저녁 7시부터 시작되었는데 사우나에서 몸을 풀면 애마 '닥터할리'에 '깁슨' 기타를 보석처럼 태우고 미스티, 로마, 회빈, 발리 등, 룸싸롱을 순서대로 찍고 자정을 넘어가면 수향, 신라 등 고급요정을 돌았다. 토요일 밤에는 강남의 대형나이트클럽을 서너 군데 돌았다. 잘나간다는 룸살롱과 나이트클럽에서는 천부적인 애드리브의 대가 성우를 스카웃 하고 싶어 했고 그를 찾는 곳은 강남부터 신촌, 종로, 명동 등 다양했으나 강남 외는 피식 웃으며 단번에 거절했고, 요지의 텐프로 업소에서 만 일을 했다. 텐프로 룸살롱에서는 일반 손님이 아닌 부유한 지명 손님들만을 받고 있었기에 들어오는 수입은 다른 밴드 마스터와 비교할 수 없을 정도였다.

룸살롱 회계업무를 대행하는 세무사 사무실에서 일하고 있는 여자를 성우는 아내로 맞았다. 선한 눈매에 착한 성품을 지닌 여자였다. 허영 속에서 헤매고 사는 성우와는 다르게 참한 아내를 맞았다. 물질만능주의에 빠져 살면서도 귀하게 찾아낸 보석과도 같은 여자였다. 그러나 돈을 쉽게 버는 성우의 씀씀이는 너무 헤펐고 많은 돈을 벌어도 아내에게는 매달 생활비만 줄뿐이었다.

그러던 어느 날 성우는 덕배가 불현듯 그리워졌다. 폭주하는 일에 지치면서 허전하고 쓸쓸한 마음에 소박한 친구 덕배의 얼굴이 먼저 떠올랐다. 덕배는 종로에서 만나자고 했지만, 성우는 강남에서 보자고 했다. 덕배는 옛 추억이 어려있는 종로의 술집에서 만나 회포를 풀고 싶었지만, 성우는 어릴 적 지지리도 가난했던 궁상의 흔적이 남아있을 것만 같은 그곳에서 덕배를 절대로 만나고 싶지 않았다. 며칠 후 결국 강남의 한 선술집에서 실로 수년 만에 둘은 만났다. 소주 두세

잔이 돌아갈 즈음 성우가 입을 뗐다.

"덕배야, 보고 싶었다!"

"나도 보고 싶었지, 하여간 다시 연락을 자네가 해주었으니 고맙다, 성우야."

"아니다. 내가 미친놈처럼 밤마다 불나방처럼…. 이게 뭐 하고 사는 인생인지 모르겠다."

"뭐가 불나방이야! 하하하 자네는 서울에서 가장 알아주는 아티스트야. 너 같은 재능을 가진 사람은 서울 천지에 없다고."

성우는 대꾸 없이 술잔만 조용히 비웠다.

"애는 잘 크고?"

"그래. 애비 안 닮고 제 어미 닮았는지 공부만 하는 숙맥이야. 이번에 유학을 간다. 미국으로…."

"덕배, 자네 아들은 어때?"

"이놈은 나 닮아서 머리는 안 좋은데 음식 만드는 걸 좋아해서 궁중음식 학교에 작년 입학했어. 전문대학 비슷한 곳이야. 나중에 떡집이나 물려주어야지. 어쩌겠어."

"그래 그렇게 자식들은 크면 되는 거야. 우리는 이제 서서히 저물어 가는 거고."

오랜만의 술자리는 3차까지 가서야 끝이 났다. 2차를 종로로 옮겨서 하자는 덕배의 제의를 성우가 또 틀어 결국 강남에서 시작하여 마무리까지 하게 되었다.

만취한 성우는 택시로 귀가하며 이죽거리듯 중얼거렸다.

'거지 같은 북촌 새끼들! 난 거기 다시는 안 간다고 새끼들아!'

그 말은 자신이 가난하고 찌들었던 북촌의 셋방 출신이라는 것을 다시는 인정하고 싶지 않은 낡고 해묵은 상처를 털어내는 절규였다.

글로벌 금융사태의 쓰나미가 전 세계를 강타했다. 강남의 밤거리는 숨을 죽이게 되었고 강남의 빌딩과 아파트는 매물을 쏟아내며 곤두박질치기 시작했다. 처음에는 조금 지나면 IMF 직후처럼 강남의 경기가 나아질 것으로 생각했는데 유흥업소의 경기는 급속하게 냉각이 되며 계속해서 쪼그라들고 있었다. 룸살롱이 하나둘 없어지고 일하던 아가씨들도 버틸 만큼 버티다가 살 궁리를 찾아 개인 오피스텔이나 풀싸롱 같이 음성적이고 퇴폐적인 공간으로 숨어들었다. 밤업소의 경기는 강력한 성매매 단속과도 마찰음을 내며 쪼개지고 있었다. 악재가 겹치고 몇 년간 장기화하면서 성우의 일자리도 빠르게 자취를 감추게 되었다. 룸살롱을 찾아오는 손님들이 계속 줄어들자 일반 룸살롱들이 모여 통합되면서 대형 룸살롱이 출현하게 되었다. 강남유흥업소의 운영비용으로는 임대료와 웨이터, 호스티스 그리고 밴드와 주차 서비스 등이 가장 큰 부분을 차지했으므로 그런 모든 비용을 공동으로 지출하여 경비를 줄이고자 하는 것이었다. 결국은 살아남기 위해 취해진 그들만의 마지막 방법이었다.

강남에서 날고 기고 까불던 대마담들도 알짜배기 새끼마담만 데리고 대형 룸살롱으로 고개를 숙이고 들어갈 수밖에 없었다. 야간업소의 불경기가 장기적으로 굳어지면서 대마담을 찾아오던 손님들도 처음엔 절반으로 줄다가 다시 절반의 반, 나중엔 특별한 지명 손님들과 일부 졸부손님들 외엔 찾아보기가 힘들어지게 되었다. 손님이 없다는 것은 밴드가 필요 없다는 것인 만큼 성우도 대형 룸살롱에 소속되어 손님을 기다렸지만, 룸살롱의 경기는 끝내 거의 고사하고 말았다. 대마담의 특별한 재주로 살아남은 영등포와 신촌, 종로 등에서 성우에게 일자리 제의를 보내 왔지만 다른 곳에서는 한 번도 일해 보지 않은 성우로서는 자신의 이름이 강남 밖에서 팔리는 것을 수치로 생각했기에 절대로 응할 수가 없던 그였다.

노래와 댄스가 주력이었던 나이트클럽도 남녀 사이를 부킹 해주는 곳으로 그 용도가 바뀌어 가면서 밴드 또한 더는 찾지 않게 되었다. 그 찬란했던 밴드의 전성기가 이제는 다 흘러간 것이 되었다. 성우는 아들을 미국으로 유학을 보냈기에 학위를 받을 때까지 지원을 해줘야 했다. 그만큼 매월 들어가는 학비와 생활비가 절박한 실정이었다.

성우는 불면으로 몸을 뒤척이며 이 생각 저 생각을 하다가 아파트 베란다로 나가 담배 하나를 꺼내 물었다. 밤하늘을 바라보고 있노라니 그날따라 북두칠성과 북극성이 유난히도 밝게 빛을 발하고 있었다.

'야! 저 북두칠성 진짜 죽인다. 어릴 적 덕배와 함께 삼청동의 외교관 단지 언덕에 올라가 바라보던 그 별과 오늘은 똑같네. 음…. 하기야 별은 변하는 것이 아니지. 어릴 적 그 북촌도 그대로 일 거야.'

별을 바라보며 중얼중얼하는 사이 아내가 그의 곁에 조용히 와 있었다.

"진짜 오늘 밤 별은 옛날 어릴 적 보았던 별과 똑같네요."

아내는 성우의 눈치를 살피며 나지막이 말을 꺼냈다.

"여보…. 있잖아요…. 저 별빛을 자주 바라보던 옛날로 돌아가요. 전 강남이란 이곳이 사실 너무 무섭고 두려워요. 우리 이 오피스텔 가격이 많이 내렸어도 그냥 처분해서 빚 있는 것 다 갚고, 남은 돈으로 애 학비 잘 대줘서 박사 만들자고요."

평소 같았으면 버럭 화를 낼 성우였지만 이날만은 아내에게 화를 낼 수가 없었다. 그냥 밤하늘 별만을 바라보며 침묵으로 대답할 뿐이었다. 그는 한숨과 함께 아내의 손을 살며시 잡고 잠자리에 누워 오지 않는 잠을 청했다.

일이 있는 날은 한 달에 며칠 되지 않았다. 그의 수입은 급격히 추락한 지 이미 오래였다. 이제 성우는 예전에 알고 지내던 대마담과 새끼마담에게 전화를 걸어 일거리를 찾는 신세가 되었다. 그들도 모두 힘들어 성우에게 줄 만한 일거리가 없다는 것을 알고 있는 그였지만 혹시나 하는 마음으로 전화를 해보고 싶은 충동이 일었다.

'진짜 세상이 왜 이리된 걸까? 룸이 모자라서 오후에 예약을 걸어도 좋은 방과 예쁜 에이스 하나 건지기 힘들었는데, 그 많던 술 마시는 새끼들은 도대체 어디로 다 사라진 거야' 하며 신세를 한탄했다.

성우는 한숨을 내쉬고 입술을 질 건 씹었다. 알고 지냈던 대마담에게 전화번호를 누르기 시작했다. 이런 전화만큼은 걸지 않으리라 생각했지만, 그도 어쩔 수 없었다. 친했던 강남의 대마담이 재작년, 종로에서 개업한다고 성우에게 그렇게 부탁을 하고 또 했었는데 그는 응하지 않았었다. 단 하나의 이유는 일터가 강남이 아니기 때문이었다. 그때는 계속 몸이 아프다고 핑계를 댔지만, 마담도 짐작은 하고 있으리라 생각했다.

전화 연결음이 영원히 이어질 것 같이 계속 울렸다. 그냥 끊어버릴까 망설여지는 순간 대마담의 가래 낀 탁한 음성이 들려왔다.

"아이고, 밴드의 전설이 누추한 이곳까지 웬일로 전화를 하셨어? 혹시 나에게 일거리 부탁하려는 것은 절대 아니겠고?"

눈칫밥 백 단인 대마담은 비아냥거리듯 말을 했다.

"누님, 너무 오래도 되었고 해서 그냥 안부 한번 물으려고 전화한 거야. 근데, 누님, 장사는 좀 되는 거야? 강남은 누님도 알다시피 죽 쑤고 다 끝났어."

"성우 같은 밴드의 전설이 일거리가 없다면 강남도 이제 끝난 거지. 그래도 우리 집은 상가빌딩의 오너들이 단골로 꽤 있어서 그나마 먹고는 살아. 손님 나이들이 많은 게 좀 그렇지만."

"누님은 좋겠다. 하기야 손님 다루는 기술은 누님 쫓아갈 사람 별로 없지"

"잡소리 그만하고 내일 저녁에 들려. 여기 밴드 마스터가 새끼마담

년과 바람이 나서 요즘 아주 영화를 찍고 있어요. 또라이 년놈들… 밴드는 며칠 전 잘랐고 낙원상가 기타 알바 애들로 버텼는데 실력이 솔직히 성우 반만큼이나 하겠어."

성우는 오랜만에 룸살롱의 단독밴드가 된 것에 너무 흥분되어 이 소식을 아내에게 전했다. 단독밴드는 그만큼 수입이 많았기 때문이었다. 다음 날, 아내와 의논해서 강남의 오피스텔을 바로 매물로 내놓았다.

다음 날 저녁부터 성우는 종로 대마담의 식구가 되었다. 술손님이야 다들 비슷비슷 하지만 종로의 손님들은 강남의 손님들과 다른 특징이 있었다. 나이가 지긋한 손님들은 각자 꽂힌 새끼마담들의 비법에 낚여서 비싼 양주를 항상 주문하지만 오랜 시간을 룸에 머물지 않았고, 하루에 오는 팁이 많지 않아 성우의 수입은 예상과 달리 그리 많지 않았다.

일을 시작하고 며칠 지날 즈음, 그날도 일을 마치고 닥터할리를 몰고 한남대교를 넘어갈 때 덕배로부터 전화가 걸려왔다. 덕배 어머니가 타계하셨다는 부고였다. 부고를 들은 성우는 순간 쫓기는 배신자에게 쏘아 올린 장총의 탄알이 가슴에 정통으로 맞은 것처럼 숨을 쉴 수가 없었다. 그는 바로 오토바이를 돌려 종로의 병원으로 향했다. 밤늦은 시간에 운명하셔서 장례사만 분주할 뿐 조문객은 없었다. 성우는 어머니께 예를 갖추고 덕배와 마주 앉아 어머니와의 옛 추억을 회고했다. 어릴 적 유별히 예뻐해 주시던 덕배 어머니에게 평소 찾아뵙지 못한 것이 성우는 너무나 죄송스러웠다. 덕배 어머니는 해마다 추석에 가지런하게 싼 떡 보자기를 잊지 않고 성우에게 보내 주셨는데 감사하다는 인사 한번 제대로 하지 못했다. 성우는 너무나도 죄송스러운 마음에 영정사진을 자꾸 쳐다보았고 그때마다 후회와 죄책의 칼날이 가슴속을 도려내며 후벼 파는 것만 같았다. 허공으로 올라가는 덕배 어머니가 성우를 원망하며 바라보는 것 같았지만, 성우에게 줄 떡 보자기를 받으라고 손짓하는 것처럼도 느껴졌다.

"덕배야, 어머니 자주 찾아뵈었어야 했는데 내가 강남에 미쳐서 발광하다가 결국은 이렇게 되었구나. 덕배야! 나는 정말로 나쁜 놈인가 보다…."

성우의 눈가에 더운 눈물이 촉촉이 맺히다 결국 주르륵 흘러내렸다.

돌이켜 보면, 성우에게 처음 맞닥뜨린 강남의 유혹은 젊은 그에게 뿌리칠 수 없을 만큼 달콤하고 화려한 모습이었다. 길가의 보도블록 조각 하나도 멋지게 보였으며 색색의 선글라스 미녀와 외제 차의 물결도 자신의 것 인양 줄곧 우쭐하기만 하던 시절이었다. 지워버리고 싶은 북촌을 떠올릴 때는 냄새나는 헌책방에서 무능력하게 평생 찌들다 돌아가신 아버지와 똑같은 시간과 공간 속에 갇혀있던 어린 자신을 생각하게 했고, 한겨울 찢어진 문풍지가 바람에 달달달 떨리는 냉골 방에서 어깨를 움츠린 체 깊은 한숨을 내 쉬던 어머니를 떠오르게 했다.

강남이란 곳에 터를 다지면서 많은 돈도 벌었고 또 많은 사람을 만나게 되었다. 성우의 재능과 순수함을 인정하여 일을 주고 형처럼 누나처럼 도와준 사람들도 많았다. 그러나 성우가 돈을 벌기 시작하자 인간말종들이 꼬이기 시작하며 그의 돈과 영혼을 갉아먹기 시작했다. 음반기획자가 선수금을 먼저 받고 잠적을 하였고, 한때 손님이었던 기획부동산 사장은 쓸모없는 나대지를 사기 치며 팔아먹었다. 낮이고 밤이고 돈 마귀들처럼 돈 냄새에 킁킁거리며 푼돈부터 큰돈까지 어떻게 하면 빨리 빨아먹을까 궁리하는 인간들로 주변이 득실거렸다. 평생 기타만 튕기며 살아온 그가 시뻘건 이빨을 드러내고 있는 강남의 하이에나들을 대적하기에는 애초부터 무리였는지도 모른다. 눈을 감으면 코를 베어 가고 코를 잡고 있으면 귀를 떼어가는 곳이 바로 강남이었다.

*

“마스터님! 잠드셨어요? 이제 가셔야지요. 오늘은 집에 가셔서 잘 쉬셔야 해요. 얼굴빛이 창백한 게 정말 안 좋아 보여요.”

“그래, 많이 피곤하네. 오늘은 잘 오지도 않는 젊은 놈들이 와서 진상을 펴도 너무 했어.”

성우는 악기와 신디사이저 장비를 마저 정리하며 퇴근할 채비를 했다.

이제 연륜에 찌들대로 찌들은 닥터할리에 기타와 장비를 싣고 종로의 룸살롱을 빠져나와 집으로 향했다. 마지막으로 남은 재산인 강남의 오피스텔이 정리되자 쌓였던 빚을 갚고 아들 유학 자금을 빼고 나니 남은 돈이 얼마 없었다. 갑자기 거래된 탓에 아내와 들어갈 월세방 하나 구해 놓지 못했다. 종로 룸살롱에 출근하기 전에 시간을 내서 덕배네 떡집에 들렀다. 언제나 그렇듯 덕배는 밀린 주문을 소화해 내느라 정신이 없었지만, 성우를 보자 환한 미소를 띠며 반갑게 맞아주었다. 믹스커피 두 잔을 탁자에 내려놓자마자 성우가 우물거리며 말을 꺼냈다.

“애새끼 말이야, 이제 석사 공부를 끝내고 바로 박사를 준비해야 한다네….”

“잘됐다. 성우야, 고놈이 장하네. 성우 너 나중 교수 아버님 소리 듣겠는데? 하하하…. 하여간 정말 축하한다.”

“어. 고맙다. 근데, 오피스텔 어제 팔았어. 작자도 갑자기 나타났고 빚도 갚아야 하고 유학비도 당분간 보태야 하고 이래저래 급하게 팔았다.”

"어 그랬구나…. 그래 어디로 옮기려고?"

"다 떼고 나니까 이놈의 돈이 얼마 안 남네. 강남 갈 돈도 없지만 이제 강남이 지긋지긋하다 지금 일하고 있는 살롱이 종로잖아. 그래서 이 근처에서 월세방이라도 구해야지."

이야기를 들으며 성우의 눈치를 살피던 덕배가 조심스레 물어왔다.

"성우야, 우리 예전처럼 한집에서 살까? 우리 집에서 말이야. 네가 어릴 적 살던 건넌 채 지금은 비어 있어. 근데 오랫동안 비어 있어서 손은 봐야 할 거야."

"그게 왜 비어 있는 거야?" 성우는 갑자기 궁금증이 생겨 물어봤다.

"방도 그렇고 주방도 작고해서 누가 안 들어오더라고. 그래서 계속 묵히다 보니 지금은 광처럼 바뀌었어. 그래도 네가 들어온다면야 나는 대환영이다. 깨끗하게 손보면 너희 두 식구가 살만은 할 거야. 부담 없이 자네가 써 주면 난 고맙겠다."

성우는 아무 말도 건네지 못했다. 어찌 대답해야 할지도 순간 막막했지만, 덕배 내외에게 민폐인 것이 분명하고 아내에게도 물어봐야 하고 무엇보다도 심적으로 너무나 혼란스러웠기 때문이었다.

아내는 의외로 덤덤하게 삼청동으로 이사하는 것을 반겼다.

"이 복잡한 강남보다는 훨씬 좋지요. 봄에 벚꽃 길로 유명한 삼청공원도 바로 곁에 있고 북악산 둘레길을 매일 걸을 수 있으니 당신 혈압과 심장도 안 좋은데 건강에 도움이 될 것 같아요. 당신 업소도 가까워 다니기 좋잖아요."

이사를 결정하니 덕배의 따스한 마음에 너무나도 감사한 마음이 들었다. 그러나 성우의 속마음 한 편에 숨어 있는 어릴 적 혼자만의 깊은 트라우마가 다시 튀어나와 인생의 뒤안길에서 만나게 되는 것은 아닐까 하는 불안감이 칼날처럼 엄습해왔다.

추석 전날, 이삿짐을 나르며 이곳저곳 둘러보니 덕배가 집 단장에 신경을 여간 쓴 게 아님을 바로 느낄 수 있었다. 성우 부부는 미안한 마음에 어찌할 바를 몰랐다. 짐을 다 정리하니 어느덧 날이 저물어 가고 있었다. 어릴 적, 이 골방에 누워 여러 공상을 하던 성우가 돌고 돌다가 장년이 되어 다시 그 자리에 그대로 있는 것이다. 곁에 있는 아내는 곤히 잠이 들었지만, 성우의 잠자리는 편할 수 없었고 깊은 밤 내내 뒤척이다 잠들었다.

추석날 저녁 덕배와 성우 가족은 방문마다 창호지에 붙일 풀을 먹인 후 빨간 단풍잎과 노란 은행잎을 붙였다. 은행잎, 단풍잎으로 수놓은 창호지 너머로 보름달이 둥그렇게 떠오르는 것을 보며 덕배와 성우는 그 옛날 추억이 생각나는지 눈을 마주치며 따스하게 웃고 있었다.

다시 북촌 사람이 된 성우의 일상은 강남 시절과는 비교가 안 될 정도로 단순하게 바뀌어 갔다. 일거리도 많지 않아 일주일에 한두 번 정도만 밴드 일을 했으며 남는 시간은 주로 오토바이를 타고 북악산과 인왕산을 돌아보며 어린 시절을 떠올렸다. 어린 시절 덕배와 성우는 학교가 파하기 무섭게 삼청공원으로 달려가곤 했었다. 삼청공원은 하얀 벚꽃들이 흩날리는 초여름 풍경을 처음으로 눈에 담았던 곳이며, 덕배와 함께 입술을 빨갛게 물들이며 버찌를 따 먹었던 추억이 서려 있는 곳이었다. 고등학생이 되어 짝사랑하던 여학생과 배드민턴을 쳤던 곳도 그곳이었다. 그 지긋지긋하고 궁상맞은 북촌의 추억 속에 가장 깨끗하고 행복했던 추억으로 유일하게 남아있는 곳이 삼청공원이었다.

그렇게 삼청공원을 바라보면서 가을이 흘러갔고 겨울로 접어들던 어느 날이었다. 한때 강남에서 성우의 뒤를 돌봐주던 대마담 누님에게서 전화가 한 통 걸려왔다.

"성우야, 너 낙향해서 종로 변두리에서 일한다고 들었는데 사실이야?"

"네. 누님, 어릴 적 친구가 같이 살자고 해서요. 업소가 집 가까이 있어요. 강남 집도 처분하고 해서 조용히 그냥 있어요."

"야! 성우야, 너 왜 그렇게 살려고 그래? 너, 새끼마담 중에 에이스 유나, 진숙이, 혜란이 알지? 이번에 이 누나가 강남 한복판에 대짜 살롱 하나 차렸다. 그 새끼마담들도 다 오기로 했고 웨이터 애들도 다 일타로만 뽑았어. 밴드만 남았는데 그래도 성우 너만 한 성격과 인물, 실력을 갖춘 밴드가 없는 게 사실 아니냐? 이번 주 금요일이 오픈이야. 그날 무조건 와서 일 시작하는 거야! 대우는 이 바닥에서 최고로 해줄게. 너 누나 성격 알지? 앞으로 잘해라, 확 그냥!"

전화를 끊고 나서 성우의 머릿속은 복잡해지기 시작했다. 다시는 강남에 발을 들여놓지 않겠다고 아내와 약속을 했었고, 그곳으로 간다면 지금 어렵게 일자리를 마련해 준 종로의 마담 누님에게도 민폐를 끼치게 되는 것이었다. 그러나 강남에서 날리던 시절을 다시 떠올려 보면 내가 일할 곳은 종로가 아니고 역시 강남이라는 생각이 들었다. 네온사인 조명에 화려한 사람들 그리고 최고의 대우, 가끔 운 좋은 날 손님이 뿌려대는 오만 원짜리 팁 다발이 눈앞에서 아른거렸다.

성우는 어두컴컴한 한옥의 좁은 방에서 엎치락뒤치락 잠을 이루지 못하며 이 생각 저 생각에 빠졌다. 이번 기회를 놓치면 결국 낙원동 7080 라이브 바에서 일하는 오브리 밴드로 전락하고 말 것 같은 생각이 들었다. 알 수 없는 불안감에 이미 한쪽으로 치우친 생각은 결정을 부르고 말았다. 그렇게 마음을 정하고 나니 그는 곧바로 잠이 쏟아졌다.

다음 날 오전 성우는 닥터할리를 몰고 외제 오토바이 액세서리 상점에 들렀다. 고급스러움이 물씬 나는 시트로 바꾸고 헬멧도 신형으로 하나 샀다. 집으로 돌아온 그는 싱글거리며 오랜만에 오토바이 차체를 융으로 때깔 나게 광택을 내면서 생각에 잠겼다. '그래 대마담 누나팀이 워낙 에이스니까 내가 합류한다면 난 분명 강남에서 다시 재기할 수 있을 거야. 강남에서 다시 한번 달리는 거야! 마지막 연주의 불꽃을 사를 기회가 나에게 온 거라고!'

약속한 금요일은 빠르게 다가왔다. 오전에 삼청공원 후문 근처에 있는 칠보사까지 어슬렁거리며 걸어갔다. 본전에 무릎 꿇고 기도를 드리다가 커다란 부처님의 얼굴을 올려다보니 화가 난 얼굴 같다는 생각을 하면서도 눈을 질끈 감고 기도를 드렸다.

저녁 6시쯤 삼청동을 출발했다. 충무로를 지나 남산순환도로로 접어들었다. 달리기 시작하자 당기는 대로 속도가 붙는 것이 닥터할리의 상태가 아직은 좋은 것 같았다. 초겨울이라 어둠은 이미 남산으로부터 스멀스멀 기어 내려오고 있었고 이태원의 높은 언덕에서 바라본 한강 너머의 강남은 벌써 불타오르는 도시 마냥 거대한 불야성을 이루고 있었다.

'아! 강남이다. 내가 드디어 강남으로 다시 가는구나….' 성우는 벅찬 마음으로 중얼거렸다.

닥터할리의 스피드가 붙을수록 성우의 심장은 불규칙하게 펌프질을 시작했다. 강남을 바라보면서부터 가슴이 답답해지다가 다시 풀리기를 계속 반복하고 있었다. 늦가을 남산에 마지막 남은 단풍과 은행잎은 달리는 오토바이 위로 휘날려 떨어지고 다시 심장은 터질듯 용암처럼 치밀어 올랐다. 어릴 적 따뜻한 아랫목에서 가족들과 저녁 식사를 하는 정겨운 웃음소리가 저 멀리 삼청동에서 들려오고 있었고,

한쪽에는 악쓰는 노랫소리와 아가씨들의 영혼 없는 웃음소리가 머릿속을 뒤흔들었다. 성우는 자신도 모르게 트위스트 그립을 한 번 더 '확' 당겼다. 오토바이의 헤드라이트 불빛은 수명을 다해 점차 약해지고 있었지만 닥터할리의 속도는 광속을 넘어 이젠 통제가 되지 않을 것처럼 질주했다.

강남까지 갈 수 있을까? 의문이 뇌리에 순간순간 스쳤지만, 성우와 닥터할리는 어디로인가 정처 없이 질주하고 있었다. 〈終〉

고중제

· 서울 출생
· 성균관대학교 시스템경영공학과 졸업
· 2019년 한국소설 신인상 수상
· 2020년 한국소설 신예작가
· 구로디지탈을 빛낸 자랑스런 기업인상 수상
· 현재 주)이소프팅 대표이사

<작가노트>

남산을 아름다운 사제師弟의 인연으로

고중제

나에게 남산의 의미는 색다르다. 북촌에서 태어나고 자란 나에게 남산은 어릴 적 추억이 부조처럼 새겨져 있는 곳이다. 삼청공원 약수터에서 이어지는 북악산 둘레길을 따라 올라가면 말바위 정상에 다다른다. 말바위에서 서울을 내려다보면 남쪽으로 바라보이는 곳에서 신화처럼 우뚝 선 남산이 자리하고 있었다. 대학시절에도 입사한 회사에서도 남산을 바라보며 살았다. 그 후 세월을 따라 떠돌다 다시 찾은 남산은 지쳐있는 나를 따뜻하게 맞아 주었고, 그 한가운데는 남산의 오랜 주인처럼 김지연 선생님이 근엄하게 자리하고 있었다. 선생님은 소설작법을 실기실습을 통해 지도해 주셨고 다정하게 글을 일깨워 주셨다. 선생님은 남산과 나와의 인연을 다시 맺게 해 주었으며 남산은 아름다운 사제師弟의 인연을 선물 해 주었다. 나는 선생님께 4학기 동안 소설을 배웠다. 사회생활로 바쁜 생활 속에서도 수요일만은 오후 합평 시간부터 수업을 마치고 옹기종기 다시 시작하는 소설토킹 타임, 이어서 후암동 닭갈비 집으로 이어지는 막걸리 대화까지 항상 비워 놓았었다. 그만큼 선생님께 배우는 시간과 공간은 매우 소중한 것이었고 같이 배우는 문우들과의 대화 또한 소중한 추억이었다. 선생님께 안부를 매월 여쭙고 있고 가끔 식사도 모시며 사제의 정을 지금까지 더욱더 돈독하게 하고 있다. 올해가 가기 전 선생님을 찾아 뵙고 다시 한번 감사의 마음을 꼭 전하려 한다.

김지연 선생님 항상 감사드립니다. 행복하고 건강하세요♡.

<단편소설 3>

황 여사네 배밭

구영비

실개천이 들판을 가로지른다. 둑길을 따라 개망초 잎들이 무리지어 올라온다. 수로 맞은편 과수원에는 배나무들이 아득히 펼쳐져 있고, 밭길 아래 경사면에는 질경이, 미나리, 머위대 등이 들풀 속에 섞여 살랑인다. 눈길 주는 곳마다 들판의 야생초들이 풍경소리를 내는 듯 바람결에 흔들린다.

황 여사는 푸른빛이 감도는 실개천 둑길을 걸어 나오며 주체할 수 없는 봄날의 풍경을 읊조린다.

'아따, 지천이 푸르니 내 마음도 푸르러지는구먼. 사방에 돋아난 푸른 잎들이 다 먹을 것들이여. 자연이 주는 보배지. 당장 발밑에 보이는 것만으로도 냉이무침, 쑥절편, 민들레 쌈을 만들 수 있겠네. 어디 그 뿐이여! 초록색이 주는 편안한 심상을 어찌 먹는데다가 비길 것이여. 저 푸른 것들도 다 숨을 쉬고 있는 법인데, 저들도 한세상, 나도 한세상, 그래서 야생의 것들은 눈으로만 보고, 마음으로만 느낄 테야.'

황 여사는 농수로 둑길을 건너와 작업 모자를 고쳐 쓰고는 배나무

밭으로 들어섰다. 가지마다 꽃들이 하얗다. 양팔을 허공에 벌린 채 순백의 배꽃 터널 속으로 걸어 들어가며 외쳤다.

'어매! 꽃물 들것네.'

매년 꽃가루 작업에 몸살을 앓으면서도 질리지 않는 배꽃 향기에 나이 칠십에도 느끼는 감흥은 예년과 다르지 않았다. 그녀는 흐드러지게 피어있는 배꽃 가지를 휘어잡아 얼굴에 비벼댔다. 봄볕에 그을린 그녀의 이마가 하얀 꽃잎에 반사되어 더욱 검게 보였다. 그녀는 또 다른 꽃가지를 끌어당겨 코끝에 대고 숨을 흠뻑 들이쉬고 내쉬었다.

'아까워라, 혼자 보기 참으로 아까워라. 꽃들이 이리도 고운데, 어째서 벌 나비가 날아들지 않는 겨. 몇 년 전까지만 해도 배꽃이 벌면 벌들이 붕붕 대는 통에 밭일도 제대로 할 수가 없었는데.'

황 여사는 수분수 꽃가지를 꺾어 들어 암술에 칠하다 말고 즉흥적으로 떠오른 노랫말로 흥얼거렸다.

이리 오너라 벌 나비야, 나풀나풀 꽃잎에 살짝, 붕붕 날아와 시샘하라. 벌 나비야 함께 오너라. 두 둥 실, 두리 둥실 ~~

황 여사는 꽃향기에 취해 정신없이 화접을 하고 나니, 허리가 끊어질 듯하고, 고개는 빠지는 것 같았다. 그녀는 꽃송이들이 매달린 장대를 나뭇가지에 기대어놓고 두 손으로 허리를 떠받친 채 상체를 뒤로 젖혔다. 경직된 허리에서 통증과 함께 시원함이 밀려왔다.

상체를 젖힐 때마다 배 나뭇가지 사이로 뭉게구름이 보인다. 맑은 햇살이 그녀의 얼굴에 쏟아진다.

반나절을 일하고 나니 허기가 느껴지고 입안에 갈증이 일었다. 황 여사는 고랑 저편에서 일하고 있는 남편을 불렀다. 남편은 배나무에 가려져 보이지 않았다.

"길남 아부지!"

남편은 인공수분 기계를 앞가슴에 매달고 꽃가루를 뿌려대느라 아내가 부르는 소리를 듣지 못했다. 황 여사는 집에서 싸 들고 온 새참 바구니와 술 주전자를 양손에 나눠 들고 휘적휘적 배나무 밑을 빠져나와 밭둑에 가부좌를 틀고 있는 석바위로 향했다. 주변에는 뽕나무 한 그루가 옅은 그늘을 드리운다.

"길남 아부지! 막걸리 한 사발 마시고 합시다."

황 여사는 남편을 향하여 재차 손나발을 만들어 입에 대고 더 큰 소리로 불렀다.

남편은 하던 일을 멈추고 밭고랑을 빠져나왔다. 그녀가 막걸리 한 대접을 가득 따라 남편에게 건네며 말했다.

"닷새에 걸쳐서 수분 작업을 했으니 오늘 중으로 다 끝낼 수 있을 것 같어유. 이 넓은 배밭을 일꾼 하나 안 들이고 두 늙은이가 벌 나비 노릇을 했으니 몸살이 날 지경이유. 갈수록 일손 구하기가 어려우니 큰일여유."

황 여사는 배밭에 힐금 눈길을 주고는, "어린 배 솎아내고, 배 봉지 쌀 때는 미리 군청에 일손 지원 요청을 하여 자원봉사자들의 일손 좀 빌립시다."

황 여사는 나무젓가락으로 열무겉절이 안주를 집어 올리며 할미새처럼 지저귀었다. 남편은 대꾸도 하지 않고 막걸리 잔을 들어 단숨에 들이켰다.

"당신, 오늘 참 별나유."

황 여사는 콧잔등에 꽃가루가 붙어 있는 코끝을 들어 올리며 덧붙였다.

"수정이 되려면 72시간가량 걸린다 하니 서둘러 마쳐야 해유. 사나흘 후에는 농약도 쳐야 되고, 다른 농작물들도 손을 봐야 하구."

황 여사의 채근하는 말이 심기를 건드린 듯 남편은 흙 묻은 장화를 벗어 탈탈 털어 신고는 배나무밭으로 향했다. 그녀도 뒤따라 일어나 과수원에 맞붙은 밭에 들어가 골고루 심어놓은 농작물들을 살폈다. 과수원 일에만 묶여있다 보니, 밭고랑마다 온갖 것들이 그녀의 손길을 기다리고 있었다, 감자밭도 매야 되고, 참깨 모종도 심어야 되고, 옥수수 곁순도 따야 하고, 열무도 솎아야 하는데, 마늘쫑다리도 뽑아야 되고, 봄 가뭄에 시들어가는 고구마 줄기에 물까지 줘야 할 판이었다. 그뿐만이 아니라, 금요일에는 농협 직거래 장터에서 실파, 대파, 시금치, 아욱, 상추 등을 뜯어다 좌판까지 펼쳐야 했다.

마음이 조급해진 황 여사는 배밭으로 돌아와서 꽃가루 작업을 서둘러야 한다며 고랑 저편에 있는 남편을 향해 재촉했다. 그러나 멀리서 보이는 남편은 누군가와 통화를 마치는 듯하더니 수분 기계를 밭고랑에 벗어놓고는 어디 좀 다녀오겠다는 말만 하고서 황급히 과수원을 빠져나갔다.

황 여사는 수분수의 꽃가지를 암꽃 다발에 문지르다 말고 남편을 향해 소리쳤다.

"어딜 가유! 이 바쁜 와중에."

그녀는 장대를 내팽개치고 종종걸음으로 남편 뒤를 따라붙었다.

십여 년 전, 술 좋아하는 남편은 어느 한순간 술집 여자한테 홀려 눈이 멀었었는지 과수원에 인접한 고추밭 땅문서를 잡히고 4천만 원에 대한 빚보증을 서주었다. 남편의 변명으로는 술집 여자가 따라주는 술을 마셨을 뿐인데 아침에 눈을 떠보니 허름한 여관방에서 실오라기 하나 걸치지 않고 누워있었다고 했다. 그 여자는 보이지도 않고, 도대체 아무리 생각을 해도 술기운이 과하게 올라왔던 기억뿐이라고 했다. 그러나 그 후에 술집 여자는 한사코 자신이 여관으로 끌려와 순결을 잃었다고 우겨댔다. 요즘 같으면 그 여자와 남편을 함께 싸잡아 경찰에 신고하여 DNA 검사라도 받아보자고 주장했을 텐데, 그때만 해도 가문의 망신살로 여겨질까 봐 사건을 쉬쉬 은폐하고 말았다. 남편은 강하게 발뺌을 했지만, 황 여사는 남자들의 로망이라는 몹쓸 망상이 남편의 내면에 도사리고 있다가, 마누라 몰래 술집 여자를 취한 것이라고 거세게 쏘아붙였다. 그러나 날이 갈수록 그 술집 여자가 자신의 인생을 책임지라며 이자도 안 갚고 나 몰라라 하며 나자빠지자 은행으로부터 독촉장이 날아들었다. 매일 부부 싸움이 끊이지 않았고 가정은 파탄 날 정도로 위기에 처했다. 결국 그 술집 여자를 떼어 내느라 고추밭을 팔 수밖에 없었다. 한순간에 밭떼기가 날아가 버리자, 황 여사의 서정적이고 낙천적이던 기질은 갈수록 성급해지고 드세게 변해갔다. 그 후부터 남편에게 눈곱만한 의심이 보이면 집요하게 캐물었다.

이날도 남편이 황급히 밭고랑을 빠져나와 농수로 옆길에 세워놓은 트럭으로 가서 시동을 걸자, 저 인간이 또다시 외간여자와 정분이라도 난 것은 아닐까 하는 의구심이 강하게 일었다. 황 여사는 걸음을 재촉하여 남편의 뒤를 따라붙어 재빨리 조수석에 올라탔다.

"말 해유. 일하다 말고 어딜 가는 거유?"

"……"

"어딜 가느냐고 묻잖유."

황 여사가 함구하고 있는 남편을 향해 다그치고 있는 중에 남편의 핸드폰이 울렸다. 남편은 위 주머니에서 핸드폰을 꺼내 귀에 대고 말했다.

"지금 가고 있는 중이오. 한 이십 분 후면 도착할 것이니 그때 다시 통화합시다." 남편이 굳게 닫혀 있던 말문을 열며 통화를 마치자 황 여사는 기다렸다는 듯이 달려들며 물었다.

"누구요? 여자 목소리 같은데. 지금 어디로 차를 몰고 가는 것이유?"

"아, 꽤 성가시게 구네. 농협이오!"

남편은 집요하게 파고드는 아내를 귀찮아하는 표정으로 바라보며 퉁명스럽게 대답했다.

"농협엔 왜유? 대체 그 여자가 누구요?"

운전대를 잡은 남편의 팔을 흔들며 다그치자 남편은 짜증난다는 듯 갓길에 차를 세웠다.

"농협 여직원이여. 내 신용정보가 유출됐다 했어. 비밀번호를 불러줘야 돈을 빼서 새 통장으로 넣어준다고 했어. 아무에게도 말하지 말고 꼭 혼자서 오라고 했어. 그런데 왜 이렇게 따라붙고 난리를 치는 게여?"

"이런 띨띨한 양반을 봤나. 당신 도대체 순진한 거유? 아니면 바보요? 그 뭐 시기여, 요즘 남의 돈 빼가는 사기꾼들이 허다하게 많다던데, 방송에서 떠들어대는 보이스피싱 인가 뭔가, 왜 있잖여. 당신, 혹시, 사기당한 것 아니유?"

황 여사가 갑자기 놀란 표정으로 눈을 동그랗게 뜨고 대들듯 말을 이었다.

"나도 같이 갈 테유. 당신, 영 못 미더워서. 어서 빨리 시동 걸어유."

남편이 시동을 걸고 갓길을 빠져나왔다. 트럭이 도로에 설치된 과속방지턱을 넘자 짐칸에 실은 농기구들도 화가 난 듯 덜거덕거렸다. 그때 남편의 겉옷 주머니에서 핸드폰이 울렸다. 황 여사가 핸드폰을 꺼내 통화버튼을 누르며 남편의 귀에 대주며 귀엣말로 속삭였다.

"태연스럽게 받어유."

"여보세유?"

남편이 통화를 이어가자, 황 여사는 슬며시 남편의 핸드폰을 낚아채 자신의 귀에 갖다 댔다.

"…… 어르신, 바쁘시면 꼭 오실 필요 없어요. 카드 비밀번호만 불러주시면 돼요. 저희들이 알아서 안전하게 처리해 드리겠습니다. 자, 지금 불러주세요…… "

상대방의 여자가 어눌한 연변 말씨로 비밀번호를 불러 달라고 재차 들먹이자, 황 여사는 급한 성질을 참지 못하고 핸드폰에 대고 소리를 버럭 질렀다.

"너 이 년! 여기가 어디라고 함부로 전화질을 하는겨. 당신 사기꾼이지?"

황 여사가 허공에 종주먹을 대며 퍼부었다.

"아? 웬 할망구야? 재수 없게! 할아버지 바꿔요!"

여자는 다 된 밥에 재 뿌렸다는 투로 "이 할망구가 미쳤나?" 하면서 할아버지를 바꾸라고 몰아쳤다.

"뭐? 할망구? 여기가 어딘지 알어? 내가 청와대 안주인이다. 겁대가리 없이 어디다 대고 사기를 쳐, 이 년이."

황 여사는 전화를 끊어버렸다. 그리곤 부글거리는 심기를 섞어 남편을 향해 말했다.

"사기꾼 년 아녀? 네 이년 잡히기만 하면, 작살을 내고 말터. 좀 더 세게 달려유."

남편이 놀란 듯 가속페달을 밟으며 차를 몰고 가 농협 앞마당에 차를 세웠다.

황 여사는 농협문을 박차고 들어가 금방 전화했던 여자가 누구요? 하며 고함을 질렀다.

조용한 시골 농협의 몇 명 안 되는 직원들이 동시에 벌떡 일어나 무슨 일이냐고 반문했다.

"방금 전에 카드 비밀번호 대라하며 호출한 사람이 누구냐고 했어유."

한 젊은 직원이 냉장고에서 박카스 한 병을 따주며 황 여사를 진정시키고 물었다.

"중국 발 신종 사기 보이스피싱입니다. 비밀번호를 불러주셨습니까?"

"욕만 바가지로 해줬지. 내가 남편의 핸드폰을 내 귀에 갖다 대지 않았더라면, 우리 집 양반이 틀림없이 비밀번호를 발설했을 거여유."

"다행이에요. 아주 잘하셨습니다. 저희 농협에서는 절대로 비밀번호를 전화로 요구하지 않습니다. 중국에서 전화를 걸어 비밀번호를 알아내 돈을 빼가는 수법입니다."

황 여사가 의기양양하여 뒤편에 뻘쭘하게 서 있는 남편을 향해 눈을 흘기자 남편은 민망한 듯 머리를 긁적이며 창구 앞으로 다가갔다.

"아 글쎄, 전화로 웬 여자가 농협 직원이라 하면서 내 개인 정보가 털렸다고 통장과 카드를 재발급받아야 한다며 카드 비밀번호를 대라는 것이유. 그래야 돈을 빼서 새 통장으로 옮길 수 있다고 했시유. 이미 준비를 다 해 놨으니 아무 걱정 말라 하면서, 그리고 한 삼십분 후에 읍내 사거리 모퉁이에 있는 그 뭐시냐 무슨 기기라 했는데, 새 카드로 실험을 해보라고 한 것도 같고. 통 무슨 말을 하는지 내 그 말을 도무지 알아듣질 못했는데. 그 뭐, 은행.. 공공,,공동 기계? 자동화? 뭐라고 하면서… 이미 정보가 유출된 통장과 카드는 자동 폐기되니 염려하지 않아도 된다고 들었시유. 그래서 이렇게 밭에서 일하다 말고 그리로 가다가 급히 이곳에 들른 것이유."

"아, 네, 어르신, 사기꾼들이 은행 공동자동화기기에 있는 카드 투입구에 불법으로 카드 복제기를 부착하여 정보를 빼내가고 있어요. 복제된 카드와 비밀번호를 사용하여 무자비하게 돈을 싹쓸이해간다고 들었어요. 지능이 점차 다양해지면서 피해 사례도 급증하고 있습니다. 특히 홍보가 미흡한 농촌지역에서 피해가 우려됩니다. 중국에

본부가 있어서 쉽게 범인 검거도 어려운 실정이랍니다. 경찰들도 골치 아프다며 머리를 흔들며 혀를 내두르고 있어요. 각자가 조심할 수밖에 없습니다."

농협 직원들의 부연설명을 다 들은 후에야 사태의 심각성을 깨달았는지, 남편은 붉으락푸르락 달아오른 얼굴을 쓰다듬으며 안도의 한숨을 내쉬었다.

농약을 뿌린지 사흘 후, 황 여사는 배나무 과수원을 돌아보다가 기겁을 하고 말문이 막혔다. 지금쯤 꽃잎 속에서 오동통 씨방을 만들어 배꼽을 불릴 시기인데 어찌 된 노릇인지 가지마다 꽃잎이 싹 녹아내렸고 파릇파릇 올라오던 배나무 이파리들은 새까맣게 타들어 갔다. 그 희망했던 앞날의 모습을 찾을 길이 없었다. 그녀는 놀란 눈을 뜨고, '큰일 났네! 어찌하면 좋아!'를 연발하며 안절부절못하고 배나무 사이를 헤집고 다녔다.

"여보우! 길남이 아부지! 빨랑 와 봐유."

황 여사는 목을 길게 빼고, 인근 밭에서 강낭콩을 심고 있는 남편을 향해 소리쳤다.

"큰일 났어유! 배나무 다 죽었어유!"

숨이 넘어 갈듯 자지러지게 불러대는 아내의 소리에 남편은 허리에 차고 있던 콩 주머니를 밭고랑에 내려놓고 배나무밭으로 향했다.

"허, 야단났네."

남편은 이 나무 저 나무를 돌며 배 나뭇가지를 살폈다. 한겨울 메마른 나뭇가지처럼 휑한 가지들을 바라보며 낙심한 듯 주저앉아 담배를 피워 물었다.

"에이, 제기랄, 농약을 잘못 쳤나 벼."

"그러게 내가 말 했잖우. 꽃들이 다칠라 살살 뿌리라고."

황 여사는 애꿎은 남편에게 화살을 쏘아붙였다.

남편은 주머니를 뒤져 농약 대리점 전화번호를 꺼내 들고 전화를 걸었다.

"대리점 이지유? 요전에 그 가게에서 농약을 사다 쳤는데 배꽃이 씨눈도 안 남고 다 녹아 버렸어유. 지금 우리 밭으로 와서 현장검증을 해 주시우. 원인을 찾아야 할 것 아니우? 까치산 입구 신작로 앞까지 와주시우. 내가 그리로 마중 나갈 것이유."

남편은 전화 통화를 마치고, 밭머리에 세워 둔 트럭으로 가서 차 안에 보관한 농약 구매 영수증을 찾아왔다. 빈 농약병들과 포장지들도 찾아와 한군데 모아놓았다. 대리점 직원이 도착하면 그 집에서 이 농약들을 구매했다는 증거를 제시하고자 할 요량이었다.

두어 시간 후, 대리점 직원이 현장에 도착했다.

"날 기억하지요? 일주일 전에 농약을 구매한 사람이유. 여기 구매한 증거자료들이 있어유,"

남편은 빈 농약병과 포장지들을 내밀며 농약 부작용의 실태를 면밀히 파악해 보라고 다그쳤다.

"아 왜, 내가 구매하러 갔을 때 당신이 갓 귀농했다는 청년과 통화를 하고 있었잖아유?"

남편은 대화의 주도권을 잡으려 강한 어조로 덧붙였다. 그러자 대리점 직원이 대답했다.

"네, 어르신 기억합니다."

대리점 직원은 배나무 가지를 들여다보며 요리조리 살폈다. 한참을 살펴보고도 집히는 것이 없는지 고개를 갸우뚱거리며 말했다.

"글쎄, 원인을 모르겠네요. 개화 시기에 이상기온 현상으로 발육부전을 염려하신다 하기에 성장촉진제와 살충제를 어르신께 판 기억이 나는데요.. 그것들이 원인인지는 좀 더 많은 검토가 있어야 할 것 같습니다."

대리점 직원의 말이 끝나기가 무섭게 황 여사는 그에게 다가가 다짜고짜 소리쳤다.

"이건 틀림없이 농약 탓이유. 그러니까 그쪽에서 다 물어 줘야 해유. 뼈 빠지게 일하고 농약 쳐 놓았는데 사흘 만에 이 지경이 됐단 말여유. 아이구 속상해. 내 새끼들 다 죽어버렸네."

황 여사는 제 분을 이기지 못하고 통곡하며 바닥에 주저앉았다.

황 여사는 배나무 과수원에 특별한 애착을 갖고 있었다. 황 여사 부부는 20여 년 전 처음으로 과수원 인근의 자갈밭을 사들이며 과수원 땅을 넓혔다. 돌멩이들을 골라내고 성토를 하고 퇴비를 했다. 불모지나 다름없는 자갈밭을 일구느라 등골이 휘었다. 돌들을 파내고 옮기다 가운뎃손가락을 찧었다. 손톱이 빠져나간 자리가 제멋대로 아물어 붙은 손가락을 볼 때마다 자신의 힘겨웠던 시절들이 떠올랐다.

이렇게 일군 과수원에서 배의 수확량이 점차 많아지자 처음 몇 해 동안은 판로가 없어서 고민이 이만저만이 아니었다. 일 년 내내 땀 흘려 수확한 배가 도매시장에서 경매에 부쳐져 헐값에 팔려나가는 것을 보면서 중간 상인들이 땀 한 방울 안 흘리고 일순간에 잇속만 챙겨간다는 사실을 알았다. 이런 불합리한 유통구조를 알고부터 새로운 판로를 개척하기 위하여 행동으로 옮겼다. 황 여사 부부는 배 상자를 트럭에 싣고 시내의 고급 식당들을 찾아다니며 판촉 활동을 했다. 음료수 공장도 찾아다녔다. 잡상인 취급을 당하며 말도 못 붙이고 쫓겨난 적도 많았다. 그럴수록 최고의 상품으로 선별된 배 상자를 들고 들어가 식당 주방장에게 척 안겼다.

"한번 잡숴 봐유. 배 값은 안 받을 테니. 우리 집 배 맛 좀 보셔유. 단물이 철철 흘러유. 쭉쭉 썰어 손님들 냉면 그릇에 푸짐하게 넣어나

보셔유. 뼛속까지 시원하다고 할거유. 손님들 반응이 좋으면 그때 연락 주셔유."

그 후로 한 집 두 집 단골이 생기더니 시내의 고급 냉면 전문식당에서 정식계약 주문이 들어 왔다. 제값을 받으니 황 여사도 좋고 주방장도 좋았다.

완연한 가을이다. 농수로 맞은편 가을 들판은 노랗게 물들었다. 둑길을 따라 구절초 꽃잎이 고개를 젖혀 들고 보라색 향기를 내뿜고 있다. 밭둑 여기저기엔 늙은 호박들이 퇴색된 호박잎 사이로 엉덩이를 내밀고 앉아있다. 숫놈을 등에 업은 풀무치 한 쌍이 발소리에 놀라 여문 들깨송이 사이로 숨어버리고, 고추잠자리들은 떼 지어 허공을 나른다. 건너편 과수원에는 배들이 황금빛으로 익어가고 있다. 멀리서 바라만 보고 있어도 마음이 흐뭇했다.

'아! 이 맛이구나. 자연도 사람도 너그러워지는 계절. 수확이 끝나면 여름내 배나무들도 수고했으니 배나무 아래 퇴비라도 두둑이 얹어주리라.'

황 여사는 만발의 미소를 지으며 고추밭머리를 돌아 배밭으로 들어섰다. 가을하늘처럼 몸과 마음이 부풀대로 부풀어 올랐다.

그런데, 맙소사! 태풍이 일본 쪽으로 지나가리라는 예상을 깨고 급격히 진로를 바꿔 한반도 쪽으로 북상했다. 전국이 태풍의 영향권에 들었다. 특히 중부지방을 휩쓸고 올라가며 배밭을 강타했다. 추석 물량에 맞춰 수확을 앞둔 배밭이 한순간에 쑥대밭으로 변해버렸다. 이 허망한 현실 앞에 눈앞이 깜깜하고 앞길이 막막했다. 주문한 식당에 물량을 댈 수 없게 되자, 애써서 체결한 정식계약이 3년 만에 파기되고 말았다.

태풍 피해의 쓰라린 경험을 맛본 후, 황 여사는 절박했던 심정으로 기어코 직거래 장터를 뚫었다. 농협에 갈 때마다 직원 전용 주차장이 텅 비어 있다는 것을 보고 농협 지점장을 찾아갔다. 아무리 땀 흘려 농사를 지어 봐도 결실은 중간 상인들이 따먹으니 농사꾼은 항상 배가 고프다며 주차장 앞마당을 농산물 직거래 장터로 활용하게 해달라고 제안했다. 처음엔 난색을 표했지만 몇 번씩 찾아가 고충을 털어놓으며 설득하니 결국 농협에서도 농민을 위하는 길이라고 판단하여 장소를 제공해 주었다. 그 후로 매주 금요일마다 그곳에서 직거래 장터가 열렸다. 회원제 입찰 방식으로 50여 명의 지역 소규모 상인들과 농민들이 참여했다. 금요시장이 본격적으로 활성화되었다.

황 여사는 수확한 농산물들을 트럭 가득히 싣고 와 좌대에 펼쳐놓고 소매를 했다. 열무, 시금치, 도라지 따위의 채소류와 포도, 배, 복숭아 등 제철 과일들을 팔았다. 해를 거듭할수록 점차로 품목이 늘어나며 겨울철에는 무말랭이, 가래떡. 청국장까지도 만들어 판매했다.

농사지으랴, 금요장터 나가랴, 몸은 말할 수 없이 고달프나 현금을 손에 쥐는 맛에 황 여사의 마음은 활기찼다.

이런 아내를 보고 남편은 아내가 너무 드세다고 치부하면서도 문제가 터질 때마다 적극적으로 문제 해결을 주도하는 아내의 극성스러운 성미에 내심 안도감도 있었다. 성격이 조용한 남편은 한발 뒤로 물러나 관망을 하곤 했다. 아내 앞에서 시시콜콜 말참견을 하고 싶지 않았다. 무엇보다도 자신의 과오로 밭뙈기를 팔아먹은 이후로 아내 앞에 나서기를 자제해 왔다.

한편, 황 여사의 장사 수완과 재치가 어디서 나오는지 동료 상인들은 부러움을 금치 못했다. 상인들은 궁금한 눈빛으로 바라보며 장사 비결에 대한 질문을 하곤 했다.

"장사 수단이 끝내주는 구만요. 똑같은 물건을 팔아도 손님들이 모두 그 집으로 몰려가니 대체 그 비결이 뭐요?”

“비결은 무슨 놈의 비결. 진심을 담아서 파는 것이유. 여러분들은 팔 농작물들을 다듬고 간추려서 좌판에 참하게 진열해 놓지만, 나는 그리 안 해유. 장사는 사람의 마음을 움직이는 것인데, 네모반듯하게 진열해 놓으면 소도시의 아낙네들이 어디 쉽게 다가갈 수 있겠어유? 보석상 진열대도 아니고. 부담 없는 구석을 보여줘야 손님들이 거부감 없이 다가와유. 한 무더기씩 소쿠리에 담아 놓고 있으면 손님들이 찾아와 값을 먼저 흥정해유. 이 얘기 저 얘기하다 보면 진심이 통해유. 그때 앉은뱅이 의자를 내어주면 퍼질러 앉아 구매한 물건들을 다듬곤 해유. 떡잎 쓰레기 줄이겠다며, 총각무 떡잎도 떼어내고, 고구마 줄기도 벗기고, 강낭콩 껍질도 까고, 쪽파도 다듬고, 그러다 보면 그새 정이 들어 이웃사촌같이 느껴져유. 솔직히 말하지만, 나는 열무 단을 일일이 묶을 시간도 없어유, 옥수수도 마찬가지유. 바닥에 수북이 쌓아 놓으면 손님들이 와서 값을 치르고 껍질을 벗겨 다듬어유. 옥수수 수염과 껍질이 뒤섞여 볏가리처럼 쌓이니 얼마나 푸짐해 보여유. 아이들은 농촌 체험하는 격으로 옥수수수염을 가지고 놀면서 해맑게 웃어유. 그리고 덤을 줘야 손님들이 좋아 해유. 귀퉁이에 벌레 먹은 복숭아라도 두어 개씩 장바구니에 찔러 넣어주면 다들 좋아 해유. 특히 상품성이 부족한 오이나 못생긴 가지들도 실어 와서 내가 직접 농사지은 것이라고 하며 조금씩 나누어 주면 무공해 신토불이라 하며 다들 고마워 해유. 왜 있잖유. 요즘 중국제가 판을 치니까 이 시골까지도 중국산 채소가 들어온다고 들었어유. 손님들은 떡잎 쓰레기 안 가져가니 좋구, 나는 그것들을 다시 싣고 가서 두엄 밭에 모아놓으니 썩어서 거름이 되어서 좋습디다. 또 있어유, 떨이를 잘해야 해유. 팔다 남은 야채를 도로 가지고 가면 뭐합니까. 밤새 시들면 그만이유. 파장 시간이 다가오면 제값 받고 파는 양보다 떨이로 얹어주는 양이 더 많어유. 고객들의 입이 벌어지는 것을 보면 내 맘도 흐뭇 해유. 그네들은 내일의 단골이 되지유."

황 여사는 나름의 장사 철학을 일사천리로 털어놓고는 돈주머니를 찬 채로 농협 창구로 들어가 입금을 시키고 돌아왔다. 통장의 액수를 떠 올리며 만면에 미소를 짓더니,

"이야. 옛말 그른 것 하나도 없네. 물건을 태기 치면 그날 장사가 대박 날 거라고 하잖유."

황 여사는 지난가을에 있었던 사건을 동료장사꾼들 앞에 풀어 놓으며 하하 웃어 젖혔다.

그날 새벽, 황 여사 부부는 전날 밤에 늦도록 작업해 놓은 야채와 과일상자들을 트럭에 가득 싣고 추석맞이 직거래 장터로 출발했다. 그런데 달리던 트럭에서 과일상자들이 중심을 못 잡고 와르르 떨어져 내렸다. 박스에서 쏟아진 포도, 복숭아, 배들이 서로 뒤엉키며 왕복 4차선 도로를 점령했다. 도로는 순식간에 아수라장으로 변했다. 데굴데굴 굴러가는 놈, 옆구리 터진 놈, 정수리 깨진 놈, 차에 치인 놈, 발에 밟히는 놈, 도로 밖으로 도망치는 놈. 차마 눈 뜨고 보기가 민망할 정도였다. 깨지고 으깨진 과일들로 인하여 도로 한복판은 과일 물이 들어 불그죽죽 누르죽죽해졌다.

황 여사는 난감해하며 어쩔 줄 모르는 남편을 향해 밧줄을 허술하게 묶어서 그렇다고 앙칼지게 퍼부으며 도로에 흩어져 있는 과일들을 주워 담았다. 출근 차량들은 빵빵거리며 수습을 재촉했다. 부부는 멈춰서 있는 승용차들의 바퀴 밑을 들여다보며 무릎을 꿇고 더듬어서 과일들을 꺼냈다. 몇몇 운전자들은 차에서 내려 사태 수습을 도왔으나, 대다수의 운전자들은 유리창을 열고 불편한 심기를 노골적으로 드러냈다.

이십여 분 만에 사건 수습이 끝나자 부부는 깨진 과일들을 트럭에

싣고 사고 현장을 떠났다. 트럭이 도로를 달리는 동안 부부는 아무런 말도 하지 않았다. 다만 남편은 차선을 유지하려고 애쓸 뿐이었다.

장터에 도착하여 하역작업을 마치고 나니 그제야 온몸에 기운이 빠지고, 뼈마디가 쑤셔대기 시작했다. 그런데 장터가 열리자마자 손님들이 하나둘씩 모여들더니 정오 무렵이 되자 많은 손님들이 몰려들어 혼자서는 돈을 받아 챙길 수가 없었다. 일손이 너무 달렸다. 황 여사는 물건만 내려주고 농장으로 곧바로 돌아간 남편에게 전화를 걸었다. 혼자서는 팔아댈 수가 없으니 만사 제쳐놓고 장터로 오라고 성화를 댔다. 그날 파장을 했을 때는 떨어진 포도알조차도 모조리 팔려나갔다. 그날의 운반 사고가 전 품목 판매 매진을 기록하며 대박을 터뜨린 셈이었다. 그 후로, 농사일로 지치고 힘들 때마다 그날의 경험담을 떠 올리면 재충전의 기폭제가 되곤 했다. 통장의 잔고는 쑥쑥 불어났다.

지난봄, 황 여사는 그동안 모은 돈으로 과수원 인근의 땅을 샀다. 소유권이전등기를 하러 관청에 갔을 때 등기공무원이 서류를 검토하면서 이리저리 황 여사 부부를 훑어보며 업무에 뜸을 들이고 있었다.

"뭘 그렇게 훑어보세유. 내가 이 양반 마누라요. 이 나이 먹어서 내 앞으로 토지등기 하는 게 뭐가 잘못된 일이유? 시집와서 이 평생 등골이 다 닳도록 들에 나가 함께 일을 했는데 무슨 문제라도 되나유? 우리 집 양반은 오천 평이 넘는 과수원을 자기 앞으로 소유하고 있는데. 늘그막에 밭 한 뙈기도 내 앞으로 못해유? 더군다나 술집 계집년한테 빚보증 잘못 서서 팔아먹은 땅을 되찾아오는 격인데. 이건 내 자존심이유. 빨리 처리해 줘유."

황 여사는 아들 벌로 보이는 애송이 등기공무원을 다그쳤다.

"아, 네, 요즘 하도 등기 사고가 많아서요. 순박한 시골 노인들을 상대로 하는 꽃뱀들이 극성을 부려요. 어수룩한 어르신들을 유혹해 통째로 논밭을 집어삼키는 사례가 있어서요. 그래서 잠시 의심을 해보았던 것입니다. 죄송합니다."

등기공무원은 소유권이전 서류에 도장을 꾹꾹 찍었다. 남편은 멀찌감치 서서 담배 한 개비를 꺼내 입에 물었다.

이렇게 황 여사는 자기 소유의 땅을 갖게 된 돈의 출처가 과수원의 배나무 덕분이라고 생각했기에, 그날 배꽃이 녹아 죽어가는 배나무를 보고 오열할 수밖에 없었다. 일주일이 지나도 사태 해결의 실마리가 보이지 않자, 황 여사는 농약 대리점을 다시 찾아갔다.

"이봐유. 빨리 보상해 줘유. 우리가 과수원에서 뼈 빠지게 일하면서 거름 주고 가지 치며 어르고 달랜 세월이 삼십 년이유. 생활비의 전부가 이 배나무에서 나왔단 말이유. 늦둥이 대학생도 있어서, 애 학비도 내야 되는데, 배나무를 다 죽여 놨으니, 뭘 먹고 살아유. 굶어 죽으면 당신이 책임질 거유? 빨리 대책을 마련해 줘유."

황 여사는 입이 마르도록 열변을 토했음에도 못다 한 말이 남아 있는지 눈꼬리를 치뜨며 말을 이었다.

"밭일 제쳐두고 벌써 며칠 째유. 오늘은 그냥 안 물러갈 거구만유. 확실한 답변을 받기 전에 한 발자국도 못 움직여유!"

황 여사가 농약 대리점 사무실 바닥에 자리를 깔며 누워버릴 기세로 몰아붙였다.

"저희들도 뚜렷한 대책이 없습니다. 저희가 농약 만든 사람도 아니고, 그저 지침대로 농가에 판매한 것인데, 왜 생떼를 씁니까요? 지난번에 말씀드렸듯이 다른 농약으로 대체 보상해 드리겠습니다."

"이봐유. 생떼라니유. 우리네 생계가 걸린 문제유. 무슨 말도 안 되는 소리를 하고 있어유? 그 많은 배나무가 다 죽어 자빠졌는데 어디에

다가 약을 치라고 농약으로 보상을 해준다는 것이유, 시방. 그럼 차라리 그 농약이라도 팔아서 연명을 해야 되겠으니 농약 가게라도 차려주서유. 우리가 농약으로 보상을 받는다 한들 가게가 있어야 팔 것 아니유. 농약을 머리에 이구 다니면서 팔 수 없잖우? 그러니 농약 가게를 차려주던가 손해배상을 해줘유. 희망도 없고 살길이 막막해유. 차라리 농약 가게라도 차려주면 재고해 보겠수."

황 여사는 막무가내로 버티며 식음을 전폐할 기세였다. 남편은 아내 곁에서 몇 마디 거들고는 연신 담배만 피워댔다.

황 여사 부부가 몇 날 며칠 동안 대리점을 쫓아다니며 일손을 놓고 있으니, 농장의 작물들은 제멋대로 자라서 춤을 추고 있었다. 옥수수 곁순은 굿판의 신장대처럼 산발을 하고 서있고, 솎아 내지 못한 열무들은 돗자리판처럼 빽빽하여 숨이 막힐 지경이었다. 밭고랑의 쇠비름은 빈대떡처럼 퍼질러 앉아 들깨 모종을 위협했고, 마늘쫑다리는 쇠어서 늦가을 억새처럼 뻣뻣했다.

대리점을 들락거린 지 20일째이던가, 황 여사는 대리점 안으로 들어서자마자 준비해 간 플래카드를 바닥에 홱 던져 버렸다.

"목젖 떨어지겠어유. 현장을 조사해 간지가 언제인데 아직도 감감무소식이유? 농약 제조회사와 군청, 도청 관계자들이 번갈아 드나들며 죽은 배나무를 헤집어 놓더니, 지난주에는 농협에서조차 현장을 조사해 갔어유. 근 3주가 지나가고 있어유. 말로만 하니까 이 늙은이를 얕잡아 보는 모양인데, 내 이 현수막을 길가의 가로수에 매달아 만천하에 공개할 것이유! 그리고 정식으로 경찰에 고소할 것이유!"

황 여사가 분을 참지 못하고 부르르 손을 떨었다.

대리점 사장이 그녀의 손목을 잡고 사정을 얘기하며 그녀를 진정시켰다.

"조금만 더 기다려 주십시오. 회사에서도 원인을 찾느라 밤샘을 하고 있답니다. 노여움을 푸세요. 저도 농약 제조회사에 하루에 수십 번도 넘게 독촉 전화를 합니다."

대리점 직원은 바닥에 팽개쳐진 현수막을 챙겨 테이블 위에 올려놓았다.

대리점에서 강하게 주장하고 집으로 돌아온 지 이틀이 지났으나, 황 여사의 마음은 더욱 안달 나고 몸은 천근만근 가라앉았다. 점차 의욕도 떨어지고 몸이 지칠 대로 지쳐 거실에 누워있는데 탁자 위에 놓아둔 핸드폰이 울렸다. 만사가 귀찮아 움직이기도 싫었으나 끈질기게 울려대는 통에 간신히 몸을 일으켜 탁자 위로 손을 뻗었다. 굵고 거친 손마디가 선명하게 드러났다.

"여보세유?"

황 여사가 기어들어 가는 목소리로 전화를 받았다.

"황 삼순 씨 되세요? 농약 대리점입니다."

"네? 대리점이라고유?"

황 여사는 자세를 곧추세우려고 애쓰며 목소리를 가다듬었다.

"원인 규명이 되었습니다. 신제품 약해로 밝혀졌습니다. 농약제조사에서 보상을 해주기로 결정되었습니다. 저희 대리점으로 방문해 주세요."

"거봐 유! 곧 갈게 유."

황 여사는 황급히 전화를 끊고 고장 난 농기구를 손보고 있는 남편을 불렀다.

"길남 아부지! 당장 대리점으로 갑시다,"

황 여사의 가라앉았던 목소리는 어느새 팔팔하게 되살아나고 있었다.

황 여사 부부는 트럭을 몰고 대리점에 도착했다. 그들이 들어서자 이미 도착해 있던 농약 제조회사 직원 두 명과 대리점 사장이 테이블에서 일어서며 황 여사 부부를 맞이했다.

"죄송합니다. 제품에 문제가 있었습니다. 이번에 새로 개발한 제초제인데 불량이 있었습니다. 이에 대한 보상은 저희 회사에서 최대한 해드리겠습니다. 처음으로 시판된 것이고 최초의 약해 사건이라서 원인 규명을 하는데 오랜 시간이 걸렸습니다. 양해해 주십시오. 본사에서는 이미 납품한 제품들에 대해 전량 회수 지침을 내린 상태입니다. 정말 죄송합니다."

"대체, 원인이 뭐랍니까?"

남편이 처음으로 아내를 제치고 질문을 했다.

"몇 년에 걸쳐서 개발한 신제품 제초제입니다. 기존의 제품보다 약효가 뛰어났지만, 한 가지 결점이 있었습니다. 농약을 치고 난 후에 제초제 잔재가 분무기 관 속에 들러붙으면 세척을 해도 잘 씻겨 내려가지 않는 결점이 있었습니다. 관 속에 말라붙어 있다가 후에 다른 영양제나 살균제 농약을 칠 때 함께 희석되어 문제를 일으킨 것입니다."

"그러니까 전에 쳤던 제초제 성분이 섞여 들어가서 배꽃과 이파리가 새까맣게 타들어 갔다는 말이지유?"

"네, 그렇습니다. 3천만 원을 보상해 드리기로 본사에서 방침을 세웠습니다. 그리고 위로금 조로 다른 농약으로도 변상해 드리겠습니다. 보상금 지급은 규정상 수확기가 되어야 가능합니다만, 회사 이미지를 고려해서 미리 준비해 왔습니다."

농약 제조회사 직원 한 명이 보상 내역에 관한 문서를 황 여사 부부 앞에 꺼내놓자 옆에 있던 상무라는 사람이 서류 가방 속에서 천만 원짜리 수표 석 장과 백여만 원어치의 농약 구매용 보증수표를 함께 꺼내놓았다. 남편이 서류에 서명을 하고 있는 동안, 황 여사는 생각보다 많은 액수에 놀란 마음을 금치 못하고 고맙다는 인사를 연발했다. 그녀는 그때 처음으로 천만 원짜리 수표를 두 눈으로 똑똑히 구경했다.

보상금을 받고 며칠 후, 황 여사는 다시 과수원을 찾았다. 갈고리 작대기로 배나무 가지를 휘어잡아 내렸다. 두 눈을 꾹꾹 눌러 비벼대고는 나뭇가지에 바짝 시선을 고정시켰다. 설마? 그녀는 놀라서 벌어진 입을 다물지 못하고 옆의 나뭇가지로 달려갔다. 나뭇가지마다 죽었던 이파리가 기지개를 켜며 실눈을 뜨고 있었다. 심장이 두근거리며 요동쳤다. 그녀는 작업복 주머니에 찔러 넣었던 목장갑을 꺼내 끼며 남편을 향해 소리쳤다.

"길남이 아부지! 빨랑 와봐유."

황 여사는 이 나무 저 나무로 뛰어다니며 배 나뭇가지를 확인했다. 세상에! 별일이여! 죽어가던 배나무는 제초제 성분에 취해 까무러쳤던 것일 뿐, 뒤늦게 되살아나고 있었다.

'헉, 지랄 났네. 내년 봄에나 살아나 올 것이지. 보상금 뱉어내랄까봐 겁나네. 하지만 제아무리 새잎이 돋아난들 올해 농사는 이미 글러먹은 것이여……'

그날 밤, 황 여사는 밤새 뒤척였다. 〈終〉

구영비

· 충북 괴산 출생. 본명 구자숙. 한국소설가협회 회원.
· 2016년 『한국소설』에 단편 「책갈피에 숨은 여우」로 등단
· 동인지 「글길을 따라 걷다」, 2018년 신예작가 선정.
· 단편소설 「빙어 낚시」, 「비상등」, 「황여사네 배밭」, 「복녀와 삼례」 외 다수

<작가노트>

가을 숲의 수채화

구영비

어느 해 가을이었나 봅니다. 소설 창작반 교실문을 열고 들어서자 유리창으로 바깥 풍경이 들어왔습니다. 그곳에서 선생님을 처음 만났습니다. 첫인상이 가을 숲의 수채화 같았습니다. 합평 작을 올릴 때마다 가을 산 같은 마음으로 위로와 격려를 해주시던 선생님, 선생님은 나의 멘토이셨습니다. 어느 날 수업이 끝난 후, 저녁 회식을 마치고 노래방에 갔던 기억이 납니다. 그때 선생님은 청아한 목소리로 '산까치야'를 부르셨습니다. 나는 몇몇 문우들과 함께 선생님의 노랫소리에 맞추어 탬버린을 흔들며 춤을 추었습니다. 다음 수업 시간에 선생님은 '잘 노는 사람이 글도 잘 쓴다.'라고 말씀하셨습니다. 소설 한 장 쓰기도 엄두가 나지 않던 습작생 시절, 그 막막하던 시절에 선생님의 그 말씀은 나에게 큰 힘이 되었습니다.

계절이 또 바뀌었습니다. 교실 유리창에 봄볕이 스미고 목련 꽃이 한가득 들어찼습니다. 남산의 뻐꾸기 소리도 창문을 통하여 들려오는 듯 했습니다. 창작 수업을 받으러 남산 소월길을 오르내린 지 2년이 흘렀나 봅니다. 그다음 3년째 되던 해, 2016년 5월, 한국소설에 단편, <책갈피에 숨은 여우>로 등단하였습니다. 선생님이 이끌어 주신 덕분에 문학의 무대에 첫발을 내딛는 순간이었습니다.

5월이 되면 내 가슴속에 두릅 향기가 올라옵니다. 선생님은 남소회에서 초대한 스승의 날 점심 모임에 참석하기 위해 지방에서 고속버스를 타고 곧바로 음식점으로 오셨습니다. 파릇하게 데친 두릅과 곶감 봉지를 식탁 위에 꺼내 놓으셨습니다. 두릅 숙회를 건네는 선생님의 손길은 친정어머니처럼 부드러웠습니다. 두릅 향이 입안에 가득했습니다. 천리 길을 오시는 동안 달리는 고속버스에서 합평 작을 읽으셨다고 말씀하셨습니다. 닮고 싶습니다. 선생님의 끝없는 열정과 저력을.

해후

김상희

오늘 중으로 무슨 일이 있더라도 천만원을 꼭 구해야만 했다. S은행에서 일 년 전에 빌린 팔백만원의 상환일이 바로 내일인데다 며칠 후 가게 임대료를 내려면 그 돈이 꼭 필요했다. 형식은 초조한 마음으로 대부업체 간판들이 걸린 상가 건물로 들어갔다. 그 건물 3, 4층에 대부업체 세 곳이 있어서 그는 조건을 비교해본 후 빌릴 생각이었다. 엘리베이터로 3층에 도착한 형식은 가장 가까운 곳에 있는 '한마음 대부' 사무실 문을 노크했다. 그리고 안쪽에서 들어오라는 직원의 말이 들리자 그는 문을 열고 들어갔다. 그곳엔 사무용 책상에서 일하는 이십대 남자와 삼사십대로 보이는 남자가 있었고 벽에 대출 조건이 적힌 안내판이 걸려 있었다. 형식이 어색한 태도로 대출받으려고 왔다고 하자 젊은 직원이 그에게 대출 신청서를 주며 신청서를 작성한 후 주민등록증도 같이 제출하라고 했다. 형식의 신청서와 주민등록증을 받은 직원은 내용을 꼼꼼히 읽어본 다음, 자리에서 일어나 다른 책상에서 일하던 남자에게 신청서를 건냈다. 형식은 대출 승인 권한이 그 사람에게 있음을 알아차리고 유심히 그 남자를 보았다. 그러다 문득 그의 얼굴에서 어릴 적 친구의 특징을 발견하고 깜짝 놀랐다. 가느다란 눈매에 턱이 뾰족한 그 모습을 보자 형식은 그 남자가 중학생 때 친구였던 준경이라고 확신했다.

"혹시 이준경?"

그 말에 서류를 보던 남자가 형식을 똑바로 바라보았다. 그는 감정이 보이지 않는 얼굴을 하고 무뚝뚝하게 아니라고 말했다. 당황한 형식은 사과했고 그제서야 그 남자 책상 위에 '한마음 대부 대표 이명훈'이라고 쓰인 명패가 있는 걸 발견했다. 10분 후 직원이 형식에게 대출 신청이 거부되었다고 알렸고 형식은 난감함을 느끼며 사무실 밖으로 나왔다. 그리고 바로 윗층에 있는 '신평화 대부'라는 업체를 방문했다. 그곳의 오십대로 보이는 사장은 수더분하고 사교성이 좋아 보여서 형식은 긴장을 조금은 덜 수 있었지만, 대출 승인이 안 될지도 모른다는 생각에 초조했다. 다행히 대출이 가능했다. 한 번 거절을 당하니 대출해 주겠다는 말에 반색하지 않을 수 없었다. 아직 다른 업체 하나가 남았지만 어차피 비슷한 조건일 것으로 생각해 바로 대출을 받았다. 연체이자율이 한마음 대부보다 높은 것이 마음에 걸렸지만 어쩔 수 없다고 생각했다. 형식은 핸드폰으로 대출금이 입금된 것을 확인한 후 그는 서둘러 자신이 운영하는 운동용품점으로 갔다. 전에는 직원이 있었지만 불경기로 장사가 잘 안되어 직원을 내보내고 혼자 일한 지 5개월이 넘었다. 그는 잠긴 가게 문을 열고 상품 정리를 했다. 그 후 무료해진 그는 라디오를 듣다가 오전에 만난 한마음 대부 사장이 생각났다. 어쩜 그렇게 닮았을까? 보자마자 바로 준경이가 생각날 정도였다. 손님이 없는 한가로운 오후에 형식은 중학생 때 참 특이했던 친구 준경을 떠올렸다.

준경은 형식이 중학교 3학년 때 같은 반이었고 집도 형식의 집 근처였다. 친하게 지낼 수 있는 조건이지만 그렇게 친한 사이는 아니었다. 무표정한 준경은 인상이 차가워 보여서 소심한 형식은 그에게 다가가질 못했다. 그리고 준경 또한 형식에게 데면데면하게 대해서 그냥 얼굴만 아는 사이로 마주치면 가끔 인사만 했다. 형식은 그가 어렸을 때 부모가 교통사고로 죽은 후 할머니와 함께 산다는 것을 어머니를 통해 알고 있었다. 그래서 준경과 친하지는 않아도 마음속으로 준경을 동정했다. 준경이 학교에서 친한 애도 별로 없이 외톨이로 지내고 무뚝뚝해도 별로 거슬릴 것이 없었다. 자신도 그 입장이라면 그럴 것 같았다. 하지만 학교생활에서 그렇게 튀는 준경을 못마땅하게 여기는 애들도 있었다. 평범한 애들은 조용한 준경을 신경 쓰지 않고 지냈지만 일진 무리들은 준경을 그냥 지나치지 않았다. 형식은 2학년 때부터 간간이 준경에게 별거 아닌 일로 시비를 거는 애들이 있다는 것을 알게 되었는데, 준경과 같은 반이 된 3학년부터는 직접 그 광경을 목격할 때가 많았다.

일진 무리 중 유난히 준경에게 못되게 구는 규호라는 애가 있었다. 규호는 가만히 있는 준경의 머리를 오른손 검지손가락으로 밀며 말했다.

"너 내 말 무시해? 매점에 가서 빵 사오라고."

"싫다고 했다. 너 병신이야? 왜 나한테 시켜?"

준경이 쏘아붙이자 규호는 씩씩대며 자기보고 병신이라고 했다며 온갖 욕을 쏟아냈다. 다른 아이들은 또 시작이라고 쑤군대며 툭하면 일어나는 싸움에 지긋지긋해 했다. 형식도 그들 중 하나였다. 하필이면 규호까지 같은 반이라 이런 일이 너무 많았고 형식은 준경이 아무 잘못도 없다는 걸 알면서도 그가 가끔 짜증스러웠다. 좀 조용하게 지내지 싶었다.

그러던 어느 날 형식은 청소 후 쓰레기통을 소각장에 비우러 갔다가 준경이 규호와 그 친구들에게 둘러싸여 맞는 것을 보았다. 준경은 보통 키에 마른 체격으로 네 명과 맞서 이기는 것은 불가능했다. 준경도 그들에게 두세 번 주먹을 휘둘렀지만, 규호 친구 중 하나가 준경의 옆구리를 발로 차자 쓰러졌고 곧 규호 무리에게 발길질을 당했다. 겁이 많은 형식은 그 광경을 보고 너무 놀라서 벽 뒤로 몸을 숨겼다. 잠시 후 규호 무리가 자리를 뜨자 형식은 땅에 널부러져 있는 준경에게 다가갔다. 준경은 코피를 흘렸고 교복은 흙투성이였는데 눈가엔 눈물이 고여 있었다. 형식은 그를 일으켜서 양호실에 가자고 했지만 준경은 그냥 집에 가겠다고 했다. 하긴 지금 가봐야 곧 선생님 퇴근 시간이라 치료도 제대로 받기 힘들었다. 형식은 준경과 함께 교실로 돌아왔고 청소하느라 교실에 남아있던 애들은 준경의 모습에 놀라 왜 그렇게 됐냐고 물었다. 준경은 아무 말도 하지 않았고 준경과 형식은 각자 가방을 챙겨 교실을 떠났다.

"많이 아프지? 네가 울 정도면 진짜, 규호 그 새끼 미쳤나 봐. 어떻게 이러지?"

형식의 말에 준경은 손등으로 눈가를 닦아내며 말했다.

"아파서 운 거 아니야. 분해서 운 거야."

준경의 눈빛은 맞아서 기가 꺾인 사람의 것이 아니었다. 형식은 준경이 분노 때문인지 평소보다 더 자신을 더 솔직하게 드러낸다고 느꼈다. 왠지 준경과 전보다 더 친해질 수 있겠다는 생각이 들었다. 그리고 준경이 이런 일을 당해도 씩씩한 모습을 보여서 다행이라 생각했다. 형식이 병원에 가 보자고 했지만 준경은 그 정도는 아니라며 거절했다. 형식은 준경이 할머니가 걱정하는 것이 싫어서 병원에 안 가는 거라는 생각이 들었다.

"내일 선생님한테 오늘 일 말할 거지?"

"응 그럴 거야. 새끼들 정학 맞겠지."

준경과 형식은 규호와 그 무리 욕을 하며 집으로 향했다. 두 사람의 집 방향이 달라지는 사거리에 도착해서 헤어질 때까지 나눈 대화가 그 이전까지 나눈 대화보다 많았다. 그날 이후로 서로 어색했던 형식과 준경은 친구 비슷한 관계로 발전했다.

다음날 준경은 담임교사에게 어제 폭행당한 사실을 알렸지만, 규호 무리는 겨우 봉사 10시간 정도의 징계만 받았다. 너무나도 가벼운 처벌에 준경과 형식은 어이없어했다. 규호의 집안이 이 근방에서 소문난 부잣집이어서 학교에서 많이 봐준 것 아닌가 하는 의심이 들었다. 그 후로 규호가 준경을 건드리지 않으면 그나마 다행이었는데 못돼먹은 규호는 시시때때로 준경에게 선생에게 고자질했냐면서 시비를 걸었고 옆을 지나갈 때는 꼭 툭툭 치며 지나가서 준경의 스트레스는 심해졌다. 어느 날 규호가 복도에서 주먹으로 준경의 옆구리를 치고 지나가자 준경은 화가 폭발해서 규호의 뒷통수를 주먹으로 내리쳤다. 규호는 비명을 지르며 주저앉았고 주위에 있던 애들이 소리를 질러 소란스러워지자 교무실의 교사들이 나와 그 광경을 목격했다. 그 일로 준경은 정학 2주일의 징계를 받았다. 준경은 규호가 먼저 쳐서 그런 거라고 말했지만 규호는 그런 적 없다고 잡아뗐다. 먼저 규호의 폭행 건이 있어서 자신의 항변이 받아들여질 거라고 생각했지만, 어찌된 일인지 규호는 아무런 징계를 받지 않고 자신만 정학을 당하게 되어 준경은 분노했다. 그날 형식과 준경은 실컷 규호와 학교 욕을 하며 하교했고 이 일로 더 친해졌다. 정학 기간 동안 형식은 준경을 만나기 힘들었는데 하굣길에 우연히 마주쳐서 그가 권투도장에 다닌다는 얘기를 들었다. 형식은 놀라서 이유를 물었고 준경은 규호 패거리들한테 그냥 당할 생각은 없다고 대답했다.

준경이 다시 등교한 후 규호는 다시 시비를 걸기 시작했고 준경은 규호에게 일대일로 결판내자고 하면서 수업이 끝난 후 학교 뒤편 공터에서 만나자고 했다. 규호는 코웃음을 치며 그러자고 했는데 형식이 준경이 걱정되어 몰래 따라가서 보니 역시 비열한 놈답게 규호는 덩치 큰 민수와 같이 있었다. 형식은 준경의 편을 들기 위해 앞으로 나섰다.

"일 대 일이라면서 왜 민수가 여기 있냐? 진짜 공정하게 하는지 내가 지켜볼 거다."

갑자기 나타난 형식을 보고 준경은 눈을 크게 떴고 규호와 민수는 살짝 당황한 표정을 지었다. 그리고 싸움이 시작되었다. 형식은 준경이 권투를 배웠다고 해서 규호를 금방 때려눕힐 거로 생각했지만, 준경은 규호가 내지르는 주먹을 그대로 맞아 코피를 흘렸다. 하지만 코피가 흐르는 걸 확인한 준경은 그 순간 눈빛이 사납게 변하더니 무서운 기세로 규호에게 펀치를 날리기 시작했다. 규호는 준경에게 연속으로 당하자 기세가 완전히 꺾여 겁에 질린 상태가 되었고 민수 쪽을 돌아보며 도와달라는 표정을 지었다. 하지만 형식이 일대일 승부라고 말하며 민수 앞을 가로막아 그는 나서지 못했다. 결국 규호는 전에 준경이 그랬던 것처럼 땅바닥에 쓰러졌다. 준경은 규호를 노려보며 결의에 찬 목소리로 말했다.

"이제 나 전처럼 너한테 당하고 살지 않아. 나한테 시비 걸 때마다 이럴 거니까 알아서 해라."

그러고 나서 준경은 후련한 기분으로 형식과 함께 공터를 떠났다. 형식은 준경이 싸움에 이긴 것이 기뻤지만 한편으로는 왜 처음에 맞고만 있었는지 궁금해서 물었다.

"그거 일부러 그런 거야. 그냥 먼저 때려눕히면 나만 징계당하잖아."

형식은 그제서야 준경이 모든 것을 계산하고 한 일이란 것을 알았다. 규호가 학교에 폭행당했다고 알려도 먼저 심하게 때린 입장이니 분명히 같이 징계가 내려질 것이었다. 자기가 징계받기 싫다면 규호는 이 일을 학교에 안 알리고 그냥 묻어버릴 수도 있었다.

하지만 다음날 준경은 담임교사와 생활지도 교사에게 호출되어 야단맞았다. 규호는 병원에 입원했다면서 학교에 나오지 않았고 규호의 어머니가 몹시 흥분해서 교무실로 찾아와 준경의 폭행 사실을 교사들에게 알렸기 때문이었다. 준경은 규호가 먼저 자신을 때린 것을 말하고 맞아서 멍이 든 곳을 교사들에게 보여줬지만, 그들은 규호가 일방적으로 심하게 맞아 입원한 거라고 생각해서 준경의 말을 믿지 않았다. 준경은 형식과 민수가 그 자리에 있었으니까 두 사람을 불러서 확인해보라고 했다. 교사들은 잠시 의논한 후에 형식과 민수를 호출해서 준경의 말이 사실인지 물었다.

“규호가 먼저 때린 것 맞아요, 선생님.” 형식이 바로 대답했고 뒤이어 민수도 머뭇거리다 말했다.

“맞아요. 근데 세게 때린 건 준경이에요.”

형식은 민수를 흘겨보고 다시 교사들에게 말했다.

“준경이가 먼저 규호에게 맞아 코피를 흘렸어요. 준경이만 세게 때린 거 아니에요.”

교사들은 그 말에 난처한 표정을 지었고 나중에 처분 내릴 테니 일단은 모두 반으로 돌아가라고 했다. 가는 길에 준경은 형식에게 고맙다고 했다. 준경이 나지막한 목소리로 짧게 말한 그 말이 형식의 귀에 확 꽂혔다. 형식은 준경이가 지금까지 아무도 그의 편에 서 준 적이 없어서 고맙다는 말을 처음 하는 것 같다는 생각이 들었다.

“네가 없었으면 다 뒤집어쓸 뻔했어. 쌍방폭행이니 같이 징계받겠지.”

형식도 같은 생각이었다.

“지난번하고 비슷하지 않을까? 기껏해야 정학 몇 주일걸.”

하지만 그들의 예상과 다르게 며칠 후 준경은 강제전학 처분을 받고 말았다. 반면 규호는 입원한 상태에서 정학 일주일 징계를 받았다. 너무나도 불공평한 처사에 준경과 형식은 기가 막혀 담임교사에게 이유를 물었지만 담임교사는 어찌 됐든 입원할 정도로 세게 때린 준경의 잘못이 커서 그렇게 됐다는 말을 했다. 준경과 형식은 교무실 청소를 했던 애들로부터 규호의 부모가 전날 교무실로 찾아와서 준경의 강제전학을 강하게 요구했다는 얘기를 들었다. 준경은 이런 일은 부모의 영향이 크다는 것을 미처 생각하지 못한 것이었다. 그다음 날 준경의 할머니가 수업시간이 끝날 무렵 교무실에 와서 교사들에게 봐달라고 울면서 사정을 했지만, 교사들은 이미 결정된 사안은 바꿀 수 없다며 냉정하게 대했다. 그 광경을 옆에서 본 준경은 너무 화가 나고 분해서 소리 질렀다.

"할머니 그만 해요. 부자 부모 말만 듣는 이런 학교 난 다니기 싫어요. 여기 선생들 다 썩었어."

준경의 말에 교무실에 있던 교사들이 분개해서 한마디씩 했다.

"썩어? 너는 그게 학생이 선생한테 할 말이냐?"

"싸가지 없는 놈. 그러게, 누가 애 입원할 정도로 때리래?"

"보셨죠, 할머니? 저런 애니까 강제전학 당하는 겁니다."

교무실에서 큰소리가 나자 복도를 지나던 아이들이 놀라서 무슨 일인지 궁금해하며 몰려들었고 그 중엔 형식도 있었다. 잠시 후 교무실 문이 열리고 서류를 든 준경이 눈물을 훔치는 할머니와 함께 나왔다. 할머니는 학교 건물 밖에서 준경이 교실에서 가방을 챙겨 나오길 기다렸다. 형식은 오늘이 준경을 학교에서 볼 수 있는 마지막 날이라는 것을 알았다. 강제전학은 지금의 학교에서 멀리 떨어진 학교로 배정되기 때문에 앞으로 준경을 만나긴 힘들었다. 형식은 준경의 할머니에게 다가가 자신이 준경의 친구라고 하면서 인사했다. 그러자 준경의 할머니는 형식의 손을 두 손으로 감싸고는 준경이 친구였냐면서 반가워했지만, 그도 잠시 준경이 전학 가게 되어 어쩌냐면서 울먹이기 시작했다. 그때 도착한 준경은 울고 있는 할머니를 보고 속이 상했지만 아무렇지도 않은 것처럼 밝고 큰 소리로 말했다.

“할머니, 저 괜찮다니까요. 이딴 학교 다니라고 해도 안 다녀요. 어디 가도 여기보다 나아요. 걱정 마요.”

형식은 씩씩한 준경의 태도에 자극받아 맞장구를 쳤다.

“준경이 말이 맞아요. 여기 선생님들 진짜 못됐어요. 규호가 그동안 얼마나 못된 짓을 많이 했는데 부잣집 아들이라고 맨날 봐주더니 이번에 준경이한테 하는 것 봐요. 준경이는 다른 학교 다니는 게 더 나아요.”

할머니는 점차 진정하게 되었지만 전학으로 준경이 형식과 만나기 힘들게 됐다며 안타까워했다. 집 방향이 달라지는 사거리에 이르자 준경은 씁쓸하고 아쉬운 표정으로 형식에게 잘 지내라는 말을 남기고 형식과 헤어졌다. 형식은 할머니와 함께 가는 준경의 뒷모습을 보면서 마음 한구석이 아려왔다. 아무리 생각해도 준경이 강제전학 당할 정도로 나쁜 짓을 한 것은 아니었다. 형식은 준경처럼 자신이 다니고 있는 학교가 싫어졌다. 그동안 규호가 준경을 괴롭혀온 것은 무시하고 준경이 규호에게 반격한 것은 큰 죄를 지은 양 처벌한 교사들도 싫었고 그 비열한 규호와 그 친구들도 혐오스러웠다. 이제 준경이 없는 학교에서 자신이 규호의 다음 타겟이 될 게 뻔했다. 하지만 형식은 절대로 준경처럼 당할 생각은 없었다. 규호 부모가 난리 친 것처럼 어머니를 부를 생각이었다. 형식의 예상대로 규호는 퇴원 후 등교하자마자 형식에게 준경에게 했던 것처럼 시비를 걸기 시작했다. 하지만 바로 다음 날 형식의 어머니가 학교에 와서 교무실을 뒤집어 놓자, 규호는 교사들에게 심하게 야단을 맞았고 형식이 호락호락 당할 애가 아니란 것을 알아서인지 그 이후 시비를 걸지 않았다.

형식은 얼마 후 준경이 동네에서 아주 먼 곳에 있는 중학교에 배정되어 힘들게 통학한다는 걸 알게 되었고, 두 달이 넘어서는 준경이네가 학교 근처로 이사 갔다는 것을 어머니를 통해 알게 되었다. 그는 그 얘기를 들었을 때 인사도 없이 이사 가버린 준경에게 서운함을 느꼈다. 정말 친해졌다고 생각했는데 이사 가기 전에 인사라도 하고 가지 싶었다. 하지만 준경이 원래 살가운 성격이 아니란 걸 떠올리고 형식은 서운함을 떨쳐냈다. 그리고 준경이 불공평한 세상에 상처 입지 않고 평탄하게 살길 바랐다. 그 후로 형식은 준경을 만나지 못했고 그의 소식도 듣지 못했다.

띵동, 가게 문에 달린 벨이 울려 형식은 과거의 추억에서 벗어나 정신을 차렸다. 이십대 남녀가 들어와서 배드민턴 라켓들을 둘러보다가 흰색과 금색, 빨간색이 섞인 화려한 라켓을 가리키며 가격을 물었다. 형식이 십오만원이라고 대답하자 여자가 남자에게 뭐라 속삭였고 남자는 형식에게 다음에 오겠다고 말하고는 여자와 함께 가게를 떠났다. 형식은 한숨이 나왔다. 이런 일이 일상이라 무디어질 때도 됐지만 오늘같이 단 한 개도 못 판 날엔 더 속이 쓰렸다. 사람들이 죄다 물건을 살 때 오프 매장에서 물건 고르고 주문은 가격이 싼 온라인 매장에서 하는 것 같았다. 형식은 진지하게 자기가 가게를 계속하는 것이 맞는지 고민했다. 작년까지는 매출이 그리 나쁘지 않았는데 올해 들어 눈에 띄게 줄어서 불안했다. 직원 없이 혼자 일해서 버티고 있지만 앞으로도 오늘처럼 장사가 안된다면 결국 폐업하게 될 것이었다. 최악의 경우, 오늘처럼 대출해서 돌려막기식으로 은행 대출을 갚는 일이 몇 번 더 생기면 그는 정말 신용불량자가 될지도 몰랐다. 형식은 당장 발등의 불인 대출 문제를 해결했지만 켭켭이 쌓인 문제들이 많아 마음이 편치 않았다. 9시 폐점 시간까지 일했지만 손님은 몇 명 되지 않아서 매출도 다른 날보다 훨씬 적었다. 기운이 쭉 빠진 상태로 형식은 집으로 향했다.

대부업체의 대출로 은행 대출금을 상환한 후 이제 형식은 달마다 높은 이자를 감당해야 했다. 거기에 다른 은행 대출금 이자, 상가 임대료, 기본 생활비 등 줄일 수 없는 돈이 더해지자 형식은 매일 초조하게 쫓기는 기분이었다. 대부업체의 이자는 연체 시 고율의 연체금이 붙기에 정신을 바짝 차려야 했다. 장사가 잘 안된 달에는 식비를 줄였고 때때로 임대료를 제날짜보다 늦게 주기도 하면서 한고비 한고비를 넘겼다. 하지만 어느 날 임대인이 화를 내며 제때 임대료를 내라고 말한 이후로 형식은 어쩔 수 없이 임대료를 우선 내야 했고, 그러다 보니 대부업체의 이자를 못 내서 독촉받기 시작했다. 처음 며칠은 직원에게서 전화가 왔지만 그래도 형식이 입금을 못 하자 사장에게서 독촉 전화가 왔다.

"민형식씨, 사람 그렇게 안 봤는데 왜 입금을 안 해요? 밀린 이자와 연체금 합해서 백오십만원인 거 아시죠? 당장 내일까지 입금하세요."

사람 좋아 보이던 사장의 목소리는 화와 짜증이 묻어났다.

"죄송합니다, 사장님. 내일은 정말 힘들구요, 일주일 후엔 돈이 될 것 같습니다. 조금만 봐주세요. 꼭 갚겠습니다."

형식은 기어들어 가는 목소리로 대답했다. 그때까지는 돈을 벌 거라는 희망으로 그렇게 말했지만 사실 자신은 없었다.

"거참 답답하네. 카드론이라도 받아서 입금하라구요."

"카드론 한도가 다 차서요."

그 말에 사장은 버럭 소리를 질렀다.

"가족이든 친구든 돈 빌려서라도 해결하라구."

형식은 연신 죄송하다고 말하며 무슨 일이 있어도 일주일 후에 꼭 갚겠다고 사정했다. 사장은 무조건 내일 갚으라고 했지만, 형식이 도저히 내일은 방법이 없다고 하자 한숨을 내쉬고 말했다.

"그럼 일주일 후에 꼭 갚는 거다. 만약 그때도 입금 안 하면 당신 가게로 찾아갈 거야."

사장의 목소리는 착 가라앉아서 섬뜩했다. 형식은 대부업 하는 사람들이 무섭다는 소문이 그냥 소문이 아니라는 생각이 들었다. 형식은 고맙다고 말하고 전화를 끊었다.

이제 정말 험한 꼴 안 당하려면 그 돈을 꼭 마련해야 했다. 형식은 그 후로 가게 매출을 끌어올리려고 무던히 애를 썼다. 염가할인 포스터를 내걸고 마진을 적게 해서 팔기도 하고, 시내 스포츠 센터 매장에 전화해서 구매자를 늘리려고 노력했다. 하지만 그의 노력에도 결과는 신통치 않았고 결국 그는 입금하기로 한 날 반액 정도만 입금했다. 부모님에게 전화해서 돈을 구할 수도 있지만 그것만은 안 하려고 단단히 결심한 터였다. 나이 38살이나 먹어 부모님에게 걱정을 끼치고 부담을 주는 자식은 절대로 되고 싶지 않았다. 아예 하나도 안 갚은 것은 아니니 어쩌면 봐줄지도 모른다는 기대도 있었다. 하지만 형식이 대부업체에 전화해서 사정을 말하자 사장은 화를 심하게 내며 말했다.

"나는 돈 약속 안 지키는 사람 보면 화가 치밀어. 그게 얼마 안 되는 돈이라도. 이 사람 이거 안 되겠네. 애들 데리고 한 번 뒤집어 놓아야 정신 차리지."

이 말을 끝으로 사장은 전화를 끊어버렸다. 형식은 겁이 났다. 한 시간 안쪽으로 사장과 직원들이 가게로 올 것이었다. 가게 물건을 부수고 행패를 부릴 가능성이 컸기 때문에 형식은 두려움으로 가슴이 두근거렸다. 도대체 무슨 일이 벌어질지 눈앞이 캄캄했다. 실제로 그런 일이 생겼을 때 주변 상가 사람들과 일반 손님들이 자신을 어떻게 볼까 생각하니 끔찍한 기분이 들었다. 초조함과 불안에 휩싸여 형식은 벽에 걸린 시계를 수시로 확인하며 그들이 가게 문을 열고 들어오는 것을 기다렸다. 하지만 형식의 예상과 다르게 그들은 한 시간 반이 지나도 오지 않았고 형식은 그 사람들이 저녁을 먹고 오려나 싶었다. 그런데 9시가 되어도 그들이 오지 않아서 형식은 안도하는 한편 의아했다. 당장 올 것처럼 말해놓고 왜 오지 않는지 이해가 안 되었다. 형식은 이상하다고 생각하며 가게를 정리하고 문을 잠갔다. 그리고 돌아선 순간 형식은 뜻밖의 인물과 마주쳤다. 한마음 대부의 이명훈 사장이었다. 놀란 형식은 눈을 크게 뜨며 말했다.

"여긴 무슨 일로 오셨습니까?"

그는 미소를 살짝 지으며 담담한 목소리로 대답했다.

"지난번에 인사를 안 해서. 형식아, 나 준경이야."

형식은 그가 준경이라는 말에 놀라 눈을 크게 떴다. 역시 그가 잘못 본 게 아니었다. 그는 이십여 년 만에 만난 친구를 만나 반가웠지만 한편으로는 서운했다.

"아니 그런데 왜 그때 아니랬냐?"

"우선 한잔 할 수 있는 곳에 가자. 거기서 얘기해 줄게"

형식은 가게 근처에 있는 호프집으로 준경을 데려갔다. 종업원이 주문한 맥주와 안주가 가져다 놓고 간 후 준경이 먼저 입을 열었다.

"지난번 네가 왔을 때 내색은 안 했지만 나도 너무 놀랐어. 이십 년이 지나 널 만나다니. 그런데 그 자리에서 아는 척하는 건 꺼려졌어. 너도 알다시피 대부업을 하면 독촉할 일이 생기는데 너한테 내가 그러는 건 싫어서."

그제서야 형식은 준경을 이해할 수 있었다.

"알았어. 근데 개명은 언제 한 거냐?"

"십여 년 전. 그때 하도 막막해서 운을 틔워볼 생각으로 개명했어."

준경은 형식에게 고등학교 졸업 후 바로 군대에 입대했고, 그 후 온갖 일을 해서 저축을 했지만 그 돈을 잘못 투자해서 많이 날렸다고 했다. 그러고 나서 심기일전해서 개명하고 돈 벌 방법을 알아보다 대부업을 시작했다고 했다. 남들한테 욕먹는 직업이지만 자신은 욕먹는 게 싫어서 다른 곳보다 부담이 덜한 조건으로 돈 떼먹지 않을 것 같은 사람만 최대한 가려서 대출해 주었다고 했다. 그래도 이 일을 하다 보면 그렇게 가려도 문제가 생기는 경우가 있어서 독촉을 안 할 수도 없다고도 했다.

형식은 그 말에 오늘 있었던 일이 생각나 침울해졌다.

"실은 나도 오늘 전액 입금을 못 해서 신평화 대부 사장이 가게로 찾아온다고 했어. 어찌 된 일인지 안 왔지만."

"앞으로도 안 올 거야."

준경의 말에 형식은 깜짝 놀라 그의 얼굴을 바라보았다. 준경은 맥주 한 모금을 마신 후 이어 말했다.

"박사장이 직원 둘 데리고 씩씩대며 민형식 가만두면 안 된다고 말하는 걸 엘리베이터 안에서 들었어. 그래서 내가 박사장에게 말했지. 민형식이 내 친구니까 그 계약 내가 받겠다고."

형식은 멍해져서 아무 말도 못 했다. 오랫동안 보지 못한 어린 시절 친구가 이렇게 자신을 도와줄 줄은 꿈에도 생각하지 못한 일이었다. 형식은 부끄럽고 고마워서 준경의 얼굴을 제대로 보기 힘들었다. 그는 고개를 숙이고는 떨리는 목소리로 말했다.

"정말 고맙다. 네 덕분에 살았어. 앞으로 나 때문에 네가 곤란할 일은 절대로 안 만들 거야. 입금 제때 꼭 할게."

"그러지 말고 나중에 형편 될 때 은행이자 쳐서 갚아. 그게 맘이 편하다."

형식은 놀라서 그를 쳐다보았고 준경은 담담한 얼굴로 말을 이어갔다.

"난 그동안 나만 생각했어. 이놈의 세상, 돈만 있으면 모든 게 다 되는구나 싶어서 어떡하면 부자가 될까 그것만 신경 쓰고 살아왔어. 근데 네가 대출받으러 왔다 간 날부터 네가 신경 쓰였어. 생각해보니까 내가 힘들 때 가족 제외하고 내 편이 되어 준 사람이 너밖에 없었는데 난 널 모른 척했지. 그게 두고두고 마음에 걸렸어. 한번 널 찾아가 봐야겠다는 생각을 하고 있었는데 오늘 박사장이 하는 말을 들은 거야."

형식은 준경이 자신에 대해 그런 마음을 갖고 있다는 것을 알게 되자 가슴이 뭉클했다. 그리고 지금의 준경이 중학생이었을 때의 그와 다르지 않다는 것을 알았다. 이십여 년이 흐르는 동안 서로 잊고 살아온 줄 알았지만, 다시 만나는 순간 과거는 선명한 추억으로 되살아났다. 형식과 준경은 지난 추억과 이후 살아온 얘기를 하며 시간 가는 줄 모르고 회포를 풀었고, 그러는 사이 떨어져 지낸 세월이 만든 어색함은 완전히 사라져버렸다. 나중에는 준경이 형식이 고민하는 가게 운영과 빚 문제에 대해서도 조언을 해주었고, 그 말을 들은 형식은 갈팡질팡하던 마음을 다잡고 문제를 해결할 수 있을 거라는 희망을 가질 수 있었다. 늦은 밤 두 사람은 기분 좋게 취한 상태로 호프집에서 나와 택시 정류장까지 걸어가며 대화를 계속했다. 형식은 준경이 하는 말을 듣다가 갑자기 중학생 때 준경이 제일 말을 많이 한 상대가 자신이라는 사실이 생각났다. 준경의 성격을 생각해보면 지금도 마찬가지일지도 몰랐다. 형식은 준경과 걷는 지금, 이 순간과 오래전 준경과 함께한 하굣길 추억이 서로 겹쳐지는 것처럼 느껴졌다. 〈終〉

김상희

· 1972년 경기도 평택 출생
· 이화여대 국어국문학과, 이화여대 대학원 한국학과 졸업
· 2019년 제61회 한국소설 신인상에 단편 〈헤어지는 시간〉이 당선되어 등단
· 한국소설가협회 회원

<작가노트>

다시 용기 얻어 비대면 강좌에서

김상희

오랫동안 소설을 쓰고 싶다는 생각만 하고 실천에 옮기지 못하고 살다가 남산도서관의 소설창작 강좌를 수강하면서 소설을 쓰기 시작했습니다. 저는 글을 써본 경험도, 자신감도 없어서 글쓰기를 두려워했지만, 김지연 선생님의 자상하신 지도로 용기 내어 소설을 쓸 수 있었고 수강 중 발표한 작품으로 등단도 하게 되었습니다.

그 후 소설을 더 잘 쓰기 위해 공부하는 자세로 많은 유명한 작품들을 읽다 보니 작가들의 뛰어난 능력에 감탄하는 한편 저 자신의 부족한 능력이 전보다 더 인식되어 글쓰기가 힘들어졌습니다. 등단은 했지만 재능이 없는 것 같아 제가 글을 쓰는 것이 맞는가 하고 겁을 먹었던 것 같아요. 코로나 바이러스 때문에 소설강좌가 열리지 않게 되자 더 그랬던 것 같습니다. 비대면으로 강좌가 다시 열려 선생님의 지도를 받게 되어 얼마나 다행이었는지 모릅니다. 이런 걸 써도 될까 의심하며 쓴 글도 김지연 선생님께서는 항상 칭찬하고 격려해 주셨습니다. 그런데도 글 잘 쓰는 이삼십대 작가들을 보며 나는 너무 늦었다는 생각에 의욕이 꺾이기도 했었는데 그때마다 백발이신 선생님께서 열정적으로 강의하시는 모습을 보며 그런 생각을 떨칠 수 있었습니다.

저는 사람들이 읽고 어떤 희망을 가질 수 있는 소설을 좋아하고 또 그런 소설을 쓰고 싶습니다. 주인공이 온갖 고난을 겪어도 결국에는 행복해져서 독자들을 안심시키는 그런 소설이요.

이 작품 <해후>도 그렇게 쓰인 소설입니다. 두 사람이 어려울 때 서로 도와주는 이야기를 써보려고 했는데 어쩌다 보니 강제전학과 대부업 얘기를 쓰게 됐네요. 중학생이 겪을 위기를 생각해보니 학교 폭력과 관련해 억울하게 강제전학 당하는 경우가 생각났습니다. 그리고 성인의 위기에 대해서는 요즘 경제적으로 힘든 사람들이 많아서인지 바로 사채업자에게 독촉받는 인물이 떠올랐습니다. 이 소설이 비정한 세상에 지친 사람들에게 따뜻한 온기를 조금이나마 전해주면 좋겠습니다.

열정적인 김지연 선생님을 만난 후 전에는 생각지도 못했던 경험을 많이 했습니다. 소설이 당선되어 등단한 것 말고도 선생님과 동료 수강생들과 함께 했던 선생님의 등단 50주년 단편선집 출판기념회, 국회의원회관에서 열렸던 시낭송회, 은평구 문화원에서 열렸던 소말리아 작가 누르딘 파라의 간담회가 생각납니다. 선생님께서 수강생들에게 책도 많이 주셔서 독후감을 쓰도록 독려하신 것도 생각나구요. 그런데 이번에 이렇게 또 선생님의 팔순 헌정 작품집에 참여하게 되었네요. 초보작가로 부족한 점이 많은 제게도 소중한 기회를 주셔서 진심으로 감사드립니다. 선생님! 지금처럼 오래오래 건안하시어 성숙해가는 제자들의 모습을 지켜봐주시길 바랍니다.

<단편소설 5>

해바라기 아이

김진영

보물섬 지도를 준 그 아이가 생각난다. 그 보물섬에는 동전이 자라는 나무들로 빼곡하다. 계절도 없이 흐드러지게 피고 자라는 나무들은 잎마다 형형색색 금은보화 동전들이 달렸다. 보물섬을 갖은 나는 그 어떤 위기에도 다시 일어났다.

내가 어떻게 보물섬 지도를 갖게 됐는지 이제 공개할 때가 되었다.
아무에게도 말하지 않았던 내 지난날들의 이야기.
더는 자라지 않은 내 해바라기 아이.
이 이야기를 그 아이게 바친다.

무채색이며 가벼운 나는 타인의 눈에 잘 띄지 않는 그림자 같은 사람이다. 내가 사는 계절은 내내 가을이다. 추수할 것 하나 없는 빈 껍데기 같은 나는 한바탕 바람이 일면 깨진 퍼즐처럼 흩어졌다. 종벽한 곳을 위태하게 걷는 짐승처럼 불안하고 알맹이는 모두 떨어진 열일곱 해 나의 초상은 죽음을 앞둔 노파와 같이 가볍고 웅크려 있었다. 키우다 버려진 길고양이처럼 위태한 나는 나를 감추는 특별한 능력이 있었다. 나에게 불안함의 연속인 이 세상은 위태하고 쓸모없었다. 꿈에서 꿈을 이루기 위해서는 모든 것이 가능하다. 어느 한 밤중 꿈속에서 슬쩍 나온 나는 맨발로 집을 나와 결국 죽기로 했다.

'잘 가라, 내 인생!'

너무도 가벼운 나는 아무리 높은 곳이라도 사뿐 추락할 수 있을 테니까…….

휘몰아친 광기에 사로잡혀 끌려간 맨발은 작은 돌멩이들에 쓸려 발바닥에서 철철 피가 흘렀다. 꿈을 핑계할 수 없는 고통이 느껴졌다. 그러나 조금도 아프지 않아야 하는 각성은 밤을 밟고 달렸다. 훨훨 날 수 있는 높을 찾아야 한다. 높은 곳을 찾아 치켜든 얼굴에 뜬금없이 찬란한 빛들이 쏟아졌다.

탱탱한 보름달과 크고 작은 별들의 뜨거움 '아, 아름답다!'

왜 하필 이 순간에 세상은 아름다운 빛을 내는가. 절정의 광기가 눈물로 흘렀다. 그때, 눈물에 흩어진 하늘의 빛 사이로 조용히 붉은 빛을 내는 교회의 옥상 십자가는 나를 끌어당겼다. 십자가를 진 예수그리스도가 철철 흐르는 피를 쏟아 붉은빛이 되었나! 시뻘겋게 빛을 내며 이글거리는 교회당은 발바닥에서 피가 흐르며 절뚝거리는 나를 삼키듯 끌어당기고 있었다. 교회당 안은 마치 나를 기다렸던 것처럼 안온한 빛을 내고 있었다. 둥 둥 거린 심장과 눈물이 진정되자 핏빛 광기도 사그라졌다.

'나는 누구일까?'

낯선 나를 보는 나와 죽음을 넘고자 하는 나는 혼돈에서 마주 보았다. 그 팽팽함이 삶을 원점으로 되돌렸다.

그 주 일요일 팽팽한 혼돈은 아물지 않는 발바닥 상처를 양말로 감추고 교회로 향하게 하였다. 밝은 날 본 그 교회는 붉은 어둠 속에 나를 압도했던 첨탑의 위용은 온데간데없이 작고 평범한 교회였다. 어디라도 눈에 띄지 않게 가벼이 다닐 수 있는 무채색의 나인데도 조그만 교회라 내 존재가 금세 드러나고야 말았다. 나를 감추는 특별한 능력이 무력화되었다. 무심코 들어온 배추 나비라 할지라도 그 존재가 드러날 곳이었다. 불편한 환대에 당장 도망치고 싶었으나 그곳은 여전히 나를 당기고 있었다. 전도사님이란 분은 작은 체구에 한가득 웃음을 달고 있는 붉은 낯빛을 한 여자였다.

신자 카드에 쓰인 내 이름을 마구마구 부르는 그녀는 금세라도 내 속으로 들어올 듯 전투적인 친화력으로 다가왔다. 호들갑스러운 수다로 점점 더 홍조를 띠며 다음 주부터 있을 여름 성경학교에 보조 교사를 해달라고 부탁하였다. 점점 더 붉어지는 그녀의 얼굴이 벅차고 드러난 내 존재감이 불쾌하였으나 어느새 나는 고분고분 대답하고 있었다. 당장에 도망가고 싶은 나와 나를 당기는 이 힘이 팽팽하다.

"어떻게 … 하는 .. 거예요?" 대화해 본지가 언제인지 겨우 난 소리가 낯설다.

"응, 어려운 건 아니고 동네에 놀고 있는 애들을 교회로 데리고 오면 되는데, 향미 학생이 도와주면 아이들도 좋아 할 것 같은데 부탁해도 될까?"

붉은 낯빛의 여자, 어느새 말을 놓으며 정오의 햇빛처럼 환하게 웃었다.

"네……."

어서 빨리 아침이슬 사라지듯 이 자리를 피하고 싶어 대충 대답했다.

"아이 고마워, 예쁜 선생님 있어서 이번 여름 성경학교는 정말 신날 것 같아!"

그녀의 붉은 얼굴이 나를 스치며 기쁨에 들뜬 그녀의 온몸이 나를 와락 껴안았다. 급작스러운 뜨거움은 내 저항을 소멸시켰다.

예쁘다는 말은 반갑지 않다. 예쁘고 인형 같은 이모들의 민낯을 잘 안다. 그녀의 건강한 홍조는 이모들의 현란한 화장과 대비 되었다. 나는 내 이름이 참 싫다. 변 향미 아무렴 이런 이름을 지었을까? 이 끔찍한 이름을 물려주고 간 아빠라는 사람이 더 끔찍하다. 그 시절 거리는 빈번히 학생들의 화염병과 전경들의 전투로 얼룩지고 당장이라도 그 뜨거움에 정의가 실현될 듯했다. 그러나 밤이 되면 우리 집이 있는 홍등가는 욕망의 분출구가 되었다. 어릴 때부터 익숙한 토사물, 몽환적인 연기, 반라의 이모들, 매일 벌어지는 싸움들은 거리에서 외치는 정의에서 외면되었다. 즐비한 유리 상가들 뒤쪽 골목길 어귀에 있는 우리 집은 삼촌이라는 사람들이 드나들었고 나는 방 몇 개를 나눠 쓰는 엄마와 이모들과 생활했다. 나의 유년을 공유했던 이모들은 나를 사랑했고 외출이라도 하는 날에는 서로들 경쟁처럼 선물을 사 왔다. 뒷방 여자들 사이 유일한 어린이였던 나는 그녀들의 기쁨이었다. 멀쩡히 있다가도 해 질 녘이면 분주하고, 요란히 손님맞이를 하는 뒷방 여자들이 상가로 사라질 때면 나는 방 밖 출입금지다. 나는 매일 덩그러니 어둠 속에 갇혔다. 해 질 녘 사라지는 이모들에게 어디 가는 거냐고 매달리는 어린아이에게 크면 안다고, 몰라도 된다고 했던 그 답을 난 조만간 알게 되었다. 그녀들의 고객들과 머무는 방은 어린아이가 어둠 속에 뒤척이며 잠 못 이루는 집안이기 때문이다. 그녀들의 직업이란 엉덩이로 살아야 하는 일이라는 걸 뒷방 어린이는 조금씩 자라며 알게 되었다.

그녀들에게도 서열은 있었는데 막내 이모는 나이를 알 수는 없지만, 아직 앳됨이 남아있었다. 나를 목욕탕에 데리고 다녔고 미용실도 데리고 다녔던 가장 친한 이모이기도 했다. 활짝 웃는 것을 본 적이 없는데 특별하게도 그날 밤 내게 날씬한 마론인형을 사주며 환한 미소로 나를 껴안아 주었다. 어깨를 다 드러내고 짧은 치마를 입은 마론인형은 이모랑 닮았다. 문방구에서 파는 조악한 마론인형이지만 상자에는 바지 여벌 옷이 세트로 들어있었다. 갈아입히려고 옷을 벗기니 드러나는 알몸이 싫어 그대로 두었다. 언제라도 행복할 수 있다는 마론인형은 활짝 웃고 있었다.

다음 날이었다. 낮에 은근한 감시를 피해 막내 이모가 몰래 도망쳤다. 어떤 낌새가 있었는지 가게를 지키는 삼촌에게 들키고 말았나 보다. 삼촌에게 머리채를 잡혀서 울면서 질질 끌려오는 이모를 보기 위해 좁은 홍등가를 지나는 버스가 멈춰 섰고 버스의 창문을 열고 사람들의 얼굴이 포개졌다. 인도 길과 찻길에는 구경꾼들이 몇 겹으로 몰려 있었다. 나는 그때 겨우 7살이었다. 큰 소란이 인 것을 보고 촘촘한 사람들 틈새를 비집고 들어가는 내내 심장이 두근거리며 초조했다. 저쪽에서 상의가 벗겨진 채로 젖가슴을 출렁거리며 끌려오는 것이 어떤 짐승일지 모른다고 생각했다. 그 하찮은 존재는 바로 막내 이모였다. 형언할 수 없는 슬픔과 분노를 느낀 나는 악을 쓰며 곧바로 이모에게로 튕겨 나갔다.

"악, 이모 때리지 마!"

머리채를 끌고 오는 그 삼촌의 손에 달라붙어 이빨로 있는 힘을 다해 깨물었다. 가게를 지키는 그 삼촌은 구경거리에 구경을 더한 것에 화가 솟구쳤는지 팔등에 붙은 파리 내치듯 나를 세차게 털어 던졌다. 코피가 나는 것인지 뜨거운 피가 입으로 쏟아졌다. 그런데 그때 갑자기 어디선가 엄마가 달려왔다.

"야! 이 개새끼야, 내 딸한테 손대지 마!" 악을 쓰며 쏜살같이 달려오더니 그 남자를 걷어찼다. 엄마는 나뒹구는 나를 부둥켜안고 엉엉 울었다. 크고 작은 세 여자가 미친 듯이 울어대며 아수라장이었다.

"아이, 씨발. 갈보 이 미친년들!" 하며 분을 못 삭인 그 삼촌은 나를 껴안은 엄마의 등과 넋 나가 울부짖는 이모에게 발길질하며 사라졌다. 한바탕 난리에 차마 더는 못 보겠는지 구경꾼들조차 서둘러 사라졌다.

그날은 그렇게 지나갔다. 마치 미꾸라지 한 바가지를 덮어쓰고서 몸에 밴 미끄덩거린 비린내를 어쩌지 못한 채로. 등줄기 서늘한 소름을 난 그렇게 평생 기억했다.

그날 이후로 나는 점점 말 수가 줄어들었다. 이모가 어찌 되었는지 기억이 희미하다. 윤기 없는 머리와 쏙 들어간 눈을 하고 자주 웅크리고 있었다는 것, 점점 나이가 들어 보였다는 것, 그러다 어느 날 이모는 사라졌다는 것.

매일 오가는 골목길에서 마주친 노을이 깔릴 때의 아픔이, 외로움이, 아직 오지 않은 내일에도 반복될 것을 알았다. 나는 점점 가볍고 무채색이며 눈에 띄지 않았다. 엉덩이로 살아가야 하는 창녀촌에 묻어가는 나는 유리 끝자락처럼 예민하게 자랐다. 그런 딸이 신경 쓰였던 엄마는 미닫이문 안쪽 방을 가지런하게 정리하여 내 공간을 마련해 주었다. 홍등가 밤거리에 닭장 같은 유리창 너머에는 물건처럼 전시된 그녀들을 쉽게 볼 수 있다. 이모들이 있고 엄마도 있었겠지. 각종 드레스와 저고리 없는 원색의 한복들을 입고 세상 행복한 얼굴을 하고 그녀들은 자신의 꽃을 팔았다. 홍등가의 아침은 전날의 밤과는 전혀 다른 세계에 놓인다. 살짝 열린 문 사이로 보이는 이불 위에 알몸으로 뒤엉킨 사람들이 보인다. 밤사이 치장했던 이모들의 화려한 화장과 향수는 번진 얼룩과 눅눅한 냄새가 되고, 밤에 화려했던 짝없는 옷가지들은 아침에 원색의 나일론이 된다. 시큼한 냄새와 함께 학교에 가기 위해 혼자서 아침을 여는 내 사춘기의 일상이었다.

이모들의 사랑 속에 흰 눈처럼 펑펑 웃던 어린 나는 이미 사라졌다. 엄마는 거의 먹지도 않고 말도 하지 않는 예민한 딸의 눈치를 보며 한숨이 늘었다. 급기야 내 또래의 어린 여자들까지 오게 되는 뒷방에 이방인인 딸의 미래에 위기를 느끼는 엄마는 홍등가를 벗어난 옆 동네에 작은 정원이 있는 단독 주택으로 이사를 하였다. 방 두 개에 살림 몇 가지가 있는 단출한 집이었다. 엄마는 한나절 잠들어 있고 오후가 되면 미용실부터 가서 다음날까지 일했다. 더러는 집에 오지 않는 날도 있었다.

딸 하나 키우며 이 변변한 삶의 모양을 만들어 주려 한 엄마는 어떤 희생을 치렀을까? 자신의 꽃을 파는 그녀의 꽃은 이제 시들고 있다. 혼자도 벅찬 삶에 나를 업고 가는 엄마는 가엽다. 딸에게 보여 줄 수 없는 것을 파는 여자. 건넛방에서조차 자유로울 수 없었던 여자. 좁은 어깨에 겨우 달린 작은 젖가슴으로 억척스럽게 모유를 먹였던 여자. 아빠가 누군지 모르는 분노에 찬 딸을 갖은 여자. 그리고, 아직도 젊은 여자인 엄마. 그녀의 어떤 생명을 앗아 내가 태어난 것인지 모르지만 나는 홍등가 향기가 통째로 묻어난 내 이름, 내 존재, 변향미가 끔찍하게 싫었다.

그러나 이 작은 집은 나에게 다행을 주었다. 자신의 팔뚝에 이빨 자국을 남긴 어린애가 소녀가 되자 음흉하게 흘려 보던 그 삼촌의 눈빛을 벗어 난 게 다행스러웠다. 도망치다 그 삼촌에게 머리채 잡혀 몰골로 돌아오는 이모들을 안 봐도 되는 게 다행스러웠다. 학교 통학 길을 힘들게 돌아가지 않아도 되니까, 걸어서도 홍등가 반대편 쪽 내 집을 올 수 있는 것은 큰 위안이었다.

그럼에도 가장 큰 다행은 뒷방에 몰려오는 내 또래의 어린 여자들을 마주치지 않아도 되는 것이었다. 그녀들을 보면 엄마가 나를 잉태했을 그 처음을 상상하게 된다. 나의 성장이 형벌처럼 느껴졌다. 슬쩍 보아도 앳된 그녀들의 꽃은 아직 피지도 않았다. 거리 곳곳에서는 정의를 부르짖는 데모와 진압으로 통행이 통제되었지만 내 다행은 시대와 불협하였고 정의는 언제 홍등가에 오는지 의문이었다. 어린 여자들까지 엉덩이로 일하는 유곽의 좁은 길에서 호기심과 비웃음, 조롱을 보내는 행인들만 있을 뿐이었다.

엄마는 언젠가 설 잠든 나를 쓰다듬으며 말했다.

"향미야, 아빠가 궁금하지. 아빠는 없어. 하지만 시시한 사람은 아니야 멋진 사람이지. 이왕이면 그의 아이를 낳고 싶었어. 엄마는 너한테 너무 미안한데 나처럼은 절대 살지 않게 할 거야. 미안해, 미안해 향미야……."

이상하다, 엄마의 눈물은 내게 닿지 않아도 내 가슴으로 흐른다.

교회 전도사님이라는 분께 대답해 놓은 것도 있고 해서 일단 교회 주변을 돌아보기로 했다. 그 밤 광기에 사로잡혀 볼 수 없었던 신작로 주변 풍경이 다가왔다. 이사 온 집과는 신작로를 사이에 둔 다른 동네이다. 대충 지어진 네모난 집들은 얼룩덜룩한 원색의 슬라브지붕을 덮고 벽 귀퉁이는 깨지고 낡아 보였다. 새로 길을 놓은 이사 온 우리 동네와는 사뭇 다르다. 새로 난 길가에 붙어 있는 집들은 위태로워 보이고 뒤쪽 골목은 좁고 언덕 위까지 비슷한 집들이 모여 이룬 동네였다. 어린아이들 몇몇은 속옷만 겨우 걸치고 놀고 있었다. 집안에서 이야기는 담장을 넘어 다정하게 들리고 열린 대문으로 아이들은 들락거렸다. 낮은 담마다 돌보지 않아도 풍요로워 보이는 꽃들이 집들을 연결하고 가난을 감춰 주는듯했다. 큰 나무 아래에 있는 널따란 동네 평상은 쉬어가라는 듯 평온해 보였다. 가난한 회벽을 두른 동네지만 홍등가 조명 사이로 반짝거리는 유리전시장과 대비되며 내 불안이 진정되었다. 이 동네의 향기가 좋다.

'아, 여름이구나!' 내게 공평한 평온을 나눠준 이 동네를 오르락내리락했더니 피곤이 몰려 왔다. 뜻밖의 여름을 느끼며 해바라기 뒤덮인 공터 옆에 쪼그리고 앉아 숨을 고르고 있었을 때다.

"저기요! 저, 키 크고 넓은 해바라기 좀 꺾어주세요!"

설마 어디에도 눈에 띄지 않는 무채색의 나에게 하는 말일까? 그림자처럼 쪼그린 내 앞에서 해바라기 같은 미소를 갖은 아이가 말하고 있었다. 한여름 햇볕 아래 검게 그을린 그 조그만 아이는 콸콸콸 웃음을 쏟아 내며 내 눈을 마주하고 있었다.

"어…. 그래, 어떤 거 말이니?, 이거?" 나는 주섬주섬 일어나며 덤풀에 걸려 매달린 해바라기를 꺾을 듯 잡고 말하였다.

"아니, 아니요! 그 옆에 더 큰 꽃잎 더 넓은 거 있잖아요. 저…. 저거 말이에요." 하며 내 손의 방향을 정정해주었다. 지명된 그 해바라기를 발꿈치를 들고 양손으로 쥐어 몇 번을 흔들고 몇 번에 걸쳐 꺾었다. 아이가 꺾기는 힘든 압력이 필요했다.

"그런데…. 이건… 뭐에 쓰려고?"

까치발을 하고 해바라기와 실갱이를 하며 큰 꽃을 꺾었더니 굵은 땀이 송송 맺혔다.

"넘 더워서요, 부채 하려고요!"

저 작은 손으로 이 큰 꽃을 부치는 게 더 더울 것 같다. 웃음이 쿡쿡 터져 나왔다. 활짝 웃으며 꺾은 해바라기로 크게 부치는 시늉을 하며 건네주었다. 낯선 아이와 꽃과 웃음이 오고 가니 말 붙일 용기도 생기고 이 아이에게 호기심도 생겼다.

"너, 혹시 나랑 교회 갈래? 요 앞 큰길에 있는 교회서 여름 성경학교 한다는데 간식도 주고 재밌는 것도 많이 한 대." 무채색의 나는 눈을 동그랗게 반짝거리며 웃으며 잘잘 이야기하고 있었다.

"우와 재밌겠다. 제 동생도 있는데 같이 가도 되요?"

"응 좋아, 내일부터 시작하니까, 너희 집 알려 주면 내가 내일 데리러 갈게."

"좋아요!" 하며 그 아이는 내 손을 덥석 잡고 자기 집으로 향했다. 그 작은 손의 온기가 따뜻했다. 아이는 집으로 가는 짧은 길 동안 쉴 새 없이 재잘거렸다. 말도 노래가 된다. 그 아이 손에서 바람이 되는 해바라기 씨앗이 내 마음에 툭 툭 던져졌다. 노래가 닿을 때마다 마음에 던져진 씨앗의 무게가 느껴졌다.

그 아이의 집은 교회 근처 길가에 위태하게 붙어 있던 그 집 중 하나였다. 자기 집에 다다르자 대문으로 대신하는 미닫이문을 옆으로 열어 재치며 외쳤다.

"엄마, 엄마 나 교회 가도 되요?"

덜커덩 미닫이문이 열리는 그 집은 부엌 겸 공간을 대신하는 곳을 거쳐 다다미에 신발을 벗고 들어가는 단칸방 형식의 구조였다. 낯선 사람의 손을 잡고 온 아이를 나무랄 법도 한데 미닫이문 턱을 마주하고 밖에 있는 내게 엄마는 공손히 인사하셨다.

"교회 선생님이신가 보네요, 저희가 이렇게 사네요……."

부끄러워하던 그녀는 내게 선생님이라고 하였다. 이 말이 숙명이 될지는 그땐 몰랐었다. 병약해 보이는 그녀의 눈매는 깊고 또렷이 예뻤다. 그녀는 내일 두 아이를 보내주겠노라 했다. 내일 방문을 약속하며 열린 미닫이문을 닫았다. 내내 심장이 얼마나 쿵쾅거렸는지 미닫이문을 닫는 내 손이 덜덜 떨리며 문은 덜커덩거렸다. 나에게 그 문은 내게 마치 세상을 여는 문과 같았다.

기다리던 하루는 더디 갔다. 아이들을 만날 생각에 설레어 약속보다 조금 일찍 그 슬라브 미닫이문을 노크했다. 잠가 놓지 않았는지 삐걱거리며 저절로 문이 열렸다. 방을 사이에 둔 부엌으로 쓰이는 그 공간에 오늘은 대형 빨간 대야가 놓여있고 거기에 남매는 물에 빠진 아기 새 같았다. 나를 보자 두 아이가 까르르 웃으며 물장구를 치며 푸드덕거렸다. 어제보다 건강해 보이는 그녀는 아이들을 목욕시켜 보내려 했다며 서둘러 나오라 재촉하였다.

'아이들의 맑은 눈은 그녀를 닮았구나'

젖은 머리와 비누 냄새가 나는 아이들은 다른 친구들도 같이 가도 되냐며 나를 데리고 온 동네를 쓸고 다녔다. 딱지 치는 아이들, 다방구 하는 아이들, 고무줄 하는 아이들, 봉숭아 따는 아이들, 집에서 자는 아이들을 불러 모으다 보니 아이들이 계속 늘어났다. 동네 한 바퀴 돌고 교회로 갔더니 여자전도사님의 붉은 얼굴이 싱글벙글하였다.

"향미 선생님 대단하다! 우리 교회 애들보다 더 많이 애들을 데려오다니, 어머나!"

그날 어떻게 시간이 흘렀는지 모르겠다. 한 박자 늦은 노래를 따라하고, 손뼉을 치고, 초코파이를 나눠주고, 화장실을 데려가고, 간간이 싸움질하는 아이들을 말리며 계속 말을 하였다. 내 마음에 해바라기 씨가 후드득 떨어졌다. 몰려온 아이들을 데려다주고 마지막으로 미닫이문이 달린 그 슬라브집에 다다랐을 때 그 아이는 우리 집에 가 보고 싶다고 했다. 내가 사는 집에 누군가를 초대한 적이 없다. 혹시 엄마는 아직도 지워지지 않는 화장으로 자고 있을지 모른다.

"집에 가기는 어렵고, 우리 집이 어디 있는지만 알려 줄게."

우리 세 명은 손잡고 신나게 신작로를 건너 우리 동네로 향했다. 그 아이 손에는 엄마가 준 동전 두 개가 들려 있었다. 이손 저손 옮기며 귀찮고 힘들었는지

"선생님 동전 갖고 다니기 힘들어요, 여기 나무 밑에 묻어 두고 가는 길에 찾을래요"

우리는 나무 밑동을 파헤치며 엄청난 보물을 숨기기라도 하는 것처럼 열중했다. 10원인지 50원인지 100원인지 기억할 수 없다. 그 동전을 묻고 꼭꼭 밟고야 비로소 안심하고 우리 집을 향했다.

"여기가 우리 집이야."

말이 끝나자마자, 아이는 날렵하게 벽을 타고 오르더니 대문 넘어 있는 집 안을 보고 올라갈 때보다 더 빠르게 내려왔다. 누군가 봤다면 민첩한 고양이 한 마리가 담벼락을 올라간 줄 알았을 테다.

"우와 선생님 부자인가보다 이렇게 큰 집에 살아요?"

겨우 작은 정원이 딸린 단독 주택인데도 아이들 눈에는 저택으로 보이는 모양이다. 해바라기 웃음을 짓고 고양이처럼 날렵한 이 아이에게 나는 감탄하고 있었다. 동굴에 갇힌 감정이 풀려난 것 같았다.

아이들을 다시 데려다주려고 되돌아가는 길에 동전을 찾아 묻어 둔 나무를 찾았다. 그런데, 그 길을 다시 들어서니 똑같은 나무가 너무도 많아 아무리, 아무리 뒤져도 어떤 나무인지 찾을 수가 없었다. 동전을 잃은 아이는 울고 동생이 더 크게 따라 울자 이 소란스러움이 당황스러워 나도 같이 울었다. 아이는 내가 우는 걸 보고 깜짝 놀랐는지 내게 매달리며 새까만 손으로 내 눈물을 닦아주고 금세 웃는 얼굴이 되었다.

"괜찮아요, 울지 마요, 내일 선생님 집에 놀러 가도 돼요?"

아이들의 눈물은 언제 바로 웃음이 되는 걸까.

"아니 안돼, 너희들끼리 오기에는 너무 위험해"

신작로를 건너기에는 7살, 5살은 어렸다. 내가 어른이 된 것 같았고 이 아이들을 보호하고 싶었다. 아이들은 울어 얼룩덜룩해진 얼굴과 놀아서 더러워진 옷을 하고 연신 손을 흔들며 미닫이문으로 미끄러져 집으로 들어갔다. 그녀는 다용도로 쓰이는 그 부엌을 종종거리며 따뜻한 저녁을 준비하고 있나 보다. 찌개 냄새가 길가를 둔 문 사이를 넘실거렸다.

아이들은 나를 언제부터 기다린 것인지 짧은 골목 막다른 우리 집 입구에서 내가 빨리 갈 때도 늦게 갈 때도 있었다. 투명인간처럼 무채색으로 살아왔던 내게 달려와 목에 매달리고 다리를 잡고 허리를 두르고 기쁨으로 펄쩍 뛰며 집 앞에 기다리곤 했다. 이런 감정은 낯설지만 따뜻했다. 아이들이 방문했을 때는 다시 데려다주는데 아무리 생각해도 그 나무의 비밀은 풀리지 않는다. 아이들은 잊었지만 나는 그 길을 갈 때마다 동전을 심은 나무를 찾곤 했다. 도무지 모를 일이었다. 나무는 어디 간 것일까? 위험한 길을 건너오는 아이들이 걱정되어 담에는 오지 말 것을 약속받곤 했는데도 불쑥 오곤 했다.

어느 날 헐거운 샌들로 뛰어온 아이들의 맨발이 꼬질꼬질하고 때 묻은 손으로 닦은 땀 흘리는 얼굴에 구정물이 흘렀다. 아이들을 집에 데려가 씻으려 대문 열쇠를 열고 들어갔다. 집에 들어온 새까만 아이들은 신이 나서 껑충 뛰었다. 늦은 시간인데도 엄마가 있었다. 아이들을 씻기고 닦아 부엌에 있는 인스턴트 스프를 끓여 먹었다. 올 때와 다르게 아이들은 기가 팍 죽어있었다. 엄마의 불쾌한 눈초리를 계속 느끼면서 쫓기듯 아이들을 보내고 돌아왔다. 기다리던 엄마는 불청객을 만난 것처럼 화가 나 있었다.

“그 거지들은 누구니?”

슬며시 들어가려던 나는 거지 같다는 엄마 말에 분노가 치밀었다.

“누가 거지인데, 얼굴 좀 더럽다고 거지야? 우리 사는 것 좀 보지? 부끄럽지 않아? 엉덩이로 사는 주제가 더 부끄럽지!”

나는 펄펄 끓는 분노로 문을 쾅 닫고 잠가 버렸다.

“야! 문 열어? 내가 너 땜에 못 살아, 내가 누구 땜에 살고 있는데, 내 심장을 파먹어라. 이년아 ! 아이고, 내 팔자야!” 하며 악을 쓰고 문을 내리치고 발로 찼다. 엄마의 오열하는 소리가 내 심장을 찌른다. 나는 이대로 며칠이고 안 나가며 엄마 속을 볶을 것이다. 어차피 엄마는 나와 생활시간이 다르니 얼마든지 안 마주칠 수도 있다. 며칠을 숨어 있어도 나를 못 찾는 엄마, 이해하면 가여운 엄마, 나를 낳지 말지. 나는 더러운 목숨이다. 행복할 이유가 없다.

아이들은 다시 오지 않았다. 그 싸늘한 공기를 느낀 걸까? 다시 투명인간인 무채색 변향미로 돌아왔다. 매일 깜깜한 동굴 같은 집에 불을 켜고 들어갔다. 밤이 되어야 비로소 화려해지는 홍등가에 익숙해서인지 어두운 집에 들어가는 것이 사실은 무서웠다.

그해 여름도 지나고 진짜 가을이 오고 있었다. 길가에 흐트러져 있는 코스모스는 바람이 온몸을 흔드는데도 여리디여린 줄기로 꺾이지 않고 있었다. 뒷 공터 덤불에는 한 무더기 해바라기가 있었다. 속이 텅 빈 머루 줄기가 여름을 끝내고 고개를 숙인 채 단단히 말라가는 해바라기를 끝까지 안고 있었다. 태양의 꽃잎이 지고 뜨거운 여름을 견딘 해바라기 씨앗이 까맣게 여물어 있었다. 키다리 텅 빈 머루 줄기는 겨우 매달린 넓고 무거운 해바라기 꽃이 무겁지 않았을까?

콕콕 박힌 해바라기 씨를 보자니 아이들이 보고 싶었다. 신작로를 건너 그 슬라브집에 다다랐는데 스산한 바람과 함께 덜컹거리던 미닫이문이 꼼짝도 하지 않았다. 미닫이문에 매달린 큰 자물쇠는 안과 밖을 단절하였다.

'무슨 일이지?' 심상치 않은 침묵에 심장이 쿵쿵 뛰었다. 아무리 크게 두드려 보아도 아무 인기척이 없다. 급한 마음에 아이들을 큰 소리로 불러도 보았다. 아이들이 자주 가던 앞쪽 구멍가게 슈퍼에 들어가 옆집 문이 왜 잠겼냐고 어디 가신 거냐고 물었다. 슈퍼지기 아저씨는 연신 나를 훑어보며 무슨 소란이냐는 얼굴을 했다.

“이 일대가 다 재건축에 들어갔어, 우리도 가게 비워 줘야 혀, 갈 때도 없고 걱정이여! ” 하며 잔기침을 몰아 쉬었다. 왠지 불안한 마음이 진정됐다.

“그럼 옆집 식구들이 재건축 땜에 이사 가셨나 보네요, 어디로 이사 갔나요?”

왕래 없는 그사이 이사했다고 생각했다.

“아, 뭔 소리여! 이사 갈 정신이 어딨어! 새끼 병수발 하면서 장례 치리고 동네 떠났째~”

“네? 무슨 소리…….”

“어린 것 보내고 그 에미 정신 놓고 불쌍해 혼났째 나도, 쯧쯧 어디 가서 사는가.”나는 심장이 방망이질하면서 머릿속이 윙 하고 손이 마구 떨렸다. 아저씨 말에 의하면 큰아이가 며칠 고열이 났는데 감기려니 하고 해열제 먹이고 낫겠지 했다고 한다. 그러나 차도도 없고 발작까지 하며 혼수상태가 되어 응급실에 갔는데 일본뇌염이었다고 한다. 이미 치료 시기를 놓쳐 금세 위독해져서 입원 한지 몇 일만에 사망했다고 말해 주었다.

‘아! 믿을 수가 없다. 모기에 물린다고 사람이 죽을 수 있나? 그게 사실일까?’

가슴은 이렇게 아픈 거구나 그동안 내가 아팠던 건 아무것도 아니다. 무작정 높은 곳을 찾아 맨발로 뛸 때도 이렇게 아프지 않았다. 휘청거리며 무작정 교회로 갔다. 아무도 없는 교회 문을 열고 제일 앞자리에 앉아 하나님을 불렀다. 하나님이 계시 다는데 따져 묻고 싶었다. 7살 이후로 울음을 삼키며 감추며 큰 소리로 운 적이 없었는데 주먹을 쥐고 가슴을 치며 하나님을 불렀다.

“대답해 주세요! 내가 죽고 싶은 건데 나는 왜 살려주고 저 아이 데려가는 거예요? 차라리 날 죽이세요. 지금이라도 바꿔 주세요!"

어디서 나오는 소리인지 통곡을 하며 외쳤다.

손으로 가슴을 마구 치다, 의자에 머리를 내치다가 그만 혼절하였다. 그런데, 잠깐 사이 희미하게 그 아이가 보이는 듯싶었다.

'아, 하나님이 내 기도를 들어 주셨네요. 감사합니다, 감사합니다. 정말 감사합니다.'

계속 머리를 조아리며 가까이 오는 아이를 향해 말했다.

"아이야 넌 일어나렴, 나랑 바꾸어 가자 어서 너는 돌아가!"

아이는 점점 또렷하게 다가오더니 찬란한 해바라기 웃음을 지으며 내게 새까만 손을 내밀었다.

"선생님 울지 마요, 지난번에 선생님 집 앞에 갔는데 울고 있어 그냥 돌아왔어요. 이제 울지 마세요. 우린 다시 만날 테니까요."

'아, 내가 그림자처럼 울면서 집에 오는 걸 봤구나. 무채색 나를 봤구나.'

"아이야 그때 널 봤어야 했는데 미안해. 가슴에 갇혀 아무것도 볼 수 없었어. 나의 해바라기 아이야, 안녕. 아픔 없는 곳에서 안녕, 널 잊지 않을게."

이 환영은 흩어지는 듯싶더니 다시 또렷하게 다가오며 이 슬픔을, 이 이별을 받아들였다.

'해바라기 아이야, 넌 부활할 거야!'

다음 세상으로 사라진 나의 해바라기 아이를 이별한 뒤 신작로를 건너기 위해 밤길에 섰다.

'그랬지. 얼마 전 나는 죽음을 달리기 위해 이 길에 섰는데 지금은 삶을 위해 돌아가고 있다.' 비극을 삼키며 나는 모든 알맹이가 빠져나간 것처럼 신호등 앞에서 둥 떠 휘청거리고 있었다.

그런데, 그런데 길 건너에 나를 바라보는 산발한 여자. 모든 신산한 얼굴을 하며 나의 귀향을 기다리는 여자가 보였다.

"엄마!"

어느새 길을 건너온 엄마 품에 난 그대로 쓰러졌다. 그렇게 엄마 품에서 길고 긴 잠을 잤다. 이상하다, 엄마의 눈물은 내게 닿지 않아도 내 가슴으로 흐른다.

벌써 삼십 년이 흘렀다. 그 아이가 심어 놓은 해바라기는 벅차게 피어올랐다. 나는 잘 웃었고 어딘가에 있을 아팠던 나와 그 아이를 위해 상담학을 전공했다. 지금은 wee 센터에서 상담 업무를 맡고 있다. 그 익숙한 선생님이라는 말이 숙명이 되었나 보다. 나는 이해 못 할 학생이 없다. 선생님이 된 나는 빨리 어른이 되고 싶어 학교를 박차고 나갔다가 위험한 성매매에 노출된 학생을 찾으러 간다. 희망 없이 컴퓨터만으로 소통하는 게임 중독된 아이들도 만나러 간다. 그리고 많은 학생이 그들만의 이야기를 들고 찾아온다.

'아이야 학교에 붙어 있으면 너희는 보호받는다. 힘들다고 학교 뛰쳐나가면 세상은 너희를 보호해 주지 않아, 길은 있으니 선생님과 함께 찾아보자 나에게 오렴. 상담실 앞 한 움큼 초콜릿 해바라기 씨들이 너희들 가슴에도 툭툭 떨어질 테니…….'

엄마는 이제 꽃을 팔지 않는다. 엄마 품에 오래도록 잠들고 깨어난 이후로 엄마는 가위를 들었다. 홍등가의 왕언니로 그녀들의 머리를 만져주고, 그녀들 누구라도 원한다면 기꺼이 기술을 나눠주었다. 엄마의 삶의 터전이었던 그곳을 그녀는 끝까지 떠나지 않았다. 자신의 꽃을 파는 이모들에게 엄마의 미용실은 고향 같은 곳이다.

아! 그 동전을 심은 나무는, 그 나무는 나의 보물섬이 되었다.
눈을 감으면 한달음에 도착할 수 있다.
그 자리에 없는 것이 당연하다. 찾을 수 없을 거다.
보물섬 탐험은 해바라기 아이를 다시 만날 때 시작할 것이다.
〈終〉

김진영 ————

· 필명: 진영(71.10.12)
· '베니씽트윈' 등단
· 2021 신예작가 선정 '백년의 여자'
· 이메일: securitynote27@gmail.com

<작가노트>

어설픈 이야기들이 소설로 살아나

김진영

선생님과는 남산도서관에서 열린 소설창작반에서 처음 만나게 되었습니다.

벌써 6년 전이네요. 다니던 직장을 그만둘 때였습니다. 대입 수험생 아이가 있어 자유롭지도 않았고 새로운 일을 하기에도 지쳐 있을 때였습니다. 오랫동안 열망하던 소설창작을 결심했습니다. 그때, 그 결정이 인생의 전환점이었습니다. 가슴에 파묻힌 이야기들이 나오기 시작했습니다. 스토리를 만들어가며 글을 쓸 때는 주인공과 함께 울면서 같이 아프고 하다 병이 나곤 했습니다. 그렇게 시간이 흐르다 등단도 하였습니다. 이야기를 듣고 소설로 만드는 모든 순간에 김지연 선생님이 함께해 주셨습니다. 어설픈 이야기들이 소설이 되어 살아나는 것을 볼 수 있었습니다. 이 소설은 제가 처음 쓴 소설로 매우 의미가 있습니다. 그만큼 부족한 글이기도 하지만 그 초심을 다시 생각해보게 하는 글이기도 합니다.

선생님은 스승 김동리 선생님에 대해 가끔 말씀해주셨습니다. 스승으로서 제자들을 문학의 길에 이르도록 매섭게 질타도 하시면서 얼마나 사랑하고 살피셨는지 들었습니다. 문단에서 스승과 제자의 사랑을 저는 김지연 선생님을 통해 알게 되었습니다.

저는 지금 선생님의 기대에 못 미치고 있습니다. 이번 출판을 기해 다시 새롭게 시작하고 싶습니다. 이제는 선생님을 더 기다리게 할 수 없을 것 같습니다. 좋은 작품으로 달려가겠습니다.

팔순 맞으신 우리 선생님! 오래 오래 건강하세요.

〈 단편소설 6 〉

미카엘

김채강

무영은 지하철을 탈 때마다 긴장의 끈을 놓을 수 없었다. 창자처럼 꼬인 서울의 지하철은 낮에도 편안하게 앉는 여유를 허락하지 않았다. 옆 사람과 허벅지가 닿지 않게 하려고 잔뜩 힘을 주어도 소용없었다. 낯선 남자가 옆에 앉으면 신경이 쓰였다. 남자들은 나이와 비례해 다리를 벌리는 각도가 넓어지곤 했다. 여자라고 해서 마냥 편하진 않았다. 의식하지 않으려 해도 타인의 체온이 팔과 다리를 통해 미적지근하게 전달되는 건 께름칙했다. 다리를 외로 꼬자니 구겨 신은 빛바랜 운동화가 도드라져 보였다. 서서 가면 불편한 마음을 덜겠지만, 무영은 그러지 않았다. 딱딱한 공용 의자 끝에 엉거주춤하게 엉덩이라도 걸쳐야 할 만큼 몸이 무거웠다. 건물 청소를 시작한 후로 관절 마디마디가 쑤신다는 게 이런 거구나 싶었다. 꾸벅꾸벅 졸다 옆 사람에게 기대게 될까 봐 눈에 힘을 줬지만 소용없었다.

낮 두 시. 굴속을 빠져나와 달리기 시작한 전동열차 안으로 비춰든 햇살이 무영의 치떴다 감기는 눈꺼풀 위를 무심히 뛰어다녔다.

지하철 개찰구를 빠져나오자 상가에서 음식 냄새가 훅 끼쳤다. 무영은 얼굴을 찡그렸다. 위가 쓰리고 신물이 올라왔다. 새벽 세 시에 출근 준비를 하며 우유 한 잔을 마신 게 다였다. 무영이 일하는 곳은 지은 지 이십 년이 넘은 노후한 건물이었다. 일 층에는 상가가 있어서 드나드는 사람이 많고 층마다 있는 화장실은 개방형이라 치우고 돌아서면 다시 난장판이 돼 있었다. 물을 내리지 않거나 양변기 커버에 오줌 방울을 뿌려놓고 가버리는 여자도 있었다. 거무튀튀한 생리혈이 적나라하게 드러난 생리대를 치울 때마다 무영은 마스크 너머로 비릿한 냄새를 맡았다. 쓰레기통이 조금만 차도 바닥에 뭉친 화장지가 굴러다녔다. 더 곤란한 건 변기가 막힐 때였다. 덮개가 얌전히 닫힌 변기는 복불복 서바이벌 게임 같았다. 뚜껑을 열어젖힐 때는 습관처럼 눈을 질끈 감곤 했다.

건물 청소 일을 시작하면서 정확히는 공동화장실을 청소하면서부터 무영은 식욕을 잃어갔다. 일터에서는 과자 한 조각 입에 들어가지 않았다. 전날 밤 취객이 쏟아 놓은 토사물을 새벽부터 치우는 날은 종일 밥을 먹지 못했다. 세제와 함께 사용하는 싸구려 락스 냄새도 지독했다. 쓰는 양이 많다 보니 눈이 시리고 머리가 지끈거렸다. 오후 청소를 맡아 하는 부산댁 아주머니는 그런 무영을 안쓰러워했다.

"첨 올 때는 볼살이 통통하니 곱더만 와이리 애볐노. 단디 묵고 일해라. 몸이 대서 그러나? 이제 사십 줄이면 한창때고만. 청소는 엔간히 해라. 낡아 삔 건물이라 표도 안 난데이."

"괜찮아요. 세제 풀어서 복도랑 계단 닦아놨어요. 쉬엄쉬엄하세요."

무영은 부산댁 아주머니의 일을 덜어주고 싶어서 구석구석 더 꼼꼼하게 청소를 했다. 부산댁 아주머니는 단칸방에 혼자 살았다. 미국에 이민 간 외아들 내외와 손녀를 그리워했다. 치기공사 자격증을 딴

아들은 한국에서 먹고 살기 힘들다며 어렵게 미국행을 준비했다고 한다. 손녀딸이 입학할 때 미국에 가려고 아주머니는 악착스럽게 돈을 모았다. 그래도 무영에게 백설기 한 조각, 삶은 고구마 두세 개를 챙겨주는 마음 씀씀이가 있었다.

무영은 지하상가 빵집에서 이천 원에 세 개씩 파는 빵을 샀다. 체력 소모를 생각하면 백반이라도 먹어야 하는데 식당에 혼자 들어가는 게 영 어색했다. 4인용 자리에 덩그러니 앉아 물컵 하나를 손에 쥐고 있으면 무인도에 불시착한 기분이었다. 주문한 식사가 나올 때까지 기다리는 짧은 시간을 어떻게 써야 할지 몰라 벽에 붙은 메뉴판을 반복적으로 훑었다. '고독한 미식가'는 음식으로 생의 희열을 느낀다지만 그녀는 이해할 수 없는 세계였다. 무인도에서 진수성찬을 먹는다고 뭐가 그렇게 행복할까 싶었다. 식당을 나서는 그녀의 머릿속에 여러 번 훑은 음식명들은 사라지고 고독만 남았다.

생일이 다가오면 엄마가 해준 집밥이 그리웠다. 일평생 가족의 생계를 꾸려온 엄마였지만 음식에 조미료를 쓰지 않았고 김치를 사 먹는 일도 없었다. 힘든 노동을 마치고 집에 돌아온 엄마는 한밤중에 바닥에 쪼그리고 앉아 두세 포기씩 김치를 담그곤 했다. 눈대중으로 고춧가루와 소금을 한 움큼씩 뿌리며 설렁설렁 양념하는 것처럼 보이지만 무영은 엄마가 담근 시원하고 심심한 김치가 좋았다. 가족의 생일에는 소고기 두 근을 사서 양념에 재웠다. 과일을 갈아 넣은 고기는 달달하고 부드러웠다. 어린 무영은 예쁜 케이크가 없어도 불고기를 먹을 수 있는 생일을 기다렸다. 엄마는 아버지의 생일에 더 신경을 써서 음식을 준비했다. 돼지고기와 버섯을 듬뿍 넣은 잡채를 만들고 말랑말랑한 곶감을 넣은 수정과도 냉장고에 넣어두었다. 어린 무영은 오랜만에 채워진 냉장고 앞을 어슬렁대며 아버지가 빨리 오기를 바랐다. 무영의 초조함을 아는지 모르는지 아버지는 집에 오지 않았다. 주인공이 없는 밥상 앞에서 미역국에 만 밥과 고기를 입안 가득 넣고 우물거리던 무영은 뭔지 모를 죄책감을 느꼈다. 창문 앞을 지나는 발소리가 가까워지면 무영은 숟가락질을 멈추고 귀를 쫑긋 세웠다. 그러다 발소리가 멀어지면 엄마 얼굴을 훔쳐봤다. 엄마는 반지하 방 창문을 바라볼 뿐이었다. 어린 무영은 내년 아버지 생일을 엄마가 넘어가버릴까 봐 겁났다. 집 안에 고소한 냄새가 배어들고 따다닥 규칙적으로 도마를 두드리는 칼질 소리를 들을 때면 가슴에 노란 전구가 켜진 것 같았다. 괜스레 박자에 맞춰 까치발을 딛고 배시시 웃음이 새어 나왔다. 일 년에 몇 번 안 되는 그런 날을 아버지는 왜 모르는 척하는지 알 수 없었다.

한 달에 한 번 무영은 은행에 가서 통장을 정리했다. 앞으로 통장거래가 사라질 거라는 기사를 봤지만, 그녀는 인터넷뱅킹을 사용하지 않았다. 스마트폰도 사지 않았다. 구닥다리 폴더폰조차 집에 두고 다니기 일쑤였다. 지갑에 있는 카드라고는 현금카드 한 장과 교통카드뿐이었다. 인터넷 사이트에 회원가입을 하는 일도 드물었다. 최소한의 것만 남겨도 일상은 그럭저럭 굴러갔다. 그녀는 죽는 순간이 왔을 때 점 같은 흔적도 남기고 싶지 않았다. 무영에게 삶은 싫어도 채워야 하는 할당량 같은 거였다.

부산댁 아주머니는 입버릇처럼 말했다. 독거노인으로 살면 뭐가 억수로 무서운 줄 아나? 내 죽은 담에 몸뚱아리가 썩어 문드러져도 아무도 모르는 기다. 미국 사는 문디 자슥이 빨리 발견할 수나 있것나. 무영은 멀거나 가까운 자신의 미래 같아서 소름이 돋았다. 이제 마흔두 살인 무영은 이삼십 년은 더 산 노인처럼 죽음에 대해 떠올렸다. 죽음 자체는 무섭지 않았다. 죽는 방식이 문제였다. 원룸에 누워 손 한 번 잡아줄 이도 없이 죽어가는 적막함이 그려졌다. 보도에 널브러져 죽은 비둘기를 환경미화원이 집게로 집어 쓰레기봉투에 넣듯이 그녀의 죽음이 다뤄지는 게 싫었다.

어릴 때는 무영을 보호해 주는 미카엘 천사가 있다고 믿었다. 하늘나라 이야기가 파스텔 색깔로 그려진 동화책을 수십 번 봐도 지루하지 않았다. 엄마에게 천사 인형을 사달라고 떼를 썼다. 아무리 기도해도 무영 앞에 천사가 나타나는 일은 없었다. 신이 무영에게 눈곱만큼도 관심이 없다는 걸 차츰 깨닫게 되었다. 삶과 죽음은 무영이 알아서 할 문제였다.

그녀는 정리한 통장을 한동안 들여다봤다. 최저시급으로 계산된 월급은 초라했다. 월세와 공과금을 내고 식비와 교통비를 쓰고 나면 남는 액수는 얼마 되지 않았다. 그래도 오늘만큼은 만 원짜리 몇 장을 찾기로 했다. 생일이라고 특별할 건 없었다. 무심한 나날 중 하루지만 무영은 불고기를 먹어야겠다고 생각했다. 그녀의 원룸에는 변변한 식기나 프라이팬이 없었다. 고기를 먹으려면 혼자 식당 문을 여는 용기가 필요했다.

식당은 다세대 주택가의 후미진 길목에 있었다. 스테인리스 원형 테이블이 네 개뿐인 작은 고깃집이었다. 무영은 작고 조용한 곳에서 있는 듯 없는 듯 식사를 하고 싶었다. 식당 안은 바깥에서 본 모습보다 옹색했다. 벽면은 고기의 그을음이 배어들어 누렇게 변색되었다. 환기가 안 된 탓인지 탄내와 쉰내가 뒤엉킨 눅눅한 공기가 무영의 코에 달라붙었다. 무영은 비어 있는 세 개의 자리 중 가장 구석진 곳에 앉았다. 서빙과 주방 일을 모두 하는 여주인이 다가왔다.

"혼자 왔어요? 점심 백반은 끝났는데."

"불고기 이 인분 주세요."

미국산 소고기라 가격이 저렴했다.

"공깃밥이나 술은요?"

무영은 잠시 망설이다 고개를 저었다. 고기에 소주 한잔하고 싶은 충동을 눌렀다. 탐색하는 듯한 여주인의 눈빛이 껄끄러웠다. 맞은편 자리에서 소주를 마시고 있는 남자도 마음에 걸렸다. 여주인은 상차림을 준비하며 무영에게 말을 붙였다.

"아줌마, 이 동네 살아요? 못 보던 얼굴인데."

아줌마란 호칭이 무영을 쿡 찔렀다. 심심찮게 듣는 말인데 남의 옷 같았다. 정수리에서 올라오기 시작한 흰머리를 머쓱하게 만졌다.

"저기요… 고기 조금만 주셔도 돼요. 다 못 먹어서요."

불규칙한 식습관과 소식은 그녀의 위를 쪼그라들게 했다. 이천 원짜리 김밥, 컵라면, 싸구려 빵에 익숙해진 위는 고기 같은 음식을 잘 소화하지 못했다.

"아이고, 예의상 이 인분 시켰구나. 아줌마 인상이 선하다 했어. 아까 왔던 여자랑은 딴판이네. 점심때 어떤 여자가 남자랑 와서 낮부터 술을 먹더라고. 백반 하나 시켜놓고는 소주를 세 병이나 마시데, 미친 년. 얼굴은 벌게서 꼬리치고 혀 짧은 소리를 하는 꼴이라니… 딱 봐도 불륜이야. 나잇살이나 먹어서 창피한 줄 몰라요."

무영은 불판 위에 익어가는 고기 한 점을 입속에 넣었다. 불고기 양념은 온통 설탕 범벅이다. 첫맛은 달지만 끝 맛은 느끼하고 텁텁했다. 고기는 식당 여자가 늘어놓은 말처럼 질겨서 목 안으로 잘 넘어가지 않았다. 그녀는 맞은편에 앉은 머리숱이 반쯤 벗겨진 남자가 힐끗힐끗 쳐다보는 걸 느꼈다. 손님의 식탁에 여러 번 올려놓아 윤기가 사라진 나물 반찬을 젓가락으로 뒤적이는 무영과 소주만 연거푸 마시는 남자의 시선이 마주쳤다.

"술이 없으니까 고기를 그렇게 맛없게 먹지. 한잔 드릴까?"

남자는 소주병을 들고 당장이라도 건너올 분위기다. 놀란 그녀는 얼른 고개를 돌렸다. 술 취한 남자가 말을 걸까 봐 조마조마했던 마음이 현실이 되자 어쩔 줄 몰랐다.

"나 나쁜 놈 아니오. 외로운 사람끼리 술 한잔하자는 거지. 속이 얼마나 헛헛하면 대낮에 혼자서 고기를 먹겠어. 우리 사연이나 나눠 봅시다."

무영은 덜덜 떨리는 몸을 들키지 않으려고 젓가락을 꼭 움켜잡았다. 남자의 은근한 눈빛은 '아직도 여자로 봐주는 남자가 있어서 좋지?' 하고 말하는 듯했다. 만만한 여자로 보인 것에 화가 난 건지, 쓸쓸함을 들킨 것이 수치스러운 건지 그녀는 구별하기 어려웠다. 쏟아붓고 싶은 말은 차고 넘치는데 입 밖으로 엉뚱한 대사가 나왔다.

"괜찮습니다. 제가 약속이 있어서요."

불판에 고스란히 남겨진 불고기에서 역한 냄새가 올라왔다. "아줌마, 고기 타잖아." 가스 불을 단속하러 온 여주인에게 되는대로 돈을 쥐여주고 그녀는 식당을 빠져나왔다. 식도를 타고 내려간 고기 조각이 명치에 얹혀 가슴팍을 조였다. 뒤에서 식당 여자가 미친년, 미친년 하는 소리가 이명처럼 들렸다.

"엄마! 엄마! 가지 마!"

무영은 식은땀을 흘리며 잠에서 깼다. 언제나 같은 꿈이다. 다리에 쥐가 나도록 뛰어도 앞서간 엄마는 잡히지 않았다.

새벽 세 시. 평소였으면 출근을 준비할 시간이다. 쉬는 날엔 늦잠을 자고 싶은데 몸은 습관대로 움직였다. 원룸은 어둠에 잠겨 있었다. 책상 등을 켜자 여섯 평 남짓한 방이 한눈에 들어왔다. 무영의 방은 군더더기 물건이 거의 없었다. 검소하고 간결하다 못해 금방 떠날 사람의 방 같았다. 눈에 띄는 물건은 싱글 매트리스, 앉은뱅이책상, 냉장고, 조립식 옷걸이 정도였다. 흔한 텔레비전 한 대 없이 손바닥만 한 라디오가 작은 냉장고 위에 놓여있었다. 무영은 냉장고에서 차가운

생수를 꺼내 병째 마셨다. 그녀는 꿈을 떠올리며 제머리를 흔들었다. 가끔 어디까지가 현실이고 꿈인지 헛갈렸다. 일곱 살 때 엄마 손을 잡고 갔던 낯선 동네가 꿈에서는 컴컴한 동굴이었다가 낡은 창고로도 변했다. 날씨도 뒤죽박죽이었다. 시뻘겋게 해가 지다가 비가 내리기도 했다. 변하지 않는 건 창백하게 슬픈 엄마의 표정과 울며 쫓아가는 무영이다.

엄마는 무영을 데리고 버스에 탔다. 과자봉지를 쥔 무영은 신이 나서 엉덩이를 들썩였다. 일만 하는 엄마가 무영과 외출하는 일은 드물었다. 그들이 내린 곳은 처음 와보는 동네였다. 엄마는 종이에 그린 약도를 들여다보며 골목에 있는 집들을 기웃거렸다. 어디선가 코끝을 간지럽히는 화장품 냄새가 풍겼다. 담장 너머로 보라색 라일락이 바람결에 잔가지를 흔들고 있었다. 엄마는 꼼짝 않고 서서 자주색 페인트가 칠해진 대문을 응시했다. 지루해진 무영은 엄마의 옷소매를 잡아당겼다.

"무영이 짜장면 좋아하지?"

"응, 지금 먹으러 가는 거야?"

"무영이가 엄마 말 잘 들으면 사줄게. 여기 그늘에 앉아서 엄마 올 때까지 기다리고 있어. 어디 가지 말고 있어야 해. 알았지?"

엄마는 무영을 담 밑에 남겨두고 자주색 대문 안으로 들어갔다. 무슨 볼일인지 시간이 오래 걸렸다. 심심한 무영은 주머니에서 공깃돌을 꺼냈다. 한 알 잡고, 두 알 잡고…… 공깃돌을 던져서 손등에 얹었다. 그때였다. 쨍그랑, 쿵쾅. 무언가 깨지고 부서지는 소리가 들렸다. 무영은 벌떡 일어섰다. "여기가 어디라고 와서 행패야!" 남자의 우렁우렁한 고함이 담장 안에서 들렸다. 익숙한 목소리 같았다. 철커덩, 대문이 열렸다. 누가 밀치기라도 했는지 엄마가 튕겨 나왔다. 무영을 찾지도 않았다. 단정하게 묶었던 머리가 풀어헤쳐 진 채 골목 밖을 향해 뛰었다. 깜짝 놀란 무영은 엄마의 뒤꽁무니를 좇아 달렸다. 땅바닥에 떨어진 공깃돌을 주울 새도 없었다. 엄마아… 모퉁이를 돌자 엄마가 길바닥에 주저앉아 있었다. 무릎을 감싸 안고 고개를 푹 숙인 엄마는 미동도 하지 않았다. 불안한 마음이 엄마를 찾았다는 안도감으로 바뀌며 무영이 울음을 터트렸다. 하얗게 질린 엄마의 얼굴이 무영 쪽으로 향했다. 무영아, 우리 무영이. 엄마는 무영의 어깨를 몇 번 토닥이고는 힘없이 일어섰다. 그 후 어떻게 됐는지 무영은 기억하지 못한다. 짜장면을 먹었는지, 엄마가 손을 잡아줬는지 떠오르지 않는다. 뒤돌아보지 않고 세상 밖으로 도망치던 엄마의 선뜩한 뒷모습이 무영의 가슴에 깊은 상처로 박혔을 뿐이다.

무영은 자라면서 아버지에게 말을 걸지 않았다. 아버지는 딸에게 간섭하거나 야단을 친 적도 없었다. 아버지는 부재중인 사람이었다. 집에 있는 게 어색했다. 어쩌다 방에서 담배를 피우고 있는 아버지를 발견하면 무영은 낯모르는 손님이 온 것처럼 조심스러웠다. 그녀가 어릴 때는 부부가 소리를 높여 싸우기도 했지만, 무영이 철들 무렵 부모는 남남인 양 데면데면했다. 아버지는 여자에게 인기가 많았던 모양이다. 무영으로서는 수수께끼 같은 일이었다. 가까이 가면 매캐한 냄새가 풀풀 나는 골초에 말 없고 무뚝뚝한 아버지의 어디가 좋다는 건지. 아버지는 전체적으로 뾰족해 보이는 사람이었다. 눈꼬리가 날카롭고 턱선이 뚜렷했다. 길고 가는 몸에 빗장뼈가 선명하게 보였다. 인상이 동글동글한 엄마와는 정반대였다. 무엇보다 아버지는 돈 버는 재주가 없었다. 그런데도 입성은 번듯하고 태가 났다. 엄마는 생활비 받는 걸 포기했다. 빚만 안 지고 들어와도 고마운 눈치였다.

무영이 독립을 할 만큼 컸을 때, 엄마는 속내를 풀어놨다. 딸과 엄마는 마주 앉아 김치부침개를 부쳐 막걸리를 마셨다.

"엄마, 아버지와 남처럼 사는 거 지겹지 않아? 그냥 헤어지지 그래?"

"이것아, 그걸 이제 얘기 하냐? 애미가 쭈그렁 할망구 되기 전에 말했어야 팔자를 고쳤지."

"아직 봐줄 만해. 지금도 안 늦었어."

"됐다. 니 애비 같은 놈 또 만날까 겁난다."

엄마는 농담인지 진담인지 키득키득 웃었다.

"아버지가 다른 여자 만나는 거 화나잖아? 살림도 차렸고."

"여자가 아니라 여자들이지. 살림은 차려도 다른 씨앗 안 보는 게 어디냐."

무영은 답답했다. 엄마가 착한 건지 여자로서 못난 건지 의심스러웠다.

"너도 남자 만나 살아보면 알겠지만, 남녀 사이라는 게 별거 없다. 죽고 못 사는 건 잠깐이야."

"죽고 못 살 정도로 좋았던 적은 있어?"

엄마는 사발에 있던 술을 단숨에 비웠다. 주량도 적은 엄마가 막걸리를 계속 비우자 무영은 괜한 얘기를 꺼냈나 싶었다.

"내가 첫눈에 반했지. 그래서 너도 갖게 됐고."

"결혼 전에 임신했다고?"

"내 가슴에 못이 박힌 건 니 애비가 바람을 피워서만은 아니야. 애 밴 걸 들켜서 네 할아버지에게 쫓겨났지. 처녀가 임신했으니 그럴 만도 했어. 추운 날씨에 스웨터 하나 걸치고 네 아버지 자취방에 찾아갔어. 난 이 남자가 그렇게 펄쩍 뛸지 몰랐다. 당장 애를 떼라고…"

코를 몇 번 훌쩍이더니 엄마는 기어코 눈물을 쏟았다. 급하게 막걸리를 잔에 부어 들이켰다. 그리고는 눈이 빨개진 채로 횡설수설했다.

"좋다고 덤벼들 땐 언제고 지가 뭔데 너를 떼라 말라야! 겨울바람이 매서웠는데 나를 문밖으로 내몰고 달라붙지 말라고 소리 지르고. 나쁜 새끼가 나를 발로 찼어. 아가, 많이 아팠지… 엄마가 미안해… 결혼만 해주면 자기 책임은 끝났다고 생각한 인간이 네 아버지야. 딴 여자 만나는 것도 모자라서 살림까지 차렸단 걸 알았던 날이 지금도 선해. 네 아버지가 미운 게 아니라 나를 용서할 수 없더라. 너를 앞세워 결혼하는 게 아니었어. 무영아, 기억하니? 내가 그날 길에 너를 버릴 뻔했어. 아니, 버리고 싶었어. 너만 아니면… 너만 아니었으면…"

무영은 술에 취해 잠든 엄마를 물끄러미 바라보았다. 그랬구나, 엄마 인생에서 사라졌어야 할 사람은 아버지가 아니라 나였구나. 그녀는 땀에 달라붙은 엄마의 귀밑머리를 가만가만 넘기며 먹먹한 마음을 숨겼다.

무영은 사람과 관계를 맺는 일이 늘 어려웠다. 마음이 넘치거나 부족해서 적당한 거리를 유지하는 데 서툴렀다. 숫기가 없어서 마음에 드는 상대에게 먼저 다가가지 못했다. 대개는 적극적인 사람이 무영의 친구나 애인이 되었다. 그녀는 좋아하는 사람에게 집착했다. 자신이 가진 것은 무엇이든 부어 주고 싶었다. 사랑하는 이에게 아낌없이 주지 않으면 그들이 떠날지도 모를 일이었다.

단짝이었던 세진이 결혼하는 날, 무영은 집에 돌아와 펑펑 울었다. 하나밖에 없는 친구를 남자에게 영영 빼앗긴 것 같았다. 학창시절부터 활달한 세진의 주변에는 친구가 많아서 무영은 전전긍긍했다. 남자친구도 여러 번 바뀌었다. 세진이 연애에 빠졌을 때는 무영과의 약속을 번번이 깼다. 그러다 애인과 싸우거나 이별의 시기가 오면 무영의 둥지 안으로 날아들었다. 무영은 섭섭한 감정을 갖기보다는 힘들 때 찾아오는 친구가 고마웠다. 세진에게 무영이 의미 있는 사람이라면, 다 괜찮았다.

세진이 결혼 후 첫 집들이를 하기로 정하자 무영은 미리 가서 음식 장만을 도왔다. 함께 장을 보고 고기와 채소를 다듬었다. 서툰 솜씨지만 요리법을 찾아가며 잔치 음식을 만들었다. 세진의 예쁜 신혼집에 그녀도 구성원이 된 것 같았다. 지인들이 모두 돌아간 후 마지막까지 남아 설거지를 한 것도 무영이었다. 세진이 임신을 했다는 소식을 듣고 그녀는 자신에게 자식이 생긴 것처럼 기뻤다. 때때로 입맛 없어 하는 친구를 불러내 무영의 월급으로는 분에 넘치는 요릿집에 갔다. 세진이 딸 민지를 낳았을 때 산후조리원에 찾아간 무영은 감정이 벅차올라 말했다.

"세진아, 이제부터 내가 민지 이모다, 잊지 마."

민지의 백일과 돌은 무영에게도 중요한 날이었다. 금반지에 아이의 이름을 새길 때 작은 하트도 넣어 달라고 부탁했다. 민지의 말랑말랑한 손과 배냇냄새가 떠올라 아기 옷가게를 그냥 지나치지 못했다. 무영은 상상의 나래를 펼쳤다.

'돈을 모아 이사를 하면 세진이집 근처에 살아야겠어. 민지가 크는 모습도 보고, 맛있는 간식도 만들어 줘야지. 겨울에는 세진이와 김장도 같이 해서 나누고. 민지가 빨리 커서 이모라고 부르면 얼마나 좋을까.'

상상대로 민지의 말문이 트여 이모라는 말을 듣게 됐지만 시간이 흐를수록 무영은 소외감을 느꼈다. 민지의 동생 민우가 태어난 다음부터는 무영이 끼어들 틈이 없었다. 잘하면 잘할수록 밑 빠진 독에 물 붓듯이 허탈했다. 세진의 얼굴을 보는 일은 점점 어려워졌다. 전화를 걸면 세진은 이런저런 핑계를 댔다.

"무영아, 미안. 이번 네 생일에도 못 만날 것 같아. 민지가 다니는 어린이집에 챙길 일이 한두 가지가 아니야. 민우는 밤마다 얼마나 울어대는지 민지 때와 또 달라. 여섯 시간만 푹 자는 게 내 소원이다. 주말에 와서 도와준다고? 됐다, 됐어. 애 엄마도 아니면서 네가 뭘 알겠니. 민우 백일도 신경 쓸 필요 없어. 가족끼리 조촐하게 지내기로 했어. 어머! 민우 운다. 끊자."

결혼 초에 세진의 남편은 무영을 반가워하고 좋아했다. "불알친구가 남자들한테만 있는 게 아니네요, 하하하. 우리 집사람이 제 흉봐도 편 좀 들어주실 거죠?" 하던 사람이 언제부터인가 무영이 집에 가면 "재밌게 놀다 가십시오." 하며 방으로 들어가 버렸다. 무영은 어디서부터 무엇이 잘못됐는지 몰랐다. 예전처럼 세진과 터놓고 대화를 나누고 싶은 마음이 간절했다. 세진은 그런 무영에게 핀잔을 주었다.

"우리가 애들이니? 전후좌우 따지면서 마음을 들여다보게. 하루 이틀 친구도 아닌데 피곤하게 굴지 말자. 무영아, 남자 좀 사귀는 게 어때? 결혼해야지."

무영은 오랜 시간의 최면 끝에 깨어났다. 그동안 세진에게 뭘 한 거지? 세진과 내가 다른 세계에 살고 있었다는 걸 이제야 깨닫다니. 그녀는 슈퍼마켓에서 파는 통조림을 떠올렸다. 통조림처럼 인간관계에도 유통기한이 있다는 생각이 들었다. 어떤 통조림은 일 년, 다른 통조림은 삼 년. 무영과 세진의 유통기한은 제법 긴 편이었다. 유통기한이 끝났는데도 그녀는 더 남았다고 우기다 탈이 난 것뿐이다. 무영은 세진의 세계에 편입하지 않는 한 더는 나눌 것이 없다는 걸 알았다. 사람에게 향한 문을 열거나 닫지 않고 중간쯤에 걸치는 법을 그녀는 끝내 배우지 못했다.

일 년간 사귄 애인과 끝이 난 후, 그녀는 무너졌다. 남자 탓만은 아니다. 그냥 아무것도 견딜 수 없었다. 병원에서 처방한 수면제와 신경안정제 없이는 잠을 이룰 수 없었다. 동훈과 만날 때부터 서서히 닳기 시작한 마음은 이별 뒤 물에 풀린 휴지처럼 너덜너덜해졌다. 사라지는 건 시간문제였다.

딸은 엄마 팔자 닮는다는 말을 증명이라도 하듯 동훈에게 다른 여자가 생겼다. 다행히 무영은 아이를 배지도 않았고 엄마처럼 매달리지도 않았다. 동훈은 아버지보다 인간적인 남자였다.

"미안하단 말도 못 하겠다. 네가 여린 사람인 걸 알면서 일을 이 지경으로 만들었네. 너한테 상처 준 만큼 벌 받으며 살게. 근데 네가 쌓은 성이 견고해서 비집고 들어가기 힘들었어. 나한테 사랑한다고 말한 적도 없잖아. 널 안을 때마다 더 외롭더라. 섹스가 끝나자마자 옷으로 무장하고 등 돌려 자는 널 보면서 내가 얼마나 서운했는지, 모를 거다."

동훈을 선선히 보내준 무영이지만, 가슴 밑바닥에선 온갖 감정이 들끓었다. 나는 사과를 받은 걸까 욕을 먹은 걸까. 나를 버리고 받은 벌이 어리고 예쁜 여자를 만나는 거라니! 그녀는 동훈에게 사랑한다고 말하기 두려웠다. 사랑이라고 말하는 순간 그 말은 무영을 가두는 족쇄가 될 것 같았다. 그의 강파른 등을 바라보는 게 쓸쓸하고 아파서 먼저 돌아누웠던 무영이었다. 좀 기다려주지. 상처에 연고를 바르고 새살이 돋을 때까지. 그럼 난 천천히 너에게 갔을 텐데. 무영은 못한 말을 꿀꺽 삼키고 모든 화살을 스스로에게 쏘았다.

그녀는 직장에 다닐 수도, 외출할 수도 없었다. 손가락도 까딱하기 싫었다. 사슬처럼 연결되어 떠오르는 상념은 그녀의 숨통을 죄었다. 무영은 아무 생각도 하지 않으려고 안간힘을 썼다. 온종일 누워 텔레비전에서 나오는 코미디나 예능프로그램만 봤다. 치킨이나 피자를 배달시켜 체할 정도로 먹다가 며칠을 내리 굶기도 했다. 강소주에 수면제 몇 알을 털어 넣고 꺽꺽 마른 울음을 토하다 잠이 들었다. 통장에 돈이 바닥나고 수면제가 떨어지는 날 죽기로 마음먹었다.

그즈음 아버지에게서 전화 한 통이 걸려왔다. 간밤에 엄마가 심근

경색으로 쓰러졌다고 전했다. 병원에 가야 했다. 바닥에 나뒹구는 옷더미 속을 뒤지는 무영의 손끝이 떨렸다. 머리를 언제 감았는지 감감하기만 했다. 세탁한 양말이 없어서 맨발로 운동화를 신었다. 이런 몰골로 나가도 되는지 판단할 여유도 없이 무영은 원룸을 나섰다. 석 달 만의 외출이었다.

불행은 더 큰 불행이 이겨내게 만든다 했던가. 무영은 늪에서 조금씩 헤쳐 나왔다. 엄마의 장례를 치르는 동안 그녀는 눈물이 나지 않았다. 정신을 차리지 않으면 엄마가 가는 마지막 길을 엉망으로 만들 것 같았다. 영정사진 속 엄마는 왠지 홀가분한 표정이었다. 말년에 엄마의 삶이 조금이라도 행복했다면 아버지의 귀가 때문이었다. 아버지는 위암 진단을 받고 초췌한 꼴로 엄마에게 돌아왔다. 엄마는 신접살림이라도 차린 색시처럼 지극정성으로 아버지를 돌봤다. 그렇게라도 엄마가 홀로 견뎌낸 시간을 보상받는 것처럼 보였다.

얼마 살지도 못하고 엄마를 먼저 보낸 아버지의 심정이 어떨지 표정만으로는 읽기 어려웠다. 엄마는 아버지를 끝까지 포기하지 않았지만 무영은 그럴 자신이 없었다. 작은 연결고리마저 사라진 부녀는 변변한 대화도 없이 삼일장을 치렀다.

엄마의 장례식을 마치고 그녀는 다시 일어서려 애썼다. 인간관계에 매이지 않는 임시직을 골랐다. 청소일은 고되어도 장점이 있었다. 몸을 많이 쓰다 보니 자신을 괴롭힐 기운이 남아 있지 않았다. 텔레비전을 없애고 라디오를 샀다. 그마저 듣지 않았다.

무영은 마흔둘 생일에 엄마가 만든 음식을 먹을 순 없었지만 하늘에서 보내준 선물을 받았다. 힘겨운 삶에 마지막 보물처럼 만난 운명의 상대였다.

그녀는 지친 몸을 끌고 집으로 오는 길에 버려진 가구들을 발견했다. 막 이사를 간 어수선한 주택 앞에 폐기물 스티커를 붙인 살림살이가 많았다. 책상, 서랍장, 거울, 화장대 사이에 하얀 옷장이 눈에 띄었다. 언뜻 봐도 평범한 옷장이 아니었다. 유럽의 귀족이 사용했을 법한 오래된 가구였다. 아치 모양의 꼭대기에는 고대 그리스인이 제우스 신에게 바쳤다는 카네이션이 무리 지어 조각돼 있었다. 여닫이문 밑에 두 개의 서랍이 있고, 몸체를 받치는 네 개의 다리는 S자 형태였다. 무영이 옷장에서 눈을 떼지 못한 건 여닫이문 가운데를 꽉 채워 돋을새김한 천사 때문이었다. 그 천사는 그녀가 어릴 때 손에서 놓지 않았던 동화책 속의 대천사 미카엘이었다. 아름답고 용맹한 미카엘이 뱀과 용의 모습을 한 사탄을 황금 검으로 물리칠 때 어린 무영은 침도 삼키지 못할 만큼 조바심쳤다. 하늘나라의 용사 미카엘은 착한 사람에게는 한없이 다정했다. 미카엘이 아버지 대신 엄마와 그녀를 지켜주기를 어린 무영은 잠자리에서 기도했다. 오랫동안 잊고 살았던 미카엘을 무영은 단번에 알아보았다. 그녀는 미카엘과 재회하는 순간, 블랙홀에 빠져드는 빛이 되었다. 섬세한 얼굴선과 단단한 어깨, 불꽃 같은 곱슬머리는 그녀를 매료시켰다. 그의 얼굴 주위로 커다란 금빛 날개가 반짝였다. 한쪽 어깨와 팔에 늘어뜨린 튜닉 자락이 당장이라도 무영을 감쌀 것 같았다. 이전에도 앞으로도 다시 만날 수 없는 특별한 남자라는 걸 직감했다.

무영은 마음이 급했다. 옷장을 번쩍 들어서 집으로 옮길 수도 없는 노릇이었다. 자세히 옷장을 살펴보니 군데군데 칠이 벗겨지고 여닫이문의 경첩과 손잡이도 낡아서 흔들렸다. 무영은 가구공방을 수소문해 옷장을 맡겼다. 최대한 원형의 모습을 지켜달라고 부탁하는 것도 잊지 않았다. 얼마 되지 않지만, 통장의 잔액을 다 털어도 아깝지 않았다.

미카엘은 그녀의 볼품없는 방을 환하게 밝혔다. 미카엘이 있을 공간을 만들기 위해 앉은뱅이책상과 매트리스를 버렸다. 무영은 그의 검과 방패에 왁스를 발라 반질반질하게 닦았다. 옷장 안의 상판은 빼 버리고 아무것도 채우지 않았다. 퇴근 시간이 설렘으로 다가왔다. 그녀는 일이 끝나기 무섭게 종종걸음을 쳤다. 그는 따스한 눈빛으로 무영을 맞았다. 다른 여자에게 눈을 돌리지 않았고 언제나 기다릴 줄 알았다. 말이 없어도 그녀는 미카엘의 마음을 느꼈다. 힘들게 일하고 온 그녀를 애달프게 여기고 다독여주었다.

무영은 날마다 한 뼘씩 미카엘에게 다가가 앉았다. 커피 두 잔을 사이에 두고 그가 들려주는 먼 나라 이야기에 귀기울였다. 바다 건너 대륙에서 있었던 전쟁과 인간의 이기심이 불러온 참사에 몸을 부르르 떨기도 했다. 무영은 세진, 동훈과 있었던 일을 털어놨다. 엄마의 장례식에서 울지 못했던 일도 고백했다. 미카엘의 눈시울에 눈물이 어리는 걸 보았다. 그녀는 미카엘의 팔에 머리를 기댔다. 그는 험한 세상에서 무영을 안전하게 지켜주겠다고 약속했다.

예전에 무영은 파리의 에펠탑을 사랑한 에리카 이야기를 들은 적이 있었다. 그녀는 에펠탑을 사랑한 나머지 가족이 지켜보는 가운데 결혼식을 올렸다고 했다. 무영은 에리카의 마음을 충분히 이해했다. 평범한 남자와의 사랑은 미카엘과 비교도 할 수 없는 하찮은 감정이었다. 미카엘은 무영에게 상처 주지 않는 유일한 존재였다.

엄마를 쫓아가며 소리를 지르다 깬 밤, 무영은 이 악몽을 끊어내고 싶었다. 창을 통해 들어온 달빛이 미카엘의 얼굴을 은은하게 비췄다. 그녀는 그와 마주 보고 섰다.

"미카엘, 난 당신의 신부가 되고 싶어요. 허락해 줄래요?"

무영은 이미 그의 답을 알고 있었다. 미카엘은 그녀가 용기 내어 와

주길 첫 만남부터 기다렸다. 단추를 하나하나 풀고 옷을 벗었다. 알몸이 된 무영은 미카엘의 머리카락을 어루만지다 그의 가슴을 활짝 열었다. 미카엘 품에 들어간 그녀는 아기처럼 조그맣게 몸을 웅크렸다. 미카엘의 등을 볼 일도 무영의 등을 보일 일도 없었다. 그는 조심스레 문을 닫아 그녀를 가득 품었다. 그들의 첫날밤이었다. 〈終〉

김채강(金彩江)

· 서울 출생
· 국어국문학과 졸업
· 『한국소설』(2017년 2월호) 「구름 위를 달리는 자전거」 등단
· 『2019 신예작가』 선정

〈작가노트〉

오랜 시간 한길을 걸어오신 선생님께

김채강

선생님.

한 해가 가는 끝자락에 기쁜 소식을 들었습니다. 제자들이 선생님의 팔순 생신을 축하하며 소설집을 만든다니, 가슴 벅찬 일입니다.

선생님과 인연을 맺은 지 6년이 되었습니다. 달력을 보며 햇수를 세다 '벌써 세월이 이처럼 흘렀나' 믿어지지 않았습니다. 그 정도 시간이면 개인 소설집 한 권은 내야 선생님의 가르침에 보답하는 길일 텐데, 현실 탓만 하는 못난 제자입니다.

대학에서 국문학을 전공했지만, 직접 글을 쓸 엄두가 나지 않았습니다. 훌륭한 소설가들의 글을 보며 그런 재능은 타고 나는 거라 여겼습니다. 남산소설반에 발을 들여 놓았을 때도 제가 등단을 하리라곤 꿈도 꾸지 않았습니다.

한없이 부족한 원고를 합평반에 내놓고 몸 둘 바를 모를 때, 선생님께서 뜻밖에 칭찬을 해 주셨습니다.

"사람의 내면을 풀어낼 줄 아는구나."

그 한 마디는 제게 작은 등불이 되어 글 쓸 힘을 주었습니다. 구멍투성이인 글에서 하나라도 장점을 찾아주신 건, 선생님의 따뜻한 배려였음을 이젠 압니다.

수업 시간에 선생님께서 자주 하셨던 말씀을 기억합니다.

"여유 시간에 글을 쓰겠단 생각은 아예 하지 마세요. 그런 여유는 평생 오지 않아요. 바빠도 힘들어도 지금 바로 짬을 내 글을 쓰는 겁니다."

그 말이, '코로나 시국에 먹고살기도 힘든데 글 쓸 시간이 어디 있어?' 하던 제 마음을 아프게 찌릅니다.

선생님, 제가 비밀 하나 털어 놓을게요.

남산소설반에서 선생님을 처음 만났을 때 깜짝 놀랐어요. 돌아가신 외할머니와 이렇게 닮은 분이 있다니! 외할머니도 여학교에서 학생들을 가르치셨는데, 도도한 미인이었어요. 연세가 많아도 아침에 일어나 화장하는 걸 잊지 않으셨지요. 민낯으로 돌아다니는 건 예의가 아니라고 하셨어요. 늘 곱게 화장하고 오시는 선생님과 외모도 성품도 비슷한 면이 많았습니다. 어릴 때는 다른 집 할머니처럼 자상하지 않아서 서운했어요. 돌이켜보면, 바지런하고 할 말은 정확히 하시는 외할머니가 멋진 분이었던 것 같아요.

선생님.

팔순 뿐 아니라 아흔 생신에도 제자들이 모여 책을 만들면 좋겠습니다. 그때는 지금보다 나은 글로 선생님께 보답하고 싶습니다.

언젠가, 강에 비치는 다채로운 빛처럼 글을 쓸 날도 오겠지요.

<단편소설 7>

조우

김태정

2010년식 마티즈는 흙먼지를 덮어쓰고 있었다. 오전에 내린 봄비에 빗물 자국이 점박이처럼 앉았다. 그는 검정 재킷을 벗어 앞자리에 접어놓으며 한숨을 쉬었다. 18평짜리 빌라에 살면서 지하주차장을 꿈꾸는 건 어불성설이라 생각하면서도 차를 탈 때마다 걸레질을 해야 하는 번거로움에 짜증이 났다. 트렁크에서 면장갑을 찾아 끼고는 자루걸레를 꺼내 들었다. 새것 특유의 테레빈 냄새가 물씬 풍겼다. 조금 아깝다고 생각하면서 와이퍼를 세우고 앞 유리창부터 걸레질을 시작했다.

차는 주말에 대형마트에 갈 때나 쓰였으니 거의 방치되고 있었다. 매일 집안 청소를 해야 직성이 풀리는 성격이라 만약 출퇴근용으로 쓰였다면 매일 광을 내고 다녔을 것이다. 차는 없으면 아쉽고, 있으면 신경이 쓰이는 물건이었다. 이렇게 갑자기 써야 할 일이 생기면 적성에 맞지 않는 영업부로 옮기든지 대리직급에게도 주차 자리를 제공하는 회사가 있다면 이직할 마음까지 생겼다.

흙먼지는 쉽게 털려 나갔다. 그러나 문어 빨판처럼 눌어붙은 빗방울 얼룩까지 없애기란 불가능이었다. 시간이 촉박했다. 주유소에서 제공하는 기계 세차를 하는 편이 나을 것 같았다. 어차피 한 번은 기름을 넣어야 할 테니까. 그래도 첫인상부터 구질하게 보이고 싶지 않아 그는 손아귀에 힘을 줘가며 마무리했다.

시동을 켜고 내비게이션에 목적지를 입력했다. 울진군청. 엔진오일 교체 시기를 놓친 게 생각났지만 왕복해서 600킬로미터 정도는 문제없을 거라 믿었다. 9년을 몰았지만, 딱히 문제를 일으킨 적도 사고를 낸 적도 없는 차였다.

카톡이 왔다.

-잠실역 2번 출구 6시 도착

휴대폰 시계가 5시 25분을 가리키고 있었다. 기다리라지 뭐, 그는 내심 김의 인내심을 시험해 보고 싶었다. 차가 안 막힌다면야 모르지만, 금요일 퇴근 시간대라 장담할 수 없었다. 아침에 김으로부터 고향 친구의 부고 소식을 접했을 때는 함께 갈 생각이 전혀 없었다. 네일숍의 미희 씨가 한 말이 떠오르지만 않았어도 불편한 동행을 시도하지 않았을 것이다. 그녀는 복수의 기회는 갑자기 온다면서 떠나버린 애인에 대한 복수를 기다리고 있었다. 그는 오늘이 갑자기 찾아온 복수의 날일지도 모른다고 생각했다. 그러나 동행에 결정적인 역할을 한 것은 회사 동료들의 오지랖 넓은 참견이었다.

"같이 가야 하는 거 아니야? 고향 친군데. 차비도 아끼고 말이야."

한국인의 정서는 그랬다. 차가 있는 사람이 운전 서비스를 해줘야 하고, 고향 사람이라면 궂은일만큼은 동참해야 한다는 연고 의식을 무시할 배짱이 그에게는 없었다.

"김 주임, 내 차로 갑시다."

모두를 만족시킬만한 결단으로 그는 동료들의 부담스러운 시선으로부터 벗어날 수 있었고, 조기퇴근이라는 상사의 배려까지 얻어내었다.

빌라촌의 가파른 골목길을 내려와 사당역 사거리에 나오자 이미 차들이 점령해 있었다. 이런 상황이라면 잠실역까지 50분은 걸릴 것이었다. 시작부터 골탕 먹일 작정은 아니었는데 기분이 나쁘지 않았다. 20분쯤 늦겠다는 답글을 보내려다가 그만두었다. 라디오를 켰다. 산불 피해 소식이 궁금했다. 고성에서 시작된 산불이 이번에 내린 비로 완전히 진화되었다는 뉴스 캐스터의 흥분된 목소리가 흘러나왔다. 강풍을 타고 삽시간에 강원도의 몇 개 지역을 잿더미로 만들었다는데, 퇴근길에 어머니에게 전화를 걸었다. 울진은 무사하다고 했다. 어머니의 목소리는 밝고 들떠있었다. 경식이가 오토바이 사고로 죽었다는 소식을 전하면서도 어떻게 그럴 수 있나 싶을 정도로. 조심해서 운전하라는 당부를 하면서 어디가 아프다는 소리를 되풀이했다.

"우짠 일인지 밤만 되면 허리가 더 아프다."

"이번엔 서울 병원에서 진찰이라도 한 번 받아봅시다."

"아이다. 내 고질병은 조상님도 못 고친다."

그는 최대한 나긋하게 위로의 말을 건넸지만, 어머니의 병을 심각하게 받아들이진 않았다. 통화할 때마다 넘어가야 할 통과 의례쯤으로 여겼다.

행정안전부의 신속한 대응에 더해 하늘의 도움이 있었다는 정리 멘트를 들으면서 라디오를 껐다. 교통 체증은 도로 위의 모든 운전자를 골탕 먹이고 있었다. 그는 한숨을 쉬며 잘나가는 차선으로 끼어들기를 시도했다. 뒤에서 클랙슨 소리가 났다. 강남대로를 빠져나갈 일이 아득했다.

-한 정거장 남았수

김에게서 다시 카톡이 왔다. 그는 잠시 망설이다 쪼잔하게 굴고 싶지 않아 답글을 보냈다.

-20분 늦겠음

-천천히 오시오

그는 김의 반말체도 아니고 경어체도 아닌 어정쩡한 말투가 내내 불편했다. 경력사원으로 새로 입사한 사람이 김준이라는 사실을 알았을 때 한참 동안 그대로 서 있었던가 보았다. 동료들이 어깨를 치며 "아는 사람이야?" 하고 물었을 때야 정신이 들었고, 김은 거침없이 다가와 다짜고짜 악수를 했다.

"야, 이게 얼마 만이야? 어떻게 고향 친구를 여기서 보냐?"

어쩐 일인지 회사 사람들이 더 반가워했다. 살벌한 경쟁사회에서 고향 친구는 무조건 아군으로 받아들이는 분위기였다.

"나재널 대리 친구였어? 와, 두 사람 인연이 각별하구만."

잘되긴 개뿔, 그는 표정을 어떻게 지어야 할지 몰라 어설프게 웃었다. 그래도 호칭 문제에 있어서는 의견이 분분했다. 그는 처분을 기다리고 있었는데, 여론은 친구일지라도 회사에서는 상사에게 경어를 써야 하는 것으로 내려졌다. 김은 대번에 결재서류를 내밀 듯 "나재널 대리님, 잘 부탁드립니다." 했다. 그는 어깨를 으쓱이는 것으로 결재 도장을 찍어주었다.

12차선의 잠실역은 차와 사람의 물결로 넘실대었다. 백화점 앞 2번 출구에 몸에 꽉 끼는 검정색 슈트를 차려입은 김이 보였다. 팔짱을 낀 채 달려오는 차들을 유심히 보고 있었다. 그가 김에게로 다가가면서 조수석 창문을 열고 소리쳤다.

"김 주임, 여기야."

"어이."

김이 손 인사를 하고 허겁지겁 앞자리에 탔다. 차 안 공기가 금세 후덥지근해졌다. 김은 낑낑거리며 안전벨트를 두툼한 가슴 밑으로 두르더니 막 조깅하고 온 사람처럼 헐떡였다.

"와, 여가 별천지다. 이쁜 년들은 또 왜 일케 많냐? 시골넘들 혼 빼기기 딱이다."

그는 김이 스스럼없이 구는 것이 언짢았으나 회사 밖이니까 별수 없었다. 김은 절친들끼리나 하는 화젯거리를 주저리주저리 늘어놓았다. 예쁜 여자들이 이렇게 많은데 여자 친구 하나 없을 리가 없다, 결혼은 언제 할 거냐, 생활비는 얼마를 쓰느냐, 집은 몇 평이냐, 본인 것이냐, 자신은 월세가 비싸서 서울 생활을 버텨낼지 모르겠다는 둥 무작위로 뽑은 질문지처럼 두서없는 질문을 퍼부어 대었다. 그는 시큰둥해 운전에만 집중했다.

"그래, 운전이나 해라."

김은 싱겁게 끝나버린 호구조사에 쩝쩝 입맛을 다셨다. 혼잣말이 재미가 없자 의자를 뒤로 젖히고 몸을 깊숙이 파묻었다. 얼마간을 조용히 가나 싶더니 덕소IC에 이르렀을 때쯤 또 뜬금없이 물었다.

"이 차 단종됐제? 안즉 새 거다. 차 안에 우째 각질 하나 없노. 너 손톱 정리 하나 여자처럼."

궁금한 것이 차인지 손톱인지 성 정체성인 건지 알 수 없었다. 그는 출판사에 다니면서 어떻게 문장력이 그 모양인지 묻고 싶었다. 김은 계속 운전대 잡은 그의 손을 보고 있었다. 대답할 때까지 그러고 있을 모양새였다. 그는 손가락을 옴찔거렸다. 큐티클 푸셔로 김의 손톱 밑을 확 밀어버리고 싶었다. 미희 씨가 그랬던 것처럼.

사당역 근처에 새로 오픈한 네일숍을 발견하고 퇴근길에 들러 보기로 며칠 동안 벼르고 있었다. 늦은 시간이어서인지 때마침 손님이 없었다. 망설이지 않고 유리문을 열고 들어갔다. 손톱 미용사가 엉거주춤하게 일어나 어떻게 오셨는지 물었다. 졸린 눈에 귀찮은 빛이 돌았다.

"지금 손질받을 수 있나요? 손거스러미 때문에 피가 나서요."

"아, 네에. 이쪽으로 앉아보세요."

푹신한 팔걸이 의자에 앉자 벽 진열대에 조르르 놓인 형형색색의 매니큐어들이 눈에 들어왔다. 간접조명 아래 은은히 반짝이는 작은 병들이 나는 준비가 되었으니 어서 간택을 하시오, 하며 속삭이고 있었다. 그는 익숙하게 쿠션 위에 두 손을 올렸다.

"거스러미가 심하시네요. 손이 너무 건조하거나 거친 일을 하면 생기는데, 실례지만 무슨 일 하세요?"

손톱 미용사가 건조하게 물었다.

"출판사에 다닙니다."

그의 눈에 봉긋하게 솟아오른 미용사의 가슴 위에께 달린 이름표가 들어왔다. 장미희. 그는 유명한 여배우 이름이네요, 하려다가 실없어 보일까 그만두었다. 미용사는 새끼손가락부터 시작해 손톱 줄로 손톱 하나하나를 갈았다. 손놀림이 무척 부드러웠다. 네일 패드로 거스러미까지 살뜰하게 제거하고 나서 핑거볼에 손가락을 담그라고 했다. 20분쯤 지나자 손을 닦아주더니 큐티클 부분에 오일을 발라주었다. 아랫도리가 스멀거려왔다. 미용사에게는 미안했지만, 그는 오묘한 그 느낌을 조용히 음미했다.

"큐티클을 정리하면 거스러미가 덜 생길 거예요. 예전 남친 손톱도 이랬어요. 손님보다 더 심했을걸요."

"남친과는 왜 헤어졌어요?"

미용사는 피식 웃으며 푸셔로 손톱 큐티클을 위로 밀고 깎아내었다. 그는 손가락에 잔뜩 힘을 주었다. 전기고문을 받는 것처럼 손톱 밑이 찌릿거렸다. 강도가 높을수록 아랫도리에서 느껴지는 간질거림의 정도도 올라갔다. 변태라고 욕한대도 변명할 말은 없었다. 그는 나쁜 놈으로 살아갈 수밖에 없는 자신이 초라했다.

"아, 아!"

"아프세요?"

"조금, 뭐 참을만합니다."

"새 여친이 생겼다고 하더라고요. 쿨하게 헤어지자고 했는데, 시간이 지나니깐 복수하고 싶어지는 거 있죠. 10년 사귀었거든요. 세월이 아깝잖아요. 복수의 기회는 어느 날 갑자기 온다더니 다음 달에 결혼한대요. 기다리고 있죠."

서울양양고속도로는 한산했다. 서울 시내에서 허비한 시간을 충분히 보충해주었다. 그는 산불 영향 때문이라고 생각했다. 주말 여행객이 확실히 준 것 같았다. 차는 강촌IC를 지나고 있었다. 김은 멀뚱히 창밖을 보고 있었다.

"어떻게 출판사에 들어왔어?"

그가 약간은 비아냥스레 김에게 물었다.

"동종업계니깐. 인쇄소 말아먹고 할 줄 아는 게 있어야지."

"책은 몇 권 정도 내봤어?"

"책은 무슨. 달력이나 연하장, 청첩장, 명함, 주로 이런 거 했는데 시골에 명함 파서 댕기는 사람이 있어야지. 연하장, 청첩장도 핸드폰으로 보내삐리는 세상인데 사업이 됐겄나. 절 몇 군데에 들어가는 인쇄물로 겨우 입에 풀칠했다."

그는 고개를 끄덕였다.

"그럼 편집부보단 영업부가 더 적성에 맞았을 텐데?"

"책벌레인 니만큼은 아이라도 편집, 나도 한다. 니하고 같이 일하고 싶기도 했고."

그가 운전대를 꽉 움켜잡았다가 놓았다. 차가 잠깐 흔들렸다 돌아왔다.

"운전 똑바로 해에. 짜석이 놀라기는."

우연이 아니었다고? 네가 왜 날 찾아. 서울로 유학을 떠났을 때 고향 친구들을 깡그리 잊으려고 했다. 아버지 제삿날도 저녁때를 맞춰 내려갔고 새벽 일찍 서울로 올라오곤 했다. 고등학생일 때부터 현재까지. 그러니 그동안은 누구와 마주칠 일도 없었다. 경식이 일도 김이 알려주었고, 그의 죽음의 경위는 어머니를 통해서 들었다.

"니가 암만 생까도 니 소식이야 너거 엄마한테 다 듣는다. 경식이가 니한테 할 말이 있다고도 했고."

"아니, 경식이 말을 전해 주려고 우리 회사에 들어왔단 말이야? 제발 앞뒤가 맞는 소리를 좀 하라고."

경식이는 어제 사고로 죽었다. 그런데 한 달 전에 입사한 김준이 경식이의 유언인지 뭔지 모를 말을 전해 주려고 한다.

"도대체 무슨 말?"

"쪼매 참아라. 20년을 기다렸는데."

제기랄, 그는 욕지기가 올라오는 걸 참았다.

어린 시절 그에게는 나쫄병이라는 별명이 꼬리표처럼 따라붙었다. 어머니는 유복자로 낳은 아들에게 장군이라는 이름을 지어주었는데, 아비 없는 아이를 강하게 키우고 싶은 의지가 작용했다는 걸 어린 그도 알고 있었다. 그러나 자신의 이름이 맞지 않는 옷 같았다. 친구들이 부르는 별명대로 졸병이 장군의 갑옷을 입은 듯 늘 무겁게 느껴졌다. 6학년 여름 방학을 코앞에 둔 날이었다. 반 친구들은 메뚜기마냥 폴짝대며 학교로 가고 있었다. 그는 언제나처럼 얼쯤얼쯤 비켜서 걸어갔다.

"야, 나쫄병!"

김준이 뒤에서 불렀다. 그는 못 들은 척하고 빠르게 걸었다. 그러다 뛰었다. 그러자 경찰놀이하자는 명령과 함께 현상금이 있다는 김준의 소리가 들렸다. 그때부터 아이들은 심술 병에 걸린 놈들처럼 돌멩이를 던져대기 시작했다. 김준은 반장이었다. 늘 재미있는 게임을 제공했고 반 친구들은 명령에 복종했다. 현상금이 무엇인지는 중요하지 않았다. 달리던 그가 멈춰 서서 뒤를 돌아보았다. 이번만큼은 도망가지 않겠다는 듯 이를 앙다물었다.

"나는 나쫄병도 도둑놈도 아이다."

입술에서 피가 터졌다. 김준이 아이들을 제치고 나섰다.

"니 우리한테 낄래?"

김준이 이죽거렸다. 생각지도 못한 제안이었다. 그는 권투 글러브에 한 방 맞은 것처럼 머리가 어질했다. 세 가지 시험에 통과해야 하는 조건쯤은 문제가 되지 않았다. 김준 패거리에 들어갈 수만 있다면 뭐든 할 수 있었다.

"학교 끝나고 굿당 느티나무로 온나."

수업 시간 동안 담임선생님의 목소리는 장송곡처럼 느릿느릿 들렸다. 그는 줄곧 벽시계만 쳐다봤다. 설렁설렁 물에 만 밥처럼 수학 문제를 풀고 받아쓰기를 했다. 종례가 끝나자마자 그는 한 마리 뱀이 되어 교실을 빠져나왔다.

김은 게걸스럽게 입안으로 핫바를 밀어 넣었다. 화장실에 간다며 들른 휴게소에서 간식인지 저녁 식사인지 모를 음식물을 잔뜩 사가지고 왔다. 순식간에 핫바 두 개를 꿀꺼덕하더니 구운 감자를 하나씩 집어먹었다. 그는 창문을 조금 열었다.

"저녁이 부실했거등. 니도 한입 해."

김은 이쑤시개에 감자 하나를 꽂아 그에게 건넸다.

"아니, 난 됐어."

그는 고개를 저었다. 식사다운 저녁을 먹은 건 아니지만 날름 받아

먹기가 싫었다. 김은 떠름하게 쳐다보더니 도로 자기 입으로 가져갔다.

"입 까차로운 건 여전하네. 니는 급식도 맨날 남기고 그랬다."

"난 고향 친구들 다 잊고 살았어. 네가 나타나기 전까진."

그가 말했다.

"이름 바깠다고 잊히나. 우린 니 안 잊었다. 장군이나 재너럴이나 그기 그거지."

김은 혀를 꼬았다.

"왜?"

김은 생수로 입안을 헹구더니 삼켰다.

"원래 도둑이 지발 저린기다."

"씨팔놈들!"

김이 피식 웃었다.

"인자 좀 사람답네. 니가 상사라고 얼매나 얄밉게 굴었는지 아나? 내가 그게 다 공부라 생각하고, 밀린 숙제하듯 밤을 샜다. 금요일에 일을 주사서 주말에 쉬지도 못했어. 소갈딱지가 멸치 창자만 했다이. 그래도 내가 다 이해했다. 가씨나 하고만 놀아서 그리 된갑다 했다."

"이쪽 일이란 게 그래. 출판 막바지엔 밤새는 건 부지기수야."

그는 속이 들킨 것 같아 말을 돌렸다. 문득 해수 소식이 궁금해졌다. 복숭아나무 밑에서 봉선화 꽃물을 들여 주었던 여자아이. 돌에 찧은 꽃을 서로의 손톱에 올리고 잎사귀로 싸서 무명실로 찬찬 매어주면 두어 시간 남짓 기다려야 했다. 그 시간 동안 두 사람은 노래를 불렀다. 비 오자 장독간에 봉선화 반만 벌어, 로 시작하는 노래를 돌림노래처럼 불렀다. 손가락 끝마디가 홍건하게 물들 때쯤 잎사귀를 풀면 다홍빛의 손톱이 드러났다. "첫눈이 오는 날까지 이 꽃물이 남아있으면 첫사랑이 이루어진대."해수의 말대로라면 꽃물들이기는 미래를 약속하는 행위였다. 그 꽃물이 사라질 때까지 어머니의 지청구와 남자애들의 놀림을 받아야 했지만, 신경 쓰지 않았다. 그 사고만 일어나지 않았다면 해수가 지금 내 옆에 있었을까를 생각하다가 그는 싱겁게 웃었다.

"여자애들은 여전해?"

"애들? 그냥 해수가 궁금하다 캐라. 결혼해서 잘 산다. 아도 있고."

아들의 불그레한 손가락을 발견한 어머니는 당장에 해수 집을 찾아갔다. 붉은 곰이 마을을 막고 있는 큰 바위를 번쩍 드는 꿈을 꾸고 낳은 아들이다, 그것이 예사 태몽이냐, 그래서 장군이라 이름 짓지 않았느냐, 계집애 따위가 데리고 놀 아이가 아니라며 해수 어머니에게 따지고 들었다. 싸움 구경하러 온 동네 사람들 누구도 유복자를 낳은 어머니를 말리지 못했다.

"아이가 예쁘겠네."

그의 입가에 미소가 어렸다.

"오늘 올끼다. 마카 모인다 했거든."

복수의 시간이 다가오고 있었다. 그는 어금니를 악다물었다.

동해고속도로에서 7번 국도로 접어들었을 때였다. 공기 순환기를 타고 매캐한 그을음내가 물씬 들어왔다. 누르테테한 연무가 산자락을 떠다니며 음산한 기운을 몰고 다녔다. 한창 파릇하게 물이 올랐을 나무도 빛을 잃고 떠돌았다. 김이 코를 벌름거리며 바깥 상황을 살폈다.

"울진은 괜찮다 카더만 심상찮다. 큰일이네."

김은 최초 발화지점이 고성의 한 전봇대 개폐기였다면서 산불의 책임을 한전 탓으로 돌렸다. 거기에 태풍급의 강풍이 일을 더 키웠다며 목청을 높이더니 불쑥 맥락 없이 물었다.

"근데, …니 고자는 아이제?"

순간 퉁, 하고 앞 범퍼에 둔탁한 물체가 부딪쳤다 튕겨 나갔다. 급브레이크를 잡았고, 휘청거리며 두 사람의 몸이 앞으로 쏠렸다가 돌아왔다.

"아이가가 뭐고?"

김은 안전벨트를 꽉 잡고 있었다.

"뭔가 부딪쳤어. 내려서 봐야겠어."

길가에 차를 세우자 김이 볼멘소리를 했다.

"고마 가자. 떠돌이 개 한 마리 쳤겠지. 벌써 9시가 넘었어."

그는 주먹으로 클랙슨을 내리쳤다. 경적소리와 함께 잠자고 있던 과거가 불현듯 떠올랐다.

"넌 늘 그랬어. 무자비했지."

"차로 무자비하게 친 건 니다 임마, 내가 아니고."

"그때 넌 멧돼지가 올 줄 알았어. 그런데도 날 버리고 갔어. 친구하자면서 왜 그랬어어."

그는 오래 묵혀두었던 주먹을 김을 향해 날렸다.

"아쿠쿠, 이 씨발놈이!"

김이 코를 훔치자 손에 피가 묻어났다. 김은 덜컹 차문을 열고 밖으로 나갔다. 공기를 가르는 잽을 날리며 나오라는 시늉을 했다.

"씨발놈아, 나와. 나오라고오."

밖으로 나온 그는 김을 본척만척하고 사고 장소로 걸어갔다. 헤드라이트가 모로 누운 새끼 멧돼지 한 마리를 적나라하게 비추고 있었다. 도로 바닥에 핏물이 흥건했다. 그는 헛구역질을 하며 몇 발짝 뒷걸음질 쳤다. 다리가 휘청거렸다. 김은 여전히 욕을 하며 고래고래 소리 지르고 있었다.

두 두 둥, 발밑에서 진동이 느껴졌다. 쉭쉭, 거친 숨소리가 들려왔다. 길가 숲 언저리에서 언뜻 도깨비불을 본 것도 같았다. 김이 잽싸게 차에 타는 게 보였다.

"야, 빨리 타!"

김은 시동을 걸고 있었고, 그가 차 안으로 뛰어들었다. 간발의 차이였다. 집채만 한 멧돼지가 2010년식 마티즈를 들이받기 시작했다. 앞 범퍼가 보기 좋게 나가떨어졌다. 연기가 피시식 힘없이 올라왔다. 멧돼지는 무자비했다. 이리저리 돌아가며 차를 들이받았다. 시동은 거는 대로 주저앉았고, 아예 시동 걸기를 포기한 김은 손잡이에 두 손을 부여잡고 차가 흔들리는 대로 몸을 흔들고 있었다. 그는 떨리는 손을 진정시켜가며 119에 신고했다. 머릿밑으로 식은땀이 타고 내려왔다.

"니 사고 났을 때 너거 엄마도 저랬다. 대가 끊기게 생겼다고 통곡했다."

김이 힐금 눈치 보며 말했다. 입에서 단내가 났다.

"그래서 난 힘들었다."

목 안에서 울컥 신물이 올라왔다.

"사고는 눈 깜짝할 새에 일어난다더만, 멧돼지가 진짜로 나타날 줄은 몰랐다. 경식이랑 어른들 데리고 가니깐 넌 벌써…, 구덩이는 경식이 아부지가 멧돼지 잡을라고 팠다 카더라. 무당이 시켰다고. 경식이 아부지가 굿당에 물건 대줬잖아. 가가 술만 퍼마시면 니한테 미안하다고. 사고 난 날도 술이 만땅이었다 카더라."

"그래서?"

그의 목소리는 덤덤했다.

"그냥 사고였다 캐도 미안하다. 정식으로 사과하고 싶었다. 너무 늦었제."

그냥 사고라는 문장은 빼어야 옳았다. 그건 책임 회피로 들렸다. 그는 김의 부채를 쉽게 청산해주고 싶은 마음이 없었다.

굿당 앞 300년 된 느티나무는 아름드리가 어른 두 사람이 안을 만큼의 덩치를 자랑했다. 새끼줄이 나뭇가지 사이로 둘러져 있었고 그 사이사이에 끼워진 색색의 천들이 바람에 펄럭였다. 한여름인데도 서늘한 바람이 불었다. 그는 몸을 바짝 웅크리고 친구들이 오기를 기다렸다. 머릿속에 백가지 귀신이 나타났다가 사라졌다. 산 그림자가 굿당을 가리자 몽달귀신, 처녀귀신, 할미귀신, 목 없는 귀신이 차례로 굿당 문을 열고 나왔다 들어가기를 반복했다. 등에서 식은땀이 골을 타고 내려왔다. 두어 시간이나 지난 것 같았다. 사타구니가 찌릿했다. 그는 바지춤을 움켜잡고 냅다 뛰었다. 뒤도 안 돌아보고 뛰었다. 돌아봤다간 귀신에게 목이 졸릴 것 같았다. 멀리 산 아래 첫 집이 보였다. 한숨을 돌리고 개울가에서 바지춤을 내렸다. 한줄기 오줌이 개울물에 급하게 뿌려졌다.

"시원하제?"

김준이 실실 웃음을 흘리며 지켜보고 있었다. 그가 바지춤을 올리고 김준을 노려보았다.

"약속은. 니 장난쳤나?"

"니 내빼는 거 하나는 이름값 한다. 두 시간 기다려서 일단 1단계 통과다."

사나이로서 담력을 인정해 준다는 거였다. 경식이는 너무 쉬운 시험이었다며 툴툴거렸다. 어이가 없었지만, 그는 2단계 시험이 궁금해 안달이 날 지경이었다.

"내일은 돌복숭산 아래 개울이다. 학교 끝나고 보자."

김준은 명령을 내리고 산에서 내려갔다. 그러다 잠깐 뒤돌아보더니 들창코를 만들어 꿀꿀거렸다. 그는 그때 김준이 알았을 것으로 생각했다. 사고가 난 이후부터 그 의심은 그를 따라다니며 치를 떨게 만들었다. 경식이가 얼른 오라는 손짓을 했다. 어둠이 몰려오기 전에 내려가야 했다. 빨리 뒤따라가야 하는데, 달려서 내려 갈참에 돌부리에 걸려 넘어져 버렸다. 반바지 아래 무르팍에서 피가 흘러내렸다. 그때였다. 덤불 사이에서 쉭쉭, 컥컥, 거친 소리가 들려왔다. 머리카락이 오소소 일어났다. 멧돼지 무리였다. 밭을 휘젓고 다니며 농작물을 닥치는 대로 먹어 치우던 놈들이었다. 멧돼지와 눈이 마주쳤을 때 그는 산 위로 뛰었다. 머리는 산 아래를 향하고 있었지만, 몸이 거부하고 있었다. 느티나무를 돌아 굿당으로 향했다. 순간 풀썩 꺼지는, 까무러치는, 아니 귀신이 밑으로 잡아당겼던 것도 같았다. 아주 잠깐이었으나 그가 정신을 차렸을 때는 희뿌옇게 어둠이 내리고 있었다. 구덩이에 누워서 하늘을 올려다보았다. 왼쪽 아랫도리가 뻐근해 왔다. 팬티 속에 손을 넣었다 빼내자 검붉고 끈적한 액체가 묻어나왔다. 그는 고래를 잡았을 때의 기억이 떠올랐다. 1주일 동안 팬티 속에 종이컵을 넣고 다니며 수술자리가 아물기를 기다리는 아들에게 어머니는 건강한 남자가 되기 위한 준비라며 빙그레 웃었다. 멀리서 어머니의 울음소리가 들려왔다. 김준 패거리의 소리도 들렸다.

얇은 철판으로 만들어진 작은 차는 볼품없이 찌그러졌다. 멧돼지는 분이 풀릴 때까지 차를 짓이겨놓았다. 어미는 새끼 옆에서 꺼이꺼이 사람처럼 목 놓아 울었다. 그렇게 한참을 울다가 산으로 돌아갔다.

"씨팔, 119는 언제 오냐고오. 목숨이 붙어 있는기 다행이다."

김은 한참동안 투정을 부리더니 어딘가로 전화를 걸었다.

"와아 씨, 내 죽을 뻔했다. 누구 하나 일로 와줘야겠다. 산불땜시 멧돼지가 튀나오고 난리라. 119도 함흥차사다. 여가 어딘가 하면, 울진 군청이 20킬로 남았다."

김은 주저리주저리 수다를 떨었다. 맥락도 없고 문맥도 엉망이었다.

카톡 소리가 명랑하게 울렸다. 네일숍의 미희 씨였다.

-카톡 친구 신청해주세요. 1회 서비스 드립니다^^

-네에

-복수는 하셨나요?

"누고?"

김이 물었다. 그가 잠시 머뭇거렸다.

"어, …내 여친."

김이 시이익 웃었다.

"이욜, 싸나이네. 괜히 걱정했자나."

그도 김을 따라 웃어보였다. 곧 친구들이 들이닥칠 텐데, 복수를 생각하자 갑자기 심장이 뜀박질해대었다. 그는 상의 안주머니 속에 든 지갑을 만지작거렸다. 두툼하게 챙겨온 돈과 명함을 생각하자 피식 웃음이 났다. 동창회 찬조금을 내며 대리 직함이 찍힌 명함을 돌린다고 해서 김준보다 잘나간다고 생각이나 할는지, 시시하다 못해 유치찬란할 복수극에 닭살이 돋았다. 문득 미희 씨라면 어땠을까, 그녀의 생각을 물어보지 못한 것이 아쉬웠다. 손님과 손톱 미용사로 몇 번 만났을 뿐이지만 그는 어느 순간부터 뜨거운 동지애를 느끼고 있었다.

"근데 이상하지 않나."

"뭐가."

"멧돼지 말이다. 인연이 요상해서. 옛날 그 멧돼지는 당연히 아이겠지만 어쨌든 니하고 큰 거 한방씩 주고받은 셈 아이가."

김이 허공에 대고 잽을 날렸다. 인연이라는 김의 말에 그의 팔에 정말 닭살이 올라왔다.

"근데 우짜노. 차가 박살이 나서."

김의 말대로 마티즈는 뭉개졌지만 그다지 서운하지 않았다. 늘 사람이 문제지 물건이 문제가 된 적은 없었다. 물건이야 새로 사면 그만이었다. 그렇다면 살아가면서 중요하게 여겼던 것은 무엇이었나. 남들처럼 돈과 명예, 여자라고 한다면 그는 그 셋 중 한 가지도 심각하게 생각해 본 적이 없었다. 돈과 명예는 성실히 살면 따라오는 것이었다.

그는 평생 직장인이 될 자신이 있었다. 여자에 대한 욕망도 절실해 본 적이 없었다. 여자가 생각나면 네일숍에 가면 그만이었다. 손톱 손질하는 것으로 충분했다. 그러나 충분하다는 말은 만족스럽지는 않다는 의미이기도 했다. 그러니 무엇 하나라도 만족스럽게 부딪쳐보지 않았던 것 같았다. 우선은 그 비겁한 사랑놀음을 미희 씨에게 고백해야겠지만 그것이 언제가 될지 현재로서는 알 수 없었다.

차 안이 텁텁해졌다. 성인 남자 둘이 내뿜는 이산화탄소에서 저질 고량주 맛이 났다. 그가 급하게 창문을 내렸지만, 창틀 긁는 소리만 날 뿐 작동이 되지 않았다. 김은 몸을 의자에 한껏 묻고 눈을 감고 있었다.

"아아들 올 때까지 쪼매 참아. 멧돼지가 아직 분이 안 풀렸을지도 모르잖아."

그때 공기 순환기로 알싸한 휘발유가 발린 불내가 들어왔다.

"킁킁, 아가가 뭐고."

김이 튕기듯 일어나 앉았다. 급기야 찌그러진 앞 범퍼에서 시커먼 연기가 자욱이 올라오고 있었다. 김은 도어손잡이를 젖혔다. 차 문은 꿈쩍도 안 했다.

"시팔, 꼬물댔네. 넌 왜 가만있었어. 죽고 잡냐?"

김의 목소리가 방방 뛰었다. 미희 씨가 그랬던가. 복수의 기회는 뜻하지 않게 찾아온다고. 그는 의자 깊숙이 몸을 묻었다.

"아아들 올 때까지 쪼매 참아. 멧돼지가 분이 안 풀렸을지도 모르잖아."

"뒈지고 싶음 니나 뒈져라."

김은 두툼한 어깨로 차 문을 밀어붙였다. 그러나 김이 몸부림치는 대로 무거운 반동이 몇 차례 일어났을 뿐 차 문은 끄떡없었다. 급기야 범퍼에 불길이 솟구쳐 올라왔다. 김은 흔들리는 차를 진정시키려는 듯 워워 거리며 두 손으로 핸들을 눌러 잡았다.

"와아 씨, 진짜 죽는갑다!"

그는 새파랗게 질린 김의 얼굴을 감상하고 있었다. 그의 얼굴에 불빛이 이글거렸다. 1분이면 둘 다 죽을까, 20초라면? 복수가 눈앞에 있었다. 그는 도어손잡이를 잡고 10초를 세었다. 생각보다 긴 시간이었다. 아홉, 열, 그가 조수석 도어손잡이를 열어젖혔다. 그러나 걸림쇠가 망가져 버린 듯했다. 김이 발악했다.

"새꺄, 그냥 차버렷!"

김의 입에서 침이 튀어나왔다.

"새꺄, 명령하지 마!"

그는 진정한 복수만 생각했다. 반동을 이용해 한 번으로 끝내야 했다. 몸을 둥글게 말아 차 문을 있는 힘껏 발로 찼다. 차 문이 나가떨어지면서 그의 몸도 땅바닥으로 굴러떨어졌다. 조수석으로 낑낑거리며 기어 나오는 김이 보였다. 불길이 차 몸통을 곧 집어삼킬 태세였다. 차로부터 멀어져야 하는데 그의 몸은 차로 향했다.

"빨리 나왓!"

그가 김의 두꺼운 팔을 잡아 끌어내었다. 두 사람의 얼굴에 열기가 번지면서 펑, 불꽃이 치올랐다. 너울거리는 불길이 풀숲으로 나뒹구는 두 사람을 덮쳤다. 그들은 빠르게 검정 재킷을 벗어 던지고 논두렁으로 달렸다. 뒤를 돌아보면서도 달렸다. 화려한 폭죽쇼가 펼쳐지고 있었다. 멀리서 몇 대의 자동차 클랙슨 소리와 고함소리가 뒤섞여 들려왔다.

"김주운, 이 미친놈아아."

김준을 찾는 소리 사이로 그를 찾는 목소리도 있었다.

"장군아아, 살아있제에."

검은 정장 차림의 무리 속으로 뛰어 들어가는 김이 보였다. 그들은 왁자하게 서로 부둥켜안았다. 그를 향해 손을 흔드는 이들도 있었다. 그는 멍청스레 그들을 바라보았다. 너무 오랜만이라 그에게는 낯선 얼굴들이었다. 그들과는 떨어져 지낸 시간만큼의 거리가 존재했다. 그는 그 간격을 좁힐 수 있을지 어떨지 알 수 없었다. 그에게 새로운 만남은 늘 두려웠다. 잊힐 수 있을까? 상처는 평생 안고 가는 것이겠지만 조금씩 잊어질 것인지는 아직 자신이 서지 않았다. 그는 무덤덤하게 주머니 속에서 휴대폰을 꺼내어 켰다. 미희 씨의 카톡이 들어와 있었다.

-복수는요?

-오랜 복수를 끝냈습니다. 멧돼지를 죽였거든요.

-네? 암튼 추카추카!

-미희씨는요?

-전 내일이에요

단발머리의 해수가 달려오고 있었다. 논두렁 위를. 4월의 논두렁에는 꽃다지며 민들레며 제비꽃이 흐드러지게 피었을 텐데 그녀라면 소중하게 여겼을 그 꽃들을 지르밟으며 달려오고 있었다. 그는 곧 과거와 만나게 될 것인데, 준비가 되어있지 않았다. 뒷걸음쳤지만 해수가 더 빨랐다. 그를 안았고, 울었다. 그는 해수의 들썩이는 어깨를 보면서 미희 씨를 생각했다. 내일이라고 했는데. 〈終〉

김태정

· 1964년 대구에서 출생
· 대구가톨릭대학에서 역사학사와 동양학 석사수료
· 2015년 〈불교문예〉 동화 신인상
· 2020년 〈한국소설〉 신인상, 경북일보문학대전 은상 수상
· 공저 〈오늘은 태안〉, 〈오늘은 태백〉 불교동화 〈왕중의 왕〉
· 2022 신예작가 선정

<작가노트>

잘 썼다. 이렇게 쓰면 되는거다!

김태정

우리 집에는 책이 많았던 걸로 기억한다. 한국문학, 세계명작, 사서삼경, 대백과사전 등의 전집류였는데, 아버지의 지인들이 부려놓고 간 책이었다. 그들은 할부금을 받으러 매월 집에 들렀고, 어머니는 매번 소찬을 얹은 밥상을 내왔다. 개중에는 보험설계사도 두어 사람 있었으니 아버지는 족히 한 달에 서너 번은 어머니의 지청구를 들어야 했다. 아버지는 자식이 셋이나 되는데 저걸 다 읽는다 치면 본전은 생각도 안 날거라며 면피하곤 했다. 나는 어머니의 심정과는 달리 그것들에 마음을 홀라당 뺏겼다. 교과서와는 비교할 수 없을 만큼 화려해서 붉은 양장본으로 씌워진 책을 일련번호로 진열해 놓으면 격조가 있었다. 볼품없는 살림살이들과 한참 동떨어져 보였지만 그걸 바라보는 아버지의 눈빛에는 자부심이 두텁게 앉아있었다.

그렇다고 그 자부심이 집안의 누구에게도 독서로 이어지진 않았다. 오랫동안 장식품으로 한쪽 벽면을 차지하고 있던 것이 내 손에 잡히기 시작한 때는 중학교 졸업 무렵이나 되어서다. 그때 읽은 첫 소설이 이광수의 '사랑'이었다. 순옥과 안빈의 플라토닉 러브가 어른들 세계의 사랑이라면 인생도 살아볼 만하게 느껴졌다. 책이 스승이라는 말이 그저 나온 말은 아닌 것이다. 50 중반이 되어서야 늦깎이 작가가 되었을 때 그 책들이 내 소양의 밑바탕이 된 거라고 유추했다. 아직 두드러진 작품 하나 없으나 글 쓰는 일이 재미있으면 된 거라고 위안하고 있다.

김지연 선생님의 산수연을 기념해 헌정문집을 내자는 소식을 접했을 때 개인적으로 의미를 가진 소설을 싣고 싶었다. 이광수의 '사랑'이 떠올랐던 것도 '조우'를 실어야겠다고 마음먹은 것도 그 때문이다. '조우'는 선생님의 문하생이 되고 처음 쓴 소설이다. 어린 시절의 한 장면을 단초로 한 이야기가 소설로 완성되었을 때 의심부터 들었다. 이게 소설인가? 하고. 선생님은 초보 작가의 의구심을 한방에 거두었다. 잘 썼다. 이렇게 쓰면 되는 거다! 이후 선생님의 조언과 격려로 처음보다는 점점 더 나은 작품으로 완성시킬 수 있었다. 물론 완벽하다고 말할 수는 없다. 그러나 완벽하지 않다고 소설이 아닌 것도 아닐 것이다. 세상에 영원한 것도 완벽한 것도 없을 것이니. 그래서 소설을 쓰는 맛이 있는 것일지도 모른다.

소설가는 한 번 태어나서 여러 인생을 살아보는 직업이다. 숱한 인생을 살아야하니 창작이라는 고통을 지고 사는 것은 아닐까. 김지연 선생님은 인생 백년 중 50년을 골즙 빼며 소설귀신으로 살았다고 하셨다. 창작의 고통을 에둘러 표현한 것이리라. 나는 자주 보았다. 선생님의 부드러운 미소 속에 숨겨진 단단함을. 그것은 무수한 작품을 완성하면서 얻은 강고함일 것이다. 한국소설로 등단했을 때 '김태정'이라는 새 이름을 지어주셨다. 제자에 대한 각별한 애정을 오롯하게 느낄 수 있었다. 아직 소설집 한 권 묶을 만큼도 작품을 쓰지 못했다. 이름값을 하려면 부지런히 써야한다

<단편소설 8>

우사단 약국

김현주

1

날이 밝고 오래지 않은 때였다. 포클레인들이 마치 탱크부대처럼 동네로 몰려든 것은. 그 진동은 땅에서 건물로 그리고 방바닥을 통해 몸까지 이어져 손이 떨렸다. 누워있던 엄마는 소스라치게 놀라 일어나다 엎어졌다. 잡아 주려는 나를 뿌리치고 기어가서 창틀을 부여잡더니 엉거주춤 일어났다. 창밖을 내다본 엄마는 소리를 지르며 주저앉았다. 그리곤 홍건하게 오줌을 쌌다. 도대체 무슨 일인가, 나도 창문으로 다가갔다. 사람들이 포클레인 무리를 근심 어린 표정으로 지켜보고 있었다. 사람들과 조금 떨어진 곳에 남수어머니와 남수의 모습이 보였다. 둘 다 머리카락이 하얘서 멀리서 보니 모자간 같지 않았다. 남수는 정신만 아이인 채로 육체는 시간의 속도에 맞춰 노화되어가는 중이다. 남수는 몸을 뒤로 젖힌 채 끌려가고, 남수어머니는 몸을 앞으로 숙인 채 힘겹게 남수의 팔을 잡아당기는 자세였는데, 남수어머니는 맨발이었다. 엄마는 알아들을 수 없는 소리를 중얼댔다. 오줌과 한 몸이 된 이불 한 귀퉁이를 머리에 쓰고 몸을 떨면서. 나는 남수어머니와 엄마의 행동에 헛웃음이 나왔다. 아이고, 지금이 어느 땐데….

포클레인이 들이닥치기 전까지는 전날과 다를 것 없는 하루의 시작이었다. 배고픈 고양이는 신경질적으로 울며 어슬렁거리고 그 소리가 싫은 참새는 날개를 포득거리며 고양이와 거리를 넓혀 다녔다. 포클레인들이 작업을 시작하자 골목의 냄새가 달라졌다. 이른 아침, 남수어머니의 낡은 물뿌리개가 뿌린 물이 화초들의 잎과 닿아서 나는 냄새가 아니었다. 몹시 건조한 입자가 섞인 시멘트 냄새였다. 포클레인의 손이 거침없이 내리치면 벽은 맥없이 넘어가고 부연 먼지가 연기처럼 번졌다. 기계 소리와 건물이 부서지는 굉음이 하루 종일 이어졌다. 해가 기울 무렵, 포클레인 무리는 쇠로 된 손을 쳐들고 전장의 승리자처럼 줄지어 동네를 떠났다. 2층 창으로 보이는 무너진 집들의 내부는 지나치게 드러났다. 탄력을 잃어 늘어진 내 속살이 드러난 것처럼 민망하고 슬펐다. 오늘은 재개발조합에서 정해 놓은 이주기한이 한 달 남은 날이다.

재개발조합에서 이주비를 지급하는 첫날, 우사단 길은 시끄러웠다. 이십 퍼센트도 안 된다는 원주민 집주인이 제일 먼저 이사를 했다. 최고급 아파트 단지로 바뀐 후 큰돈을 벌 희망에 부풀어서 살림을 거의 버리고 단출하게 떠났다. 팔십 퍼센트가 넘는 외지 투자자 집주인들은 코빼기도 보이지 않았다. 그들의 집은 부동산이 관리하기 때문이다. 그들의 집에 살던 세입자 중 세입자 이주비를 받을 수 있는 사람들은 두 번째로 우사단을 떠났다. 이주비는 받았지만, 왠지 떨떠름한 표정이었다. 그러나 이주비를 받지 못하는 세입자들은 조합과 지루한 협상을 벌이는 중이다. 세입자 측은 용산 참사 사건을 흘리며 압박

하고, 조합은 그래봐야 별수 없지 않았냐며 회유한다. 참담했던 그 사건을 두고도 생각과 계산은 제각기 달랐다. 누구를 위한 개발인가? 자본주의의 논리 앞에 이 지역이 존재해야 하는 이유와 목소리는 묻혀버렸다. 이주 첫날의 풍경은 현대판 피난민의 이동 같았다. 그 후로는 시차를 두고 그러나 무리를 지어 동네를 떠났다. 대부분 사람들이 종교와 상관없이 손 없는 날이나 주말에 이사했기 때문이다. 사람이 떠난 빈집 담벼락엔 붉은 페인트로 X 표시가 생겼고 대문에 출입 금지 줄이 쳐졌다. 점점 빈집이 늘어가 밤에 불이 켜진 집은 눈으로 셀 수 있을 만큼 줄어들었다. 그래서 오늘 아침부터 철거가 시작된 것이다.

동네는 무너져 내린 집 더미에 눌려 제대로 숨을 쉬지 못해 고요했다. 오줌을 싸며 발작을 반복하던 엄마의 증세도 차츰 나아지고 달아났던 남수어머니는 아들의 손을 잡고 돌아왔다. 약국으로 온 남수는 상처 난 발을 내게 보여 주었다. 맨발로 도대체 어디까지 갔던 것일까? 발을 의자에 올리게 하고 알코올로 닦는 동안 남수는 순한 양처럼 굴었다. 대부분의 사람이 남수에게 접근금지였지만 남수어머니와 나는 예외였다. 온전했던 기억 속의 나는 좋은 동네 누나여서일까? 남수는 머리카락만 하얗게 변해가는 것이 아니라 대머리가 되어가고 있었다. 어릴 때 보았던 중년의 남수아버지 모습이 겹쳐졌다.

약국 문 여는 소리가 났다. 이십 대 후반에서 서른 중반 사이, 어디쯤인지 알 수 없는 남자가 들어오지는 않고 두리번거렸다. 나는 소독을 중단한 채 일어서서 뭐가 필요하냐고 물었다. 그는 카메라를 메고 있었다. 우사단 길이 사라진다는 소식이 퍼지자 사진으로 남기려는 사람들이 자주 눈에 띄었다. 그들은 약국에 들러 동네의 유래에 대해, 사람들에 대해 이것저것 물었다. 이 남자도 그런 사람인가보다 짐작했다. 처음 봤지만 낯설지 않은 인상이어서 물어온다면 대답해주었을 것이다. 그런데 그는 셔츠의 팔뚝 부분을 보여 주며 붕대를 찾았다. 아마도 철거 현장을 지나다 상처를 입은 모양이었다. 나는 만일의 사고를 대비해 남자를 남수와 떨어져 앉히고 기다리라고 했다. 내가 남수의 발을 소독하고 연고를 바르고 붕대를 감아주는 걸 남자가 지켜보고 있는 것이 느껴졌다. 남수의 치료가 끝나고 남자의 팔뚝 상처 부위를 소독하고 연고를 바르고 붕대로 감아주었다. 이번에는 남수가 집으로 돌아가지 않고 평소처럼 침을 뱉지도 않고 바라보고 있었다.

나는 재개발조합이 정한 이주 마지막 날 이사를 할 생각이다. 겉으로는 약국 때문이라는 명분이 있지만 그게 전부는 아니다. 내 약국도 아니니까. 약국 주인 서 약사는 이미 우사단 길을 떠난 지 오래다. 내가 우사단 길로 다시 돌아오던 해였으니까. 치매에 걸린 엄마는 매일 걸어서 우사단 길로 왔다. 그리고는 우사단 약국 앞에 앉아 남산타워를 바라보며 하루를 보냈다. 엄마가 사는 곳과 가깝지 않았는데 남산타워가 보이는 이 동네에서만 평안을 느끼는 것 같았다. 우사단 약국 서 약사와 나는 어릴 적부터 친분이 있었다. 나뿐 아니라 우사단 길에 사는 사람들은 모두 마찬가지다. 아프면 병원보다 먼저 약국을 찾았고 서 약사가 조제해 주는 약을 먹었다. 약국은 가깝고 병원은 심리적으로 멀었다. 내 사정을 들은 서 약사는 반색을 했다. 우사단 약국 2층의 서 약사네 살림집은 비어 있었다. 서 약사는 우사단에 약국을 차릴 때만 해도 젊고 가난한 약사였다. 동네 사람들에게 친절하고 예의까지 발라서 사람들은 약사님이라고 불렀다. 그는 동네 사람들과 친하게 지냈지만, 일정한 거리를 두었다. 그것이 그가 생각하는 예의일지는 모른다. 대문을 두드리지 않고 아무 때나 서로 드나드는, 없이 사는 사람들의 예의와는 분명히 달랐다. 서 약사가 아이들 교육을 핑계로 약국만 남기고 이사를 했다. 자신도 떠날 구실을 찾고 있던 차에 내가 제 발로 걸어 들어온 셈이다. 우사단 땅값은 계속 올랐지만, 재개발된다는 소문이 난 초장에 많은 집이 팔렸다. 멀리 내다보지 못하는 것이 부자가 되지 못하는 사람들의 치명적인 약점이다. 다행히 좋은 곳으로 떠난 사람도 있지만, 집이 너무 작아 팔아도 갈 곳이 없거나 집 판 돈을 날리고 세입자로 사는 사람들도 많다.

"해 봐라."

일주일이나 기다려도 내게서 아무 답도 듣지 못하자 서 약사는 조금 단호하게 말했다.

"내가 너한테 피해가게 하겠니? 해봐. 내가 너와 네 엄마를 남같이 여기지 않으니까 그러는 거야. 엄마가 몸도 성치 않은데 니가 직장 다니면서 엄마를 돌볼 수 있겠어? 언제든 그만두고 싶으면 말해라. 나야 뭐, 건물 통째로 비워둬도 되니까. 내가 여기서 돈 벌려고 그러겠니? 니네 모녀 안쓰러워서 그러는 거지."

서 약사의 말은 하나도 틀리지 않다. 오히려 내가 감사해야 할 일이었다. 내게 약국 이 층에 살면서 약국을 운영해 보라고 것이었다. 제조하는 약은 없고 거의 약용 음료나 소화제 파스 같은 것만 팔면 되니까 약사가 필요하지 않았다. 서 약사가 가끔 출근하겠다고 했다. 벌써 10년 전 일이다. 선거로 시장과 구청장이 바뀔 때마다 재개발 사업은 호재와 악재를 반복하면서 지지부진하고 동네는 점점 슬럼화되었다. 나도 그때는 엄마가 치매 걸린 채 오래도록 살 줄 몰랐고, 재개발이 이렇게 오래 걸리는 줄 알지 못했다. 이따금 오는 서 약사는 약국에 잠깐 들르고 단골 부동산 사장을 만나서 시간을 보내고 돌아간다.

치매 자체가 수명을 단축시키지 않고 합병증으로 사망하는 걸 아는데도 10년이 걸렸다. 그동안 두 발로 걷던 엄마는 머리와 두 손으로 겨우 움직일 수 있게 되었고 밥이 죽으로 바뀌고 하루 중 제정신으로 돌아오는 시간이 현저하게 짧아졌다. 때때로 돌아가신 아버지가 퇴근해 오기를 기다리고 내 임신을 위해 기도한다. 그럴 때는 차라리 나도 치매였으면 싶을 만큼 마음이 무너진다. 그 시간들은 내 얼굴에 주름을 하나씩 더 패이게 했고 차마 마주하지 못하고 곁눈질하는 거울 속 나는 흰 머리카락과 검은 머리카락이 자리바꿈을 하고 있었다.

내가 마지막으로 우사단 길을 떠나야지 하는 이유에는 남수네 모자도 있다. 남수 네 모자가 아직 떠나지 않고 있기 때문이다. 떠날 생각은 있는지 떠날 곳은 있는지 물어도, 남수 어머니는 도통 말이 없다. 남수어머니는 전쟁 중에 부모와 월남해서 줄곧 우사단에서만 살아왔다.

2

"약사님, 난 저 문이 영 맘에 안 들어요. 유리문이 철문처럼 무겁기는 왜 그렇게 무거운지."

"아직 길이 안 들어서 그래요. 뭐든 적응하는데, 시간이 걸려서 그렇지, 괜찮아질 거예요."

남수어머니가 약국 문을 오른쪽으로 밀었는데 딩딩딩 종만 울릴 뿐 문이 열리지 않자, 서 약사가 유리문을 당겨서 열어주었다.

서 약사가 갈고리로 쓸어 담을 만큼 돈을 벌어서 압구정동에 아파트를 몇 채나 샀다는 둥, 그 아파트값이 올라서 부자가 되었다는 둥 소문이 동네에 파다하게 퍼졌지만, 약국 출입문만 바뀌었을 뿐 내부는 그대로였다. 동네의 나이 든 단골들은 익숙한 것을 좋아했다. 천으로 된 낡은 소파에 앉아있던 중년 남자가 일어나고 남수어머니가 자연스럽게 앉았다. 중년 남자는 박카스 한 박스를 사서 한 병씩 돌리며 대한민국은 1988년 올림픽 이전과 이후로 나뉠 거라고 말했다. TV에서는 올림픽을 홍보하는 화려한 쇼가 방송 중이었다. 올림픽이 가까워지자 이태원에 외국 관광객들이 몰려들었다. 풍요가 이태원 대로에서 우사단으로도 흘러들었다. 우사단 길의 도깨비시장 난전에는 일찍이 볼 수 없었던 풍경이 펼쳐졌다. 길가에 리어카 장사가 늘었고, 사람들의 주머니가 열리고 겁 없는 지폐들이 앞다퉈 나왔다. 우사단 길에는 다양한 사람들이 산다. 전쟁 때 월남해서 정착한 사람들, 전쟁에 참여했다가 장애를 입는 상이용사들이 사는 상이용사촌, 미군 부대에서 일하는 사람들과 그들이 가져온 물건을 파는 미제물건 장사들. 가장 이질적인 사람은 미군들이 드나드는 클럽과 술집에서 일하는 여성들인데 그녀들은 우사단 길의 미용실, 옷가게, 화장품 가게, 가구점 등 모든 가게들의 중요한 고객이었다. 거기에 올림픽 덕분에 관광객들이 꺼내는 달러까지 보태졌다. 슈퍼마켓에 밀려 폐업 날을 고민하던 엄마의 구멍가게조차도 혜택을 보았다.

서 약사가 부동산 사장과 부지런히 한강 다리를 건너다니며 아파트를 사고, 아파트 가격이 올라서 두 손으로 심장을 눌러야 할 정도라는 말이 과장이 아닐지도 모른다. 행복한 비명은 남수네도 마찬가지였으므로. 남수아버지가 운영하는 가전제품 매장은 TV가 없어서 못 판다고 했다. 그때부터 남수아버지는 달라졌다. 모르고 있었을 뿐이지 그 전부터였을 지도 모른다. 남수아버지의 폭언과 폭행의 흔적이 골목에서 흘러나왔다. 또 다른 소문도 있었다. 남수아버지가 바람이 났다는 것이었다. 술집에서 만났다며? 애도 있다지? 사내애라던데? 어느 날부터인가 우사단 길에서 남수아버지는 볼 수 없었다. 남수아버지가 없어도 동네에서 사람들이 수군대도 남수어머니와 남수는 떠나지 않았다.

남수아버지가 귀하게 여기던 남수가 고등학생이 되었다. 교복을 맞춰 입고 아버지를 찾아간 남수는 그날 아버지와 이별을 했다. 우사단 길이 술렁였다. 남수아버지가 죽었다는 것이다. 다들 믿지 못했다. 그럴 리가? 거짓말이지? 집에만 안 들어오지, 멀쩡하게 장사하던 사람이 왜 갑자기? 잘못 들은 거 아니야? 나이도 얼마 되지 않았는데 죽다니? 하는 말부터 벌 받은 거여. 벌 받아도 싸지, 착한 남수엄마 버리고 가더니…. 남수엄마 불쌍해서 어째. 두세 사람만 모여도 수군댔다. 약봉지를 들고 엄마가 들어오면서 혀를 찼다.

"어쩌냐, 어째. 세상에, 이런 일이 있냐? 불쌍타 불쌍해. 어쩌고. 남수엄마 어째 사냐. 그렇게 데려가다니. 죄는 죄고, 사람 목숨이…."

알 수 없는 말을 토막토막 뱉어내던 엄마는 눈물, 콧물을 찍어내고 판피린 뚜껑을 돌려서 단숨에 마셨다. 그리고 광목천을 이마에 두르고 누웠다. 궁금한 나는 엄마 앞으로 다가갔다.

"그래서 죄짓고 살면 안 되제. 그래도 그렇지. 하늘도 무심하지. 남수아버지가 원래 참 착한 이였는데, 어쩌다 그렇게 됐을고."

"도대체 무슨 일인데 그래요?"

"글쎄 말이다. 남수아버지 그 인간이 뭐가 씌워도 단단히 씌웠지. 남수 고등학교 입학금을 안 줬다잖니? 남수 공부하는 거 그렇게 좋아하던 사람이 말이다. 뭐가 씌운 게야. 그럴 사람이 아닌데. 남수가 학비 타러 지 애비한테 찾아갔단다. 그런데 남수가 보는 앞에서 남수아버지가 탄 차를 다른 차가 들이받아서 남수아버지와 첩 년이 그 자리에서 즉사했단다. 어이구, 내 가슴이 벌렁거리네. 도대체 이게 무슨 일이냐? 처자식 있는 남자 꾄 첩 년은 벌 받아서 그랬다 쳐도 남수아버지는 살아야 했는데, 어쩐다냐? 애는 뭔 죄냐? 에이그."

"그 여자가 낳은 애도 아들이라 그랬지?"

"그렇다고 하더라. 어린 것이 불쌍하기도 하지. 무슨 그런 팔자가 있는지, 쯧쯧."

며칠 후 남수어머니는 남수의 이복동생을 데려왔다. 엄마는 듣자마자 쫓아갔다.

"애를 데려오다니, 미쳤냐? 걔가 누구라고 데려오냐? 얼른 도로 데려다줘."

"어쨌든지 남수애비 자식이고 남수 동생이잖아.… 발걸음이 안 떨어지더라고. …어떻게든 살아지것지."

남수어머니와 엄마는 서로를 붙들고 울었다. 그러나 남수어머니의 말대로 어떻게든 살아지지 않았다. 남수의 삶은 멈췄다. 나아지겠지, 나아지겠지 하는 기원은 소용도 없이 이상한 행동까지 하기 시작했다. 결국 남수의 이복동생은 아이의 이모가 와서 데려가고, 하늘 아래 모자만 남았다. 남수네 집은 사람이 드나드는 기척이 사라지고 가끔 남수어머니만 보였다. 누가 대문을 두드리거나 열기라도 하면 남수는 망치를 들고 나가 휘두르며 얼굴이고 몸이고 가리지 않고 침을 퉤퉤 뱉었다. 엄마는 병원에 입원시키는 게 어떠냐고 넌지시 물었지만, 남수 어머니는 펄쩍 뛰었다고 했다.

내가 다시 우사단 길로 돌아오고 약국 일을 하면서 남수는 하루에 한 번 약국에 왔다. 유일한 외출이었는데 까만 마스크로 얼굴을 반쯤 가린 채였다. 나에게 적의를 느끼지 않는 것은 분명한데, 말은 거의 하지 않았다. 남수는 매일 파스를 샀다. 작은 거울을 보며 신중하게 정성껏 오른쪽 이마와 양 손목 그리고 가슴에는 옷 위에 붙였다. 다 붙이면 거울을 보고 마음에 들지 않으면 다시 떼어 붙이기를 반복했다.

3

불 켜져 있는 집이 열 채도 남지 않았다. 이삿짐 차들이 우사단 길을 떠날 때마다 마지막까지 있겠다는 마음이 흔들리고 덜컹거린다. 마지막을 대하는 마음은 그것이 어떤 마지막이든지 두려움 때문에 온

몸이 흔들린다. 이혼은 그 정도의 두려움은 아니었을까 흔들림이 없었다. 왜? 스스로에게 질문을 던질 때도 있다. 남편은 어땠을까? 미련하고 부질없는 생각 끝에는 스스로에 대한 질책만 남았다. 이혼 전에 했어야 할 이미 늦어버린 생각들로. 나는 그의 SNS에 들어가 보지 못한다. 복잡해지는 마음이 뭉뚱그려 두려움이라는 걸 인정하자 가슴이 저릿저릿했다.

나는 아주 쿨하게 남편에게 악수를 청했었다. 그리고 최대한 의연한 얼굴로

"행복하게 살아요."

밤새 연습한 말이었다. 남편의 표정이 어떠했는지, 무어라고 말했는지 기억나지 않는다. 똑바로 쳐다보지 않았으니까. 둘이 함께 불행하게 사느니, 남편만이라도 행복하게 살기를 진심으로 바랐다. 진심이었다.

결혼하기에 적당한 나이였고 결혼을 거부할 이유도 핑계도 없었다. 우여곡절도 없고 크고 작은 다툼도 없고, 양쪽 부모의 반대도 물론 없는 결혼이었다. 모든 것이 적당했다. 뜨겁지도 차갑지도, 넘치지도 모자라지도 않은. 초기에는 아이가 생기지 않으니 오히려 좋았다. 주변에서 아이는? 하는 인사를 받기 시작하자, 너무 조바심 내도 임신이 잘되지 않는다고 마음을 편하게 먹으라는 전화를 엄마는 거의 매일 걸었다. 불편하기 시작했다. 아이가 없으니 직장을 그만둘 이유도 마땅히 없고 남편도 그만두라고 하지 않았다. 걱정이 스트레스가 될 무렵 임신이 되었고, 생각해보면 유일하게 행복한 때였다. 아주 잠깐이었지만. 하필 직장에서 야근이 반복되는 바쁜 때였고 유산이 되었다. 유산은 예상하지 못한 일이었다. 엄마는 어쩌면 그렇게 철딱서니가 없냐고 혀를 찼다. 다시 임신이 되었다. 또 실패하지 않기 위해 조

심을 한다고 했지만 그런다고 달라지지는 것도 아니었다. 그 후로 임신과 유산이 반복되자 남편과 나는 어느새 아이를 간절하게 바랐다. 결혼은 곧 자식인 것처럼. 그런 바람과 달리 임신조차 쉽지 않았고 임신은 금기어가 되었다. 남편의 눈길을 피하기 시작하니까 마주 앉아도 서로 할 이야기가 없었다. 같이 있는 공간이 불편해서 나도 남편도 자꾸만 밖으로 돌았다. 집은 단지 잠자는 공간이 되었다. 귀가 시간이 더 늦은 사람은 편하게 자라는 핑계를 대면서 자연스럽게 다른 방으로 들어갔다. 그렇게 우리는 부부에서 동거인이 되었다. 나의 불임이 엄마에겐 치명적인 스트레스였을까? 엄마가 치매 판정을 받았고 나는 직장을 그만두고 엄마를 돌보기 시작했다. 엄마 집에서 생활하는 날이 많아지고 남편과 만나는 횟수가 줄어들었다. 찡그리지 않고 다투지 않고 이성적으로 이혼했다는 것에 대해 자부심이 있었다. 찌질하지 않았다는.

계속 시끄러운 소리가 났지만 밤새 뒤척인 탓에 날이 밝아도 몸이 무거웠다. 인부들이 트럭에서 무언가 내리고 있었다. 허물어진 집에 사람들이 들어가지 못하도록 가림막을 설치하려는 것 같았다. 엄마가 아직 자고 있으니 일찍 일어날 이유도 없어서 다시 자리에 누웠다. 잠깐 잠이 든 사이, 자지러지는 비명소리와 울음 섞인 고함에 놀라 일어났다. 남수네 문 앞에서 재개발조합 직원과 남수가 각목 하나씩을 들고 대치 중이었다. 조합 직원은 이마에서 남수는 머리에서 피가 나고 있었다. 혹시나 일어날 불상사를 대비해 남수는 집안으로 들여보내고 조합 직원은 문밖에 앉게 했다. 치료하는 동안에도 조합 직원은 분이 풀리지 않는지 씩씩댔다.

"내가 뭘 어쨌다고 사람을 패? 지가 깡패야? 이거 살인 미수야. 너, 내가 가만둘 것 같애? 당장 가서 고소할 거야. 알았어? 경찰이 너 잡으러 올 거니까 꼼짝 말고 있어. 이 새끼야."

"내 아들은 죄 없어요. 죄 없어. 어여 가슈, 어여 가."

조합 직원을 밀면서 어서 가라고 남수어머니는 악을 썼다.

"그럼 누가 잘못했어? 이 할머니가 왜 이래? 사람을 이 모양으로 만들어 놓고 죄가 없어? 누가 먼저 쳤나 여기 있는 사람들한테 물어봐요?"

"내 아들은 죄 없어요. 죄 없어. 그러니 어여 가요."

남수어머니는 울며 통 사정을 했다.

이사 날짜를 물으러 대문을 두드리니까 부실한 대문이 자동으로 열렸고 남수가 다짜고짜 뛰어나와 삽을 휘둘렀다는 것이다. 조합 사람이 돌아가고 집안을 들여다보니 남수는 얼굴이 백지장 같았다. 남수가 무서워하는 사람 중의 하나가 경찰이다. 남수아버지 교통사고 현장의 목격자가 남수였었다. 참혹한 사건 현장에 대해 경찰서에서 몇 번이고 반복해서 진술했다고 한다. 남수에게는 너무나 잔혹한 일이었다.

한바탕 소동 후 사람들은 각자의 위치로 돌아갔다. 가림막을 설치하는 망치 소리와 드릴 소리가 끊이지 않았다. 엄마는 변기에 앉아있었다. 두루마리 화장지를 갈기갈기 찢어 수북이 쌓일 때까지 해결되지 않으면 손가락을 자신의 항문에 넣어 변을 조금씩 후벼 판다. 그리고는 하얀 타일에 칠한다. 변으로 칠한 그림이 될 때쯤 냄새가 화장실을 나와 내 코에 다다른다. 나의 사정과 엄포는 소용이 없다. 위생장갑을 끼고 엄마의 항문 주위를 주물러서 변이 더 나오도록 한 다음 씻겨서 기저귀를 채웠다. 벽에 똥칠할 때까지 너하고 살겠다던 엄마의 농담이 현실이 될 줄 엄마는 예상했을까? 차라리 치매인 것이 낫다. 똥 묻은 엉덩이를 보이는 수치는 인지하지 못하는 편이 나으니까. 사회복지사는 치매의 상태가 사람마다 다양하다고 했다. 돈 훔쳐 갔다고 의심하거나, 사납게 욕을 하고 때리거나, 식탐으로 밤새 냉장고를 뒤지는 사람도 있고 잘 걷지도 못하면서 집을 나가는 사람도 있으니 말이다. 엄마는 순한 치매에 속하는 편이다. 처음엔 구역질이 났고 엄마의 항문에 손이 가지 않았다. 티슈로 코를 막고 마스크를 쓰고 일회용 비닐장갑을 끼고 눈물을 흘리다가 소리 내어 울기도 했다. 시간이 흐르자 변의 냄새보다 변의 상태가 더 중요했고 변이 잘 나오도록 항문 주위를 마사지도 했다.

대변을 해결한 엄마는 잠을 청하고 나는 약국으로 가는 시간이다. 약국은 종일 한가하다. 남은 약도 거의 없다. 그래서 책을 읽거나 음악을 듣는 일로 소일하는 날이 많다. 책 한 권을 들고 내려오니 팔에 붕대를 감고 갔던 젊은 남자가 앉아있었다.

“손님이 계셨네? 죄송해요. 아~~ 저번에 왔던 분이네요? 팔은 어때요? 뭐 필요한 거 있어요?”

남자는 저어~ 하면서 봉지를 내밀었다. 뭐냐고 물으니 저번에 고마워서요 한다. 비닐봉지 안에서 커피 냄새가 난다.

“커핀가 봐요? 나한테 주는 거예요? 아이고, 고마워라. 커피 생각이 나던 참이었는데, 같이 마실래요?”

남자는 기다렸다는 듯 의자를 밖이 보이게 돌려놓고 앉는다. 커피 향은 약 냄새를 감싸 안았다. 커피가 식을 때까지 천천히 마시고, 약국에 있는 자동커피머신의 커피 한잔을 더 마시고도 남자는 일어나지 않았다. 젊은이답지 않게 진중한 태도가 오히려 짠해 보였다. 커피 잘 마셨다고 예의 바르게 인사를 하고 약국에 마지막으로 남아있는 영양제를 샀다. 그런데 가져가지 않고 저번에 발 다쳤던 그 남자에게 전해달라는 것이었다. 뜻밖이었다.

“남수를 알아요?”

“그날 뒤를 따라갔었어요.”

"그랬군요. 남수 참 착한 애예요. 지금은 아파서 그렇지만. 오늘 아침에도 사고 쳐서… 남수 때문에 걱정이에요. 근데 받을라나 모르겠네. 아무튼 고마워요. 잘 전해볼게요. 안 받을지도 모르니까 주말 전에 들르세요. 환불해 드릴게요. 약국도 이번 주말까지만 열거든요."

"무슨 사고요?"

간단히 요약해서 말해주자 무거운 표정으로 약국에서 나갔다.

4

엄마가 부르는 소리만 들어도 무슨 심부름인지 알 수 있었다. 나는 일부러 못 들은 척하다가 엄마의 목소리에 짜증이 섞이면 그제야 느릿느릿 다가간다. 급하지도 않은 심부름인 걸 알고 있기 때문이다. 열 살의 내가 궁금한 건 이마에 띠를 두르면 머리가 덜 아플까이었다. 하지만 물어보지 않았다. 무엇을 물어보고 무엇을 물어보지 말아야 하는지 정도는 눈치로 안다. 약국 문을 열자, 서 약사 곁에서 누나! 하고 남수가 반긴다. 남수가 박카스를 사고 있었다. 남수어머니는 오전에 박카스를 한 병 마신다. 엄마와 남수엄마가 약을 먹는 원인은 같아 보여도 종류는 달랐다. 두 사람이 같이 먹는 것은 까스명수다. 저녁 식사 후 골목 평상에 앉아 까스명수를 한 병씩 나눠 마시고 깊고 크게 트림을 한다. 시원하지? 응 시원하네 하며 상대방의 트림을 자신의 트림인 양 좋아한다. 트림과 함께 답답함이 빠져나오고, 답답함의 무게만큼 시원해진 그 기분을 공유했을 것이다. 그러나 나는 어렸고 그녀들을 이해할 수 없었다. 시원해하는 그 기분이 궁금하여 엄마가 먹고 난 까스명수를 거꾸로 들고 혓바닥에 탈탈 턴 적이 있다. 꺼멓고 들척지근하면서도 쓴맛에 욕지거리가 나서 침을 계속해서 뱉었다. 엄마와 남수어머니는 세상 쓴맛보다 쓰겠냐며 배를 잡고 웃었다.

엄마가 약을 달고 살기 시작한 것은 아버지는 새벽시장으로 출근하다가 길에서 쓰러져 그길로 세상을 떠난 후부터였다. 내가 초등학교 들어가고 얼마 되지 않아서다. 삼십 대의 젊은 과부가 거친 시장 사람들에게 죽은 남편의 외상장부로 외상값을 받아내는 건 녹록지 않았다. 엄마가 할 수 있는 건 수시로 약을 먹고 머리를 싸매고 누워서 먼저 간 남편을 욕하는 일이었다. 남수아버지가 열심히 일을 했지만 권위적이어서 남수어머니는 늘 주눅이 들어 있었다. 한 알의 약이 한 병의 드링크가 그녀들의 답답하고 고달픈 삶의 위로였을까. 세월이 흐를수록 그녀들이 먹는 약의 종류가 늘어났다. 의료보험이 생기고 병원의 문턱이 낮아져도 그녀들은 약국의 단골손님으로 남아있었다.

"누나, 어디가?"

하루에 몇 번을 만나도 남수는 그냥 지나치는 법이 없었다. 우리는 사이좋게 손을 잡고 걷다가 어느 집 대문 앞에서 굉장히 큰 통을 보았다. 남수에게 팔을 잡힌 나도 따라갔다. 재래식 화장실을 걷어내고 정화조를 묻어 수세식 화장실로 공사 중이었다. 마당의 흙을 파헤쳐 놓은 곳에 소주와 북어포를 놓고 아저씨가 절을 하고 있었다. 남수와 나의 궁금증은 커졌다. 지나가던 아줌마도 궁금한지 걸음을 멈추고 무슨 일이냐고 물었다.

"정화조 묻으려고 땅을 팠는데 다 삭은 관이 나왔지 뭐예요. 뼛조각도 보이고… 그래서요. 이곳이 옛날에는 공동묘지였다잖아요."

관과 사람 뼈 이야기에 나와 남수는 놀라서 뒷걸음을 쳤다. 땅속에 묻혀있는 사람들이 놀랄까 봐 뒤꿈치를 들고 살살 걸어서 약국으로 갔다. 서 약사는 평소와 다름없이 진지하게 들어주고 사탕 한 개씩을 쥐여주었다. 아무 때나 찾아와도 이야기를 들어주고 사탕이나 초콜릿을 주는 서 약사가 있어서 약국에 오는 일이 싫지 않았다. 서 약사는 약을 팔 때를 제외하고는 늘 신문을 보거나 책을 읽었다. 사람들은 궁금한 것이 있으면 그에게 가서 묻고 억울한 일이 있어도 도움을 청했다. 그는 약사이면서 때로는 중재자이고 조언자였다. 그래서인지 사람은 배워야 한다고 엄마는 내 종아리를 때리며 공부에 목을 매었다. 내가 공부를 하면 서 약사처럼 될 줄 알았을까? 그의 약국에서 일하지만 서 약사는 되지 못한 딸의 처지를 모르는 게 얼마나 다행인가.

5

빈 박스들이 한쪽 벽을 차지했다. 짐을 싸는데 한나절도 걸리지 않을 것 같지만 나름의 이사 준비였다. 이삿짐센터에 시간을 확인했다. 약국에는 플라스틱 구급 약상자만 남았다. 이곳에서의 마지막 날이다. 엄마가 온전한 정신으로 폐허가 된 우사단 길을 떠나지 않아 다행이었다. 언젠가 여행에서 돌아오는 차 안에서 남산타워가 보이자, 엄마는 남산타워가 보이면 안심이 된다고 했었다. 이사 가는 곳에서는 남산타워가 보이지 않을 텐데….

우사단 길 한쪽 끝에서 반대편을 향해 걸었다. 이슬람성원과 주말마다 플리마켓이 열리던 계단도 가보았다. 어릴 적 잠시 살던 아주 좁은 골목의 이층집도 스마트폰에 담았다. 도깨비시장은 인적조차 없어 그야말로 도깨비만 사는 시장이 되었다. 매일 심부름을 다니던 가게에 두부 담던 판만 엎어져 있다. 두부가게 아줌마는 어디로 갔을까? 상이용사촌 입구의 목욕탕은 목욕탕이었음을 알 수 있는 목욕탕 표시만 남았다. 교회 앞에서는 피아노를 만지지 못 하게 하던 인색한 목사도 떠올랐다. 한참을 그렇게 걸었다.

멀리서 사이렌 소리가 났다. 문득 마음이 불안했다. 생각은 뛰는데 몸은 더뎠다. 가까이 갈수록 사이렌 소리가 점점 더 크게 들렸다. 나는 손을 허우적댔다. 내가 미쳤지. 왜 이렇게 멀리까지 온 거야, 다리 대신 몸만 자꾸 앞으로 나갔다.

매캐한 탄내가 코를 자극하고 연기가 우사단 길을 감쌌다. 남수네 집이 타고 있다. 시뻘건 화염이 한 송이 꽃으로 커다랗게 피어올랐다. 선명한 핏빛이었다. 소방관들은 불길을 잡기 위해 호스로 물을 쏟아 부었다. 비워진 우사단 길에는 화재를 좀 더 일찍 발견할 사람이 없었다. 마른 장작 같은 남수네 집은 순식간에 전소되고 비로소 화재가 진압되었다. 물기를 잔뜩 먹은 시커먼 화재 더미들 사이에 세 사람이 발견되었다. 남수와 남수어머니는 서로 안고 있었다. 그리고 한 사람. 그의 손이 남수의 손을 잡아당긴 듯 두 사람의 팔은 곧게 펴져 있고 남자의 손이 남수의 손을 잡은 상태였다.

부검 결과가 나왔다. 뜻밖의 소식과 함께. 젊은 남자와 남수는 혈연이라는 것이었다. 그날 약국에서 남수와 젊은 남자는 나를 보고 있었던 것이 아니었다. 〈終〉

〈월간문학 2021년〉

김현주

· 제46회 한국소설 신인상, 소설집 『우사단 약국』
· 제14회 한국문협서울시문학상 수상, 『2018 신예작가』 선정
· 책읽는사회문화재단 독서동아리지원센터 독서길잡이
· 한국소설가협회 편집국장(전), 남산도서관 자료선정위원(전)
한국소설가협회, 한국문인협회 회원

〈작가노트〉

남산, 남산도서관, 남산의 문우들

김현주

시간을 거슬러 가본다.

김지연 선생님과 문우들과 소설을 함께 합평하고 나누던 모습이 가장 많이 떠오른다. 오직 소설을 쓰겠다는 일념으로 모인 진지한 문우들, 열띤 논쟁도 마다하지 않았던 한때였다. 소설에 대해서만은 순수하기만 했던, 다시 돌아갈 수 없는….

김지연 선생님은 차분하고 카랑카랑한 힘 있는 목소리로 긴 텍스트도 낭독하기를 즐기셨다. 결강 없이 매주 열강 하시던 모습이 눈에 선하다. 지금도 여전히 강의시간 전에 미리 준비하시고 제자들을 맞이하는 열정적인 모습을 뵐 수 있어서 감사하다.

강의실 창 너머로 변하던 계절도 생각난다. 가벼운 바람에도 하얗게 꽃비를 내리던 벚꽃이 흐드러진 봄. 초록이 뚝뚝 떨어질 것만 같은 초여름의 나무 그늘. 봄이 벚꽃의 향연이라면 가을은 남산이 주는 최고의 선물이다. 남산 길을 걷지 않고는 배기지 못하게 만드는 형형색색의 단풍을 머리에 이고 발로 밟고 걷고 또 걸었다. 커피 한잔으로 온기를 채우면 추위도 무섭지 않던 겨울도 좋고…, 사계절이 다 좋았었다.

선생님의 팔순을 축하드리며 지금처럼 계속 강건하시기를 기원드린다.

<단편소설 9>

빠다 작업

낭 은

제네시스에서 내린 건 의외로 이십 대 초반의 아가씨였다. 여자는 나와 눈이 마주치자 미간을 심하게 찡그렸다. 햇볕 때문에 눈이 부시거나 차가 고장 난 것에 기분이 상해서 그런 것이겠지, 하면서 불쾌감을 애써 누그러뜨려 보았지만 소용없었다. 사실 여자의 심경을 전혀 이해하지 못하는 것은 아니었다. 작업복으로 입은 형광 반소매 티셔츠 때문에 벌겋게 그을은 얼굴은 한층 더 거무스레해 보였을 것이고, 대홍 카센터의 로고가 들어간 가슴께에는 기름때가 선명하게 얼룩져 있어서 궁상맞아 보였을 것이다. 게다가 목덜미를 타고 내리는 굵은 땀방울은 이런 무더위에는 보기만 해도 불쾌지수를 끌어 올리기에 충분했다. 하지만 그녀의 태도는 나의 심기를 건드려놓고 말았다.

수도권 외곽에 위치한 카센터. 4차선 대로엔 간간이 지나가는 승용차와 시내버스만 보일 뿐이었다. 대홍 카센터는 대로변에 바짝 붙어 있었고 사무실과 수리를 하는 공장이 있었다. 옆으로는 철물점, 다슬기 해장국집 그리고 '장기 숙박, 월 방 있습니다.'라는 꾀죄죄한 현수막을 일 년 열두 달 입구에 걸어놓고 있는 오래된 모텔 등이 오밀조밀 몰려 있었다.

생머리를 야구 모자 뒤로 길게 늘어뜨린 여자는 나를 외면한 채 차의 앞부분을 지나 조수석 쪽으로 걸어갔다. 아휴, 짜증 나 미치겠네. 새 찬데………. 여자는 팔짱을 낀 채 고개를 숙이고 문짝만 내려다봤다. 내가 살펴보니 조수석 문짝이 움푹 파였고 손잡이는 뒤틀려 있었다.

"어유, 이거 심하게 부딪쳤네요."

나는 애써 웃어 보였다. 여자는 그제야 나를 바라보며 언제쯤 되느냐고 퉁명스럽게 물었다.

"저녁때쯤 오세요."

그러자 여자는 저녁이면 몇 시까지인지, 정확한 시각을 제대로 말해야 하는 것 아니냔 듯 나를 향해 인상을 잔뜩 찌푸리면서, 짜증 섞인 시선을 보냈다. 여자의 말대로 정확하진 않더라도 대강의 시각을 말해줬어야 했다. 지금부터 작업을 시작하고 건조과정까지 거치려면 대강 6시에는 끝날 것이니, 넉넉잡고 7시쯤 오시라는 말을 해야 했다. 하지만 여자의 불쾌한 눈빛과 계속되는 퉁명스러운 말투에 나의 인내심도 한계치를 넘어섰다.

그래서였다. 그렇게 무성의하게 답한 것은. 그렇더라도, 한 번 여자의 신경을 건드려놨으면, 분풀이는 한 셈이니 즉각 태도를 고쳐서 죄송하다는 말을 해야 했다. 예전 같았으면 그랬을 것이다. 웃으면서, 다시 정확한 시각을 말했을 것이다. 하지만, 나는 얼마 전의 일이 떠올랐고 그 일에 대한 억울함 때문인지 결국은 언성을 높이고야 말았다.

"아니, 보통 저녁때라고 하면 6시 이후를 말하는 것 아닙니까? 그때쯤 다시 연락드릴 테니 휴대전화 번호 사무실에 남기고 가세요."

나는 참을 수 없으리만치 치솟는 분노를 억누르려고 애썼다. 그래서 뒤엣말을 할 때는 자신의 벌겋게 상기된 얼굴을 여자에게 보이지 않기 위해 고개를 숙였고, 성난 말투를 들키지 않기 위해 가까스로 목소리에 힘을 빼서 들릴락 말락 할 정도로 말했다. 그게 내가 고객에게 취할 수 있는 최대한의 예의였다. 여자는 한동안 아무 말이 없었다. 내가 다시 고개를 들고 보니, 잔뜩 성이 난 얼굴로 쏘아보고 있었다.

"아니, 왜 짜증을 내세요?"

계속되는 여자의 도도한 태도에, 나는 결국 욱하고 치밀어오르는 화를 폭발시켜 버렸다. 나는 손에 쥐고 있던 기름때가 묻은 걸레를 바닥에 팽개쳐 버렸다.

"아, 시발. 아니 내가 무슨 짜증을 냈다고 그래요? 짜증 부린 건 오히려 아가씨 아닌가? 들어올 때부터 인상을 팍 쓰더구만, 뭘."

그때 나의 눈에 사장의 얼굴이 들어왔다. 어느 틈엔가 공장 입구에서 있었다. 사장은 두꺼운 입술을 앞으로 쑥 내밀고 나를 쳐다보고 있었다. 그가 입은 파스텔 톤의 옷이 오늘따라 내 신경을 더욱 거슬리게 했다. 자신의 지저분한 피부색이나 180cm가 넘는 덩치에 맞지 않게 늘 소녀들에게나 어울릴 색의 옷을 입는 게 못마땅했다. 흰 면바지에 노란색 티셔츠를 입고 있었다. 내가 사장 곁에만 가면 괜히 불안해지는 이유가 바로 저 말도 안 되는 옷매무새 때문이라고 생각했다. 그가 주변을 왔다 갔다 할 때면, 마음을 놓을 수 없어 어떤 이유를 대서라도 그곳을 벗어나고 싶게 만들었다.

사장에게는 그럴만한 이유가 있었다. 서비스직에 걸맞게 손님들에게 기분 좋은 인상을 주자는 것이다. 그는 타고난 장사꾼이었다. 그의 쌍꺼풀진 큰 눈 또한 한몫 톡톡히 한다고 해도 과언이 아니었다. 크고 둥근 눈 위에 굵고 선명한 쌍꺼풀은 상당히 예쁜 편이어서 서글서글한 웃음을 선보이면 대다수 손님은 신뢰감을 느끼게 되는데, 그것은 어디까지나 착각이었다. 뜨내기손님인 듯하면 공임을 살짝 부풀리기도 하고 신제품은 정해진 가격이 있어서 불가능하지만, 중고로 부품을 교체하는 손님에게는 얼마간 가격을 올려 받기도 한다. '미션을 교체하는 데는 시간도 오래 걸리고 공정 작업이 어려워 좀 비쌉니다.' 하면서 손님의 동의를 구하는 수법은 혀를 내두를 정도였다.

그런 사장에게 나의 불손한 태도는 용납되지 않았다. 사무실에서 공장 쪽 CCTV를 주시하다가 뭔가 심상찮은 낌새를 알아채고는 부리나케 나온 것이다. 사장은 재빨리 여자에게 다가가서 허리를 깊숙이 굽히며, 자신이 이 카센터의 사장이라고 소개했다. 여자는 사장의 인사를 받자, 구원투수라도 만난 양, 아까보다도 더 격앙된 목소리로 대들기 시작했다.

"아니, 시발이라니? 어디다 대고 욕이에요?"

여자는 분명 아까와는 판이한 모습이었다. 제네시스를 모는 소위 '사는 집' 아가씨의 입에서 나올법한 어투는 아니었다. 여자는 내 앞으로 한발 다가서더니 기어코 삿대질까지 해댔다. 이미 얼굴은 벌겋게 달아올랐다. 사장은 다시 한번 허리를 정중하게 굽혔다.

"아유, 이거 죄송합니다. 손님이 좀 이해를 하세요. 날씨가 덥다 보니, 짜증이 나서 그런 모양입니다."

그러더니, 눈에 잔뜩 힘을 주고는 나를 향해 곁눈질했다. 너, 당장 사과하지 못해! 하는 의미였다. 자초지종을 알아볼 생각은 아예 없었다. 하지만 나는 이미 그럴 의사가 전혀 없었다. 여자가 들어오면서부터 나에게 모멸감을 준 것을 생각하면 아직도 화가 누그러지질 않았다. 더구나 언뜻 봐도 열 살이나 어려 보이는 여자에게 마음에도 없는 사과를 하고 싶지는 않았다. 기름밥을 먹는 게 그렇게까지 비굴할 일은 아니지 않은가.

"아니, 아가씨가 들어오면서부터 인상 쓰지 않았어? 무슨 버러지 보듯 말이야!"

나는 이제 사장의 존재가 눈에 들어올 리 없었다.

"아니 이 아저씨가 이제 욕도 모자라서 반말지거리네!"

여자는 자신도 만만치 않다는 것을 보여주려는 듯, 나를 노려보면서 거칠게 팔짱을 꼈다. 한번 해보자는 기색이었다. 나는 어린 여자가 보통이 아니란 생각이 들었다. 사실, 여자가 금방이라도 뭐 카센터가 여기밖에 없는 줄 아느냐며 차를 몰고 갈 줄 알았다. 그런데 어쩐 일인지 여자는 싸움이 커지는 것을 두려워하지 않는 눈치였다. 사장은 사태가 험악하게 내닫자, 다시 한번 여자에게 다가가 양손을 모으는 자세를 취하면서, 자신이 직원 교육을 잘할 테니 노여움을 풀라고 했다.

"이거, 정말 죄송합니다. 손님이 원하시는 시각까지 수리해놓을 테니 전화번호나 알려주세요."

사장은 수리비를 특별가로 할인해주겠다고 제안했다. 역시 탁월한 수완가였다. 여자는 그 말에 많이 누그러진 듯했다. 그제야 고개를 돌리고 사장을 쳐다봤고, 다부지게 끼고 있던 팔짱을 풀었다. 여자의 앙칼진 목소리는 스무 살 처녀의 앳된 목소리로 바뀌어서, 사장님을 봐서 참겠다는 말을 덧붙였다. 그러면서 저녁 7시쯤에 오겠다는 말을 남긴 채, 가지 색 반소매 티셔츠의 가슴골이 보일락 말락 한 곳에 걸려있는 선글라스를 꺼내 쓰고는 바삐 사라졌다.

여자가 잰걸음으로 카센터 입구를 빠져나가는 모습을 바라보다가 순간 억누르고 있던 울화가 다시 한번 치밀었다. 미친년, 제까짓 게 뭐라고 사람을 은근히 내리깔고 보나 보길! 소리 없는 총이라도 있었으면 머리통을 갈겨 버릴란다, 라는 말을 뱉고 말았다. 사장은 나를 향해 가볍게 눈을 흘겼지만, 나무라지는 않았다. 굳은 표정이긴 했지만, 화가 난 얼굴은 아니었다. 단지, 볼멘소리로 할 일만을 지시하고 곧장 사무실 쪽으로 사라졌다.

"시간 늦지 않게 수리해놔!"

나는 아무나 걸리기만 하면, 반쯤 죽도록 패주고 싶었다. 정말 그렇게라도 한다면 후련해질 것만 같았다. 내 시야로 구름 한 점 없는 맑은 하늘이 들어왔다. 나는 눈살을 찌푸리다간 가늘게 흘겨버리고야 말았다. 어쩌면 저놈의 날씨 탓인지도 몰랐다. 매일매일 최고치를 경신하며 치솟는 무더위 때문에 그나마 남아있던 인내심도 바닥을 드러낸 것이라고. 시위를 벗어난 활처럼 직사광선이 번뜩이며 대지에 내리꽂혔다.

나는 담배 생각이 간절해지자, 공터로 발길을 옮겼다. 사무실과 공장 사이의 통로를 지나면 공터가 나온다. 사실, 공터라고 할만한 곳도 아니었다. 햇빛도 들지 않는 축대 밑 쓸모없는 자투리땅이었다. 기껏 어른 서너 명이 일렬로 서면 꽉 찰만한 곳이었다. 정비공장과 사무실 뒤편으로는 축대가 쌓여있었다. 축대와 건물들 사이에 성인 남자 한 발짝 거리의 좁은 공간이 생겼다. 그곳이 나의 쉼터였다. 그곳에서는 누구의 눈치도 보지 않고 혼자일 수 있었다.

축대 위로는 동네 야산으로 오르는 등산로가 있었다. 등산로는 사무실과 공장의 지붕과 같은 높이였다. 마음만 먹으면 등산로를 오르다가 사무실이나 공장의 지붕 위로 건너뛸 수도 있었다. 물론, 지붕이 평평하지 않아 건너뛴다면 아래로 미끄러질 게 뻔하지만.

불행하게도 나의 쉼터는, 동네의 묵인된 쓰레기장이기도 했다. 사람들은 아무런 가책 없이 그곳에 쓰레기를 투척했다. 그걸 나무랄 수도 없었다. 밑으로 움푹 꺼져있는, 눈에 보이지 않는 곳에 눈에 띄지 않으면 좋을 것들을 좀 버린다고 그게 뭐 대수란 말인가? 사람들은 담배꽁초와 먹다가 만 음료가 든 일회용 컵 혹은 검정 비닐봉지 따위를 아무렇지도 않게 던져 버렸다.

간혹, 종량제 쓰레기봉투를 아끼려고 기저귀나 토스터 같은 생활 쓰레기나 전자제품 등을 몰래 던지고 도망가는 사람도 있었다. 내가 그런 쓰레기를 처리하는 데도 한계가 있었다. 참다못한 사장이 고육지책으로, 축대 위쪽에 '쓰레기 무단 투기 금지(폐기물관리법 제68조 3항 1호) 과태료 최고 100만 원'이라는 팻말을 세워 놓았지만, 아무도 신경 쓰지 않았다. CCTV라도 돌아간다면 겁먹었겠지만, 그렇지 않고 단순히 도덕적 양심에 대고 호소하는 따위에는 누구의 마음도 사로잡을 수 없었다. 잠깐 움찔하기는 했겠지만, 그렇다고 손에 들고 있기엔 부담스러운 쓰레기를 버리는 행위가 멈춰지지는 않았다.

나는 그곳에 서 있을 때면, 늘 위쪽을 의식했다. 간혹 먹다가 만 커피가 담긴 일회용 종이컵이 날아올 수도 있으니 말이다. 언젠가는 담배꽁초가 머리 위로 떨어진 적도 있었다. 그럴 때면, 위쪽을 향해 버럭 소리를 지르는 일이 고작이었다. 위쪽에 있던 사람도 당황했는지, 재빠르게 달아나는 발걸음 소리가 요란했다. 사실, 누군가가 그 밑에서서 휴식을 취하리라고는 아무도 예상치 못했을 것이다. 담배꽁초는 나의 머리를 스치고는 곧바로 바닥으로 떨어졌지만, 머리카락으로 들어간 담뱃재를 털어내느라고 한참 동안 고개를 숙인 채 씨름을 해야 했다.

나는 검정 비닐봉지가 흙 속에 반쯤 묻힌 채, 뽀얗게 먼지를 뒤집어쓰고 있는 것을 보면서 온몸이 무기력증에 휩싸였다. 담뱃갑을 꺼낼 생각도 없이 그 좁은 틈 사이에 멍하니 서 있었다.

나는 그날 이후 한 시간의 행적에 대한 의구심에서 벗어날 수가 없었다. 한 번 일어난 의구심은 지속해서 나를 괴롭혔는데, 이상하게도 다 끝난 일이니까 그냥 덮어버리자는 마음과 그러면서도 슬그머니 진실을 집요하게 파헤쳐가고 있는 마음이 동시에 자리하고 있었다. 괴로운 것은 그런 두 마음 사이를 오락가락하는 일이 언제 끝날지 모른다는 것이었다.

의심이 시작되면서 나는 사장의 얼굴을 바로 대하는 일이 부담스러워졌다. 밥은 안 먹느냐, 라거나 이젠 퇴근해라, 라고 말할 때 사장의 미소 띤 얼굴을 마주할 때면 심기가 불편해졌다. 정말 저 얼굴이 진짜일까 아니면 가식일까, 라는 의심이 불거져서 나는 사장을 똑바로 바라보면서 대답하는 일이 쉽지 않았다. 그럴 경우, 그냥 유쾌함을 가장한 목소리로 네, 먹어야죠, 라거나 그럼, 퇴근하겠습니다.라는 말을 일부러 톤을 높여서 큰 소리로 말하곤 했다. 그건 나로서는 정말 힘든 일이었다.

단지 1시간에 불과한 공백이 내게 가져온 파장은 상상할 수 없으리만큼 커지고 있었다. 나는 요 며칠 사이에 지난 10여 년간 이곳에 몸담고 있으면서 느꼈던 익숙한 일상들에 대해 생각을 하고 있었다. 아무렇지도 않게 누렸던 것들이 차츰 거리를 두면서 나와 멀어지기 시작했다. 아침에 출근해서 작업복으로 갈아입은 후에는 사무실에 들러서 사장과 모닝커피를 마시면서 시답지 않은 얘기로 하루를 유쾌하게 시작했는데, 요즘은 작업복으로 갈아입다가도 한참을 멍하니 서 있기도 하고, 사무실에 가는 대신 작업장에 들러서 트레이 위에 어지럽게 늘어놓은 공구를 정리하면서 하루를 시작했다. 그만큼 사장과 둘만의 시간을 보내는 일을 될 수 있으면 피했다. 나도 내가 언제까지 이렇게 사장을 피할지는 알 수가 없었다. 마음을 확실하게 결정하면 오히려 편할 텐데, 나는 아직 그러지를 못하고 있었다. 내가 이곳에 남아야 할지 아니면 떠나야 할지를.

어제는 리프트에 올려놓은 차체를 수리하다가 카센터 출입구 쪽에 쌓아 놓은 타이어의 은박지 커버가 햇빛에 번쩍이면서 강렬하게 눈을 찔렀는데, 나는 그 순간에 타이어가 네 줄로 쌓여있다는 것과 은박지 커버가 씌어진 타이어보다 커버가 안 씌워진 타이어가 더 많다는 사실을 처음으로 깨달았다. 너무 익숙한 탓에 그동안 자세한 모습은 신경 쓰지 못했다. 사장에 대한 나의 마음도 그런 것인지 모르겠다. 너무 오랫동안 일하면서 친해진 사람이라 막연히 좋은 사람이라고 여기고 있었다. 그런데 그게 아니었던 건지도.

나는 나도 모르게 새로운 일터를 구한다면 어디로 구해야 할까를 고민하는 자신을 만나곤 한다. 이 근처로 할지 아니면 이곳에서 멀리 떨어진 곳으로 할지. 그러다가 내가 떠날 것이라고는 꿈에도 생각지 못하고 있는 사장을 생각하면 또 마음이 약해졌다. 그냥 모든 일을 툭 털어버리고 예전처럼 그냥 살아도 되는 것은 아닌가, 하는 생각이 들기도 한다. 나는 뭔가 잔뜩 어질러놓은 곳으로 발을 들여놓은 느낌이었고, 어디서부터 어떻게 정리해야 할지 알 수 없어서 난감한 표정을 짓고 있는 심정이었다.

그날의 일은 단순 사고였다. 그 자식은 벤츠를 몰고 왔다. 고급스러운 진회색의 차 앞부분에는 삼각형의 엠블럼이 기품있게 자리하고 있었다. 차체 위로 우뚝 솟은 엠블럼이 햇빛에 반사되어 반짝이는 모습에서 눈을 뗄 수가 없었다. 그 자식은 기껏 스물이나 되었으려나, 하는 앳된 모습이었다. 컬이 풍성하게 들어간 갈색의 파마머리에 한눈에 봐도 고급스러운 슈트를 입고 있었다. 전진이 불량하다고 했다. 녀석은 차에서 내리면서부터 당당해 보였다. 체구는 작았는데도, 누구도 대적할 수 없으리만치의 자존감이 배어 있었다. 바지 호주머니에 양손을 찔러넣은 포즈라던가 필요한 말만 짧게 하는 모습이 그래 보였다. 그게 다 그놈의 엠블럼 때문이 아니겠는가. 그리고는 나의 위아래를 훑어보았는데, 나는 순간적으로 가슴속에서 무언가 욱하고 치받고 올라오는 것을 느꼈다. 정말이지 그런 시선은 참기 힘들었다.

저녁때 오기로 하고 갔다. 차량을 리프트에 올리고 수리를 시작했다. 컨버터 고장이었고 오일 미션을 완전히 분해해서 세척한 후 신제품으로 교환했다. 수리가 끝나자, 가볍게 시운전만 해볼 참이었다. 기껏 동네를 한 바퀴 돌았을 뿐이었다. 누군 부모 잘 만나 그 나이에 폼나는 외제 차도 타는구나, 하는 생각도 들었고, 조금 억울하다는 생각도 들었던 것 같다. 하지만 열어놓은 차창으로 미풍이 얼굴을 스치고 지나가자, 내 삶도 그런대로 괜찮은 편이라는 생각으로 바뀌었다. 그건 대지를 휩싸고 있는 봄기운 때문은 아니었다. 본래 나와 다른 부류의 사람을 부러워하는 마음은 그리 오래가지 않는 법이었다. 수리는 완벽했다. 차는 도로를 미끄러질 듯이 잘 달렸다.

하지만 저녁에 온 그 자식은 차에 앉자마자 차 안을 한 번 훑어보더니 얼굴이 붉으락푸르락해졌다. 차에서 내리더니 곧장 내게로 달려들었다. 그 자식은 다짜고짜 멱살을 잡더니 나를 밀쳐버렸다. 나는 바닥으로 나동그라졌다. 나는 무슨 영문인지 몰라서 얼떨떨했다. 화도 나지 않을 만큼 그 상황이 이해가 가지 않았다. 분명 무슨 오해가 있을 것이라고 여겼다. 하지만 그 자식은 달랐다. 나를 바닥에 밀쳐놓고도 연신 분이 풀리지 않는지 욕설을 하기 시작했다.

이 새끼야 너 미쳤냐? 기름 게이지가 바닥이잖아? 너 이 차 타고 얼마를 달린 거야? 이게 네 차냐? 거기다 네가 감히, 내비게이션에까지 손을 대! 뻔뻔한 새끼 같으니라구! 이러니 기름밥 먹는 새끼들하고는 상종을 말아야 한다니까, 라는 말을 했다. 나는 그 소리에 더는 참을 수가 없었다. 화가 치밀었다. 기껏 막내 동생뻘 되는 자식한테 말도 안 되는 오해를 받은 것도 모자라서 모욕적인 말까지 듣다니, 부당하다는 생각이 들었다. 아니 확실히 부당한 일이었다. 기름밥 운운하는 것은 나를 인간 이하로 취급하는 말로 들렸다.

나도 전후 사정을 이해시킬 의사가 없어졌다. 이미 사실관계를 설득하는 것은 물 건너간 일이었다. 진실이 어찌 됐건 이런 대우를 받을 수는 없다는 생각만이 극에 달했다. 그 자식에게 달려들었다. 사장이 뜯어말렸지만, 나의 분노를 막을 수는 없었다. 녀석은 갈비뼈가 부러지고 경미한 뇌진탕 증세를 호소했다. 전치 6주의 진단서를 경찰에 제출했다. 그 자식은 절대 합의해줄 수 없다고 난리를 피웠다. 하지만 사장이 그 자식의 가족을 찾아가서 합의를 성사시켰다. 사장에게 그런 일은 어려운 일이 아니었다. 내게는 폭행죄로 벌금 100만 원이 부과됐다.

그런데 이상한 것은 기름 게이지야 그렇다 치더라도 내비게이션에서 최근 검색한 장소로 자신이 가지도 않은 곳이 찍혔다는 그 자식의 말이 나중에야 마음에 걸렸다. 사실 폭행 순간에는 그 자식이 하는 말 따위에는 관심도 없었다. 단지 나에게 퍼부었던 모욕적인 말과 말도 안 되는 거짓말에 흥분된 상태였으니까. 하지만, 경찰 조사에서 그 자식의 말은 사실로 판명 났다. 카센터에서 5분도 안 되는 거리에 있는 주유소에서 그날 기름을 넣은 영수증이 차 안에서 나왔다. 내비게이션의 최근 검색도 강서구의 한 카페였다. 나머지 최근 검색어에는 그 자식의 집 근처인 일산이나 파주 쪽이 대부분이었다. 그 자식은 강서구 쪽에 볼일을 보러 간 사실이 없다고 했다.

그 자식의 말이 어쩌면 사실일지도 모른다는 쪽으로 생각이 바뀌기 시작했다. 진짜 내가 모르는 진실이 있는 걸까? 정말 누군가가 몰고 나갔던 것일까? 전혀 예상치 못한 일 앞에서 나는 당혹스러웠고 그런 다음에는 배신감이 엄습해왔다. 내가 당연하다고 여겼던 사실이 진실이 아니라는 것과 그 진실이 침묵하고 있다는 사실 앞에서. 공교롭게도 차량의 블랙박스는 고장이 난 상태였고, 그 자식은 그걸 까맣게 모르고 있었다. 사실, 그건 그럴 수도 있는 일이라고 여겨졌다. 하지만 카센터의 CCTV까지 제대로 작동이 되고 있지 않았다는 걸 알고는 망연자실해졌다. CCTV 화면은 정상적으로 작동이 되고 있었다. 하지만 어찌 된 일인지 녹화는 되어있지 않았다. 마치 그날의 진실은 은폐될 숙명이기라도 한 것처럼. 감쪽같이 증발해버린 진실은 어디로 간 것일까? 불과 한 시간의 공백이 빚어낸 일이었다.

그날은 늦은 점심을 먹었다. 점심 후에는 근처 산책로에 앉아서 담배를 피우고 있었다. 겨우내 얼어붙었던 땅이 녹으면서 공기가 사뭇 다르게 느껴졌다. 봄이 성큼 다가온 것 같아 왠지 마음이 느긋해지면서 곧장 카센터로 돌아가고 싶은 마음이 없어졌다. 나는 좀 더 한가로움을 즐기고 싶었다. 공원 쪽에서는 노랫소리가 들렸다. 통기타 가수의 노랫소리였다. 나는 느리게 그곳으로 걸음을 옮기기 시작했다. 자그마한 야외 음악당이 눈에 띄었다. 사람들이 모여들고 있었다. 음악당 맞은편으로 계단이 있어서 나는 맨 윗줄에 가서 앉았다.

무명 가수들이었고 그리 잘하는 노래는 아니었지만, 귀에 익은 노래라 음악이 끝날 때까지 일어서고 싶지 않았다. 서쪽 하늘이라는 노래 가사가 설핏 귓가에 감겨오기도 했다. 서쪽 하늘로 노을은 지고, 이젠 슬픔이 돼버린 그대를, 다시 부를 수 없을 것 같아, 또 한 번 불러보네, 라는 가사였다.

나는 처음엔 사장을 의심했다. 사장이 타고 나갔던 것일까? 사장은 치료비와 합의금 일체 및 벌금까지 내주었다. 나는 너무 고마워서 고맙다는 말도 제대로 나오지 않았다. 그냥 얼떨떨한 표정을 짓고 사장을 바라보기만 했다. 사장은 그런 나를 보면서, 여기서 떠날 생각하지 말고 지금처럼만 열심히 일해주면 돼, 라고 했다. 나는 그 말을 곧이곧대로 믿고는 그러겠다고 했다. 하지만, 시간이 흐를수록 사장이 그 큰돈을 왜 선뜻 내주었을까, 하는 의심이 들기 시작했다. 그 자식에게 주먹을 날린 것이 젊은 혈기에 충분히 일어날 수 있는 일이라고 여겼기 때문에? 아니면 지금껏 쌓은 기술로 혹시 근처에다가 경쟁 업체라도 차릴까 봐 걱정돼서?

아니다, 그러기엔 사장의 출혈이 너무 크다. 그게 아니라 어쩌면 일종의 죄책감 같은 것은 아니었을까? 나는 가슴이 답답해졌다. 그동안 큰 형님처럼 믿고 의지했던 분이다. 그 믿음에 균열이 간 셈이었다. 사장은 그동안 나를 이용 가치로만 생각했던 것일까? 쓸 수 있을 만큼 쓰고는 버리고 싶을 때는 언제라도 버릴 수 있는. 나는 자꾸 미로 같은 곳을 헤매고 있는 느낌이었다. 그러다가는 또 문득 고개를 저으면서 너무 예민하게 굴지 말자며 자신을 다잡아 보기도 한다. 하지만 나는 나도 모르게 다시 그 미로 속으로 걸어 들어가고 있었다.

그런데 사장이 뭣 때문에 남의 외제 차를 타고 나갔단 말인가? 그 미끄러질 듯한 진회색의 광택에 넋이 나가서? 뭔가 앞뒤가 맞지 않는다. 사장은 고가의 것은 아니더라도 웬만한 외제 차 정도는 뽑을 능력이 있었다. 나는 의구심을 떨쳐버리지 못하다가 어느 순간 그의 아들을 떠올렸다.

사장의 삼수생 아들. 그라면 가능한 일이었다. 언젠가 사장은 아들이 외제 차를 사달라고 조른다는 말을 했었고, 정신빠진 녀석이라고 욕하는 소리를 들었다. 중고차라도 사달라고 했다는 이야기까지. 이미 외제 차의 기종까지 스크랩해놓고서 사장을 귀찮게 하고 있다는 말도 들은 기억이 났다. 그래, 그라면 가능한 일이었다. 그날 그 시간에 정말 사장의 아들이 왔다면. 사장의 골칫덩이인 외아들이.

그가 강서구에 갈 일이 있었을까? 그래, 맞다. 여자 친구가 강서구에 산다는 말을 들은 기억이 난다. 카페에서 여자 친구를 만난 것인지도 모른다. 하지만 겨우 1시간인데? 1시간이면 여자 친구에게 외제 차를 탄 자신의 모습을 보여 줄 시간밖에 없었을 텐데. 단지 그러기 위해서 그렇게 무모한 짓을 했단 말인가. 나는 다시 미로 속에 갇혀버리고 말았다. 확증은 하나도 없었다. 그 한 시간의 비밀은 이렇게 영원히 의혹 속에 묻히고 마는 것일까?

오후 1시였다. 높이 치솟은 아파트는 외벽의 측면에 쓰인 1004, 1007이란 숫자의 무게만큼이나 태양열에 짓눌린 채 축 늘어져 있는 것처럼 보였다. 벌써 며칠째 폭염이 계속되고 있었다. 올해는 어찌 된 영문인지 장마철이라고 시원하게 쏟아지는 빗줄기를 한 번도 보지 못한 채 8월로 넘어와 버렸다. 대지를 달군 땡볕에 목이 타들어 가고 숨이 가쁠 지경이었다. 목 언저리로 흘러내리는 굵은 땀방울을 작업복 소매로 훔쳤다.

여자가 맡긴 차의 빠다 작업을 위해 공장에서 작업 중이다. 손상 부위를 물 빼빠질 하고 남은 수분을 말리느라 열풍기를 돌리고 있었다. 패인 부분이 그리 크진 않지만, 눈여겨본다면 충분히 알아볼 수 있었다.

빠다 작업 후에 그라인더로 표면을 갈았다. 울퉁불퉁했던 부분이 매끄러워지면서 차체 본래의 부드러운 면을 찾아갔다. 빠다 칠한 부분이 누런 얼룩처럼 보였지만, 원래 색인 진주 펄 색으로 락카칠만 하면 다시 감쪽같아질 것이다. 결국, 손상된 부위는 제모습을 찾을 것이다. 기계의 손잡이 부분을 쥔 손으로 덜덜거리는 진동과 미지근한 열기가 전해진다. 윙윙거리는 기계음과 시멘트 바닥에서 뿜어 올라오는 뜨거운 기운이 얼굴로 확 밀고 들어올 때는 땀으로 끈적끈적해진 몸이 화끈 달아오르면서 불쾌감이 최고조에 달했다.

이제 도색 작업을 위해 주변에 테이핑 처리를 시작했다. 그래야 락카를 뿌릴 때 손상 부위만 색을 입힐 수 있다.

"야, 진주 펄이니까 도색한 티가 안 나게 잘해라!"

사장이 공장 앞에 서 있었다. 나를 보는 표정이 자못 심각해 보였다. 무슨 말을 할 듯 말 듯 하면서도, 하지 않았다. 나는 아무 대꾸도 안 했다. 사장도 정비사 출신이어서 잘 알 것이다. 부분 도색이란 완전한 게 아니라는 것을. 전체 도색이 아닌 이상, 언젠가는 이색현상이 일어난다는 것을 누구보다도 잘 알고 있었다.

세차를 해보면 그 차이는 더욱 확연히 드러난다. 때나 먼지로 덮여 있어서 눈에 띄지 않던 부분이 세제를 뿌리고 물청소를 하면 부분 도색한 부위의 변화가 숨김없이 드러난다. 가장 먼저 펄이 변한다. 윤이 나면서 반짝이던 게 빛을 잃는다. 흐리고 혼탁하게. 그다음엔 손상 부위에 덧칠한 색이 원래 색과 차이가 나면서 누렇게 변한다. 시간이 지나면서, 처음의 감쪽같던 색깔은 서서히 본색을 드러내고야 만다. 차라리 전체 도장을 할 걸 그랬다는 마음이 들기도 한다. 진주 펄을 아예 화이트나 블랙으로 바꿀 걸 그랬다는 후회가 밀려온다. 하지만 대개의 사람은 그냥 몰고 다닌다. 아주 미세한 차이니까. 굳이 들여다보지 않으면 눈에 띄지 않으니까 애써 무시해버린다.

사장은 그 말을 하려고 했던 것이 아니다. 나는 사장이 무슨 말을 하려는지를 잘 알지만, 그러면 그럴수록 짜증이 났다. 사장이 나를 뚫어져라. 내려다보고 있는 것을 의식하자, 가슴 속에서부터 뜨거운 것이 불끈 솟구치면서, 그의 멱살을 붙잡고 이제 그만하라고 소리 지르고 싶었다. 결국, 사장은 얕은 한숨을 쉬면서 사라져버렸다. 나는 작업하다가 미칠 것 같은 심정이 되어, 외마디 소리를 지르고야 말았다. 그 소리는 허공을 맴돌다가는 다시 내 가슴으로 파고들었다.

힘겨운 하루가 기울고 있었다. 잠잠하던 동네가 드디어 활기를 띠기 시작했다. 어둠이 내리깔리면서 상가엔 층층이 불빛이 환하게 들어왔고 어느 틈에 거리는 사람들로 북적였다. 입구에서 누군가 다가오고 있었다. 짙은 화장을 한 여자였다. 하얀 반소매 재킷 위로는 어깨 아래까지 굵게 웨이브 진 머리가 찰랑거렸다. 통이 넓은 흰 바지는 그녀가 걸음을 옮길 때마다 다리에 감기면서 늘씬한 각선미를 더욱 돋보이게 했고 바지 아래로 요란한 호피 무늬의 통굽은 누가 봐도 여염집 여자로 보이지 않는 패션이었다. 처음엔 저 여자가 옆의 모텔을 찾아 들어갈 것을 입구를 잘못 찾아 들어오고 있는 것이라고 여겼다.

그녀는 곧장 사무실로 들어왔다. 바로 그 여자였다. 제네시스. 나는 그제야 여자의 얼굴을 자세히 봤다. 아침과는 딴판이었다. 화장 때문이었다. 짙고 까만 속눈썹을 붙인 눈이 깜박일 때마다 쉽게 떨어져 버리면 어쩌나 하는 불안감이 들었고 하얗게 덧바른 파운데이션이 볼 중앙에서 살짝 뭉쳐져 천박해 보였다. 나는 내가 상상했던 대로 돈푼깨나 만지는 집 자식이 아니었다는 사실이 조금 놀랍기는 했지만, 내색하진 않았다. 누구에게나 말 못 할 사정이 있는 법이니까. 여자는 새초롬한 얼굴이었다. 눈을 내리깔고 나와는 시선을 마주치기 싫다는 듯, 할 말만을 했다. 나도 더는 그녀와 불미스럽게 얽히고 싶지 않았다.

그녀는 수리비를 주고는 급히 자동차를 몰고 입구를 빠져나갔다. 여자가 사라지는 모습을 카센터 앞에 서서 물끄러미 바라보다가 시계를 봤다. 저녁 7시였다. 그녀가 어디로 향하는지 막연히 생각하다가, 문득 그런 생각이 들었다. 벗어나기 힘들 만큼 익숙해진 생활이 덫을 치고 있는 것은 아닌지. 사무실로 들어오다가 모텔 건물 쪽으로 고개를 돌렸다. 모텔 건물 위에 있는 간판에서 쏟아지는 빨강과 푸른 네온 빛이 시선을 자극했다. 푸른 줄의 빛이 좌르르 흘러내리더니 빨간 하트 모양 세 개가 불꽃처럼 빵 터졌다가 사라졌고 다시 그 자리엔 파랑과 빨간 줄이 섞인 빛이 폭포처럼 흘러내리고 있었다. 〈終〉

낭은(낭미정) ————

· 2014년 「월간문학」 소설로 등단
· 한국문인협회 회원
· 한국소설가협회 회원

<작가노트>

소설을 만나게 해 준 나의 스승님

낭 은

소설을 쓰게 된 것은 우연한 계기에서 비롯되었다. 소설 읽기를 좋아했지만, 직접 써야겠다는 생각을 한 적은 없었다. 더구나 쉰이 넘은 나이는 소설을 쓰기에는 너무 늦은 감이 있었다. 하지만, 여고 때부터 글쓰기를 좋아했기에 남산도서관에서 주관하는 '수필교실'에 등록하려고 갔었다. 남산 도서관을 방문한 것은 사십여 년만의 일이었다. 머리가 희끗희끗한 남자 직원이 접수를 받는 동안, 나의 정신은 온통 창밖으로 향해 있었다. 7월의 녹음이 펼쳐진 곳에 교복을 입은 내가 보였고, 도서관에 들어오기 위해 남산 계단 아래까지 길게 늘어선 학생들의 모습도 보였다. 참으로 오랜 시간이 꿈결처럼 흘러가 버렸구나, 하는 생각을 하면서 넋을 놓고 있었다.

직원이 컴퓨터를 앞에 놓고 내게 무슨 이야기를 건넸지만, 내 귀에 들어올 리 없었다. 그가 자, 등록되었습니다, 란 말을 하자, 그제야 꿈결 속에서 희미하게 스쳐 지나갔던 말이 되살아났다. 아차, 하는 생각이 들었지만, 아무런 말도 하지는 못했다. 지금, 수필 반은 인원 미달이어서 폐강되었습니다. 대신, 소설 반은 인원이 많으니 이곳에 넣어드릴게요. 나의 동의도 구하지 않고, 그는 민첩하게 나의 이름을 컴퓨터에 입력했다.

그렇게 소설 반에 들어오게 되었다. 처음 6개월 동안은 소설을 쓰는 사람들을 경외심으로 바라보고만 있었다. 특히나 소설을 가르치시는 김지연 선생님은 미소 띤 얼굴로 차분하게 수업을 진행하셨는데, 그 모습은 바쁜 일상을 뒤로하고 달려온 나에게 큰 위로가 되었다. 그리고 이어진 선생님의 끊임없는 소설 숙제! 지금 생각해보면, 선생님의 수업 방식은 실기실습 위주로 그 어떤 작법 수업보다도 월등했다. 수필반을 찾다가 소설반에 들어와선, 소설을 어떻게 써야 하는지도 모르면서 쉼 없이 썼던 습작 소설들! 내 안에 그런 이야기들이 담겨 있었다는 것을 발견하는 놀라운 시간이었고, 더 나아가 주변으로 시선을 돌리는 시간이 되었다.

소설을 쓴다는 것은 숱한 고뇌와 좌절을 마주하는 시간이지만, 사소한 일 중에서 삶의 본연의 의미가 무엇인지를 부단히 캐내는 의미 있는 일이라 생각된다. 마치 볼품없는 광물에 불과했던 돌덩이 속에서 보석을 캐내는 광부의 작업과 같다. 진실이라는 보석을 캐는 소설을 쓰게 된 것은 내게는 행운이었다. 내 안의 진실을 토해내게 한 김지연 선생님은 나에게는 진정한 스승님이시다. 선생님 감사합니다.

〈단편소설 10〉

살계殺鷄

박 황

여섯 살, 우철이 유치원을 다닐 때였다.

아버지는 닭의 양 날개를 잡고 머리를 비틀었다. 그리고 목이 꺾인 채 버둥거리던 놈의 가슴에 식칼을 깊숙이 박았다. 부들대는 놈에게서 칼을 빼자 한 줄기 붉은 선이 흐릿한 여름 햇살을 갈랐다. 아버지가 멈칫하는 찰나지간 놈은 손아귀를 벗어나 하늘을 날았다. 그리고 꺾인 목을 흔들며 온 마당을 뛰어다녔다. 놈의 뒤를 따라 사방에 새빨간 혈화血花가 피어났다. 우철은 비명을 지르며 할머니의 치맛자락에 얼굴을 묻었다. 그것은 아버지에게 다시 잡히기까지 마당을 두 바퀴 이상 치달았다. 옥수수의 연한 초록 안개와 들깨 향기로 가득했던 흙마당에 피꽃이 만개했다.

경상도 오지 강천江川의 7월은 서울보다 뜨거웠다. 습습한 서울 하늘의 햇살과는 사뭇 다른 느낌의 볕살이다. 지리산 천왕봉에서 뻗어 나온 구곡산 자락의 햇살은 거친 야생의 느낌을 주었다. 밀짚모자를 투과해 와이셔츠와 러닝을, 군복바지와 팬티를 뚫고 전신을 훑는 태양의 숨결을 우철은 즐기려 노력했다. 온몸을 후벼파는 폭염의 자외선이 비타민D의 감로수라고 생각해본다. 겨우 사흘인데, 서울 집에서의 늘어진 일상과 나태가 그의 몸에 더덕더덕 붙어 있는 듯 몸이 무거웠다.

우철은 창고로 쓰고 있는 컨테이너로 가 모이를 마대에 퍼 담았다. 그리고 물뿌리개를 가득 채워 닭장으로 향했다. 40여 미터를 이동했을 뿐인데 땀이 비 오듯 흐르기 시작했다. 사흘 만에 보는 누런 사료마대가 반가웠는지, 닭들이 출입문 앞으로 몰려들어 퍼덕거리고 웅성댔다.

지난봄 황이장이 사다 준 병아리 삼십 마리 중 스물두 마리밖에 살아남지 못했다. 첫날 스트레스로 인해 두 마리가 죽고, 이후 세 마리는 들짐승에게 먹혀버렸다. 닭장의 허술한 철망을 뚫고 침입한 정체 모를 짐승은 암컷 하나와 수컷 두 마리의 내장과 부드러운 하체만 뜯어 먹고 사라졌다. 그리고 한 달여가 지난 후 우철의 모친이 닭장의 잠금장치를 확인하지 않아 피식被食되었을 것이 확실한 두 마리의 행방불명과, 풀려 있던 진돗개에게 가슴팍을 물린 한 마리까지 모두 여덟 마리가 두 달을 넘기지 못하고 죽었다. 그러나 5개월여를 살아남은 스물두 마리는 이제 제법 토종닭의 위엄을 뽐내고 있었다. 더불어 소 잃고 외양간 고치듯 닭장 둘레로 설치한 철망은 놈들의 생존율을 높였다.

닭장 울타리의 문을 열었다. 쇠파이프와 대나무로 지지대를 만들고 하늘까지 철망을 치는 등 사흘 동안 진땀으로 만든 울타리였건만 문짝을 여닫을 때마다 끼익거리며 불편한 소리를 냈다. 그나마 잠겨 있는 동안에는 괜찮았지만 사용 횟수가 많아짐에 따라 문틀이 어긋나면서 잠금쇠 사이 간극이 생겨 빽빽해졌다. 울타리 문짝의 개폐는 얼마간의 근력이 소모됐고, 잠근 후의 확인이 필요했다.

두 개의 사료통에 모이를 나눠 담았다. 슬리퍼를 신은 우철의 발가락을 쪼아대던 놈, 사료마대에 달라붙던 놈들이 모두 둥그런 먹이통에 모여들어 머리를 박기 시작했다. 몇몇 성질 급한 놈들은 사료 통 위로 뛰어올랐고 그때마다 우철은 그들을 거칠게 밀쳐냈다.

"드런 놈이 어디 밥통 안으로 들어갈라고‥".

탁탁틱틱 모이를 쪼는 소리가 점점 빨라지고 있었다.

울타리 밖의 물뿌리개를 가지고 들어왔다. 물그릇에는 흙인지 똥인지 모를 오니가 바닥에 떡을 지고 있었다. 잡초 한 움큼을 뽑아 그릇을 닦았다. 적어도 먹는 물인데 똥물은 아니다 싶었다.

물그릇 두 개에 물을 넘치게 부어 놓고 사료마대와 물뿌리개를 수습한다. 그리고 쭈그리고 앉아 담배 한 가치를 뽑아 물었다. 조류의 집단 취식은 구경하기에 심심치 않아 한동안 눈길을 떼지 못한다.

쪼아 먹는 게 아니었다. 오목한 사료 통이라 그렇겠지만 윗부리로 사료를 긁어 아랫부리에 담아 퍼 넣었다. 그러고도 멀떠구니(모이주머니)에 잘 안 들어가는지 고개를 갸웃대거나 주억거리며 삼키고 있었다. 하지만 다 그런 것은 아니어서 놈들의 식습관도 각각이구나 싶었다. 같은 시기에 부화한 놈들이라도 전체적으로 수놈들이 암놈에 비해 덩치가 좋았다. 그중에서도 덩치가 큰 몇몇 놈들은 작은 것들을 철저히 무시했다. 자신이 먹기 위해서 옆 놈의 머리를 밟았고 목 춤을 쪼아 바깥으로 몰아내기도 했다. 우철이 사료를 부어줄 때 통 위로 뛰어오르다 얻어맞고 떨어지는 놈들 대부분이 큰 덩치의 수컷들이었다.

벼슬이 3센티미터나 자랐을까, 가장 풍채가 좋은 수컷이 꼭꼭거리며 슬금슬금 우철의 주변을 돌았다. 아마 주방에서 나오는 야채나 과일 껍질, 보리차 찌꺼기 등 잔반이 있는지 확인하는 것 같았다. '없어, 임마. 나도 아직 밥 안 먹었어' 우철은 녀석의 엉덩이를 밀어냈다. 서열 1위를 밀어내니 또 다른 수컷이 다가왔다. 꽁지깃 두 개에 유난히 푸른빛이 돌고 평균 이상 다리가 긴 녀석이다. 하지만 서열에 낄 만한 허우대나 카리스마가 있는 놈은 아니다. 놈은 중병아리 시절부터 우철의 옆에서 동선動線을 같이 하며 때때로 눈을 맞추는 놈이었다. 놈의 꿍꿍이를 알 수는 없었지만 우철은 '깜농이'라 이름 붙여 주었고 놈의 '주인'이 되었다. 스물두 마리 중 유일하게 이름을 가진 놈이고 종계로 키울 생각이었다. 깜농이 말고도 친밀감을 보이는 녀석들이 몇 있었다. 흡사 자신들을 건강하게 사육되는 식용 계육이 아니라 애완용 반려닭으로 착각하는 것 같아 우철은 가끔 씁쓸한 기분이 되곤 했다.

닭 모이를 주고 한 시간 가까이 텃밭에서 김을 맨 우철의 몸이 땀으로 절었다.

사위가 어둑해졌건만, 더위는 가실 줄 몰랐다. 더구나 눈앞에서 웽웽거리는 '깔따구'들 때문에 신경이 있는 대로 날카로워졌다. 모기도 아니고, 파리도 벌도 아니다. 크기는 삼사 밀리미터 정도밖에 안 되는 것들이 눈, 코, 입으로 머리로 들어오려고 안달을 했다. 그들이 물든 말든 신경을 끊으면, 샤워를 할 때 거울속의 얼굴이 변해있다는 것을 알아차리게 된다. 특히 눈두덩이나 광대뼈 언저리는 물린 자국이 대추만하게 부어올라 낯선 사람의 얼굴이 되어 버린다. 우철은 전년도에 얼굴 왼쪽의 눈두덩부터 아래로 세 군데를 나란히 쏘인 적이 있었다. 그의 얼굴은 마치 누구에게 흠씬 얻어맞은 것처럼 퉁퉁 부어 가관도 아니었다. 며칠이 지나도 가라앉지 않아 결국 병원에서 주사와 약을 처방받아 치료를 했었다.

처음에는 도시 사람의 체질이 지리산자락에 적응을 하지 못해 생긴 일종의 곤충 알레르기라 믿었다. 하지만 아랫집 종현에 의하면 깔따구는 강천 사람들도 저어하는 벌레라고 했다. 수풀이 우거진 곳과 습한 곳을 좋아하고 새벽녘, 저물녘에 주로 활동을 하며 한 번 쏘이면 모기보다 훨씬 아프고 퉁퉁 붓는다고 했다.

한 이랑이나 잡초들을 파냈을까 현기증이 일었다. 헛구역질도 나기 시작했다.

'이런 저질 체력…' 우철은 투덜거리며 몸을 세우고 호미에 잔뜩 엉겨 붙은 흙을 털어냈다.

샤워를 하고 속옷과 양말을 빨았다. 창고를 겸한 별채의 건조대에 양말 등을 널고 있는데 마당으로 들어서는 우악스런 엔진소리가 들렸다. 까무잡한 얼굴이 인사를 했다. 종현이다.

"어, 왔냐"

"예, 아까 밭에서 형님 차 올라가는 거 봤어예. 팬티만 입고 뭐 합니꺼"

"하긴 뭘 해. 이제 막 샤워했구만"

"막걸리 두 병 사 왔심더, 지는 요즘 통풍 약 때문에 술 끊었습니더"

"미리 오리발이가? 우쨌든 술 사와서 고맙다. 들어가자"

우철은 냉장고에서 계란말이와 김치를 꺼내놓고 막걸리를 마시기 시작했다. 선풍기를 틀며 방향을 조절했다.

"흐미 징그럽게 덥다. 서울은 인간들이 북적거려서라지만, 여기는 산 밑인데도 정말 덥다—. 요즘도 계속 일 나가냐?"

"어데예, 지난주까지 실컷 놀았다 아임니꺼. 근데, 올라오면서 보니까 닭장이 있데예, 형님이 직접 만드셨습니꺼?"

"내가 용접만 할 줄 알았으면 직접 만들었을텐데…"

“그럼 황이장이 만든 겁니꺼?”

“그렇지 뭐, 이 동네에서 그런대로 알고지내는 사람이 너하고 권씨 아재, 황이장 밖에 더 있냐?”

“우찌 해줍디꺼?”

“재료비에 자기 일당 따로, 이틀 분”

“그라모 술찮게 들었겠네?”

“그래. 수월찮게 들었어. 진작 니한테 용접이라도 배웠으면 재료값만 나갔을텐데, 그런데 파이프 값이 왜 그리 비싸냐? 목재 값은 대충 알겠는데, 쇠 종류는 거래해 본적이 없어 청구서에 적힌 대로 다 지불은 했지만”

“쐬도 쐬 나름이고 빠이프도 빠이프 마다 틀리예, 질이, 모양이 재질이 다 다르니께. 울타리도 황이장이 쳐 줍디꺼?”

“울타리까지 해주어야 하는데 코빼기도 안 보여서 울타리는 내가 다 했다. 올 시간이 없어서 못 왔다 카더라. 와서니 볼트니 남은 재료들은 다 챙기고, 일은 끝내주지 않고 일당은 이틀 치로 챙겼어, 닭장 만드는 거 옆에서 보니까 많이 잡아야 네 시간 정도 걸린 거 같더만, 지랄….”

“그래 내 뭐랬소. 용접기 하나 사가지고 오면 갈쳐 준다니까, 그때 바로 했으면 큰 돈 안 들었을낀데…”

“그래, 그랬어야 했는데, 근데 너 정말 한 잔도 안 할 거냐?”

우철은 종현에게 잔을 내밀었다.

종현은 야무진 사람이었다. 나이는 마흔한 살로 우철보다 두 살 어렸지만, 까맣고 자그만한 체구를 지닌, 태어나 지금까지 강천면에서 살고 있는 토박이였다. 봄과 초여름까지는 주로 포크레인 일을 하고 가을과 겨울은 곶감 농사를 짓고 있는 알짜배기였다. 베트남 여인과 결혼해 두 명의 딸이 있고, 동네에서 우철보다 어린 유일한 젊은이였다. 또한 가장 가까운 이웃 중의 한 사람이었다.

“근데, 형님, 닭은 와 키울려 합니꺼?”

“와라니, 아, 유정란 먹을라고 키운다, 토종닭고기도 먹고”

“그냥 농협마트 가면 얼마든지 있는데, 뭐 하러 신경 쓰이게 키웁니까, 지도 잠깐 키워봤는데 하이구, 사료값만 들고 별 재미도 못 봤심더…”

“슈퍼에서 파는 닭하고 계란하고 같냐? 잿네들은 흙땅을 뛰어다녀 운동도 하고 이것저것 잘 맥이고 있는 놈들인데, 그런 공장 닭들하고 비교를 하냐? 나중에 닭 잡으면 연락할게, 그때 와서 함 먹어봐라”

“양계장 닭하고야 차이가 있겠지만 뭐 그리 차이가 난다꼬예, 맥여 키워야지, 잡아야지, 허이구… 행님, 닭은 잡아 봤소?”

“니는 잡아 봤나?”

“어데예, 닭 키울 때도 엄니가 잡아주셨지예, 개는 잡아봤어도 닭은 잡기가 좀 그렇대예.”

“나는 두 마리 잡아 봤다. 뭐 그리 어렵지 않던데…”

“어데, 군대서? 우찌 잡았소? 비틀어서? 도끼로? ”

“아니 그냥 칼로”

“목이 잘 안 떨어질낀데, 칼로 닭 모가지 끊어내기가 쉽지 않아, 손도끼로 해야 잘 떨어지는데?”

17년 전일 것이다.

대학원의 불교철학과 석사과정에 재학 중이던 우철은 당시 갓 전임강사로 임용된 장선배를 축하하기 위한 연합MT에 참석했다. 대학원 연구실에서 공부하는 석사과정생들과 박사과정의 선배들, 그리고 학부의 후배들과 함께 어울렸다. 용문사 인근 마을로 낙향하여 박사학위 논문을 준비하던 임선배의 농가農家가 일행의 MT장소였다.

도착한 오후, 용문사를 관람하며 고담준론을 나누던 원생들은 해가 지고 어두워지면서 그 본색을 드러냈다.

채광은 환하게 잘 되어있지만, 옆 사람 숨소리까지 들리는, 대여섯 평 연구실의 칸막이 책상에 파묻혀 종일 불경과 범어사전과 씨름하던 사람들이다. 우스갯소리로 내공의 우열을 엉덩이에 핀 곰팡이로 알 수 있다던 젊은이들은 책상을 벗어나 숨 쉴 수 있는 기회를 유야무야 놓치지 않았다.

저녁식사와 함께 일곱 시부터 시작한 술자리는 열시가 되어도 한 명의 낙오자 없이 진행되었다. 열한 명이 둘러앉은 자리는 소주 한 짝과 맥주 한 짝이 진작에 거덜 나고, 안주는 기본 밑반찬까지 비워졌다. 열심히 부엌과 주연장을 오가던 임선배의 아내도 이제는 아무것도 없다며 행주로 손사래를 쳤다. 그러자 얼굴이 붉어진 채 구석에서 낄낄거리던 집주인 임선배와 입담 걸고 오지랖 넓기로 유명한 선우선배가 슬며시 후레쉬를 들고 일어섰다. 그리고 그들은 30분 후 소주 한 짝과 40킬로짜리 쌀 포대 하나를 어깨에 지고 우쭐거리며 귀가했다.

그들이 안주라며 어깨에 지고 온 쌀 포대에는 살아있는 닭 두 마리가 퍼드덕거리고 있었다. 지금 이 야밤에 살아있는 닭을 가져오면 어떻게 하냐며 웃고 화내던 학생들은 얼마 지나지 않아 진지하게 의논을 했다.

무슨 안주를 만들 것인가에 대해 그리고 누가 저 닭을 잡을 것인가.

협의는 오래 걸리지 않았다. 처음 한두 명의 선배들이 우철을 바라보기 시작했고 곧 나머지도 그들의 시선을 따라갔다. 스무 개의 눈동자가 더는 움직이지 않았다.

'왜 날 봐? 내가 잘 잡게 생겼어? 어이구, 그랴, 내가 한다. 내가 해'

우철은 얼큰해진 취기에 호기를 부리며 형수에게서 식칼을 받아 수돗가로 내려갔다. 선우선배와 신임강사인 장선배가 따라 나오고 '닭 잡는 거 처음 봐' 운운하며 여자선배 몇몇이 신발을 꿰찼다.

닭 한 마리를 마대에서 꺼내 눕혔다. 전임강사인 장선배가 닭의 몸통을 잡았다.

우철이 닭의 목에 칼을 댔다.

순간, 몸속에서 취기와는 다른 기이한 열기가 솟았다. 닭목의 중간을 겨냥하고 도끼질 하듯 내리쳤다. 삼분의 일쯤 잘렸을까, 피가 뿜어져 나오기 시작했다. 우철은 자신도 모르게 침을 삼켰다. 그의 얼굴이 조금 창백해졌다. 내리치는 두 번째 칼에 목이 떨어져 나갔다. 순간, 다리를 휘저으며 몸을 일으키려는 듯 닭이 꿈틀거렸고 목에서 뿜어지는 피가 붉은 리본처럼 허공에 너울거렸다. 입을 손으로 막고 지켜보던 여자선배들이 비명을 지르며 혼비백산 집안으로 뛰었다.

"에이, 옷 버렸잖아, 선우형, 이제는 형이 해라"

우철은 벌떡 일어나 바지에 튄 피를 털며 교대하자고 했다.

"옷 버린 놈이 계속해라, 그리고 여럿이 죄지을 필요 없잖아"

절래절래 도리질 치는 선우선배가 말끝을 애매하게 흘렸다. 목 없는 닭은 누운 채 계속 두 다리로 허공을 젓고 있었다.

두 번째 닭은 엎어 놓았다. 첫 번째 닭을 뉘어놓고 잘라서 피가 사방으로 튀었을 것이다. 장선배가 다시 머리와 몸통을 양손으로 잡아 눌렀다. 우철은 절단 부위의 두께를 가늠하며 살며시 칼날을 올려놓았다. 몸 안의 열기가 오른팔로 흘러감을 느꼈다. 호흡을 멈추고 우철은 작두질을 하듯 리드미컬하게 칼질을 했다. '툭' 하는 소리가 들리는 것 같았다. 식칼의 날이 시멘트 바닥에 닿는 느낌이 전해졌다. 닭의 경추관절 사이로 칼날이 정확하게 들어갔던 것일까, 첫 번째의 닭과 다르게 두 번째 닭은 그야말로 조용하고 신속하게 숨을 끊을 수 있었다. 피도 그리 튀지 않았다.

꿈틀거리는 닭의 몸통을 잡고 있던 장선배는 허리를 펴고 '어후, 이거야, 원…' 하며 큰 숨을 내쉬었다.

안경을 추스르며 구경만 하던 선우선배는 '지장보살, 지장보살, 나무관세음보살' 운운하며 천도제 지내는 흉내를 냈다. '아, 할라면 제대로 다 하던가, 지장보살만 외면 그게 지장경이요?' 비웃듯 뇌까리는 우철을 보고 선우선배는 자못 엄숙한 표정을 지었다. '경문이 중한 게 아니라 안주를 위해 살생을 한 반성과 천도를 위하는 내 진심이 중요한 거야'. 우철은 낄낄거리기 시작했다. '주정도 전공 따라가네'.

굳어진 닭 두 마리는 바로 부엌으로 옮겨지고 얼마 후 파삭거리는 햇감자와 함께 닭볶음탕이 되어 술상에 올랐다.

닭 두 마리를 잡고 난 후에도 한동안 우철의 열기는 식지 않았다.

그는 툇마루에 앉아 연거푸 담배를 피워 물었다. 별이 쏟아질 듯 눈이 시릴 정도로 청명한 용문산의 밤하늘이 머리를 식혀주었다.

마당에 우두커니 서 있는 대추나무 가지가 흔들렸다.

별빛을 품은 바람이 그의 얼굴을 쓰다듬으며 열기를 사그라트렸다. 열기가 사그라진 자리에 아련한 슬픔이 차오르기 시작했다. 형용할 수 없는, 원인을 알 수 없는 슬픔이 가슴에 뭉쳐지고 있었다. 눈시울이 붉어진 우철은 목젖을 울리며 입안의 것을 삼켰다. 눈물이 눈에서만 솟는 것이 아님을 알게 되었다.

왁자지껄한 술자리의 소음이 들려왔다. 이번 술상의 주인공이라며 일배를 종용하는 장선배와 선우선배에게 우철은 손사래를 치고 물러났다.

전혀 내키지 않았다. 그날 밤 우철은 닭볶음탕의 고기는커녕 한 숟가락의 국물조차 입에 대지 않았다.

"그래도 행님은 잡아봤네요, 닭 모가지 단칼에 끊는 그기 어렵다고 하던데, 뼈 사이로 칼을 잘 넣었나 보네"

"몰라, 아마 술도 한 잔 걸쳤겠다, 전역한 지 얼마 안된 때라 기운이 뻗쳤겠지"

종현은 잠시 말을 끊고 우철을 가만히 쳐다보았다.

"와, 뭐 묻었나?"

우철은 입 주위를 손등으로 닦아낸다.

"얘기하다 본께 참말로 행님도 수월찮쏘."

"무슨 소리야? 뭐가 수월찮은데?"

"아, 머긴 머요, 사는 게 수월찮다는 거지. 대학교 졸업하고 대학원까지 마친 양반이 여서 뭐하고 있는 거래? 들인 학비가 얼만데? 그라고 뭐 땜에 멀쩡한 직장도 때려 치고 와 여기서 닭똥 내나 맡고 있냐 말이요. 남들은 다 도시로 못 떠나서 환장하는데…"

"아, 고마 그런 얘긴 됐다. 사람들한테 치어서 그랬다. 왜. 그리고 널따란 기름진 땅, 잡풀더미로 그냥 썩힐 순 없잖아."

"그래도, 행님! 아무리 귀농이 유행이라고 하지만, 행님은 아닌 것 같어. 밖에서 더 돈 벌어야지. 여서 일 배우고 흙 파먹고 살기에는 너무 늦게 시작하는 기고, 그렇다고 돈이 많아 전원생활 즐기면서 사는 귀촌도 아닌 거 같고…"

"아따 됐네, 이 사람아, 막걸리나 한 잔 해"

우철은 종현의 말을 끊고 막걸리 사발을 내밀었다.

새벽 다섯 시, 머리가 묵직했다.

저녁참에 마신 막걸리 두 병은 결코 많은 양이 아니었는데, 우철은 속이 개운치 않았다.

창문 밖으로 이방산 위의 뭉게구름이 보였다. 우철은 서둘러 일어나 작업복을 챙겨 입었다. 손바닥이 노랗게 코팅된 장갑을 끼고 밀짚모자를 눌러 썼다. 앞으로 며칠간 3,000여 평에 식수한 300주의 감나무 주위를 정리해야 했다. 감나무라고 해봤자 1, 2년생 묘목을 작년 봄에 심은 것으로 앞으로 3~4년은 더 키워야 수확을 할 수 있었다. 아직 사람 키만큼도 자라지 못한 어린 묘목일 뿐이다.

산에는 하얀 개망초꽃이 지는가 싶더니 어느새 노란 달맞이꽃들이 세 걸음에 하나씩 자리를 잡고 있었다. 달맞이꽃기름이 어디어디에 좋다고 TV 프로그램에도 자주 나왔지만, 정작 우철은 관심이 없었다. 그에게 달맞이꽃이란 너무 왕성하게 자라 목화木化되어 베어내기 힘든 여느 잡풀일 뿐이었다.

우철의 거친 낫질에 산딸기, 바래기가 한 아름씩 베어져 나왔다. 좁쌀 같은 노란 꽃들이 다복이 붙어 하늘거리던 마타리도 낫질을 피할 수 없었다. 사람 키만한 억새들과 며느리밑씻개 등의 덩굴로 뒤덮여 있던 감나무들이 모습을 드러내기 시작했다. 얼마 지나니 예상했던 대로 깔따구들이 날아오르기 시작했다.

우철은 새삼 초목들의 번성이 두려워졌다. 아무리 생장활동이 왕성한 여름이라 하지만 이렇게 하루 이틀 사이 눈에 보이도록 성장하는 그들의 생명력에 경외심이 생겼다. 한편으로는 초록색이 혐오스러워졌다. 초록, 연두색 계열이 사람의 마음을 안정시키는 색이라지만 작년부터 불편해지기 시작했다. 귀농을 하며 생긴 일종의 '녹색 공포증'이였다.

그는 평화로운 녹색 초목들 안에서 깔따구와 모기를 쫓으며 온갖 잡초와 잡목들을 베어내는 자신의 모습을 보기 시작했다. 목장갑 사이로 비집고 들어오는 관목과 덩굴들의 가시, 뱀이나 족제비의 소굴일 수도 있는 여러 형태의 땅굴을 마주하고, 온갖 인상을 쓰며, 식물들이 발하는 짙푸른 빛을 죽이기 위해 비지땀을 흘리는 자신이 마치 히드라와 싸우는 헤라클레스 같다는 생각이 들었다. 그의 갑옷은 군복이었고, 강철 검은 조선낫이고, 방패는 장갑과 호미였다. 우철은 감나무를 보호하기 위해 분탕질 치는 달맞이꽃과 아카시아, 벚나무와, 산딸기. 그리고 미국 자리공과 오동나무, 들장미, 마타리와 칡넝쿨을 물리치는 전사이자 초목 몰살자였다.

주머니 속의 휴대폰이 시간을 일러주었다. 두세 시간쯤 지난 것 같았다. 몸에서 쉰내가 올라왔다. 작업복의 색깔이 땀으로 검게 젖어가고 있었다. 대충 바른 선크림은 이미 땀으로 다 씻겨지고 깔따구 예닐곱 마리가 앵앵거리며 얼굴 주위에서 춤을 추었다. 아침을 안 먹어선지, 작취감 때문인지 유난히 몸이 무거웠다. 결국 목표한 식전 작업의 분량을 채우지 못한 채 그는 혀를 빼물고 집으로 올라갔다.

우철이 강천에 내려오고 일주일이 지났다.

오전 녘 전화를 한 서울의 모친은 그에게 암탉과 수탉의 성별비性別比 조절 필요성과 복伏날의 보양식을 언급하며 닭 두 마리의 손질을 부탁했다.

저물녘, 우철은 칼을 갈았다. 군데군데 이가 빠진 낫들과 주방에서 쓰는 가위도 함께 갈았다. 숫돌 위에 칼을 사선으로 밀고 당기는 일이, 앞으로 할 일에 비하면 숨 쉬는 것만큼이나 편안하게 느껴졌다.

우철은 시골집의 한쪽 켠에 만들어 놓은 정짓간의 아궁이에 불을 넣고 물을 덥히기 시작했다. 그리고 닭장으로 내려갔다. 닭장 주변으로 '바래기'라 부르는 억새류의 잡풀이 허리 위로 올라오고 있었다. 닭똥 내가 코를 찔렀다. 울타리 안의 닭들은 누런색 사료마대가 없음에도, 꾸룩꾸룩거리며 출입문 앞으로 몰려들었다. 안으로 들어서자 까만 꽁지깃이 특이한 암컷 한 마리가 언제나처럼 먼저 달려와 우철의 발을 쪼아댔다. 깜농이도 우철의 주변에서 그의 행보를 따라 했다. 모두가 우철의 손에 쥔 퇴비포대를 응시하고 있었다. 포대를 바닥에 내려놓자 우르르 몰려들었다. 우철은 서열 1위인 제일 큰 덩치의 수탉을 잡았다. 녀석이 꾸르륵거리며 몸을 비틀었지만, 반항은 심하지 않았다. 날개를 모아 움켜쥐었다. 묵직했다. 녀석이 불편한지 발버둥을 치며 퍼덕거렸다.

우철은 울타리를 벗어나 출입구를 등지고 놈의 발에 타이를 둘러 조였다. 서열 1위인만큼 포획되는 추한 장면을 공개해 놈의 자존심을 상하게 하고 싶지 않았다. 놈을 포대 안에 넣고, 다시 한 마리를 잡았다. 물을 마실 때마다 물그릇에 발을 올려놓고 폼을 잡던, 목 주변에 붉은색의 멋진 깃을 두른 풍채 좋은 장닭이다. 서너 발자국 떨어진 곳에서 깜농이 그를 바라보고 있었다.

우철은 닭을 넣은 포대를 들고 수돗가로 올라갔다. 정짓간 옆 평상다리에 묶인 진돌이가 소스라치게 짖기 시작했다. 포대자루에 눈을 박고 길길이 뛰며 미친 듯이 짖어댔다.

우철은 먼저 가마솥의 물을 확인했다. 펄펄 끓지는 않았지만, 깃털을 불려 뽑기에는 충분했다.

우철은 포대에서 닭을 꺼내 수돗가에 엎어 놓았다. 오른발로 닭의 머리를 밟고 왼손으로 닭의 몸통을 잡아 눌렀다. 꼬꼬댁거리는 놈의 대가리를 칼 등으로 몇 번 후려쳤다. 곧 조용해졌다. 우철은 크게 쉼

호흡을 한 후, 작두 썰듯 닭의 뒷목을 자르기 시작했다.

'이런, 이거 왜 이리 안 끊어져?'

기운이 솟지 않았다. 17년 전의 열기도 느낄 수 없었다. 세월이 흘러서인지, 술을 마시지 않아선지 알 수 없었다. 꿈틀거리며 바닥에 연신 몸통을 비비대던 놈의 머리를 아홉 번의 칼질 끝에 떼어 낼 수 있었다. 쿨룩거리며 피가 흐르기 시작했다.

진돌이가 펄쩍펄쩍 뛰며 울부짖었다. 녀석이 묶인 곳에서는 수돗가의 정경을 볼 수가 없건만, 무엇이 보이는지, 아니면 냄새를 맡는지, 소리 없는 닭의 비명을 듣는지 녀석은 난리를 치고 있었다. 주체 못할 힘을 발산하듯 길길이 튀어 오르고 있었다. 쇠사슬 목줄이 고무줄처럼 출렁거렸다. 뭇 생명을 죽이는 것에 대한 분노와 항의가 아니었다. 닭의 도살에 함께 하고자 하는 강렬한 의지이며 갈망인 듯싶었다. 진돌의 몸태질은 광란에 가까웠고, 눈빛은 유난히 형형했기 때문이다.

우철은 닭의 몸이 움직이지 않을 때까지 두 손으로 잡아 눌렀다. 시간이 멈춰진 것 같았다. 주변의 모기들이 피 냄새를 맡고 그의 손과 닭의 머리 위에서 선회비행을 했다. 바닥에 흘러 응고된 피 주위를 돌며 닭의 목에 들러붙기도 했다. 수돗가의 외등이 노랗게 불을 밝히고 있었다.

한동안의 시간이 지난 후 닭은 완전히 몸을 놓았다.

몸을 놓는 떨림 하나하나가 그의 손끝으로 전해졌다.

"어휴, 지랄, 이게 뭔… 후우"

우철은 한숨을 토했다. 자신의 안에서 무언가 빠져나가는 느낌이었다. 온몸을 흥건히 적신 땀이 빠르게 기화하고 있었다. 하지만 시원하지 않았다.

두 번째 닭을 꺼내 엎었다. 예닐곱 번의 칼씨름으로 대가리를 분리했다. 닭의 완전한 방전을 확인 후 침까지 흘리며 광분하는 진돌의 사정거리를 돌아 정짓간으로 갔다. 한 마리씩 가마솥의 뜨거운 물에 넣어 대여섯 번 휘저었다. 그리고 수돗가로 돌아와 깃털을 뽑기 시작했다.

시나브로 사위가 어두워지고 있었다. 날개며 꼬리처럼 굵고 튼실한 깃털을 뽑을 때마다 부욱, 뚜두득하며 이불호청 뜯어지는 소리가 났다. 살계殺鷄 외에 죽은 닭의 손질은 처음이었지만 붕어나 돼지와 크게 다르지 않았다.

한쪽 발을 물통에 걸쳐놓고 물을 마시던 놈을 정리할 때였다. 깃을 뽑기 위해 몸통을 눌러서인지 연달아 꾸룩거리는 소리가 났다. 우철은 몸통 안의 공기가 빠져나오는 소리일 거라 짐작했지만, 알 수 없었다. 항문 께를 자르고 그 구멍으로 내장을 꺼내기 위해 바른손을 조심스레 집어넣었다. 물컥한 내장과 온기가 손을 감쌌다. 닭 속의 내장들이 우르르 달려들어 손을 휘감았다.

기분이 나빠지기 시작했다. 잠시 멍했다. 그러나 우철은 평소같지 않게 예민해진 자신을 나무라며, 내장을 한가득 움켜쥐고 거칠게 잡아당겼다.

그런데 닭발이 꼬무락꼬무락 움직이기 시작했다. 이미 숨통은 끊어진 놈인데 양다리 열 개의 발가락은 어째서 움직인단 말인가. 그는 내장을 움켜쥔 손에 다시 힘을 주었다. 발가락이 번갈아 꼼지락거렸다. 우철은 움켜쥔 내장에 근섬유가 엉켜있음을 새삼 확인하며 숨을 뿜어낸다.

뒷덜미 쪽의 어둠 속에서는 짖는 것도, 신음소리도 아닌 요사스런 장단고저로 곡성을 내는 진돌이의 기묘한 원성怨聲이 계속 되고 있었다. 형형한 진돌이의 눈에 푸른빛의 안개가 서려 있었다.

그날 밤 우철은 평소보다 더 지친 자신을 볼 수 있었다. 며칠 전에 사 놓은 막걸리를 양은상 위에 올렸다. 안주라곤 김치와 생가지, 풋고추가 전부였다. 계란이라도 하나 부칠까 생각했지만 그마저 귀찮았다.

막걸리 세 병을 비웠다. 왜 그런지 계속 기운이 없었다.

평소 주량보다 한 병을 더 들이켰음에도 취하지 않았다.

우철은 '날것의 生힘'이 솟구치던 십칠 년 전 용문산의 밤하늘을 떠올리려 애를 써 보았다. 목이 꺾어져 피꽃을 피우던 놈이 그려졌다. 누워 버둥거리던 목 없는 닭도 떠올랐다. 칼날을 통해 느낄 수 있었던 시멘트 바닥의 감촉도 오른손에서 스멀스멀 살아났다. 무엇보다 목이 잘린 채 완전히 방전할 때까지의 그 '마지막 과정'이 우철의 머리와 가슴에서 꿈틀거렸다. 가슴 속에 담배 연기가 뿌옇게 뭉쳐져 있는 것 같았다. 답답했다. 냉장고에서 막걸리 한 병을 더 꺼냈다. 생가지를 한 입 베어 우물거리며 한 사발을 다시 들이켰다.

"허, 원 애들도 아니고, 왜 이렇게 기분이 더럽냐…"

우철의 얼굴에 비로소 홍조가 어리기 시작했다.

"어, 이제사 취하나 보네, 슬슬 올라오는군…"

취기를 느끼며 일어난 우철은 현관으로 나갔다. 손전등을 찾아들고 장화를 신었다. 닭장으로 향했다.

한밤중에 비틀거리며 닭장으로 향하는 이유를 자신도 알 수 없었다.

닭장을 에워싼 철망 울타리 안으로 들어갔다.

대나무 홰에 웅크리고 앉았던 녀석들이 푸드득 거리며 우철의 주위로 몰려들었다. 깜농이가 제일 먼저 튀어나왔다.

"야, 깜농아 임마, 오늘 니들 대장하고 덩치 한 놈하고 두 놈 말이야… 그 왜 있잖냐, 물통에 발 올리는 놈. 음, 기억나냐? 근데 걔들 지금 홀딱 벗고 냉동고에 누워있거든?"

손전등의 동그란 빛 안에서 깜농이가 눈을 껌벅거렸다. 암컷 한 마리와 수컷 한 마리가 슬금슬금 다가와 눈치를 보며 그의 장화를 쪼았다.

"저리가, 이 등신들아, 오늘은 두 마리지만 말이야, 다음엔 몇 마리가 될지 몰라. 알겄냐. 니들은 반려닭이 아니라 식용 닭들이여… 친한 척 하지 말라고— 에혀, 그래 니들이 알아들음 닭대가리가 아니지, 흐흐…"

우철은 킬킬거리며 닭들에게 그들의 신분과 정체성에 관한 진실을 횡설수설 떠벌이며 일어섰다. 따라 나오려는 깜농이를 발로 밀어내고 울타리의 문을 걸었다. 취중에도 조금 빡빡한 느낌이 들었다. 집 켠에서 발작하듯 짖어대는 진돌이의 울부짖음이 밤하늘을 찢고 있었다.

다섯 시의 알람을 무시했다.

따갑게 내리쬐는 햇살에 우철은 얼굴을 찌푸리며 시계를 보았다. 시침이 여덟시를 가리키고 있다. '어휴, 오늘은 늦었네…'. 막걸리 트림이 콧속을 후볐다. 그는 냉장고에서 생수 한 병을 꺼내 마신 후 밖으로 나갔다. 내리쬐는 햇살은 이미 열기를 머금고 있었다.

'오늘은 또 얼마나 찔라나'. 밀짚모자를 눌러 쓰며 장화를 신는 우철을 향해 진돌이가 뛰어 올라오고 있었다. 목줄이 풀어져 있었다.

'내가 언제 풀어줬지?' 우철이 마냥 펄쩍이며 좋아라 덤벼드는 진돌이를 진정시켰다. 얼마나 날뛰었는지 목줄의 쇠고리가 휘어져 느슨히 풀려 있었다.

"알았어, 알았어. 그래, 그만해— 어… "

진돌이는 이날 따라 유별하게 온몸을 비벼대며 덤벼들었다. 헉헉거리며 튀어 오르고 혓바닥으로 우철의 얼굴을 마구 핥았다. 놈을 진정시키며 목줄을 다시 걸던 우철의 안색이 변했다.

"야, 진돌아. 이거, 이거… 뭐냐?"

진돌이의 주둥이에 솜털이 묻어있었다. 앞다리와 목 주위에 검붉은 선혈이 말라붙어 있었다. 가슴패기에도, 꼬리에도 있었다. 우철은 오싹함을 느낀다.

닭장 쪽으로 뛰어 내려갔다.

"이런, 이런, 이런…"

울타리의 안과 밖, 여기저기에 갈가리 찢겨지고 목이 부러져 널브러진 닭들이 흩어져 있었다. 닭장 안에는 두 다리가 잘린 깜농이가 사료통에 머리를 처박은 채 죽어있고.

서서히 달아오르기 시작한 햇살 속으로 바람 한 점이 지나갔다. 울타리 문짝이 삐걱거리며 흔들렸다. 〈終〉

(한국소설 2012년 11월호 게재)

박 황

· 동국대 인도철학과 졸업
· 2012년 제32회 한국소설 신인상 「살계」로 등단
· 2014년 4월 단편 「해우」 KBS 라디오극으로 방송
· 『2015, 2016 신예작가』 선정
· 『토박이와 함께하는 은평 산책』 (공저)
· min6910@naver.com

<작가노트>

10여년 소설 워드치기로 학습

박 황

집 안에 시끄러운 잡소리나 친구들과 어울리며 소음이 나는 것은 암묵적인 금기였다. 단지 피아노 연습을 하며 발생하는 불협화음에 대해서는 아무런 제지가 없었고, 오히려 너무 일찍 끝낸다는 질책이 있었다.

어머니(金芝娟)는 언제나 회의나 미팅으로 스케줄이 넘쳤고, 나는 그녀가 집에 있는 것보다 밖에서 일하는 것을 더 선호했다. 잦은 커피 심부름과 괜스레 눈치를 보지 않아도 되는 해방감과 자유로움을 즐길수 있었기 때문이다.

중고등학교 시절 그렸던 미래에서 딱히 소설가의 모습은 없었다. 하지만, 언제나 커피향이 맴돌던 서재 겸 안방, 앉은뱅이 서탁과 쌓여있는 원고지 더미들, 그리고 흑청색 파카 잉크병과 만년필은 내 성장기에 가장 많이 접한 풍경이다.

나의 대학 졸업논문은 동문 후배가 워드로 옮겨주었다. 1990년대 중반 개인컴퓨터가 일반화되는 시기였지만, 나는 대학 졸업까지 컴퓨터를 쓰지 않았다. 하지만 대학원에 진학하니 더는 버틸 수가 없었다.

컴퓨터의 가장 큰 쓰임은 전자 타자기의 역할이었다. 그리고 그 시점부터 나는 새로운 재택알바를 하기 시작했다. 알바라고 하기에는 어정쩡한, 노동력에 대한 급여가 불분명한 일이었지만 육필 원고를 워드로 타이핑을 해 이메일로 전송하는 일이었다.

고용주의 원고는 다양했다. 지역문인협회의 장으로 올리는 인사말부터, 다른 작가의 신간에 대한 서평, 문학상 심사평, 출판회나 회의의 프로세스 등 여러 종류의 글들이 있었다. 하지만 95퍼센트 이상을 차지하는 가장 많은 원고는 소설작품이었다. 각종 문학지와 협회, 사보에 게재하는 단편소설이 주를 이루었고, 중·장편 소설도 있었다. 뿐만 아니라 당신의 소설집 퇴고와 출간을 위한 교정 과정도 큰 몫을 차지했다. 이 재택알바는 지금은 손을 떼다시피 했지만 20대 후반부터 근 10년이 넘게 이어졌다.

2012년 1월 남산도서관의 소설창작반에 2기로 등록하며 본격적으로 소설공부를 했다.

동년 가을 단편소설 '살계'로 제32회 한국소설 신인상을 수상했다.

대학, 대학원에서도 국문학, 소설창작을 한 번도 접하지 않았지만, 또한 고용주도 소설가 됨을 결코 원치 않았지만, 10여 년 가까이 익숙해진 가내부업의 소설 필사筆寫 효과 '소설가'라는 과한 렛델이 붙여졌다.

소설가로서 평생의 스승이며 매사 엄하고 자애로운 어머니의 팔순을 맞아, 모자라고 부족한 아들이 존경과 사랑을 올립니다. 언제나 건강하시길 기원합니다.

〈단편소설 11〉

빌딩 갖기

유영근

건물주한테 당한 일을 생각할수록 속이 부글부글 끓었다.

얼마 전 그는 내가 학원으로 임대하여 쓰고 있는 3층의 세를 임대기간 완료를 앞두고 터무니없이 올렸다. 그리고 조금 전 일 층 커피숍에서 인사하는 나에게 대뜸 올린 보증금을 이달 말까지 가져오든가 아니면 당장 비우라고 했다. 그것도 많은 사람들 앞에서 나를 아주 무시하는 말투로.

학원으로 올라온 뒤 더는 그 분통을 참지 못하고 앞에 있던 책상을 발로 걷어찼다. 가지런히 열 맞춰 정리해 놓았던 책상들과 의자들이 우르르 쓰러지며 내는 소리와 진동이 건물 전체로 울려 퍼졌다. 나는 그 순간 의자나 책상들도 서로 박치기하면 아파서 자지러지는 소리를 지른다는 것을 알았다. 미안함이 마음에서 울컥 솟아 나와 잔뜩 화나 찌푸리고 있던 내 얼굴을 듬뿍 적셔 누그러트려 놓았다. 다시 평정심을 찾자 아래층 병원이나 빌딩 관리인이 주의 주려올까 봐 조마조마했다. 그래서 온 신경이 출입문에 쏠려 있었다.

바로 그때였다.

외마디 비명이 들렸다. 이어서 누군가가 절규하며 층계를 쿵광거리면서 급히 내려오는 소리가 나서 출입문을 살짝 조금만 열고 살펴보았다. 건물주 부인으로 여겨지는 사람이 피 묻은 손을 어찌할 줄 모르고 허둥지둥 문 앞을 지나가며 119를 부르짖고 있었다. 그녀는 평소 무릎과 허리가 아파 꼭 승강기만 이용하였는데 지금은 실성했는지 계단으로 곤두박질칠지도 모를 위험한 자세로 비틀거리며 급히 내려갔다. 나는 이를 보고 '설마? 그래도 그렇지 정말 그 일이 일어났나?'라는 불안한 생각이 들었다.

사이렌 소리가 점점 크게 들리면서 내 귀를 휘저었다.

119구급차와 경찰차들이 떠나간 뒤 1층 커피숍에는 석촌역 네거리에서 내로라하는 유지들과 빌딩주인들이 모였다. 그들 모두가 한결같이 침통한 분위기였기 때문인지 최근 수리한 밝고 고급스러운 내부 인테리어와 화사한 조명조차 칙칙하게 보였다.

대성빌딩 주인인 김 사장이 입을 열어 무겁게 깔린 침묵을 깼다.

"아까만 해도 멀쩡하던 사람이 무슨 날벼락이람? 우리 송파구에서 롯데그룹 다음으로 세금을 많이 낸다고 소문난 전 사장이 그렇게 끔찍하게 살해당하다니 인생무상일세!"

그 말이 끝나자마자 기다렸다는 듯 여기저기서 한마디씩 했다.

"그 사람 말이야 이런 빌딩만도 여러 채고 토지, 골프장, 웨딩홀, 스포츠센터 그리고 학교 그 외 고시텔 심지어 다가구주택까지 소유하고 있어 은행에 맡겨둔 엄청난 돈까지 합하면 재산이 수천억이 넘고 다달이 걷어드리는 월세만도 몇억 원이 된다지."

"그러면 뭐 해? 그 죽은 전 사장에게는 안된 얘기지만 그 사람한테 척진 사람이 어디 한 둘이어야지. 내 이런 일이 일어날까 봐 우려했는데 결국 터졌네."

"그의 부인이 처음 현장을 목격하고 자기 남편인지 모를 정도로 처참했다며? 어떤 흉기인지는 몰라도 그렇게 난도질해서 살해하다니…"

"그 사람 건물의 세입자 중에서 자살한 사람이 꽤 있다면서? 그 원한이 쌓여서 이렇게 되었나?"

나는 한쪽 구석에서 그들의 이야기를 마음 졸이며 듣고 있었다. 혹시 내가 그 사건 바로 전 책상을 발로 차 건물 전체에 큰 진동을 낸 것이나 한때 살해당한 건물주와 은밀히 같이 다녔던 일이 그 살인과 연루되었다는 의혹을 받을까 봐. 그들의 이야기 중 세입자들의 자살이란 말을 듣자 이 빌딩에 처음 왔던 때가 불현듯 떠올랐다.

나는 늘 자금 사정이 안 좋아 이면도로에 있는 작은 건물을 임차해 소규모로 학원을 운영했다. 어느 날 배드민턴 동호회에서 알게 된 부동산중개사가 아주 임대료가 싼 학원 자리가 있다면서 이곳, 석촌역 사거리 황금빌딩을 소개해주었다. 그래서 생각지도 못한 번화가 대로변으로 학원을 이전하게 되었다. 그때는 내가 운이 좋아서 싼 자리를 얻었다고 좋아했다. 나중에 안 일이지만 전 세입자뿐만 아니라 전전 세입자까지 비싼 임대료와 경영난으로 그곳에서 자살했다. 그중 미술학원을 하던 모녀가 동반자살해 모든 매스컴과 SNS에 '석촌동 일가족 자살'이라고 일파만파 퍼져나갔다. 그런 까닭에 죽음의 3층이며 재수 옴 탄 곳이라 소문이 나 임대가 안 되어 싼 것이었다. 임대료가 아무리 쌀지라도 학부모들은 알음알음으로 찾아오기에 그런 안 좋은 풍문이 있다면 학원 자리로는 일고의 가치도 없었다.

다행히 주택가가 급변했다. 석촌동과 송파동에 빌라값이 폭등하자 시세에 밝은 토건자본가들이 대거 몰려와 단독주택을 사서 헐고 그 자리에 다세대인 빌라를 지어 분양했다. 곧 그리로 새 주민들이 많이 입주했다. 그런 곳을 타깃으로 홍보를 했더니 개원한 지 다섯 달 만에 흑자로 돌아섰고 이내 학원 위치가 '골든 존'이라 내 생애 처음으로 큰 월수입을 갖게 되었다. 나를 그토록 외면했던 행운이 찾아온 것이었다.

나는 빌딩주인들은 태생이나 타고난 복 또는 외모가 여느 사람과 다른 줄 알았다. 그런데 이곳에 온 뒤로 자주 여러 빌딩주인들을 직접 만나보니 그들도 나와 별다름 없는 그저 그런 사람들이었다. 건너 들기론 나보다 더 어려운 환경을 거쳤거나 훨씬 못 배운 사람들도 많았다. 그래서 은연중, 건방진 생각인진 몰라도, 나도 하면 저들처럼 되겠다 하는 자신감이 생겼다. 그래서 세입자들과 서민의 로망인 '빌딩 갖기'에 도전장을 던지고 무모하게 보이는 대장정을 시작했다.

그 첫걸음으로 나같이 세살이 하다 남다른 비법을 가지고 기적처럼 지금 빌딩을 소유하고 있는 자들이 있는가를 샅샅이 조사해보았더니 정말 있었다. 내가 알아본바 몇 명의 빌딩주인은 예전에 형편이 구차했다가 그리 많은 시간이 걸리지 않아 오늘날 모두가 부러워하는 빌딩임대업자가 되었다.

그들 중 제일 부자는 내가 세든 황금빌딩 주인인 전 사장이었다. 그의 학력은 시골 초등학교가 전부였고 경력이라곤 고작 버스 기사뿐이었는데 20여 년 만에 굴지의 부동산 재벌이 되었다. 그야말로 알라딘의 램프보다 더한 마술이었다. 그렇게 된 노하우를 배우기 위해 여러 번 갖은 공을 들여 그와 접촉을 시도했다. 그는 눈두덩이 두툼하고 입술은 항상 굳게 다물고 있었기에 그와 대화의 물꼬를 튼다는 것은 거의 불가능했다. 이따금 스치면서 고작 가볍게 인사 나누는 것이 전부였다. 그래서 다른 방법을 강구했다.

그는 아침마다 빠짐없이 송파나루 공원에서 운동하였는데 나이에 비해 대단한 체력을 소유했다. 떡 벌어진 어깨와 근육질의 두꺼운 팔로 턱걸이 열 번 이상을 그리고 평행봉에서 딥스를 이십 번 넘게 가뿐히 하였다. 나는 그가 운동하는 것을 유심히 살펴본 후 그대로 따라 했다. 일단 운동만이라도 그에게서 배우려고 기를 쓰고 하다가 부상을 당해 아픈 통증에 시달리기까지 하였다. 그럴 때마다 빌딩을 갖는 방법을 배우려는 사람이 무슨 엉뚱한 짓이냐며 쓴웃음을 지었다. 그래도 이를 악물고 계속하였다. 그렇게라도 안 하면 빌딩을 가질 노하우를 영영 알질 못할 것 같았기 때문이었다.

겨우내 석촌호수를 뒤덮은 얼음판이 흰 눈을 미백 크림처럼 듬뿍 발랐다가 모두 녹자 물은 한층 더 푸르렀다. 호수 주변을 둘러싼 벚꽃들은 금방 함박눈이라도 듬뿍 맞은 양 파란 하늘에 대비해 더 순백으로 눈부신 화창한 봄날이었다. 그러나 전 사장과는 여전히 말 한마디는 고사하고 눈길 하나 왕래 없는 냉랭한 겨울이었다.

어찌 되었든 내 운동 실력은 많이 늘었다. 턱걸이가 끝난 뒤 가쁜 숨을 몰아쉬는데 뒤에서 "엘리트 학원 이 원장 아니야?"라며 나에게 인사 건네는 소리가 들렸다. 돌아보니 나이 지긋한 대성빌딩 김 사장이었다. 내 공손한 답례를 받고 환히 웃던 그가 누굴 보더니 황급히 그리로 달려갔다. 무슨 일인가 해 그에게서 시선을 놓지 않았다. 그가 만난 사람에게 깍듯이 인사한 뒤 나를 불러 소개하였다.

"이분은 유명한 운명철학자시지. 이분 덕에 지금의 대성빌딩을 소유하게 되었다네. 내가 젊었을 때 가난해서 전세방 하나 없이 궁상떨며 살았지. 앞날이 캄캄했고 희망이라곤 눈 씻고 찾아봐도 없었지. 그때 하도 답답해서 용하다고 소문난 이분에게 내 점괘를 봐달라고 했지. 그런데 놀랍게도 내가 빌딩을 가질 사주팔자라고 하시더군. 그런데 그 당시 아무리 생각해봐도 그것은 실현 불가능한 일이었지."

나는 생각지도 않게 그토록 바라던 빌딩 소유의 비법을 알게 될 순간이 왔다고 온 신경을 곤두세우고 들었다.

"그래도 그 말만 믿고 악착같이 돈벌이 되는 것은 무엇이든 달려들어 긁어모았네. 또한 그 돈은 누가 죽는다고 해도 절대로 내놓지 않았지. 아끼고 아끼며 더 모았지. 그래봤자 빌딩 살 돈에 턱도 없었지만. 그래도 복덕방에 틈날 때마다 들락날락했네. 마치 빌딩 매물이 나오면 금방이라도 살 듯. 순전히 점괘만 믿고 허세를 떨었던 거지. 그런 중에 IMF가 빵 터졌어. 나라 경제가 절박하게 타격을 입으면 빌딩주인은 부자가 아니고 금융권이나 사채업자에게 시달리는 빚쟁이더구먼. 폭등하는 담보 채무 이자와 곧 빌딩값이 반 토막 나면 받지 못한다고 보증금 빼달라는 세입자들의 등쌀에 매물 빌딩들이 거저다시피 지천으로 나왔지. 아, 글쎄 내가 그동안 모은 돈으로도 거뜬히 그 엄청난 빌딩을 등기 이전할 수 있었다니까! 사람들은 그런 빌딩들을 관심은커녕 애물단지나 재앙 덩어리로 알고 다들 피했지. 나는 이 운명철학자분의 말씀을 굳게 믿었고 또한 단 하루만이라도 빌딩주가 되면 원이 없었기에 지금의 대성빌딩을 천정부지로 치솟는 담보 이자를 안고 샀어."

"정말 과감한 결단이셨네요!"

"뭐 그 정도는 아니지만, 어찌 되었든 그 후 피 말리는 하루하루를 보내야만 했네. 돈 되는 것은 무엇이든지 팔아서 은행이자 일부라도 갚아 빌딩이 경매에 넘어가는 것을 막아야 했지. 또한 당장 이사 간다는 세입자들을 피하려고 며칠 몇 날 집에 들어가지도 못했다네. 그리 겨우겨우 지내다 보니 당장 망할 것 같던 나라가 어느새 안정을 되찾고 내가 명실상부한 빌딩주가 되어있더라고. 그렇게 큰일이란 경제위기가 나에겐 바로 다름 아닌 새로 깔아준 판으로서 부를 거머쥘 일생일대의 기회였던 거지."

나는 넋을 잃고 그의 무용담 같은 이야기를 듣고 난 후 추임새로 한

마디 했다.

“정말 부럽습니다. 저도 그렇게 된다면 얼마나 좋을까요?”

“부럽긴, 나야 그냥 살려고 아등바등하던 평범한 사람이야. 그런데 그런 기회란 앞으로도 얼마든지 있을 수 있지. 가령 지금 벌어지고 있는 미·중 무역전쟁, 또는 이란과 미국의 팽팽한 긴장이 전쟁으로 이어질 시 호르무즈해협의 봉쇄로 인한 유가 폭등으로 세계 경제의 큰 어려움 등등 … 큰 위기 이후에는 항상 신분 상승의 기회가 오는 법이지. 그러니 경제가 나락으로 떨어진 극한 상황이 닥쳐오더라도 비록 내가 말단 서민일망정 견디어 내고 애써 모아놓은 투자자금만 있다면 그 위기가 천재일우의 기회가 될 수도 있다는 거지. 이 원장, 당신은 요즘 젊은이들과 다른 사람 같아.”

“젊다니요, 저는 사십 대 중반입니다.”

“요즘엔 그 나이가 젊은 나이지. 도통 요새 젊은이들은 금수저니 흙수저니 출신만 따지고 신세타령이나 하며 미래를 위해서 오늘을 조금이라도 희생하고 비축하려 않지. 그 뭐라더라? 그 유명한 스티브 잡스가 인용한 말인 ‘카르페 디엠’이라는 것이 오늘을 잡으라, 즉 오늘을 즐기라는 뜻이라지? 그것에 너무나 충실한 나머지 카드나 신용대출 등으로 미래를 끌어다 몽땅 오늘에 쓰는 것 같아. 그런데 그 미래란 다가올 오늘이 아닌가? 그렇게 하면 그날의 오늘에는 어떻게 할 건데?”

그의 유식하고 사려 깊음에 ‘역시 빌딩주인들은 뭔가 남과 다르구나’라는 존경심이 우러나왔다. 그는 그런 나를 추종하는 제자로 삼은 눈빛으로 보더니, 이야기를 이어 나갔다.

“작은 모래 알갱이와 미세한 시멘트 가루가 모여 쌓이고 쌓여 큰 빌딩이 되었듯이, 푼돈이라 여기는 하찮은 것들을 모으고 모아서 빌딩을 사야 한다는 것을 사람들은 잊고 있지. 높은 산도 발 디디고 있는 바닥에서부터 올라가야 하듯 빌딩을 소유하려면 실천 가능한 소소한 일, 즉 아끼고 절약하며 뭐라도 해서 열심히 버는 것부터 시작해야 하네. 그렇게 해서 밑천인 종잣돈을 모으시게나. 작은 겨자씨가 큰 나무가 되었듯 종잣돈은 그와 같은 것이라네. 그 종잣돈은 여하한 일이 있어도 지켜야 하네. 그렇게 했을 때 기회가 오면 그걸 잡고 그 후에 더 큰 기회가 오면 또 쥐고 그렇게 하다 보면 목적이 이루어지지. 그것을 사람들은 큰 복을 받았다거나 또는 불가능을 실현했다며 기적이라고 부르는 거야. 대부분의 사람들이 그렇게 한 번 해볼 엄두도 내지 못하지. 그러나 자네는 꿈이 있어 보이고 성실하기에 그게 가능할 걸세."

"제가 어찌 감히…"

"아닐세, 자네는 충분히 할 수 있어. 나중에 꿈을 이루거든 나한테 술 한 잔 사는 것 잊지 말게."

그의 이야기를 다 듣고 난 후 그가 실제 빈손으로 시작해서 결국 빌딩을 산 신화를 이룬 사람이었기에 황당함보다는 나도 실현할 수 있다는 확신을 얻었다.

그날 이후 단돈 천 원이라도 생기면 저축했다. 절전, 절수는 물론이고 프린트 인쇄도 줄였다. 학원 차량 운행도 효율적으로 운행하여 연료비를 절감했다. 체면 불고하고 부조금도 절반으로 줄였다. 휴대폰도 알뜰폰으로 바꿨다. 새 옷 사는 것은 생각해본 적도 없고 바캉스나 외식 따위는 내 삶에서 완전히 지워버렸다. 토요일과 일요일은 원래 수업이 없는 날이었지만 보강파트를 만들어 원장 직강으로 뛰었다. 그 외 돈 되는 것은 무엇이든지 하고 돈 나가는 일은 전부 모르쇠를 댔다.

그렇게 변한 나를 안타깝게 생각한 절친이 나에게 진심어린 충고를 해주었다.

"돈을 잃으면 조금 잃는 것이요, 명예를 잃으면 절반이요, 건강을 잃으면 모든 것을 잃는다고 하지 않던가?"

맞는 말이었다. 일단 아프면 약값에 병원비가 들 뿐만 아니라 일 못해 큰 손해였다. 그래서 건강한 몸을 만들기 위해 전보다 운동을 더 열심히 했다. 길을 가거나 차량 운행하다가도 철봉이나 평행봉만 보면 달려들었다. 계단도 만나기만 하면 높낮이 상관치 않고 오르락내리락 반복했다. 그리하다 보니 걸핏하면 내 몸을 제집처럼 드나들던 감기가 뒤도 안 돌아보고 도망쳤다. 늘 걱정하던 혈당과 고혈압의 위험은 말할 것도 없고 원인 모를 잦은 잔병치레나 만성피로도 감쪽같이 사라졌으며 닥치는 일마다 의욕적으로 하게 되었다.

매달 팔구백만 원씩 모았고 그 돈을 한 푼도 안 쓰고 그대로 통장에 넣었더니 일 년 만에 순 여윳돈 1억을 손에 넣었다.

'아, 알토란같은 나의 종잣돈! 이걸 갖고 있다는 기쁨이 이토록 좋을 수가…'

누구도 모르게 꼬깃꼬깃 싸서 극비로 감추어 두고 마땅하게 재투자할 곳을 백방으로 수소문하였다. 그렇게 멀리 까마득하게 보이던 송파대로의 빌딩들이 이제는 가까이 보였다.

인생이란 계획대로 되는 것이 아니라 뜻밖의 일로 뒤엉켜 꼬이는 것이었다.

두 달 전쯤 여동생이 자살미수로 병원에 입원했다는 연락을 받았다. 빌딩에 미친 나는 아예 신경도 쓰지 않았다. 어머니로부터 자신이 죽으면 너희 두 남매가 서로 의지하고 살아야 하는데 어쩌면 그렇게 야박하냐고 원망을 들어도 모른 척했다.

그랬던 여동생이 학원이 끝날 무렵 불쑥 찾아왔다. 얼굴은 핼쑥했고 눈은 캥 들어갔으며 뼈만 남은 몸에 등은 구부정하고 금방이라도 쓰러질 듯 위태해 보였다. 어려서부터 추위라면 경기를 일으킬 정도로 잘 타는 동생은 포근한 봄밤인데도 움츠린 채 덜덜 떨고 있었다. 그걸 보고서야 동생이 심각하다는 것을 느꼈다. 연민과 동정심이 가슴속에서 폭풍처럼 일어났다. 그러나 바로 마음을 굳게 다잡았다.

"몸도 성치 않은데 쉬고 있지 무슨 급한 일이 있다고 밤늦게 왔니?"

"지난번 저승에서 오빠한테 인사 안 하고 왔다고 쫓겨났거든. 그래서 인사하러 왔어."

"무슨 그런 심한 농담을 하니. 그런데 왜 그랬니?"

내 물음에 그녀는 눈물만 흘렸다. 재차 묻자 그녀는 목멘 소리로 대답했다.

"오빠, 결혼할 시댁에서 신접살이 집 전세금 3억 중에서 1/3인 1억 원을 가져오라고 하잖아. 그렇게 하는 것이 요즘 추세라며. 그런데 어디에서 그 많은 돈을 가져와. 그냥 죽는 게 낫지."

나는 뜨끔했다.

'내가 1억 원을 갖고 있다는 것을 누이가 저승 갔을 때 염라대왕이 알려줬나?'

그때 김 사장이 가르쳐준 말이 떠올랐다. 종잣돈은 몰래 품고 있어도 사람들이 귀신처럼 알아가지고 어떤 방법으로든 가져가려고 하니 눈 감고 귀 막고 마음의 문을 꽁꽁 닫아 지키라고. 그래서 나는 더 청승 떠는 방어 전술로 그 돈을 지키기로 했다.

"야, 나도 죽지 못해 살고 있다. 너보다 내가 먼저 세상 떠났어야 했는데. 그랬으면 이 꼴 저 꼴 보지 않았을 것 아냐?"

동생이 씁쓸하게 웃더니 간다며 힘없이 등을 돌렸다. 이를 보고 내 가슴은 아팠다. 돈에 눈멀어 매정하게 된 나 자신이 저주스럽기까지 하였다.

동생이 두어 발짝 가다가 뒤돌아보며 진지한 표정으로 물었다.

"오빠, 잠실대교 밑의 물은 아주 찰까?"

아! 그 말이 범람한 한강 물이 둑을 무너뜨리듯 내 마음을 굳게 막은 차가운 바위벽을 와르르 헐어버렸다.

다음 날 아침 나는 의욕을 상실하고 만사 귀찮아져 꼼짝하기 싫었다. 종잣돈이 사라지면서 열정과 꿈도 함께 가지고 갔다. 그러나 무의식적인 습관이 나를 여느 때와 다름없이 송파나루 공원으로 끌고 왔다.

익숙했던 운동기구들이 왜 이리 낯설고 무뚝뚝하게 보이며 또 몸은 왜 천근만근인지… 건성으로 깔짝깔짝 운동하다가 그 운명철학가라는 노인네가 옆으로 지나가는 것을 보았다. 종잣돈 하나 지키지 못했던 한심한 나는 지푸라기라도 잡는 심정으로 그에게 가 용기를 내어 내 운명을 물어보았다.

"어르신, 제 팔자에 빌딩 있나 좀 봐주시면 안 될까요?"

그는 갑작스런 질문에 멀뚱멀뚱 서서 나를 빠끔히 보더니 "얼빠진 놈, 이미 갖고 있으면서 뭘 물어봐."라고 말하는 것이 아닌가?

나는 어처구니없었다. 노망난 노인네에게 물어본 내가 정말 미친놈이라고 실소를 터뜨리고 말았다.

"왜 웃고 있나?"

나는 무안해서 사과하려 했으나 이미 그는 떠나간 뒤였고 의외로 나타난 전 사장이 한 말이었다. 그는 지난 이십여 개월 동안 나한테 눈빛 한 번 준 적 없던 사람이었다. 나는 얼떨결에 꾸벅 인사를 하였다. 그런 나에게 "오늘은 열심히 운동 안 하고 매가리도 없어 보이네. 무슨 안 좋은 일이 있는가?"라고 말하며 내 등을 쓰다듬기까지 하였다. 전혀 일어날 것 같지 않았던 상황이었기에 나는 그저 정신없이 "네." 그러다가 바로 "아닙니다."로 대답했다.

"내가 자네라 해도 괜찮겠지? 아들 같아서 말이야."

"그리 보아주시니 고맙습니다."

"자네가 내 건물에 온 지도 거의 두 해가 돼가는데 얘기 한 번 제대로 한 적이 없었구먼. 오늘 토요일이니까 수업이 일찍 끝나지? 저녁이나 함께하면 어떨까?"

전 사장이 예약해놨다는 고급 일식횟집인 호림으로 가면서 머릿속이 복잡하였다. 혹 계약기간이 끝나가기에 세를 올리려고 그러나 염려가 되었다. 허나 식사를 사주는 배려까지 하면서 세를 올린다고 말할 사람은 아니었다.

약속 시간보다 이른 시간에 도착했다. 그 식당 앞에서 먼저 들어가 기다릴까 말까 망설이고 있는데 갑자기 출입문이 열리면서 골이 잔뜩 난 사람이 튀어나와 내 어깨에 부닥치면서 나갔다. 누군가 보니 요즈음 황금빌딩에 자주 들락거리던 시의원이었다. 그는 항상 만나는 사람마다 유권자라고 친절하게 인사하였는데 지금은 사과조차 안 하고 그대로 휭허케 가버렸다. 기분이 좀 상하였지만 참고 식당 예약실로 들어가니 전 사장은 이미 와서 앉아있었다.

말로만 들었던 다금바리 회와 비싸 보이는 술병들이 나를 식욕보다는 외려 주눅 들게 만들었다. 몇 차례 술잔을 주고받은 뒤 술기운이 얼큰히 올라온 그는 평소 입이 무거운 그답지 않게 자랑삼아 떠들기 시작했다.

"사람들이 나보고 돈밖에 모르는 쩐 사장이라며 뒤에서 흉보지. 그런데 그게 왜 나빠? 자네 '정의란 무엇인가'로 세계적 석학이 된 샌델이란 하버드대학 교수를 아는가? 그는 자기 책을 발간하던 출판사를 계약기간이 끝나자마자 돈을 더 준다는 이유로 다른 출판사로 바꿔버렸네. 전 출판사는 그가 무명 시절부터 많은 손해를 보면서까지 그의 책을 광고해서 유명하게 만들어 놓았는데도 말이야. 기자들이 그에게 돈 더 준다고 의리 없이 출판사를 바꾸는 것이 정의냐고 물었거든. 그랬더니 그가 한마디만 했지. '마니 토크스(Money talks)!' 돈이 말해준다 이거지. 곧, 돈이 정의란 말 아냐?"

그는 자기 이야기에 동의라도 받으려는 듯 내 얼굴을 빤히 보았다. 초등학교 학력이 전부라는 게 믿겨지지 않는 그의 해박한 시사성 상식에 놀랐다.

"자네가 일 년 전쯤 대성빌딩 김 사장하고 운동은 안 하고 얘기만 한 적 있지? 내가 지나가다 들었는데, 뭐 종잣돈이 어쩌고저쩌고 기회는 기다리라고? 세상이 초고속으로 변하는데 어느 천년에 기다려. 기회란 기다리는 것이 아니라 만드는 거야! 그게 김 사장과 내 차이지. 그 차이로 그 사람 재산의 수십 배 이상을 내가 쥐었다고 생각하네."

나는 그의 말에 경탄했다. 그래서 그의 빈 술잔을 채워 주면서 한탄조로 물었다.

"저는 영민하지 못해 기회란 것이 오는지 가는지조차 모르는데 어떻게 그걸 만들기까지 하겠습니까?"

그는 그렇게 나올 줄 알았다는 듯 고개를 끄떡이더니 주먹을 불끈 쥔 후 극비라며 소리를 낮추어 말했다.

"최악의 위기가 왔을 때 그것을 최고의 기회로 만드는 거야. 나도 한때는 버스 기사 하면서 재산을 조금 모아 변두리 연립주택을 마련했네. 그런데 조카가 와서 빚보증을 서달라는 거야. 살려고 애쓰는 것이 안타까워 도장 찍어주었지. 그런 결코 해서는 안 될 일로 길거리로 쫓겨났다네. 그때 내 처의 오촌 당숙이 재일교포 재벌인데 이런 나를 보고 심성이 착하다며 국내에 있는 자기 재산 관리를 나한테 맡기지 않았겠나. 그래서 청렴하고 성실하게 일을 처리했더니 나중에는 모든 것을 나한테 일임하고 심지어 인감까지 나한테 맡긴 뒤 워낙 일본에 재산이 많기도 해서 이곳 국내의 재산은 신경도 안 쓰더라고. 그런 그 쪽의 방심을 이용해 결정적일 때 그 모든 재산을 서류 장난쳐서 내 앞으로 해놨지. 착하며 성실하다고 인정받는 것이 때론 가장 교활한 수단과 방법이 될 수 있다네. 진정 착하고 성실하면 변두리의 작고 남루한 연립 하나도 지키지 못해. 자기 영혼을 팔고 양심을 뭉개버린 후에야 비로소 부자가 될 수 있다는 것을 그때 직접 터득했지. 자네도 부자가 되고 싶으면 명심하라고. 알아듣겠어?"

"아, 네. 네."

나는 점점 더 그의 이야기에 빨려 들어갔다.

"십여 년이 지난 후 마침내 일본에서 그 사실을 알고 믿는 도끼에 발등 찍혔다며 난리 났네. 다시 자기네 재산을 찾겠다고 형사고소에 이어 민사재판을 걸어왔지."

"그럼 큰일 나셨네요! 그들은 재력도 권력도 빵빵한 교포들이 아닙니까?"

"큰일은 무슨 큰일, 다 빠져나갈 길이 있기 마련이야. 유명한 민법의 격언『권리 위에 잠자는 자는 보호하지 않는다.』가 있어."

"그게 무슨 말씀이신지?"

"그걸 구체적으로 말하면'등기가 된 것을 평온하고 공연하게 10년간 점유했다면 그걸로 합법적인 재산이 된다.'는 법 조항이지. 이를 근거로 법원에서 내 손을 들어주더라고. 즉 등기명의가 바뀐 뒤 이에 대해 이의제기할 유효기간 10년이 넘어 소멸되었다는 것이지. 다 자기들 재산의 등기 확인 한 번 안 해본 저들 불찰 탓이지."

"정말 대단하시네요!"

"대단하긴, 그건 그렇고 자네 무언지 몰라도 안 좋은 일이 있는 게 분명해. 딱해 보이는구먼. 그러나 걱정 말아. 나, 이 전 사장이 그 기회란 것을 만들어 주지. 자네 나이 때 나를 보는 것 같아 안타까워 그런 거야."

나는 고맙다고 수없이 고개를 숙여 인사를 했다.

"그런데 그 기회를 잡는다는 것은 아주 위험할 수도 있어. 그 게 겁나면 그만두게."

종잣돈이 날아가 희망 없는 나는 이판사판이었다.

"기회만 주신다면 그 어떤 위험이나 희생도 감수하겠습니다."

"그래그래, 마음에 꼭 드네! 물고기 잡으려는 사람이 물에 젖을까봐 겁을 내면 뭘 할 수 있겠어? 만약에 말이야, 사람 하나 죽이고 운 없어 잡혔다 치자. 전과 없는 초범은 몇 년 살면 그만이야. 우리나라 지존의 권력이었던 전직 대통령들이나 저 롯데월드타워의 주인도 빵에 갔다 왔잖아. 큰일 하려면 다 그런 거야. 나 또한 몇 년 살고 나왔지. 자네도 그럴 수 있어?"

나는 잠시 쭈뼛거리다가 자신 있게 "네!"하고 대답했다.

"내일 아침 운동 끝나고 내 사무실에서 보세."

7층 전 사장의 사무실에서 3층 학원까지 계단으로 내려오면서 다리가 후들후들 떨려서 몇 번이나 자칫 굴러떨어질 뻔했다. 전기충격기와 손도끼가 들어있는 가방을 내가 든 것이 아니라 그 가방이 성난 불도그처럼 내 손을 물고 있었다. 전 사장이 살인청부를 의뢰하면서 덧붙인 말이 사라지지 않고 귓불을 맴돌았다.

"내 말대로만 하면 방이동 생태 경관 지역에 땅 5필지가 있는데 그중 한 필지를 줄게. 대로변이고 교통요충지라 그린벨트만 풀리면 빌딩 짓기에 최고지. 자네, 저 길 건너 시의원 알지? 그에게 그 그린벨트를 해제하라고 로비자금 3억을 주었더니 통째로 먹고 묵묵부답이잖아. 그러려면 그 돈 다시 게워내라고 했지. 그랬더니 이 인간이 오히려 10억을 더 내놓으라는 거야. 만약 그렇게 안 하면 내가 술 취해서 횡설수설하다 실언한 것들, 특히 이 빌딩을 획득할 때 생긴 문제로 걸린 재판에서 결정적으로 내게 불리한 증언을 할 중개인을 청부살인했다고 말한 것을 녹음했다며 그걸 고발하겠다고 쪼아대는 거야. 죽고 싶어 환장한 게지."

그 둘은 부자지간처럼 친하다고 알려졌는데 실상은 서로 잇속이 엇갈린 앙숙이었다.

그날 이후 나는 겁이 나서 밥을 먹어도 모래를 씹는 것 같았고 물을 마셔도 깨진 유리가 식도를 넘어가는 것처럼 예리한 통증을 느꼈다. 심지어 학원생들을 가르치면서 "내가 어떻게 살인을…"과 같은 헛소리를 중얼거리기까지 하였다.

그럴 때마다 내가 빌딩주가 되기 위해 필연적으로 겪어야 하는 과정으로 여기고 더 독하게 마음을 먹었다. 그럼에도 솔직히 개미 한 마리 잘못 밟아도 가슴 아픈 나였기에 어떻게 살인을 할 수 있느냐며 두려움에 떨고 번민하였다. 그러나 빌딩을 갖겠다는 눈먼 욕망이 '이번 한 번만' 하자며 결단을 촉구하였다.

그 시의원 사무실은 길 건너편 빌딩에 있었다. 나는 며칠 동안 CCTV 사각지대와 건물관리인과 통행인들의 눈을 피할 수 있는 곳을 용의주도하게 찾았다.

그날 자정이 넘었는데도 그 시의원의 사무실에 불이 켜져 있었다. 유리창에 보이는 그는 혼자 있는 것으로 보였다. 나는 그가 퇴근하러 사무실 문을 나올 때 결행하려고 어금니를 꽉 물고 조심스레 움직이기 시작했다. 입안은 바싹 말랐고 심장은 북이 되어 온몸 구석구석을 강타하였다. 바람에 흔들리는 가로수 그림자들이 나를 살인자라고 아우성치고, 훤히 켜져 있는 가로등이 '네가 지금 하려는 일이 뭔지 알고 있다!'라며 빤히 쳐다보는 것만 같았다. 휴대폰을 귀에 대고 얘기하는 사람이 지나가면 꼭 나를 신고하는 것 같아 가슴이 철렁했다. 헤드라이트를 켜고 달리는 차들은 모두 나를 잡으러 오는 경찰차로 보였다. 누군가가 "너 이놈!"하고 뒷덜미를 잡는 듯해 등골이 써늘하기도 했다. 정신없이 그의 사무실 출입문 앞에 왔다. 숨겨 가지고 온 전기충격기와 손도끼를 벌벌 떨리는 손으로 간신히 쥐고 그가 나오길 기다렸다. 그런데 예기치 않게 안에서 얘기하는 소리가 흘러나왔다.

"야, 그 인간 죽이는 것은 만인을 위한 일이야. 불법, 탈법 그리고 위법을 밥 먹듯이 하는 놈이야. 내가 그 자 뒤를 조사해보니 별이 은하수더라. 하도 죽이고 싶은 사람들이 많아서 죽여도 누가 죽였는지도 알기 힘들 거야. 너 만약 그 인간 죽이고 걸리면 독박 쓰고 몇 년 살다 나와. 그러면 내가 그한테 받은 돈 절반을 줄게."

"으흠"

"그리고 말이야 그 멍한 학원장을 이용하려고 하는 것 같더라. 내가 일식횟집 앞에서 보니까 그 인간을 만나러 왔는지 얼쩡거리고 있잖아. 나오면서 정신 차리라고 어깨를 들이받았지. 하여튼 사람 이용하는데 그 인간 천재야. 자기 조카마저 살인 교사해놓고서 나중에 나 몰라라 하는 인간말종이야."

그 새어 나온 이야기를 듣자마자 마음의 눈에 단단히 씌어졌던 빌딩콩깍지가 훌러덩 벗겨지며 내가 천하에 못된 사람들 진흙탕 싸움에 말려든 것을 알았다. 전 사장이 '기회를 만든다.'는 것은 '범죄를 저지른다.'는 말이며 내가 빌딩에 환장한 푼수로 보고 그걸 이용해 살인하도록 꼬드겼다는 것도 비로소 깨달았다.

그동안 빌딩주인들은 나와 별 차이 없을 거라고 생각해왔으나 실지 겪어보니 천양지차였다. 나는 김 사장처럼 돈의 블랙홀도 못되었고 전 사장같이 어떤 수단이나 방법을 쓰기 위해 양심을 깡그리 짓밟지도 못했다.

그날 이후 나는 전 사장을 피했다. 그와 마주치지 않으려고 운동도 올림픽공원으로 옮겨서 하였다. 운동만이 내가 빌딩주인들을 앞서갈 수 있는 유일한 길이었기에 그들에 대한 내 열등감을 해소하기 위해서라도 최선을 다해 그 운동에 매진했다. 그런 나를 둘레 사람들이 '운동마니아'라고 불렀다.

며칠 지난 후 전 사장이 수업 중인데도 문을 박차고 들어와 이 자리 요양병원 줄 요량이니 계약기간 끝나면 빼라고 했다. 나도 이제 산전수전 겪은 사람으로 예전처럼 물렁하지 않았다. 그의 약점을 알고 있는 만큼 물러서질 않고 못 빼겠다고 개겼다. 당장 학원을 옮길 수도 없었기에 그가 뭐라고 말하든 그냥 어정쩡 버텼다. 그렇게 지내다 그가 피살당한 것이었다.

참고인으로 송파경찰서 형사과로 오라는 연락을 받았다. 정당한 사유 없이 소환에 응하지 않으면 강제구인하겠다는 살벌한 경고도 있었다. 왠지 켕겼지만 불응하면 더 의심 받을까 봐 마지못해 출두했다. 말이 참고인이지 피의자였다. 지난 달포간 전 사장과 얽힌 일로 혐의자가 되어있었다. 만난 연유와 서로 주고받았던 이야기 등을 날카롭게 캐물었다. 나는 그냥 집세 인상 때문이라고 했지만, 그들은 누굴 속이려고 하냐며 자수하라고 은근히 강압과 회유를 하였다.

이렇게 나가다간 내가 꼼짝없이 누명을 쓰게 될 판이었다. 그럼에도 그 시의원 사무실 문 앞에서 들었던 이야기를 할 수 없었다. 만약 말한다면 비록 혐의는 벗겨지겠지만 당시 상황이 나한테 살인미수죄가 적용될 수도 있다는 불안감 때문이었다. 그들의 연속되는 집중신문에 두 손 들고 살인미수죄를 택하기로 결심했다. 그리고 막 자백하려 할 때 형사들이 모두 급히 일어나 함께 달려 나갔다. 형사반장이 "야, 그 용의자 인천 신공항에서 출국대기중이란다."라고 외쳤다. 어안이 벙벙한 나에게 한 여경이 와서 좀 무리했던 취조에 양해를 구한다며 이제 돌아가도 좋다고 했다.

나는 그 사건에서 벗어나 안도감을 느꼈으나 한편으로는 뭔가 께름칙했다. 그런 감정을 털어내려고 경찰서에서 학원까지 좀 먼 거리였음에도 걸어갔다. 장마철이라 먹장구름이 하늘을 가렸고, 한낮이었어도 저녁처럼 어두웠으며 안개비인지 이슬비인지 내렸다. 지나는 길옆 공원에서 운동기구와 계단이 눈에 띄었다. 눈물이 날 정도로 반가웠다. 달려가, 그것들이 젖어 미끄러웠음에도, 온몸에 기운이 다 빠질 때까지 늘 하던 운동을 교대로 반복하였다. 그러고 나니 묘하게 나를 휩쓸고 간 그 불운에서 보상과 위로를 받은 기분이었다.

그 빗속을 걸어 학원에 왔을 때 온몸이 흠뻑 젖어 있었다. 너무 허탈했다. 나라는 인간은 모질지 못해 종잣돈 하나 지키지 못했고, 남해코지해 나 잘되지도 못하는 얼뜨기이었다.

'언감생심, 빌딩이 가당키나 하였을까?'

축축하고 불편해서 젖은 옷을 갈아입으려 모두 벗었을 때 화들짝 놀라게 천둥 벼락이 쳤다. 한밤같이 어두웠던 유리창 밖이 순간 번갯불로 환해지더니 낮게 깔린 쌘비구름을 뚫은 롯데월드타워와 송파대로를 따라 쭉 늘어선 빌딩들이 눈에 확 들어왔다. 그걸 보자 절로 넋두리가 나왔다.

"아, 영원한 나의 짝사랑, 결코 이룰 수 없는 나의 소망인 빌딩이여!"

다시 밖이 어두워진 후 그 유리창에 비친 내 모습을 보고 깜짝 놀라 탄성을 질렀다.

"야! 내 몸이 저렇게 좋아졌나?"

그동안 빌딩에 눈멀어 나 자신을 한 번도 제대로 돌아본 적이 없어 그렇게 내 몸이 변한 것을 모르고 있었다. 그것은 운동으로 빚어진,

육체미 선수 못잖은, 훌륭한 몸이었다.

돌연 그런 몸을 근육으로 한 올 한 올 쌓아 올린 보디빌딩이라 부르고 그 단어에 빌딩이란 말이 들어가니 '혹 그 운명철학가가 말한 빌딩이 저게 아닐까?'라는 생각이 들었다. 그래서 다시 한번 자세히 살펴보니 내 보디빌딩이 주변 거대한 빌딩들을 실루엣으로 깐 유리창에 당당히 서 있었다.」

나는 기뻐서 외쳤다.

"맞다, 정말 용한 점쟁이네! 꿈과 점은 해석 나름이라지. 그러고 보니 나는 이미 빌딩을 갖고 있었구나."

누구 격언을 달리 말하면 천문학적인 건축비와 한반도 최고라는 명성을 가졌기에 여타 빌딩들이 우러러보는 롯데월드타워보다 건강으로 올라간 내 보디빌딩이 더 으뜸이라는 얘기가 아닌가?

이를 입증이라도 하려는 듯 복부의 뚜렷한 근육이 빌딩 중에 왕은 나라고 찬연히 빛나고 있었다. 〈終〉

유영근

· 장편소설- 휜마루뫼,
· 중편소설- 청계비사,
· 단편소설- 빌딩갖기, 황금트로피

〈작가노트〉

그 곳은 소설의 메카

유영근

칠월 한여름에 신록으로 우거진 남산, 그 안에 다소곳이 자리 잡은 남산도서관에 내가 30여년 만에 다시 찾아오게 되었다. 그 까닭은 어려서부터 꿈꾸어왔던 소설을 본격적으로 쓰기 위함이었다. 그 당시 한국소설가협회 사무실과 소설 창작반이 다 함께 남산도서관에 있었고 소설 창작반은 최고의 경륜과 이력이 있는 강사가 가르치는 곳이었기에, 소설가로 입문하기를 원하는 사람들에게 그곳은 소설의 메카였다. 등록하기도 무척 어려워서 접수 시작과 함께 정원이 마감되고 대기자로 기다려야 하는 치열한 곳이었다. 그런 어려움을 겪으며 벅찬 기대를 안고 수업에 임하였다.

그때 처음으로 김지연 선생님을 뵙게 되었다. 선생님은 지성과 미모를 겸비하셨을 뿐만 아니라, 우리나라 소설계를 이끄시는 이사장님이셨다. 나는 큰 기대를 하고 선생님의 지도에 따라 독후감과 합평 준비에 빠짐없이 딴에는 아주 열심히 하였다.

첫 합평작인 '황금트로피'를 선생님께선 그 원고에 '원고지 쓰기', '맞춤법', '내용 수정' 등 꼼꼼하게 교정하시어서 건네주셨다. 어찌나 감사하고 감격스러웠던지…

수업 시간 중 합평에서 나보다 먼저 온 선임자들에게 내 작품에 대한 호된 혹평을 들은 적이 있었다. 심지어 '소설을 쓸 자질이 없어 보인다'라는 소리까지 들었다. 그럴 때 선생님께서 그 소리를 한 사람에게 자제를 당부하시고, 또한 내게는 그 말이 큰 격려의 소리라며 위로까지 해 주셨다. 나는 그 말씀에 힘입어 흔들림 없이 5년 가까이 남산 소설 창작반에서 공부하였다. 선생님의 가르침에 힘입어 등단도 하였을 뿐만 아니라 그분의 배려로 중편소설 '청계비사'도 월간지 한국소설에 실려서 청계천 박물관과 서울시청 도서관, 그리고 전임 대통령에게도 서명하여 기증하였다. 선생님이 계시지 않았더라면 어디 가당키나 한 일일까?

후에 안 이야기지만, 우리 김지연 선생님의 제자 사랑이 넘침이 유명한 소설가들 사이에서 소문이 자자하였다.

앞으로 더욱 열심히 공부하고 글을 써서 문학사에 남는 소설을 남기고 싶다. 그 원천의 힘은 바로 우리 김지연 선생님의 제자 사랑과 지도 덕이 아닐까? 그렇게 생각날 때마다 선생님에 대한 고마움이 새삼스럽다.

선생님, 저희 제자들 오래오래 곁에서 지도해주세요! 그리고 행복하시고 강건하세요!

〈단편소설 12〉

야생마 타히

윤천석

두 노인네가 고향에서 쓸쓸히 추석 명절 준비를 하고 있는 시간에 외아들 최일남과 며느리 이세라는 비행기를 탔다. 부모님께는 회사 일로 해외 출장을 간다고 둘러댔지만, 출장은 아니었다. 일남의 몸은 몽골을 향해 가고 있지만, 생각은 고향의 부모님 곁으로 갔다. 명절에 부모님을 찾아뵙지 못한다는 현실이 가슴 아팠다.

최 교장은 대청마루에 서서 동구 밖을 한참 동안 내려다보다 혼자 말을 했다.

"무슨 놈의 회사가 추석 명절에 직원을 출장 보낸담. 조상 섬기는 일도 못 하게!"

옆에서 송편을 빚고 있던 김 여사가 남편의 말을 받았다.

"그러게요. 저번 설 명절에는 사골 우리고, 갈비 찌고, 나물 데치고, 생선 굽고, 전 부치느라 정신없어도 며느리랑 함께하니까 힘든 줄도 모르고 재미있었는데 이번에는 혼자 하려니 힘드네요."

"아들은 해외 출장 가느라 못 내려온다고 해도 며느리는 혼자서라도 내려와야 하는 것 아닌가!" 최 교장의 말속에 짙은 서운함이 묻어 있었다.

"요즘 젊은 애들이 어디 그러나요? 더구나 지난 설 때 당신이 서운한 말을 해서 새아기가 울면서 올라갔잖아요?"

"그게 서운해할 일인가? 시아버지로서 당연한 이야기를 한 건데……!"

마을 어귀로 승용차가 여럿 들어오는 것을 지켜보던 최 교장은 못내 아쉬운 표정을 지으며 마실 나섰다.

최씨 집안은 대대로 손이 귀했다. 독자로 근근이 대를 이어오고 있다. 명절이라 해도 찾아올 친척은 몇 안 된다. 그러나 음식은 늘 풍성하게 준비했다. 최 교장이 교대를 졸업한 후 쭉 고향마을에서 초등학교 선생님을 한 연유로 고향을 찾은 사람들 대부분이 그의 제자들이다. 인사차 은사님을 찾아온 제자들에게 맛있는 음식을 대접하며 옛날 추억을 들추어내는 것이 큰 낙이고 보람이다. 정년퇴직한 지 수년이 지났지만, 마을 사람들은 여전히 교장선생님, 여사님이라 부르며 최 교장 부부를 올곧은 어른으로 대접해주고 있다.

*

지난 설날에도 달랑 네 식구가 차례를 지냈다. 식구가 적어 허전했다. 그 탓이었을까? 곱게 한복을 차려입은 아들 며느리가 세배를 올리자 최 교장은 세뱃돈 봉투를 건네며 그동안 꾹 참았던 말을 쏟아버렸다.

"너희들 알다시피 우리 집은 손이 귀하다. 결혼한 지 5년이 다 되어가고 새아기 나이가 서른넷인데 아직 손주가 없으니……올해는 꼭 손주 소식을 듣고 싶구나."

일남은 아무런 대답을 못 하고 아내 눈치를 살폈다. 아내도 고개만 떨굴 뿐이었다.

"이번에는 아무리 바쁜 일이 있더라도 조상님 산소에 가서 후손을 보게 해 달라고 부탁드리고 올라가거라."

일남이 눈짓을 하자 아내도 어쩔 수 없이 따라나섰다. 집에서 차로 20분쯤 걸리는 곳에 선산이 있었다. 성묘를 마치고 최 교장은 며느리에게 어디까지는 문중 땅이고 어디까지는 우리 땅이라고 설명해 주었다. 꽤 넓은 우리 땅에는 관상용 소나무가 심어져 있었다. 일남은 아내가 '우리 땅'을 유심히 바라보며 미소 짓는 것을 봤다. 아내의 재촉에 귀경채비를 서둘렀다. 차에 오르려는데 최 교장이 또다시 말을 꺼냈다.

"추석에 올 때는 꼭 손주 소식 갖고 와야 한다."

일남은 반사적으로 아내를 쳐다봤다. 말릴 새도 없이 아내는 말을 토해냈다.

"아버님, 우리나라에서 애 낳아 기른다는 것이 얼마나 힘든지 아세요? 손주 낳아주면 서울로 올라와서 애 봐주실 거예요?"

최 교장은 당황해서 아무 말도 못 했다. 일남은 서둘러 아내를 태우고 고향 집을 빠져나왔다. 아내가 어느 정도 진정되었다 싶었을 때 일남은 모깃소리로 아부를 했다.

"부모님이 세상 물정을 너무 모르지? 하지만 손주 보고 싶어 하는 것은 이해가 되지 않아? 노인네가 나이 들어가니까 점점 초조해지나 봐!"

아내는 아무런 대꾸도 하지 않았다. 일남은 서울 집에 도착할 때까지 숨 막히는 냉랭함을 견디어 내야 했다.

고향에 다녀오고 일주일쯤 지난 어느 날 아내가 맥주나 한잔하자며 분위기 좋은 레스토랑으로 불러냈다. 일남은 모처럼 아내와 대화할 수 있다는 기대감에 들떴다.

"일남 씨, 요즘 회사생활 재미있어?" 아내가 뜬금없이 물었다.

"월급쟁이가 그저 그렇지! 요즘 우리 회사도 해외에너지사업 진출을 적극 검토하고 있는데, 나도 관심은 갖고 있어." 아내는 고개를 끄덕일 뿐 더 묻지는 않았다. 일남의 말을 흘려듣는 게 분명했다. 일남은 회사생활에 큰 불만은 없었다. 에너지 관련 공기업이어서 경쟁이 심한 것도 아니고 정년까지 근무가 거의 보장되기 때문이었다.

"내 꿈이 뭔지 알아? 아내가 또다시 엉뚱한 질문을 했다.

"세라의 꿈이라! 애 낳아서 온 가족이 건강하게 잘 먹고 잘사는 것 아니야? "

일남의 농담 섞인 대답에 아내는 피식 웃었다.

"나는 요즘 회사생활이 너무 재미있어! 내가 올해 초부터 PB 업무를 맡았다고 했잖아! 내 적성에도 맞고 성과도 낼 수 있을 것 같아." 아내의 음색에 자신감이 넘쳤다.

"PB라는 것, 개념은 대충 알겠는데 구체적으로 무슨 일을 하는 거야?"

"영어 Private Banker 줄임말인데, 쉽게 말하자면 나 같은 금융전문가가 부자 고객을 상대로 돈 투자, 상속, 세무, 부동산 등 전반적인 재산관리컨설팅을 해주는 거야."

"돈 많은 사람들은 깐깐하고 제멋대로인 경우가 많은데, 피곤한 업무 아닌가?"

"단순한 은행 업무보다는 돈 많은 사람들을 만나서 그들이 어떻게 돈을 벌고, 불리는지 배울 수 있어 나는 이 업무가 너무 좋아. 부자 되고 싶으면 부자들하고 놀라는 말이 있잖아!"

"그럼 세라도 머지않아 부자 되겠네! 나도 마누라 덕에 부자대열에 낄 수 있고?"

"내가 남들 돈 불리는 것을 도와주다 보니 억울한 생각이 들어. 나도 그들처럼 돈을 벌 수 있을 것 같아. 방법은 간단해. 그들 그룹에 들어가서 고급정보를 얻고 그들과 함께 돈을 태우면 되는 거야. 문제는 함께 태울 내 돈이 있어야 한다는 사실이야!"

아내는 돈에 대한 집착이 컸다. 일남이 결혼하자고 졸라도 계속 미루더니 그의 부모님이 30평대 아파트 전세자금을 대준다고 하자 바로 다음 날 예식장을 예약했었다.

"일남 씨, 내 말 잘 들어! 고향에 있는 부모님 땅 있잖아? 그걸 활용하자."

"아니, 그 땅이 내 땅이야? 부모님 땅이지! 그리고 나는 그 땅이 얼마나 되는지도 모르고 일부는 문중 땅이라고 했잖아! 어떻게 활용을 해?"

"내가 일남 씨 고향 땅에 대해 다 조사했어. 요즘은 인터넷으로 어지간한 것은 다 조회할 수 있어. 그 땅 공시지가만으로도 10억 원이 훨씬 넘으니까 시세로 따지면 수십억 원은 될 거야. 문중 땅이라는 곳도 실제는 시아버지 명의로 되어있어!"

"아버지에게 그 땅은 조상, 가문과 동일한 의미야. 그 땅 가지고 뭔가 해보려는 생각은 아예 포기해!" 일남이 펄쩍 뛰자 아내는 잠깐 주춤하더니 다시 말을 이었다.

"일남 씨는 외아들이잖아? 부모님이 돌아가시면 어차피 집이고 땅이고 다 일남 씨가 상속을 받게 되는데, 미리 우리가 실속 있게 관리하면 더 좋은 것 아니야?"

"나는 지금까지 부모님 재산 상속에 대해서 한 번도 생각한 적이 없어. 그것은 부모님이 판단하실 문제이고, 때가 되면 말씀하지 않겠어?"

일남이 고향 땅에 대해서는 더 이상 이야기하지 말라고 선을 긋자 아내의 얼굴이 일그러졌다. 그녀는 맥주를 연거푸 마시며 술주정하듯 가슴속에 있는 앙금을 토해냈다. 어린 시절 구질구질하게 살았다고 했다. 남동생 둘은 대학에 갈 수 있었지만, 맏딸인 자기는 서울여상에 가야 했고, 두 동생들 뒷바라지하면서 정말 어렵게 야간 대학을 졸업했다고 울먹였다. 은행에 근무하면서 힘들게 대학을 나왔지만, 여전히 고졸 취업자로 대접하는 것 같아 억울하다고 했다. 엄마는 젊었을 때부터 보험 일을 해왔고 노인네가 다 된 지금도 그 일을 하고 있어 안타깝다고 했다. 그래서 자기는 앞으로 절대 구질구질하게 살지 않겠다고 말하고 또 말했다. 일남은 그런 모습을 보이고 있는 아내가 낯설고 안쓰러웠다.

그날 이후 아내는 더욱 바빠진 것 같았다. 퇴근 후 투자클럽 미팅에 참석했다며 밤늦게 들어오기도 하고, 한밤중에 전화가 걸려오기도 했다. 점차 살도 빠지고 얼굴빛도 어두워졌다. 가끔씩 일남이 통화내용을 듣지 못하게 밖에 나가 전화를 받고, 초조해하기도 했다. 일남은 은행 PB 업무가 무척 힘든 일이어서 그런가 보다 생각했다.

어느 날 밤, 잠을 못 이루고 뒤척이던 아내가 갑자기 물었다.

"일남 씨, 우리가 아이를 가졌다면 부모님이 고향 땅을 활용하도록 해주실까?"

"잘 모르겠는데! 손주가 생긴다면 아마……! 그런데 임신한 거야?"

"아니, 임신한 것은 아니고……! 나는 우리가 구질구질하게 살지 않을 자신이 있을 때 애를 낳을 거야. 그게 내 계획이고 다짐이야."

"세라는 땅을 팔아서 투자자금이 마련되어야 애를 갖겠다는 뜻이고, 내 생각에는 먼저 손주 소식이 있어야 부모님께 땅 문제를 꺼낼 수 있을 것 같은데, 어떻게 해야 하지?"

아내의 계속된 채근에 못 이겨 일남은 여름휴가를 쪼개 혼자서 고향 집에 갔다. 어디서부터 이야기를 시작해야 하나 고민하다가 그가 평소에 궁금했던 말부터 꺼냈다.

"아버지, 우리 선산 주위에 문중 땅이 있다고 하셨는데, 왜 문중 땅이 필요해요? 몇 대째 거의 독자로 내려와서 딱히 문중 땅이 의미가 없을 것 같은데요?"

"그래, 언젠가는 설명해줘야지 하면서도 미루고 있었는데 말 잘 꺼냈다. 사실은 내게 배다른 동생이 하나 있다."

"예? 아버지 형제가요? 그럼 제게 작은아버지가 계신다는 건가요?"

"그렇다. 나도 그 사실을 너희 할아버지가 돌아가시기 직전에 말씀해주셔서 알게 됐다. 그 배다른 동생 몫으로 구분해 놓은 땅이 문중 땅이다. 동생을 빨리 찾아서 넘겨줘야 하는데 아직도 해결하지 못하고 있어 늘 조상님께 죄송한 마음이다."

"왜 여태껏 그 문제를 해결하지 못했나요?"

"간단히 이야기하자면, 너희 할머니가 서른이 넘도록 애를 못 낳자 할아버지는 밖에서 다른 여자를 만나 두 집 살림을 하게 되었단다. 그러던 중에 친할머니가 나를 낳게 되었고 너희 할아버지는 새 할머니 집 출입을 삼갔다가 한참 후에 찾아갔더니 어디론가 떠나버리고 없었단다. 그런데 새 할머니 이웃집 사람 이야기가 내가 태어나고 한 달인가 후에 새 할머니도 아들을 낳았고, 그 아이가 최씨 집안 자손이라고 들었단다. 너희 할아버지가 그들을 찾기 위해 백방으로 노력했으나 이민을 갔는지 다른 집으로 시집을 갔는지 끝내 찾지 못했다는구나. 너희 할아버지는 그 아이도 당신 아들이라고 확신했고, 돌아가시기 직전에 내게 동생을 찾으라고 유언을 남기셨다."

"그래서 그 문중 땅이 아버지 명의로 남아있군요?"

"그렇다. 동생을 찾아야 하고, 혹시 동생의 식솔이 찾아올 수도 있으니 내 정신이 온전할 때까지는 내가 그 땅과 고향을 지키고 있어야 한다."

일남은 '어차피 나에게 상속할 땅이니 미리 팔아서 서울 강남에 부동산 투자를 하고 싶다'거나, '손주를 위해 고향 땅을 정리하고 서울로 올라오시라'는 아내의 계략을 한 마디도 꺼내지 못했다. 일남이 고향에 가서 아버지한테서 들은 기막힌 이야기를 하자 아내가 쏘아붙였다.

"금년 추석에는 일남 씨 고향에 못 가겠네! 손주 소식 없이 갈 수는 없잖아?

일남은 여러 날 동안 깊은 생각에 잠겼다. 아버지가 자신의 생각을 바꿀 수는 없을 것이고, 아내도 자신의 목표를 포기하지 않을 것이다. 그 두 사람 틈바구니에서 어물쩍 버티며 살아갈 배짱은 없었다. 해외여행을 가서 아내와 차분히 이야기를 나누다 보면 답을 찾을 수도 있을 것 같았다. 부모님께는 해외 출장을 가야 하기 때문에 이번 추석에는 고향에 갈 수 없다고 전화로 말씀드린 후 아내에게 물었다.

"세라, 이번 추석 연휴에는 고향에 가지 말고 해외여행이나 갈까?"

"손주 소식을 전할 수 없어 나는 못 가더라도 일남 씨는 조상님께 빌러 내려가야 되는 것 아니야? 계속 잘 받들어 모셔야 손주 보게 해 주지 않겠어?"

"비아냥거리지 말고…… 어디로 갈까? 초원과 바람의 땅 몽골이 좋겠다. 그곳에 가면 세라도 마음이 트일 거야. 둘이 함께 가는 걸로 스케줄 잡아서 예약할게!"

*

울란바토르 공항 입국장을 나서자 예쁘장한 여자가 '최일남 선생님 환영'이라는 팻말을 들고 서 있었다. 옷매무새나 생김새가 한국 여성 같았다. 주차장에는 꽤 비싼 짚 차가 대기하고 있었고 건장한 체구의 남자가 인사를 했다. 그는 몽골사람 특유의 사각 턱에 기골이 장대했다.

"저는 최 선생님 내외분을 안내할 가이드 에르덴이고, 이분은 운전기사 아무라 씨입니다. 즐거운 여행이 되도록 정성껏 모시겠습니다."

"내가 이곳 현지 여행사에다가 한국말을 할 수 있는 몽골 여성 가이드를 부탁했었는데…… 에르덴 씨는 몽골사람인가요? 한국 사람 같아 보이는데!"

"저는 몽골사람입니다만 많은 분들이 한국 사람 같다고 해요. 한국 사람 같다는 말을 들으면 기분이 좋습니다. 지금 울란바토르 대학에 다니고 있고 한국에 있는 대학에서 1년간 교환학생으로 공부하고 왔습니다."

"그래서 한국말을 잘하고, 한국 사람 느낌이 나는 거군요! 아무튼 잘 부탁드립니다. 특히 아내가 불편하지 않도록 각별히 신경 써주길 바랍니다."

울란바토르 시내를 벗어난 차는 광활한 벌판길을 달리기 시작했다. 가을을 맞은 벌판은 갈색으로 덮여 있었다. 비포장 길로 들어서자 길인지 벌판인지 구별이 되지 않았다. 길은 벌판에 그어놓은 금일뿐이었다. 길을 벗어나면 벌판이고 그 벌판에 차가 들어서면 그곳도 길이 되었다. 듬성듬성 이동식 천막집인 게르가 보이고, 게르 주위로 둘러진 목책 안에는 말이나 양 떼가 노닐고 있었다.

차는 호스타이 국립공원 내에 있는 게르 캠프에 멈춰 섰다. 호스타이 국립공원은 몽골 야생마인 '타히'의 서식지로 유명하다. 타히는 한때 몽골에서는 거의 멸종 상황에 이르렀다. 다행히 폴란드에 있던 같은 종의 말 50마리를 이곳에 풀어놓아 지금은 세계 최대의 야생마 서식지가 되었다. 일남은 멸종위기까지 갔다가 가까스로 살아남은 타히를 보고 싶어, 이곳을 여행목적지로 정했다.

게르에 짐을 풀어놓고 말타기 체험에 나섰다. 주인이 탄 말이 앞서가고 가운데에 세라가 탄 말, 그 뒤에 일남이 탄 말이 따라갔다. 말은 잘 길들여져 있었다. 십여 분 지나자 주인이 이제는 두 분이 앞서가라면서 자기는 한참 뒤로 처져 따라왔다. 일남은 금방 말 타는 것에 익숙해졌다. 세라도 곧게 허리를 펴고 말고삐를 잡고 있는 모습이 여유로워 보였다. 일남이 조금씩 달려 나가자 세라가 탄 말도 따라 달렸다. 벌판에 바람이 불었다. 말을 타고 달리는 세라의 머리카락이 바람에 휘날렸다. 그녀의 모습이 아주 아름다웠다. 일남은 이 세상 끝까지 이렇게 둘이서 함께 말을 타고 가면 좋겠다는 생각을 했다. 석양이 내리기 시작했다. 붉게 물들어가는 하늘을 배경으로, 일남과 세라가 나란히 말을 타고 벌판을 달려오고 있다. 그 모습을 에르덴이 핸드폰으로 사진 찍어주었다. 아무르는 식당에 양을 통째로 삶아 만든 요리인 허르헉을 준비해 놓고 기다리고 있었다. 일남은 말 타러 가기 전에 미리 음식을 주문하면서 여행이 끝날 때까지 넷이서 함께 식사하자고 당부해놓았다. 가이드, 운전기사와 함께 식사하는 것을 세라가 불편해하지 않을까 걱정했는데 괜찮다는 눈치였다.

"이렇게 만난 것도 큰 인연인데, 모두의 행복을 위해 건배합시다."

일남이 바람을 잡자 분위기가 편해졌다. 세라가 모처럼 입을 열었다.

"두 분은 어떤 관계세요? 아무르 씨는 한국말을 할 줄 알아요?"

"한동네에 사는 아저씨입니다. 한국말을 듣고 이해하는 것은 거의 되는데 말하는 것은 아직 서툴러요. 30년간 군인으로 있다가 3년 전에 퇴역했고 지금은 운전기사 하면서 여행가이드 일을 배우고 있답니다."

"어쩐지 절도가 넘쳐 보여요! 군인으로 퇴역했으면 이제 편히 지내시지?"

"아직은 젊어서 더 일을 해야 한다는 생각을 갖고 있고, 아들 둘을 미국에 유학 보내서 돈을 벌어야 한대요."

아무르는 세라와 에르덴의 대화를 들으며 엷은 미소를 보였다. 함께 밥을 먹는 사이가 식구食口라더니 한 끼 식사를 같이했는데 네 사람은 벌써 한 식구가 된 것 같은 분위기였다.

게르 안은 트윈침대 사이로 난로가 놓여 있었고, 난로에 미리 불을 피워 놓아 따뜻했다. 난로 옆에는 장작더미가 싸여 있었다.

"저는 바로 옆 게르에서 자요. 불편한 점 있으면 제게 말씀해주세요. 두세 시간마다 난로에 장작을 보충해야 하는데 괜찮으시면 제가 시간에 맞춰 보충해드릴게요."

에르덴의 배려가 고마웠다. 그렇게 해달라고 부탁을 하고 일남과 세라는 각자 침대에 누웠다. 종일 움직였던 일정 탓인지 둘은 금방 깊은 잠에 빠져들었다.

아침에 일어나 보니 난로에 장작불이 활활 타고 있었다. 일남은 에르덴이 밤새 선잠을 자가며 불을 지켰으리라 짐작했다.

다음 날 오전, 몽골 야생마인 타히를 찾아 나섰다. 산주름을 몇 개나 오르내리던 짚 차가 멈춰 섰다. 구릉지의 자그마한 물웅덩이 근처에 타히 한 쌍이 있었다. 아무르가 엄지손가락을 치켜세우며 웃어 보였다. 엄청 운이 좋은 여행객들만이 타히를 볼 수 있는데, 두 분이 운이 좋은 것 같다고 에르덴이 말해주었다. 일남은 멸종위기를 이겨낸 타히를 보게 된 것이 좋은 징조라고 생각했다. 타히가 놀라 달아나지 않도록 조심스럽게 다가가 카메라에 그 풍경을 담았다. 멀리서 커다란 짐승의 울음소리가 들렸다. 발정기의 야생 수사슴이 암사슴을 부르는 소리라고 했다. 일남도 수사슴처럼 온 들판이 들썩일 만큼 큰 소리로 울어보고 싶었다.

차를 타고 가다 보니 길옆에 돌무더기와 동물 뼈가 쌓여있고 그 가운데 나무막대기를 꽂아 오색 천을 감아 놓은 것이 보였다. 그것은 '어워'라고 하는 것인데, 길 떠나는 사람은 시계방향으로 세 바퀴를 돌고 기도하며 안전을 빈다고 했다. 일종의 수호신이며 한국의 성황당 같은 곳이었다. 일남은 차를 세우고 그 어워를 세 바퀴 돌면서 기도를 했다. 세라는 일남의 행동을 바라보고만 있었다.

오후에는 몽골의 한 가정집에 초대받아갔다. 베넷머리 깎아주는 잔치가 진행되고 있었다. 몽골의 전통 풍습이라고 했다. 세 살 되었다는 남자아이가 예쁘게 차려입고 게르의 상석에 앉아있었다. 산파라는 노인이 맨 먼저 아이의 머리를 조금 자르고 가위를 옆에 있는 사람에게 넘겼다. 빙 둘러앉아 있는 친인척들이 차례로 가위를 받아 아이의 머리를 자르며 덕담을 했다. 일남과 세라도 아이의 머리를 자르며 오래오래 살라고 말해주었다. 머리자르기가 끝나자 이번에는 허르헉 고기와 말 젖을 발효시켜 만든 술인 아이락을 옆 사람에게 권하기 시작했다. 잔을 받은 사람은 마시고 옆 사람에게 넘겨야 하기 때문에 술을 피할 수는 없었다. 일남과 세라도 몇 순배나 술을 마셔야 했다. 분위기가 무르익어가자 돌아가며 노래를 했다. 일남과 세라도 술기운을 빌어 진도아리랑을 불렀다. 모두들 박수를 치며 좋아했다. 친인척들은 그렇게 먹고 마시면서 밤을 새운다고 했다. 밖에 어둠이 내리자 일남 일행은 자리를 털고 일어났다. 산파 노인이 게르 밖으로 따라 나왔다. 산파 노인은 일남에게 양손 엄지손가락을 치켜세우며 뭐라고 열심히 말을 했다. 일남이 어리둥절한 표정을 짓자 노인은 세라와 에르덴을 번갈아 보더니, 에르덴을 검지로 가리켰다. 순간 에르덴의 얼굴이 빨개지고 아무르도 당황한 기색이 역력했다. 일남은 노인이 무슨 말을 했냐고 에르덴에게 물었다.

"최 선생님이 이 땅과 하늘의 기운을 받아서 아들을 낳게 될 거라고 합니다."

일남은 산파의 말이 한참 길었는데 에르덴의 대답은 너무 짧다고 생각했다. 하지만 세라에게 한 번 더 확인시켜주고 싶어 재차 물었다.

"그래요! 제가 아들을 얻게 된다고요? 저 노인의 말을 믿어도 될까요?"

"저분은 이 일대에서 가장 용하다는 점술가이기도 합니다. 믿으셔도 됩니다."

일남은 서둘러 숙소로 돌아가자고 일행을 재촉했다. 돌아오는 차 안에서 아내의 눈치를 살폈다. 술기운이 퍼져서인지 그녀의 얼굴에 화색이 도는 것 같았다. 일남은 게르에 들어서며 에르덴에게 일렀다.

"오늘 밤에는 내가 난로에 장작을 보충할 테니까 에르덴 씨는 푹 주무셔요."

"예, 알겠습니다. 그래도 불편한 일이 있으면 우리 게르 문을 두드리시고, 좋은 시간 가지셔요!" 에르덴이 일남의 마음을 읽었다는 듯 웃으며 인사를 했다.

난로에 장작을 보충해 넣자 새빨간 불꽃이 이글거리며 올라왔다. 일남의 욕망도 타오르기 시작했다. 잔칫집에서 마신 술기운도 되살아났다. 천지의 기운을 받아서 아들을 낳게 될 거라는 산파의 말이 생각나자 온몸의 근육이 불끈불끈 일어났다. 일남은 아내의 침대로 올라갔다. 이불을 걷어내고 아내의 몸을 더듬기 시작했다. 아내의 몸에 열기가 돌면서 숨도 거칠어진 것 같았다. 일남은 모처럼 상남자의 본성을 드러내고 있었다. 그런데 갑자기 아내가 온 힘을 다해 일남을 밀쳐냈다. 일남은 침대에서 떨어지며 다리가 난로에 닿았다. 으악, 내 다리! 일남은 비명을 질렀다. 아내는 당황해하는 것 같더니 이내 싸늘한 말투로 '고향 땅 문제가 해결되지 않으면 아이 갖지 않겠다고 했잖아' 하며 이불을 뒤집어썼다.

일남은 옷을 주섬주섬 챙겨 입고 게르 밖으로 나왔다. 에르덴이 묵고 있는 게르 옆 통나무의자에 앉아 바지를 걷어 올려보았다. 손바닥 크기만큼 살갗이 붉게 익어있었다. 참을 수 없을 정도로 쓰라렸다. 에르덴이 게르 문을 열고 나왔다. 그녀는 일남의 다리 상태를 확인하고는 자기 게르로 들어가 무언가를 갖고 왔다. 에르덴은 일남의 다리에 연고를 바른 후 면붕대로 감아주면서 말했다.

"화상 치료 약입니다. 한국에서 가져온 약이니까 안심하셔도 됩니다."

"고맙습니다. 그런데 어떻게 화상 약을 준비했어요?"

"오늘 아침에 짐을 싸면서 이상하게 이 약을 챙기고 싶었어요. 참 신기하죠?"

몽골의 초가을 밤바람은 제법 쌀쌀했다. 눈치 빠른 에르덴이 담요를 갖고 와 일남의 어깨에 걸쳐주었다. 두 사람은 통나무의자에 나란히 앉아 하늘을 올려다보았다. 수많은 보석이 뿌려져 있는 것처럼 별이 반짝였다. 북두칠성도 선명하게 보였다.

"여기 사람들은 북두칠성이 일곱 명의 신을 상징한다고 믿고 있어요."

"한국 사람들도 북두칠성을 칠성신으로 떠받들었어요. 절에는 칠성각이 있고 어머니들은 집 장독대에 정화수를 떠 놓고 칠성님께 가족의 건강과 복을 빌었어요."

"한국도 몽골과 같은 토속신앙을 갖고 있네요? 재미있어요!"

일남은 에르덴에게 고려 여인으로 원나라의 왕후가 된 기왕후의 이야기를 해주었다. 어쩌면 에르덴의 몸속에 기왕후의 DNA가 들어 있을지도 모른다고 이야기하자 에르덴이 손뼉을 치며 좋아했다. 그 DNA 때문에 자기가 한국 사람처럼 보이고, 한국과 한국 사람을 좋아하는 것 같다고 했다.

"에르덴이 무슨 뜻인가요?"

"보석이라는 의미입니다."

"보석이라! 한국에 돌아가서도 보석이나 별을 보면 에르덴이 생각날 것 같아요!"

일남이 말을 하며 하늘을 바라보자 에르덴도 하늘을 쳐다봤다. 바로 그 순간 별똥별이 두 사람을 향해 떨어졌다.

일남 일행이 호스타이 게르 캠프를 떠나는 날 게르를 철거하기 시작했다. 그들이 마지막 손님이었고 겨울 동안에는 관광객이 없기 때문에 게르를 철거해 보관했다가 이듬해 봄에 다시 설치한다고 했다. 일남은 자기들이 묵었던 게르 철거 광경을 지켜봤다. 지붕을 걷어내고, 벽체 역할을 한 막대들을 뽑아내자 순식간에 집채만 하던 천막이 해체되었다. 돋아진 흙더미만 집터였다는 흔적으로 남았다. 일남은 허무했다. 세라와의 부부관계도 저렇게 해체되고 나면 자기 발에 화상흉터만 남는 것이 아닌가 하는 생각이 들었다.

짚 차가 울란바토르를 향해 달리는데 눈보라가 몰려왔다. 갈색이었던 벌판이 순식간에 하얀색으로 덮였다. 아무르는 눈으로 덮여 사라진 길을 용케도 헤쳐나갔다. 이렇게 눈이 내리기 시작하면 몽골은 영하 40도까지 내려가는 추위로 뒤덮인다고 했다.

일남은 몽골에서 가장 유명한 캐시미어 매장으로 차를 몰게 했다. 세라가 쇼핑을 하는 동안 일남은 아내 몰래 여성용 털모자, 목도리, 장갑을 세트로 샀다. 에르덴에게 그동안의 고마움에 대한 감사의 선물이라며 줬다. 에르덴은 고맙다며 눈물을 보였다.

일남은 공항 출국장에서 함께 기념사진을 찍자고 제안했다. 아내는 자기가 찍어주겠다고 했다. 일남, 에르덴, 아무르 셋이 함께 사진을 찍었다. 일남은 사진을 보내주겠다며 에르덴의 전화번호를 받은 후 비행기에 올랐다.

*

일남의 다리에 커다란 화상흉터가 남았다. 아내가 찍어 놓은 흉한 자국이 일남의 마음에도 새겨졌다. 일남은 아파하는데 아내는 꿋꿋해 보였다. 돈 많은 고객들과 투자전략 미팅을 한다는 이유를 들며 밤늦게 들어오는 날도 많았다. 아내는 손주 소식을 전할 수 없으니 설날에도 시댁에 갈 수 없다고 우겼다. 일남은 부모님께 또다시 거짓말하는 것이 싫었다. 마음이 편치 않아서 내려갈 수 없다고 전화로 말씀드렸다. 설날 차례를 지내고 곧바로 올라왔다며 부모님이 들이닥쳤다. 일남은 아내가 원하는 바를 부모님께 말씀드렸다. 부모님이 며느리를 불러 앉혀놓고 직접 의사를 확인했다. 아내는 명쾌하게 자기 소신을 밝혔다. 지그시 눈을 감고 한참 생각을 하던 아버지가 말문을 열었다.

"후손이 없다면 선산, 문중, 고향 땅이 무슨 의미가 있겠느냐? 땅을 팔아서 너희들 뜻대로 해줄 것이니 그리 알아라. 시골이라서 땅이 쉽게 팔릴지는 모르겠다."

부모님은 아들 집에 와서 식사 한 끼 하지 않고 휑하니 고향으로 내려갔다. 그 날밤 일남은 도저히 잠을 이룰 수가 없어 뒤척이다 우연히 아내의 잠꼬대를 들었다.

"제발 며칠만 기다려주세요. 땅이 팔리면 원금과 이자를 한꺼번에 다 갚을게요!

그리고 자기가 하자는 데로 따를게요……"

일남은 더는 듣고 있을 수가 없어 거실로 나왔다. 물을 마시기 위해 불을 켜자 벽에 걸려있는 액자가 눈에 들어왔다. 추석 때 몽골에서 찍어온 한 쌍의 야생마 타히의 사진이었다. 일남은 사진을 바라보며 생각했다. 고향 땅은 팔 수 없다. 그 땅은 조상으로부터 이어온 아버지의 땅이며 은퇴 후 자신을 품어줄 소중할 땅이었다. 그 땅을 사채업자인지 세라의 내연남인지 모르는 놈한테 넘길 수는 없었다. 다음 날 저녁 일남은 아내와 마주 앉았다. 아내는 좋은 소식을 기대하는 눈치였다.

"고향 땅 팔지 말자고 내가 아버지께 말씀드렸어. 그렇게 결정했으니까 알고 있어!"

"왜? 아버님은 땅을 팔아서 돈을 마련해 주신다고 했잖아? 약속을 어기시면 손주를 포기하시겠다는 건데?"

"한 집안의 대가 쉽게 끊기겠어? 조상님들이 돌봐주시겠지!"

"무슨 소리야? 일남 씨, 나하고 이혼이라도 하겠다는 거야?"

"부모님 땅인데! 그 땅 안 판다고 내가 이혼해야 돼? 세라는 나하고 이혼할 거야?"

"나는 내 계획대로 못하면 이혼할 거야! 절대로 구질구질하게 살고 싶지는 않아!"

"알았어! 세라가 원하는 방향으로 하자. 땅은 팔지 않으니까 그렇게 알고 결정해."

이혼 이야기가 나오고 나서 두 사람은 서로 남 보듯 석 달을 더 살았다. 녹음이 짙어지기 시작한 5월 말, 결국 일남과 세라는 재산분할 합의서를 작성하고 협의이혼 신청서를 가정법원에 제출했다. 세라는 짐을 챙겨서 친정으로 가버렸다. 한 달간의 숙려기간이 지나고 둘 중 누구 하나가 구청에 이혼승인서를 제출하면 남남이 된다.

*

이혼서류를 제출한 날, 일남은 착잡한 마음에 일주일간 휴가를 냈다. 몽골의 드넓은 들판이 생각났다. 에르덴에게 전화를 걸자 반갑게 받았다. 혼자서 여행을 갈 예정이니 몽골 현지 여행사를 연결시켜주던지 에르덴이 직접 가이드를 해주던지 여행 일정을 잡아달라고 부탁했다. 에르덴이 직접 가이드를 해주겠다고 했다.

울란바토르 공항에 에르덴이 나와 있었다. 반년 만에 다시 만난 그녀는 이전보다 훨씬 성숙한 여인이 되어있었다. 자기도 휴가를 얻었고 직접 가이드하기 위해 차를 가지고 왔다고 했다. 지난번에 아무르가 몰던 바로 그 짚 차였다. 이번에는 호수가 있는 곳으로 가기로 했다. 지난가을에 보았던 누런 벌판이 파릇파릇 생기가 넘치는 초원으로 변해있었다. 현지인들이 엄마의 호수라고 부르는 어기노르호수 캠프에 도착했다. 일남이 게르를 한 채만 빌리자고 제안하자 에르덴이 한참 고민을 하더니 고개를 끄덕였다. 짐을 게르에 풀어놓고 말을 탔다. 에르덴은 지난번에 일남과 세라가 말 타는 모습을 보며 너무 샘났다고 고백했다. 낙조가 호수 위로 쏟아지는 광경을 바라보며 두 사람은 말고삐를 당겼다. 거칠 것 없는 초원의 바람이 에르덴의 머리칼을 날리고 일남의 근심을 거두어갔다. 6월에 접어들었지만 호숫가의 저녁은 제법 추웠다. 게르의 난로에 장작불이 이글거렸다. 게르 안은 따뜻했다. 두 사람은 맥주를 마시며 이야기를 나누기 시작했다.

"에르덴, 이번에는 왜 나 혼자 여행을 왔는지 묻지 않아요?"

"혼자 오실 줄 알았어요! 그래서 내가 직접 안내하려고 운전 연습도 많이 했어요!"

"참 신기하네요! 내가 혼자 올 줄 알았다니? 어떻게 알았어요?"

일남의 질문에 에르덴의 얼굴이 볼그스레해졌다. 그녀는 쑥스러워하며 대답했다.

"지난번 남자아이 베넷머리 자르기 잔치 때 있었던 일 기억하세요? 산파 노인이 최 선생님께 했던 이야기요?

"아! 그 이야기… 천지의 기운을 받아 내가 아들을 얻게 될 거라고 예언했던 그 산파 노인 이야기? 그 예언 때문에 내 다리에 생긴 흉터가 아직도 남아있어요! "

"그 이야기할 때 산파 노인이 두 여자 중에 저를 손가락으로 가리켰잖아요? 그때는 제가 당황스럽고 부끄러워서 통역을 하지 않았는데, 선생님과 저 사이에서 아들을 얻게 될 거라고 했어요. 그리고 그날 밤 선생님이 게르에서 뛰쳐나와, 저와 통나무의자에 앉아 이야기하고 있을 때 별똥별이 우리를 향해 떨어졌잖아요? "

"그래서 에르덴은 내가 다시 오리라 믿고 기다렸다는 말이네요……!"

"선생님께서 선물로 사 주신 털모자, 목도리, 장갑이 겨울 내내 저를 따뜻하게 해 줬어요. 늘 선생님의 애틋한 정을 느끼며 살았어요! "

난로 속 장작불이 벌거니 휘감기며 올라왔다. 벌거숭이 남녀가 서로 부둥켜안고 춤을 추는 것 같았다. 일남의 온몸 근육이 부풀어 올랐다. 일남은 에르덴을 끌어안았다. 에르덴이 몸을 파르르 떨며 그의 품에 안겼다. 둘은 뜨거운 밤을 보냈다. 호수와 초원과 바람이 그 두 사람을 붙잡았다. 사흘 밤낮을 보낸 뒤, 그래도 아쉬움을 남겨두고 차를 몰아 야생마 타히의 서식지로 향했다. 일남은 에르덴과 함께 타히를 바라보며 두 손을 번쩍 들어 "됐어! "라고 외쳤다. 그 "됐어"는 자신도 대를 이을 수 있고, 잇겠다는 바람과 다짐이었다.

에르덴이 자기 부모님을 소개시켜주겠다고 했다. 그녀의 부모님이 공항에 나와 계셨다. 일남은 에르덴 아버지께 인사를 드리고 악수를 하려다 깜짝 놀랐다. 그 사람은 운전기사 아무르 씨였다.

"최 선생, 나는 작년 가을 잔치 집에서 산파 노인의 예언을 듣고 에르덴과 최 선생이 꼭 다시 만나게 될 거라 믿었어요! " 하며 양손의 엄지손가락을 치켜세웠다. 한국말도 많이 늘어 있었다.

일남은 귀국 다음 날 고향에 내려가는 차 속에서 혼자 중얼거렸다.

'부모님은 에르덴 이야기를 듣고 무슨 말씀을 하실까? 나는 은퇴 후 고향 땅에 살고 있을까 몽골의 초원에서 살고 있을까?' 〈終〉

윤천석

· 고려대학교 경영학과 졸업
· (전) 미래엔인천에너지 대표이사
· 〈풍요의 여신〉으로 한국소설신인상 수상(2019년)
· 〈길 닦음〉 2020 신예작가 선정(2020년)

<작가노트>

국어 선생님의 정확한 판단

윤천석

야트막한 뒷산에 오르면 바다, 고깃배, 갈매기, 모래밭이 내려다보이는 섬에서 어린 시절을 보냈다. 중학생 시절 교지(校誌)에 내가 쓴 글이 실렸다. 뿌듯했다. 게다가 국어선생님이 글을 잘 썼다고 학생들 앞에서 칭찬해주셨다. 우쭐한 기분이 들었고 작가가 되면 좋겠다는 막연한 꿈을 갖게 되었다.

하지만 섬을 떠난 후 내가 걷기 시작한 길은 영 다른 방향이었다. 누군가의 권유에 의해 대학과 학과를 선택했고, 인기를 쫓아 직업을 택했다. 세렝게티의 동물처럼 거친 삶을 견디어 내다가 어느새 현직은퇴라는 너울을 만나 한적한 곳에 머물게 됐다.

한적한 곳에 머무는 것이 평화는 아니었다. 남산둘레길을 자주 걸었다. 그러던 어느 날, 어릴 적 꿈이 생각났다. 이제라도 그 길을 갈 수 있을까?

남산도서관에 개설되어 있는 소설창작반을 찾았다. 지도해주실 선생님은 온화한 자태와 다르게 목소리가 카랑카랑 하고 위엄이 넘쳤다.

첫 시간에 선생님은 '나는 누구인가?'라는 제목으로 자기소개 글을 쓰라고 하셨다. 나는 중학생 시절의 교지(校誌) 관련 이야기를 썼다. 내가 쓴 글을 읽으신 선생님이 빙그레 웃으시며 말씀하셨다.

"나도 한때 국어선생을 했어요. 선생님들은 학생들의 소질을 거의 정확하게 파악해요. 그 선생님의 판단이 맞을 겁니다. 열심히 해보세요."

선생님의 가르침을 받으며 읽고, 생각하고, 쓰기를 몇 번이고 되풀이 했지만 소설 쓴다는 것이 점점 어렵게 느껴졌다. 내게 맞는 꿈인가? 내가 작가가 될 수 있을까? 어두운 기운이 스멀스멀 몰려왔다. 그럴 즈음 빛이 들었다. 한국소설신인상 당선이라는 선물을 받았다.

나를 작가라는 새로운 길로 이끌어주신 김지연 선생님이 팔순을 맞으셨다. 코로나 상황으로 근 2년 동안은 뵙지 못해 안타깝다. 선생님의 열정을 따라갈 수 있으면 좋은 제자가 될 수 있을 터인데 게으른 내 모습이 안쓰럽다.

선생님의 열정과 지혜를 빌릴 수 있도록 오래오래 뵙고 쉽습니다.

〈단편소설 13〉

오래된 밥

이태연

C은행이 전국의 130여 개 지점을 주요 지역 30개만 남기고 축소시켰다. 인터넷 시대에 맞게 지점이 없는 본격 디지털 뱅킹으로의 전환이 목표였다. 은행 입장에서는 점포 수를 줄여서 인건비와 임차료 등 고정비 부담을 줄이기 위한 일환도 있었을 것이다. 그렇게 줄인 지점은 전체 은행의 77%였다. 덕분에 소위 잘 나가던 나도 지점장직을 내놓고 대기 발령 상태가 되었다.

얼마 후 본사로 발령이 났고 오늘이 부임 첫날이다. 나는 아침 일찍부터 출근 준비는 끝내놓았지만 계속 뭉그적거리는 중이었다. 며칠 전부터 몸살 기운으로 약은 먹고 있어도 컨디션이 제로 상태다. 다시 소파에 앉아 고개를 뒤로 넘긴 채 눈을 감았다.

눈을 감고 있으니 지난밤의 꿈이 생각났다. 꿈에서도 지금처럼 소파에 앉아 있었고 둘러보니 어릴 적에 살던 옛집의 거실이었다. 갑자기 온몸에 소름이 끼쳤는데 앉아 있는 소파 아래로 검정 머리카락들이 잔뜩 엉켜서 들붙어 있었기 때문이다. 얼마간을 손으로 여기저기 엉켜있는 머리카락을 떼어냈는지 모르겠다. 일순 등 쪽으로 서늘한 바람과 함께 인기척이 나서 돌아보았더니 외할머니가 홀연히 서 있었다. 할머니는 아무런 말은 없었다. 꿈은 그 순간 깨었지만 할머니가 말없이 등 뒤에 우뚝 서 있던 장면은 선명했다.

갑자기 무슨 일일까? 내가 할머니를 그리워했었나? 딱히 짐작이 가지 않았다. 나는 어려서부터 할머니와 이모들과 살던 기억이 내 어린 시절의 전부다.

그 시절 밤이 되면 나는 달랑 베게만 들고 할머니 품으로 파고들었다. 할머니는 잠자리에 누워서도 내일 쌀 내 도시락 반찬을 걱정했지만 나는 그저 매일 같은 시간이 되면 울리는 교회의 종소리처럼 할머니의 걱정 소리를 자장가 삼아 잠이 들고는 했었다.

할머니는 매일 새벽마다 일어나서 싸는 도시락이 얼마나 귀찮았을까? 하지만 점심시간, 격자무늬 손수건에 야무지게 묶인 도시락을 열면 밥 위에는 계란이 척 올라가 있었다. 한겨울, 추운 교실 안의 주인공은 한가운데에 놓인 석탄 난로였다. 학생들은 난로 위에 도시락을 올려놓고 점심시간을 기다렸다. 하얀 김이 올라오는 도시락 뚜껑을 열면 밥 위에 얹힌 계란 프라이 역시 따끈따끈했다.

할머니는 늘 깊은 한숨을 쉬고는 했다. 팔자 사납게 아들 하나 없이 딸만 여섯 키우고 이제는 손녀딸까지 키운다고 한탄했다. 아무짝에도 쓸모없는 것들. 계집애들만 일곱이라고, 다들 꼬리만 달면 산으로 갈 여우들이라고 했다. 그리고 나는 할머니가 손수 키운 여우들 중 일곱 번째 여우였다. 그런데 왜 할머니가 본사로 출근하는 날 꿈에 아무 말 없이 나타났는지 영 개운치가 않았다.

*

처음 출근한 본사 사무실은 25평 남짓한 크기였다. 벽 중앙에 당연히 있을 은행 로고가 없는 것만 빼고는 평범했다. 사무실 안은 다소

좁게 느껴질 만큼 책상과 의자가 빼곡히 놓여있었고 상당수의 사람들이 이미 자리하고 있었다.

추측건대 그들은 나와 같이 점포가 문을 닫고 직위가 해임되어 본사 발령이 난 지점장들이었다. 아마도 그들과 나는 30여 년의 근무연수 동안 스치듯 보았거나 같은 강의를 한 번쯤 들었을 사람들일 것이다. 분명히 아는 사람이 더러 있을 텐데 나는 얼른 그들을 찾아내지 못했다. 인상은 비슷한데 머리가 희끗희끗해졌고 몸이 불어 있었다.

분기마다 만났던 연수원 동기일까 아니면, 전국 5대 시중 은행이 문을 닫고 30대 대기업 중 16개가 간판을 내렸던 IMF 환율 전쟁 시 살얼음 깔렸던 회의 석상이었을까? 자세히 보면 눈에 익은 사람이 꽤 있었다. 그동안 못 보던 은행 동기들과 같은 지점에 근무했거나 가끔 소식만 듣던 인물들이었다. 안쪽에서도 누군가가 번쩍 손을 들었다가 내린다. 비록 옆얼굴이지만 건너편의 인물 역시 익숙했다. 모두 옛 동료들이다. 나는 반가운 마음에 일단 손을 번쩍 들었지만 동시에 번개처럼 뇌리를 스치는 것이 있었다. 아까부터 느꼈지만 분위기가 가볍지 않다.

혹시 폐기물 집합소?

그러고 보니 누구도 반갑게 인사를 하지 않았다. 입꼬리만 올렸다가 바로 제자리로 돌아갔다. 감으로 느꼈던 설마 하던 일들, 뉴스에서 들었던 다른 나라, 타 기업에서의 일들이 지금 일어나고 있는 과정인 것일까? 은행 측에서는 매장이 문을 닫고 직원들을 정리하던 그 시기까지 지점장이 필요했다. 그리고 그 모든 것이 정리된 지금 지점장들의 등을 떠밀어서 나가라고 할 수가 없어서 이곳에 집합시킨 것일까?

불안한 예감과 의문으로 머릿속이 요동을 쳤다. 비단 나뿐만이 아니었다. 다들 표정이 굳어있었다. 다른 사람들 역시도 오늘 아침의 본사 출근을 기대했을 것이다. 나 역시도 그랬으니까. 그런데 이 사무실에 모인 사람들은 이미 식어버린 밥처럼 한쪽 구석으로 치워진 분위기였다.

'김승희'라고 내 이름이 적힌 책상은 어렵지 않게 찾았다. 그러나 나는 한동안 서서 있었다. 손가락으로 책상을 툭툭 치면서 한참을 서 있었다.

외국계 은행이 한국에 자리 잡을 때까지 나는 C은행과 역사를 같이 했다. 나는 이 은행이 또 하나의 내 이름이었다. 그 누구도 한 치 앞을 모른다. 어느 해인가 명예퇴직금을 줄 때 그만두는 게 나았을까. 지금, 이 사무실 안에 모여있는 사람들은 지점이 문을 닫을 때까지 그만두지 않고 버틴 지점장들이었다.

누군가가 와서 이 상황을 브리핑해 주겠지. 이 상황을 설명해 줄 누군가를 기다리는 것은 나뿐만이 아니었다.

출입문이 열리면 사람들의 고개는 일시에 문 쪽으로 쏠렸다. 그들 중 더러는 핸드폰을 만지작거리며 관심 없는 척을 했지만 기척이 있을 적마다 몸을 움찔거렸다. 대놓고 고개를 돌리는 사람이나 모른 척하는 사람이나 얼굴에는 불안함과 어색함이 지천으로 피었다가 사라졌다.

본사는 지점 폐쇄가 결정되기 전부터 모든 직원들과 지점장들을 상대로 몇 차례의 적성 검사와 인터뷰를 진행했었다. 공평한 조사를 통해서 인재를 고르고 그동안의 실적에 맞는 적당한 자리를 줄 것 같은 분위기였다. 당연히 실적이 좋았던 나는 남들과 다르다는 것이 다시 증명이 되겠구나 했었다. 그런데 지금의 상황은 예외 없이 찬밥, 더운밥 가리지 않고 한 그릇에 담겨 치워졌다. 한쪽으로 몰아버린 것이다.

책상과 의자만 주고 〈일괄 처리 폐기〉 자존심 상하면 나가라는 무언의 싸인 임에 다름이 없었다. 뿌드득 이가 갈렸다. 생각하면 할수록 그동안 희망을 주었던 여러 장면이 오버랩 되었다.

나는 최연소 여자 지점장이었고, 경기도 언저리에서 처음 시작한 지점장 생활은 분당을 거쳐 금융 비즈니스의 정점인 여의도까지 승승장구해왔다. 여성 은행원들 사이에서는 신화중의 한 명이었다.

나는 인터뷰 당시, 당신은 능력이 충분한 사람이라고 추켜 세워주던 붉은 머리의 이사 샬런을 떠올렸다. 시간을 넘기면서까지 다소 긴 시간 인터뷰하고 제법 훈훈한 시간을 보냈던 것 같은데, 말 그대로 희망 고문이 된 셈이다.

"헐, 이게 뭐야. 연식이 다 되었다고 밀어내는 거야? 이럴 거면 왜 인터뷰하고 이력서 다시 쓰고, 재교육하고 요란을 떤 거야? 뭐 하러 사람 이리저리 귀찮게 한 거냐고. 결국 한 구석에 몰아넣을 거면서"

나는 내 이름이 적힌 책상으로 가방을 던지면서 짜증을 냈다.

"야, 이거 정말 오래간만입니다. 그 유명한 김승희 지점장을 여기서 보다니, 이거 뭐 세월엔 당할 장사가 없습니다. 그려"

기억에 가물가물한 인사가 너스레를 떨면서 인사를 청해왔다.

"오랜만입니다. 사는 게 그러네요. 내 참 치사하고 더러워서, 아무튼 뭐 그렇습니다"

"그래도 만나기 어려운 분도 이렇게 만나고 나쁘지만은 않습니다. 김승희 지점장이라면 이 조건 안 받아들일 거라고 생각했는데. 뭐, 이제 좀 인간 냄새가 나는 것도 같고"

지금 인사를 하는 건지 비꼬는 건지, 나를 잣대 삼아 조금의 위안이라도 받아 보자는 심사로 보였다. 아무리 감가상각이 되었어도 같은 레벨은 아닐 텐데 말이다.

"아, 네. 이렇게 된 이상 어디까지 가는지 봐야겠습니다. 그러나저러나 여기서 뭘 하라는 건지 매뉴얼은 나왔나요?"

나는 얼른 일 쪽으로 말머리를 돌리고 자리에 앉아버렸다. 더 이상

말 섞고 싶지 않으니 당신 발로 알아서 사라지라는 뜻이다.

책상 위에 컴퓨터만 있어서일까, 썰렁했다. 초창기 신입사원이던 때가 떠올랐다.

그 시절에는 특별히 주어진 게 없어도 앞으로 펼쳐질 미래에 대한 두근거림과 설렘으로 가득했는데, 다시 포맷된 화면 앞이다. 컴퓨터 화면의 한 가운데 자리한 삼각형의 앞머리 커서가 유난히 커 보였다. 커서는 일정하게 깜박이며 내게 앞으로의 향방을 묻고 있었다.

*

나는 어려서부터 길 찾기를 어려워했다. 내 태생이 그랬다. 어리던 나는 잠에서 깨면 엄마를 찾았다. 두 손으로 눈을 비비면서 앵앵 울면서 문지방을 넘어서 반듯반듯하게 쪽이 난 긴 마루를 걸어 나와서 계속 걸어 나와서 마당으로 툭 떨어졌다.

마당과 마루는 어른의 허벅지 높이였다. 지금도 생각난다. 어느 순간 발바닥이 허공을 디뎠고 한참을 머물렀고 밑으로 쑥 빠졌다. 그런 다음 더 크게 울었다. 결코 아파서 운 게 아니다. 허공에 머물렀던 잠깐의 그 이상한 부유감이 낯설기도 하고, 좋기도 하고 어쩌면 더 날고 싶었는지도 모른다. 그 뒤로도 나는 자주 떨어졌다. 그래서 무릎이 멀쩡한 날이 없었다. 그때마다 할머니가 입으로 호 불어주면서 어미 찾는 거냐고, 니 아비가 못된 놈이라서 애가 자꾸 헛것 본 것처럼 자다가 걷는다고 혀를 찼다. 생각해보니 난 내 동생들과 아비가 다르다고 했다. 엄마는 나를 외갓집에 맡겼다.

보통 사람들은 입사원서를 준비할 때 하나라도 더 잘 보이고 싶어서 멋지게 포장하려고 애를 쓴다. 나는 달랐다. 당시의 입사원서에는 가족 전체의 호적등본을 제출해야 했다. 아버지가 보내온 편지 봉투 속의 서류는 네 번으로 반듯하게 접혀 있었다.

하지만 나는 막연한 불안감에 손끝이 떨렸다. 부모란을 먼저 보았다. 엄마가 있을 만한 칸에서 아무리 눈을 비벼가며 찾아도 엄마 이름이 없었다. 생전 알지도 못하는 사람이 엄마 이름 칸에 있었다. 내게는 본 적도 만난 적도 없는 형제가 많았다. 난 그들 중 넷째였다. 심지어 그 등본 속에는 나와 태어난 해가 같은 남자 형제도 있었다.

윗집에 사는 친구는 어엿한 자기 엄마, 아빠와 친언니가 있는데 나는 제대로 된 게 하나도 없었다. 너무 창피했다. 쥐구멍이라도 있으면 머리를 박고 싶었다. 면접이 내일인데 나는 그만 퍼져서 이불에 얼굴을 묻고 눈이 퉁퉁 붓도록 울었다.

내가 할 수 있는 게 있을까? 면접관들이 이게 뭐냐고 물으면 나는 그 자리에서 땅으로 꺼져버릴지도 모른다. 수치스러움에 얼굴에 불이 나서 타 죽을지도 모른다.

툇마루 끝에서 오후 내내 말없이 지켜보던 할머니가 쭉쭉 찢은 김치에 고추장을 넣어서 비벼온 뜨거운 김치볶음밥을 냄비 채로 내밀었다.

"썩을 것들이 잘못한 것을 니가 왜 우냐, 이겨내라. 살기 위해서 왔다가 죽어서 가는 게 이 세상이여. 사람 사는 거 다 똑 같어. 지금은 기죽지 말고 어여 먹어"

다행히 나는 은행에 무사히 입사를 했다. 기쁨보다 안도의 한숨이 먼저 터져 나왔다. 아픔인지 가려움인지 벅찬 통증이 찌르르 전신으로 번져나갔고, 가슴 한가운데가 벌어질 것만 같아서 그 자리에 주저앉았다. 다리에서도 힘이 풀렸다. 뚝뚝 작은 주먹만 한 눈물이 발등으로 떨어졌다. 한겨울임에도 뜨거운 열기가 얼굴에 닿았다. 눈물에도 온도가 있다는 것을 나는 그때 알았다. 아직도 생생한 80년대 겨울의 끝자락이었다.

그 해 낙심해서 울던 내게 뜨거운 밥을 내밀 던 할머니는 돌아가셨지만, 오늘처럼 개떡 같은 날이면, 나는 그 뜨거운 고추장 김치볶음밥을 먹어야 하는데……. 뭐든 살기 위해 살아내는 시간들이 곧 죽음을 향해 가는 시작일지라도 말이다.

*

퇴근 후에 나는 곧장 엄마 집이 있는 문정동으로 왔다. 내가 나의 출생에 대해서 알게 된 후 나는 웬만해서는 엄마 집에 오지 않았다. 이곳은 새 아버지와 엄마의 다른 아들딸이 있는 집이었다. 문 앞에서 몇 번을 망설이다가 목소리의 톤을 올리며 현관에 들어섰다. 제일 먼저 달려 나와 반기는 사람은 엄마였다. 그녀는 우선으로 내 기색부터 살핀다.

엄마는 나이가 꽤 되는데도 키가 크고 여전히 미인형이었다. 하지만 스스로 낮춘 자존감으로 인해 결코 커 보이지가 않았다. 처녀의 몸으로 덜렁 갓난아기인 나를 안고 들어온 날부터 자신의 목소리를 죽였을 것이다. 나중에는 친척들이 찾아준 상처 자리로 알아서 비켜났다고 한다. 옆에서 속을 끓이는 할머니와 아직 어린 동생들을 볼 낯이 없었을 것이다.

"밥은 먹었니? 아직이면 어서 먹자. 입에 맞을지 모르겠다."

엄마는 부엌이 마치 자기가 있을 자리라는 듯 얼른 부엌으로 들어간다.

"아니에요. 엄마, 밥은 오기 전에 먹었어요. 그나저나 얘기는 어떻게 되고 있나요? 제 커피는 제가 탈게요"

"승희 왔니? 커피 탈 거면 나도 한 잔 시원하게 해다오."

안에서 터지는 큰 목소리로 보아서 청주 이모 같았다. 틀리지 않았다. 이모들이 모두 모여있었다. 논쟁이 한창 달아오른 모양이었다. 미국에 사는 막내 이모까지 와서 할머니의 여섯 딸들과 나, 모처럼 할머니가 손수 키운 일곱 명이 다 모였다.

시골에 있는 문중 산 중에서 한 자락이 팔렸는데 하필이면 할머니의 묘가 있는 산이었다. 묘를 선산으로 이장을 해야 할지, 화장을 할지를 놓고 상의가 필요했다. 선산으로의 이장과 화장, 교회를 다니는 이모들은 둘 다 모두 필요 없다고 여겨서인지 입을 닫고 불퉁했다.

멀리 미국에서 온 막내 이모가 이말 저말 했지만 어려서 미국으로 시집을 간 탓에 '네가 한국에 대해서 뭘 알아?' 하는 한 마디에 막내 이모 역시 단박에 내 처지가 되어 버렸다.

가족 안에서 순서대로 태어난 서열은 막강하다. 더구나 갑자기 명분 없이 이모들 틈에 끼어서 자라게 된 나를, 그녀들은 예뻐도 했지만 만만하게 여겼다. 내 의사는 묻지도 않는다.

정작 이모들이 나를 찾을 경우는 따로 있었다. 가령 대출이 필요할 때나 자신 자녀들의 취업 자리를 알아볼 때, 또는 인맥이나 연줄이 필요할 때였다.

내가 사회적으로 한 단계씩 올라갈 적마다 이모들은 돌아가면서 나를 찾아왔다. 핑계도 다양했다. '내가 너를 업어 키웠잖니' '너 기죽지 말라고 입학식 때 새 옷 사 입힌 거 기억하니' '열나고 아플 때는 어떻고'

그녀들은 매사에 당당했다. 마치 자신들이 당연히 받아야 할 몫을 내게 임시로 맡겨 놓은 것 같았다. 나는 꽤 오랫동안 그녀들의 요구를 채워왔지만, 그녀들의 계산상으로는 내가 갚아야 할 기다란 지불 목록이 아직 남아있을지도 모른다. 시시때때로 그녀들이 돌아가며 내미는 빨대는 비루하고 긴 장마처럼 눅눅했다.

기억 속의 어느 날이다. 초저녁에 나는 혼자 있었고 갑자기 할머니가 내 방에 들어왔다. 왜 그 이야기가 나왔을까? 그날 할머니는 창문

밖을 한동안 멍하니 바라보다가 말했다. 훗날 죽었을 때 선산으로는 가기 싫다고. 죽어서까지 박씨 문중으로 들어가고 싶지 않다고. 살았을 때 못해 본 것을 죽어서라도 훨훨 자유로운 몸이 되어서 하고 싶다고 말했다.

'그럼, 할머니 만약에 아주 훗날에 할머니 돌아가셨을 때 지내는 사십구재는 어떻게 해요? 이모들은 종교 때문에 시끄러울 텐데…….' 그때 할머니가 말했다.

천천히 고개를 돌려서 나와 눈을 맞추면서 '그럼 네가 지내다오. 저년들 모르게'라고 말했다. 나는 우선 그럴 수가 있을까 하는 의문이 들었다. 시끄럽고 말 많은 이모 다섯을 당해 낼 자신이 없었다. 그것보다는 할머니가 돌아가신다는 게 와 닿지 않았다. 영원한 내 편인 할머니와의 헤어짐을 떠올 수 없었기 때문이다. 할머니와 나는 서로 눈을 흘기면서 웃었고 2년 뒤에 할머니는 거짓말처럼 돌아가셨다.

할머니는 꿈에서처럼 말없이, 내가 출근을 할 때면 현관문 앞에 오래도록 서서 나를 배웅했다. 퇴근을 하고 집에 오면 그날 하루가 어땠는지 물었고 잘했다고 머리를 쓰다듬으며 기특해했다. 나는 빨리 출세하고 싶었다. 아들 하나 없는 할머니에게 남 부럽지 않은 손녀딸이 되고 싶었다. 할머니가 동네가 마실 나가서 자랑하는 손녀딸이 되고 싶었다.

손님에게 적금을 권유하던 시절, 나는 주요 고객을 기억해 두었다가 명절이면 선물을 들고 찾아가서 눈도장을 한 번 더 찍어 두었다. 빠른 승진은 성과의 보답으로 따라왔다. 승진을 할 적마다 할머니는 떡을 해서 은행에 보내주었다.

직급이 꽤 올라간 뒤에도 나는 자리에 앉아 있지 않았다. 아는 친구나 지인의 회사에 적금이나 주식을 권유하러 다녔다. 내가 나 자신을 '보따리 장사 왔습니다'라고 소개를 하면 상대방은 내 명함을 보고 손사래를 쳤다. 어떻게 차장이 혹은 지점장이 보따리 장사냐고 웃곤 했다.

그 말속에는 자연스럽게 상대를 높여주는 효과가 있었고, 내가 나 자신을 힘껏 낮춰도 상대가 알아서 올려주는 야릇함도 있었다. 분위기는 부드럽게 풀렸다. 서로 우쭐한 마음은 긍정적인 시그널로 돌아오기 마련이다. 내 실적의 대부분은 외근에서 올랐다. 계약을 몰고 두툼한 통장을 챙겨서 은행에 돌아가면 하루 종일 자리를 지킨 다른 직원들보다 당연히 실적이 높았다.

'붙박이로 자리만 지키지 말고 좀 뛰세요' 노골적인 나의 태도에 불편해하는 직원들도 있었지만, 후배 중에는 더러 나를 따라 해서 꽤 잘 풀린 경우도 있었다.

현관 앞에서 배웅하는 엄마의 둥근 어깨에서 할머니가 보였던 것일까. 돌아오는 길 만큼이나 상념이 길었다.

*

매일 본사로 출근을 했다.

새로운 업무나 작업에 대해서 아무런 지시 사항이 없었다. 결국 책상만 지키는 셈이었다. 나를 포함해서 다른 사람들도 전원 출근, 아직까지 결근을 한 사람은 한 명도 없다.

생각해보면 근무하던 지점이 폐점되는 전날까지도 어떠한 언급이 없었다. 본사 근무라고 이전 발령이 났을 뿐이다. 개인의 30년은 세계적인 다국적 기업 입장에서는 낮이 가면 밤이 오는 것처럼 대수롭지 않은 일일까? 그들에게는 그저 아무렇지 않은 사소함 일지도 모른다.

오전은 늘 아침을 열던 관성으로 메일을 확인하면서 흘러갔지만, 오후는 힘들었다. 시간이 평소보다 배는 더뎠다. 사무실 안은 지루함에 압사당하기 싫어서 나오는 기침 소리만이 간간이 떠올랐다가 가라앉았다.

한참 정신없이 일하고 바쁠 때는 이렇게 비어있는 시간이 절실했는데, 정작 실적과 평가에 시달릴 때도 출근하기 싫은 적은 없었는데……. 나뿐만이 아니라 모두도 어쩔 줄을 몰라 하는 눈치였다.

날이 갈수록 위축되어갔다. 나 자신에게 더 한심하게 느껴지는 것은 그동안 잘났다고 커리어 우먼으로 고개 빳빳이 들고 살아온 날들이 같잖게 느껴지는 점이었다. 남 보란 듯이 잘 살고 성공해서 나를 부정했던 사람들에게 인정받으려고 이를 악물고 뛰었는데 말이다. 나는 요즘 부쩍 손끝으로 책상을 치는 횟수가 늘어가는 중이다.

나날을 지루함과 한심함으로 채우던 어느 오후, 아마 사무실 전체의 침울함이 어디선가 올라온 농담으로 지워지려는 순간이었다. 스타벅스 커피를 손에 들고 나타난 그녀는 자신을 이 팀의 팀장이라고 소개했다. 그리고 그녀는 브리핑을 준비해 왔다.

"그러한 이유로 은행의 방침에 따라서 그동안 오랜 시간 저희 C 은행과 함께해 주신 여러 지점장님들께서 솔선수범해서 대출고객 모집의 선두에 서 주셨으면 합니다. 저금리 시대에 은행에 이익이 되는 것은, 잘 아시다시피 은행에 돈을 맡기는 고객이 아니라 은행에서 대출을 받아서 매달 이자를 내는 고객입니다. 그동안 관리하시던 고객은 물론이고 잠재적인 고객 유치를 위해서 텔레마케팅을 적극 활용할 생각입니다. 따라서 내일부터 어떻게 전화를 하고 답변을 해서 좋은 결과를 낼지 텔레마케팅 훈련에 들어가게 됩니다"

여러분의 협조를 요청합니다를 끝으로 그녀는 말을 마쳤다.

AI 인공지능과 정보통신의 융합, 디지털 뱅킹, 초불확실성의 시대라는 명제는 절대적이었다. 누군가에게는 새로운 시대의 청신호이자 기회이겠지만 아직 준비가 안 된 사람들은 불시에 당겨진 미래 앞에서 그저 입을 다물어야 했다. 여기 모여있는 모두가 재교육을 받는다고 해도 가치를 발휘하기 전에 퇴직이 가까웠다.

잠시 후, 까마득한 정적을 깨고 누군가가 몇 가지 질문이라는 것을 시작했다. 젊은 팀장은 다시 같은 설명을 되풀이했다.

저 젊은 팀장은 무엇을 알까?

아마 미국에서 MBA를 따고 온 수재일 것이다. 나는 오랜 시간 저러한 수재들과 범재들을 데리고 일을 해왔다. 그들 중에는 눈치 빠른 부모 밑에서 조기 교육을 받고 유학까지 다녀왔지만, 단순 은행 업무에 지친 불행한 수재도 있었고, 중간 정도 일하고 적지 않은 월급 또박또박 나오는 것에 만족한 행복한 바보들도 있었다.

수재들은 자기 졸업장값을 해야 한다는 강박, 또는 동급 친구들과 비교하면서 좀 더 나은 기회가 오지 않은 것에 대한 자괴감, 그 사이 어딘가에서 갈팡질팡했다. 행복한 바보들은 비싼 소고기 안 구워도 삼겹살이면 만족했다.

삶의 절실함은 고민 없이 갑옷을 벗게 한다. 나는 가볍게 포복했다. 직원들이 극성 고객에게 치일 때나, 상사에게 억울한 일을 당할 때면 나는 감정을 드러내 치열하게 변호했고 한편으로는 열심히 죄송하다고 고개를 숙였다. 직급이 한 계단씩 올라가면서 매달 본사로부터 부여되는 목표 달성을 해내려면 나 혼자의 힘으로는 부족했다. 나는 어렵지 않게 직원들의 도움을 끌어낼 수 있었다.

언제나 핸드 백안에 부조금과 축의금 봉투를 상비약처럼 구비해 놓았다. 고객이나 동료, 상사들의 장례식이나 결혼식, 각종 행사나 축하연이 있으면 어디든지 다녔다.

동료들이 반쯤 농담과 비아냥거림을 섞어서 국회의원에 출마하느냐고 묻던 이유, 나는 내 별명이 '전국구'라는 것을 나중에 알았다. 당연히 실적은 전국 손가락 순위 안에 들었다.

나는 그동안 적지 않은 시간 동안 한때는 회사를 키우고 실적을 채워 주던 따뜻한 곡기였다. 하지만 지금의 나는, 아니 이곳의 모두는 이제 눈에 띄지 않는 한구석으로 치워버려야 할 식은 지 오래된 밥이 된 것이다.

팀장이 퇴장을 하자 물 끼얹은 듯 조용하던 사무실이 웅성웅성 들끓었다. 소리 없는 아우성이라는 말은 이 경우에 제대로 들어맞는다. 나는 자리에서 일어났고 탁탁 소리 나게 옷깃을 털었다.

“뭘 기대했습니까? 기회라도 준 것에 감사해야 하지 않겠습니까? 시대가 바뀌어서 우린 그저 치워버려야 할 구시대의 산물이라잖아요. 너무하다구요? 젠장, 우리 역시도 그 절박함 외면하면서 이 자리까지 오지 않았습니까? 왜 이제 와서 그 생각이 나는지 모르겠습니다만, 다급하게 공장 부도 막아보려는 고객에게 대출 약속해놓고 은행 방침 바뀌었다고 하루아침에 대출 거절한 적 있지 않나요? 아 이런, 젠장. 저는 속이 안 좋아서 이만 가보겠습니다”

나는 홧김에 문을 힘껏 열어젖혔고 마침 문 앞에 놓여있던 빈 쓰레기통이 요란하게 바닥을 굴렀다. 호기롭게 앞뒤 없이 무턱대고 나오기는 했는데 갈 곳이 마땅치 않았다. 무작정 온 곳이 한강이었다.

“젠장, 남들 하는 짓 똑같이 하고 있네. 이제 나도 소주병만 기울이면 되나”

나는 발끝으로 차가운 바닥을 툭툭 찼다. 한강은 한 방향으로 흐르는데 나는 어디로 가야 할까, 딱히 길이 없었다. 한 길만 보고 걸어온 길이었다. 폭을 넓게 잡고 꾸역꾸역 흘러가는 강물은, 그동안 살아남으려고 열심히 재치고 밀치면서 살아온 나를 보는 듯했다. 닮아 있었다. 차가운 겨울바람이 코트 깃 안으로 파고드는 한강 변에서 바라다보이는 강 건너의 불빛은 차갑고 서늘했다.

*

할머니 이장 문제로 엄마 집에 들어섰을 때는 이미 얘기가 한창 진행 중이었다. 이모들은 방이 더운지 거실에 나와 있었다. 더러는 소파에 앉거나 서서 논쟁을 이어갔다.

"우리 나이가 몇인데, 우리가 천년만년 사니? 아들 하나 없이 돌아가신 엄마 묘를 앞으로 누가 챙긴다고 선산으로 이장을 하자는 거야?"

"흥, 뭔 소리야. 몇 년 전 돌아가신 작은 엄마도 그렇고, 남들 다 가는 선산에 왜 엄마만 처음부터 안 간 거야? 이유가 뭐야? 이제라도 가야지. 만약 엄마 이대로 화장해 버리면 나하고 다들 의 끊는 줄 알아. 화장은 절대 안 돼"

이모들의 의견은 각자 달랐다. 자신의 의견이 통하지 않을 때마다 그녀들의 목소리는 점점 높아졌다. 마침내는 서로 큰 소리를 내야만 하는 상황이 되고 가고 있었다. 그러나 바로 한 발 앞 지척의 거리에서도 상대에게 닿지 못하는 고함은 다시 본인에게 되돌아갔다. 각자가 서로에게 완강한 절벽에 다름이 없었다. 제각기의 호통 속에서 서열과 항렬에 밀린 내가 언제 터졌는지는 확실하지 않다. 아마 산이 팔렸어도 남의 묘는 못 건드리니 할머니를 그냥 그대로 두자는 말을 듣고 나서였을 것이다.

"남의 산에 그냥 할머니를 두자구요? 왜죠? 혹시 돈 쓰기 아까워서? 일산 이모, 이모는 친정에 올 적마다 할머니 주머니 털어가지 않았어요? 이모 키워주고 배 불려주시던 할머니 이제는 필요 없다고 폐기 처리하는 거야? 그렇게 아무렇게나 한쪽으로 치워버리는 거냐구요? 그리고 청주 이모, 선산이요? 할머니가 문중 선산에 가기 싫다고 하셨는데 왜 선산이죠? 돌아가신 할머니가 이모 한 풀고 체면 세우는 허세용입니까? 할머니가 내리 딸만 놓고 과부가 되었을 때, 시댁은 아들 없다고 외면했다면서, 처음부터 할머니는 화장을 원하셨다구요. 30년이 넘게 땅속에 계셨는데. 왜? 아직도 안 된다는 거야? 무엇 때문에? 할머니는 자유롭기를 원하셨다고"

내 말이 끝나기가 무섭게 이모들이 입을 열려고 하고 있었다. 각자의 이유로, 각자의 계산으로. 아마 그녀들의 머릿속은 내가 버르장머리 없이 이모들에게 대들었다는 이유로 빠르게 담합 되었을 것이다. 그러나 그녀들이 무슨 말을 할지 잘 아는 내가 더 빨랐다.

"특히 이모, 다른 딸 더 챙길까 봐 이간질해서 할머니 입장 어렵게 했지? 이모는 방학이면 아이들 맡기고 여행 갔고, 할머니가 밤이면 등에 파스로 사셨어. 엄마는 나 할머니가 키우게 했잖아. 갓난아기인 나를 버리고 시집갔잖아. 나 혼자서 얼마나 외로웠는데, 내가 지금까지 결혼도 안 하고 혼자 사는 이유는 혹시 엄마 같은 실수 할까 봐 두려워서라구요. 할머니가 방 윗목에 혼자 돌아앉아서 우는 모습 난 봤어. 종종 이었다구요. 이모들 등 따습게 키워준 할머니를 어떻게 남의 산에 버릴 생각을 하는 거야? 초년 과부 혼자 힘으로 이모들 키운 거 아니야? 생각들 좀 해봐. 제발"

나를 향해서 이모들의 성마른 고함이 달려드는 찰나였다. 이모들 사이 뒤편에서 그림자처럼 스르르 주저앉는 엄마가 보였다. 평생 가슴에 묻고 조마조마하던 말들이 설마 내 입에서 이런 방식으로 나올 줄 몰랐을 것이다.

그러나 말 한마디 못하고 주저앉는 엄마를 본 순간 나는 그만 눈물이 핑 돌았고 그대로 문을 밀치고 밖으로 나왔다. 차가운 겨울바람이 얼굴을 훑었다. 묵은 체증이 일시에 내려가는 것 같기도 했다. 그런데 그 말이 맞다. 안 좋은 일은 한꺼번에 어깨동무하고 온다는 것이.

딸들이 용도 폐기하는 할머니와 30년 넘게 다닌 직장에서 떨려나는 나. 지독하게 닮아 있었다.

오늘 하루 사이, 나는 나의 또 다른 이름이었던 직장과 할머니의 기특한 손녀, 착한 조카까지 다 거덜 냈다. 할머니가 지금의 나를 보신다면 뭐라고 하실까?

왈칵 눈물이 차올랐다. 어릴 적, 모든 방들의 광장인 거실 책꽂이에 이모들이 읽었을 리가 없는 책이 한 권 있었다. 이어령 작가의 '저 물레에서 운명의 실이'라는 책.

그 책에서 이어령 씨는 춘향은 대물림될 기생의 팔자에서 벗어나려고 한 판 게임을 했다고 한다. 어차피 져도 제로섬. 다시 기생이었다. 만약 죽으면 열녀가 될 네고 혹시 이 도령이 찾아주면 신분 상승이 되는, 어찌 되든 승률이 좋은 한 판이라고 했다. 춘향은 머리가 좋았고 시대를 뛰어넘는 용기를 냈다.

그때 결심했다. 나는 저 할머니와 이모들의 물레에는 오르지 않겠다고.

새벽 영어반에 등록을 했다. 찬 공기를 뚫고 현관문을 열 때는 도시락이 없었다. 상관없었다. 내가 열어 갈 세계는 다를 거니까. 난 적어도 저 오랜 물레의 틀에서 직조하진 않을 거니까.

그런데 다 개 풀 뜯어 먹는 소리가 되었다. 32년 동안 한길을 보며 일한 회사의 끝은 소모품이 되는 것이었다. 언제고 다시 갈아 끼울, 미련 없이 대체 가능한 부품. 이런 꼴이 되다니, 그리고 여전히 어리석고 이기적인 이모들이라니.

나는 펑펑 핸들을 내리쳤다.

그리고 아파트 지하 주차장에서 앞의 차를 들이받았다.

찾아와 내일. 내일 이야기해. 다 보상해 줄 테니까. 오늘은 내 인생에 대해서, 내가 혹시 올라탔을지도 모르는 물레를 검색해 봐야 해. 난 내가 짠 천이 무엇이었는지 보이지가 않아. 비단은커녕 무명도 안 되는지 모르겠어. 제길, 안 되면 말지. 다 걷어차고 말 일이었다.

병상에 누워서 올려다본 천장이 통째로 흔들렸다. 휘어지고 물렁거리면서 나를 덮쳐 눌렀다. 난 물레를 따져봐야 하고 어디서부터 꼬인 것인지 생각해봐야 하는데 나를 둘러싼 공간이 틀어지고 있었다. 나는 이렇게 어이없이 무언가의 고약한 심술에 걸린, 한 줌 거리밖에 안 되는 사소한 어떤 것이었다.

시간이 일정하게 흘렀다. 나는 모든 것을 거울 뒤에서 보듯 상관없이 무관했다. 엄마가 다녀가고 이모들이 왔다 갔다.

"네 말대로 할머니 화장하기로 했다. 어서 일어나 고향에 가서 할머니 보내드리자"라고 엄마가 말했다.

고슬고슬하게 새로 한 밥에 화장한 할머니의 재를 뭉쳤다. 두 손 안에 가득 쥐어진 밥은 따뜻한 할머니의 체온 같았다. 할머니에 대한 나의 기억과 죽어서는 훨훨 자유롭게 날고 싶다는 할머니의 염원을 꼭꼭 담아 빈틈없이 밥을 메웠다.

나는 강둑에 서서 있는 힘껏 멀리 밥을 던졌다. 밥은 포물선을 그리며 길게 휘어져 강물 위로 떨어졌다. 할머니는 오래전에 흙으로 돌아갔지만, 이제는 더 큰 강물이 되어 자연의 거대한 그릇으로 돌아가고 있었다.

나는 어려서부터 길을 잘 못 찾을까 두려워했다. 혹은 길에 들어서도 잘못 달릴까 봐 속으로는 무척 겁이 나서 무조건 앞뒤 안 보고 달렸다. 이렇게 무릎이 꺾일 때까지.

어쩌면 순조롭게 달리기의 결승선에 들어왔어도 마지막에 나는 와 하고 울음을 터트리지 않았을까 하는 생각이 들자 동시에 할머니라면 내가 끝까지 나아가길 바랐을 것 같기도 했다.

그해 겨울, 면접을 앞두고 걱정이 되어 넋이 나가서 울었을 때, 할머니가 내밀었던 따뜻함이 그리웠다. 살기 위해서 왔다가 죽어서 가는 게 인생이라면 그 순간이 올 때까지 뛰어봐야겠다는 생각이 든 것 역시 마지막 밥을 다 던지고 난 뒤, 빈 함지에 손을 대고 있을 때였다.

나는 손가락 끝으로 톡톡, 빈 함지를 오래도록 두드렸다. 명쾌한 소리가 손끝을 타고 올라와 공기 중으로 퍼졌다. 청명했다. 손으로 쭉쭉 찢은 김치볶음밥이 세상이 두려웠던 나를 채웠듯이 나 역시 할머니처럼 오래된 밥 일 지언 정 누군가의 배를 채우고 가슴을 데울 수 있지 않을까? 나는 탁탁 옷깃을 털며 걷기 위해서 천천히 일어났다.

제2금융권에 이력서를 넣었다. 전문 구직 해외 사이트에도 나의 이력서를 자세히 써서 올렸다. 내가 끝낼 때까지는 아직 끝난 게 아니기 때문이다. 〈終〉

이태연

· 책 읽는 사람, 스스로 끊임없이 창작물을 꺼내는 사람.
그리고 식물을 가꾸는 사람.
· 현재 제주 곶자왈 숲속에서 산책을 할 수 있는 식물이 있는 북카페 "보타닉 제주 꼬피띠암"을 운영 중이며
2021년 '문학秀'로 등단했다.

<작가노트>

진중한 합평 중의 미소

이태연

김지연 선생님과의 첫 수업은 여름이었다. 땀을 흘리며 들어선 교실에 앉아계신 선생님은 연세가 꽤 있어 보였다. 자기소개를 하시면서 "혼전 등단"이란 말씀을 하셨다. 그 말은 여자는 결혼을 하면 글을 쓸 시간이 없으므로 결혼 전에 반드시 등단을 해야 되었다는 뜻이었다.

시대적 배경이 깔린 그 말이 선생님 시절엔 절체절명의 단어였을 것이라고 이해가 되는 것 까지는 시간이 오래 걸리지 않았다. 그리고 소설……. 그때까지 나는 아는 지인을 따라서 별 설명도 못 듣고 간단한 문학 강의인 줄 알고 참석을 했었다. 눈짓으로 단순히 듣는 강의가 아니었어? 소설을 쓰는 거였어? 하자 지인이 어깨를 으쓱했다. 수업이 시작되자 나는 누구인가?라는 자기소개를 글로 써서 발표를 하고 바로 다음 주 소설을 발표할 학생이 정해졌고 수업은 끝이 났다.

1층 커피숍에서 아이스 아메리카노를 꿀떡꿀떡 마셨다. 친구따라 강남 간다고 그렇게 얼결에 글의 세계에 발을 디뎠다. 몇 번을 그만 둘까 망설였지만 책벌레였던 소녀 시절의 내가 완강하게 발목을 잡았다. 그리고 합평을 진중하고 날카롭게 하시던 선생님은 내 작품에서 간간히 천진하게 웃으셨다.

사실 김지연 선생님을 만나기 전 그해 이른 봄에 나는 남편의 상을 치루었었다. 글과의 만남은 인생의 굴곡진 계곡을 넘어서게 했다. 삶 전체를 돌아보게 되었고 객관적으로 차분히 삶을 이어서 보는 시선이 생겼다. 두 아이들은 쌍수를 들고 환영했고 나는 빈 여백의 컴퓨터 화면과 서점 사이를 오가며 새로운 세계에 빠져 들었다. 허둥지둥 간신히 이어가던 어느 날 드디어 내 작품의 발표시간이었다. 선생님께 미리 보낸 원고가 잘못 되어 작품을 읽어보지 못한 선생님은 인쇄된 원고를 넘겨받아 여러 학생들 앞에서 낭독을 시작하셨다. A4 용지 11장의 분량을 정확한 발음으로 조사 하나 안 틀리고 읽어나가시는 선생님의 글에 대한 열정에 놀랐고, 자갈이 발에 채이듯이 내가 잘 못 쓴 문장은 날아와서 직격으로 가슴에 박혔다. 시간이 꽤 흘렀지만 죄송하고 면목이 없던 기억은 아직까지 가슴에 강렬하게 남아 있다.

어떤 글을 실을까 하다가 선생님을 만난 후 쓴 첫 작품으로 골랐다. 그것이 선생님과의 첫 인연이니까 처음 발자국을 기억하고 싶어서다.

부끄러운 작품으로 다시 선생님께 인사드립니다. 선생님 사랑합니다. 그리고 팔순을 기념하여 헌정하는 소중한 지면에 선생님과 같이 할 수 있어서 영광입니다. 건강하시고 오래오래 저희 곁에 계셔 주세요.

〈단편소설 14〉

수피

이남산

그는 시청 앞 버스정류장에서 담배 한 대를 피우고 싶은 마음이 간절했다. 오 분 후 버스가 도착한다는 알림판을 계속 주시했다. 몇 분 지나지 않아 기다리던 버스가 왔으나 꽤 길게 느껴졌다. 복잡한 지하철을 타다가 남산으로 가는 버스로 갈아타게 되면 기분이 한결 좋아진다. 일주일에 한 번씩 남산에 있는 N문화센터 서양화 반에 출강하는 이 시간만큼은 그도 생기를 찾으려고 노력했다. 차 안에서 느끼는 봄볕은 따스했다. 지난겨울의 냉기를 머금고 있는 하얀 벚꽃이 몽글몽글 필 준비를 하고 있다.

이날도 아침밥을 거른 그는 전날 과음으로 속이 쓰렸다. 강의 시작 전 흡연실에서 담배를 꺼내 물며 폐 깊숙이 힘껏 빨아들였다. 순간 어지러움을 느꼈지만 이내 머리가 맑아졌다. 흡연으로 심리적 안정을 되찾고 화장실에 들러 가글을 하고 입가에 묻은 물기를 닦으며 거울을 들여다봤다. 거울 속에 비친 그의 눈은 하루를 다 써버린 저녁 해처럼 퇴색되어 흰자위가 누렇게 변했고, 안색은 그을린 것처럼 검은 빛을 띠었다. 짧고 단정한 머리에 마른 체격이 그나마 쉰 살을 갓 넘긴 나이를 짐작게 했다.

서양화 수업은 성인을 대상으로 하는 수업이라 음악을 들으며 자유롭게 진행됐다. 회원들 그림도 여러 종류의 형태와 색으로 다양하게 자기만의 방식대로 그려졌다. 그는 일대일 방식으로 각자의 개성이 침범하지 않는 범위 내에서 잘못된 부분을 설명하고 때로는 직접 붓을 들어 터치해주기도 했다. 조언을 긍정적으로 받아들이고 열심히 노력하는 수강생에게는 그도 마음이 더 쓰여 시간 할애를 많이 하게 됐다. 반면 개성이 강하고 강사의 조언에 배타적으로 받아들이는 사람에게는 크게 잘못된 부분이 아니면 잘한 부분에 대해 칭찬만 했다.

그는 수업시간마다 항상 강조하는 이야기가 있다.

"그림은 잘 그리고 못 그리고의 기준이 없습니다. 좋은 그림은 내 안에서 꿈틀거리는 것을 표현하는 것입니다. 사물을 그대로 옮기기보다 마음의 눈으로 바라보고 그리는 것이 중요합니다. 손의 기술이 아니라 마음으로 비추어지는 것들을 가만히 들여다보세요."

그림을 그리는 사람들은 개성들이 강하고 나름대로 철학을 가지고 있다. 그것을 조율하기가 그림을 지도하는 것보다 어렵게 느껴질 때가 많았다. 그런 수업 방식에서 오는 부작용이 몇 해 전 일어나기도 했다. 편파적으로 수업을 한다고 제반 불만 사항을 문화센터 측에 제기하였고, 두 개 있던 강좌가 하나로 줄어든 것이다. 그림을 대하는 사람의 마음이 제각기 다르니 어쩔 수 없는 일이었다. 그 일로 보이지 않는 파벌이 있는 것을 감지하게 됐다. 수강생의 상당수는 강좌가 처음 개설될 때부터 함께 해왔다. 그런 그들과 수강한 지 얼마 되지 않은 회원들과 융합되지 못한 것이 불씨가 되어 일어난 일이었다. 그는 상황이 그렇게까지 된 것에 자신의 무능력함으로 일어난 일이라 자책했다. 수강생들의 연령층은 다양했으며 살아왔던 삶의 행로도 제각각이었다. 그들의 삶이 다양하듯 문화센터에서 그림을 지도하며 보낸 지난 칠 년 동안의 삶도 많은 굴곡이 있었다.

그는 지난해 봄까지 아내와 함께 미술학원을 운영해 왔다. 말주변이 없고 사교적이지 않은 성격에 학원 영업과 관리는 아내가 도맡아 했다. 빚을 내어 차린 학원은 매달 이자를 갚아나가기 힘들 뿐 아니라 임대료 내기도 버거웠다. 경제적으로 궁핍해지니 아내와 다투는 일이 잦았다. 그 싸움의 결말은 이혼에 이르렀다.

아내가 이혼을 원하게 된 것은 경제적으로 힘든 것보다 아무런 희망과 기대도 할 수 없는 그의 미래를 예견한 것이다. 그의 답답한 성격을 더는 받아 주기 힘들었기에 결단을 내린 것이다. 그는 그것을 알기에 아내의 이혼 요구에 순순히 받아들일 수밖에 없었다. 아내가 느끼는 답답함과 경제적 궁핍을 해결해 줄 수 있는 능력이 그에게는 없었다. 앞으로의 시간도 지금의 상황과 별반 다를 게 없음을 알기에 어쭙잖은 말로 위로하며 붙잡는 것은 위선이고 거짓이라 생각했다. 그는 선불리 말을 하지 못했다. 이미 단단히 굳어버린 아내의 마음을 더는 붙잡을 수 없었다. 아무런 거부 반응 없이 이혼을 받아들이는 것에 아내는 더 화를 냈고 괘씸 해했다. 학원을 처분한 몇 푼의 돈과 집, 고등학생 딸의 양육권 등 아내가 원하는 대로 해주었다. 그가 가진 모든 것이 이혼과 함께 없어졌다. 그에게 남아있는 것은 문화센터 강사직과 어둡고 칙칙한 그림뿐이었다.

서울 외곽 변두리에 낡은 다세대주택으로 이사를 했다. 그가 작업실을 겸해서 얻은 월셋집이었다. 이사라고 할 것도 없었다. 허름한 옷가지와 간단한 가재도구 그리고 그림 도구가 대부분이었다. 볕이 들지 않아 더욱 비좁게 느껴지는 방은 곰팡내까지 나는 것 같아 역겨웠다. 집주인이 새로 해준 정체불명의 큰 꽃무늬 벽지는 어두운 방에서도 활짝 피웠고, 번들거리는 싸구려 장판의 광택은 벽지와 어울렸다. 하얀 캔버스로 꽃무늬 벽지를 가리고 방문에 기대어 주저앉아 담배를 찾아 물었다. 길게 내뱉은 하얀 연기가 허공에서 흩어져 사라졌다. 그의 가족이 흩어지는 것을 보여 주는 듯했다. 그는 자기가 처해 있는 상황을 잊고 싶었다. 아내와 딸에게 미안한 마음이 들었지만, 아내가 원했던 것이었기에 어쩔 수 없다고 생각했다. 그는 죄책감에서 벗어나고 싶어 뜻하지 않게 들었던 아내와 딸의 대화를 상기시켰다.

"아빠하고 헤어지기로 했다. 이혼에 대한 네 생각을 묻는 것은 아니고 너의 거취를 묻는 거야."

"엄마! 아빠를 이해해 줄 수는 없어요. 힘들어도 조금 더 참아줄 수 없어?"

"……넌 나중에 엄마처럼 살고 싶니? 엄마도 이젠 어두운 방에서 나오고 싶고 숨을 쉬고 싶다. 너에게 미안하지만 네가 이해해 주길 바란다."

그는 머리를 세차게 흔들며 더는 생각하지 않았다. 숨을 크게 들여 마시고 내뱉었다. 쾌쾌한 방안의 냄새보다 그가 내뱉은 숨결이 방안을 더 오염시켰다. 그러나 마음 한편은 가벼웠다. 팔리지도 않는 그림이지만 이젠 다른 생각 안 하고 그리고 싶은 그림만 그릴 수 있다는 편안함과 더불어 돌덩이처럼 짓눌렀던 책임감에서 해방되어 홀가분했다.

이사하고 얼마 지나지 않아 딸한테서 연락이 왔다. 잘 지내고 있는지, 식사는 어떻게 하고 있는지 그가 물었어야 할 안부를 딸이 대신해서 물었다. 아마도 아내의 한숨 섞인 염려를 대신해서 물어보는 것을 알 수 있었다. 미안하다는 말로 딸에게 하고 싶은 말을 대신했다. 며칠 후 딸은 아내가 싸서 보내준 반찬을 들고 그의 집으로 왔다. 가족을 책임지지 못한 가장은 결국 아내에게 남편의 자리를 내주었고 무능력함은 아버지의 자격을 잃게 했다. 어떤 말도 딸에게 해주지 못했다. 그는 초라한 방에서 아내가 보내준 음식으로 딸과 식사했다.

*

오전 강의가 끝나고 수강생 중 그의 형편을 잘 알고 있는 천 선생과 점심 식사를 같이했다. 천 선생은 그의 건강을 염려하면서 작업은 잘되는지 물었다. 이혼하고 나면 홀가분한 마음으로 그림을 그리리라 생각했지만, 그는 여전히 궁핍했으며 물감 살 돈도 여의찮았다. 머릿속이 복잡하다 보니 작업에 집중하기 힘들었다. 아무런 대꾸도 하지 못하고 국수 가닥을 먹으며 후루룩 소리로 대답을 대신했다.

천 선생은 대기업 건설회사에서 임원으로 지내다 퇴직하고 젊은 시절 일하느라 이루지 못한 그림에 대한 꿈을 뒤늦게 실현하고 있었다. 그가 미술학원을 차릴 때 인테리어 공사 등 여러 가지 많은 도움을 주었고, 이혼하게 되었을 때도 천 선생이 그의 아내에게 찾아가 간곡히 만류했었다. 천 선생은 안쓰러운 마음이 들었는지 매주 점심을 같이 하였고 전시장도 동행해 주었으며 간혹 저녁 술자리에도 불러주었다. 지난 몇 년간 그림 세 점을 구매해 주기도 했었다. 그림을 구매해 준 고마움은 그 어떤 것보다 감사함이 컸다. 그의 그림은 대중적이지 않았지만 천 선생 마음에 들기에 적지 않은 돈을 지불하고 작품을 샀다고 생각했다. 혹여 그에 대한 연민으로 작품을 구매했을지 모르나 그 부분은 애써 외면하고 싶었다.

식사가 끝날 갈 무렵 천 선생은 조심스럽게 그의 건강을 재차 물었다.

“혹시 간이 안 좋은 것 아닙니까? 황달기가 있는 것 같고 안색도 좋지 않습니다. 친구가 여기서 멀지 않는 병원에 소화기내과 의사로 있는데 저하고 같이 가서 검사 한 번 받아 보시죠? 오전에 미리 얘기해 두었습니다.”

고마움이 너무 크다 보니 선뜻 감사하다고 말할 수 없었다. 그동안 거울을 볼 때마다 얼굴에서 어두운 그림자가 계속 내비치고 있어 내심 걱정하고 있던 차였다. 기어들어 가는 작은 소리로 신경 써 주셔서 감사하고 또 신세를 지게 되어 미안하다는 말을 건네며 천 선생을 따라 병원으로 갔다. 혈액검사와 간 기능 검사를 한 결과, 만성 B형 간염이 오래되어 이미 간경변증 초기로 넘어간 상태였다. 금주령이 내려졌고 정기적인 진찰을 받기로 약속했다.

병원 밖으로 나오니 봄 햇살에 눈이 부셨다. 순간적으로 몽롱해지더니 진공상태에 갇힌 듯했다. 그는 눈을 감아 버렸다. 천 선생은 오만 원 지폐 두 장을 그의 주머니에 찔러 넣어주며 약 챙겨 먹으라는 다짐과 작업 열심히 하라는 말을 남기며 봄빛 속으로 걸어 들어갔다. 그는 호주머니에 손을 넣었다. 빳빳한 지폐가 손에 잡혔다. 천 선생은 가끔 차비를 그의 손에 쥐여주었다. 밥을 사주고 병원비를 내주고 레슨비와 그림값을 받을 때와는 달리 차비를 받을 때는 적선 받는 것 같아 자신의 비굴함에 몸서리쳐졌다. 그러나 거부할 수 없었다. 설사 그것이 적선이라 하여도 그는 감사히 받아들여야 했다. 거부한다는 것은 천 선생이 물심양면으로 베푼 모든 것을 받지 말아야 했다. 그가 할 수 있는 것은 돈을 쥐여줄 때 멋쩍은 표정으로 가만히 서 있는 것뿐이었다. 혼자 지낸 시간이 벌써 일 년이 지났건만 변화된 것은 아무것도 없었다. 단지 간경변증이라는 병명만 새로 알게 된 것뿐이다.

그는 휘청거리며 집으로 돌아와 차가운 방바닥에 마른 낙엽처럼 드러누웠다. 병원에서 병명을 들었을 때는 무덤덤하게 받아들였으나 빈 방에 혼자 누워있으니 가슴 저 밑바닥에 무언가 나지막이 허물어지는 소리가 들렸다. 언제일지 모르나 지금처럼 누워있다가 혼자서 먼 길을 갈 수도 있겠다 싶은 생각이 들었다. 콧속이 뻐근해져 오면서 서러움이 북받쳐 올랐다. 한참을 꼼짝하지 않고 누워있었다. 방안의 숨구멍을 뚫어 놓은 작은 창문으로 어둠이 찾아왔다. 그는 그대로 잠이 들었다.

새벽녘 한기 때문에 잠이 깼다. 추위 때문인지 꿈 때문인지 모를 일이었다. 담배를 찾아 물면서 꾸었던 꿈을 다시 떠올렸다.

「오래된 고목이 보였다. 쩍쩍 갈라진 고목의 밑동에 새겨진 상처는 세월의 풍파를 그대로 차곡차곡 얹어져 있었다. 희망을 갈구하듯 태양을 향해 하늘 높이 뻗은 나뭇가지에는 잎이 없었다. 앙상하고 가녀린 가지가 애처롭게 보였다. 겨울 나목 아래에 한 남자가 어떤 여인을 탐욕스럽게 부둥켜안고 누워있었다. 여인은 거부하지 않았고 남자는 흥분을 감추지 못했다. 더는 어찌해야 할지 모르는 남자는 안타까움에 발버둥을 쳤다. 여인은 아무 말 없이 남자의 손을 잡았고 이내 마음의 안정을 찾은 남자는 돌아누워 하늘을 올려다봤다. 겨울 하늘에 눈이 내리는 듯했다. 자세히 들여다보니 눈이 아니었다. 어디서 날아왔는지 때아닌 벚꽃 잎이 바람에 날렸다. 여인의 얼굴은 흐릿해 보이지 않았지만 잡아 준 손길의 따뜻함은 남자에게 고스란히 전해졌다. 그 남자의 머리 모양은 짧았고 마른 몸이었으며 안색은 거무스름하였고 눈동자는 피로감으로 탁해 보였다.」

그는 꿈속에서처럼 몸 일부가 움직였다. 피식 웃음이 나왔다. 어제 저녁 식사도 걸러서인지 배도 고팠다. 얼마 만인지 모를 식욕과 성욕을 느꼈다. 삶의 애착이 없었던 그가 확진된 병명을 듣고 나니 살고 싶은 본능이 스멀거리며 올라왔다. 꿈속의 여인을 생각하며 수음했다.

전업 작가로 평생을 살아간다는 것은 마지막 순간까지 전쟁 같은 삶을 사는 것과 같다. 경매에 누구 그림이 얼마에 낙찰되었다는 것은 그와는 아무 상관없는 이야기였고, 어느 화랑 초대 개인전으로 완판이 되었다는 소리는 그에게 영원히 이루지 못할 꿈만 같은 이야기였다. 그는 한때 유명인의 그림 대작代作을 해줄 수 있냐는 은밀한 유혹도 받았었다. 그러나 예술가가 지녀야 할 양심이라는 것이 허락하지 않았다. 그림이라는 것이 억지로 한다고 해서 그려지는 것이 아니었다. 결국, 마음이 움직이는 대로 그리다 보니 그의 그림은 현실처럼 점점 어둡고, 칙칙했다.

경제적 부담이 많은 개인전은 엄두도 내지 못했고, 사교적이지 못한 성격은 초대 개인전을 받기가 쉽지 않았다. 가끔 국내외 아트페어에 한두 작품 출품하는 것이 고작이었다. 작업을 열심히 하여도 발표할 수 있는 기회가 많지 않으니 자연스럽게 그리는 일에 소홀했다. 작업에 몰입하지 못할수록 힘든 생활고의 체감은 그를 더욱 피폐하게 만들었다.

그가 이십여 년간 그려왔던 그림의 주제는 수피樹皮였다. 세월의 주름과 시간의 흔적, 삶의 고단함을 나무껍질 모양으로 비유하여 화면 가득 확대해서 표현하였다. 그것과 더불어 가끔 등장하는 나목은 그를 대변한 것이다.

지난밤 꿈을 꾸었던 것과 확진된 병명은 그가 살고자 하는 본능뿐 아니라 작업에 대한 열정을 다시 갖게 된 계기가 되었다. 팔레트에 형형색색의 유화물감을 수북이 짜 놓았다. 그도 모르게 손에 힘이 들어갔다. 굶주렸던 열정을 캔버스에 마구 토해냈다. 고통의 부피만큼 수십 차례 덧칠했다. 굳어지면 또다시 물감을 바르면서 진한 삶의 무게를 나무껍질로 형상화하여 화폭에다 조금씩 덜어내었다. 희열이 느껴졌다.

지난밤 꿈속에서 보았던 고목의 몸통에 거칠게 갈라진 틈으로 매끈하고 뽀얀 속살이 머릿속에서 맴돌았다. 나무는 외부에서 세월의 풍파를 수동적으로 받는 것이 아닐지도 모른다는 생각이 들었다. 성장하기 위해 자의적으로 상처를 내가면서 부피를 늘려가고 또 스스로 치유되면서 해마다 한 줄의 주름을 그리며 덩치를 키워나가는 것이었다. 그런 생각이 들자 수피는 비루한 삶의 고통스러운 부산물이 아니라 성장을 위한 삶의 동력으로 작용할 수 있을 거라는 깨달음을 갖게 되었다.

*

우편함에 '허영인 개인전'이라고 선명하게 써진 두툼한 우편물이 배달됐다. 누구인지 쉽게 떠오르지 않았다. 봉투를 뜯어보니 개인전 오프닝에 참석해달라는 상투적인 인사말이 적힌 초대장과 질 좋은 종이로 제작된 도록이 들어있다. 도록에 실린 사진을 보니 모르는 중년 여자였다. 그림은 개성 없이 그린 흔한 꽃 그림이었다. 도록을 덮어 책상 위에 던져놓으며 그는 중얼거렸다. 인사동 일류급에 속하는 G갤러리에서 전시를 하고 도록의 인쇄된 재질을 보면 이번 전시를 위해 돈을 쏟아부었으리라 짐작이 갔다. 봄가을이면 여기저기서 전시를 알리는 안내장과 도록들이 책상 위에 쌓여갔다. 코팅된 겉표지에 금박으로 화려하게 인쇄된 이름을 보면 축하하는 마음과 함께 개운하지 못한 뭔가 걸리는 기분이 들었다. 전시용 도록이 쌓일수록 상대적 박탈감을 느끼는 것은 어찌할 수 없었다.

천 선생으로부터 전화가 왔다. 혹시 허영인 개인전 초대장을 받았는지 물었다. 몇 달 전 천 선생과 함께 대학 후배라며 술자리를 했던 적이 있었다. 서로 인사를 나누었고 명함이 오고 갔다. 사업을 한다던 후배의 명함에는 무엇을 그렇게 내보이고 싶었던지 앞뒤로 빼곡히 감투가 적혔다. 후배는 큰소리를 내며 가식적으로 웃는 남자였다. 그날도 천 선생에게 선배님이라는 호칭을 유달리 많이 썼고 그에게도 화백님이라며 필요 이상으로 추켜세웠다. 아내가 그림을 열심히 그리고 있다면서 조만간 개인전을 하게 되니 꼭 와 달라고 자랑스럽게 이야기를 했던 것이 생각났다. 그는 내키지 않았지만 천 선생이 청하기에 동행하기로 했다.

수요일 오후 인사동은 항상 사람들로 차고 넘쳤다. 화랑들이 밀집된 그곳에서는 수요일 저녁에 오프닝 행사를 하고 주변 식당에서 뒤풀이하는 게 관행이었다. 전시 기간에는 많은 사람이 올수록 좋은 곳이지만 오프닝 행사 때는 대부분 초대받은 사람들이 참석한다. 예전에는 일명 인사동 걸인이 따로 있었다. 수요일이 되면 가슴에 전시 도록을 품고 전시장마다 돌면서 오프닝 때 차려놓은 음식을 먹고 몰래 싸 가기도 하며, 배포 큰 걸인은 뒤풀이 식당에 따라가 후하게 식사까지 했다. 주최자는 좋은 날이기에 모른 척했다. 차츰 그런 걸인들이 보이지 않게 된 것을 보면 살기가 점점 나아진 것인지 모르겠다.

천 선생과 함께 들어선 전시장은 수많은 하객으로 붐볐다. 전시장 입구에는 화려한 화환과 화분들이 줄을 서서 손님들을 맞이했다. 꽃가게에 온 듯한 착각이 들 정도였다. 꽃들에 매달린 리본 이름을 보고 남편의 사회적 위치를 가늠할 수 있었다. 지난번 받았던 명함에 빼곡히 쓰여 있던 감투를 실감하게 했다. 이 전시의 주인공은 작가가 아니라 허영인의 남편이었다.

천 선생의 대학 후배는 큰소리로 반겼다. 한참을 요란스럽게 인사를 나누기에 슬그머니 천 선생을 뒤로하고 그는 작품 감상을 했다. 깊이를 느끼지 못하는 꽃 그림은 고급스러운 액자에 끼워져 우아한 조명을 받았다. 그림들은 마치 붉은 조명이 켜진 쇼윈도 안에 진한 화장을 하고 앉아있는 앳된 창부를 보는 듯했다. 전시장 입구의 화려한 꽃들 때문에 작품의 꽃 그림은 오히려 초라하게 보였다. 그림 밑에 판매된 것을 표시하는 빨간 스티커가 무수히 붙어 있다.

그는 축하객으로서 가질 마음이 아니라는 생각이 들었다. 비뚤어진 심사를 들킨 것처럼 얼른 생각을 지웠다. 물질적 결핍이 정신적 결함을 낳는 것 같아 자신을 책망했다. 그러나 부익부 빈익빈을 실감하고 있는 현장에서 이상하게 돌아가는 풍요에 대한 상대적 빈곤을 가감 없이 느꼈다.

전시장을 나오는 출구에서 누군가 눈인사를 했다. 그는 기억이 나지 않았다. 사내는 말쑥한 외모에 생기가 있었다. 명함을 내밀며 정중하게 이야기를 건네 왔다.

"작년 가을 한국국제아트페어 전시 때 '수피'라는 변우석 작가님 작품 인상 깊었습니다. 그때 잠깐 인사 나누었는데요. 여기서 또 뵙게 되니 반갑습니다. 지난번에 말씀드렸는데 저희는 대관하는 갤러리는 아니고 경매작품이나 작가의 작품을 위탁받아 컬렉터들에게 판매하고 있는 곳입니다. 시간 되실 때 한번 연락해 주십시오."

분명한 목소리로 말하는 것에 신뢰감까지 느껴졌다.

건네준 명함에는 '비인 갤러리' 대표 공범준이라고 적혀있다. 모르는 화랑이었다. 크고 작은 화랑들이 생기고 없어지는 것이 빈번하기에 생긴 지 얼마 되지 않는 것으로 보였다. 아트페어 때는 워낙 많은 사람이 오가는 곳이라 인사를 나누어도 기억하기 힘들었다.

그는 알았다는 짧은 대답으로 명함을 지갑 속에 조심스럽게 넣었다. 갤러리 대표에게 정중한 제의를 받으니 그는 알 수 없는 작은 울림이 일었다. 그 울림은 그에게 어떤 징후의 전초전 같은 설렘과 경계심을 불러일으켰다.

며칠 뒤, 그는 공범준 대표에게 전화 연락을 한 후, 자신의 작품집을 들고 비인 갤러리로 향했다. 인사동 뒷골목 안쪽에 있는 그곳은 변변한 간판도 없었다. 후미진 골목이라 이런 곳에도 갤러리가 있을까 싶었다. 공범준 대표는 찾기 힘들 거라며 건물 앞에 나와 있었다.

이십여 평의 갤러리 내부는 깔끔하니 고급스러웠다. 바깥 골목에서 보이는 것과는 사뭇 달랐다. 전시장이라기보다 개인 사무실처럼 보였다. 단색화로 인기를 끌고 있는 정상화, 이우환 선생의 그림도 몇 점 걸려 있고 해외 유명 작가의 조각품도 배치되어 있었다. 갤러리 중앙에 놓여있는 의자와 테이블도 독특한 디자인이라 공범준 대표의 심미안이 느껴지는 공간이었다. 에스프레소 머신에서 갓 추출한 커피는 향이 좋았다. 그 향은 어색한 분위기를 풀어주는데 한몫했다.

공범준 대표는 최대한 예의를 지키며 공손하게 말했다.

"많은 사람이 출입하는 곳이 아니고 몇몇 컬렉터들하고만 거래하기에 여러 가지 형편상 이곳에다 열었습니다. S갤러리에서 아트딜러로 활동하다가 독립한 지 얼마 안 됐습니다. 주로 기존의 제 고객이 구매한 작품을 다시 되팔아 드리기도 하고 경매에 함께 참관해서 원하는 미술품 구매를 도와 드리는 일을 합니다. 물론 변우석 작가님처럼 좋은 작품을 하고 계신 작가들을 찾아서 컬렉터들에게 소개하고 매매하는 일도 하고 있습니다."

공범준의 매끄러운 말은 처음 봤을 때와는 다르게 품위 없는 뺀질거림이 보였다. 은근히 인맥 자랑을 하며 자기를 통해서 얼마든지 높은 가격으로 작품을 팔 수 있다고 암시했다. 미술시장의 큰손으로 알려지고, 재벌 안주인들의 자금세탁과 비자금 창구 기능을 했던 S갤러리의 경력을 자랑스럽게 생각했다. 이곳에 전시된 고가의 미술품들은 컬렉터들이 구매한 작품들인데 다시 재판매를 위해 전시해 놓은 것이라며 자기 능력을 과시했다.

공범준 대표는 그가 가져온 작품집을 자세히 들여다봤다. 몇 개의 그림을 짚더니 좋다고 말하며 직접 보고 싶으니 작업실을 방문하고 싶다고 했다. 그러나 누추하고 비좁은 집으로 데려갈 수 없는 일이었고, 또한 작품을 위탁해야 할지 결정을 내리지 못했기에 추후 다시 연락하기로 했다. 작업실을 보여 주지 못하는 궁색함을 알아차릴 것 같아 조급하게 비인 갤러리를 나왔다.

예술품은 돈과 권력 그리고 문화적 소양까지 겸비한 것처럼 보이기 때문에 최상의 투자 방법일 것이다. 돈에 묻어있는 더러운 흔적을 세탁하여 재산 증식하는 가장 고상한 방법으로 사용되는 현실을 다시 생각하게 했다. 말이 좋아 갤러리 대표이지 브로커나 다름없는 공범준 대표와 결탁하여 음모를 꾸미는 것 같은 느낌은 떨쳐버리기 쉽지 않았다.

그러나 그렇게 해서라도 그림을 팔고 싶은 유혹에 넘어가고 싶었다. 이발소 그림을 그리지 않고 자기 그림을 지켜가기 위해서는 물감과 먹을 빵이 필요했다. 브로커가 그의 작품을 중간에서 장난치더라도 그것은 그들의 상술이고 능력이기에 그가 관여할 일은 아니라고 생각했다. 책정한 가치만 받으면 되는 거라고 자신을 설득했다. 어쩌면 그에게 찾아온 좋은 기회일지도 모른다는 생각까지 했다.

공범준 대표가 짚었던 삼십 호 크기의 '수피' 석 점을 발포지로 꼼꼼히 포장해서 비인 갤러리로 보냈다. 판매가 확정되어 구매자에게 보낼 때의 마음과는 달랐다. 정해진 기한 없이 작품을 내돌리는 것 같은 생각에 마치 자식을 집 밖으로 내쫓는 기분이었다.

공범준 대표는 잘 받았다는 말과 함께 작품을 보니 훨씬 느낌이 살아있다고 너스레를 떨었다. 좋은 소식 있을 거라며 자기 능력을 믿으라고 호언장담했다. 얼마 지나지 않아 공범준 대표의 말대로 그의 작품 석 점이 모두 팔렸다는 연락이 왔다. 한 컬렉터가 모두 구매했다고 했다. 판매가격을 물어보지 않았지만, 그가 책정한 금액에 수수료를 제하고 통장에 천만 원이 넘는 돈이 입금되었다. 이 거래가 단발성으로 끝나지 않고 계속 이어질 것 같은 생각에 기분이 한층 들떴다.

공범준 대표는 그의 그림을 구매해 준 컬렉터들에 관해서 말하지 않았다. 어떤 사람이 어느 곳에 걸기 위해 구매하는지 전혀 알지 못했다. 아트딜러 세계에서는 불문율이었다. 공범준 대표 덕분에 물감과 캔버스 살 걱정은 하지 않게 되었다. 천 선생에게도 가끔 점심을 살 수 있었고, 아내에게 딸의 교육비도 보내줄 수 있었다. 공범준 대표는 홍콩아트페어에 그의 작품을 십여 점 출품할 거라며 열심히 작업하라는 당부도 했다. 짙은 어둠의 장막이 점점 걷히는 느낌이었다.

공범준 대표는 지난번 팔린 작품의 느낌이 좋았다며 똑같은 작품을 원했다. 그는 아무런 대답을 하지 않았다. 공범준 대표의 주문은 그림 생산 공장에서 일하는 노동자로 전락시킨 기분이었다.

*

그는 좁은 방안에서 그림과 사투했다. 젊은 시절 며칠 밤을 꼬박 새워도 여전히 붓을 잡고 싶었던 시절로 돌아갔다. 얼마 만에 느껴 보는 치열한 열정인가 생각하니 성취욕이 극에 달했다. 지병으로 피로감을 쉽게 느꼈지만, 작업하는 마음만큼은 그 여느 때보다 가벼웠다. 그는 돈을 좇는 사람은 아니지만, 통장에 찍힌 숫자는 많은 걱정을 덜게 해주었고 그를 살아 움직이게 했다. 홍콩으로 보내는 그림들이 마무리되어갔다.

그동안 공범준 대표에게서 연락이 뜸했다. 얼굴 본 지도 오래되었고 작품이 마무리도 되었기에 문화센터 수업이 끝나고 비인 갤러리로 향했다. 빈 갤러리는 여전히 깔끔하고 고급스러운 분위기였으나 공범준 대표는 기분이 가라앉아 보였다. 마치 그의 어두운 기운이 공범준 대표에게 옮겨간 듯했다. 무슨 일이 있었냐고 묻고 싶었으나 개인적인 것을 묻는 것이 실례일 거라는 생각에 모른 척했다.

"완성된 멋진 작품 빨리 보고 싶군요. 고생 많았습니다. 제가 요즘 이래저래 정신이 없어서 연락도 못 했습니다. 몇 달 전 다른 곳에 투자를 좀 했는데 그것이 제 발목을 계속 붙잡고 힘들게 하네요. 운영이 제대로 되지 않아 돈이 계속 들어가니 힘들어 죽을 지경입니다. 송충이는 솔잎을 먹어야지 미술 관련 일이 아닌 곳에 투자했다가 낭패를 보고 있습니다. 홍콩아트페어 부스 대관료도 아직 보내지 못하고 있습니다."

공범준 대표는 연민이 느껴질 정도로 풀이 죽어서 그동안 사정 이야기를 늘어놓았다.

작가에게 부스 대관료를 내주길 바라는 마음에서 이런 이야기를 하는가 싶은 생각도 들었다. 일부 화랑들은 자기네 이름으로 참가하는 아트페어에 작가들에게 전적으로 경비를 부담하게 하고 판매되면 또 다시 수수료를 상당 금액 가져가는 경우가 흔히들 있는 일이었다.

공범준 대표와 마음으로 오가는 정은 없어도 딱한 사정을 들으니 여력이 있다면 도와주고 싶은 마음이 들었다. 그의 그런 마음을 알아차린 듯 눈치 빠른 공범준 대표는 홍콩에 출품할 작품을 먼저 비인 갤러리 컬렉터에게 선을 보이면 어떠냐며 제의해 왔다. 그는 작품이 어디서든 팔리면 좋은 일이지만 그래도 해외 무대를 겨냥해 무척 공을 들인 작품이라 거절하고 싶었다. 그러나 다급한 사정 얘기를 들은 그로서는 거절하기 힘들었다. 공범준 대표의 애처로운 눈빛에서 힘들어 본 사람만이 알 수 있는 절실함이 보였다.

다음날 백호 크기의 큰 그림 세 점과 작은 그림 몇 점은 홍콩이 아닌 비인 갤러리로 보냈다. 홍콩으로 그림을 보낼 날짜는 아직 한 달 이상 남아있기에 몇 점 더 그릴 작정이었다.

그는 그림을 보내고 난 후 알 수 없는 불안감이 계속되었다. 공범준 대표에게 연락이 없었다. 그림이 팔렸다는 연락도 없었고 홍콩으로 그림을 배송해야 할 정확한 날짜도 언급이 없었다. 불안감이 엄습했다. 먼저 연락을 취하고 싶었으나 며칠을 더 기다려보자고 생각했다.

그는 며칠을 더 보내고서야 공범준 대표에게 전화를 걸었다. 벨 울음은 끊임없이 울렸다. 한참 후 기계음에서 나오는 여자의 목소리까지 몇 번 반복했다. 가슴이 쿵쾅거리는 소리가 귓전에서 들렸다. 무엇 때문에 불안한 마음이 드는지 막연했지만 계속해서 받지 않는 번호를 눌렀다. 옷을 갈아입을 생각도 하지 않고 물감이 범벅되어있는 작업복을 입은 채 휘적휘적 대로변으로 뛰쳐나가 택시를 잡아탔다. 비인 갤러리로 가는 동안 그는 아무 일 없기를 빌었다. 택시 안에서 마음을 진정시키고 있었으나 그의 얼굴은 이미 흙빛으로 변해갔다.

그의 바람은 빗나갔고 불안은 적중했다. 비인 갤러리는 텅 비어 있었다. 아무것도 있지 않았다. 그의 그림은 이미 팔려서 공범준 대표가 돈을 챙겨 가져갔는지 모를 일이었다. 그의 작품을 샀던 컬렉터들이 누구인지 모르기에 물어볼 수도 없는 노릇이었다. 건물주에게 연락을 취했으나 보름 전에 계약만료가 되어 나갔으며 공범준 대표를 찾는 사람이 여럿 왔었다는 얘기만 할 뿐이다. 눈앞이 노랬다. 봄 햇살이 노랬는지 어지러웠다. 비틀거리며 경찰서에 사건 접수를 하고 집으로 돌아올 수밖에 없었다. 그는 또다시 어둠의 길로 들어섰다. 암담했다. 그동안 작업에 열중하느라 에너지는 바닥이 난 상태라 꼼짝하기도 힘들었다. 다음날 수업이 있는 날이었다. 어지러움을 겨우 부여잡고 결강한다는 연락을 남기고 그대로 허물어졌다.

천 선생은 문화센터 측에서 수강생들에게 보내는 결강 문자를 받았다. 몸이 편찮은 관계로 결강을 한다는 것이다. 걱정스러운 마음으로 그에게 연락해보았지만 받지 않았다. 그동안 작업에 집중하느라 건강에 큰 무리가 갔으리라 생각했다. 그냥 지나치기에는 그의 어두운 낯빛이 자꾸 마음에 걸렸다. 집을 알 수 없었기에 그의 아내에게 전화해 주소를 받아들고 그의 집으로 향했다. 여러 세대가 사는 다세대주택의 계단은 한낮인데도 어두침침했다. 이런 곳에서 생활하며 작업을 했다고 생각하니 새삼스럽게 마음이 짠했다. 현관 벨을 눌렀으나 인기척이 없었다. 다시 전화를 걸었다. 집안에서 전화벨 소리가 들렸다. 천 선생은 순간 머릿속이 아득해져 오고 숨이 턱 막혔다. 또다시 현관 벨을 눌렀다. 주먹으로 문을 세차게 두드렸다. 전화기를 누르는 손이 심하게 떨렸다. 여전히 인기척은 없었고 집안에서 들리는 것은 벨 소리뿐이었다. 천 선생은 급히 열쇠 수리공을 불러 문을 따고 들어갔다. 의식을 잃고 널브러져 있는 그가 보였다. 황급히 구급차를 부르고 그의 아내에게 전화했다.

그는 큰 유리창으로 들어오는 햇살에 눈이 부셨다. 며칠 동안 깊은 잠을 잤다. 누군가 그의 손을 꼭 붙잡고 엎드려 있었다. 누구의 손인지 친근하게 느껴졌다. 지난날 꿈속에서 여인이 잡아 주었던 따뜻함이 그대로 전해져 왔다. 그는 또다시 같은 꿈을 꾸고 있는 듯 몽롱했다. 말없이 고개를 드는 얼굴은 어렴풋이 보였던 꿈속의 여인이었다. 그 여인은 아내와 닮았다. 한참을 보고 나서야 꿈이 아니라는 것을 알았다. 그의 눈에 눈물이 가득 고였고 아내의 눈에도 눈물이 맺혔다.

아내 등 뒤로 보이는 창밖에는 봄바람이 불고 있는지 하얀 꽃잎이 날렸다. 〈終〉

이남산

· 서울 출생
· 2018년 『한국소설』 신인상, 단편소설 「수피」 등단
· 2020년 신예작가 선정.
· 『2020 신예작가』 공저, 단편 「불 꺼진 창」 수록
· 단편소설 「나부의 춤」 「회전 레일」 「선태의 변명」 「일그러진 초상」 외 다수 발표
· 한국소설가협회, 한국문인협회 회원

<작가노트>

긍정의 에너지와 따끔한 질책으로

이남산

매주 남산도서관으로 가는 길입니다. 사계절을 온전히 느끼고 만끽할 수 있는 곳. 더 아름다울 수 없는 곳에 자리한 남산도서관. 그곳에서 소설을 쓰기 시작했습니다.

남산도서관 소설창작반에 첫발을 들여놓았을 때, 큰 유리창 밖에 나무의 잔가지가 일월 찬바람에 흔들렸습니다. 내가 과연 소설이라는 큰 바다에 들어갈 수 있을지 흥분과 불안감이 나목의 가지처럼 흔들렸습니다.

머리에 긴 스카프를 두른 김지연 선생님의 첫인상은 소설 속에서 튀어나온 주인공이었고 처음 대면하는 현역 소설가였습니다. 범상치 않은 눈빛으로 아무것도 모르는 저에게 등단이라는 목표를 가지게 했고 소설가라는 큰 꿈을 꾸게 했습니다. 그리고 이루게 했습니다.

김지연 선생님께서는 긍정의 에너지를 주어 지속해서 쓸 수 있게 했으며 때로는 따끔한 힐책으로 글의 겸손을 일깨웠고, 게으름을 피울 때면 독촉으로 압력을 가했습니다. 한발씩 내디딜 수 있게 손을 잡아주었고 바라볼 수 있는 곳을 손짓했습니다. 김지연 선생님께 소설을 배울 수 있었던 것은 저에게 크나큰 행운이었습니다. 남산도서관에서 소설창작 수업을 받던 기간은 평생 잊지 못할 아름다운 나의 문청 시절입니다. 그런 의미에서 필명을 '이남산'으로 정하기도 했습니다.

선생님의 팔순을 기념하여 소설집을 출간하게 되니 더욱 단단하게 한 걸음을 내딛는 또 하나의 출발점이라 생각합니다.

저의 등단작품인「수피」를 게재하며 초심을 잃지 않으리라 다짐합니다.

<단편소설 15>

배웅

이다경

어머니와 나는 중앙시장 상가건물 안을 열 바퀴도 넘게 돌았다. 쫓기는 사람들처럼 앞만 보고 걸었다. 햇살이 눈 부셨던 탓에 오래된 상가 안은 더욱 어두웠다. 좁은 통로를 따라 지나다니는 동안 가게 주인 몇몇이 눈인사를 보냈다. 어머니는 알아보지 못했고 나는 인사를 주고받을 여유가 없었다. 나를 잡은 손이 땀으로 미끄러질 때마다 어머니는 손아귀에 힘을 주며 다잡았다. 어머니의 악력이 그렇게 센 줄은 예전에는 몰랐다. 가끔 어머니는 쓰러질 것처럼 휘청거렸다. 그럴 때면 걸음을 늦췄지만 나도 모르게 또 빨라졌다. 어머니는 입술을 꾹 다물고 불안한 눈빛으로 표정이 잔뜩 굳어 있었다. 나는 나대로 쿵쿵거리는 가슴이 진정되지 않았다. 심호흡을 하고 스스로 다독여보기도 했지만, 자신감이 점점 오그라들었다. 이제 어디로 가야 할지, 아무 생각도 나지 않았다. 잠시 걸음을 멈추고 숨을 내쉬었다.

"저쪽인 것 같십니더. 저번에도 그리로 갔십니더."

급기야 아무 말 없이 나를 따르던 어머니가 손을 들어 빛이 들어오는 건물 입구를 가리켰다. 목소리도 어머니의 것이 아니었다. 윗사람에게 보고할 때나 쓰는 말투처럼 딱딱하고 단호했다. 엎친 데 덮친 격으로 앞이 캄캄했다.

"어, 엄마, 괜찮아. 나도 알고 있어. 잘 안다니까."

나는 태연한 척 말했다. 그러나 이미 어머니의 나침반은 자력을 잃고 헤맸다.

"저번에도 저쪽으로 갔다가 이쪽으로 해서 요짝으로 갔십니더. 거기가 저어 쪽으로 가면 나오고…또 거기로 돌아서 저어기로 가서…"

어머니는 기어이 눈을 감고 손으로 머리를 누르며 바닥에 주저앉았다. 어머니는 불안을 견디지 못하고 팽팽하게 늘이던 고무줄을 놓치듯 정신을 놓쳐버린 것이다.

"엄마, 머리 아파?"

머리카락이 듬성듬성 빠진 어머니의 머리를 만져보았다. 두피는 말랑말랑했고 따뜻했다. 역시 손끝으로 불뚝거리는 감촉이 느껴졌다. 또 시작이었다. 손가락만 한 애벌레가 두피 아래로 기어 다니는 것 같은 섬뜩한 감촉. 아버지는 이 현상을 두고 혈관이 미쳐 날뛰는 거라고 했는데, 정말 이럴 때 어머니는 온전한 정신이 아니었다. 십여 년 전부터 두통을 앓아온 어머니는 정기적으로 뇌 사진을 찍어왔다. 사진 속의 뇌는 벌레가 파먹은 것처럼 군데군데 까맣게 비어 갔다. 의사는 알츠하이머라는 기억장애가 진행 중이라고 했다. 지난봄 정기 검진 때 의사는 이제 병원에 오지 않아도 된다고 했다. 말기에는 약을 먹어도 효과가 없다고 했다. 두통이 올 때는 안정제, 잠이 안 올 때는 수면제를 먹는 수밖에 없었다. 이후로 두통은 잦아졌고 머릿속의 피 흐름은 더 격렬해져 갔다. 어머니는 무쇠로 된 커다란 집게가 머리를 사정없이 누르고 조이는 것 같다며 고통스러워했다.

아버지는 이런 순간을 가장 두려워했다. 지난봄 어느 초저녁에 한숨 자고 난 어머니가 옆에 누워있는 아버지를 보고 칼을 들고 덤빈 것도 그런 순간이었다. 경미야! 경미야! 다급하게 부르는 아버지 소리에 나는 집에 불이 난 줄 알았다. 안방으로 뛰어가 보니 아버지가 손에 피를 흘리고 있었고 어머니는 영문을 모르는 표정으로 달달 떨고 있었다. 아버지를 찔러 놓고 피를 보자 정신이 든 것이다. 지난해부터 어머니 머릿속에는 아버지가 사라졌다. 수십 년 동안 한 이불을 덮어 온 사람이 머릿속에서 단숨에 깡그리 지워진다는 게 가능한 일일까? 어머니와 아버지는 지워진 기억과 살아있는 현실로 맞부딪쳤다.

시작은 이러했다. 어머니가 방으로 들어서는 아버지를 보고 깜짝 놀라며 누구냐고 물었다. 아버지가 어이없어하며 웃어넘기자 어머니는 기가 막히고 분했단다. 어머니는 생뚱맞게 나타난 '낯선 침입자'를 잘 타일러 내보내려 했으나 그는 고분고분하지 않았다. 어머니는 '나이도 지긋하고 멀쩡한 사람이 남의 집에 허락도 없이 들어와 앉았다.'며 보이는 사람마다 붙들고 하소연하며 쫓아내 달라고 했다. 어머니에겐 어떤 논리도 설득도 통하지 않았다. 사람들은 어떻게 도와줘야 할지 몰랐고 어머니는 혼자 외로운 투쟁을 벌이기 시작했다. 그 뒤로 아버지는 함께 티브이를 보다가, 밭에서 들어오다가, 혹은 자다가 내복 바람으로, 떠밀리고 쫓겨났다. 그날은 아버지가 참지 못하고 손바닥으로 어머니 머리를 내리쳤다.

"이 여편네가 왜 이래? 미쳐도 단단히 미쳤구먼. 정신 차려!"

평소 같으면 어머니가 쓰러져서 죽은 척하고 있었을 텐데 그때는 달랐다. 이미 어머니의 머릿속에는 피가 흥분하여 우왕좌왕 좌충우돌하고 있었다. 어머니는 벌떡 일어났다. 비틀거리며 주방으로 걸어가서는 싱크대 안쪽에 달린 칼집에서 식칼을 뽑아 들었다. 칼을 들고 달려드는 어머니의 모습은 아버지에겐 영락없이 낯선 침입자였다. 나중에 의사한테 들은 얘기지만 배우자를 알아보지 못하는 것이 치매 말기의 첫 증상이었다. 어머니의 행동은 나날이 심해졌다. 그릇을 던지고, 문을 부수고, 낫을 쳐들었다.

"내 집에서 나가, 사람이 염치가 있어야지, 여기가 어디라고 턱 하니 들어와 앉았어? 나잇살이나 먹은 양반이 부끄럽지도 않나? 그만큼 살게 해줬으면 됐지, 빨리 나가!"

어머니는 눈을 부릅뜨고 아버지를 향해 소리쳤다. 젊은 시절에 찍은 사진과 옛날 일을 들려주며 남편임을 증명해도 그때뿐이었다. 착하고 순해 보이던 어머니의 인상은 증오와 불안으로 일그러졌다. 아버지만이 문제였다. 아버지가 눈에 안 보이면 괜찮았다. 그래서 어머니가 미간을 찌푸리며 눈에 초점이 흐려지는가 싶으면 아버지가 어디론가 숨어버리는 수밖에 없었다. 막무가내로 우리 위에서 군림해온 아버지가 쩔쩔매는 모습을 보면서 나는 속으로 고소했다. 아버지 눈치 때문에 어머니를 말리는 척했지만, 속으로는 응원하고 있었다. '엄마, 잘하고 있어. 계속해, 계속!'

그런데 지금 어머니는 상가 통로에 주저앉아 버렸다. 폭탄을 껴안은 기분이다. "너는 생각이란 걸 좀하고 살아라, 골이 텅 비어설랑은." 아버지가 내게 습관처럼 내뱉던 말이 절로 떠오른다. 그 말이 맞다. 내 골은 텅 비었고 어머니 골은 병들었다. 그러니까 이러고 있지. 짧은 순간에 별별 생각이 다 스친다. 행복 요양원에서 어머니의 손을 왜 잡았을까? 그냥 두고 나왔어야 했는데, 어머니가 손을 내밀자 나도 모르게 덥석 잡아버린 것이다.

"경미야, 나는 도저히 여기 못 있겠다. 제발 날 데리고 집으로 가 주라!"

믿기 어려울 정도로 그때 어머니의 모습은 온전했고, 나는 그 간절한 어머니의 눈빛을 외면할 수 없었다. 하지만 요양원에서 나오자마자 어머니의 눈동자는 방향을 잃고 헤매고 있었다.

"엄마, 일어서봐."

엄마 겨드랑이에 손을 집어넣고 일으켜보려 하지만 어머니의 몸은 바윗덩어리처럼 무겁다.

"에구, 그 어른 이리로 모시게."

마침 통로에 있는 이불 가게 주인이 나와서 어머니를 부축했다. 가게 안쪽에 작은 마루가 깔려 있었다. 예전에 어머니와 한두 번 들렀던 기억이 났다. 가게 주인은 키가 크고 살집이 넉넉한 여자였다. 예순을 넘긴 것 같았고 어머니보다는 훨씬 젊어 보였다. 주변의 가게 주인들이 어슬렁거리며 다가와 이 작은 소란을 지켜보았다. 더러는 혀를 끌끌 차며 안타까운 시선을 보내기도 했다.

"그 깔끔하던 양반이 어쩌다 이렇게 됐을까. 내 이 어른을 잘 알지. 예의 있고 야무진 사람이었는데."

"장바구니 만날 잊어버리고 헤매다니더니만… 아직 한창나인데, 니가 막둥이지? 어머니 잘 모셔라."

나는 얼굴을 들지 못했다. 무슨 큰 잘못이라도 저지른 기분이었다. 어머니는 오십여 년 동안 이 시장을 이용해왔다. 내가 어릴 때만 해도 중앙시장은 읍내에서 쇼핑 일 번지였다. 하지만 대형마트가 들어서고 신시장이 생기면서 사람들의 발길이 뜸해졌다. 상가건물 안에는 이불집과 야채가게, 잡화점, 그리고 수선집 정도가 남아있었다. 가게 주인들은 이곳에서 몇십 년 동안 장사를 해온 사람들로 어머니 또래의 노인들이거나 중년이었다. 몇 년 전부터 어머니는 이곳에서 장을 보고 돌아오다가 물건들을 잃어버리기 일쑤였고, 돈 계산을 잊어버렸고, 나중에는 무엇을 사야 할지 몰라서 시장 한가운데서 멍하니 서 있다 돌아오곤 했다. 나는 어머니의 머리를 지압하기 시작했다. 뒤통수로 꽂히는 시선들이 거북스러웠다. 핸드백 속에서 휴대폰 벨이 급하게 울렸다. 액정에 집 전화번호가 떴다. 동시에 아버지와 오빠와 올케언니의 성난 얼굴들이 떠올랐다. 얼결에 휴대폰을 꺼버렸다. 내가 무슨 짓을 한 것인가. 또다시 가슴이 쿵덕거렸다.

어머니는 며칠 전부터 예민해 있었다. 서울에서 오빠 내외가 내려온 것이다. 그저께 화원에서 퇴근해 집으로 와보니 오빠와 올케언니가 있었다. 오빠를 마지막으로 본 것이 사 년 전인지 삼 년 전인지 기억조차 가물거렸다. 오빠는 아버지를 좋아하지 않았다. 누군들 아버지를 좋아할 수 있을까. 아버지는 술이 지나쳤다. 게다가 목재상부터, 정미소, 철물점까지 여러 가지 일에 손을 댔으나, 말만 사업이지 제대로 꾸준히 해본 일이 없었다. 빚을 내서라도 시작은 거창했고 성실함이라고는 없는 탓에 나날이 빚만 늘어갔다. 친척들도 외면하고 발걸음을 끊은 지 오래였다. 아버지는 주변의 분위기 같은 건 아랑곳하지 않고 수시로 벌거벗은 감정을 드러내는 사람이었다. 어머니와 나는 그럴 때마다 죄라도 지은 사람처럼 숨죽이고 있어야 했다. 오빠가 도시 여자와 결혼하여 서울에서 살게 되고 바빠서 자주 내려오지 못하게 되자 아버지는 술을 마시고 밤마다 전화를 해댔다. 처음엔, “애들 잘 크느냐, 일은 잘하고 있느냐?”면서 점잖게 시작했다. 들어도 그만 안 들어도 그만인 이야기를 한밤중에 삼십 분 이상 들어야 한다는 건 고문일 것이다. 오빠의 반응이 시원치 않으면 본론으로 들어갔다. “아무리 회사 일이 바쁘기로서니 부모 얼굴 볼 시간도 못 낸단 말이냐, 부모를 아예 저버릴 것이냐?”는 등 소리를 지르고 억지를 부렸다. 어머니가 말리다 수화기로 얻어맞은 적도 있었다. 맨정신으로 전화를 하라며, 오빠가 전화기를 뽑아버리거나 거칠게 응대하면, 화살은 어머니와 내게 날아왔다. 나와 어머니는 공벌레처럼 몸을 말고 숨죽여 날밤을 새우곤 했다. 다음 날 술이 깨면 아버지는 지난밤의 일을 기억하지 못했다. 오빠가 문제인지 아버지가 문제인지 모르지만 해가 갈수록 오빠가 내려오는 횟수는 줄어들었다.

오빠는 언제나 서먹하고 어려웠다. 오빠와 나는 한집에서 같이 살았던 적이 별로 없었다. 어머니는 나를 마흔둘에 낳았다. 내가 걸음마를 배울 때 오빠는 벌써 서울에서 유학 중이었고, 공부가 끝난 뒤에는 대학에서 만난 여자와 결혼하여 자리를 잡았다. 원래 오빠와 나 사이에 형제가 더 있었는데, 하나는 갓난쟁이 때 폐렴으로, 하나는 열 살 무렵에 연탄가스로 잃었다 했다. 오빠는 나를 어떤 여동생으로 생각하고 있을까. 아니 동생으로 생각이나 하고 있을까. 어렸을 때 나는 체구가 작고 비쩍 마른데다가, 어른들이 하는 말귀를 잘 못 알아들어서 형광등이라는 별명을 가지고 있었다. 거기다가 학교 성적표 비고란에는 '성격은 온순하나 이해가 느리고…'라는 문구가 늘 씌어 있곤 했다. 집안에서 똑똑하고 잘 생겼다고 소문난 오빠에 비하면 볼품없고 한심하기 그지없는 아이였다.

나는 오랜만에 내려온 오빠를 똑바로 쳐다보지 못하고 외로 꼬며 슬며시 훔쳐보았다. 오빠는 정수리가 훤히 드러나게 머리가 빠져있었다. 올케언니는 나잇살이 불어 보기만 해도 숨이 찼다. 결혼 초기에는 수줍어하고 자주 못 와서 미안해하기도 했는데, 지금은 독거노인 집에 봉사하러 온 주부교실 여자처럼 자애롭고 여유로운 얼굴이었다. 아버지는 그리던 님을 만난 듯 벅찬 감동을 사뭇 누르는 기색이 역력했다. 마주 앉아 대화하는 모습도 그렇고 모여 앉은 가족 분위기가 화기애애해 보이는 것도 난생처음 보는 광경이라 당혹스러웠다. 그간 아버지와 오빠의 관계는 늘 위태로웠고 그사이를 어머니가 요령껏 이어왔다. 그런데 대화를 잠깐 들어보니 어머니는 더 이상 낄 필요가 없었다. 아버지와 오빠는 어머니 얘기를 하고 있었다. 어머니는 한쪽 구석에 깔린 이불 위에 짐짝처럼 다소곳이 앉아있었다. 대화를 알아듣지도 못했을 텐데 왠지 긴장한 표정이었고 바짝 굳어 있었다. 어머니는 오랜만에 온 아들을 알아보기나 했을까. 물론 아주 잘 아는 척 반겼을 것이다. 나는 어머니의 연기가 뛰어나다는 것을 잘 안다. 어머니는 자신이 치매 환자임을 감추기 위해 대화를 알아듣는 척하고, 질문에는 무조건 좋은 쪽으로 대답하거나 웃음으로 받아넘기고, 주변 사람들의 행동을 따라 한다. 그러면 대개는 속아 넘어갔다. 엉거주춤 인사만 하고 나오려는데 아버지가 목덜미를 낚아채듯 나를 불렀다.

"경미 거 앉아라. 오늘 같은 날은 좀 일찍 와야지. 생각이 그렇게 없냐. 얼른 가서 차라도 좀 내오고, 뭐 없냐? 맥주라도 사 오던지…"

아니 오빠가 내려오는 날이라고 말이나 했냐고, 내뱉지는 못하고 이빨로 씹었다. 올케언니가 손을 저으며 말렸다.

"괜찮아요. 이제 주무셔야죠."

그러자 아버지는 한결 누그러진 목소리로 말했다.

"그러면 너는 네 방 깨끗하게 치우고 이불이나 깔아 놔라. 오늘 밤은 언니 오빠가 거기서 잘 거니까. 넌 이 방에서 자고."

괜히 들여다봤나 싶었다. 아버지를 대할 때마다 빨리 돈을 모아서 독립해야겠다는 생각뿐이다. 아버지는 오빠 앞으로 무슨 서류 봉투를 건넸다.

"과수원 옆으로 개발한다고 길도 나고 해서 땅값이 많이 올랐다니까 대출도 꽤 될 거다. 아무튼 니들이 잘 알아서 하겠지만 항상 조심하고. 뭐니 뭐니 해도 월급쟁이가 최고니까 니는 회사에서 나가라고 할 때까지 붙어 있어야 한다. 에미는 그 편의점인지 슈퍼인지 기왕 하기로 했다니까 열심히 해봐라. 하루 이십사 시간 문을 연다니 잠도 못 자고 고생은 되겠다만, 네 말대로 경미를 데려다 앉혀도 될 것이고."

"걱정 마세요. 아버님, 다 조사해서 하는 일이라 기본은 할 거예요. 저희들 계속 교육받고 연구도 많이 하고 있어요. 어차피 이이 퇴직도 얼마 안 남았는데 나중에 같이 하게 되면 점포를 두 개로 늘릴 수도 있어요. 그렇게 되면 아버님 용돈은 따블로 될지도 몰라요. 호호."

올케언니 말에 아버지가 흐뭇한 미소를 지었다. 나를 데려간다니… 나는 어디를 가겠다고 말한 적이 없다. 그리고 아버지가 오빠에게 건넨 서류 봉투는 어머니가 그동안 목숨 걸고 지켜냈던 땅문서 같았다. 그걸 지키느라 아버지의 행패를 다 받아내고 어떤 땐 도망도 다니고 며칠씩 집 밖으로 떠돈 적도 있었다. 그 땅은 어머니가 젊었을 때 배를 내다 팔아서 샀다고 들었다. 어머니는 한 푼이라도 더 받기 위해 도매상에 넘기지 않고 종이에 싼 배를 노점에 놓고 직접 팔았다. 뿐만 아니라 상품 가치가 떨어지는 배는 즙을 내서라도 알뜰하게 돈을 만들었다고 했다. 그런 생각이 들자 나는 갑자기 머릿속이 복잡해졌다.

방을 치운 뒤 식구들은 곧 잠자리에 들었다. 나는 안방으로 가서 어머니 옆에 누웠다. 그런데 어머니가 잠을 자지 못하고 계속 뒤척거렸다. 화장실도 몇 번 들락거렸고 어둠 속에 홀로 우두커니 앉아있었다. 밤에 잠을 푹 자지 못하면 어머니 상태가 분명히 좋지 않으리란 걱정을 하며 나는 잠을 청했다.

집 앞의 과수원에 하얀 배꽃이 피기 시작하면 어머니는 배 밭에서 살았다. 거름을 주고, 풀을 뽑고, 조롱조롱 달린 배를 솎아내고, 그 많은 배를 종이로 싸주었다. 어머니는 온종일 뜨거운 햇볕 아래서 일하면서도 그늘을 찾아 한 번 앉는 법도 없었다. 종이 주머니 속의 배들이 나날이 굵어지면, 어머니의 얼굴이 배꽃처럼 환하게 밝아졌다. 어떤 날은 하얀 달빛이 배 밭에 내려앉을 때까지 일을 하곤 했다. 종이 주머니가 불룩해지면 아버지도 배 밭에 나와 사다리에 올라가 배를 따는 일을 도왔다. 그때만큼은 여느 부부들처럼 두 사람이 두런두런 얘기를 나누기도 했다. 어머니는 열일곱 꽃다운 나이에 이 마을로 시집와서 평생 배 밭에서 살다가 할머니로 늙었다.

다음 날 아침 밥상머리에서 아버지가 말했다.

"어머니 깨끗하게 씻겨라. 오늘 요양원 들어가니까."

뜬금없는 소리였다.

"에? 요 요양원이 어디예요? 어머니 혼자 들어가요?"

아버지는 언제나 그렇듯이 내 말 따위는 무시하고, 무슨 선언문 낭독하듯이 하고 싶은 말만 했다.

"너희 오빠하고 언니가 어렵게 자리 마련했다. 그러니까 사람 노릇하려면 배워야 한다. 노인요양보험이라는 법이 새로 생겨서 이제 네 어머니도 요양시설에 들어갈 수 있게 됐다. 나라에서 비용을 대폭 대주고 나머지는 언니가 알아서 다 대기로 했다. 그런 좋은 법이 생긴 줄도 모르고, 네 엄마는 엄마대로 나는 나대로 고생이 말이 아니었다. 언니가 서울에서 많이 알아보고 준비해왔으니 너는 언니 말씀 잘 듣고 하란 대로 잘해라. 요양시설도 제일 좋다고 소문난 행복 요양원이다. 대기자가 줄을 섰다는데 네 언니가 기술적으로 다 잘 알아봐서 한 자리 뚫어 놨다. 그러게 사람은 죽을 때까지 배워야 하는 거다. 아무리 세상이 좋아져도 눈 귀가 깜깜하면 생고생이다. 얘, 에미야, 뭐 준비할 거 있으면 경미한테 시켜라."

어떤 곳에 가더라도 이 집구석보다는 낫겠지만 뭔가 찜찜했다. 무슨 깜짝 이벤트도 아니고 이게 뭐람. 게다가 요양원으로 들어가는 사람은 어머니인데 정작 어머니는 무슨 일이 벌어지는지도 모르고 앉아 있었다. 아버지는 아버지대로 평소와 달리 뭣에 씌운 사람처럼 목소리가 들떠 있었다. 아무래도 정상 컨디션이 아닌 듯했다. 어머니 때문에 혈압도 높아지고 우울증 약도 처방받았다더니 거짓은 아닌 모양이었다. 그때였다.

"그게 무신 말이여? 날 어디로 보낸다는 거여? 너희들 나를 보내려고 꿍꿍이 하는 거 다 알지. 난 절대로 이 집에서 안 나간다."

어머니가 잔뜩 화난 얼굴로 단호하게 말했다. 그러면 그렇지, 어머니가 이십사 시간 내내 정신이 나가 있는 건 아니다. 특히 자신의 신상에 대한 눈치는 치매와 상관없이 백 단이다. 이가 없으면 잇몸으로 먹는다고 어머니는 사라진 기억들의 빈자리를 눈치로 때운다. 모두 무슨 음모를 꾸미다 들킨 얼굴이었다. 오빠와 언니는 당황한 기색이었으나 아버지는 가차 없이 어머니를 윽박질렀다.

"쓸데없는 소리 작작해! 이 기회 놓치면 당신이나 나나 방법은 하나밖에 없어. 나는 당신 손에 죽을 것이고 당신은 굶어 죽을 것이야. 직장 다니는 애들이 어렵게 시간 만들어서 내려왔는데 골치 아프게 그러지 마. 애들이 오늘 서울 올라가야 하니까 서둘러. 경미야, 빨리 니 엄마 옷 입혀라!"

"이 영감탱이가 나를 쫓아내고 이 집 차지하려고 애들까지 불렀구만. 절대 그렇게는 못 해! 너희들 나를 병신으로 알고 마음대로 하지만 나도 알건 다 알지. 내가 이, 이…뭐냐(어머니는 두 주먹으로 가슴을 쾅쾅 쳤다.) 그것을 마음대로, 나를 멀리 보내고, 안 돼, 내가… 그 많은 배를 리어카에 싣고 힘들게 끌고 가서 팔아 산 땅인데…절대로 안 돼. 맞다. 저 영감탱이, 저 영감탱이가 내 자는 사이에 도둑놈같이 이 집에 들어와 버린 거지."

어머니는 생각대로 말이 나와 주지 않자 얼굴 핏줄이 터질 것처럼 벌게지며 답답해했다. 머릿속이 또 꼬여버린 모양이다. 잘 나가다가 옆길로 새더니 레퍼토리가 시작됐다. 눈엔 핏발이 서고 콧구멍이 벌름거리고 이빨이 으르렁 드러난다. 침입자가 나갈 때까지 이어질 것이다. 올케언니가 어머니를 달랬다.

"그러면 어머니, 오늘은 그냥 요양원이 어떤 덴가 구경만 하고 오십시다. 나들이 삼아 가보자고요. 어머니 마음에 안 들면 그냥 돌아올 거예요."

그러나 어머니 귀에 그런 말이 들릴 리가 없었다. 어머니는 계속 악다구니를 쓰며 아버지를 때리려 하고, 아버지는 어머니 등을 쿡쿡 밀며 문밖으로 몰아댔다. 오빠는 곤혹스러운 표정으로 어머니를 바라보다가 소란을 피해 밖으로 나가 버렸다. 올케는 한 손으로는 어머니 어깨를 다른 한 손으로는 어머니 손을 잡고 마당으로 데리고 나갔다. 아버지가 어머니를 승용차 안으로 밀어 넣자 시동이 걸리고 이내 차가 출발했다. 뒷좌석에 아버지와 올케언니 사이에 어머니가 앉았다. 오빠는 입을 굳게 다문 채 차를 몰고 마당을 나갔다. 나는 넋이 나간 사람처럼 차의 뒷모습을 바라보고 서 있었다.

어머니는 이상하게도 오빠 앞에서는 순한 양이 되었다. 무슨 종교의 교주 대하듯 절대적이고 맹목적이다. '남편 복은 없어도 아들이 있어서 지옥 같은 생을 살아낸다'는 말을 나는 지겹게 들어왔다. 정신이 오락가락하면서도 오빠 앞에서는 있는 체면 없는 체면 다 차리며 어려워하고 조심했다. 아버지와 그렇게 티격태격할 때도 나를 끌어들였지, 오빠는 절대 끌어들이지 않았다. 오빠에게 궂은 꼴 안 보이려 애쓰는 걸 보니 나는 심통이 났다. 오빠는 고개만 돌리고 있으면 되었다. 그래도 떠나고 보니 씻겨드리지 못한 것이 마음에 걸렸다. 아침저녁으로 어머니가 꼭 씻어야 하는 곳이 두 군데 있다. 입속과 항문이었다. 어머니는 틀니를 끼고 있어서 입 냄새가 심했다. 게다가 이제는 뒷일을 본 뒤 닦는 것도 잊어버렸다. 첫인상이 중요한데 냄새 때문에 시설에 있는 사람들이 코를 틀어막고 어머니를 함부로 대하면 어쩌나 신경이 쓰였다. 왠지 치울 의욕이 나질 않아서 밥상도, 어질러진 방도 그대로 두고 나는 화원으로 출근했다.

어머니는 이불집 안에서 내쳐 삼십 분쯤 단잠을 잤다. 이불집 주인이 사다 준 우황청심환까지 먹고 나니 무슨 일이 있었는지 다 잊어버리고 평온한 모습이었다. 우리는 시장을 빠져나왔다. 시장 앞 로터리 중앙에 서 있는 시계탑이 보였다. 시계는 세 시를 가리키고 있었다. 이불집 주인이 끓여준 국수를 먹은 덕분에 배까지 든든했다. 그냥 가겠다고 해도 점심때가 됐다며 기어코 상을 내왔다. 로터리에서 길은 세 갈래로 갈라졌다. 동쪽과 서쪽, 그리고 안동으로 가는 남쪽, 집으로 가려면 서북쪽으로 한 시간은 족히 걸어야 했다. 서쪽으로 버스를 타고 삼십 분쯤 가면 어머니가 들어갔던 행복 요양원이 있다.

내가 요양원으로 가야겠다고 결심한 것은 냄새 때문이었다. 출근해서 화원 안을 정리하는 내내 꽃에서 어머니 특유의 역한 냄새가 풍겨 나왔다. 나중에는 냄새가 화원에 가득 차서 욕지기가 치밀었다. 그 때문에 손을 놓쳐 비싼 화분까지 하나 깨고 말았다. 아침부터 당숙한테 야단을 맞았다. 당숙네 화원서 일을 한 지는 삼 년째 접어든다. 당숙에게 요양원에 가겠다고 말했다. 당숙은 어련히 알아서 잘하는데 네가 왜 나서느냐며 못마땅해했지만 어쩔 수 없었다. 나는 하던 일을 내던지고 요양원으로 가는 버스를 탔다. 어머니의 냄새를 맡아보지 않은 사람은 이해할 수 없을 것이다. 입에서는 녹 냄새와 상한 음식이 뒤섞인 냄새가 나고, 몸에서는 지린내와 똥 냄새가 풀풀 풍긴다. 아무도 어머니 옆자리를 참지 못한다. 어머니는 왕따를 당할 것이고 어쩌면 매질을 당할지도 모른다. 그건 체면을 중요시하는 어머니에게 치명적이다.

행복 요양원은 도로에서 한참 들어간 곳에 있었다. 그 시설 때문에 길을 낸 듯 차 한 대가 겨우 지나갈 정도의 길이 시멘트로 포장돼 있었다. 길옆 돌담 너머에서 뻗어 나온 무성한 나뭇가지들이 살랑거릴 뿐 주변은 고요했다. 너른 벌판에 집이라고는 행복 요양원뿐이었다. 심호흡을 하고 입구와 이어진 상담실 앞에서 서성거리고 있을 때, 어머니와 눈이 마주쳤다. 어머니는 복도 벽에 부착된 지지대를 잡고 입구

쪽을 향해 서 있었다. 상담실에서 분홍색 조끼를 입은 직원이 나왔다. 막상 직원을 보자 뭐라고 말을 꺼내야 할지 몰라서 쭈뼛거렸다. 나는 처음 보는 사람 앞에서는 말을 잘 못 하는 편이었다. 긴장을 하게 되면 말을 더듬기까지 했다. 직원이 어떻게 왔느냐고 물었다. 어머니 몸에서 냄새가 나니 신경 써 달라고 해야 할지, 올 때 목욕을 못 하고 왔으니 씻겨 달라고 해야 할지, 그냥 어머니를 보러 왔다고 해야 할지, 갈팡질팡하고 있을 때, 구세주처럼 어머니가 다가왔다. 어머니는 얼굴이 환하게 밝아지면서 큰소리로 나를 불렀다.

"경미야!"

"어, 엄마…"

"이 멍충이 같은 것, 왜 이제사 왔어. 하는 짓이 그 모양이니까 만날 그 모양 그 꼴이지…"

어머니는 눈을 사납게 치뜨면서 화를 냈다. 그동안 나를 무척이나 기다렸나 보았다. 직원이 상냥하게 웃으면서 어머니 어깨를 두 손으로 잡고 다독거렸다.

"따님 되세요? 어르신이 많이 기다리셨나 봐요. 어르신, 따님이 참 조신하게 생겼네요."

어머니가 진정이 되자 직원은 내게 눈을 깜빡거렸다. 무슨 뜻인지 알 수는 없었지만 느낌이 싫지는 않았다. 어머니는 내게 손을 내밀었고, 나는 얼떨결에 어머니 손을 꼭 잡았다.

"어르신들이 처음에 오시면 다 힘들어하세요. 아무래도 낯선 곳이다 보니. 같이 차도 마시고 뜰에서 산책도 하시면서 어머니 마음 편하게 해드리세요. 조금 있으면 점심 식사가 시작되니까 그 시간에 맞춰서 들어와 주시고요."

직원은 목례를 하고 다시 상담실로 들어갔다. 어머니를 보는 순간 내 계획 같은 건 뒤죽박죽이 돼버렸다. 하긴 처음부터 무슨 계획이 있어서 간 것도 아니었다. 어머니와 헤어질 때 인사도 제대로 못 했고, 이것저것 머릿속이 복잡해서 달려갔던 것뿐이다. 어, 이게 아닌데, 하면서 나는 어머니와 정문을 빠져나왔다. 아니다, 어머니가 나를 정문 쪽으로 끌었다는 게 맞을 것이다. 차를 탔고, 시계탑 앞에서 내렸고, 누가 볼세라 무작정 상가건물로 뛰어 들어가면서도 잡은 손만은 서로 놓으려 하지 않았다.

우리는 다시 걸었다. 아니, 어머니는 아무 생각도 없이 나를 따르고 있는 것이다. 내 발길은 동쪽도 서쪽도 아닌 북쪽을 향하고 있었다. 집으로 가는 방향도 아니고 요양원으로 가는 쪽도 아니었다. 요양원에서는 어머니가 사라졌다고 집으로 연락을 했을 것이고, 집에서는 지금 어머니와 나를 찾으려고 난리가 났을 것이다. 어머니와 나는 이렇게 막다른 골목에서 도움 안 되는 얼굴을 맞대고 있을 때가 많았다. 우리가 왜 막다른 골목으로 몰리게 됐는지도 알 수 없었고 알려고 하지도 않았다.

걱정하던 일이 터지고 말았다. 어머니의 걸음이 어기적거리며 느려졌다.

"엄마, 화장실 가고 싶어?"

"아니여."

어머니가 상을 찡그리며 고개를 저었다. 하지만 어머니 낯빛이 점점 창백해졌다. 주변에는 들어갈 만한 건물이 없었다. 고개를 들고 찾아보니 저만치에 시외버스 터미널 건물이 보였다. 나는 어머니 손을 잡고 터미널 쪽으로 갔다. 그러나 어머니는 몇 걸음 안 가서 제자리에 서버렸다. 곤혹스러운 표정이었다. 나는 억지로 어머니 손을 끌었다. 다행히 터미널에는 사람들이 그리 많지 않았다. 밀고 당기며 겨우 화장실로 들어갔다. 바지를 내리자 냄새가 훅 끼쳤다. 팬티에 변이 묻어 있었다. 어머니를 변기에 앉혀놓고 팬티를 빨았다. 젖은 팬티로 엉덩이를 닦고 쓰레기통에 버렸다. 어머니는 엉덩이를 내게 맡기게 되자 의기소침해져서 아이처럼 고분고분했다. 일을 끝내자 나는 기운이 빠져서 대합실 의자에 누워버렸다. 어머니가 따라와서 내 발치에 앉았다. 살짝 잠들었다가 부스럭거리는 소리에 눈을 떠보니 어머니가 신문지로 나를 덮어 주고 있었다.

"엄마는 나한테 병 주고 약 주고 …이게 뭐야."

"……"

어머니 눈이 빨개지면서 눈물이 고였다.

"엄마 왜 울어? 옛날 생각나서?"

어머니는 고개를 끄덕거렸다. 나도 코가 시큰해졌다. 이럴 때 어머니의 피는 잔잔하게 흐르고 있을 것이다. 그러다 어머니는 생각난 듯이 말했다.

"야야, 날 저물기 전에 집에 가야지."

"엄마는 집이 뭐가 좋다고 자꾸 집에 가재? 난 가기 싫어!"

"집에 안 가면 어딜 가냐?"

"엄마, 요양원으로 이사가! 엄마 옛날부터 친구랑 오순도순 살아보는 게 소원이라고 했잖아. 거기 가면 친구도 사귈 수 있어. 아버지 얼굴 보면서 괴로워하지 않아도 되고, 가스레인지 만지다 불 날까 봐 걱정 안 해도 되고. 오빠가 돈 대준다잖아."

"요양원이 뭐꼬?"

"어제 갔던 데 있잖아."

"어제? 아무데도 안 갔어."

"아버지랑 오빠랑 같이 차 타고 갔었잖아."

"그게 무슨 말이냐, 나는 그런 델 가본 적이 없다."

"그럼 지금 갈 거야?"

"지금 어떻게 가냐? 이사 가려면 짐도 싸고 아버지한테 얘기도 하고, 정리할 게 얼마나 많은데. 아무리 좋다 해도 다 절차가 있는 거지. 그렇게 마음대로 하는 거 아니다."

"그래 알았어. 엄마, 우리 짐 싸러 가자."

나는 어머니 손을 잡고 집으로 가는 버스를 타기 위해 터미널 밖으로 나왔다.

조용한 아침이었다. 어머니는 붕어 자물통을 빼고 궤를 열었다. 시집올 때 장롱 대신 가져왔다는 소나무 궤였다. 궤는 내가 들어가 앉아도 될 만큼 컸다. 궤 속에는 어머니가 아끼는 옷과 물건들이 들어 있었다. 그런데 궤 문을 아래로 내리자마자 안에 쌓여있던 것들이 쏟아져 내렸다. 뒤적여보니 입다가 쑤셔 넣은 팬티와 양말, 내복, 수건, 빨지 않은 여름옷 같은 것들이었다. 내 것도 있었고 아버지 것도 있었다. 어머니가 잘 갈무리 한답시고 수시로 집어넣었으리라. 뒤에서 지켜보던 아버지는 빨랫감이 쏟아져 내리자 혀를 차며 나가버렸다.

"쯧쯧쯧, 그것 봐라, 어디 하나 제대로 된 게 있나, 정리는 무신."

어제 나는 태어나서 처음으로 아버지에게 내 의견이랄 수 있는 말을 했다. 집으로 돌아왔을 때, 나는 아버지의 험악할 대로 험악해진 얼굴이 폭발하기 전에 소리쳤다.

"아, 아버지, 엄마 짐은 엄마 손으로 저, 정리해야죠. 그래야 엄마가 이사를 갈 수 있죠. 지, 짐을 다 두고 이사 가는 사람이 어디 있어요!"

그러자 기적처럼 아버지 입에서 피식, 하고 김빠지는 소리가 났다. 멍한 표정으로 변해가더니, 짐은 무신…하면서 슬그머니 돌아앉아 버렸다. 오빠와 올케는 예정대로 상경하고 없었다.

어머니는 궤 속의 물건들을 소중한 듯 하나씩 꼼꼼하게 살펴보았고 나는 입을 만한 것들을 골라주었다. 맨 밑바닥에는 어머니가 시집

올 때 해온 연분홍 한복이 고이 접힌 채로 들어 있었다. 유행이 지나도 한참 지난 그 한복을 어머니는 버리지 않고 간직하고 있었다. 엄마, 이제 이런 한복은 내다 버리세요. 입지도 않잖아. 오래전 옷 정리를 해주면서 나는 어머니에게 말했다. 그런 소리 하지 마라, 이래 봬도 이 한복은 고급진거고 네 외할머니가 가마 속에 넣어준 거다. 내가 젊었을 때 이걸 입고 나가면 곱다고 다들 쳐다봤다.라고 하면서 어머니는 수줍은 듯 입가에 미소를 지었다. 내가 보기에는 모두 재활용 수거함에 갖다 넣어야 할 옷들이 대부분이었다. 헌 양말 속에서 만 원짜리 지폐가 여러 장 접힌 채 나왔다. 어머니가 모아둔 돈이었다. 보자기 속에서도 천 원짜리 다발이 나왔다. 복주머니에는 동전들이 가득 들어 있었다.

"엄마, 이게 웬 횡재래? 이러니까 엄마가 짐을 정리해야 한다고 그랬구나?"

"그람. 이게 다 내가 몰래 모은 거여."

"어머니는 만 원짜리 지폐 두 장을 바지 주머니에 집어넣더니 나머지를 모아 나에게 주었다.

"나는 이것만 있으면 된다. 나머지는 다 너 가져라."

"엄마, 고마워."

"그까짓 거 얼마 된다고. 더 많이 주지 못해서 미안허지."

어머니는 모처럼 뿌듯한 미소를 지었다. 치매 걸리기 전의 어머니 같았다. 번듯한 옷들을 골라 가방에 담았다. 그리고 더운물로 목욕을 하고 외출복 중에서 가장 화사한 옷을 입혀드렸다. 어머니는 무늬가 요란하지 않으면서도 연한 분홍색을 좋아했다. 이제 차를 타고 가기만 하면 됐다.

마당에서 어머니는 자꾸만 두리번거렸다.

"저, 저기 그… 뭐냐, 인사라도 하고 가야지. 이제 가면 또 언제 와

질지 모르는데.”

아버지를 찾고 있었다. 나는 아버지가 일부러 모습을 보이지 않으려 한다는 걸 알고 있었다. '낯선 침입자'를 보고 그저께처럼 어머니가 흥분하면 곤란했다. 그런데 오늘 어머니의 상태는 여느 때와 달랐다. 모든 걸 어머니의 말대로 따라야 할 것 같았다. 꼭 그래야만 될 것 같다는 생각이 강하게 들었다. 어머니는 어떻게 알았는지 이미 집 모퉁이를 돌아 뒤뜰로 가고 있었다. 아버지를 불렀다.

“보소.”

그제서야 뒤뜰 한 켠에 쭈그리고 앉아있던 아버지가 엉거주춤 일어나 나왔다.

“저어, 나 이제 갑니더.”

아버지는 예상치 못했던 어머니 행동에 놀란 듯했다.

“어, 그래. 이제 갈라고?”

“그동안 이 못난 사람하고 살아줘서 참말로 고맙습니더. 다음에 언제 이쪽으로 다니러 올 수나 있을지 모르지만, 잘 있으소.”

어머니는 다시는 오지 못할 먼 곳으로 떠나는 사람처럼 예를 갖춰 인사했다. 아버지와 어머니는 마주 섰지만 서로 시선을 맞추지 못했다. 어머니는 눈을 살짝 내리깔았고, 아버지는 시선을 어디에다 둬야 할지 몰라 안절부절못했다.

“아, 아버지도 엄마한테 뭐라고 말 좀 하세요. 아니, 미, 미안하다고 하세요. 그냥 무조건 미안하다고. 엄마가 알아듣든 못 알아듣든 미안하다고 하세요!”

갑자기 어디서 그런 용기가 나왔는지 나는 아버지를 향해 말했다. 그제야 어색한 듯 아버지는 몇 걸음 더 앞으로 나가 어머니를 바라보았다.

“그, 그래, 미안하오. 성질 고약한 나하고 사느라 고생 많았소. 어딜 가든지 그저 건강하고…"

어머니는 미소를 짓는 건지 울음을 참으려 하는 건지, 입꼬리는 올라가 있었지만, 경련이 이는 듯 파르르 떨렸다. 슬쩍 고개를 돌린 아버지의 눈가가 벌게졌다. 나는 가방을 들고 대문을 나섰다. 어머니가 내 뒤를 따랐고, 아버지가 손을 흔들어 어머니를 배웅했다. 과수원에는 하얀 배꽃이 떨어지고 있었다. 〈終〉

이다경

· 한양여자대학교 문예창작과 졸업
· 제42회 〈한국소설〉 신인상
· 제2회 경북일보 문학대전 소설부문 수상
· 〈2019 신예작가〉에 선정
· 삶의 향기 맥심 상 수상
· 강북문인협회 부회장

〈작가노트〉

예리한 감각과 카리스마 넘쳐

이다경

우리는 살아가면서 수많은 사람과 만나고 또 헤어지기도 한다. 그 중에는 그저 스쳐가는 만남도 있고, 그 사람의 인생에 중요한 포인트가 되는 만남도 있고, 악연도 있게 마련이다. 사람은 누구와 어떤 인연을 맺는 가에 따라 다음 인생이 펼쳐진다고 해도 과언이 아니다. 나에게 있어 김지연 선생님과의 만남은 인생의 중요한 러닝 포인트가 되어준 소중한 만남이다. 예리한 감각과 카리스마 넘치는 김지연 선생님을 만나지 못했다면 나는 소설을 포기 했을 도 모른다.

2014년 화창한 3월 어느 날, 남산도서관 밖에는 하얀 벚꽃이 눈부시게 만개했고, 강의실 안에는 지성과 미모가 뛰어난 김지연 선생님이 계셨다. 고우면서도 카리스마 넘치는 선생님의 모습에 나는 단번에 매료되었다. 수업시간 학생들이 낸 소설에 대해 예리한 감각과 깊은 안목으로 지도 하시는 모습에 감탄하지 않을 수 없었다.

김지연 선생님께서는 2019년 세종문화회관에서 등단 50주년을 기념하는 단편선집 <山가시내> 출판기념회를 가지셨다. 그날 선생님께서는 많은 축하객들 속에서 노랑 저고리의 한복을 입고 계셨는데 너무 잘 어울리고 고와 보였다. 이날따라 선생님은 더욱 존경스럽고 멋져보였다. 선생님은 여성스럽고 작은 체구인데도 그 목소리에는 주변을 압도하는 힘을 가지고 계셨다.

누구나 한번 뿐인 인생을 한 가지 일만 하면서 산다는 것은 결코 쉬운 일이 아니다. 하지만 김지연 선생님께서는 50여년을 오로지 소설을 붙잡고 살아오셨다. 그동안 낸 저서로는 <명줄>을 비롯해 <산가시내> <생명의 늪> 등 30여 권이 있고, 역사 장편 <소설 논개 1.2.3>이 있다. 흔들림 없이 오직 소설만 붙잡고 살아오신 소신 있는 모습이 존경스럽다.

선생님께서는 올해로 팔순이시지만 여든이 가까운 연세이지만 지금도 건강한 모습으로 소설을 쓰시고 제자들을 양성하고 계신다. 열정적이고 진정으로 단단하게 사시는 선생님의 모습을 닮고 싶고 내 인생의 롤 모델로 삼고 싶다.

〈단편소설 16〉

무지개 숄

이수빈

편물점 주인이 써 준 삼각 숄 뜨는 방법은 다시 봐도 헷갈렸다. 서툰 솜씨로 숄을 뜨겠다고 한 것이 욕심은 아닐까 생각하다가 다시 뜨개질을 시작했다.

엄마는 매년 여름이 지날 무렵 뜨개질을 시작했다. 찬바람이 불면 엄마가 뜬 무지개 망토를 두르고 학교에 갔다. 무지개 망토를 한 아이는 나밖에 없었다. 정문에서 운동장을 가로질러 갈 때면 아이들의 시선이 모두 나를 향했다. 나는 부끄러웠지만 그런 관심이 싫지 않았다.

*

연일 폭염 경보가 내렸다. 몇십 년 만의 폭염이라고 했다. 여행 가이드 일도 잠시 쉬어야 할 만큼 전국이 열돔 현상에 갇혔다. 엄마 친구 두 명이 치매로 요양원으로 갔다는 소식이 연이어 들렸다. 팔십이 코앞인 노인이 요양원을 간다는 것은 다시 돌아오기 힘든 길을 떠난다는 의미였다. 부쩍 건망증이 심해진 엄마를 보면 남의 일 같지 않았다. 엄마는 외출할 때마다 교통카드를 찾았다. 매번 내게 찾아내라고 해서 화장대 위에 따로 카드 두는 자리를 만들었다. 하지만 그곳에서 카드를 본 적은 없었다. 잃어버린 카드는 부엌 그릇장이나 액자 뒤에서 발견되곤 했다. 내가 검사를 받아보자고 하면 엄마의 태도는 단호했다.

"뭣 하러 검사까지 해서 병을 미리 알아. 고장 나면 그때부터 앓다가 가면 되지."

혹시나 하는 마음에 보건소에서 하는 무료 인지검사를 한번 받아보자고 했다. 엄마가 기다렸다는 듯이 그럴까 했다. 뜻밖의 반응이었다. 엄마가 마음을 바꾸기 전에 보건소에서 알아본 검사 내용을 설명하며 안심시켰다.

검사를 받으러 가기 전날이었다.

"해수가 내일 병원 예약했댄다. 예약 시간은 너한테 문자로 보낸대."

엄마는 늘 이런 식이었다. 내가 신경 써서 준비해 놓으면 다시 언니와 의논하고 결과만 통보했다. '또 내 노력과 시간은 아무것도 아닌 게 된 건가. 아무리 언니가 일 처리를 잘해도 그렇지. 같이 사는 건 난데, 멀리 있는 언니가 엄마한테 하는 게 뭐 있다고.' 엄마가 이럴 때마다 애꿎은 언니에게 불똥이 튀었다.

의사의 진료를 받기 전에 간호사가 문진표를 들고 엄마 앞에 앉았다. 첫 질문은 빼기였다. 100부터 7을 빼라고 했다. 계속 뺀 숫자에 다시 7 빼기를 하는 테스트였다. 수학은 늘 일등이었다며 내가 성적표를 내밀 때마다 엄마는 자신의 성적을 자랑했다. 그 말을 증명이라도 해 보이려는 듯 기를 쓰고 빼기에 집중했다. 거의 다 맞았다. 다음은 다섯 개 그림을 보고 잠시 후에 다시 기억하는 테스트였다. 간호사의 질문에 마치 학생이 된 것처럼 엄마는 열심히 대답했지만, 간신히 두 개를 기억했다. 의사의 진료보다 간호사의 테스트 시간이 더 길었다. 의사는 기억력이 좀 떨어지긴 하지만 문진표상으로 큰 이상은 없어 보인다고 했다. 정확한 진단을 위해서는 정밀 검사를 받아보는 것이 좋다고 말했다. 엄마는 미소를 띠며 알겠다고 했다. 한 번 더 상냥한 얼굴로 의사에게 인사를 하고 내 손을 끌고 서둘러 병원을 나왔다.

"정밀 검사 무슨, 그거 다 병원 배 불리는 짓이야."

엄마는 병원에서 검사도 했고 큰 이상이 없다는 말까지 들었으니 치매는 걱정 안 해도 된다고 생각했다. 하지만, 병원을 다녀온 후에도 카드를 찾는 일은 더 잦아졌고, 통장도 사라지기 시작했다. 세 번째 통장이 사라지던 날 엄마는 다 알고 있다는 얼굴로 내게 통장을 내놓으라고 했다. 언니가 보내주는 생활비통장이었다. 잔고 확인은 모바일 뱅킹으로도 가능하다고 말했지만 들은 척도 하지 않았다. 엄마는 내가 훔쳐 간 거라고 확신했다.

그 후로 엄마의 감정 기복이 눈에 띄게 심해졌다. 친구 집에 놀러 가는 횟수는 줄어들었고 식사 때가 아니면 종일 방에서 나오지 않았다. 뭘 하는지 궁금해하면 묵은 짐을 정리한다고 했다. 열린 문 사이로 방을 보기 전까지 나도 그런 줄만 알았다. 엄마는 무언가 열심히 정리하고 있었다. 온갖 종류의 비닐봉지를 작게 접어 지퍼 백에 차곡차곡 채워 넣고 있었다. 나는 소리 나지 않게 문을 조금 더 열었다. 깔끔했던 엄마 방에 빈 상자가 가득했다.

"내가 도와줄까?"

놀란 가슴을 진정하고 방에 들어서며 말했다.

"내 방에 들어오지 마."

날카로운 목소리에 순간 숨이 멎는 듯했다. 낯선 모습이었다. 하루에 몇 번씩 온탕과 냉탕을 오가는 엄마에게 다시 병원에 가 보자는 말이 쉽게 나오지 않았다. 나는 내키지 않았지만, 언니에게 전화를 걸었다.

언니는 대학을 졸업하고 곧바로 일본회사에 취직했다. 몇 년 전 잘 다니던 회사를 그만두고 여행사를 차렸다. 한류열풍으로 여행사는 급성장했고, 언니는 일 년에 서너 번 한국으로 출장을 왔다. 엄마는 일본에서도 제 몫을 잘 해내는 언니를 자랑스러워했다. 아들이 우선이던 시절에도 엄마는 남녀가 평등하다고 생각했다. 하지만 아들을 낳지 못한 자격지심은 있었다. 언니가 윗집 남자아이와 크게 싸우고 온 날 엄마는 언니를 혼내지 않았다. 오히려 따지러 온 윗집 아줌마에게 사내 녀석이 여자한테 맞고 다닌다며 아줌마의 염장을 질렀다. 외향적인 언니는 독립심이 강하고 지기 싫어하는 성격이었다. 언니는 엄마만 좇아다니는 소심하고 내성적인 나를 엄마벌레라고 놀렸다. 엄마는 언니처럼 독립적이지 못한 나를 못마땅하게 여겼다.

언니도 엄마를 설득하지 못했다. 의사가 괜찮다고 했는데 왜 또 병원에 가느냐고 하는 엄마에게 정밀 검사를 받아보라는 말은 꺼내지도 못했다고 했다.

*

아침부터 시작한 재채기가 멈추지 않았다. 알레르기 비염이 심해진 것 같았다. 구급상자가 보이지 않았다. 엄마가 치운 게 틀림없었다. 나는 약국으로 뛰어갔다. 항히스타민제를 달라고 했다. 약국 옆에 편물점이 눈에 들어왔다. 모르고 지나칠 정도로 작은 공간이었는데 창가에 걸린 무지개 숄에 시선이 멈췄다. 무지개 망토가 생각났다. 나는 홀린 듯이 편물점 안으로 들어갔다. 내 또래로 보이는 여자와 육십 대로 보이는 여자 둘이 앉아있었다. 짧은 청바지를 입은 젊은 여자는 빠른 속도로 뜨개질을 하고 있었다. 그녀의 능숙한 손놀림에 눈을 뗄 수가 없었다.

"뭘 드릴까요?"

주인으로 보이는 육십 대 여자가 일어나며 말했다. 편안한 인상의 주인 얼굴을 보니 긴장했던 마음이 조금 풀렸다.

"뜨개질이 처음인데요."

편물점 주인은 아무 대꾸 없이 4.5mm 바늘과 벽장에 있던 굵은 털실을 몇 타래 집어 와서 내 앞에 놓았다.

"바늘은 이걸 쓰면 되고, 실은 좋아하는 색으로 골라 봐요."

뜨개질 초보를 많이 대해 본 솜씨였다. 나는 무지개색 실을 사고 싶었지만, 주인에게 추천해 달라고 했다. 요즘은 계절에 상관없이 니트의 인기가 좋다며 파스텔 색조의 파란색 실을 보여 주었다. 주인은 처음 하는 거니까 연습하는 셈 치고 목도리를 먼저 떠보라고 했다. 내 대답도 듣지 않고 능숙한 솜씨로 겉뜨기와 안뜨기를 시연해 보였다. 그리고 나서 실과 대바늘을 쥐는 법을 알려주었다. 잊어버리면 보면서 하라고 설명서 한 장도 넣어주었다. 실과 바늘을 쥐는 법부터 다양한 무늬뜨기가 흐릿하게 복사된 종이였다. 뜨개질은 간단한 소품을 만드는 데는 별다른 기술이 필요 없다고 했다. 편물점 주인은 금방 한 뼘 길이의 목도리를 떴다. 단순해 보이는 손동작으로 원하는 것을 만들어 내는 뜨개질이 신기했다. 나는 당장이라도 창가에 걸린 무지개 숄을 뜰 수 있을 것만 같았다. 설레는 마음으로 실과 대바늘이 담긴 종이가방을 손에 쥐고 편물점을 나왔다.

집에 오자마자 주인이 알려준 대로 왼손 엄지와 검지에 실을 걸고 코를 만들었다. 약 기운 때문인지 열 코쯤 떴을 때 졸음이 쏟아지기 시작했다. 해가 지고 나서야 겨우 눈을 떴다. 집이 너무 조용했다. 기분 나쁜 정적이었다. 엄마를 불렀지만 아무 대답이 없었다. 방에도 화장실에도 엄마는 없었다. 엄마에게 전화를 걸었다. 가죽이 벗겨진 소파 방석 밑에서 벨 소리가 들렸다. 나는 뭔가 잘못됐다는 것을 직감했다. 인터폰 수화기를 든 내 손이 심하게 떨렸다. 경비 아저씨는 엄마가 밖으로 나가는 것을 보지 못했다고 했다. 그제야 아침부터 집에 가야 한다고 했던 엄마의 말이 생각났다. 갑자기 빨라진 심장 소리가 귀에 들릴 만큼 쿵쾅거렸다. 아파트 주변을 뛰어다니며 갈만한 곳을 찾았지만, 엄마를 봤다는 사람은 없었다. 경찰서에 신고해야겠다는 생각이 들었을 때 휴대폰이 울렸다.

"오백 일호지요? 경비실입니다. 모친이…."

파출소 문 앞에서 크게 숨을 들이마셨다. 얼른 발이 떨어지지 않았다. 아무렇지도 않은 척하며 파출소 문을 열었다. 반팔 원피스 위에 겨울 카디건을 뒤집어 입고 멍하니 앉아있는 엄마를 보니 온몸의 힘이 빠져나가는 것 같았다. 내가 다가가는 기척에도 엄마는 한 곳만 바라보고 있었다. '엄마'하는 소리가 목을 넘어오지 못했다. 나는 마른침을 삼켰다.

"엄마"

나를 알아본 엄마는 안심한 듯 멋쩍은 표정을 지었다. 또 낯설었다. 늘 당당했던 엄마 모습은 어디에도 없었다. 머릿속이 복잡해졌다.

"순임이네 가려고 나왔는데…."

엄마는 친구 집에 가려고 했다며 변명을 늘어놓았지만 어떻게 파출소에 갔는지 기억하지는 못했다. 경찰은 엄마가 사 차선 도로를 그냥 건너다가 사고가 날 뻔했다며, 사는 곳을 물어도 기억하지 못해 일단 파출소로 데리고 왔다고 했다. 가까운 아파트부터 탐문을 하던 중에 경비 아저씨가 엄마 인상착의를 기억하고 있었다고. 이렇게 빨리 찾기가 쉽지 않은데 운이 좋았다고도 했다. 감사 인사를 하고 담담하게 파출소를 나왔지만 놀란 가슴은 쉽게 진정되지 않았다.

엄마와 다시 병원을 찾았다.

"어머니, 평소에 드시는 약이 있어요?"

의사는 다정한 눈빛으로 친절하게 물었다. 엄마는 긴장한 듯 아니요, 하고 짧게 대답했다. 의사는 짧은 문진 후에 인지검사와 뇌 사진을 찍고 오라고 했다. 엄마가 인지검사를 받는 동안 나도 함께 앉아있었다. 보호자가 관찰한 내용도 중요한 검사항목이었다. 인지검사는 한 시간가량 걸렸다. 뇌 영상 검사실 앞에서 엄마는 초조해 보였다.

"괜찮아, 선생님이 시키는 대로만 하면 돼."

나는 바짝 긴장한 엄마의 마른 등을 쓸어내렸다. 엄마는 평소에도 병원에 가는 것을 탐탁지 않게 생각했다. 당신 병은 당신이 잘 안다며 건강검진을 받는 것조차 달가워하지 않았다. 큰 병을 앓은 적 없는 건강한 체질이기도 했지만, 온몸에 퍼진 암세포로 손쓸 틈 없이 아버지가 떠난 뒤로 더 그랬다.

"어머니, 나이가 들면 이 부분이 쪼그라들거든요. 그래서 자꾸 깜빡깜빡하는 거예요. 어머니 나이에는 대부분이 그래요."

의사는 아까보다 더 친절하게 설명했다. 검사를 받느라 피곤했는지 엄마의 눈빛이 멍해졌다. 나는 온통 까맣게 보이는 뇌 사진에서 의사가 가리키는 해마 모양을 간신히 찾았다.

"약을 드시면 좋아지실 거예요, 어머니."

병명에 대해서는 별말 없이 약을 먹자고 했다. 의사는 무심한 표정으로 자판을 두드렸다. 그의 태도로 봐서는 별일 아닌 것처럼 보였다. 다음 진료 예약을 하고 처방전을 받았다. 피곤하다는 엄마를 로비 의자에 앉혀 두고 약국으로 향했다. '왜 치매라는 말을 한 번도 하지 않았지? 치매가 아닌가. 경도인지장애? 아니야, 집을 못 찾았을 정도면 중증일 텐데…' 그제야 나는 의사에게 분명하게 묻지 않은 것을 후회했다. 의자에 앉아서 약이 나올 때를 기다렸다. 약사는 걸음걸이가 불편해 보이는 노인에게 복용법에 대해 열심히 설명했다. 노인은 연신 고개를 끄덕였다. 약사는 약이 가득 담긴 비닐봉지 두 개를 노인의 손에 쥐어주었다.

"애들이 한 번에 먹는 약이 한 줌은 더 되더라."

엄마는 삼 년 전 친구들과 희수 여행을 다녀왔다. 친구들이 가져온 약을 보고 당신은 건강관리를 잘하고 있다며 한 말이었다. 약을 받아 가는 노인을 보니 지병 없이 팔십 년을 살아온 엄마가 새삼 대단하게 느껴졌다. 그런데 치매라고? 다시 머릿속이 복잡해지려고 할 때 엄마 이름이 들렸다. 약사는 복용법과 알아듣지 못하는 약 이름까지 상세히 설명했다. 노인성 우울증, 불안장애, 치매 완화제. 엄마가 우울증이었다니. 갑자기 화를 낸다든지, 폭력을 쓰는 것처럼 감정이 불안정한 것은 우울증 때문이라고 했다. 두 달분 약을 받고 나오다가 다시 약사에게로 갔다.

"하얀 알약이 치매약이 맞나요?"

"네, 알츠하이머 코드로 체크 되어있어요. 용량은 제일 낮은 거고요."

이해되지 않았던 엄마의 행동들이 치매 증상이었다고 하니 나도 모르게 깊은 한숨이 새어 나왔다. 엄마는 나이가 들면 입맛도 변하고 쓸데없이 고집만 세진다고 했다. 나는 그런 줄로만 알았다. 나는 엄마가 치매 환자라는 것을 받아들이기가 쉽지 않았다. 엄마의 일상은 크게 달라지지는 않았다. 매일 친구와 통화했고 좋아하는 드라마도 꼬박꼬박 챙겨봤다. 여전히 내가 엄마 방에 들어가는 것은 싫어했지만 불쑥 화내는 일이 줄어들었고 잠자는 시간이 일정해졌다.

엄마가 잠이 들면 나는 뜨개질을 했다. 오랜만에 가져보는 혼자만의 시간이었다. 편물점에서 배운 대로 목도리를 떴다. 안뜨기보다 겉뜨기가 편했다. 모양도 겉뜨기가 더 예뻤다. 처음 해보는 뜨개질치고는 꽤 잘하는 것처럼 느껴졌다. 하지만 길이가 길어질수록 모양이 이상해졌다.

*

언니가 연락도 없이 왔다. 일본 지인들과 한국에 왔다가 집에 들렀다고 했다. 엄마 소식을 듣고 일부러 시간을 낸 것 같았다. 엄마는 예전처럼 언니를 반갑게 맞았다. 나는 언니에게 엄마 상태를 미리 알려주었다. 방에 있는 상자에 대해서 아무 말 하지 말고, 엄마가 얘기할 때 끊지 말고. 옷을 갈아입으려고 엄마 방에 들어갔다가 눈이 휘둥그레져 나온 언니에게 조용히 하라는 손짓을 했다. 부쩍 예민해진 엄마를 눈치 없는 언니가 자극할까 봐 걱정되었다.

"엄마, 목욕 갈래요? 내가 등 밀어준 게 언제였는지 기억도 안 나네."

살짝 높은 톤으로 애교를 부리며 언니가 말했다. 일주일에 두 번씩 목욕탕에 갔던 엄마는, 아프기 시작하면서 세수하는 것도 귀찮아했다. 나보다 덩치가 큰 엄마를 혼자 씻기는 것이 여간 곤혹스러운 일이 아니었다. 아무 말도 하지 않았는데 목욕탕에 가자고 하는 언니가 고마웠다. 목욕을 다녀온 엄마는 평소보다 일찍 잠들었다. 오랜만에 온탕에 몸을 담갔으니 기분 좋은 잠을 잘 것이다.

저녁상을 물리고 언니가 나를 불렀다.

"은수야…, 엄마 요양원으로 보내자."

나는 갑작스러운 언니 말에 당황했다.

"그 말 하려고 비싼 비행기 타고 온 거야?"

언니 말을 다 듣기도 전에 요양원이라는 단어에 기분이 상해 버렸다.

"언니는 그런 말 할 자격이 없어. 내가 어떻게 버텼는데 그렇게 쉽게 요양원 소리를 해."

혼자 감당하기 힘들었던 기억들이 한꺼번에 떠올랐다. 치매는 엄마를 정상과 비정상의 경계에 세워 두고 나를 시험하는 것 같았다. 엄마 얼굴을 하고 전혀 다른 사람처럼 행동하는 것을 보는 일이 너무 괴로웠다. 엄마로 대해야 할지, 기억 저편에 서 있는 환자로 대해야 할지 매 순간 혼란스러웠다. 제일 힘들었던 것은 아침에 방문을 열 때였다. 엄마가 영원히 잠에서 깨지 않을까 봐 두려웠다. 매일 죽음을 맞이하는 기분을 언니가 알 리 없었다. 차가운 소주가 당겼지만 언니에게 술 마시는 모습을 보이고 싶지 않았다. 냉장고에 있던 찬물을 숨도 쉬지 않고 마셨다. 내 반응을 예상했다는 듯 언니의 목소리는 침착했다.

"엄마가 날 못 알아봤어."

나도 모르게 숨을 멈췄다.

"옷을 입히는데 갑자기 고맙습니다, 하고 인사를 하는 거야. 누구신데 이렇게 친절하실꼬, 하며 몇 번이나 고맙다고…. 내가 해수라고 했는데도 한참을 보고 나서야 날 알아봤어."

언니 목소리가 떨리고 있었다.

"엄마는 앞으로 더 나빠지기만 할 텐데 너 혼자서 어떻게 감당하게?"

나를 걱정하는 건지, 엄마를 걱정하는 건지 언니 속을 알 수가 없었지만, 요양원은 생각하고 싶지 않았다. 나는 상태가 더 나빠지면 그때 생각하자고 말을 끊었다.

다음 날 아침, 언니는 잠이 덜 깬 엄마를 앉혀놓고 길게 자란 손톱을 깎고 있었다.

"아이고, 우리 엄마 손톱이 공룡 발톱처럼 자랐네."

언니는 엄마를 깨끗하게 단장시키고 나서 필요할 때 쓰라고 오십만 엔이 든 봉투를 내 손에 쥐여주고 떠났다. 언니가 돌아간 뒤에도 요양원이라는 세 글자가 머릿속을 맴돌았다. 생각하지 않으려고 할수록 더 또렷해졌다. 술 생각이 간절했다. 그동안 잘 버텨왔는데 엄마 상태가 나빠질 때마다 자꾸 마음이 흔들렸다.

*

목도리를 찬찬히 살펴보며 편물점 주인이 말했다.

"모양이 이렇게 나오는 건 자기가 너무 꼼꼼하게 하려고 해서 그래. 목도리가 쉬울 것 같지만 처음 하는 사람들이 여기서 포기하는 경우가 많아요. 뜨개질은 힘이 들어가면 촘촘해지고 느슨하면 모양이 나오질 않거든."

주인이 옆에서 가르쳐 줄 때는 제대로 나오던 모양이 혼자서 하면 다시 촘촘해졌다. 몇 번을 풀었다 뜨기를 반복하다가 간신히 짧은 목도리를 완성했다. 포기하고 싶었는데 막상 완성하고 나니 또 뭘 뜰까 하는 생각부터 들었다. 추워지기 전에 무지개 숄을 뜨고 싶었다.

십이월이 되어도 기온은 영하로 떨어지지 않았다. 이상 고온 현상으로 비가 내린 다음 날부터 코로나바이러스의 확산 소식이 뉴스 대부분을 차지했다. 노인이나 기저질환이 있는 환자한테는 치명적이라는 뉴스는 엄마를 집에서 꼼짝 못 하게 만들었다. 산책은 고사하고 병원 진료도 갈 수 없었다. 두 달에 한 번 약 타는 것으로 진료를 대신했다. 엄마는 다리 근육이 빠지기 시작하면서 움직임도 둔해졌다. 잠꼬대 소리가 방 밖까지 들리는 날도 있었다. 의사가 말했던 섬망 증상 같았다. 아침부터 기분이 좋지 않았던 엄마는 약을 먹지 않겠다고 고집을 부렸다. 약을 가지고 방에 들어서는데 갑자기 엄마가 달려들어서 사정없이 나를 밀었다. 나는 서랍장 모서리에 옆구리를 세게 부딪치고 고꾸라졌다. 숨쉬기 힘들 정도로 심한 통증을 느꼈지만 흥분한 엄마를 두고 어떻게 할 수가 없었다. 진통제를 찾는데 눈물이 쏟아졌다. 도움을 청할 곳이 아무 데도 없었다. 혼자서 얼마나 더 버틸 수 있을지 자신이 없었다.

옆구리 통증도 코로나바이러스의 확산도 좀처럼 줄어들지 않았다.

사회적 거리 두기는 계속 강화되기만 했다. 결혼식에도 인원 제한이 생겼고, 장례식은 가족장으로 치러졌다. 세상도 치매에 걸린 것처럼 나아질 기미 없이 계속 나빠지고만 있었다.

엄마가 낮잠을 자는 동안 양갱을 사러 마트에 갔다. 엄마는 매일 간식으로 양갱을 먹었다. 양갱은 엄마 기분을 맞출 때 내놓는 비밀 무기이기도 했다. 집으로 오는 길에 편물점에 들렀다.

"무지개 색 실 주세요."

고개를 갸웃거리는 주인에게 다시 말했다.

"지난번 창가에 걸려 있던 무지개 숄을 뜨려고요."

"아, 그건 내가 여러 색을 섞어서 떠본 건데…. 무지개색처럼 보였구나."

주인은 여러 색을 섞어서 하는 뜨개질은 전문가도 어려워한다는 말을 덧붙였다. 내가 아직 그 정도 실력은 아니라는 말로 들렸다.

"마음에 드는 실로 골라 봐요. 요즘은 실이 잘 나와서 여러 색 섞어서 할 필요가 없어요."

주인은 한 타래에 여러 색이 그러데이션 된 실을 늘어놓으며 말했다. 나는 엄마가 좋아하는 보라와 연보라가 그러데이션 된 실을 골랐다. 가운데 옅은 노랑과 초록이 있어서 무지개색에 제일 가까워 보였다. 주인은 삼각 숄 도안을 보여 주며 콧수를 정해주고 숄 뜨기 순서를 적어주었다.

엄마가 잠든 것을 확인하고 오랜만에 술을 한 잔 마셨다. 며칠째 잠을 못 잤던 탓에 금세 노곤해졌다. 끙끙거리는 소리에 눈을 떴다. 엄마가 현관문 앞에서 웅크리고 앉아있었다. 한쪽 팔을 감싸고 앉은 모습이 심상치 않아 보였다. 조심스럽게 안아 일으키려는데 엄마가 소리를 질렀다.

"아프단 말이야."

왼쪽 팔이 잘못된 것 같은데 손을 못 대게 하니 살펴볼 수가 없었다. 병원에 가자고 했지만 아무 대꾸도 하지 않았다. 엄마는 그렇게 이틀을 누워있었다.

국제항공 노선도 모두 끊긴 상태라 언니는 한국에 올 수가 없었다. 대신에 친구를 통해 알아본 요양병원 전화번호를 알려주었다. 나는 전화번호를 보며 한참을 망설였다. 며칠 전 TV에서 본 장례식이 생각나서였다. 어느 나라인지 모르지만, 코로나19에 걸려 죽은 할머니의 장례식이었다. 유리 창문 사이에 시신을 두고 가까이 갈 수도, 만질 수도 없이 가족들은 서럽게 울기만 했다.

지금 네가 혼자서 엄마를 돌보는 건 무리야. 널 위해서가 아니라 엄마를 위해서 요양병원을 알아보는 게 좋을 것 같아. 코로나 때문에 요양병원 입원도 힘든 상황이래. A병원에서는 코로나 검사 결과지만 있으면 바로 입원이 가능하다고 했어. 그보다 먼저 엄마 팔 상태부터 검사 해 봐.

언니가 알려준 A병원에 전화를 했다. 담당자는 엄마의 다친 팔을 진료할 병원도 추천해 주었다. 앰뷸런스로 엄마를 그 병원으로 옮겼다.

의사가 팔목 뼈가 세 군데나 부러졌다고 했을 때 온몸이 전기에 감전된 듯했다. 수술을 해야 할 만큼 심각한 상태였다. 나는 입원 수속부터 밟았다. 원무과에서는 간병인이 상주하는 통합 병실을 권했다. 통합 병실은 보호자가 여섯 시에는 퇴실해야 했다. 입원 준비물을 사서 병실에 들어서는 나를 보고 엄마가 소리쳤다.

"혼자 두고 어딜 갔다 오는 거야."

약을 안 먹겠다고 할 때처럼 얼굴이 벌겋게 달아올라 있었다. 엄마는 당장 집에 가자며 침대에서 내려오려고 했다. 치매환자는 낯선 곳을 불안해 한다는 의사의 말이 생각났다. 엄마를 간병인에게 맡길 일이 아니었다. 보호자가 함께 있을 수 있는 병실로 다시 알아보았다. 다른 환자가 없는 2인실이 있었다. 병실을 옮기고 나서야 엄마는 안정을 되찾았다.

수술은 무사히 끝났다. 의사는 생각보다 어려운 수술이었다며 골다공증이 심하니 입원해서 일주일 정도 예후를 지켜보자고 했다. 마취에서 깬 엄마는 수술한 것을 기억하지 못했다. 깁스한 팔을 보여 주면 그제야 고개를 끄덕였다. 그리고 다시 잊어버렸다. 엄마의 기억은 빠른 속도로 사라지고 있었다. 병실을 호텔로 착각하기도 하고, 나를 친구로 착각하기도 했다.

"우리 막내딸은 나한테 너무 잘해. 내가 죽으면 갈 곳이 없을까 봐 그렇게 걱정이네. 마음이 여려서 나 없으면 어떻게 살지 걱정이야."

건강할 때의 엄마 모습으로 내 걱정을 했다. 엄마가 다시 돌아온 것만 같았다. 내가 무슨 말을 해야 할지 몰라 머뭇거리는 동안 엄마는 금방 잃어버린 기억 속으로 사라졌다. 엄마는 평생 아버지의 첫 번째 부인인 큰어머니 제사를 지냈다. 큰어머니를 아버지 옆으로 이장했다는 것을 안 지는 얼마 되지 않았다. 엄마는 당신이 죽으면 답답한 땅에 묻지 말고 화장해서 바다에 뿌리라고 할 때마다 나는 듣기 싫다고 짜증을 냈다. 큰어머니의 묘 이장이 오래전부터 계획한 일이었다는 것을 알았을 때 엄마가 너무 가여웠다. 기억을 잃어가는 엄마를 지켜보는 것은 힘든 일이었지만 그래도 함께 있어서 위안이 되었다. 하지만 더는 안 된다고 한다. 엄마를 위한 결정이지만 마음은 여전히 새벽 안개에 갇힌 것처럼 답답하기만 했다.

예정된 시간은 빨리 다가왔다. 나는 엄마를 씻기고 싶었다. 옆구리를 다치고 나서부터 제대로 씻기지 못하고 있는 엄마가 내내 마음이 쓰였다. 수술한 팔목 때문에 샤워는 힘들었다. 머리는 감길 수 있을 것 같았다. 수건과 새 환자복을 챙겨서 샤워실로 향했다. 휠체어 모양의 플라스틱 의자에 엄마를 옮겨 앉히고, 바퀴가 미끄러지지 않도록 고정 장치를 몇 번이나 확인했다. 아이를 목욕시키듯이 연신 칭찬을 하며 엄마 기분을 맞췄다. 엄마도 샴푸 향이 좋다며 기분 좋아했다. 샤워기 물 때문에 등이 축축하게 젖었지만, 엄마는 개의치 않았다. '이대로 같이 살 수 있으면 얼마나 좋을까.' 나는 엄마를 더 씻기고 싶었다. 의자에 앉아있는 상태로는 발밖에 더 씻길 곳이 없었다. 양말을 벗기고 따뜻한 물에 발을 담갔다. 심하게 뒤틀어져 있는 발가락 사이에 다섯 손가락을 끼워 넣고 문질렀다. 길지 않은 샤워 시간이 나는 행복했고 또 슬펐다.

A요양병원은 면회가 전면금지였지만, 입원하는 날은 보호자가 병실까지 들어갈 수 있었다. 엄마가 병실에서 환자복을 갈아입는 동안 나는 보호자 동의서에 사인을 했다. 똑같은 머리 모양을 한 노인들의 힘없는 눈동자가 나를 따라 움직였다.

"의사 선생님은 말 잘 듣는 환자를 좋아해. 나한테 하듯이 고집 피우지 말고, 말 잘 듣는 착한 환자 해야 해. 내가 다음에 오면 선생님한테 꼭 물어볼 거야."

나는 마지막 당부를 몇 번이나 반복했다.

곧 올게요. 올 수 있겠지. 올 수 있을까.

병원 문을 나설 때부터 참았던 눈물은 현관문 앞에서 쏟아져 내렸다. 내가 병실을 나올 때도 감은 눈을 뜨지 않던 엄마 얼굴이 자꾸 떠올랐다. 좁은 목구멍으로 뜨거운 응어리가 끝없이 올라왔다.

*

술에 절어 몇 날을 보냈는지 기억나지 않았다. 언니 전화도 받지 않았다. 언니가 보낸 문자만 열어보고 살아있음을 알렸다. 집은 온통 쓰레기로 발 디딜 틈이 없었다. 바닥에는 엄마가 입었던 옷가지들과 안 먹겠다고 던져 버린 약이 널브러져 있었다. 언니는 엄마 방 청소부터 하라고 매일 문자를 보냈다. 나까지 병에 걸릴까 걱정이라고.

따뜻한 햇살이 거실 안까지 길게 들어온 날, 나는 엄마 방에 겹겹이 쌓여있던 상자를 모두 치웠다. 곱게 접힌 비닐봉지가 가득한 상자를 보니 외출 때마다 하나씩 챙겨가던 엄마 모습이 떠올랐다. '이게 뭐라고.' 사계절 옷이 뒤섞여 있는 옷장을 열었다. 그렇게 찾아도 없던 분홍색 내복이 옷장 구석에 처박혀 있었다. 내 여름 원피스도 있었다. 엄마가 언제 내 방에서 가져왔는지 알 수 없었다. 옷장을 모두 비워냈다. 언젠가 쓸 데가 있을 거라며 따로 모아두었던 먼지 쌓인 유리병도 마대 자루에 담았다. '이런 걸 어디다 쓴다고.' 나는 빛바랜 엄마의 시간을 천천히 정리했다. 엄마 방이 넓어졌다. 팔십 년 엄마의 흔적은 낡고 삐걱거렸으며 아름답지 않았다.

밀린 숙제를 하듯 내 방도 청소를 했다. 방문 뒤에 줄 서 있던 빈 술병을 재활용 봉투에 모두 담았다. 나를 옥죄어 왔던 불안과 긴장에서 벗어나고 싶었다. 멈추었던 나의 시간이 다시 흘러갈 수 있을까.

침대 밑에서 뜨다 만 무지개 숄이 청소기에 딸려 나왔다. 잊고 있었다. 삼각 숄 도안을 펼쳤다. 편물점 주인이 숄 뜨기 순서를 적어놓았다. 첫 코는 걸러뜨기하고, 감아코로 한 코 늘려주고 계속 겉뜨기. 반대로 콧수 줄여서 뜨기. 콧수를 줄일 때는 두 코 모아뜨기 두 번 하고 다시 겉뜨기. 다시 봐도 헷갈렸다.

엄마는 입원할 때보다 건강이 좋아졌다. 요양병원은 여전히 면회

금지였지만 수술한 팔목은 외래 진료를 받아야 했다. 그 덕분에 한 달 만에 다시 엄마를 볼 수 있었다. 엄마는 나를 보자마자 집에 가자고 했다. 나를 잊지 않고 있어서 고마웠다. 재활 치료를 해야 한다고 엄마를 달랬다. 팔목이 다 나으면 집에 가자고 거짓말을 했다. 집에 있을 때보다 살이 빠져서인지 엄마의 긴 목이 유난히 허전해 보였다.

"다음에 내가 멋진 선물 가져올 테니 더 건강해져야 해."

엄마가 환하게 웃었다. 밝아진 엄마를 보니 안심이 되었지만 한편으론 서운한 마음도 들었다. '같이 있을 때 이렇게 좀 웃어주지.'

다음 면회 날에 맞춰 무지개 숄을 완성하기 위해 하루에도 몇 번이나 편물점을 오갔다. 드디어 완성한 무지개 숄을 펼쳐 보았다. 창가에 걸렸던 숄보다 훨씬 따뜻해 보였다. 엄마 어깨를 감싸기에도 충분한 크기였다.

"첫 솜씨인데 이 정도면 재능이 있는 거야."

편물점 주인이 기분 좋은 칭찬을 했다. 내가 숄을 뜨겠다고 했을 때 금방 포기할 줄 알았다고 했다. 주인은 남은 실로 사각 숄도 떠보라고 했다. 150코를 잡고 둘레는 커트 뜨기, 안쪽은 메리야스 뜨기 모양도 내 보라고 했다. 사각 숄은 콧수를 줄이지 않아서 삼각 숄보다 훨씬 수월하다고 했다. 나는 뜨개질하는 동안 나만의 동굴 안에 있는 것처럼 편안했다. 엄마를 요양병원에 보냈다는 죄책감도, 보고 싶다는 그리움도, 술도 생각나지 않았다.

엄마를 두 번째 면회하러 가는 날 새벽부터 요란한 비가 내렸다. 나는 깨끗하게 세탁한 무지개 숄을 현관 앞에 미리 챙겨 두었다. 핸드폰에 일찍 문자 한 통이 와 있었다.

A요양병원입니다.

본원에 코로나 의심 환자가 발생하여 보건소와 시청에서 역학조사

중입니다.

김정선님이 코로나19 바이러스에 확진되어 의료원으로 금일 격리 이송되었음을 알려드립니다.

창문을 세차게 두드리던 비는 어느새 폭우로 바뀌었다.

*

마지막 코를 빼서 느슨하게 매듭을 지었다. 완성된 사각 무지개 숄을 허공에 펼쳐 보았다. 연보라와 보라 사이에 노랑과 초록이 어울려져 만든 무지개 숄이었다. 몇 시간 동안 한 자세로만 있었던 몸을 천천히 일으켜 세웠다. 햇살에 눈이 부셨다. 엄마가 키우던 나무는 자작나무 껍질처럼 하얗게 말라 버린 채로 발코니 한구석을 차지하고 있었다. 엄마가 앉아 쉬던 파란색 욕실 의자에 엉덩이를 걸쳐 보았다. 건너편 산에 진달래꽃이 어른거렸다.

이수빈 ——————

· 부산 출생
· 동아대학교 일어일문학과 졸업
· 상명대학교 교육대학원 외국어로서의 한국어 교육 전공
· 2021년 한국소설「무지개 숄」로 소설 신인상 당선
· 동화「오츠벨과 코끼리」공동 번역

〈작가노트〉

선생님은 차도녀

이수빈

소설이 무엇인지도 모른 채 글을 써 보겠다는 마음만으로 김지연 선생님의 강좌에 등록했다. 첫 수업시간, 당당한 걸음걸이와 누가 봐도 고운 얼굴, 번쩍이는 눈빛을 가진 선생님을 처음 뵈었다. 비슷한 연배에서는 찾아보기 힘든 강렬한 포스에 나도 모르게 고개가 절로 숙여졌다. 선생님의 군더더기 없는 수업 진행에서도 카리스마가 느껴졌다. 선생님의 첫 인상은 강렬함이었다.

나는 수업 시간이 즐거웠다. 선생님은 말에도 강렬한 힘이 있었다. 재능이 있는 것도, 글을 잘 쓰는 것도 아니었던 내가 소설을 쓸 수 있을 거라는 희망을 갖게 했으니 말이다. 잘 쓰고 싶다는 마음만 가득할 뿐 실력은 늘지 않고 제자리걸음만 하고 있던 어느 날, 내 상태를 어떻게 아셨는지 "자네, 너무 과작(寡作)이야. 글을 자꾸 써야 늘지."라고 하셨다. 마음만 열심이었지 책상 앞에 앉아서 글을 쓴 시간이 많지 않았다는 것을 깨달았다. 늘 날카롭고 정확한 지적과 조언을 해 주신 선생님 덕분에 나도 소설의 길을 가게 되었다. 좋은 작품으로 선생님께 감사의 마음을 전해야 할 텐데 걱정이 앞선다.

한 손으로는 백팩을 어깨에 걸쳐 메고, 다른 한 손은 주머니에 찔러 넣은 채로 엘리베이터 앞에 서 있던 선생님의 뒷모습은 말 그대로 차도녀(차가운 도시 여자) 그 자체였다. 구순에도 그 모습 그대로의 선생님을 뵐 수 있을 거라 생각한다.

선생님, 여든 번째 생신을 축하드립니다.

늘 건강하세요.

〈단편소설 17〉

엄마의 집

이월성

"오 온아, 정신이 드니? 괜찮아?"

흥분된 목소리가 눈보다 먼저 열린 내 귀에 들렸다. 힘겹게 눈꺼풀을 들어 올리자 하얗게 분칠을 한 엄마의 얼굴이 들어온다. 나도 모르게 양미간이 찌푸려졌다. 몸을 비틀어 시선을 피하려 했지만, 몸이 꿈쩍도 않는다. 몸이 천근만근 돌덩이에 눌린 것도 같고 굵은 밧줄에 묶인 것도 같다.

수술을 받고 병실로 옮겨진 내게 간호사는 마취가 풀리면 아플 테니까 참을 수 없으면 진통제 버튼을 누르라고 했다. 과도한 진통제는 속을 메스껍게 만들어 구토를 유발한다는 주의도 잊지 않았다. 그러고 보니 어제 세 번이나 반복해서 들었던 말이었다.

내가 있는 병실은 '집중치료실'이라는 이름을 하나 더 달고 있었다. 수술을 앞두거나 마친 환자들이 잠시 머무는 곳, 다른 병실의 사람들이 아픔을 공유하며 금방 친해지는 반면 이곳은 서로에게 관심을 보일 여유가 없었다. 수술이라는 문고리를 잡고 있는 사람들의 복잡한 속내가 얼굴에 묻어났다. 나는 어제 하루 병실에서 벌어지는 광경을 이방인처럼 바라봤다.

간호사는 앵무새처럼 똑같은 말을 반복했고 환자들의 회복단계는 비슷했다. 가스가 나오기 전까지 금식입니다. 장기가 제자리를 잡을 때까지 힘이 들어도 움직여 주세요. 한 직업에서 사용되는 단어가 이처럼 몇 마디밖에 안 된다니. 가만히 내가 주로 하는 말을 떠올려 봤다. 손님, 감사합니다. 무엇을 드릴까요? 피식 입에서 바람 빠지는 소리가 났다. 그런데 수술을 마치고 난 후, 듣는 간호사의 말은 엄청난 힘을 지니고 있었다. 삶에 대한 애착이 없다고 생각했었는데 본능은 내 의지와 상관없이 귀를 활짝 열고 눈을 뜨게 했다.

"수술 부위 좀 보여줘요!"

엄마는 겨우 참았다는 듯 강한 어조로 간호사를 채근했다. 간호사는 조심스럽게 복부를 뒤덮고 있는 거즈를 떼어냈다. 나는 턱을 당겨 눈을 아래로 깔고 수술 부위를 보려 했지만, 테이프가 붙어 있던 자리가 당겨져 통증이 밀려왔다. 엄마의 눈동자가 심하게 흔들렸다. 캑액 캑 캑. 엄마는 가래가 목구멍을 막고 있는지 속을 다 게워낼 듯 캑캑거리며 휘이휘이 손을 저어 갑 티슈 통에서 휴지를 뭉텅 뽑아내 힘차게 가래를 뱉어냈다. 내 배 위에 올려진 간호사의 손에 힘이 가해졌다. 나도 모르게 입에서 신음이 터져 나왔다. 고통도 잠시, 아직 마취가 덜 풀렸는지 눈꺼풀이 내려앉는다.

*

나는 대학병원 응급실로 실려 들어왔다. 몇 주 전부터 아랫배가 살살 아팠는데 갑자기 통증이 해일처럼 일어 정신을 삼켜버렸다. 겨우 정신을 차린 후 여러 검사를 통해 내 자궁 안에 17센티미터 크기의 혹이 있다는 사실을 알게 되었다. 당장 수술이 필요했지만 수술 환자가 밀려 하루를 대기 상태로 있어야만 했다. 어쩐지 가느다란 팔다리에 비해 뱃살이 장난이 아니었다. 마치 임부의 배처럼. 불규칙한 식습관으로 장 기능이 약화되었다고만 생각했는데 공 하나를 배에 넣고 살았다니.

오전 회진 때, 주치의는 젊은 수련의들을 이끌고 병실로 찾아와 엄마의 의견을 물었다. CT상으로 17센티미터나 되는 자궁 안 물혹을 제거하려면 복부를 세로로 절개하는 것이 좋지만 아직 20대 초반인 환자를 위해 흉터가 작게 남도록 가로로 절개하고 싶다고 했다. 그러나 개복을 했는데 물혹의 크기가 예상 밖으로 크다면 다시 세로로 절개를 해야 해, 더 큰 흉터가 남을 수도 있다며 고민스러운 표정을 지었다. 엄마는 의사의 말을 하나라도 놓칠까 봐 눈도 깜빡이지 않고 몰입해서 들었다. 엄마는 단호하게 말했다. 물혹을 완벽하게 제거하고 흉터는 무조건 작아야 한다고. 질문의 요지를 벗어난 대답에 내 얼굴이 화끈 달아올랐다. 의사 콧잔등에도 두어 개의 주름이 지어졌다. 젠장, 젊은 남자들에게 빙 둘러싸여 내 자궁 안에 있는 혹 얘기를 해야 하나. 실험용 개구리가 된 기분이었다. 그 개구리는 이미 죽은 개구리지만.

그럼, 그렇지. 나는 아랫입술을 지그시 깨물었다. 의사가 나가고 난 후, 엄마의 모성애는 병실을 흔들며 코 고는 소리로 바뀌었다. 보호자용 보조침대에 언제 가져왔는지 모를 폭신한 꽃 누비이불을 반으로 접어 한쪽은 깔고, 그 위에 반듯이 눕더니 한쪽 자락을 끌어다 몸을 덮었다.

"네 걱정으로 한숨도 못 잤어."

엄마는 코를 드르렁거리며 꿀잠을 잤음에도 불구하고 머릿속에 지난밤은 불면의 밤으로 기억된 듯했다. 물론 여러 가지 검사를 받는 나를 따라다니느라 힘들었겠지만 말이다. 나는 엄마의 코를 꽉 쥐어 소리를 틀어막고 싶었지만 이내 포기했다. 이런들 어떻고 저런들 어떻겠는가. 이내 나는 엄마의 코 고는 소리에서 자유로워졌다. 태평스러운 엄마의 코를 고는 소리에 터진 실소로 병실 안은 안정감 없이 흔들렸다. 그런 병실 안으로 창을 통해 환하고 따사로운 오전의 햇빛이 쏟아져 들어왔다.

맞은편 침상이 분주해졌다. 새 환자가 들어올 모양이다. 병상을 미리 살피러 온 환자의 아버지인 것 같았다. 깨끗하고, 안전하게, 등이 배기지 않도록 편안하게……. 나는 반듯이 누워 천장을 바라보며 굵직한 중저음의 남자 목소리를 따라 그의 움직임을 그려봤다. 그때 달게 자고 난 엄마가 몸을 반쯤 일으켜 개운한 얼굴로 나를 올려다봤다.

"좀 어때?"

그리고 생뚱맞게 말했다.

"창밖을 좀 보렴. 벚꽃이 피려고 하네."

수술을 앞둔 딸이 걱정스럽기는 한지 의심스러울 만큼 나른한 목소리로 엄마는 창밖의 벚나무에 마음을 빼앗긴 듯했다. 나도 고개를 돌려 창밖을 바라봤다. 창가에 바짝 붙어 서 있는 벚나무 가지 끝에 매달린 작은 벚꽃봉오리들이 벌어지려 꼼지락거리는 듯했다. 매년 피는 저 꽃이 뭐라고……. 시큰둥한 내 마음으로 엄마의 담담한 목소리가 들려왔다.

"어떤 여편네가 생각나네."

엄마는 자신의 인생을 바꿔 놓은 여자를 떠올리고 있는 모양이었다. 전혀 인과관계가 없을 뿐만 아니라 앞으로 마주칠 확률이 0퍼센트에 가깝지만, 선택의 기로에 설 때면 기억의 저편에서 또렷이 살아나는 여자를 말이다. 나는 엄마가 그 얘기만 하면 짜증이 났다. 자신도 모르는 사이 남에게 끼칠 영향에 대해 생각하면 어깨가 움츠러들었다. 그 영향이 고통이나 불행한 길로 접어들게 할지도 모른다는 생각이 들면 더욱 그랬다. 그 여자 얘기를 듣고 싶지 않았지만, 엄마는 행복한 과거를 추억하듯 나지막이 읊조렸다. 그날 그 벤치에 앉아있듯이.

벚꽃이 바람을 타고 꽃눈처럼 내리는 날, 난 호숫가 벤치에 앉아있었지. 잔잔한 물결에 비친 벚꽃나무는 하늘하늘 춤을 추고 있었어. 그 벚나무는 땅과 물이 만난 점을 기준으로 하늘을 향해 지상에도, 호수에도 서 있었어. 절대 공존할 수 없는 두 공간에 동시에 존재했지. 눈물 나는 날이었지. 너 아니? 너무 아름다우면 눈물이 난다는 사실을. 그때 한 여자가 내가 앉은 벤치에 와 앉았어. 다른 벤치도 있었지만, 햇살이 뜨거워진 날씨 때문에 큰 벚나무가 그늘을 만들어 주는 그곳이 맘에 들었을 거야. 앉자마자 통화를 시작한 여자를 피해 일어나려다 나는 그 여자의 첫마디에 엉덩이를 붙들리고 말았어.

"내 머릿속은 쓰레기야."

슬쩍 곁눈질로 그 여자를 쳐다봤어. 갈색으로 물든 풍성한 머릿결 위에 촘촘히 알이 박힌 머리핀이 반짝였지. 젊게 보이려고 아무리 꾸며도 목주름과 방사선으로 번져나간 눈가의 주름은 족히 오십을 훌쩍 넘겨 보였어. 그 여자는 친구인 듯한 상대방에게 쉴 새 없이 떠들어댔어. 갑갑함을 풀기 위해 연기학원에서 발성 연습을 한다고 했어. 자신도 몰랐는데 자신의 목소리가 엄청 커 놀랐대. 그런데 한 시간 동안 소리를 지르고 난 후 그 시간만큼 울었대. 강사는 별일 아니라는 듯 어깨를 툭툭 두드리고 나가더라는 거야. 자신과 같은 사람이 한둘이겠냐고 자신을 일반화시키더라. 그러더니 갑자기 옷에 대한 이야기를 늘어놓기 시작하는 거야. 날씨가 변덕을 부리는 날은 버버리 트렌치코트를 입어줘야 한다나. 자기는 묵직한 브랜드보다 세련되면서도 젊게 보이는 올앤선드리가 좋다고. 또 유럽으로 두 달째 여행 중인 친구를 죽을 듯이 부러워하더라. 그러더니 목소리 톤을 한층 더 높여 자기 딸을 데리고 제주도 서귀포에 내려가 운전 연습을 시키겠다고 말했어. 바닷바람을 맞으며 해안도로를 달리게 하면 금방 실력이 늘 거라는 둥, 그러다 착 가라앉는 목소리로 말하지 뭐야. 항우울증, 약을 복용한 지 10년이 넘었다고… 정말 엿듣는 내 머릿속도 쓰레기통이 되는 기분이었어. 절절하게 대화를 나누던 여자가 갑자기 매니큐어가 벗겨진 손톱에 시선이 닿았는지 네일아트를 받아야겠다며 전화를 뚝 끊고 내 앞을 스쳐 지나갔어. 한편의 모노드라마를 본 기분이었지.

산다는 게 뭐지? 물질의 풍요를 누려도 항우울증, 약에 의존해 살아야 하고, 자신이 누구인지 모른 채 끊임없는 욕망과 싸워야 한다면 적어도 살고 싶은 대로 살겠다는 강렬한 욕구가 치솟아 올랐지. 20년 후, 그 여자와 비슷한 나이가 된 나를 상상하자 음식점에서 나오는 대형 쓰레기통을 머리에 이고 사는 모습이 그려지지 뭐야. 그 상상은 현실을 벗어나는 데서 오는 두려움을 작게 만들었을 뿐만 아니라 무일푼으로 집을 나오면서도 너를 잡은 손에 힘이 들어가더라. 넌 그때 여섯 살이었지.

17년 전 언저리를 맴돌고 있는 엄마의 몽롱한 눈빛에 맞서 내 눈에 서늘한 기운이 서렸다. 그리고 소리가 되지 못한 채 꿀꺽 삼켜진 언어들이 내 속에서 아우성을 쳤다.

'엄마, 엄마는 자신의 삶을 스스로 선택했지만 나는 뭐야? 나는 뭐냐고!'

나는 엄마의 손에 이끌려 집을 나온 후, 불안감을 등에 지고 살았다. 돈을 벌러 나간 엄마가 돌아오지 않을까 두려웠고 한 번도 나를 찾지 않는 아빠로 인해 부모의 이별이 내 탓은 아닌가, 마음 한구석에서 의구심이 자라났다. 그 의심이 확신으로 자랄수록 말이 없고 소심한 아이로 변해갔다. 물론 엄마의 저돌적인 성향은 이마저도 허용치 않았고 의도하진 않았지만 나는 단단하게 여물어갔다. 갑자기 배가 아프다. 두 손으로 배를 꾸욱 눌러본다. 손의 압력에 의해 아픔이 사라지는 듯했지만 곧이어 배가 뒤틀린다. 아프다. 나는 꽉 다문 입안에서 소리를 씹어 삼켰다.

'이 상황에서 그 봄날을 떠올리는 이유는 뭐야? 벚꽃 날리는 그날이 엄마의 화려한 삶의 출발점이라는 것이 뭐가 중요해. 난 아파 죽겠다고. 제발 그 입 좀 다물어.'

"김순미 씨, 식사입니다."

식판을 나눠주는 조리사의 목소리가 병실 안으로 거침없이 밀려왔다. 옆 칸의 환자에게 식사가 나온 모양이다. 갑자기 엄마가 견고하게 두 공간을 막고 있던 커튼을 벌컥 열어젖히고 식판을 내려다봤다. 수술 후 겨우 몸을 추스르고 밥상 앞에 앉은 환자와 보호자의 놀란 모습이 그들의 단발음에 묻어 눈에 그려졌다. 맛이 없어 보이네. 툭 던지는 엄마의 무심한 말은 예의가 아니었다. 그 짧은 순간에 메뉴를 파악했는지 엄마는 반찬 종류를 읊었다. 멀건 흰죽과 뭇국, 미나리무침, 달걀찜, 가자미 튀김. 소금기가 빠진 반찬은 구미를 당기지 못했는지 곧이어 다섯 개의 침상이 공유하고 있는 천장을 향해 엄마는 외쳤다. 보호자 밥은 어때요? 아무 대답이 없었다. 공기를 뚫고 돌아오지 않는 대답에 숨은 적의와 무시가 느껴졌다. 나는 슬며시 엄마의 얼굴을 힐끔 쳐다봤다. 입꼬리를 삐죽대던 엄마는 전혀 동요 없이 스스로 답을 찾아냈다. 병원 밥이 거기서 거기지, 뭘 바래. 그리고 가래가 목젖에 들러붙어 있는지 온 힘을 다해 가래를 캑캑거리며 뱉었다. 허연 죽을 겨우 떠넘기고 있을 옆 침상의 환자가 떠올랐다. 등허리로 진땀이 치솟는 동시에 막지 못한 말이 입 밖으로 튀어나왔다.

"더러워. 정말 더러워."

엄마는 내 말을 들었는지 말았는지 천연덕스럽게 자신도 밥을 먹고 오겠다고 했다. 긴장 탓에 굶었더니 배가 고프다며 나잇살이 더해져 두툼해진 복부를 손바닥으로 쓸었다. 금식을 하고 있는 내 앞에서 목이 마르다며 두유를 벌컥대던 엄마의 모습이 떠올랐다. 엄마는 옷매무새를 가다듬고 새빨간 루주를 입술에 덧칠한 후 아랫입술과 윗입술을 맞부딪쳤다. 나는 두 눈을 꾹 감았다. 더러워.

배가 아프다. 나는 눈을 번쩍 떴다. 얼핏 잠이 들었었는지 복부에 찌릿한 통증이 몰려와 숨이 턱 막혔다. 내일 수술만 받는다면 이 고통에서 벗어난다. 빨리 시간이 흘렀으면 좋겠다. 호흡을 가다듬으며 몸을 들썩였다. 엄마의 음성이 들려온다. 엄마는 통화 중이었다. 엄마는 무슨 생각으로 딸의 병을 널리 널리 알리고 있는 걸까.

"우리 온이가 수술을 하게 됐어. 내가 생리통이 심하잖아. 나를 닮아 생리통이 심한 줄 알았지. 그렇게 큰 물혹이 있을 줄 알았겠어. 결혼도 안 한 애가 산부인과에 간다는 것이 꺼림칙해서 아파도 참으라고 했지. 그런데 갑자기 전화가 온 거야. 응급실이라고. 관계를 갖지 않았다고 하니까 복부로 초음파를 보네. 이럴 줄 알았으면 진작 오는 건데."

엄마는 간간이 웃음을 섞어 넣으면서 여러 사람에게 은근슬쩍 이런 말을 들려주었다. 자신의 딸이 정조 관념이 무너진 세상에서 처녀라는 사실을 꼭 밝히고 싶은 이유는 뭘까? 나는 엄마의 통화 소리가 지겨워 주삿바늘이 꽂힌 줄도 잊고 핸드폰을 든 엄마의 팔꿈치를 잡아챘다. 엄마는 하얗게 눈을 흘겼다.

난소에 문제가 있다는 소리를 응급실에서 들었을 때, 나는 별 느낌이 없었다. 매달 찾아오는 미묘한 통증에서 벗어난다면 난소 하나쯤이야 떼어내도 괜찮다고 생각했다. 자궁이 제 기능을 발휘할 기회를 결코 허용치 않겠다고 다짐한 후였기에 두렵거나 불안하지 않았다. 내 몸 하나도 추스르기 버거운 현실에서 생명을 만든다는 것은 스스로 고통을 짊어지는 동시에 또 한 생명을 고통으로 몰아넣는 일이기에.

나를 향해 다가오는 남자들을 과감하게 걷어낸 것도 엄마의 덕이었다. 대학교 1학년 때 대타로 떠밀려 나간 첫 미팅에서 만난 남자아이가 조금 좋아지려 할 때쯤 그 아이의 질문에 말이 막힌 순간부터 남자는 내 인생에서 사절이었다. 특별한 질문은 아니었다.

"집이 어디야?"

대답할 집이 없었다. 그 질문이 지극히 일상적인 것임을 알면서도 막막해져 답을 찾지 못했다. 빈껍데기 집. 무책임한 집을 만들지 않겠다고, 그런 집으로 가는 길을 차단하기 위해 남자를 멀리했었다. 그런데 멀리할 필요도 없게 내 몸속의 집에 커다란 물혹이 차지하고 있었다니. 물혹은 호르몬 작용으로 생겼다 없어지기도 한다고 했다. 여러 개의 물혹을 갖고도 아무 문제 없이 사는 사람이 많다고도 했다. 하지만 내 물혹은 생명세포를 키우는 집을 잠식하며 무럭무럭 자라고 있었던 것이다. 보이는 집도 허술했고 내 몸속의 집도 엉망이었다. 내 몸이 내 처지를 대변하는 것 같아 실소만 새어 나왔다.

*

마취가 덜 풀렸는지 정신이 오락가락했다. 몽롱한 상태에서 기억하고 싶지 않은 과거가 꿈인 듯 스쳐 지나갔다. 진통제의 효과인지 통증이 사라지자 주위의 사물들이 드러났다. 엄마가 말이 없다. 화난 사람처럼 굳게 입을 다물고 초점 없는 눈빛이 이불을 덮은 내 복부에 머물러 있었다. 나도 엄마를 부를 기력이 없었다. 수술 결과가 궁금했지만, 묻지 않았다. 사실 깨어났다는 것은 살아난 것이고 그것이면 족했다.

오후 회진 시간에 담당의는 무척 힘든 수술이었다고 말했다. 배를 열고 본 자궁 안은 CT로 본 상황보다 더 당황스러웠다고 했다. 단지 물혹일 거라 생각했던 것은 한쪽 난소를 다 뒤집어 싸고 있어 빵빵한 공처럼 보였고, 나머지 한쪽 난소는 반대로 쪼그라들어 있었다고 했다. 끈적거리는 점막을 제거하고 난소를 되살리려 노력했으나 제 기능을 회복할지는 지켜봐야 한다고 했다. 아직 어린 나이라 자궁을 그대로 두었지만, 기능이 살아나기는커녕 고통을 유발한다면 건강을 위해 언제든지 재수술로 들어내야 한다는 말이었다. 좀 더 지켜보자는 말이라도 할 수 있어 다행이라는 표정으로 의사와 그를 따르는 무리들이 사라지자 엄마는 굳게 다물었던 입을 열고 폭풍처럼 말을 쏟아냈다.

"아니, 세상이 어느 때인데, 뱃속하나 제대로 못 들여다본단 말이야? 내 딸을 석녀로 만들겠다는 거야. 뭐야!"

엄마의 노기 띤 분노의 목소리가 커질수록 병실 안 사람들은 숨소리를 죽였고 내 얼굴은 달아올랐다.

"엄마, 그만해, 제발! 내 문제를 가지고 왜 엄마가 난리야! 내 몸이라고. 내 몸!"

"뭐라고!"

"요즘 시대가 어느 땐데, 자식 타령이야. 무자식이 상팔자라며. 책임 못 질 애만 만드는 건 죄야. 죄지을 근본을 없앤 건 좋은 일이지. 엄마, 엄마에겐 내가 짐이잖아!"

"나쁜 년! 그렇게 말하면 좋냐. 불쌍해서 어째, 이 일을……."

"뭐가 불쌍해. 진짜 불쌍한 건, 태어나서 버림받는 거야. 여자가 존재 자체로 대우받지 못하고 애 낳는 기계로 가치를 인정받는 시대는 지났어. 내 걱정하지 말고, 엄마나 잘 살아."

엄마는 벌어진 입을 다물지 못하고 멍하니 나를 바라봤다.

나는 엄마를 향해 뿜어낸 내 독기에 화들짝 놀랐다. 그러나 순간적으로 지어진 미소를 숨기려 손으로 입을 가렸다. 이제 자유다. 연애에 관심이 없지만, 미래는 모르는 일이다. 엄마의 피를 받았다면 내 안에도 남자를 부르는 인자가 숨어 있을지도. 지금까지 억누르고 꽁꽁 싸매 놓았던 기질이 발휘될지도 모른다. 그런데 이제 그로 인해 생길 위험이 사라졌다.

엄마의 눈에서 불꽃이 튀었다. 잠시 나를 노려보던 엄마는 창가로 걸어갔다. 창밖을 향해 선 엄마의 등이 떨렸다. 나는 눈을 감았다.

엄마의 남자들. 나에게 생명을 준 엄마의 첫 남자는 가장 기억이 희미한 존재다. 어렴풋한 기억 속에는 엄마 얼굴만이 등장한다. 가장 강렬한 아빠의 기억은 벚꽃이 피었던 봄날이었다. 집에 자주 들어오지 않던 아빠를 찾아 도시락을 싸 들고 엄마와 아빠 회사 근처에 갔던 날이었다. 아빠는 연락도 없이 찾아온 나에게 솜사탕을 쥐여주며 엄마를 따라 집에 가라고 했다. 아빠가 사라진 뒤에도 한참을 호숫가 벤치에 앉아있던 엄마가 내 손을 아프게 끌어 잡고 말했었다. 온아, 가자.

엄마의 두 번째 남자는 힘이 좋고 민첩했었다. 가진 것 없이 집을 나온 엄마는 달라졌다. 이미 삶의 주인이 되겠다고 다짐한 엄마에게 무서울 건 없었다. 엄마는 보험 일에 뛰어들었다. 특별한 기술이 없어도 할 수 있지만, 누구나 할 수 없는 일이 보험 일이었다. 대중을 자신의 고객으로 만들기 위해 엄마는 다양한 장소에서 다양한 사람들을 만났다. 엄만, 가보지 않은 곳도, 먹어 보지 못한 음식도 없었다고 했다. 하지만 엄마는 기억에 남는 장소도, 음식 맛도 제대로 말하지 못했다. 마주 앉은 사람에게 영업을 해야 하는 밥상은 항상 모래알을 씹는 기분이었을 것이다. 그러다 엄마는 자신의 본분을 잊어버리고 음식 맛에 흠뻑 빠지고 말았다. 그곳에서 뽀얀 국물 속에 담긴 닭 다리를 열심히 뜯으며 잃었던 입맛도 찾고 두 번째 남자도 얻었다. 그는 정상이 그리 높지 않아 정복의 기쁨을 맘껏 누리게 해주는 산 입구에서 등산객을 상대로 닭백숙집을 하던 남자였다. 엄만 보험 일을 접고 닭백숙집 카운터에 자리를 잡았다. 보험 일로 몸에 밴 고객 유치 능력은 평범한 닭백숙집을 유명 맛집으로 성장시켰다.

엄만 음식을 홍보하기 위해 옻닭의 효용을 알리는 TV 방송을 용케 찾아내 홀에 있는 TV로 반복해서 틀어주었다. 바쁜 시간이 지나고 잠시 쉬던 엄마가 내게 뜬금없이 말했다.

"온아, 나는 네가 옻나무 같은 사람이 되었으면 좋겠다."

"옻?"

내 눈에 비친 화면에는 나무 기둥에 가로로 숫자 표시를 하듯 쭉쭉 그어져 껍질이 떨어져 나가 속살을 내보인 나무들이 줄지어 서 있었다. 살아있는 옻나무에 일부러 상처를 내면, 그 나무는 스스로를 치유하기 위해 진액을 내보낸다. 그럼 사람들은 그것을 채취해 한약 재료로도 쓰고 도기에도 칠해 천 년을 가는 예술품을 만들기도 한다는 것이었다.

"결국 아무리 상처를 줘도 스스로 치유하며 살아내라는 뜻이네. 엄마는 참, 자식을 편하게 키우네."

엄마는 스스로 깨달은 '옻나무 같은 사람'이라는 말에 흠뻑 취해 테이블을 훔치는 손길에 흥이 났다. 내 눈에는 껍질이 벗겨져 나가서 진득한 검은 피를 흘리고 있는 나무가 다가왔다. 나는 질끈 눈을 감았다.

시간이 흐르자 엄마의 삶에 변화가 찾아왔다. 첫 남자에게는 없었던 두 번째 남자의 무기인 자상함은 집착으로 바뀌었고 좋았던 이유가 거슬림으로 변했다. 엄마는 그 남자와 조금만 더 살았다면 호숫가에서 만난 여자와 판박이가 될 수도 있었다며 헤어짐을 정당화시켰다.

엄만 평정심을 되찾았는지 아직 잠잘 시간이 멀었는데 꽃 누비이불을 곱게 보조 침대에 깔고 반듯하게 누웠다. 그때 혈압과 체온을 재러 온 간호사가 커튼을 젖혔다. 보호자 분, 환자분이 몸을 움직일 수 있도록 도와주세요. 몸을 반쯤 일으킨 엄마는 간호사를 건너다보았다. 내가 아무리 말해도 안 듣잖아. 힘들어도 움직여야지? 엄마의 물음에 간호사는 링거액이 흘러 들어가고 있는 주삿바늘 부위를 살피며 작지만 또렷하게 말했다. 빨리 회복되려면 움직여야지. 엄마의 짧은 어투에 간호사의 어투도 짧아져 되돌아왔다. 내 얼굴이 또다시 달아올랐다.

엄마는 그런 식이었다. 자기 편한 대로 행동하고 말하고 주위를 살피지 않았다. 누구는 한 번도 이성을 만나지 못하고 인생을 마감하기도 한다는데 엄마는 남자를 쉽게도 만났다. 두 번째 남자와 헤어지고 다시는 남자 근처에도 가지 않겠다던 다짐은 번갯불에 콩 볶아 먹듯 바뀌었다. 이혼으로 생긴 재산분할금으로 작은 카페를 차린 엄마는 큰 욕심 없이 손님들에게 차를 대접하며 조용히 살겠다고 했다. 굳은 각오는 그림을 그리고 도자기를 빚는 예술가에게 흠뻑 빠지면서 깨지고 말았다. 그 남자는 두 번째 남자에게서 들어보지 못한 언어로, 알지 못한 세계를 알려 주었던 것이다. 캐리어 하나를 끌고 집으로 들어온 세 번째 남자로 인해 내 자리는 점점 줄어들었다.

엄마는 나와 남자를 부양하기 위해 카페에 머무는 시간이 길어졌고 남자는 창작의 고뇌를 겪으며 집 안에 머물러 있는 시간이 길어졌다. 더욱이 예술적 영감과 영혼의 자유로움을 위해 거추장스러운 껍질을 걷어낸다며 아주 기본적인 속옷만을 걸치고 집안을 활보했다.

남자가 집에 들어오고 난 뒤 얼마 후, 아무 생각 없이 벌컥 연 집안에서 남자는 내 속옷을 들고 냄새를 맡고 있었다. 나는 신발을 신은 채 달려들어 꽃무늬 팬티를 확 낚아챘다. 남자는 무슨 짓이냐는 듯 인상을 쓰며 옷이 말라 개는 중이라고 말했다. 금세 얼굴빛을 바꿔 가족끼리 어떠냐며 씩 웃기까지 했다. 그날 이후로 집안의 모습이 내가 봐서는 안 될 상황일 수도 있다는 생각에 극도로 예민해져 갔다. 방 밖을 나가는 것도 조심스러웠다. 살짝 문을 열고 남자가 거실에 없는 것을 확인한 후 내 방에서 나왔다. 점점 집안에서 내 방에 갇히는 꼴이 되었다. 집에 들어갈 때도 초인종을 눌러 집안의 사람에게 신호를 보냈다. 나를 보호하기 위한 최소한의 방책이었다.

그렇게 몸을 사려도 남자와 나는 자주 부딪쳤다. 그는 공간이 넓어도 굳이 나와 몸을 부딪치며 지나갔다. 부딪치는 순간 그는 나를 와락 감싸 안았다. 마치 나를 보호하겠다는 듯. 그러나 그의 눈빛은 뱀의 혀를 닮았다. 조금씩 날름날름 대다, 확 뻗어 내 몸을 감아 입안으로 삼킬 것만 같았다. 엄마와 함께 있는 식탁에서도 찐득거리고 질퍽한 눈빛을 내게 보냈다. 물을 달라는 그에게 물컵을 건네자 덥석 그의 손이 내 손을 감싸 쥐었다. 순간 나는 물컵을 놓고 손을 뺐다. 물컵은 김치 그릇으로 떨어졌고 붉은 김칫국물은 사방으로 파편처럼 튕겨져 나갔다. 다른 반찬 그릇으로 들어간 붉은 국물은 본연의 맛을 헝클어 놓았다. 엄마는 조심성 없는 나를 탓했다. 남자는 그럴 수도 있지, 라며 내 등을 토닥이고 어깨를 감싸 안았다. 내 몸은 뻣뻣하게 굳어졌다. 엄만 사랑스러운 풍경이라는 듯 흡족한 미소를 지었다. 엄마의 행복을 위해 난 불쾌하고 위협적인 상황을 견디려 애썼다. 이를 악물고. 하지만 꽁꽁 싸맸던 나의 고름은 터지고 말았다.

"나, 독립하고 싶어."

"무슨 독립? 안전한 집을 놔두고 어딜 간다는 거야"

"집이 안전하다고! 엄마, 뉴스도 안 봐. 계부가 아이를 겁탈했다는 뉴스 말야. 난 한 번도 집이 안전하단 생각해 본 적이 없어."

번쩍 섬광이 비쳤다. 엄마의 손이 스치고 지나간 자리가 얼얼했다.

엄마의 얼굴도 불에 댄 듯 활활 타올랐다. 화끈거리는 볼에 손을 대자 빨간 피가 묻어났다. 엄마의 반지가 내 뺨을 긁으면서 상처를 냈다. 새살을 돋게 한다는 반창고를 여러 날 붙였지만, 흉터는 쉽게 아물지 않았다. 나는 옻이 아니었다.

그 이후로 집은 잠시 눈을 붙이는 졸음쉼터에 불과했다. 주로 학교 도서관을 거점 삼아 많은 시간을 아르바이트에 할애했다. 경제적 원조를 안 받는 것만이 엄마의 영향력에서 벗어나는 길이라는 결론에 도달하자 허투루 시간을 허비하지 않으려 무섭도록 스스로를 채찍질했다.

다양한 아르바이트를 섭렵했지만, 쉽게 구할 수 있는 곳이 패스트푸드 점이었다. 업무만 익숙해진다면 이곳은 잡다한 고민거리를 한 방에 날려버리는 좋은 곳이었다. 정신없이 손님이 몰려오면 딴생각이 비집고 들어올 틈이 없었다. 그러나 이곳도 작은 전쟁터였다. 선배들의 텃세는 눈물을 쏙 빼놓았고 모르면 물으라고 가르친 뒤, 물으면 그것도 모르냐고 질책했다. 몇 명 안 되는 아르바이트생 사이에서도 서열과 파워게임이 난무했다. 이익을 내기 위한 사업장이라 실수가 용납되지 않는다는 것을 알면서도 선배의 감정에 따라 평가가 달라진다는 것은 이해하기 힘들었다. 신속하고 정확하게 주문을 받고 주문한 음식을 빠르게 주문대에 올려놓기 위해 인간성보다는 기계적인 인간을 원하는 곳이었다. 이것에 적응하지 못하는 아르바이트생은 떠나고 곧 다른 아르바이트생으로 채워졌다.

나는 서툴지만, 이곳을 즐거운 일터로 만들려고 했다. 엄마에 대한 반감이 커지면 커질수록 엄마와 정반대의 삶을 지향하려 했다. 가급적이면 도덕적이고 반듯하고. 따뜻하게 사물을 대하려 애썼다. 그런데 그런 다짐들이 자꾸 허물어져 갔다. 노인 아르바이트생을 도와 그의 담당인 화장실 청소도 웃으며 했는데 내가 있을 때만 힘든 척을 하며 나에게 미룬다는 사실을 알았을 때 느낀 배신감, 자기가 주문을 잘못해 놓고도 주문한 대로 음식이 나오지 않는다고 우기는 손님. 이럴 때마다 엄마의 자기중심적인 삶이 세상을 편하게 사는 방법이 아닌가 싶었다. 그것을 인정해 가는 내가 불안하고 불편했다. 사실 더 참기 힘든 것은 햄버거와 내가 동일시되는 감정이었다. 내 존재는 사랑이란 손맛과 정성이 빠진 규격화된 레시피에 따라 만든 햄버거가 아닐까 싶었다. 그러나 나에겐 그런 햄버거를 우습게 대하는 것조차 사치였다. 엄마에 대한 저항은 겉으로는 당돌하고 당차 보였지만 몸은 피폐해져 갔다.

*

병실에서 맞는 세 번째 밤이었다. '집중치료실'은 다른 병실보다 빨리 밤이 찾아왔다. 다른 병실에서 간간이 TV 소리와 사람들의 웅성대는 소리가 들려왔지만, 이곳에는 TV도 없을 뿐만 아니라 철벽처럼 커튼으로 가린 침상에선 내일에 대한 두려움으로 긴장감과 엄숙함이 감돌았다. 하나둘 개인 전등이 꺼지고 난 후 엄마의 새근대는 숨소리가 들려왔다. 틈틈이 휴식을 취한 덕인지 숨소리가 평화로웠다.

복도에서 새어 들어온 불빛에 병실은 어둡지 않았다. 나는 몸을 뒤척여 침대 아래로 시선을 떨구었다. 나와 많이 닮은 나이 든 여자가 누워있었다. 짙은 눈썹과 우뚝한 콧대, 고집스러워 보이는 입매, 저 입술로 내 마음을 후벼 판 말들을 얼마나 쏟아 놓았던가.

엄마의 얼굴이 찡그려진다. 이마에 짙은 주름이 지면서 얼굴 근육이 일그러지고 배를 등 쪽으로 밀어 넣고 허리를 굽힌다. 엄마는 온몸에 힘을 주고 캐 캑 몸속 어디에 붙어 있는지 알 수 없는 가래를 토해내기 위해 애를 쓴다. 나는 복부가 당기는 것도 잊은 채 휴지를 찾기 위해 이리저리 몸을 돌렸다. 엄마가 뱉은 가래를 받아낼 휴지가 필요했다. 그러나 가래를 떨어내는 데 실패했는지 몇 번 더 캑캑대다가 목을 쓸어내리듯 음음 대더니 곧이어 평온한 얼굴로 돌아갔다. 순탄치 않은 삶이 준 염증 덩어리가 엄마의 몸속 어딘가에서 계속 끓고 있는 것 같아 내 몸이 서늘해졌다.

얼마 전 엄마가 나를 찾아왔었다. 기말시험을 핑계로 집에 들어가지 않자 엄마는 담판을 짓겠다는 단호한 표정으로 내 앞에 앉았다. 계집애가 어디서 바깥 잠이냐며 눈을 흘긴 후 밥은 잘 챙겨 먹냐고 했다. 나는 잘 먹고 잘살고 있으니 걱정 말라며 말속에 냉기를 뿜어냈었다. 엄마와 나의 말들은 마주 잡고 당긴 고무줄처럼 팽팽했다. 잡고 있던 고무줄을 먼저 놓은 것은 엄마였다.

"네 그 말 이후로 난 가시방석에서 산다. 넌 내 카르마야."

"누가 그래? 잘됐네. 카르마는 내려놓는 거야. 내려놓아야 편해져."

"겨우 한다는 소리가… 옻나무처럼 살라고 했더니, 내가 잊고 있었구나. 옻 속에 숨은 독성을…."

"그래, 옻나무처럼 스스로 치유하며 살게. 그런데 알아? 옻나무도 베어져 생칠을 쏟아 치유하는 것보다 베이지 않는 것을 더 좋아한다고. 베지 않으면 독도 안 나와."

나는 눈을 꼭 감았다. 숫자를 하나, 둘, 세었다. 편안하게 빨리 잠드는 법, 천천히 호흡을 들이마시고 잠시 멈췄다 다시 천천히 내뱉는 행동을 집중하여 반복했다. 빨리 잠들고 싶어서.

그래, 벚꽃 피던 날. 엄마의 모습이 떠올랐다. 엄마는 챙 넓은 모자와 검은 선글라스를 썼었다. 엄마 얼굴 위에 핀 보랏빛, 푸른빛을 띤 멍 꽃을 가리기 위해. 하얀 종이 위에 물이 똑 떨어지자 숨은 글자가 드러나듯 내가 지워 버린 기억 속에서 아빠가 살아났다. 아빠는 무섭게 으르렁거리는 맹수였고 그가 휩쓸고 지나간 자리에는 부서지고 망가진 잔해만이 남았다. 무엇이 문제였는지 알 수는 없지만, 그 상황이 오줌을 설설 쌀 정도의 공포였다는 사실만큼은 분명했다. 그 지옥에서 건져 준 사람은 엄마였다.

꼭 감은 두 눈을 비집고 눈물이 솟아 나온다. 양쪽 관자놀이를 타고 흐르는 눈물이 귓속으로 흘러 들어갔다. 고막에 물이 닿았는지 대기권 밖으로 튕겨 나온 것처럼 먹먹해졌다.

그날도 아주 천천히 천천히 걸어서 집에 도착했다. 도심을 벗어난 산 초입에 있는 닭백숙집이 엄마의 집이었다. 학교와 가까운 곳에 집을 얻어 달라고 떼를 썼지만, 엄마는 단호히 거절했다. 중학생이 나가 살기는 너무 어리다고. 엄마는 대신에 식당 가장 안쪽에 작은 방을 나의 방으로 만들어 주었다. 하지만 아무리 귀를 막아도 손님들의 떠드는 소리는 벽을 뚫고 들려왔다. 심지어 손님끼리 싸우는 일도 종종 있었다. 나는 될 수 있으면 천천히 아주 천천히 귀가를 했다. 정원이라 불리는 마당으로 들어서는 순간, 엄마가 달려 나왔다. 왜 이렇게 늦었냐며 눈은 흘겼지만, 낯빛은 홍조를 띠고 있었다. 내 손을 낚아챈 엄마의 손아귀에 힘이 들어가 있었다. 엄마의 손에 이끌려 집에서 제일 크고 좋은 귀빈실로 들어갔다. 그곳에는 상상조차 못 한 일이, 있을 수 없는 일이 벌어지고 있었다.

그곳에는 의외의 인물들로 가득했다. 살포시 교태를 부리며 속살을 드러내고 다리를 꼰 닭을 한 마리씩 앞에 놓고 우리 반 아이들이 빙 둘러 앉아있었다. 학교에서 한 번도 말을 걸어준 적 없는 아이들이 반색을 하며 나를 반겼다. 휘둥그레진 눈으로 거무죽죽하게 죽어가는 낯빛을 한 나에게 엄마는 벚꽃이 날리던 그 날처럼 힘차게 말했다.

"해피 버스데이 투 유"

사라지고 싶었다. 먼지처럼 훅 사라지고 싶었다. 엄마는 내 생일 축하 파티를 위해 놀라운 이벤트를 준비한 것이었다. 아이들은 거의 존재감 없이, 특이한 아이로 치부되어 섬처럼 지냈던 나의 생일 초대에 흔쾌히 응했다. 호기심 반, 재미 반, 거기다 양념으로 놀리기 위한 소재를 찾았다는 짓궂은 마음으로 닭백숙집으로 달려왔다. 역시 엄마는 아이들의 마음에 딱 맞는 생일상을 차려냈다. 엄마는 아이들에게 옻이 들어간 닭을 한 마리씩 안겨줬다. 사실 치킨이나 피자에 익숙한 입맛에 닭백숙은 난센스였지만 중2가 아니던가. 모든 것에 호기심이 발동하고 겉멋이 잔뜩 든 아이들에게는 옻이 옮을까 독성 치유를 위해 먹는 약까지 신나는 놀이였다. 입 안 가득 닭고기를 씹으며 아이들은 즐거워했다.

다음날 죽어도 학교에 가지 않겠다는 나를 엄마는 교실로 밀어 넣었다. 아이들은 와아, 함성을 질렀다. 그런데 나를 대하는 아이들의 분위기가 사뭇 달라져 있었다. 배를 든든하게 채워 준 보양식을 먹은 아이들은 뱃속에서 서서히 옻의 효과가 나는지 어른답게 굴었다. 우리 엄마에게 어른 대접을 받은 자로서 나를 놀린다는 것은 비겁한 일이라고 생각했는지도 모른다. 물론 더 집요하게 날 놀린 아이도 있었다. 나를 부를 때, 배에 힘을 주고 입을 오므려 '옻'이라고 외쳤다. 옻이라고 부르며 도망치는 아이들을 볼 때마다 주눅 들지 않고 악착같이 따라가 그 아이의 등짝을 후려쳤었다. 그런 용기가 어디에서 나왔을까. 분명한 건 그날 이후부터였다.

30여 명분의 닭을 밤새 고아낸 엄마가 떠올랐다. 잊고 있었는데, 기억 저편에서 닭 다리를 물어뜯는 아이들의 해맑은 웃음소리가 들려온다. 그때 엄마가 말했다. 독이 있어 옻이 가치가 있는 거야. 그 독을 이기면 건강을 찾을 수 있어. 그러고 보니 옻에는 삶과 죽음이 공존하는구나. 그런 일도 있었구나. 그래 그런 일도 있었지.

"온, 그만 자. 오늘부터 본격적으로 몸을 풀어보자."

보조 침대가 불편해 잤어도 잔 것 같지 않다며 엄마는 입을 씰룩댔다. 너 아니면 내가 왜 이런 고생을 하냐는 투였다. 저녁 늦게 가스가 나와 아침에는 멀건 흰죽이 나왔다. 제 자리를 잡은 장기를 시험해 보기 위해서 무언가는 먹어야 했다. 역시 엄마의 말대로 맛이 없었다. 그러나 먹어야 한다. 그래야 엄마의 도움에서 벗어날 수 있다. 나는 꿀꺽 멀건 죽을 삼켰다.

엄마의 부축을 받으며 나는 천천히 복도를 걸었다. 링거를 주렁주렁 매단 폴대를 잡아 주고 걸어주는 누군가가 필요했다. 엄마가 잠깐 자리를 비운 사이, 몸을 움직이다 푸른 물길 같은 정맥에 꽂힌 바늘로 빨간 피가 역류되어 관을 타고 거꾸로 흘렀다. 얼른 손의 위치를 링거보다 낮게, 관이 꼬이지 않게 펴주자 피가 다시 몸속으로 빨려 들어갔다. 나는 팔을 들었다 놨다 반복하며 가만히 피가 밖으로 나왔다 들어가는 것을 지켜봤다. 평상시 보이지 않지만, 틀림없이 내 내부에 존재하며, 그 존재함으로 생명이 유지되는 것. 그때 내 양 팔뚝을 잡으며 엄마가 외쳤다. 얘가 뭐 하는 짓이야. 그러다 큰일 나. 팔이 금방 부어오르잖아. 힐난하는 엄마의 말끝에 나는 희미하게 웃었다.

"내가 없으면 안 된다니까."

그때 대여섯 명의 힘찬 발걸음이 멀리서 들렸다. 생명을 좌지우지할 수 있는 자들만이 뿜어내는 거침없는 걸음이었다. 병실 안이 분주해졌다. 앞 침상의 환자 아버지는 의혹에 찬 눈빛으로 의사를 맞고 있었다. 수술을 마치고 나오는 딸을 위해 손수 각을 잡아가며 침대보를 깔던 남자의 모습이 나의 눈길을 자꾸 잡아끌었었다. 사실 수술이 끝나고 난 후 그 가족이 나누는 소리가 호기심을 더 자극시켰는지도 모른다.

“아니, 10센티미터의 혹이 없어졌다는 게 뭐야? 금방 있었던 혹이 사라졌다는 거야?”

그들은 알 수 없다는 듯 고개를 갸웃거리며 담당의를 기다리고 있었다. 혼란에 빠진 듯한 보호자들과는 달리 의사는 명료하고 단호하게 말했다. 한 치의 의심도 삐져나오지 못하도록 단단하게 못을 박았다.

“CT상에는 10센티미터의 물혹이 보였고, 그 물혹이 배를 아프게 하는 원인이라고 생각했는데 복부를 절개해 보니 물혹이 없었습니다. 아무리 찾아도 없어서 수술을 빨리 마쳤습니다.”

살짝 미소를 머금은 의사는 난소내막증으로 배가 아팠던 것이 분명하다며 염증 치료에 힘쓰겠다고 했다.

“정말, 다행입니다. 혹이 없어서.”

캑캑 엄마가 캑캑거리며 가래를 끌어모았다. 퉤!

갑작스러운 엄마의 가래침 뱉는 소리에 의사와 그를 따르는 수련의들은 일시에 몸을 움찔댔다. 짧은 침묵이 흐른 뒤, 곧 평정심을 되찾은 그들은 병실을 빠져나갔다. 병실 안은 정적이 감돌았다. 뭐가 다행이라는 거지. 혹이 없다는 사실이. 그럼 생살을 찢었는데도 다행인 건가. 모호했다. 현상이란 것이 본 것이 다가 아니고, 숨겨진 이면이 있고, 지금 틀린 것이 과거에는 옳았던 것이었고 지금 옳은 것이 미래에도 옳은 것으로 남을까. 얼른 엄마를 쳐다봤다. 그렇다면 엄마의 삶을 내가 잘못되었다고 비난할 수 있을까. 나는 엄마를 완벽하게 알지 못한다. 엄마는 나와 눈빛이 마주치자 고개를 주억거렸다. 적어도 17센티미터의 물혹을 떼어내 배를 가른 효과가 명확한 우리는 의문을 품을 필요가 없기 때문이었다. 그런데 의혹이 없다고 좋은 일일까? 나는 혼란스러워서 머리채를 흔들었다.

엄마는 오렌지를 깠다. 향긋한 오렌지 향이 병실에 가득 찼다. 앞

침상의 가족들이 아직 황당함에서 깨어나기도 전에 엄마는 자신의 자리로 돌아와 있었다. 즙이 뚝뚝 떨어지는 오렌지 한쪽을 떼어 나의 입으로 디밀었다. 나는 인상을 쓰면서 엄마의 손을 내쳤다.

"기집애. 인정머리 없기는. 국물만 빨아 먹어 봐. 국물만."

쩝쩝거리는 엄마가 보기 싫어 등을 획 돌려 창밖으로 시선을 던졌다. 갑자기 몸을 틀었는지 배가 당기고 훅 통증이 몰려왔다. 창밖의 벚꽃은 어제보다 좀 더 만개해 있었다. 매 순간 시간의 흐름을 인식할 수는 없어도 시간은 세상을 변화시켜왔고 그 세상의 일부인 나 자신도 변화되어 왔다. 나는 눈을 가늘게 떠 어제보다 더 벌어진 벚꽃을 응시했다.

순간 나를 지탱해 온 힘이 엄마에 대한 저항과 오기였다는 사실을 깨달았다. 화분의 꽃처럼 엄마는 나를 키웠지만, 원할 때 물을 준 것은 아니었다. 목이 말라 온 에너지를 발동해 자가 발전을 하며 살도록 내버려 두었다. 그런데 역설적이게도 엄마는 항상 내 곁에 있어 주었다. 내가 원하는 모습은 아니었지만. 졸업식이나 입학식, 학교 총회, 또 아파 누워있는 이 순간에도. 그러고 보면 엄마의 무의식 중심에는 내가 있는 것은 아닐까. 엄마는 자신과 맞닥트리는 어떤 상황 속에서도 주저앉거나 피하지 않았다. 가장 자기다운 모습으로 선택하고 받아들이며 치열하게 살아왔다. 그리고 그 길이 아니라고 판단되면 주저 없이 다른 길로 접어들었다. 엄마의 집은 자유로웠다. 그에 비하면 나는 나의 집을 꿈조차 꾸지 못했다. 아직도 오렌지 향이 병실 안을 향긋하게 떠다니고 있었다.

핸드폰을 들여다보던 엄마가 내 시선을 느꼈는지 두 눈을 동그랗게 뜨고 물었다. 왜? 화장실. 엄마는 벌떡 일어나 화장실 갈 채비를 챙겼다. 내 몸에 꽂힌 바늘이 움직이지 않도록, 진통제와 항생제와 수액

링거가 안전하게 문턱을 넘을 수 있도록 폴대를 꽉 붙들었다. 엄마와 나는 나란히 붙은 화장실 옆 칸으로 들어갔다. 우리는 서로의 소변줄기 소리를 들으며 시원하게 소변을 눴다. 온몸을 훑고 제 할 일을 다 한 후 밖으로 배출된 소변을 위해 변기 버튼을 꾹 눌렀다. 동시에 시원한 물줄기가 쏟아져 내렸다.

엄마는 얼른 병실에서 칫솔을 가져왔다. 우리는 화장실 세면대에 나란히 서서 커다란 전면 거울에 비친 모습을 바라보며 이를 닦았다. 엄마의 입가에 허연 거품이 뭉게뭉게 부풀어 올랐다. 내 입가에도 하얀 거품이 일었다. 엄마의 칫솔질이 멈췄다. 얼굴이 찡그려진다. 갑자기 가래가 끓어오르는지 숨을 멈춘다. 나도 너무 격한 칫솔질을 한 탓인지 물혹이 사라진 자리가 불에 덴 듯 화끈거렸다. 주삿바늘이 꽂힌 왼손이 복부를 감싸 안았다. 칫솔질을 멈춘 엄마의 시선이 나와 거울 속에서 부딪쳤다. 동시에 엄마와 나는 거품을 튕기며 웃음을 터뜨렸다. 〈終〉

이월성

· 1993년 『예술세계』 수필 등단
· 2015년 『한국소설』「엘베이터에 갇힌 사람들」로 소설 등단
· 『2017년 신예작가』, 『2018년 신예작가』 공저
· 2020년 소설집 「인간등대」
· 2020년 한국문협서울시문학상 수상

〈작가노트〉

야생의 자연을 사랑한 선생님

이월성

글은 상대적인 것이어서 무심히 스쳐 지나가기도 하고 누군가의 삶을 새롭게 바꾸어 주기도 한다. 한 문장의 힘이 얼마나 위대한지 알기에 글을 쓰는 사람이 되고 싶었다. 글의 매력에 빠져 처음에는 수필을 썼고 시간이 흐르자 소설에 대한 궁금증이 일어나 남산 도서관 소설창작반을 찾게 되었다. 어린 시절 남산 아래 동네에 살았고 남산 중턱에 있는 보성여중·고를 다녔기 때문에 소설 수업을 듣는 날은 추억여행을 하는 것 마냥 즐거웠다.

남산 소설창작반 수업은 진땀 나지만 뜨겁고 화기애애했다. 모두가 소설에 대한 열망을 안고 있는, 같은 곳을 바라보는 문우들이었기에 통하는 면이 많았다. 수업이 끝난 후 카페에 모여 못다 한 합평과 문학에 대해 이야기꽃을 피웠다. 수강생들이 80대부터 20대까지 넓은 세대를 아울렀지만 잘 뭉칠 수 있었던 것은 한 사람도 낙오시키지 않으려는 김지연 선생님의 노력 때문이었다. 수강생들이 나태해 지면 매서운 눈빛으로 독려했고 지친 것 같으면 작품 속에서 찾아낸 칭찬 거리로 따뜻한 용기를 주셨다. 그 덕분에 문우들은 하나둘씩 등단을 했다. 그럼 남산 둘레 길에 있는 산채 비빔밥집으로 몰려가 동동주 한 잔씩을 들고 등단한 문우를 축하해 주었다. 선생님께서는 바쁘신 와중에도 축하 자리에 함께하셔서 건배사를 통해 소설가로서 첫발을 내디딘 제자에게 축하를, 또 열심히 매진하고 있는 제자들에게도 응원의 말씀을 잊지 않으셨다.

나 역시 2015년 한국소설에 '엘리베이터에 갇힌 사람들'로 등단하여 소설가들의 말석에 이름을 올렸다. 지금도 앞서거니 뒤서거니 등단한 문우들과 함께 동인회 활동을 하면서 서로 용기를 북돋워 주고 있다.

선생님께서 한국소설가협회 이사장이 되신 후, 좀 더 가까이에서 선생님을 모시는 기회가 내게 주어졌다. 선생님의 요청으로 협회에서 사무국장으로 일하면서 회원들을 위해 미약하지만, 힘을 보태고 있다. 수업시간을 통해 보아왔던 선생님을 이사장님으로 모시면서 새로운 모습도 보게 되었다.

선생님은 협회 회원들의 경조사를 무척 챙기셨다. 협회가 있는 이유가 회원들의 사기진작과 소설가로서 자긍심을 느낄 수 있도록 힘써야 함이며 좋을 때나 힘들 때 함께 해야 한다고 하셨다. 그래서 모든 회원의 경조사에 화환과 조화를 보냈다. 특히 회원들의 출판기념회 때는 다른 업무가 많아도 참석해 축사를 해 주셨다.

재미난 기억은 선생님의 만능 백팩에 관한 것이다. 많은 행사에 참석할 때 식장에 들어가기 전 먼저 화장실에 들르셨다. 물론 화장을 고치시기도 했지만 항상 매고 다니는 배낭을 열어 비닐 속의 구두를 꺼내 신발을 바꿔 신으셨다. 평상시에는 활동적으로 운동화나 단화를 즐겨 신으셨는데, 단상에 올라갈 때는 예의를 지켜야 한다고 하셨다. 그 만능 백팩에서는 간식거리와 제자들의 원고와 회원들의 책, 그리고 산나물 등 무엇이든지 나왔다.

협회는 남산도서관에서 마포로 이사를 했다. 옛집으로 돌아온 것이다. 맑은 공기 속에 있다가 도심 한복판으로 와서인지 어느 날부터 기침이 나기 시작했다. 금방 그칠 줄만 알았는데 1년이 넘게 기침에 시달렸다. 검사를 받아 보았지만 이유를 알 수 없었다. 어느 날 선생님께서 사기 밥주발에 무언가를 담아 가져다주셨다. 찐 밤을 꿀에 쟁인 것이었다. 기침에는 꿀에 쟁인 밤이 좋다는 소리를 들으시고 지리산에서 가져오신 밤을 꿀에 쟁여 가져다주신 것이었다. 항상 업무가 많아 잠도 부족하셨을 텐데 주무시지 않고 밤을 까셨을 선생님의 모습이 떠올라 가슴이 뭉클했었다. 지금도 사기그릇을 보면 꿀에 쟁인 밤이 생각난다.

선생님은 기억이 없으시겠지만 선생님과 인연은 나의 20대로 거슬러 올라간다. 잡지사 기자로 작가들에게 에세이 원고를 청탁했었는데 그때 필자로 선생님을 만났었다. 인기 소설가였던 선생님은 이지적인 아름다움이 찰랑대는 검은 단발머리로 인해 더욱 인상적이었다. 남산도서관 강의실에서 다시 뵙고 여전히 아름다워서 감탄했었다. 그런데 손에 물도 안 묻히고 살았을 것 같은 선생님은 촌사람이라고 하셨다. 밭에 털퍼덕 주저앉아 풀을 뽑고 불어오는 청량한 산바람에 땀을 식히는 순간이 가장 행복하다고 하셨다.

선생님은 산청에다 버섯 모양의 집을 짓고 감나무 산을 일구었다. 시간이 나면 산청으로 달려가 산과 감나무를 돌보셨다. 봄이면 두릅과 취나물 고사리 등 산나물을 뜯어다 주시고 가을이면 텃밭에서 가꾼 고추, 가지, 밤을 배낭에 한가득 짊어지고 와서 사무실에 풀어 놓으셨다. 또 손수 만든 곶감을 심포지엄 때 가져와 회원들에게 맛보이기도 하셨다. 선생님은 자연을 사랑하셨고 그 덕에 우리는 계절 따라 지리산의 향취를 맛볼 수 있었다.

김지연 선생님께서 팔순을 맞으셨다. 꼿꼿하고 열정이 넘쳐 팔순이 되셨다는 사실이 믿기지 않는다. 지금도 활발한 문학 활동과 문화 행정업무, 제자 양성까지 쉴 틈 없이 전진하고 계시다. 지치지 않는 선생님을 뵐 때, 일이 선생님의 건강 에너지원이 아닌가 싶기도 하다.

선생님의 팔순을 축하드리며 항상 건강하시고 행복하시기를 기원 드린다. 문학을 사랑하는 문우들과 둘러앉아 벚꽃 잎이 분분히 날리던 창밖을 바라보며 소설에 들떴던 남산소설창작반 시절을 회상하며 선생님과 함께 이야기꽃을 피워보고 싶다.

〈단편소설 18〉

임플란트 춤추다

이채원

"생일 축하합니다."

임플란트를 했던 치과병원에서 온 축하 문자다. 혜정은 치과 이름을 다시 확인하고 트라우마로 몸을 떨었다.

'하기야 원장이 직접 이런 일을 할 리가 없다. 환자 관리 담당이 따로 있어서 날짜가 되면 자동으로 문자가 날아오겠지.'

며칠 전엔 3달에 한 번 검증 진료를 받으러 오라는 연락이 왔다. 그러나 임플란트가 끝나고 나서 혜정은 그곳에 발걸음을 끊었다. 어떻게 버텨온 날들이었던가 싶어서였다.

"꼭 그렇게 해야 했어요? 이렇게 다시 볼 거면서"

"------"

'그럼, 일이 이렇게 되도록 무방비 상태로 놔둬야 했느냐?'

는 말이 튀어나오려 했지만, 가까스로 참았다. 1주일 전, 법원 조정실에서 원고와 피고로 만났던 치과의사 문 원장과 환자 혜정이다.

입을 벌리고 눈을 감고 있지만 보인다. 문 원장의 야유하는 듯한 눈빛과 비겁한 그의 몸 전체가 뱀처럼 징그럽다는 생각을 했다.

'나는 지금 원수의 손에 나의 생명을 맡기고 있구나.'

그 역시 다시 마주하고 싶지 않은 환자의 입속에 어쩔 수 없이 손을 넣고 치료를 하고 있을 것이다.

'악연일까. 이럴 때 적과의 동침이란 말이 맞는지 모르겠다.'

혜정은 이 자리에 오기까지 쉽지 않은 결단을 내려야만 했다. 문 원장을 소송으로 고발한 것도 그렇지만, 제소 후 다시 그의 병원에서 사고 난 치과 치료를 계속해야 한다는 것은, 죽을 만큼 힘든 일이었다. 대학병원은 물론 안면 있는 개인병원 의사들을 찾아가서 자신의 치료를 맡아달라고 했으나 사고 난 환자를 받아서 마무리를 해 줄 병원을 찾지 못했다. 사고를 낸 문 원장은 자신의 과실은 인정하면서도 합의를 의도적으로 피하고 있지 않은가. 돈이 없다는 게 이유였다.

혜정이 임플란트 사고로 병원에 입원한 지 한 달여가 되었다. 명절에 병실에 혼자 있다는 게 얼마나 쓸쓸하고 외로운지를 실감했다.

추석 명절을 병원에서 보내고 퇴원을 했다. 우울증을 앓을 것 같은 불안감이 왔다. 그동안 이십여 년을 한 번도 쉬지 않고 직장생활을 해왔던 혜정에게 사고 후 후유증은 심각한 상황을 제기했다.

혼자 사는 집에서 사고 난 치과 치료를 하는 것은 여러 가지로 문제가 되었던 것이다.

당시 남편은 직장이 제주였기에 그들은 주말부부였고, 아들은 일본 유학 중이었다. 수도권이긴 했지만, 서울에서 떨어진 집은, 새로 이사한 지 얼마 되지 않아 친구조차 없어서 외롭고 쓸쓸했다.

혜정은 간단한 짐을 챙겨 무작정 버스터미널을 향해 갔다. 그리고 연락도 하지 않고 친정 가는 버스를 탔다.

"누나, 그 얼굴이 뭐야? 왜 그래?

혜정을 읍내까지 마중 나온 큰동생은 영문 모를 누나의 행색을 보고 놀라서 물었다. 누구보다 자랑스럽고 든든한 누나와 매형에게 많이 의지해온 동생이다.

아버지 역시 눈에 넣어도 아프지 않을 고명딸이 졸지에 험한 얼굴로 나타나자 비통해했다. 그도 그럴 것이 치아는 앞니를 비롯해서 어금니까지 휑한 데다 목에는 칼자국 상처가 아직 아물지 않은 상태이고 병원 생활을 한 달 이상 오래 한 탓에 행색이 남루한 혜정의 모습이 가족들에겐 놀랄 만도 했다.

"누나, 의사는 뭐래요? 상한 이빨 치료를 하러 간 사람을 이렇게 해 놓고… 아무 책임도 안 지겠다고? 말도 안 돼. 안 되겠어! 소송을 해야지. 그리고 매형도 그래, 요즘 촌 노인들도 TV에 나와서 억울한 일 당하면 당당하게 말하는 것 못 봤어요? 법치주의 나라에서 엄연히 법이 있는데 매형이나 누나가 뭐 무서워서 바보처럼 멀쩡하게 당하고만 있는 거 나 정말 이해 안 돼요. 법은 공평해요. 약자를 위해 있는 거예요. 소송합시다. 지금 누나가 내 말대로 하지 않을 것이면 이제부터 나에게 아무런 하소연도 하지 말아요. 나도 누나 일에 상관 안 할 거니까."

동생은 단호했다. 혜정은 동생 성격에 정말 그렇게 나 몰라라 하고 자신의 일에 무관심하면 혼자서 쓰러질 것 같았다.

"그래, 네 말대로 할 게 서류 준비는 어떻게 하는 건데…"

동생이 인터넷에서 찾아주는 주소지 몇 군데에 자신의 억울함을 호소하는 소장을 넣었다.

다음날 바로 등기 우편을 받은 파주 경찰서에서 연락이 왔다.

"이혜정씨 본인 맞습니까?"

"네 그렇습니다만"

"여기 파주 경찰서입니다. 어제 소장 넣은 거 맞나요?"

"네"

"내일 저희 파주 경찰서에 나와서 소장에 대한 진술을 할 수 있나요?"

"아, 제가 지금 몸이 안 좋아서 시골 친정에 내려와 있거든요. 거리가 멀어서 내일은 안 되고 모레 가면 될까요?"

"네 그렇게 하시죠. 모레 오전 10시에 나오시는 걸로 접수합니다."

본인은 2011년 8월 23일 병원 응급실에서 호흡곤란으로 죽을 고비를 넘겼습니다. 다름 아닌 임플란트 수술 때문이었습니다. 임플란트 수술이 왜 사람의 목에 칼을 들이대고 숨 못 쉬는 고통을 당하게 하는지… 암만 생각해도 아이러니합니다. 이 사고는 치과 수술 중에 일어난 과실일 뿐만 아니라 그 과실을 후속 조치하지 않아 일어난 일이고, 그랬음에도 수술 의사는 환자와 피해에 대해 정당한 성의를 보이지 않고 그대로 방치된 상태입니다.

본인은 2011년 8월 23일 15시에 서울시 강남구 도곡동 소재 하늘샘 치과에서 임플란트 수술이 예약되어있었습니다. 시간이 되어 수술은 진행되었고 수술 중 의사인 문 원장이 잘못하여 혀 정맥을 다쳤는데 아무런 후속 조치 없이 귀가시켰습니다. 밤 10시경에 혀가 목구멍을 막아 숨을 쉴 수가 없어서 실신하여 119에 실려 파주병원 응급실에 갔습니다. 응급실에서 검사 결과 곧바로 목에 구멍을 뚫어 숨을 쉬지 않으면 생명이 위급하다며 응급실에서 기관지 절개수술을 했습니다.

2차 수술은 다음 날 11시에 보호자가 제주에서 오면 하기로 예약되어있었습니다. 시간에 맞춰 도착한 남편은 문 원장과 통화를 했는데 급한 상황인데도 불구하고 환자는 배려하지 않은 채 자신의 모교

재단인 세브란스 병원으로 옮기라고 하여 연락하느라 1시간이 지연되어 수술은 12시에 하게 되었습니다. 당시 확인 결과 세브란스 병원에는 응급실에 자리가 없었습니다. 문 원장이 원하는 대로 했더라면 아마 목숨이 살아남지 못했을 거라 생각하니 끔찍하기 짝이 없습니다.

본인은 호흡곤란으로 죽을 것만 같다고 말은 못 한 채 계속 메모를 남겼습니다. 그렇게 말을 못 하고 숨을 제대로 쉬지 못해 몸은 통통 붓고 죽을 것 같은 날들이 10여 일 계속되었습니다. 물론 음식도 먹지 못하고 주사로 연명했지요. 며칠 후에 입속의 혀를 거울 속에서 보았는데 깜짝 놀랐습니다. 정맥을 다쳐 계속 흘린 피를 턱에 구멍을 뚫어 받아낸 혀가 얼마나 고생했는지 완전 흑색으로 퉁퉁 부은 상태였기 때문입니다.

기관지 절개수술은 이비인후과에서 했고, 구강외과에서 2차 입속 수술이 끝나고 곧바로 중환자실로 옮겨져 안정을 취하고 일반 병실에서 2011년 8월 23일부터 9월 26일까지 입원하고 퇴원했습니다.

상기와 같은 결과로 인하여 저는 현재 이는 빠진 상태에서 목에는 수술 상처가 있고, 머리는 어지럼증으로 인하여 밤에는 잠을 이룰 수가 없으며 정신적 충격으로 많은 스트레스를 받고 있습니다.

사고 직후부터 지금까지 이렇게 피해를 보고 고통을 받는데도 불구하고 수술 의사인 문 원장은 아무런 조치도 하지 않고 있어 정말 억울하고 답답합니다.

위 사항을 철저히 조사하여 이른 시일 안에 법적 조치하여주시기 바랍니다.

2020년 11월 4일

피해자 이혜정

사고가 난 그날, 치과 예약은 오후 3시였다.

2시 30분에 도착해서 기다렸다. 이날은 임플란트 치료 중 앞니 3개를 빼는 날이다. 조금 긴장되었지만, 오른쪽 어금니 위아래 5개를 무사히 빼고 치료 중이어서 그보다는 낫겠지 하는 마음으로 스스로를 달랬다.

대기실에서 순서를 기다리고 있는데 은발의 할머니 한 분이 들어왔다. 할머니는 접수대 쪽으로 가서 접수를 마치고 혜정이 앉아있는 왼쪽 자리에 한 칸 거리두기를 하고 앉았다. 그리고 핸드백에서 돋보기를 꺼내 옆 가판대에 있는 신문을 읽기 시작했다. 언뜻 스치는 눈길에 배우 '윤 여정' 사진이 들어왔다. 아마 요즘 이슈가 되고 있는 영화 '미나리'에 대한 기사가 아닌가 싶었다. 혜정은 문득 지난 밤 꿈에 본 할머니 생각이 났다.

백 살 가까운 아흔여덟에 돌아가신 할머니는 연세에 비해 깨인 분이었다. 언제나 정갈하고 현대판 시사와 연예계 소식까지 관심이 많은 할머니가 혜정은 항상 자랑스러웠다. 돌아가실 무렵 세 번이나 저승길에서 깨어난 할머니가 또 의식이 돌아올까 봐 엄마는 네 번째 위독할 때 연락을 주었다. 먼 길 애들 데리고 오고 가기 힘들까 봐 그렇게 하였다는데 네 번째 마지막 임종을 손녀인 혜정이 하게 되었다.

"할머니가 가장 사랑하시더니 역시 혜정이 네가 할머니 임종을 하는구나!"

고모들은 입을 모아 격려를 해 주었다.

어릴 적 자신을 키워준 할머니의 사랑을 많이 받고 자란 혜정은 할머니 덕분에 자신의 치아가 많이 썩었다고 생각했다. 할머니는 4남 4녀, 8남매 자식들의 손주 손녀 중 혜정을 가장 사랑했다. 엄마가 큰엄마 대신 할머니 곁에서 시집살이를 하게 되어 할머니가 손녀인 혜정을 키워주었기 때문이기도 했다. 큰아버지는 학교 교장으로 전근을 자주 다녔기에 큰엄마는 큰아빠를 따라 외지에서 생활했다.

할머니는 가끔 보퉁이를 이고 방물장수가 찾아오면 보퉁이 속의 사탕을 사서 다른 사람들은 안 주고 혜정에게만 주곤 했다. 그런데 사탕을 입속에 넣은 채 잠들기도 하는 등 양치를 하지 않았기 때문에 혜정은 이가 많이 썩었다. 큰댁은 할머니 손님들이 많이 드나들었다. 손님들은 혜정을 모두 귀여워해 주었다. 특히 앞니가 모두 썩어서 까맣게 된 혜정이 웃을 때면 사람들은 모두 함께 따라 웃었다.

"혜정이 웃는 것 좀 봐. 저 이빨 좀 봐. 하하하 호호호…"

초등학생이 되어 이가 하나둘 빠질 때 썩은 이가 손에 잡히지 않아 발치하는 일이 여간 힘들지 않았다. 그래서 모두 치과에 가서 빼야 했는데 혜정은 치과에 가는 일이 가장 무서웠다. 새로 난 치아는 뽀얗고 예뻤지만, 잇몸이 약해서 또한 치과 신세를 많이 져야 했다. 자신의 가장 약한 부분이 치아라는 것을 알면서 곧잘 할머니와 사탕 생각을 떠올리곤 했었다.

이날도 혜정은 대기실에 앉아 차례를 기다리는 동안 지난 밤 꿈에 뵌 할머니 생각을 했었다. 할머니는 커다란 장미 넝쿨을 들고 있었는데 장미꽃이 피를 흘리고 있었다. 그리고 장미 넝쿨 사이에 박힌 가시는 웬일인지 장미꽃 사이를 비집고 나올 만큼 크고 굵었다. 꿈이었지만 참으로 희한하다고 생각했다. 별난 꿈이야 하며 생각에 젖어 있는데 간호사가 와서 치료할 잇몸에 약을 바르곤 조금 기다리라고 했다.

다음 순서는 주사 마취였다. 치료할 부위에 주사를 놓고 얼마쯤 기다렸을까 수술이 시작되었다. 앞니 3개를 빼고 자리를 옮겨 임플란트 수술이 시작되었다. 지난번 경험으로 예상은 했지만 역시 두려웠다. 먼저 윗니 수술이다.

콘크리트에 드릴로 구멍을 뚫는 것 같다는 상상을 했다. 온 머리 전체가 흔들렸다. 몇 번인가 구멍을 뚫고 실로 꿰매어 마감했다.

다음 아랫니 두 개의 치료가 시작되었다. 이상하게도 마취를 했음에도 윗니보다 감각이 살아있다는 느낌이 들었다. 아팠다 걱정이 되었다. 이왕 마취를 하고 시작한 일이면 마무리를 해야 할 텐데 왠지 불안한 생각이 들었다. 구멍 두 개를 뚫는 순간 뭔가 기계가 미끄러진 듯하면서 정전기에 감전된 느낌이 왔다.

"찌르르르르"

소리와 함께 온몸이 경련을 일으켰다. 의사는 혀의 정맥을 다쳐서 피가 많이 난다고 함께 일하는 스텝들에게 거즈로 누르고 썩션을 하라고 지시했다.

순간 오늘은 이만했으면 하는데도 왜 계속 수술까지 하는 걸까 생각했지만 이미 맡겨진 몸이니 아무 말을 할 수가 없었다. 아프다고 몇 번이나 말하자 의사는 계속 마취 주사를 더 하다가 혀가 문제 있는 걸 의식했는지 주사를 더 놓으면 딱딱하게 굳어지니까 참으라고 했다.

치료가 끝났다는 말과 함께 의사가 병실 문을 나가는 소리가 들렸다. 간호사가 얼굴에 덮었던 수건을 벗기자 자신이 울고 있었다는 것을 알았다. 그 어느 때보다 힘들었다. 간호사가 마무리를 해주고 락카에서 가방을 찾아 상담실에서 간호사가 해주는 주의사항을 들었다.

"원장님이 피가 많이 날 거라고 하시면서 2시간 반 후에 거즈를 빼고 약국에서 처방 약을 사서 드시고 내일 오셔서 소독하고 사진 찍으래요."

주의사항은 그것이 전부였다. 입이 다물어지지 않고 피가 계속 흘러내렸으나 치과 치료 후에 으레 있는 마비가 덜 풀린 상태라고만 짐작하고 참아야 한다고 생각했다. 시간이 지나면 차츰 괜찮아지겠지. 믿었다.

화장지 몇 장을 턱에 받히고 병원 문을 나섰다. 입이 다물어지지 않으니 창피하다는 생각에 버스정류장까지 얼굴을 가리고 갔다. 9711번

파주행 버스를 탔다. 계속 피는 흐르고 입은 다물어지지 않는 채다. 힘들어서 가방 속에서 비닐을 꺼내어 피를 뱉었다. 파주 집에 도착했을 때는 병원에서 거즈를 빼도 된다는 시간이 되었다. 거즈를 빼니 계속 피가 흘렀다. 화장실에서 뱉고 물을 내리고 약을 먹어야겠다는 생각에 약국으로 갔다. 한 걸음 한 걸음이 힘든 상태였지만 약을 먹어야 된다고 생각해서 겨우 약국에 다녀와 약봉지에서 약을 꺼냈다. 그런데 문제는 약은 고사하고 침조차 삼킬 수 없다는 것이다. 순간 혜정은 문제의 심각성을 느꼈다. 그래도 몸이 힘드니까 잠깐 누워서 쉬려고 요 위에 누우려는데 갑자기 온몸에 통증이 와락 느껴지면서 갑자기 숨쉬기가 힘들어졌다. 견딜 수 없는 고통이 엄습해왔다. 혜정은 핸드폰을 들고 올케 이름을 눌렀다

"형님, 웬일이세요?"

"음… 음…"

상대방의 소리는 들리는데 말을 할 수가 없었다. 그러자 올케가 동생에게 형님의 목소리가 이상하다고 집에 가봐야 할 것 같다고 하는 소리가 들렸다.

올케가 온다는 말을 들었지만 올 때까지 참을 수가 없었다. 차로 오면 5분 정도 걸리는 거리이긴 했지만, 점점 호흡이 가빠오고 심한 진통과 함께 혀가 아려왔다. 현관문을 열고 나와 옆집 문을 두드릴까 하다가 아랫집 304호 문을 두드렸다. 한참 동안 두드렸으나 소리만 들릴 뿐 좀처럼 문은 열리지 않았다.

"누구세요"

나중에 아랫집 자매님과 얘기해 보니 당시 상황이 너무 험해서 혜정인 줄 알고도 선뜻 문을 열 수가 없었다고 했다. 밤에 여자가 피수건(혀가 입에 꽉 찬 것을 수건을 입에 문 것으로 착각했다)을 입에 물고 피를 흘

리면서 문을 열어 달라고 하니 무서워서 열지 못하고 떨고 있는데, 마침 아들이 문을 열어주었다고 했다. 혜정은 아랫집 현관으로 들어가 펜을 달라는 시늉을 했다. 주인이 종이와 볼펜을 건네주었다. 119 응급차를 불러달라고 썼다.

"우리가 모시면 안 될까요?"

혜정은 고개를 젓고 '119 응급실'이라고 다시 썼다. 이윽고 119 응급차가 오고 아파트 통로에 차가 세워진 것을 보고 놀란 올케도 뛰어 올라왔다. 올케는 혜정을 부축해서 함께 응급차에 탔다.

"어디로 모실까요?"

혜정은 처음에는 '백병원'이라고 썼다. 아저씨는 백병원에 전화를 했다. 그러나 백병원에는 치과가 없다고 했다. 혜정은 다시 '파주병원'이라고 썼다.

차가 병원을 향해 가는 동안 올케에게 글을 써서 하소연을 했다.

'숨쉬기 힘들어, 죽을 것 같아'

"파주병원이 왜 이렇게 멀지?"

구조대원에게 빨리 가 줄 것을 당부하며 올케가 아저씨에게 말하는 소리가 들렸다.

"우리 형님 입에 물고 있는 것이 무엇인지 봐주세요"

올케는 혜정이 숨쉬기 힘들어하니까 입에 뭘 물고 있는 줄 착각한 모양이다. 그래서 물고 있는 걸 입에서 빼내면 숨을 편하게 쉴 수 있을 거란 생각을 했던 것이다. 그것이 다친 혀가 뒤집혀 커진 모양인 것을 나중에 알았으니까.

그날 저녁 응급실에 실려 가기 전 얼굴을 본 아랫집 304호 자매도 마찬가지였다. 혜정이 입원한 사이에 남편이 아랫집 304호 자매님을 만났을 때 그 자매님도 당시의 기억을 되살리면서 말했다.

"입에 타올 같은 것을 물고 피를 질질 흘리면서 밤에 여자가 문을 두드리는데 정말 무서워서 문을 열어주기 힘들만큼 상황이 험했어요. 마침 아들하고 함께 있어서 아들이 인터폰으로 확인했기에 망정이지 문을 열 수 없는 그런 처참한 모습이었습니다."

당시 임플란트 치료 중 혀 정맥 손상으로 혀가 부어올라 기도를 막고 있는 모습을 본 증인들이었다.

응급실에 도착하자 치과와 이비인후과 당직 의사들이 우선 입속 X레이를 찍었다. 매우 위급한 상황임을 알았다. 의사는 혜정에게 설명했다.

"우선 트라키오스토미(기관절개술, 기도를 확보하기 위해 기관지를 목 밖으로 여는 행위)를 권합니다."

혜정은 급한 상황에서도 목에 구멍을 뚫는다는 자체가 너무 무섭고 싫어서 고개를 저었다. 그 순간 마음은 차라리 숨 좀 몇 번 못 쉬고 죽고 싶을 만큼 싫었다. 나중에 일반 병실로 옮긴 후 이비인후과 L닥터는 당시에 환자가 결단을 잘해주었다고 치하했다.

"잘 참았습니다. 그때 그 수술을 하지 않았다면 아마 목숨을 살리지 못했을 겁니다. 조금이라도 여유가 있을 때 수술했던 것이 큰 도움이 되었습니다."

"완전히 죽었다가 살아나신 겁니다"

당시 현장에서 만났던 의사들의 증언은 한결같았다.

'만약 그때 그분들을 만나지 않았다면 지금의 나는 어떻게 되었을까?'

생각하면 조금이라도 여유가 있는 시간에 트라키오스토미 수술을 했던 것이 신이 도왔다고 생각했다.

'만약 그때 조금만 늦었더라면…'

"급한 상황에선 수술을 제대로 할 수도 없고, 그리고 시간상 더 부어오를 가능성이 100%인데, 그땐 꼼짝없이 숨 못 쉬고 돌아가시게 됩니다."

"지금 트라키오스토미 수술을 하고 내일 오전 중에 수술실에서 써지칼데브리망(긁어낸다는 뜻) 수술을 하게 됩니다. 그리고 중환자실에서 하루 이틀 안정을 취하고 좋아지면 일반 병실로 옮겨 치료를 합니다. 그런 다음 목에 있는 관을 입속이 회복됨에 따라 차츰 작은 것으로 바꾸고 목소리 연습을 하고 입속이 좋아지면 목을 꿰매어 막아서 상처 치료를 하게 됩니다."

자상하고 진심 어린 그분들의 설득에 혜정은 이왕 죽을 몸 맡기자는 생각을 하게 되었다.

응급실에서의 그 밤… 수술실에서 나와 생살에 박아 놓은 호스를 통해 호흡할 때, 가쁜 호흡과 견딜 수 없는 통증이 왔다. 응급실 침대에서 웅크리고 앉아 밤을 새웠다. 동생도 곁에 있는 의자에 웅크리고 앉아 뜬눈으로 밤을 새웠다. 그렇게 동이 터오고 아침이 밝았다.

둘째 날이다. 수술은 11시에 예약이 잡혔다. 8시쯤 촬영실에 들어가 시트에 누웠는데 숨이 막혀 죽을 것만 같았다. 목구멍에 구멍을 뚫고 나서 처음으로 바로 누워본 것이다. 응급실에서는 하룻밤을 침대를 세우고 옆으로 쭈그리고 앉아 밤을 새웠다.

담당 의사는 바로 누운 것을 힘들어하자 목으로 숨을 쉬니까 괜찮다고 바로 누워보라고 했다. 힘든 촬영이 끝났다.

11시가 되었다. 제주에서 남편이 시간 맞춰 도착했다. 얼마나 놀랐는지 헐레벌떡 응급실에 나타나 동생한테 자초지종을 물었다. 그리고 사고 의사인 문 원장과 통화를 했다. 문 원장은 환자를 '세브란스 병원으로 옮겨 달라' 한다고 했다.

"어떻게 할 거야, 수술을 여기서 할 거야, 아니면 세브란스로 갈 거야?"

혜정도 처음에는 좀 더 크고 안전한 병원에서 수술을 받을까 생각했지만, 숨쉬기가 초를 다투는 순간이라… 망설이고 있을 때 옆에 있는 치과 담당 의사가 남편에게 물었다.

"그곳에 병실은 확보되어 있습니까?"

남편이 문 원장과 통화를 하니 응급실도 확보되지 않은 상태였다.

"엊저녁부터 준비해서 지금 11시에 수술을 들어가야 하는데 급한 환자를 병실도 없는 병원으로 옮기면 위험합니다. 이런 상황에서는 저희도 협조할 수 없습니다"

주치의는 단호하게 말했다.

"어떻게 할래? 네가 결정해라"

남편이 말했다. 혜정은 '파주병원'이라고 메모지에 썼다.

지금 생각해도 그때의 병원 선택은 잘한 일이었다.

곧바로 수술실에 들어갔고, 수술을 마치고 중환자실에서 하룻밤을 보냈다. 생전 처음 들어가 보는 중환자실과 그리고 스텝들… 거기서 면회 시간이면 찾아온 남편과 병문안 온 치과의사 친구 현애와 그리고 그의 남편 신경외과 의사 나 교수님을 만났다. 목에 굵은 호스를 두르고, 산소 호흡기를 꽂은 채였다.

상태가 많이 좋아져서 다음 날 일반 병실로 옮겼다. 553호실, 간병인 강정자씨를 처음 만난 곳이었다. 옆 침대가 비었었다. 중환자실에서 처음 올라온 첫날 밤이라서 한숨도 못 자고 숨을 할딱거리며 아침을 맞았다. 산소공급 정상인 수치인 100의 숫자가 자꾸 떨어져 80, 82라는 수치까지 내려갔다. 95-96까지 내려가면 간호사실로 연락해달라는 당직 간호사가 노심초사하며 밤새 돌봐주었다.

깜박이는 생명 앞에서 숨을 할딱이며 잠들지 못한 밤을 신음하고 있는 환자, 고통에도 뜻이 있다면 이 고통과 상처의 시간은 무슨 의미란 말인가.

목에 호스를 꽂고 호흡하는 일은 정말 힘들었다. 가래가 차서 관을 막고 피 찌꺼기들이 엉겨 붙어 숨이 가빴다. 간호사들이 계속 가래를 뽑아내고 환자는 가쁜 숨을 쉬면서 3~4일이 지나고 있었다. 목에 구멍이 나 있으니 말을 할 수가 없어서 소통 수단은 오직 글을 써서 의사소통을 했다.

하느님이 만들어 주신 입과 코로 숨 쉬는 행복을 예전엔 미처 몰랐었던 것이다. 주변에 환자가 많지만 숨을 제대로 쉬는 환자가 부러웠다. 혜정은 팔과 다리가 불편한 환자들을 거들어 주기도 했다.

목과 얼굴이 통통 부어, 한 짐이듯 느껴졌다. 처음으로 거울을 보았다. 그럴 여유도 없었지만 일부러라도 자신의 얼굴이 창에 비칠 때면 두려워서 외면했었다. 거울 속의 여인, 외계인 같은 한 여인이 서 있었다. 현실 세계를 떠나 지구를 한 바퀴 반 돌아온 모습의 여인이 입을 벌린다. 혀가 새카맣다. 죽음의 세계로 끌려가다 놓여난 흉측한 모습이었다. 그곳은 이미 삶과 죽음의 전쟁터였거나 천사와 악마가 서로 힘겨루기를 하다가 싸움이 끝난 듯한 폐허의 공간이었다.

음식은 입속을 통과하지 않고 혈관을 통해 영양제로 보내지고 있다. 항생제와 주사가 혈관을 통해 몸속으로 들어갔다. 중환자실에서 나왔고 목에 뚫린 호스를 작은 관으로 바꾸기까지의 시간은 그렇게 숨 못 쉬는 고통으로 이어졌다.

문 원장은 혜정이 사고를 당해서 입원하던 날, 입원실을 다녀갔다. 한마디 말도 하지 않고 환자의 머리맡에 무릎을 꿇고 앉아있다가 돌아갔다. 그리고 며칠에 한 번씩 병원 행정을 맡던 원장의 동생이 병문안이란 이유로 병실을 다녀갔다. 그 역시나 염탐하러 온 사람처럼 아무런 말도 없이 인스턴트 곰탕 몇 개와 상처 난 목에 바르라고 크림 한 통을 놓고 갔다.

다음날 혜정은 병실을 옮겼다. 아직 숨쉬기가 힘들고 목에 뚫린 호스로 호흡을 하느라 가래가 차고 숨이 차서 소리가 요란했다. 그래서 몸을 뒤척이니 침대가 삐걱거렸다. 옆 침대 환자는 혜정과 같은 병실을 쓰는 게 불편하다고 병실을 바꿔 달라고 했다며 간병인이 나중에 전해주었다.

며칠이 지나서 병실을 4인실로 옮겼다. 산책로가 바라다보이는 창가 침대였다. 일반 병실로 옮겨서 2주째 되는 날, 목에 있는 호스가 작은 것으로 교체되었다. 호스에는 구멍이 나 있고 뚜껑이 달려있었다. 낮에는 뚜껑을 막아 목소리 연습을 하고 밤에는 뚜껑을 열어 호흡을 자유롭게 했다. 아직 입속은 현실 세계가 아닌 닫힌 동굴 속이다. 물을 조금씩 입속으로 넣는 연습을 하라고 했다. 물을 조금씩 마셔보았다. 얼마 만에 먹는 음식인가. 입속이 쓰리고 아팠다. 물이 이렇게 자극이 있다는 걸 혜정은 처음 알았다. 물조차도 거부하는 입속의 통증, 입에서 턱으로 구멍을 뚫어 계속 피를 뽑아내고 있었다.

혀 정맥을 다쳤기에 입속에서 턱으로 구멍을 내어 호스로 피를 받아내는 피주머니가 있었다. 피 주머니 속 피의 양에 따라 환부 상태를 측정했다. 목에는 호흡기로 연결된 호스를, 턱에는 피 주머니를 달고 수액과 영양제를 맞고 있으니 절반은 생명체가 아닌, 절반만 살아있는 인간 그 자체였다.

그렇게 하기를 1주일쯤 지나면서 몸 전부가 음식이 아닌 타액으로 채워지고 있음을 실감했다.

입원 후 1주일이 지났다. 가장 시급하던 숨쉬기와 목의 통증이 조금 완화되었다. 이제 호스에 달린 뚜껑을 막고 그동안 사용하지 못했던 목에 소리 내는 연습을 계속했다. 조심스럽게 목소리를 통한 언어로의 표현 수단이 옮겨졌다. 저녁이면 느끼는 통증이 새벽녘에 사라지는 신비를 맛보는 하루하루의 생활이었다.

혜정은 몸의 변화에 귀를 기울여 보았다. 언제 어디서도 맛볼 수 없는 귀하고 소중한 시간이었다. 자신을 위해 기도하는 사람들을 생각했다. 그동안 많은 사람들의 사랑과 관심과 신의 은총 속에서 지낸 날들이었다. 남에게 베풀기보다는 더 많은 사랑을 받고 살았던 것 같았다. 이제는 생명을 내려놓고 마음을 모두 비운 홀가분함으로 지나온 날들을 이방인이 되어 바라볼 수 있을 것 같았다. 무한한 은혜의 시간 속에 그녀는 머물러 있었다.

온전한 육신으로 볼 수 없었던 것들이 보였다. 더 멀고, 더 깊고, 참으로 오묘한 세계가 육체가 묶인 상태에서 무한히 자유로운 세상으로 연결되었다. 그동안 침묵의 훈련이 얼마나 귀한 것인지 깨달았다. 고통은 때로 감미롭게 비밀한 세계로 통한 통로가 되기도 했던 것이다.

1주일이라는 단위의 창조 질서가 그러하듯 몸은 암흑에서 시작하여 빛의 세계로 조금씩 나아가고 있었다.

"빛은 어둠을 이깁니다."

"완전한 평화가 이루어질 때까지 자신의 영혼을 위한 위로하심이 계속되길 빕니다."

"신부님의 말씀처럼 지옥의 심연에서 나를 건져주심에 감사합니다."

사고 후 처음으로 드리던 주일 미사, 입속에 성체를 직접 신부님이 넣어주는 '양영성체'를 모셨다. 혜정의 차례가 되자 성체분배를 하던 원목실 신부님이 혜정의 입속 혀를 보고 흠칫 놀랐다.

"목소리가 입에서 울려 나와 성가를 부를 때의 감격을 잊을 수가 없습니다."

그렇게 한 달여 병원에서 목에 끼운 호스를 조절하면서 상처가 치료되자 퇴원을 했다.

"선생님, 제 목에 있는 흉터는 상처가 다 나으면 재수술해야 하나요?"

퇴원하던 날 혜정은 그동안 고마웠던 치과 주치의 닥터에게 물어보았다. 가장 궁금했던 사항이었다.

"예쁘게 잘 아물어서 어쩌면 수술을 안 해도 될 것 같긴 합니다만…"

거울을 볼 때마다 혜정은 그때 주치의가 하던 말을 생각한다. 살아오면서 가장 큰 선물을 안겨주는 따뜻한 목소리였다.

상처는 회복되어 가는데 마음이 가벼워지지 않는 건, 또다시 넘어야 할 산이 있기 때문일까?

벌써 일 년이란 시간이 지나가고 있었다. 아마 친정 동생이 제기한 소송 문제가 아니었다면 언제까지 합의가 이뤄졌을지 모를 일이었다. 소장을 넣은 한 달쯤 후 사건이 파주 경찰서에서, 원고의 주소지인 수서 경찰서로 이송되었다. 그리고 보름 후 경찰서에서 검찰로 사건이 이송되어, 법원에서 조정의 선택 여부를 묻는 연락이 왔다. 혜정은 문 원장과 마주 앉았다.

원고는 피고를 어떤 이유로 소송했나요?

"저는 여느 때처럼 예약된 시간에 치과에 갔어요. 제 차례가 되기까지 기다리면서 조금의 두려움이 있어 기도하면서 스스로에게 말했어요. '난 지금 나 자신에게 선물을 하는 거야. 조금만 견디면 튼튼하고 예쁜 치아를 가질 수 있어.' 하면서 말이에요. 그런데 이런 결과가 생긴 겁니다."

"피고는 자신의 과실을 인정합니까?"

"네 인정합니다."

"각설하고, 바로 실제적인 본론으로 들어가겠습니다. 동의합니까?"

"네 동의합니다."

"동의합니다."

"원고는 원치 않는 일로 어려움을 당하셨는데 피고로부터 얼마의 위로금을 원하나요?"

"이 일은 돈으로 환산할 수 없는 일입니다. 그러나 피고가 여태껏 하는 행동을 봐서는 사건 종결을 위해 손해배상을 청구하지 않을 수 없습니다. 정신적 고통과 육체적으로 손상된 본인의 치아와, 숨을 쉴 수 없어서 호스를 끼웠던 목에 난 상처까지요. 여성으로서 죽기보다 싫은 상처와 흔적들입니다. 원고는 제가 살아난 것에 대해 행운이라는 생각이 들지 않나요? 사실 저는 처음에는 '숨 몇 번 안 쉬면 죽을 수 있겠구나' 하는 생각을 했어요. 생명을 위급하게 했던 피고는 과실을 인정하고, 앞으로 치료를 위해 보상금으로 1억 원을 배상해 줄 것을 청구합니다."

그동안 고개를 떨어뜨리고 있던 피고는 눈을 번쩍이며 원고를 쏘아보았다.

"피고는 원고에 대한 과실을 인정하면서도 합의를 하지 않으면 어떻게 하시겠다는 겁니까?"

"그럼 이번 사건을 민사로 넘겨서 계속할까요?"

"원고는 잠깐 자리를 비켜주실 수 있나요?

"……"

"피고는 원고의 남은 치료를 마무리하고, 원고가 원하는 금액의 절반인 오천만 원을 합의금으로 줄 것을 약속했습니다."

조정은 끝났다.

"원고와 피고는 공증사무실에 함께 가서 조정으로 합의된 사항을 공증하세요. 만일 공증금액이 약속 날짜에 입금되지 않으면 법원에서 강제집행을 할 수 있습니다. 그리고 피고는 약속된 바와 같이 날짜를 정해서 원고의 남은 치과 치료를 시작하세요."

기록한 것을 확인하기 위해 조정관이 기록물을 다시 한번 낭독했다. 〈終〉

이채원

· 〈문학秀〉 소설 〈임플란트 춤추다〉 등단
· 종합문예지 〈문학秀〉 주간
· 수상: 소월문학상
· 저서: 수필집 《겨울 나이테》
장편소설 《스물한 살의 브리짓다》

<작가노트>

소설가의 꿈을 이루게 하다

이채원

소설을 공부하기 전 김지연 선생님을 가끔 문학 행사에서 뵈었다. 그때마다 축사하실 때면 아주 시의적절하게 마음에 다가오는 말씀을 해주시는 걸 보고 역시 소설가는 다르다고 생각 했다.

나는 시를 쓰고 수필 등단을 했기에 소설은 언감생심 욕심일 뿐이었다. 그런데 계기가 있었다. 딸에 대해 글을 써놓은 게 있어서 정리해야만 했다. 어떻게 할까? 여러 가지로 궁리하다가 소설반에 들어가 공부를 해야겠다고 생각했다. 그리고 마포에 있는 소설반을 출판사 사장님 소개로 찾아가 김지연 선생님을 만났다.

그때는 내가 이렇게 빨리 문우들과 책을 낼 거란 생각은 하지 못했다. 함께 공부하는 모두의 덕분이다. 영광스럽다.

이전의 나는 20년 동안 L선생님 문하생으로 편집실에서 문예지 만드는 일을 했다. 그런데 현재 공부하는 소설반은 그동안 내가 생활해 왔던 분위기와는 사뭇 달랐다. 김지연 선생님은 어린 시절 초등학교 때 내가 좋아했던 담임선생님으로 동화되었다.

어린 시절 다니던 초등학교는 모든 교실이 단층인데 그중에 교실 하나만이 2층이었다. 그 교실은 전교생들이 좋아하는 학교 도서관이었다. 새 학기가 되어 교실을 배정할 때면 2층 교실이 누구네 반이 되느냐가 전교생들의 관심거리였다.

어느 해였을까?

내가 4학년이 되던 해 2층 교실은 4학년 3반으로 배정이 되었다. 우리 반 교실이었다. 담임선생님은 아주 예쁜 여자 선생님이었다.

선생님은 학기 초에 필요한 조직이 도서부원이라고 하시며, 남녀 일곱 명의 도서부원을 뽑으셨다. 나는 열람을 맡았다. 방과 후 도서관 문을 여는 것부터 마지막으로 문을 닫을 때까지 우리는 1년 동안 책을 읽기 위해 찾아오는 선후배들을 위해서 봉사하는 직책이 맡겨졌다.

그해 1년 동안은 내가 살아온 어느 해보다 가장 많은 책을 읽은 것 같다. 우린 독서하는 학생들의 도우미 역할을 했고, 그들이 모두 집으로 돌아가야만 도서관 문을 닫을 수 있었다.

김지연 선생님을 만나면서 왜 초등학교 시절 4학년 담임선생님 이미지가 내게 클로즈업 되었을까. 책과, 고운 여자 선생님 이어설까? 생각해 보면 실제 연세도 서로 비슷했기 때문인지도 모른다.

시와 수필을 거쳐 이번에는 소설의 관문을 통과했다. 소설이 나를 선택했는지 내가 소설을 선택했는지 모르겠다. 만족할 만한 상황은 아직도 멀지만 언젠가는 명작 소설 한 편을 쓸 수 있지 않을까 싶다. 내게 그런 꿈을 꾸게 하신 분이 김지연 선생님이시다. 선생님께서는 내게 이채원이란 아름다운 필명도 주셨다. 이제 팔순을 맞이하신 선생님께서 지금처럼 부디 건강하셔서, 오래오래 우리와 함께 계시기를 바람 해 본다.

<단편소설 19>

가면무도회

이혜미

이 바닥에서의 분장의 정석은, 지인들이 자신을 알아채지 못 하게 하는 것이다. 그렇다고 가면으로 얼굴을 다 가려버리면 인기가 없다. 물론 얼굴의 반 이상을 마스크로 가려도 인기가 많은 애들도 있다. 몸매의 비율과 볼륨이 눈에 띄게 좋은 경우다. 하린은 스스로 평균보다는 괜찮은 중상 정도라 평가했다. 가슴은 C컵, 허리에 비해 큰 골반. 데드리프트와 스쿼트로 다져진 탄탄한 힙. 크기가 중요한 것이 아니다. 중요한 건 비율이다. 브라를 하지 않고 하얀 티셔츠만 입고 있으면 채팅방에 들어온 사람들이 한참 넋을 잃다 가곤 한다. 무대화장을 하듯 아이라인은 깊고 짙게, 속눈썹을 붙이고 컬러렌즈를 꼈다. 립스틱을 바르고 얼굴의 반을 가리는 검정가면을 썼다. 이제 나를 알아볼 사람은 없을 것이다. 또래의 30대 중반인 대학 동기나 회사 동료들은 이런 '벗방'을 보러 들어올 일이 거의 없다. 갈 곳 없고 주머니 사정 궁한 10대나 20대가 주 고객이었다. 그렇다면 사촌 남동생 하나 없는 하린은 크게 신경 쓸 일이 없었다. 하지만 그중에도 가끔 큰 손이 있고,

주머니 쌈짓돈을 모아 BJ에게 부지런히 현금을 모아 주며 팬심을 자랑하는 수많은 개미 팬들이 있다.

도시는 빛났다. 역삼역 부근의 26층 오피스텔에서는 테헤란로의 차량 행렬이 보석 알갱이들처럼 좌르르 좌르르 소리를 내며 굴러다니는 것이 내려다보였다. 하린은 블라인드를 내리고 보드카 한 잔을 입에 톡 털어 넣고 방송을 켰다. 알딸딸하게 취기가 오르면 부끄러운 줄도 모르고 나사 하나 빠진 애처럼 자신을 내려놓고 춤도 추고 애교도 부릴 수 있다.

하린은 아나운서 지망생이었다. 단정한 이미지로 뉴스를 진행하는 것이 꿈이었다. 하지만 세상에는 그녀보다 더 예쁘고 똑똑하고 게다가 빽까지 든든한 애들이 많았다. 예쁘장하다는 칭찬을 많이 듣고 자라서 하린은 자신이 매우 예쁜 줄 알았다. 하지만 카메라 테스트에서 3년 연속 떨어졌다. 타인의 입바른 소리는 진실이 아닐 가능성이 높다. 어렸던 하린은 자신을 객관적으로 볼 줄 몰랐다. 늘 인기가 많았고 고등학생 때부터 단 하루도 솔로인 적이 없을 정도로 남자 친구들이 줄을 섰다. 아나운서 시험 대비 학원에 다니고 시사 상식은 꿰찼지만 카메라 테스트에서 떨어지니 자신감은 점점 떨어져 갔다. 시험에서 떨어졌다면 공부를 더 하면 될 텐데 카메라 테스트는 어찌할 방법이 없었다. 대학원까지 졸업한 후 3년이나 놀았으니 하린의 나이 어느덧 서른이었다. 집에서의 원조도 끊겼다. 강남에 취업을 하고 도보로 25분 거리의 오피스텔을 잡았다. 집값은 비쌌지만, 왕복 교통비와 시간, 그리고 들끓는 강남의 대중교통 체증을 생각하니 비싸도 이 편이 나았다. 하루에 한 시간가량 걷게 되니 공짜로 운동도 하는 셈 쳤다. 그런데 7평짜리 원룸 오피스텔의 월세가 무려 130만 원이었다. 그나마 저렴한 편이었다. 웬만큼 마음에 드는 곳을 찾으려면 180만 원에서 200만 원이 넘게 들었다. 하린은 20층이 넘어가는 고층에서 한눈에 들어오는 테헤란로의 도시 야경에 반해서 즉시 계약을 했다. 오래된 건물인데 내부 인테리어만 잘 되어있었다. 보안이 치밀하지 않은 대신 관리비가 비교적 저렴한 점은 나름 장점이었다. 그래도 손바닥만 한 원룸의 관리비는 매월 10만 원을 넘어갔다. 몇 푼 되지 않는 급여로는 저축은커녕 먹고 싶은 것도 제대로 사 먹을 수가 없었다. 좋은 핸드백도 하나 필요했고 아이폰도, 에어팟도, 보통의 사람들이 가지고 다니는 것은 다 필요했다. 꿩 대신 닭이라고 아나운서는 못 되더라도 아프리카 방송의 BJ가 되기로 했다. 처음에는 인기가 없었다. 세상에는 하린보다 예쁘고 귀여운 여자들이 차고 넘쳤다. 아나운서 시험을 준비하며 공부한 잡다한 지식들을 털어놓아 보았지만, 사람들은 진지한 방송보다는 가볍고 유쾌한 방송을 원했다. 결국 얼굴을 가리고 옷을 벗었다. 그러자 팬들이 점점 늘어났다.

같은 오피스텔에 사는 여자들 중엔 업소에 나가는 아가씨들도 많았다. 분위기나 차림새를 보면 말하지 않아도 않다.

'난 영혼은 팔아도 얼굴이나 몸을 파는 게 아니잖아.'

하린은 그녀들보다 한층 더 똑똑하다고 생각하며 얼굴을 가린 채 교양 있는 말투와 상식으로 구독자들을 유혹했다. 회사에 다니며 PD 시험이라도 준비하려 했지만 투잡을 하는데 공부까지 더 한다는 것은 쉽지 않았다. 몇 달 만에 급여보다 더 많은 돈을 방송으로 벌게 되자 간직한 꿈 따위는 뒷전으로 밀렸다.

*

다음 날 눈을 뜨자 취기가 남아 암막 블라인드 사이로 삐져나온 햇살이 메스꺼웠다. 하린은 휴대폰으로 자신의 계정을 들여다보았다. 어제저녁 들어온 캐시가 수수료를 제외하고 105만 원가량 되었다. 금요일 방송은 수입이 좋다. 새벽 3시 넘어서까지 라이브 방송을 했다. 이런저런 이야기를 하다가 캐시를 쏘아주는 사람에게는 이름을 불러 주며 '오빠 최고' '하또 하또' 하고 애교를 부려준다. 좋아하는 척을 해 주면 해 줄수록 남자들은 자부심을 갖게 되며, 어떨 땐 경쟁이 붙어 너도나도 돈을 막 쏘아준다. 돈 벌기 참 쉽다.

하린의 기둥서방을 자처하며 채팅방의 방장이 되어 매일 출석하는 '백남'과 '캐릭쳇', '소뚱멍', '초록 바지' 등 매일 오는 사람들을 잘 기억했다가 반갑게 인사를 해 준다.

'오빠 오늘 늦었네?'

'오빠 지난주엔 바빴어? 왜 안 왔어?'

부방장, 총무와 같은 감투를 씌워 주면 자신이 이 방의 무언가라도 된 것처럼, 캐시를 쏘아주는 남자들을 독려하고 악플러는 응징해주는 충성 팬이 된다. 하린은 자신의 닉네임을 '카펜터스'라고 지었다. 방송 채널을 만들면서 급히 닉네임을 만들어야 했는데 생각나는 이름이 없었다. 방송을 위해 준비한 검은색 공작과 같은 커다란 가면을 보며 카펜터스의 'This Masquerade'를 떠올렸고 딸기, 곤듀, 앙앙이와 같은 소녀 취향보다 독특한 닉네임이 마음에 쏙 들었다. 올드팝 좋아하냐는 질문을 한 구독자가 딱 한 명 있었는데 나머지는 뜻이 무언지도 모르고 하린의 이름을 곧잘 기억해 주었다. 왠지 이지적인 느낌도 나고 평범하지 않다고 그들도 느꼈을 것이다.

늦잠에 조금 뭉그적거리고 시계를 보니 벌써 12시였다. 늦었다. 곧 민혁이 데리러 올 것이다. 오늘 저녁은 강원도까지 가야 하는데 꾸물거릴 시간이 없다. 벌떡 몸을 일으켜 곧장 샤워를 하고 머리를 말리고 화장을 했다. 최대한 단정해 보이는 옷을 골라 입고 진주 귀걸이를 하고 승무원처럼 머리를 빗어 넘겨 마치 면접을 보러 가는 신입사원인 듯, 한 살이라도 어려 보이도록 애썼다.

*

하린이 알아본 일식집이었다. 코스요리가 7~8회 정도 나올 것, 단독 방으로 배정될 것, 신발을 벗지 않고 들어갈 것. 음식의 맛보다 격식과 분위기를 살펴 정했다. 원주의 고급 식당을 일일이 검색해서 선택한 곳이다. 하린과 민혁 둘 다 형제가 없어 양가 부모님만 모시고 여섯 명이 참석한 단출한 상견례였다.

"하린 양에게 들으셨을지 모르겠는데 결혼식은 원주에서 올렸으면 하고요. 민혁이 아버지가 나이가 좀 있고 지역 인맥들이 거의 전부라… 하린이도 그렇겠지만 저희도 외아들이라 한 번밖에 없는 예식, 부모로서 해 줄 수 있는 건 다 해주고 싶네요."

"예 그렇게 하셔요. 굳이 서울에서 할 필요 없습니다. 저는 뭐 원주라도 버스 대절해서 오면 됩니다. 저희는 크게 바라는 것 없이 웬만하면 아이들이 원하는 대로 맞춰줬으면 좋겠고…. 저희도 딸자식 하나 있는 거 최대한 잘 갖추어서 보내겠습니다."

하린이 민혁보다 세 살이 많았지만, 늦둥이를 낳은 민혁이 부모님의 나이가 훨씬 더 많았다. 표정에서 풍겨 나오는 보수적인 분위기도 민혁의 집이 훨씬 어려워 보였다. 하린의 아버지는 서울에서 경찰 생활만 30년이 넘게 한 공무원이었다. 퇴직 전에 딸이 시집을 가 준다니 다행이었는지 연신 사람 좋은 웃음을 지으며 사돈이 될 댁에 잘 보이려고 애썼다. 하린의 엄마는 시종일관 웃어 보이긴 했는데 미소 뒤로 서운한 감정이 낱낱이 드러났다. 민혁의 아버지는 중소기업의 사장을 오랜 세월 맡은 사람답게 풍채와 근엄한 표정이 선불리 다가가기 어려워 보였고 민혁의 어머니는 손해 보는 결혼식을 감행하는 것에 대한 불편한 기색을 감추지 않았다. 민혁은 싱글거렸고 하린은 긴장했다. 민혁의 어머니는 곧잘 농담을 하고 분위기를 띄우는 민혁이에게 두 번이나 눈치를 주었다.

하린은 눈가의 주름이 도드라질까 환하게 웃지도 못했다. 민혁과 어울리게 보이려 레이저 시술도 꾸준히 받았다. 민혁의 집에 처음 인사 갔을 때 500평이나 되는 정원의 스케일에 이미 기가 눌렸다. 마당에는 어릴 적부터 민혁이 아지트로 삼았다는 간이 컨테이너 박스가 그대로 남아있었다. 민혁은 지방에서는 이 정도 단독주택을 짓는 것이 그리 비싸지 않다고 했지만 하린은 민혁과 자신의 어린 시절을 비교해 보았다. 민혁이 이 넓은 마당을 다 자신의 놀이터 삼아 놀 때 하린은 〈독수리 삼정 빌라〉라는 방 두 칸짜리 작은 집에 살며 친구들과 놀 곳을 찾아 좁은 골목골목을 누볐다. 주차공간이 늘 없어서 퇴근이 늦은 하린의 아버지는 항상 차를 먼 곳에다 대고 한참을 걸어 귀가하곤 했다.

하린은 음식에 거의 손을 대지 못하고 시어머니 될 분의 눈을 맞추고 경청하면서 젓가락 쥐는 법, 물 마시는 모습 하나까지 신경을 썼다. 서울로 돌아가는 길, 하린은 부모님을 먼저 보내드리고 민혁의 차에 올라탔다.

"자기야, 밥 제대로 못 먹었지? 우리 뭐 먹으러 갈까? 야식? 콜?"

민혁의 친구들을 만났을 때 그랬다.

'이 새끼 조증이잖아요. 늘 반쯤 들떠 있고, 흥분돼 있어요.'

사람 좋아서 실실 웃고 다니는데 부잣집 아들답게 통 크게 밥과 술을 잘 쏘니 학교 다닐 때부터 아무도 민혁을 무시하지 못했다는 것이다. 무슨 좋은 일이 있는지 늘 들떠 있는 민혁을 보면 하린도 덩달아 기분이 좋아져 늘 입꼬리가 올라갔다. 둘은 시끄럽고 분위기가 좋은 펍으로 들어갔다.

*

햇살이 무척 좋은 늦가을 오후였다. 작지만 잡지에 나와도 좋을 만큼 예쁘게 꾸며진 방이었다. 집주인은 월세를 올려 받기 위해 몇 년 전에 내부 인테리어를 새로 했다. 층고가 높은 방에는 붙박이 수납이 충실하게 설계되어 있고 올 화이트 기본 인테리어가 되어있었다. 거기에 하린은 요즘 유행하는 스타일로 베이지와 핑크 색상만 곁들여 침구와 작은 소파, 아담한 책장을 들여 넣었다. 누가 봐도 서른둘 싱글 여성의 아기자기한 공간이다. 그러나 밤에는 누구나 한 번쯤 꿈꾸는 여자 친구의 집이 되고, 들끓는 남자들의 욕망의 상상을 지펴주는 스튜디오가 된다. 하린은 베이지색 소파에 앉아서 오븐에서 갓 구워낸 크루아상 한 조각과 크레마가 가득 담긴 캡슐커피 한 잔을 내리고, 바나나와 사과 한 개로 점심을 대신하며 엄마의 전화를 받았다.

"요즘 세상에 누가 그렇게 조목조목 이거 해라 저거 해라 단도직입적으로 말을 하니. 내가 못 해주는 건 아닌데, 누가 요즘 아들 가졌다고 저러니?"

하린이 16살 때 일이다. 하린의 아빠가 당직 근무를 하는 날이면 하린의 엄마는 대리운전을 하러 나갔다. 경찰 월급으로는 딸이 원하는 공부를 원 없이 시켜줄 수 없으니 엄마가 팔 걷어붙이고 나선 것이다. 아빠가 알면 속상해하니까 아빠에게는 비밀에 부치기로 했다. 중학생이었던 하린은 엄마가 아빠에게 말하지 못하는 이유가 대리운전이 아닌 노래방 도우미 알바를 했기 때문이라는 걸 알아챘다. 매일 차려입고 나가는 엄마의 차림새도 그랬지만, 엄마가 집을 비우는 시간은 하린도 몰래 집을 빠져나가 친구들과 술·담배의 쓴맛을 맛보고 낄낄대는 시간이었으므로. 하린도 엄마 몰래 립스틱을 바르고 친구들과 옆 동네를 전전하며 비행하던 중, 더 짙은 색의 입술을 하고 검은색

봉고차에서 내려 노래방으로 총총히 들어가는 엄마를 보았기에. 가정의 평화를 위해 하린은 일언반구 하지 않았지만, 그때부터 하린과 엄마 사이에는 허물 수 없는 큰 벽이 생겨버렸다. 하린이 고등학교 졸업을 할 때까지 아빠의 당직 때마다 엄마는 대리운전을 하러 나갔다. 하린은 일부러 집과 멀리 떨어진 대학으로 도망가 버렸다. 그 후에 엄마가 얼마나 더 오랫동안 대리운전을 했는지 하린은 알지 못한다. 잊고 있다가도 아주 가끔 어떤 핀트가 딱 맞지 않으면 하린의 가슴에 빨간 립스틱을 하고 봉고차에서 내리던 엄마에게 분노가 치미는 것은 어쩔 수가 없었다.

"걱정 마 엄마, 내가 민혁이한테 이야기할게. 요새 누가 그렇게 결혼을 해. 우리 둘이 얘기하고 우리 둘이 필요한 것 맞춰서 살 테니까 걱정 안 해도 돼. 응 엄마, 엄마 세대 같지 않잖아 지금은."

엄마는 하린이 사춘기 때부터 변했다고 생각했지만, 엄마를 데면데면하게 대하는 하린의 태도는 결코 사춘기 때문이 아니었다. 전화를 끊은 하린은 눈을 데굴 굴리다 천장까지 높다랗게 채워진 하얀 붙박이장 손잡이를 열었다. 차곡하게 나누어진 칸 칸에 그간 애지중지 모았던 사랑스러운 분신들이 모여 있었다.

샤넬 로고가 박힌 가방이 모두 다섯 점이었다. 새해니까, 생일이니까, 크리스마스니까 모두 하린이 하나하나 자신에게 선물한다는 명목으로 구매한 것들이었다. 샤넬 마니아라는 것을 벗방에 알리자, 가방 한 개 값을 쾌척해 준 통 큰 남자도 있었다. 그의 닉네임은 '핫핑 초코'. 그날 방송의 주인공은 단연 '핫핑 초코'였다. 하린도 넋이 나가 한참 멍해 있었다. 하룻밤 사이 천만 원이었다. 멍해 있는 하린의 모습을 그는 아마도 즐겼을 것이다. 종전의 작위적인 리액션이 아닌 진짜 어벙해져 버린 것이다. 남자들은 모두 '핫핑 초코'를 동경했다. 그의 별명은 '초코 형님'이 되었다. 닉네임을 만드는 센스나, '핫핑'이라는 단어의 어감으로 보았을 때 20대 초반일 것이 분명한데, 모두들 그를 형님이라고 불렀다. 그런 세계였다. 하린은 그날 '초코 형님'을 위하여 오랜 시간 고양이 자세를 다양한 각도에서 보여 주었고 애교 13종 춤과 셀프 로션 마사지를 오랫동안 보여주었다. 그것은 마치 하얀 로션이 정액인 듯한 착각을 하게 만드는데, 펌프로 로션을 가슴에 뿌리고 마사지를 하면 이 순간을 보고 혼자 방 안에서 문을 잠그는 남자들이 많다고 한다. 말이 필요 없는 그림이다. 하린은 상의 탈의도 잘하지 않지만, 특히 마사지는 쉽게 해 주지 않는 퍼포먼스였다. 그날 핫핑 초코 덕에 그 방의 모든 남자들은 눈호강을 했다.

하린의 방이 인기가 많은 이유가 바로 이것이었다. 많이 벗지 않고 많이 보여 주지 않는 것. 이제 갓 BJ가 된 벗방의 여자들이 과한 복장과 액션으로 단골을 잃는 경우가 많다. 다 보여 주면 재미가 없다. 자고로 여자는 신비로워야 하니까. 하린처럼 조곤조곤 다양한 주제로 채팅창에서 이야기를 나누고, 많은 연애 경험에서 나온 능구렁이 같이 이야기를 주도하는 것은, 20대 초반들은 흉내 낼 수 없는 관록일 것이다. 물론 채팅창의 오빠들은 하린이 20대 초반인 줄 안다.

하린은 모니터에 왕관을 씌운 '핫핑 초코' 닉네임을 띄워 준다. 매일 가장 많은 캐시를 쏜 사람이 그날의 VIP로, 왕관과 함께 닉네임이 올라간다. 이게 뭐라고 남자들은 이것에 그렇게 목을 매는 것이다. 어릴 적 의미 없는 딱지나 팽이 모으는 데 혈안이 된 남자들이 커서는 벗방 BJ의 모니터에 왕관 씌워진 이름 하나 달고 싶어서 피땀 흘려 번 돈을 흔쾌히 쓰는 것이다. 원래 돈은 개같이 벌어서 정승같이 쓰는 것이지 않은가. 하린이 이렇게 힘들여 번 돈으로 가방 하나 쉽게 바꿔 먹는 것과 같이.

100만 원 이상 캐시를 쏘면 또 하나의 특권을 주는데 메신저 하린의 아이디를 추가해 개인 카톡을 나누는 것이다.

'어느 집 자식이 돈을 저렇게 물 쓰고 다니는 걸까, 하룻밤 술값으로 룸살롱에서 천만 원을 쓰면 술 마시고 여자라도 안아 보지만, 만질 수도, 직접 볼 수도 없는 여자에게 몇십만 원도, 몇백만 원도 아닌 천만 원씩이나 보내는 건 대체 누구야.'

하린은 커진 금액에 불안해서 며칠 동안 잠을 설쳤다.

'혹시 만나자고 하는 거 아냐? 원하는 거 없이 저렇게 돈을 쓸 리가 없겠지…'

하지만 '핫핑 초코'는 메신저상에서, 수줍음이 많은 듯 '오래전부터 좋아했습니다. 예쁜 가방 하나 사세요.'라며 말끝을 흐렸고 그렇게 흐지부지하게 심심한 대화가 끝났다. 프로필 사진을 보니 본인 얼굴은 나오지 않지만 높은 등급의 외제차를 끌고 다니고 꽤 좋아 보이는 호텔 프런트에서 찍은 사진도 있는 걸로 보아 돈이 적지 않은 사람 같았다. 예전에 구독자 중 자신의 한 달 용돈이 500만 원이라는 21살 짜리도 있었다. 하긴 민혁이도 고등학생 때부터 아버지의 신용카드를 막 쓰고 다녔다지.

의외로 많은 남자들이 백만 원이라는 액수에 인색하지 않았다. 하린의 카톡 목록에만 스무 명 넘는 리스트가 있다. 딱 백만 원 맞추어 보낸 사람이 가장 밤낮없이 카톡을 울려댔고 금액이 높으면 높을수록 요구하는 건 오히려 적었다. 진정한 이 시대의 플렉스일까. 화끈하게 쓰고 쿨하게 군다. 하린은 핫핑 초코의 무심한 듯 순진한 반응에 그제야 안도하며 가벼운 마음으로 명동의 샤넬 매장을 찾아서 별렀던 신상백을 사 왔다.

그때부터 하린의 간도 커졌고 하린의 채팅방에 들어오는 사람들의 통도 커졌다. 천 원 이천 원 쩨쩨하게 금액을 보내는 경우가 잦아들었다. 하린도 만 원, 이만 원 정도의 캐시에는 크게 기쁘지도 않았다.

회사를 다니는 것이 부업이 되었다. 회사에서 주는 월급 210만 원은 비스킷 봉지 속에 남아있는 부스러기 정도의 의미였다. 털어서 입안에 넣어 먹으면 맛있지만 안 먹어도 그만인. 그렇지만 사람으로서 4대 보험이 들어가는 번듯한 직장이라는 것은 엄연히 필요하다. 그렇게 가벼운 마음으로 회사를 다니자 고집 센 부장도, 철없는 아르바이트생도 다 눈감아 줄 만했다. 마음이 풍요로워지면 세상이 다 아름답게 보이는 모양이었다. 종종 중요한 행사 때마다 샤넬백을 바꿔 나오는 하린을 보며 사람들은 '집안이 좋은가 보다' 하다가 나중에는 '짝퉁인가 보다' '명품백 대여하나 보다'라며 뒤에서 수군거리는 소리가 끝내 하린의 귀에까지 흘러 들어왔다. 하린은 신경 쓰지 않았다.

선반에 반듯하게 놓여 있는 샤넬백 중 가장 안 예쁜 모델 두 개를 골라냈다. 사실 하린의 눈에 안 예쁜 모델이란 없었다. 샤넬은 샤넬이라 다 나름의 색깔과 특색이 있다. 그래도 눈 딱 감고 고른 두 개의 샤넬백을 오후 햇살 가득 담은 오피스텔의 배경으로 사진을 찍었다. 쿠션과 커피 등 소품도 적절히 배치했다. 구구절절한 사연을 써서 중고마켓에 올렸다.

*

"어머니, 모피나 명품백을 골라 드리고 싶은데 어떤 걸 좋아하실지 모르겠어서요…"

하린은 긴장한 목소리로 전화를 걸었지만 내심 좋아하는 예비 시어머니의 목소리가 저 너머에서 들려오자 전화를 끊을 즈음엔 점점 자신이 차올랐다. 하린은 좋은 며느리 모드가 되어 함께 백화점을 다녀왔다.

'내 것을 팔아서 어머니 것을 샀네…'

집에 돌아온 하린은 소파에 본인의 가방을 홱 던졌다. 자신의 엄마에게는 한 번도 이렇게 다정하게 한 적도 없고 이만큼 좋은 것도 사 준 적 없는데 만난 지 얼마 되지도 않은 남의 엄마 팔짱을 붙잡고 이게 뭐 하는 짓인가 싶었다.

*

"어머나, 남자분이셨네요?"

하린은 집 밑으로 찾아온 중고마켓의 고객을 못 찾아서 전화를 걸었는데, 흡연구역 쪽에 서 있던 남자의 휴대폰이 울리자 깜짝 놀랐다.

"아, 예, 여자 친구 주려고요."

남자는 초록 바지에 하얀 스니커즈를 신고 짓궂게 웃었다. 하린은 남자의 위아래를 훑어보았다.

'패핀데?'(패션피플)

초록 바지와 어울리는 엔틱하고 조잡스러운 무늬의 셔츠는 이 사람이니까 소화할 수 있을 것 같았다. 남자가 부친 금액이 계좌에 들어온 걸 확인한 하린이 영수증과 보증서, 종이상자와 부직포 가방 안에 겹겹이 쌓인 명품 가방을 건넸다. 초록 바지와 샤넬 쇼핑백은 퍽 잘 어울렸다. 남자는 명품을 좀 아는 듯 요리조리 살피고 가져갔다.

남자와 헤어진 후 하린은 엘리베이터를 타고 올라가며 생각했다.

'여자 친구 줄 백을 중고로 산단 말이야? 사용감이 아예 없는 S급도 아닌데? 초록바지? 벗방 들어오는 오빠 닉네임이 생각나는군.'

하린은 남자가 입고 있었던 크레파스와 같은 쨍한 초록의 바지를 되새기며 집 비밀번호를 누르고 들어갔다. 1층에 서서 하린이 엘리베이터를 타고 26층에 멈춰서 내리는 것을 확인한 남자는 받아 든 백을 들고 총총히 오피스텔을 빠져나갔다.

*

하린은 스스로 예단과 예물을 해결했다. 민혁의 아파트에 웬만한 가구들이 다 들어가 있기 때문에 혼수는 크게 들지 않았다. 예식 비용은 축의금 들어오는 것과 부모님이 해결해 주기로 했다. 민혁은 아무것도 신경 쓰지 않았다. 비용 문제는 그의 부모님 몫이었다. 하린을 조급하게 만드는 것은 그 문제가 아니었다. 상견례가 끝난 후 민혁이 자꾸 졸라대는 통에 그의 연락을 슬슬 피하는 중이었다.

"자기 집이 좁으면 우리 집에서 살면 안 돼? 응? 내가 아침마다 태워다 줄게."

사랑하는 사람들끼리의 사랑의 무게는 공평하지 않다. 둘 사이의 기울기는 민혁이에게 더욱 무겁게 부과되어 있었다.

"출근시간에 사당에서 역삼까지 얼마나 막히는데. 그리고 부모님이 결혼식은 마치고 아파트 들어가라셔…"

하린은 괜한 부모님 핑계를 댔다. 아직 마음의 준비도 되지 않았고 무엇보다 방송을 정리하지 못했다. 결혼 후에는 어떨지 모르겠지만 당장 자잘하게 들어갈 비용이 하린의 급여로는 감당되지 않았다. 2년여 동안 방송한 돈으로 저축은 고사하고 씀씀이만 커졌다. 결혼 전 친구들과 근사하게 브라이덜 샤워 파티도 해야 하고 지인들에게 청첩장 돌리면서 밥도 사야 하고 신혼여행에서 입을 옷과 선글라스도 사야 하고 부모님 댁의 낡은 티비도 새 걸로 바꿔 드리고 싶었다. 한 달 210만 원의 급여로는 도무지 원하는 대로 살아갈 수가 없었다. 원하는 대로 명품백을 실컷 사지는 못해도 최소한의 인간들처럼 살고 싶은 것도 부족하다. 대체 다른 사람들은 각기 어떻게 살아가고 있는 걸까?

방송은 점점 수위가 높아져 갔다. 끝물이라 생각하니 미래가 없는 것처럼 과감해졌다. 2년 새 어리고 예쁜 새로운 BJ들이 많이 생겨났다. 그들이 규정을 벗어나지 않는 선에서 최대한 자극적인 노출을 한다는 것을 하린도 알고 있었다. 심의에 걸려서 화면이 꺼지면 그걸 보고 남자들은 더욱 상상을 하곤 했다. 하린도 수개월 내에 방송을 접을 생각을 하니 아낄 것이 없었다. 더욱 과감해졌고 매일 밤 걷히는 액수도 커졌다.

'총 310만 원, 이번 주도 선방했네'

하린은 앱에 찍힌 캐시의 인출 버튼을 눌렀다. 오피스텔의 큰 창으로 지는 노을색이 짙었다.

*

결혼식까지 2개월을 남겨두고 있었다. 하린은 결혼식이 이렇게 정신없고 큰 행사인 줄 몰랐다. 양가 친척들에게 인사하느라 주말마다 고역을 치렀다. 하린이 민혁의 집을 방문할 때면 어른들은 불편하고 어색한 기색을 감추지 않았다. 세 살의 나이 차이가 어른들에게는 용납할 수 없었던 것이다. 민혁은 아직 20대, 하린은 30대였다. 민혁의 증할머니는 대놓고 하린에게 이렇게 말씀하셨다.

"민혁이 너 서른일곱 되면 네 마누라는 마흔이잖어."

인사를 짧게 하고 나오면 되는데 사람 좋은 민혁은 오랜만에 만난 증할머니 앞에서 눈웃음을 풀지 않고 제 눈에 콩깍지 낀 예비 신부를 자랑하기에 바빴다.

'흥, 나이 들면 같이 늙어갈 텐데. 여든일곱 살이나 아흔 살이나, 아흔두 살이나 아흔다섯 살이나.'

하린이 고등학생 때 잡지 모델을 잠시 했었던 일은, 하이틴 잡지가 뭔지 잘 알아듣지도 못하는 증할머니 앞에 뭐 하러 자랑하는지 하린은 이해할 수가 없었다. 콩깍지는 다른 사람의 곱지 않은 시선까지도 궁정의 신호로 보이는 모양이었다.

집안 가계도에 나오는 사람들에게 일일이 다 인사를 마쳐야지 사람 도리를 했다고 하는 모양이었다. 하린은 평생 한 번도 따로 찾아뵙지 않았던 오촌 큰아버지 댁에도 인사를 해야 했으며, 민혁은 '큰고모인데, 나도 잘 몰라.'라며 하린을 데려가 어색한 자리에 다리에 쥐가 나도록 무릎을 꿇렸다. 주말 낮에는 교통 체증을 뚫고 여기저기 인사를 드리고 밤늦게 집으로 들어가 방송을 강행했다. 예식 날이 다가올수록 피부는 더 거칠어져 갔다.

하린은 집에 있는 물건들의 사진을 찍어 중고마켓에 부지런히 올렸다. 당장 이사 갈 것은 아니었지만 둘러보니 그간 쌓인 살림들이 꽤 많았다. 여분의 선반, 조명, 접이식 찻상, 책장에 꽂힌 책들… 민혁의 집으로 들어가면 쓸모없어질 것들이었다. 쓸 수야 있겠지만 모던한 그 집 인테리어와 아기자기한 하린의 소품은 일절 어울리지를 않았다. 게다가 민혁이 집에 갖추고 사는 것들은 토스트 기계 하나까지 다 하린의 것보다 좋은 것들이었다. 월세 만기 전에 대충 짐을 정리하고 민혁의 차로 옷가지들과 잡동사니 박스들만 몇 번 실어 나르면 이사는 끝날 것 같았다. 중고마켓에 올리는 수가 늘어나자 손님으로부터 울리는 알람도 잦아졌다. 안전을 위해 중고 거래는 세컨폰으로만 연락을 받았다. 벗방 고객들용 전용 회선이기도 하다. 결혼과 동시에 세컨폰을 없애면 BJ 했던 과거도 없어질 것이다.

일전에 샤넬백을 사 갔던 초록 바지가 이번에는 단풍같이 붉은 바지를 입고 하린이 읽지 않는 책을 사러 왔다. 붉은 바지는 가을과 퍽 잘 어울렸다.

"오, 이 근처 사시나 봐요?"

"네, 팔 물건이 많으신가 봐요?"

초록 바지는 몇 마디 없이 계좌입금을 하고 또 떠났다. 하린은 편의점을 들렀다 우유과 계란, 내일 아침으로 먹을 빵을 사서 집으로 올라갔다. 26층에서 먼저 숨어 기다리던 초록 바지가 하린이 몇 호로 들어가는지 확인을 하고 오피스텔을 빠져나갔다.

*

청첩장이 도착했다. 웨딩촬영을 한 사진을 보니 그간 살았던 세월이 하룻밤 사이의 꿈같았다. 이제 새로 태어나는구나. 부모님 손에 20년을 자라고 홀로 10년을 살았다. 부모님 생각이 부쩍 줄었다. 그렇게 엄마 꽁무니만 따라다니던 딸이었는데 언젠가부터 엄마가 없어도 괜찮은 인간이 되었다. 하린은 결혼하면 더 효도도 하고 엄마에게도 시어머니에게 만큼 살갑게 굴어봐야겠다고 생각하던 찰나였다.

카톡이 울렸다. 프로필 사진을 보니 샤넬백과 책을 사며 강한 인상을 남겼던 초록 바지였다. 책갈피로 쓰느라 책 속에 끼워 놓았던 하린의 회사 명함을 빼지 않았던 것이다. 초록 바지는 사진을 찍어 보냈다.

'아 젠장… 중고장터 앱으로만 대화했는데 어떻게 카톡을 알았지? 아! 샤넬백 팔 때 전화를 걸었었잖아?'

카톡을 보던 하린은 멈칫했다.

'아, 그게 아니네?'

이전의 카톡 대화 내용을 올려보니 과거의 대화가 있었다. 벗방 구독자였다. 대화 내역이 하린을 낯 뜨겁게 했다.

<오빠 고맙뜹니당 하또하또 오빠가 카펜터스를 춤추게 했어요!!>

방송에서 100만 원을 쏘아준 적이 있는 구독자였다.

<휴대폰 번호가 두 개인가 봐요, 카펜터스님? 명함에 있는 번호는

제가 아는 번호랑 다르네요?>

하린의 심장이 펌프질을 해대는 소리가 빨라졌다. 뭐라고 대답해야 하지? 한마디 대꾸도 못 하고 하린은 손만 벌벌 떨고 있었다. 상대방은 하린이 메시지를 읽고 있는 것을 알 것이다. 한참 후에 다시 카톡이 울렸다.

<카펜터스님 결혼하시나 봐요^^>

'오! 쉣! 썅, 아. 시댕…'

알고 있는 모든 욕이 술술 나왔다. 개인폰의 카톡 프사를 막 결혼사진으로 올렸던 참이었다. 결혼 날짜와 예식장 이름도 써두었다. 하린은 기분이 급속도로 다운이 되어 해가 지고 어두워질 때까지 꼼짝없이 거실의 소파에 앉아있었다. 식사도 걸렀다.

그 주 금요일 방송에 초록 바지가 나타났다.

'카펜터스님 결혼하지 마요, 나랑 결혼해요.'

다른 구독자들은 초록바지가 아무 말을 하는 줄 알고 아무도 신경쓰지 않았지만. 하린의 심장은 26층 높이로 땅바닥에 내다 꽂혔다. 한 번 장난으로 놀리고 말 줄 알았다. 방송을 빨리 마무리했다. 방장인 백남이 징징거렸다. 자기네들을 버리고 가지 말라고, 밤이 길다고. 서둘러 노트북을 끄고 불도 끄고 누웠다. 잠이 쉽게 들지 않아 보드카 한 잔을 더 마셨다.

*

<3시에 데리러 갈게 (하트)>

아침에 일어나니 민혁의 메시지가 들어와 있었다. 그리고 세컨폰을 확인했다.

<오늘 저녁에 뭐해요? 우리 집도 가까운 이웃사촌인데 있다 저녁

식사나 같이 할까요? 오늘 안 되면 내일도 좋아요!>

초록 바지였다. 카톡을 확인한 흔적을 남기기 싫어 미리보기만 보고 닫았다. 온몸에 두드러기가 솟을 것 같았다. 세컨폰을 침대 옆 서랍장 속에다 넣어 버렸다.

살기 위해 바나나를 하나 주워 먹고 타이레놀 한 알을 먹었다. 소파에 등 대고 기대어 앉아 두통을 삭혔다. 베이지 트렌치코트를 걸치고 핑크색 샤넬백을 들었다. 파우더 향이 나는 은은한 샤넬 No.5를 가볍게 뿌렸고, 보석 장식이 화려한 지미추 구두를 골라 신었다. 오랜만에 친척모임 없이 둘이 하는 데이트라 늦게까지 데이트 코스를 다잡아 놓았으니 몸만 오라고 했다. 민혁이 앞에서 예쁘게 보이고 싶었다.

민혁이 하린을 잠실의 고급호텔로 데려갈 때부터 하린은 조금 예상을 했었다. 화려한 장식의 레스토랑 룸으로 들어가니 석촌호수가 내려다보였다. 세팅된 스테이크와 랍스터는 고급스러웠다. 민혁이 건넨 다이아 반지는 샹들리에 조명에 반사되어 여러 각도로 반짝거리며 빛났다.

'너와 결혼을 하면 이제 아무 걱정 없이 살 수 있지? 빨리 나를 데리고 도망가 줘. 때로는 시댁과 육아로 지치겠지만 그편이 나아. 너에게 내 미래를 맡길게. 날 구출해줘.'

하린은 자신의 인생이 실패한 것 같다는 생각이 들었다. 나름의 꿈과 희망이 있었지만 제대로 성취하지 못했고 좋아하는 것 갖고 싶은 것 다 해보고 싶었는데 젊고 아름다운 시절이 어디 떳떳하게 대놓고 말하지도 못 할 일로 유지되었다. 도피처로 선택한 게 결혼이라니. 하린의 눈물이 주체할 수 없이 범벅이 되자 민혁은 하린이 감동받아 우는 줄 알고 덩달아 눈물을 글썽였다. 민혁은 프러포즈에 성공해서 진심으로 기뻤다.

일요일 아침, 하린은 민혁의 침대에서 눈을 떴다. 민혁도 같이 눈을 떴다. 민혁이 점심으로 파스타를 해주겠다며 앞치마를 둘렀다. 결혼하면 변할 수도 있겠지만 이렇게 다정한 때를 기억하며 힘들고 어려운 일도 함께 극복하리라 생각했다. 그러나 휴대폰을 확인한 하린의 낯빛이 급격히 어두워졌다. 밥을 먹는 둥 마는 둥 하고 집으로 돌아갔다. 민혁이 저녁 같이 먹으면 안 되냐고 졸랐다. 하린은 지방 사는 친구가 올라와서 하룻밤 재워 줘야 한다며 둘러댔다. 민혁은 너 없는 일요일 밤이 길다고 투덜댔다.

'인간들이 왜 다들 자기 시간을 혼자 못 써서 나한테 징징대.'

하린은 애써 민혁을 달래 놓고 집을 빠져나왔다.

하린이 찾아간 곳은 강남역에서 이름을 대면 누구나 알만한 유명한 스카이라운지 바였다. 루프탑에 화려하게 꾸며진 야외 바에는 가죽 소파 자리가 여럿 놓여 있었는데, 캐노피에 반투명한 하얀 커튼이 드리워져 사람의 형체는 보이나 얼굴은 분간되지 않아 프라이빗한 대화를 나눌 수 있었다. 날씨가 꽤 쌀쌀했지만, 소파 자리마다 분위기 있는 화목 난로가 설치되어 있어서 춥지 않았다. 우퍼가 좋은 스피커에서 은은하게 흘러나오는 음악이 감미로웠고 이내 무렵의 푸릇한 하늘과 노란 조명들이 가슴 설레게 잘 어울렸다. 초록 바지는 하린이 연락을 받지 않자 개인폰으로 메시지를 보냈다.

"제발 부탁이에요. 제가 뭘 잘못했나요?"

초록 바지가 읊었다. 본명 최하린, 역삼동 주식회사 DNK 관리부에 대리로 재직, 남자 친구의 이름은 김민혁, 3살 연하, 12월 21일 토요일 강원도 오크밸리 하우스에서 오후 5시 웨딩, 집은 역삼동 제인 오피스텔 2607호, 그리고 개인 휴대전화 번호와 들키면 부끄러울 일을 할 때의 전화번호.

오늘은 무난한 청바지를 입고 나온 초록 바지는 짧은 다리를 꼬고 소파에 기대앉아서 시종일관 이가 드러나 보이게 익살스러운 표정을 지었는데 승리자에게 보이는 자신감이랄까 부자에게서 나오는 여유 만만함이랄까. 가까이에서 자세히 보니 얼굴에 주근깨가 꽤 많이 박혀 있었고 무심하게 입은 듯하나 불가리 반지와 구찌 구두, 페라가모 허리띠까지 착용한 꼴이, 딱 샤넬 가방까지 손에 들려주면 명품 치레의 끝장을 볼 것 같았다.

"카펜터스 님이랑 하루 같이 보내려면 어떻게 해야 해요? 전부터 한번 자 보고 싶었거든요."

"저에 대해서 어디까지 조사를 하셨는지 모르겠는데요, 저희 아빠가 경찰이라는 건 모르셨나 봐요. 이거 성추행이고 협박인 거 아시죠?"

"네, 압니다."

초록 바지의 눈빛이 더욱 초록 초록하게 빛났다.

"경찰서는 우리 둘 중 누가 더 많이 들락거려 봤을까요? 남자들은 여자들처럼 그렇게 경찰 안 무서워해요. 징계받고 벌금 내면 되거든요. 그런데 카펜터스님은 무서울 거 같은데? 아버지가 경찰이라면서 딸이 인기 BJ인 거 알아요? 아버지의 경찰 동료들도? 남자 친구는? 카펜터스님 직장 사람들은요?"

하린은 어깨를 바들바들 떨면서도 울지 않으려고 안간힘을 썼다. 집에 들어오자마자 철퍼덕 침대에 걸터앉아서 한참 멍하게 있는데 초록 바지에게 메시지가 왔다.

〈카펜터스님, 불 안 켜고 뭐해요? 씻나?〉

술을 한 잔 마시고 방송을 켰다. 초록 바지가 분명 들어오겠지만, 방송을 쉴 수는 없었다. 그동안 할부로 긁어놓은 카드 값도 만만치 않았고 결혼 전까지 바싹 벌어야 결혼 후에 민혁에게 카드값 메꾸어 달란 소리 따위 안 할 테니까. 채팅창을 읽지 않고 노래를 부르거나 캐시 좀 올라오면 셀프 마사지나 해야겠다고 생각했다. 그런데 채팅방 오픈이 되지 않았다. 지난주 방송 중 VIP 먹은 놈이 도끼 자국을 보여 달래서 다리를 벌렸는데 그때 속옷 사이로 음모가 보였던 것이 제재를 받았기 때문이란다.

'에라이… 차라리 잘 됐다, 잠이나 자야지.'

월요일 업무는 숨 쉴 틈 없이 바빠 숨도 아껴 쉬어야 한다. 화장실도 참아 가며 오전 업무를 집중해서 처리하고 있는데 휴대폰이 울렸다. 하린은 모르는 번호로 전화가 오면 초록 바지일까 봐 깜짝깜짝 놀란다.

"여보세요."

목소리를 낮추고 눈치를 보며 조심스럽게 받았다.

"하린이냐?"

낯선 아저씨였다.

"누구세요?"

"하린아, 삼촌 기억나? 아빠 후배 문오삼촌"

"네? 아, 삼촌 안녕하세요."

아, 결혼 소식 듣고 전화하셨구나. 하린은 한숨 돌렸다. 어릴 적부터 하린을 예뻐했던 아빠 경찰 후배 삼촌이었다. 어릴 적 아빠가 술에 취해 후배들을 우르르 집으로 데려오면 엄마는 술상을 내고 하린이 노래를 불렀고 삼촌들은 하린이에게 용돈을 쥐어 주었다. 다음 날이면 엄마와 아빠가 어김없이 싸웠다. 왜 애를 술판 앞에서 노래 부르게 하냐고.

"하린아, 요즘 음란 방송 집중 단속하고 있는데 하린이 네 정보가 올라왔어. 이거 너 맞아? 아니면 명의 도용당한 거야? 지금 너희 아빠 충격받아서 나가셨어."

세컨 폰을 썼지만 그 역시 하린의 주민번호로 등록된 번호였다. 음모가 찍힌 부분이 캡처가 되어 올라갔다고 한다. 그 모습이 얼마나 남사스러울지 하린은 수치심에 열두 번도 더 죽어버리고 싶었다. 문오 삼촌은 삼촌이 도울 일을 말하라고 했지만, 자신의 저지른 일을 도와줄 사람은 없었다. 아빠가 자신의 목을 따러 오지 않도록 막아주는 것이 삼촌이 해 줄 수 있는 유일한 도움일지 모르겠다. 삼촌의 전화를 서둘러 끊고 아빠 번호를 차단했다. 아빠가 쫓아올까 봐 마음이 조마조마했다.

직원들과 함께 점심을 먹으러 나갔다. 당연히 입맛이 하나도 없었지만 돌아가며 점심값을 내는데 매주 월요일은 하린이 계산을 하는 날이었다. 식당에 들어갔는데 초록 바지가 하필이면 같은 식당에서 밥을 먹고 있었다. 초록바지 자신도 동행한 여자가 있었는데 하필이면 하린이 보이는 자리에 앉아 자꾸만 여유로운 미소를 하린을 보며 날렸다.

"대리님. 요즘 결혼식은 신랑 신부 아버지가 축사를 하는 게 유행이래요! 대리님도 혹시 아버지 축사 같은 이벤트하세요?"

아버지 생각에 아찔했는데 마주보는 초록바지가 금니를 빛내며 웃고 있었다. 하린은 구역질이 나서 화장실을 다녀왔다. 다들 혼수가 들어선 것이 아니냐고 호들갑을 떨었다.

11월의 목요일, 수능 날이었다. 하린은 집에 들어가서 문을 걸어 잠갔다. 엘리베이터가 땡 하고 멈추는 소리가 나거나 바깥에서 바스락 소리가 나면 문 쪽을 바라보았다. 초록 바지는 매일 아침 인사 문자를 보냈다. 자꾸만 구역질이 쏠려 혹시 임신이 아닐까 테스트해 보았지만, 다행히 아니었다. 보드카를 마셨다. 렌즈를 빼고 강남 한복판을 바라보았다. 눈이 흐릿해지면서 원래 좋지 않은 시력에 바깥이 부옇게 보였다. 옷장 구석에 숨겨 두었던 검은 가면을 아래로 던져버렸다. 벗방에 이용했던 하얀 티셔츠, 로션, 여러 가지 소품들, 그리고 유리잔을 던졌다. 댕그랑 유리 깨지는 소리가 멀리서 둔탁하고 경쾌하게 났다. 지나가는 사람 없지? 자동차도 없지? 아스팔트에 깨진 거지? 창문에 건들건들 기대고 있는데 수능 한파의 영하 날씨에 찬바람이 볼을 때려왔다. 세컨폰의 칩을 빼고 동기화를 시켰다. 그리고 폰을 집어던졌다. 와장창 또 한 번 깨지는 소리가 났다. 민혁에게 문자로 마지막 작별 인사를 했다. 아빠와 엄마에게는 인사를 할까 고민을 한참 했다. 끝내 부모님에게는 아무 말도 못 전하고 자신이 쓰던 폰 하나를 더 던져서 와장창 깨지는 소리가 나는 것을 들었다.

다행히 청첩장을 돌리기 전이었다.

민혁은 즉시 실종신고를 했다. 하린 아버지의 빽으로 수사는 빠르게 착수되었다. 하지만 CCTV로 하린을 찾는 건 어려웠다. 시험을 마치고 강남에 쏟아져 나온 수험생들이 많았고 한파 때면 사람들이 교복처럼 죄다 검은 롱 패딩에 모자와 마스크까지 써서 누가 누군지 식별하기란 거의 불가능에 가까웠다. 하린의 오피스텔에서 나오는 사람 중에서 하린으로 추측되는 사람도 찾을 수 없었다. 민혁이 망연자실했지만 상실감은 하린의 아버지 쪽이 더 컸다.

*

하린은 떠나기 이틀 전 남은 샤넬백을 몽땅 명품 중고샵에 가서 팔아버렸다. 몇백 되지 않는 통장의 잔고를 인출했고 현금은 모두 5만 원짜리로 바꿨다. 오피스텔을 깨끗하게 비웠고 부동산에 방이 빠지면 보증금은 본인의 통장으로 넣어 놓으라고 부탁했다. 마침 그 주에 회사에 새로 입사한 아르바이트생이 있었는데 주민등록증을 복사하는 핑계로 받아서 하린이 챙겼다. 그녀의 초본도 몰래 한 통 더 복사했다. 쓸 일이 있을 것 같았다. 현금을 복대에 넣어 허리에 차고 그 위에 옷을 입었다. 최대한 짐을 간소하게 챙겨도 20L 배낭 하나가 가득 찼다. 휴대폰을 몽땅 버리니 검색을 할 수 없어 길 찾기가 쉽지 않았다. 자신을 알아볼 수 없도록 패딩의 모자를 꾹 눌러쓰고 검정 마스크를 하고 서울역으로 향했다. 찜질방에서 추위를 피하고 새벽 5시 첫 기차를 잡아탔다. 며칠 동안 단 한 잠도 잔 적이 없어 기차에 몸을 실으니 눈이 스르르 감겼다. 이윽고 배를 갈아탔다. 긴 머리의 신입사원의 신분증으로도 무사히 통과할 수 있었다.

*

시간은 느리게 흘러갔다. 새소리와 통통 뱃소리, 바닷소리, 그리고 사람들의 소리가 가끔 들렸다. 시끄러운 소리가 없고 휴대폰도 없으니 시간이 가는 속도도 더뎌지는 듯했다. 바닷바람을 정통으로 맞으며 바다 앞에 자주 나가 서 있었다. 강남 한복판에서는 하루하루가 빛의 속도로 사라졌는데 섬에서는 일주일이 한 달보다 느리게 흘러갔다. 방에서 자고 일어나고 또 자고 일어났다. 오랜만에 가져본 휴가였다. 처음 며칠 동안은 생리통과 더불어 온몸이 몹시 아팠다. 실컷 앓고 나니 뭔가를 좀 먹어야겠기에 편의점에서 산 죽으로 시작해 과일과 채소, 그리고 곡기를 조금씩 늘려갔다.

*

'PD나 되어볼까?'

창으로 바다가 내다보이는 오래된 카페에 앉아서 따뜻한 유자 찻잔에 손을 덥히고 있을 때였다. 날마다 갈매기가 끼룩거리니 서울에서 좀처럼 느껴보지 못한 기분이 들었다.

'섬 이야기나 기록으로 남겨볼까?'

당장은 아빠가 자신을 찾을 것이므로 은행 거래나 해외 출국을 하면 안 되었다.

'유튜브 계정을 만들어서 외국 계좌로 출금을 하면 되잖아?'

완벽하게 숨기 위해 쓰던 노트북도 처분하고 새로 마련했다. 이전에 쓰던 계정은 아무것도 남기지 않고 다 새로 만들었다. 되도록 구글 계정을 이용했다. 그러면 주민등록번호를 넣을 필요가 줄어드니까.

*

겨울이 지나고 봄이 오는 동안 겨울잠을 자는 것처럼 아무것도 하지 않았고 아주 느리게 생각했고 느리게 계획했다. 느리게 식사하고 느리게 걸었다. 아는 길고양이가 생겼고 민박집에서 월세방으로 거주지를 옮겼다. 풀옵션에 서울의 방보다 두 배나 큰 크기였는데 보증금 50만 원에 연 600만 원을 지불했다. 부동산은 섬이라 비싸다고 자신 없이 말했지만 하린은 강남역과 비교해 너무 저렴해서 웃음이 나왔다. 소파는 짙은 파란색이었고 촌스러운 체리색 몰딩이 눈에 거슬렸지만 참을만했다. 서울보다 허름했지만, 며칠 지내다 보니 어릴 적 살던 빌라처럼 정이 갔다. 그 집 주방에서 야채를 썰고 요리하는 것이 습관이 되고 시장 보는 것에 익숙해지자 계절이 따뜻해졌고 그즈음이 되자 채널을 개설할 용기가 생겼다.

하린은 채널 이름을 이렇게 정했다.

〈Ulleungdo TV〉

읍내에 나가 뿔테 안경을 하나 맞췄다. 렌즈를 끼지 않으니 눈이 편했다. 만날 사람이 없으니 화장도 하지 않고 옷이 두꺼우니 브라도 할 필요 없었다. 하린은 살아보기로 했다. 기왕이면 다시 힘껏 살아보기로 했다. 개통하지 않은 휴대폰 공기계를 샀다. 녹화 버튼을 눌렀다. 콘텐츠에 현재의 평화로움을 켜켜이 쌓아갔다. 〈終〉

이혜미 ———————

· 1984년 생
· 경남 창원 출신
· (주)에떼 대표
· 2020년 〈사냥꾼들〉 한국소설 등단

〈작가노트〉

부자 옆에 서면 부자가 되는 것처럼

이혜미

어떻게 하면 성공하는 삶일까? 어떻게 살면 잘 살았다고 할 수 있을까? 삶에 대한 지표가 완벽히 정해지지 않은 30대 초반, 현역에서 누구보다 열심히 달리시는 김지연 선생님을 만났습니다. 하루가 그냥 가는 게 아깝다시며 하루도 허투루 쓰시지 않는 선생님을 보며 저도 자신을 다잡고 달리다 보니, 마치 부자 옆에 서면 부자가 되는 것처럼, 소설가 선생님 옆에 서 있었더니 저도 이 귀한 자리에 글을 보탤 수 있게 되었습니다. 영광입니다.

선생님의 쫀득쫀득 감질나는 글을 보며, 선생님의 카리스마 넘치는 후학 양성의 아우라를 보며 언젠가 저도 저렇게 되고 싶다, 하고 작가로서, 여자로서 많이 존경합니다.

많은 제자와 후배들에게 동경의 대상으로 자리매김하고 계신 김지연선생님, 건강하게 오래오래 현역에 남아, 선생님 연배가 되었을 때, 선생님을 보고 자란 저희가 얼마나 성장해 있을지 꼭 곁에서 지켜봐 주세요! 마음 깊이 팔순생신을 축하드리며, 사랑과 존경으로 선생님께 좋은 날 더 좋은 날만 가득하길 기원합니다.

〈단편소설 20〉

신장실에서 있었던 일

예하 임옥희

서경은 남편 신장 이식받은 날짜를 손가락 꼽으며 헤아리고 있다. 이식받은 지 만 십년이 된 해이다. 정확히는 열흘 모자라는 십 년이다. 10년 전 악몽이 새삼스럽게 다시 떠올렸다. 일차 신장이식 때였다. 큰누나가 형제 모임을 주선했다. 일단 큰누나네 집으로 다 모였다. 남편 형제는 아들 둘 딸 셋이다. 남편에게는 모임이 있다는 사실을 알리지 않았다.

"오늘 저녁 먹자고 한 것은 아들로는 장남이 몹쓸 병에 걸렸다. 방법은 우리 중에서 신장조직이 가장 잘 맞는 사람이 신장을 공여하면 어떨까 해서……."

사실 무슨 말을 어떻게 꺼낼 수 있는 형편이 아니다. 누가 신장을 공여하겠다고 한다면 모를까. 서로 눈치만 보고 있어 분위기는 냉랭하였다. 큰누나 남편이 분위기를 바꿔 보려는 듯 먼저 말을 꺼냈다. 소파에 앉은 순서대로 의견을 말하라고 했지만 서로 형님 먼저 아우

먼저 하는 꼴이다. 형제자매의 눈빛만큼은 심장을 꿰뚫을 만큼 날카롭다. 날카로움은 머릿속이 약삭빠르게 돌아간다는 증거다. 서로 눈치만 보고 말이 없자 큰누나 남편이 먼저 자신의 의견을 말했다. 거동이 불편한 어머니가 계셔서 뒷바라지해야 하므로 조직검사를 할 수 없다고 큰누나를 대변하고 나섰다. 다른 형제도 기다렸다는 듯이 말도 안 되는 이유를 대면서 피 검사하는 것조차도 꺼렸다. 모두 자기에게 딸린 가족이 자신을 끔찍이 사랑하기에 안 된다는 것이다. 결국은 결혼 안 한 여동생에게 눈길이 쏠렸다. 여동생은 결혼 못 한 것도 억울하고 서러운데 신장까지 내줘야 하느냐고 악을 바락바락 썼다. 그래도 남이 아닌 한 배 속에서 태어난 형제들의 신장 조직이 가장 잘 맞을 거라고 한마디씩 했다. 딸린 식구도 없으니 홀가분할 수 있다며 잔인하게 밀어붙였다. '만에 하나, 잘못되면 내가 희생물이 되라는 말인가. 나의 존재가 이 정도밖에 안 되나? 금쪽같은 몸 한쪽을 내놓으라고. 피붙이도 다 소용없네. 남남이 되는 첫걸음이 형제간이군. 버팀목이 될 만한 형제들이 없군. 편들어 줄 자식 하나 없는 것도 원통하고 분하다.' 하고 펑펑 울기 시작했다. 아무도 달래는 형제는 없었다. 실컷 울도록 내 버려두었다. 형제들은 민망한지 할 일 없이 부엌으로 들락날락했다. 아니면 거실 창문을 통해 빌딩 숲이 우거진 곳을 멍하니 바라보기도 하였다. 얼마간 시간이 지난 후에 막내가 휴지로 눈 주위를 꾹꾹 누른다. 붉게 물든 눈에는 절망과 체념의 빛이 가득하다.

"그래 나는 딸린 식구가 없으니까."

막내 여동생은 힘 빠진 목소리로 말한다. 결국은 형제 등쌀에 못 이겨 신장 공여자가 되기로 했다. 사흘 동안 형제자매간에 서로 눈치 보며 욕심을 부렸던 결과다. 회의라기보다 이미 마음속에 막내 여동생으로 결론을 내려놓고 회의를 진행했는지 모르겠다. 각자의 마음속에 가족을 책임져야 할 임무가 있다고 들고나오는 데는 할 말이 없었다. 엄숙하고 냉랭했던 분위기가 봄바람 불어오듯 훈훈해지고 있었다. 큰언니가 고맙다는 말은 하였지만, 여동생과는 시선을 맞추지 못했다. 미안하고 고마운 마음에 그저 손을 잡고 울먹일 뿐이다. 신장이식이란 극단의 조치는 그동안 인격이라는 품위 속에 감추어져서 몰랐던 형제들의 이기심은 물론이고 조금 남아있는 정까지 다 끊어 놓았다. 형제 중에서 누구의 입에서 나온 말인지는 몰라도 '쇠뿔도 단김에 빼야 한다.' 그 말속에는 막내가 혹 마음이 바뀔는지 모르기 때문에 확실히 말뚝을 박아 놓자는 속셈이다. 모두가 '그래요, 그렇게 하자.'며 의견일치를 보았다. 막내 여동생을 위로한답시고 함께 병원으로 우르르 몰려갔다. 겉보기에는 의리 있는 형제처럼 보였다. 간호사에게 신장 제공할 사람이 정해졌다며 의사에게 전해 달라고 큰언니가 말했다. 여동생이 수술에 필요한 모든 검사를 하는 동안 보호자처럼 꼭 붙어 다닌 사람은 역시 큰언니였다. 차라리 암이라면 죽든지 살든지 둘 중 하나다. 신장이식은 남의 천금 같은 몸뚱어리 한쪽을 내놓으라 해야 하니, 난감하기 이를 데 없는 고약한 병이다. 막내 여동생 덕분에 신장이식 수술이 시작되고 면역억제제를 먹으면서 10년 동안 잘 버티어 왔다.

요즘 남편은 말할 때 호흡이 가빠지고 숨소리도 거칠었다. 거친 숨소리는 불길한 예감마저 들었다. 퇴근 후 양말 벗을 때 발목에 양말 고무줄 자국이 선명하다. 맨살 부분은 탱탱하여 손가락으로 누르면 터질 듯 부풀었다. 벌써 신장 말기 징후가 많이 진행된 듯하다. 정기검진 날짜가 아닌데 서둘러 병원을 찾았다. 의사는 서경에게 집에 가지 말고 검사 결과 나오는 오후까지 기다리라고 했다. 심상치 않은 일이 벌써 일어나고 있다는 예감이 들었다. 가슴이 뜀박질하듯 쿵쿵거린다. 뛰는 가슴을 잠재우기 위해 본관 건물과 암 병동 사이 참나무 숲 있는 오솔길 쪽으로 향했다. 서경은 앞으로 어떻게 해야 할까 그저 막막하기만 하였다. 두 사람 사이에는 무거운 침묵만 흐르고 있었다. 휴대폰 알람이 울린다. 알람 소리에 용수철이 튕겨 나오듯 자리에서 벌떡 일어나 진료실 쪽으로 걸어간다. 진료실 앞에 붙어 있는 작은 전광판에 남편의 이름이 올라왔다. 호명하는 간호사를 따라 진료실로 들어갔다. 의사는 검사 결과지를 보며 이식받은 신장 사구체가 망가진 상태라며 담담하게 말을 이어간다. 이미 몸에서 전조 증세가 나타났기 때문에 염려하고 있던 부분이 현실로 확정되었을 뿐이다. 신장 수명이 다하면 다시 투석해야 한다는 것은 늘 생각하고 살아왔다. 막상 의사의 말을 듣고 남편은 누구에게 밀린 듯 몸의 중심이 휘청거리며 한 걸음 뒤로 물러섰다. 버팀목 한쪽이 떨어져 나가듯 절망감에 빠졌다. 서경은 얼른 남편의 팔을 잡는다. 의사는 혈육 간에 신장을 주고받는 것이 가장 성공률이 높다고 한다. 서경의 눈을 찬찬히 살피며 의자 안쪽으로 몸을 깊숙이 들어 밀고 등받이에 몸을 기댄다. 의사는 남의 자식을 두고 '이래라, 저래라' 할 권리는 없다. 다음 환자를 보려고 남편의 환자기록부를 옆으로 밀어 놓았다. 신장 제공자가 언제 나타날지 모른다. 투석해서 몸속 독소를 뽑아내야 한다고 강조하고 있었다. 의사는 안경 너머로 남편과 서경을 번갈아 빤히 쳐다보았다. 간호사는 신장실과 연락하며 투석할 날짜와 시간 예약을 잡아 주었다.

지금은 신장 떼어 줄 형제는 아무도 없다. 서경은 남편 아들딸이 장성했으니 넌지시 말해보라고 한다. 장성한 아들과 딸이 있긴 하지만 서경과 살림을 차리고 15년 세월이 흘렀다. 생물학적 측면에서 아들딸이지 아비 노릇 한 것이 없었다. 남편은 눈살을 찌푸리며 '지금 와서 염치없는 짓하고 싶지 않다.'고 무 자르듯 말한다. 차라리 내가 죽음을 택하겠다고 볼멘소릴 하고 있다. 전처에 대하여 미안함과 자식들에 애틋함이 생각났는지 눈가에 촉촉한 물기가 어리었다. 서경은 남편에게 따지듯 왜 우느냐고 묻는다. 그 말에 허공만 무심하게 쳐다본다. 무슨 대단한 결심이나 한 듯 목소리를 가다듬느라고 음음 소릴 낸다. 세상에 어떤 일을 해결하는 방법 중에 가장 손쉬운 것은 돈으로 해결하는 방법이다. 물론 돈 없으면 목숨을 내놓아야 한다. 돈으로 해결하는 것은 어디까지나 거래니까 뒷말 없는 것이 당연하다. 이 말을 하는데 몇 번이나 숨은 목구멍에 닿을 듯 할딱거린다. 일주일에 세 번씩 그것도 네 시간 동안 투석한다는 것은 삶의 질이 떨어진다면서 하루라도 빨리 신장이식 수술을 받고 싶어 한다. 남편의 눈치를 보니 돈으로 해결하고 싶은 것이다. 장기 밀매를 해서라도 수술 받겠다는 말로 들렸다.

"당신 좋을 대로 하세요. 돈 때문에 반대한다는 소릴 듣고 싶지 않아요."

돈에 악착스럽게 달라붙던 서경이가 웬일로 이런 말을 하고 있는지 자신도 알 수 없다는 표정을 지었다.

"화장실에 신장을 사고판다는 전화번호 몇 개가 버젓이 낙서처럼 있었어요. 불법 장기 매매 알선 같아요."

남편은 불법으로 이루어지는 장기 매매에 가담하고 싶지 않다며 단호히 거절했다. 그러면서 병원에 접수된 이식환자 순서를 기다리다가 그냥 죽을 것 같다며 무척 조급해한다. 서경은 어떻게 하라는 것인지 헷갈렸다.

“중국에 가면 신장을 쉽게 구할 수 있다는데…….”

남편의 말소리가 입속으로 기어들어 가듯 했다.

서경의 얼굴이 굳어졌다. 중국에서 신장이식을 받는다는 것은 의사의 기술도 믿을 수 없다. 위생 상태도 불결할 것이다. 입에 침이 마르도록 열 올리며 중국서 수술받는 것은 반대하였다. 신장이식 수술이 무슨 자동차 타이어 갈아 끼우듯 하는 것이냐며 역정을 낸다. 남편은 신장 이식하면 다시 10년은 거뜬히 버틴다고 철석같이 믿는 눈치다. 간혹 상업에 물들지 않고 순수한 종교적 사랑 때문에 신장을 제공하고자 하는 사람도 있긴 하다. 이런 사람들은 의사를 직접 찾아오는 경우가 있다. 물론 종교적 사랑 때문이라고 하지만 거기에 상응하는 보답을 해 줘야 마땅한 일이다. 일단 신장 코디네이터 간호사를 찾아가서 의논해 보는 수밖에 없었다. 코디네이터 간호사 방 앞에 붙은 상담실이라는 팻말이 유독 눈에 거슬렸다. 고개를 갸우뚱하면서 똑똑 문을 두드린다. ‘들어오세요.’ 하는 소리에 문을 밀치고 들어갔다. 코디네이터 간호사는 출퇴근 복을 입고 있었다. 다른 간호사들처럼 하얀 가운 입은 것을 본 적도 있었다. 간호사는 하던 일을 멈추고 일어서며 소파에 앉으라고 권유한다. 마주 앉으며 무슨 일로 왔느냐며 묻는다.

“남편이 신장이식 수술을 하고 싶다고 합니다.”

“일단 접수해 놓겠습니다. 뇌사자가 있을 때 접수 순서대로 하지만 조직검사가 가장 잘 맞는 자에게 넘어가는 것은 잘 아시죠.”

신장을 공여하고자 하는 사람이 나타날 때까지 어쩔 수 없이 투석하는 수밖에 없었다. 첫날 투석실에 들어섰다. 커다란 기계가 돌아가고 투명한 고무호수 속에는 붉은 피가 가득하다. 사람의 몸속에 있어야 할 피가 몸 밖으로 나왔다. 피는 고무호수 속에서 빙글빙글 돌면서 노폐물을 걸러내고 몸속으로 다시 들어간다. 신기하다기보다 끔찍스러웠다. 서경은 그 자리에서 멈칫거리며 정신을 가다듬는다. 간호사는 넘겨받은 기록일지를 보면서 남편에게 체중계 위로 올라가라고 했다. 10년 전에 했던 혈관 수술 자국을 꾹꾹 눌러 본다. 아직 탄력이 살아있어서 다시 시술할 필요는 없다고 한다. A형 간염 보균자냐고 한번 확인 한다. 남편은 고개만 끄덕인다. 그리고는 투석 준비에 들어갔다. 주사기 바늘은 영락없이 가는 뜨개질바늘 수준이다. 서경의 몸이 경련을 일으키듯 움찔댔다. 투석실에는 열대여섯 개나 되는 침대가 놓여 있고 머리 방향으로 큰 기계가 피를 거르고 있었다. 남편은 간염 A형 환자들만 투석하는 자리에 누웠다. 남편 바로 옆자리에는 머리를 박박 깎은 학생이 누워있었다. 학생은 투석하는 것이 일상화된 듯 편안한 얼굴이다. 이 끔찍한 현실을 받아들이는 자세다. 학생 어머니는 검정 쌀로 병원 어디서 밥을 지어 왔다. 밥에서 김이 모락모락 피워 올랐다. 집에서 준비해온 쇼핑백 속에 있던 밑반찬을 꺼내 놓았다. 좀 있으니 철가방을 들고 온 아저씨가 설렁탕을 어느 투석환자 앞에 내려놓았다. 이런 분위기에 익숙하지 않은 서경은 참담한 표정이 얼굴 가득하다. 굵고 긴 주사바늘이 남편의 혈관 속에 꽂히고 몸속의 피는 투명한 호수 속으로 빨려 들어간다. 남편은 지친 듯 눈 감은 채 잠을 청하고 있었다. 서경은 옆 침대 학생을 힐끗힐끗 쳐다보았다. 학생은 손으로 무얼 찾는지 더듬거렸다. 어머니가 밥숟갈 위에 반찬을 올려놓는다. 눈이 보이지 않다는 것을 그제야 알아차렸다. 남편도 얼마 전에 안경을 바꾸려고 안경점에서 시력검사를 했다. 한쪽 눈에는 시력이 나오지 않았다. 안경사는 걱정스러운 얼굴로 안과에 다녀왔느냐고 물었다. 시력이 전혀 안 나오는 것을 남편은 알고 있었지만, 서경에게는 말하지 않았다. 남편은 안경만 바꾸면 선명하게 사물을 잘 볼 수 있다고 믿었다. 무조건 안경사에게 맞춰달라고 한다. 맞춰주긴 하지만 꼭 안과에 가보라고 안타까운 표정을 짓는다. 여러 번 시력검사 끝에 안경을 맞춘 적이 있다. 참을성이 부족한 서경이가 옆 침대 환자 어머니에게 물어본다.

"학생은 고등학교 몇 학년이에요.?"

"학생이 아니고 서른세 살입니다."

"언제부터 아팠어요."

"중 3때 학교에서 신체검사를 받았어요. 담임선생이 신장에 문제가 있으니 큰 병원에 가서 꼭 진찰을 받으라고 했어요. 큰 병원에서 약을 타다 먹었지요. 아들 방에 청소하러 들어가면 질겁하면서 밀어내도 왜 그런지 몰랐죠. 가끔 약 잘 먹느냐고 확인하면 고개만 끄덕거렸죠. 가을 소풍 가던 어느 날, 책상 서랍 속을 정리하는데 먹지 않은 약봉지가 가득 들어 있었어요. 내가 아들 관리를 잘못한 탓이랍니다."

어머니는 아들을 잘 보살피지 못해서 자식이 병들었다고 자책을 하고 있다. 아들은 엄마 잘못이 아니라고 소릴 버럭 질렀다. 어머니 쪽으로 얼굴을 돌리고 히쭉 웃는다. 웃음 속에는 어머니에게 미안함이 묻어났다. 아들은 고등학생 시절에서 성장이 머문 듯 앳된 모습이다. 어머니와 아들은 한 조가 되어 결승선을 향해 뛰는 선수같이 항상 함께 움직였다.

남편이 투석 시작한 지 일주일 정도 지났을 무렵이다. 투석실에 신장내과 의사와 코디네이터 간호사가 왔다. 신장 공여자가 있다고 한다. 남편은 혈관에 꽂힌 주사바늘을 조심하면서 일어나 앉는다. 자신의 귀를 의심하듯 귀를 손으로 문지른다. 서경은 의사에게 고맙다는 인사를 망정 맞게 여러 번 했다. 투석실의 몇몇 보호자 시선이 남편에게 머물렀다. 사람들은 이식하고 싶어 하지만, 여건이 되지 못해서 투석하는 것이다. 남편은 감사하는 마음이 붉은 눈으로 보답하는 것이다. 투석실 환자 생각을 하면 혼자 기뻐할 수만 없는 상황이다. 이식수술 준비단계로 입원하였다. 서경은 신장을 제공하겠다는 사람이 어떤 사람인가 궁금했다. 코디네이터 간호사에게 물어보았지만, 당연히 공여자 신상은 말하지 않았다. 남잔지 여잔지만 알고 싶다고 하니 여자라고만 했다. 남편이 신장이식을 받기 위해서 정밀 검사에 들어갔다. 그런데 어떤 여인이 남편과 같은 검사를 받고 있었다. 저 여인이 공여자인가 혼자 속으로 생각했다. 그럴 리가 없다. 날짜를 따로 잡아 검사하니까. 병원에서는 수술하기 전에 서로를 보호한다는 차원에서 신상에 대하여 절대 비밀로 한다. 허용은 혈육간에만 허용되는 것이다. 만나게 해 주면 부수적으로 일어나는 부작용 때문이다. 모든 검사가 끝나고 수술 날짜만 기다리고 있었다. 주치의 밑에 있는 의사가 헐레벌떡 병실로 왔다. 서경은 의아한 표정으로 의사를 쳐다봤다. 긴장된 얼굴에는 두려움마저 가라앉아 있었다.

신장 제공자와 조직이 엇갈린다고 수술은 당분간 보류한다고 일러 주었다. 여러 가지 검사를 했지만 오로지 혈액형 하나만 일치한다며 난감한 표정을 지었다. 신장 조직이 맞는 사람을 찾아야겠다고 한다. 서경도 이런 상황에서 이식받는 것이 께름칙하였다. 10년 사이 의학이 아무리 발전했더라도 마음이 놓이지 않았다. 남편은 슬픔과 절망 속에 며칠을 보냈다. 간호사가 들어왔다. 갑자기 이식 수술을 진행한다고 알려주고 바삐 병실 문 쪽으로 사라졌다. 의사의 의도가 무엇인가 하는 의심마저 들었다. 남편에게 이런저런 이유를 대면서 좀 더 살펴보고 이식받자고 했지만, 서경의 말은 씨도 먹히지 않았다. 신장 조직이 반이라도 맞아야만 이식하는 것이지. 혈액형 하나 일치한다고 신장 이식한다는 것은 죽음의 길로 들어선다며 화까지 내며 입에 침이 마르도록 설득하고 있다. 의사에게는 말도 못 하고 혼자 끙끙 앓았다. 남편은 서경이가 의사와 대면하는 것조차 꺼렸다. 혹시나 중간에서 훼방 놓을까 두려웠던 것이다. 의사는 병실을 들락날락하면서 남편의 상태를 수시로 물어본다. 특히 체온에 신경을 쓰고 있었다. 서경은 궁금한 것이 많았다. 남편 앞에서는 말 못 하고 의사 뒤를 쪼르르 따라 나갔다. 혈액형 하나만으로 정말 수술해도 괜찮으냐고 코맹맹이 소리한다. 그 말속에는 만약 잘못되면 책임질 수 있느냐는 뜻도 포함되었다. 의사는 신장이식은 혈관 수술이라며 자신감을 보였다. 수술이야 누구든지 잘할 수 있겠지. 거부반응이 문제지. 거부반응이 뭐겠나. 비슷한 조직을 가진 다른 개체가 들어온다면 모르겠지만, 생뚱맞은 것이 들어온다면 죽자 살자 밀어내는 것이 면역체계 아닌가. 이미 주사위는 던져진 것이다. 서경은 밤새도록 눈 감고 하느님, 부처님, 천지신명이시여 라고 부르짖으며 기도로 밤을 새우다시피 하였다. 남편은 기도하는 서경을 보면서 당신 이상해졌다고 하면서 옆으로 돌아눕는다. 남편도 역시 잠을 이루지 못하고 있었다. 서경은 종교도 없다. 내일 좋은 수술 결과를 바라면서 기도는 끝났다.

설핏 잠이 들었다. 나뭇잎 하나 없는 메마른 꼬챙이 같은 나뭇가지마다 초롱불이 여기저기 매달려 있었다. 밤낮없이 전깃불이 무진장 있는데 왜 이렇게 초롱불로 어둠을 밝히나 의심이 들었다. 지금까지 듣지도 보지도 못한 신비한 세계에 들어왔다. 순간 이건 생명을 이어가는 불빛이구나 하며 두리번거렸다. 서경의 손에 어느새 초롱불이 들려 있었다. 한발 한발 조심스럽게 초롱불을 걸 수 있는 나뭇가지를 찾아다녔다. 낮은 곳에는 초롱불이 여기저기 매달려 은은한 불빛을 반사하고 있었다. 그곳은 초롱불을 걸 수 있는 자리가 없었다. 한 참

헤맨 끝에 꼭대기에 자리가 하나 있었다. 제일 높은 가지에 매달려고 온갖 어려움을 겪으면서 올라갔다. 겨우 메마른 나뭇가지에 초롱불을 걸었다. 내려가려고 돌아서는 순간 초롱불이 바닥으로 떨어져 박살이 났다. 깨진 유리 조각을 들고 어찌할 바 몰라 울다가 잠이 깼다. 묘한 꿈이었다. 기분이 꿉꿉하고 불길한 예감이 머리에서 떠나지 않은 듯 무척 심각한 얼굴을 하고 있었다.

이번 수술은 예후가 좋지 않다는 것을 암시한 것인가. 이런저런 생각으로 깊은 잠을 이루지 못하고 뒤척거린다. 다음날 오전 7시 수술실로 간다며 건장한 남자 한 사람과 간호사가 병실로 왔다. 수술실로 침대를 움직이기 시작했다. 서경은 남편 머리맡에 바투 서서 침대 모서리를 잡고 따라간다. 수술이 성공적으로 끝나면 또다시 십 년은 거뜬하다며 위안의 말로 조잘댔다. 남편 얼굴은 여느 때보다 밝았다. 수술실이라고 쓰인 문이 자동으로 스르르 열렸다. 문이 열리면서 보호자는 더 들어가지 못하는 곳이다. 무슨 삶과 죽음의 경계선 같았다. 서경은 큰소리로 잘하고 오라고 외쳤다. 환자가 잘하고 싶다고 잘되는 것도 아닌데 얼토당토않은 말이 불쑥 튀어나왔다. 수술은 준비과정과 무균실로 옮겨질 때까지 무려 열 시간 가까이 걸린다. 초조한 마음으로 수술실 밖에 있는 보호자 대기실에서 서성거리고 있다. 수술 과정은 실시간으로 TV 화면으로 알려준다. 화면을 보면서 자리를 뜨지 못하고 앉아있다. 잠시 후 누가 부르는 듯 병실 밖으로 발길을 돌렸다. 진료 검사 결과를 기다리던 장소로 가서 힘없이 털퍼덕 주저앉았다. '아이고 내 팔자야, 내 팔자야, 전생에 무슨 죄를 지어서 평생 남편 때문에 속 썩어야 하나.' 하며 눈물 콧물을 휴지로 찍어내고 있다.

결혼식장에서 촌스럽고 우스꽝스러운 주례사가 정말 명언이다. 공자, 맹자 말씀이 아닌 '검은 머리가 흰 파 뿌리처럼 될 때까지 오래오래 함께 행복하게 살아야 한다.'는 말을 실감케 하였다. 젊은 시절에는 당연한 말을 왜 하나 코웃음 날렸다. 한때는 서경이 자신을 조롱하는 말로 들렸고, 새빨간 거짓말 같았다.

별 시답지 않던 주례사가 지금은 명품 주례사가 되었다. 주례사는 위대한 어떤 관문을 통과하는 의식 같았다. 그 관문은 하늘로부터 특별한 혜택을 받은 사람만이 누릴 수 있는 특권이다. 부부가 서로 알콩달콩 사는 것이 지극히 평범한 사실 같지만, 절대 평범한 일이 아니라, 무한히 어려운 인생길이다. 지나간 일들이 주마등처럼 머릿속을 찌르고 지나간다. 첫 번째 남편에게는 소박맞았고 두 번째 남편이 자동차 사고로 하늘나라로 갔다. 지금의 남편은 세 번째이다. 오십 줄에 들어서면서 세 번째 남편마저 죽음을 눈앞에 두고 있다. 눈물과 한숨으로 팔자타령이 이어진다.

수술 후 무균실에 있을 때 열은 수시로 올랐다 내렸다 하였다. 달포 동안 혼자서 지루하고 힘든 병실 생활을 꿋꿋하게 견디어 냈다. 무균실에서 일반 병실로 옮겨왔다. 일반 병실이라고 했지만, 출입이 엄격히 규제된 곳이다. 병실 문에는 면회 사절이란 팻말이 붙은 병실이다. 처음 일주일간은 간호사가 24시간 상주하면서 환자를 돌봤다. 지금은 담당 간호사만 들락거린다. 그 외는 환자 혼자서 병실을 지키는 꼴이 되었다. 서경은 면회 사절 팻말이 붙은 병실 문 앞에서 '여보 나 왔어요.' 하며 병실 문을 두드린다. 안에서 '으응' 하는 소리가 들린다. 특별히 하는 일도 없으면서 병실 앞 의자에 앉아 기다린다. 뭘 위해 그 자리에 앉아있는지 서경 자신도 몰랐다. 습관적으로 아침에 출근하다시피 왔다가 퇴근 시간쯤이면 집으로 간다.

남편의 입원실은 신경정신과 병실과 붙어 있었다. 철망 속으로 보이는 곳에는 외인 출입 금지라고 빨간 글자가 선명하다. 그 글자를 보는 순간 어떤 사람들이 감금 상태 생활할까? 궁금했다. 병실 복도 의자에 앉아있으면 가끔 들려오는 소리는 괴성을 지르며 욕하는 사람, 우는 사람, 증상이 가벼운 환자들은 아침 식사 후에는 운동하느라고 두서너 명씩 짝을 지어 복도를 열 바퀴 정도 돌고 들어간다. 운동하는 사람 중에서 한 사람이 말을 걸어왔다.

"아저씨가 입원하고 계세요?"
"네."
"저는 이틀 후면 퇴원합니다."
"축하드립니다."

환자는 싱글벙글 기분 좋은 얼굴로 가던 복도를 빠른 걸음으로 다시 걸어간다. 무슨 사연이 많아서 신경정신과에 왔을까. 저렇게 예의도 바르고 잘생긴 청년이 하면서 혀를 껄껄 찼다. 이젠 서경은 병실을 지킬 수 있었다. 지루하고 힘든 병원 생활이 지겨웠다. 하루빨리 퇴원할 날만 기다린다. 남편은 가끔 두통이 나고 현기증이 난다고 호소를 한다. 의사는 피 검사에서 전해질이 부족해서 머리가 아프다며 거기에 상응하는 처방을 했다고 말한다. 수시로 열은 불덩이처럼 올랐다. 그 뒤에 꼭 머리가 깨지는 것 같다며 두 손으로 머리를 감싸 쥐고 소릴 질렀다. 옆에서 보는 서경이도 땀을 삘삘 흘렸다. 강력한 진통제도 소용이 없었다. 독한 약 성분 때문인지 며칠 사이 머릿속이 훤하게 보였다. 의사는 어떤 처방도 내리지 못했다. 소변량이 눈에 띄게 줄어들었다. 의사는 24시간 소변을 받아 모으라고 명령처럼 말하고 어정쩡한 태도로 무슨 말을 하려다가 병실을 휙 나간다. 재수술을 위한 초기 단계가 아닌가. 의사의 뒤통수에서 뭔가 잘못되어 가고 있다는 것이 감지되었다. 재수술, 정말 끔찍스러운 일을 다시 경험해야 하나?

말은 쉬워 재수술 운운하지만, 눈앞이 캄캄하였다. 신장 구하기도 어렵고 수술비용도 만만치 않다. 생명만큼은 지켜야 한다는 생각이 들었다. 회진하고 나가는 의사의 뒤를 서경이가 쪼르르 따라 나간다. 이식한 것을 떼어내도 생명만 구할 수 있다면 좋다고 했다. 의사는 퉁명스럽게 '알았다.' 하고 줄줄이 따르는 제자들을 데리고 총총히 병실 문 쪽으로 나갔다.

2차 신장 이식받고 퇴원하지 못하고 거부반응이 일어난 것이다. 남편은 일주일 계속 머리가 아프다고 호소를 하였다. 하루가 다르게 탄력 없고 푸석푸석한 얼굴이다. 입술은 허옇게 변질 되었다. 식사는 못하는데 몸무게는 늘어나고 있다. 어쩌다 청하는 음식마저도 한 숟갈 입에 대면 한 번 더 숟갈을 들지 않았다. 병원 밖 음식을 이것저것 청하기만 한다. 서경은 발에 땀이 나도록 포장 음식을 들고 병실로 들어온다. 한술 뜨고는 이내 고개를 절레절레 흔들며 숟갈 놓는다. 그럴 때마다 남의 성의도 모른다며 서운한 표정을 짓는다. '왜 당신의 성의를 모르겠는가. 목구멍으로 넘어가지 않으니 어쩔 도리가 없지.' 머리가 깨질듯한 고통과 잠을 이룰 수 없는 괴로움이 계속 반복된다. 남편이 잠을 잘 수 없다는 말만 나오면 휠체어에 앉히고 본관 로비에 한동안 있다가 병실로 올라오곤 하였다. 잠을 푹 잘 수 있다면 머리 통증도 금방 달아날 것 같다며 여러 번 의사에게 호소하였다.

"수면제 좀 주시면……"
"수면제 드시면 큰일 납니다."

서경까지 합세하여 수면 유도제를 달라며 어린아이처럼 졸랐다. 눈살을 찌푸리며 조금만 주겠다고 하며 무슨 일 일어나도 책임질 수 없다며 병실 밖으로 나갔다. 곧 간호사가 약을 가지고 왔다. 남편은 약

먹기 전에 손으로 침대 시트를 쓰다듬으며 바르게 폈다. 먼지라도 쓸어버리려는 듯 손으로 비질하듯 한다. 며칠 동안 집을 비우는 사람처럼 주변 정리를 확실히 한다. 약을 먹고 몸은 바른 자세를 취하며 눕는다. 오른손은 왼쪽 가슴에 왼손은 오른쪽 가슴에 얹었다. 이집트 파라오가 관속에 있는 자세처럼 취하고 눈을 감는다. 이불은 목까지 끌어 올려 덮는다. 의사의 처방이 소화제였는지 10여분 동안 잠을 잤다. 눈은 멀뚱멀뚱 주변을 살핀다. 내가 죽지 않고 살았느냐고 묻는다. 수면 유도제를 요청한 것은 시련과 고통은 생명줄이 끊어지면 고요함으로 돌아오는 것이라 굳게 믿었다. 남편이 불쌍하고 처량해 보여 뒤로 돌아서서 훌쩍거렸다. 얼마 전에 양지바른 곳에 영원히 잠들고 싶다고 했을 때 두통의 괴로움이 얼마나 컸든가를 짐작할 수 있었다.

하루가 다르게 소변량이 줄어들기 시작하였다. 밤새 소변을 모았지만 100㎖도 안 되었다. 급기야 소변이 전혀 나오지 않았다. 새벽마다 흡혈귀처럼 간호사는 시간만 되면 피를 뽑아 간다. 주삿바늘 꽂으려야 꽂을 자리도 없었다. 피 한 방울 나오지 않으니까 여기저기 찔러본다. 소변이 나오지 않으면서 남편의 정신도 오락가락하고 있었다. 남편에게서 살 썩는 냄새랄까. 하여튼 냄새가 풍겼다. 주치의는 간 수치가 좋지 않다며 간 전문의사와 협진을 한다고 하였다.

삶과 영원한 이별의 순간이 정해져 있는 것을 알면서 자꾸만 이것저것 검사를 하게 한다. 기가 찰 노릇이다. 하기야 병원도 의료사업이 아닌가. 간 담당 의사는 좀 더 솔직했는지 모르겠다. 퇴원하여 집에서 가족들과 오순도순 시간을 보내며 먹고 싶은 것 마음껏 먹으라고 했다. 남편의 생명줄이 얼마 남지 않았다는 것은 알고 있었지만, 만약 일을 당하면 혼자서 감당해 내기가 무서웠다. 남편은 서경이를 불러서 왜 여기에 있느냐며 곧 전쟁이 일어나는데 빨리 짐 싸서 피난 가야 하는데 왜 이리 태평스럽냐고 호통까지 쳤다. 밤에는 간병인이 남편 곁을 지키고 서경은 집에서 자고 병원으로 갔다. 불길한 예감이 자꾸만 들어서 오늘만큼은 집에서 혼자 잘 수 없다며 친구 영미에게 전화한다.

"오늘 우리 집에서 같이 좀 자자. 무서워서 그런다."

"으음, 알았어. 나이 들었다고 무서움이 없는 건 아니지."

영미는 형숙에게 서경이네 집에서 셋이 함께 자자며 전화를 하였다. 형숙은 치매기가 있는 시어머니 때문에 특히 밤에 집을 비울 수 없다며 그 대신 내일 낮에 병원으로 가겠다고 했다.

다음날 형숙은 발이 재빠르게 움직인다. 핸드백에서 휴대폰을 꺼내 시간을 확인한다. 걸음 속도가 한 단계 낮추진 걸음이다. S병원 1층 로비에 들어섰다. 진료 시간이 끝난 시간이라 그리 붐비지는 않았다. 두 눈으로 병원 내부를 두루 훑는다. 영미가 대형 출입문 쪽으로 걸어오는 것을 보고 형숙은 손을 번쩍 쳐들었다. 두 사람은 덥석 손잡고 흔들며 반가워한다. 원무과에서 나오던 서경이는 한 손에 서류를 들고 영미와 형숙을 보며 양손을 흔들었다. 누가 먼저랄 것도 없이 그녀들은 진료 순서를 기다리는 의자에 나란히 앉았다. 세 사람이 앉을 수 있게 마련한 자리여서 대화를 나누기에 딱 알맞았다. 주인공이 된 듯 가운데 자리를 서경이가 앉았다. 얼굴에는 세월이 스치고 간 흔적은 찾을 수 없었다. 기름기만 불빛에 반사되어 번질거린다. 자리에 앉자마자 좌우를 돌아보며 간병인에 대해서 말하고 있다. 기본금이 8만 원인데 워낙 힘든 환자라 하루 10만 원을 달라고 한다며 푸념인지 욕심인지 모를 말을 되풀이하고 있다. 형숙은 서경이 말을 듣고 싶지 않았다. 말속에는 욕심과 교만이 가득한 말뿐이다. 형숙은 무감각하게 앉아서 TV 화면에 눈이 꽂혀 있다. 남북 정상이 만나서 서로 손을 잡고 환하게 웃는 사진이 화면을 가득 채우고 있다. 북한이 진정으로 핵 프로그램을 취소할까. 엉뚱한 생각을 하고 있을 때 영미가 불쑥 한마디 한다.

"10만 원 나가는 것이 아까우면 간병인을 안 쓰면 될 거 아니냐."

"나는 못 해."

"그럼 간병인을 써야지."

서경이가 부리는 허세를 형숙과 영미는 이미 잘 알고 있다. 전 남편에게 받은 위자료와 유산 등등 돈이 많은 것이다. 가슴 부풀리며 한숨을 크게 내 쉬었다. 얼굴에는 슬픈 표정이 짙어졌다. 남편만 살려 준다면 어떤 일도마다 않겠다는 기도를 하느님께 했다고 한다. 지금껏 죄지은 일 없이 착하게 살아왔다며 영미와 형숙을 번갈아 본다. 두 사람에게 동의를 구하는 태도였다. 덧붙이는 말이 '그 일 말고' 그 일이라고 말할 때 작은 목소리로 흐릿하게 끝을 맺는다. 그 입가에 번지는 희미한 웃음은 후회인지 반성인지 모를 웃음이다. 형숙은 가느다랗게 뜬 눈으로 서경을 바라본다. 그 기도를 과연 들어줘도 되는가. 그런 삶이 진정으로 옳은 일인가 의심쩍어한다. 정말 신께서 들어 준다면 이건 평등에서 어긋나는 행위이다.

서경은 평범한 남의 가정을 파탄 내놓고 아직도 알지 못하나. 이렇게 엄청난 사건을 그 일만 조금 마음에 걸린다고 말했다. '도둑년이 따로 있나? 남의 남편을 빼앗아 사는 년이 하느님 팔고 다니는 일이 별일 아니라고.' 도덕이란 개념 자체를 모르는 년이다. 입으로 행복하다고 말하는 서경이 얼굴에 스산한 바람이 스쳐 가듯 외로움이 온몸에 퍼진다. 남편 하나 얻고자 했던 일로 친구는 물론이고 친척들까지 손가락질받으며 살아왔다. 눈에는 분노와 슬픔이 가득하다. 무엇에 분노하는 것인지 형숙은 도대체 알 길이 없었다. 서경이 말을 들으면 조건반사로 헛구역질한다. 헛기침은 구역질을 다스렸다. 만나지 말아야 할 인간을 또 만나서 마음만 상했다고 영미에게 눈으로 말한다. 여러 번 셋이 모여 남의 가정 깨는 삶이 옳지 않다는 것을 친구로서 일깨워 주었다. 그럴 때마다 사랑 타령만 늘어놓았다. 서경에게도 정말 사랑이 있었을까. 그것은 사랑이 아니라 소유욕 아니면 승리감 아니었을까. 남편 본처에 대한 악담은 술 취한 사람 입처럼 험악한 말을 쏟아낸다. 말은 사건을 만들며 사건은 꼬리에 꼬리를 물고 일어났다. 주변은 온통 지뢰밭이었다. 남편의 전처가 쌓은 견고한 울타리를 망가뜨릴 방법만 밤낮없이 연구하지 않았는가. 서경은 공격했던 장벽이 조금씩 허물어질 때의 짜릿한 맛 때문이었을까? 그런 일이 있은 뒤로 연락하지 않고 살았다. 서경의 삶은 손가락질 받는 상간녀로 살아 온 것이다. 그늘진 삶을 살면서 밤잠 이루지 못하였다. 투쟁과 시기 질투로 얼룩진 날을 얼마나 보냈던가. 형숙과 영미는 언제 지뢰가 터져 상처를 입을지 몰라 가까이 가지 않았다. 그러던 중에 서경이가 영미에게 전화를 하였다.

"남편이 아프다. 형숙에게도 연락 좀 해줘."

서경이 남편이 아프다는 연락을 받고 온 것을 두 사람은 후회하는 눈치다. 형숙은 환자 대기실 의자에 반쯤 몸을 걸치고 앉았다. 목을 돌려 어깨너머로 환자의 병명은 무엇인가 하고 물었다. 2차 신장이식 후 거부반응이 일어났다고 한다. 느닷없이 서경에게 묻는다.

"본처가 이혼해 주었니?."
"3년 됐어."

서경은 승리자의 거드름을 피우며 자아도취에 빠져있다. 일단 세 사람은 병실로 올라갔다. 병실의 비밀번호 문을 열고 형숙과 영미는 엄숙한 얼굴로 뒤를 따른다. 실내에 비치된 슬리퍼로 바꿔 신는다. 병실 안에는 죽음의 기운이 가득히 내려앉아 있다. 간병인이 먼저 인사를 하고는 창문 쪽으로 가서 있다. 남편은 혀 밑에 사탕을 놓아둔 것처럼 말이 분명하지 않다. 서경이가 얼른 '바쁜데 병문안 와줘서 고맙다.'고 말을 한다며 전달해 주었다. 오랜 시간 동안 머문다는 것은 환자에게 도움이 되지 않았다. 환자에게 안심을 주려는 듯 점점 좋아지고 있다고 서경이 말을 한다. 셋은 병실을 나왔다. 13층에 있는 식당으로 일단 들어갔다. 호텔 식당 빰칠 정도로 쾌적한 곳이었다. 창밖은 쏟아지는 오월의 햇살과 여릿여릿한 연초록의 나뭇잎은 살아 움직이는 생명체 그 자체였다. 저녁 햇살은 자연 순환으로 서서히 소멸해 가고 있었다. 서경이 남편과 함께. 〈終〉

임옥희

- 2015년 문학나무 소설 등단
- 2018년 월간 문예사조 시 등단
- 저서 (공동) 〈글길을 따라 걷다〉 〈지금 행복해〉 〈강남글숲〉

<작가노트>

불도저처럼 작업하라

임옥희

김지연 선생님을 처음 뵌 것은 남산도서관 환경개선 공사가 한창일 때였다. 공사에 필요한 자료가 여기저기 쌓여 있어 을씨년스러웠다. 컨테이너 임시 교실로 찾아 들어섰다. 실내는 십여 명이 넘게 앉아 있었다. 나이 지긋한 분이 새로 오셨느냐며 친절하게 말을 걸어왔다. 집에서 보이차를 끓여 왔다며 차 한잔을 건넸다. 나는 황송하리만큼 고마웠다. 날씨까지 우중충하고 마음마저 얼어붙은 상태였다. 차 한잔에 내 마음은 봄 눈 녹듯이 스르르 풀렸다.

오늘 선생님은 어떤 분일까. 호기심이 잔뜩 일어났다. 앞자리와는 좀 떨어진 뒷자리에 앉았다. 선생님께서 들어오셨다. 당신 소개로 필명은 김지연金芝娟이며 본명은 김명자金明子)라고 하셨다. 필명을 지어주신분은 은사恩師이신 김동리金東里 선생님이라고 하셨다. 대학 시절, 현대문학 수업 때 교수님께서 김동리 작품인 「무녀도」의 구성과 톤에 대한 것을 도표로 그려가면서 설명해 주셨다. 아직도 그때의 수업이 생생하게 기억에 남아 있다. 그 설명으로 김동리 작가님에 빠져있었다. 아르바이트로 받은 돈으로 서점에 가서 김동리 선집 6권을 구입해서 읽었다. 소설에 대한 생각이 막연하나마 그 시절 내 마음 한 곳에 자리를 잡았던 것 같다. 김지연 선생님께서 김동리 작가의 제자라고 했을 때, 기분이 하늘로 붕 뜨는 기분이었다. 현역 소설가와의 만남은 더욱 생소했다. 이렇게 가까이 앉아서 수업까지 받을 줄이야. 선생님이 멋져 보였다. 선생님의 눈빛이 따뜻했다, 오늘 새로 온 사람 손들어보라고 하셨다. 그런데 기존의 사람들이 대부분이고 새로 온 사람은 몇 명 되지 않았다. 선생님은 볼펜과 A4용지를 나누어 주면서 '자기자신에 대한 <나는 누

구인가?〉를 써 보라고 하셨다. 국어 시간에 갑자기 작문 숙제를 받은 것처럼 뭐부터 써야 할까 막막했다. 정리되지 않은 생각들을 이것저것 떠오르는 대로 그냥 써 내려갔다. 이것 또한 나의 이력서가 되겠다고 생각했다.

선생님과의 인연에서 가장 머리에 남아 있는 것은 첫째 수업 중 네 사람의 단편 작품을 합평할 때이다. 선생님은 전 시간에 발표한 수강생 작품의 내용까지 훤히 기억하시고 비교하며 잘된 점과 개성 점을 지적했다. 그 기억력은 아무나 쉽게 따라갈 수 없는 부분으로 나는 매번 감탄했다. 둘째 부족함이 있는 사람에게는 보충 설명과 더불어 기죽지 않게 장점을 들어가면서 격려를 아끼지 않으셨다. 셋째 소설가가 되기로 작심했으면 불도저가 일을 처리해 나가듯 쉬지 말고 집중적으로 글쓰기를 독려하셨다. 그 덕분에 나는 글쓰기를 손에서 놓지 않았다. 5편까지 끊임없이 재미있게 써나 갈 수 있었던 원동력이 되었던 것 같다. 지금 생각해도 이때 내 실력이 팍팍 늘어났던 것 같다. 수업 중에 빼놓지 않고 하신 말씀은 남의 글을 많이 읽어야 다양한 작법뿐만 아니라 내 삶의 간접체험으로 내 속의 풍부한 자양분이 된다고 하셨다. 숙제로 매 수업 때마다 독후감 한편씩을 써 오게 하셨다. 나는 소설 쓰기에만 바빴고 책 읽기는 등한시하였다. 그래도 독후감은 꼬박꼬박 낼 수 있었다. 예전의 책 읽기 모임에서 독후감 써 놓은 것이 있어서 그것을 제출했다.

선생님께서는 함께 공부한 학생들의 얼굴과 작품성향, 성격까지 선명하게 기억하셨다. 내 기억 속에 강하게 남아 있다. 살아가면서 선생님을 만난 것이 최대의 행운이라고 생각했다. 작가로서 나의 노후를 즐겁게 보내는 것도 선생님과의 인연에서 비롯되었음에 여러모로 아껴주신 선생님께 감사하다는 말씀을 드리고 싶다.

세월이 유수와 같다고 했던가, 진부한 말 같지만, 선생님을 만난 지가 엊그제 같은데 꽉찬 80회 생신을 맞이하게 되셨으니 진심으로 축하드립니다. 앞으로도 건강하시고 오래오래 행복하게 여생을 보내시길 기원드립니다.

〈단편소설 21〉

안라국, 대축제의 횃불

장덕영

서기 205년 7월 어느 날이었다. 가락국(금관가야)의 대장군과 유수간(지위) 대인이 안야국을 방문하는 날이었다. 포상팔국浦上八國 동맹 전쟁이 일어나기 몇 년 전이었다. 이 시기는 삼한 중 변한 지역인 남해안 바닷가에 접해 있었던 포상팔국이 중국과의 교역을 통한 성장이 한계를 보이자 지속적인 발전을 위하여 철과 농산물이 풍부한 후기 가야의 중심국이 될 안야국을 호시탐탐 노리고 있을 때였다.

반가운 손님이 온다 했던가! 이날 아침은 까치들도 깍깍깍 울었다. 며칠 동안 계속되던 비도 그쳤다. 언제 비가 왔느냐는 듯 하늘에는 흰 구름이 뭉게뭉게 떠 있는 쾌청한 날씨였다.

"대장군! 성산 번예(지위) 장군 집에 가볼까 하오. 같이 가시구려."

안야국 봉안왕은 곧 군사 훈련대장으로 제수할 번예 장군이 어떻게 사는지 직접 확인하고 싶었다.

"명 받잡겠나이다."

험측(지위) 대장군과 대인이 거의 동시에 아뢰었다. 수행 읍차(지위)

대신과 차부위장 셋은 이미 출궁 준비를 마쳤다.

성산 아래에 삼대 가족이 함께 모여 사는 번예 장군을 안야국에서는 모르는 사람이 없었다. 턱수염이 관우만큼은 길지 못하였으나 굴레 수염이 장비보다는 훨씬 더부룩했다. 예전에는 소삼(군북) 방어산 자락 소읍락 촌장 아들로 유별나게 사냥을 좋아하며 쏘다니는 청년을 험측 대장군이 무예가 출중하다 하여 장군의 수하로 삼고 삼대 가족을 성산으로 데려왔던 것이다. 그 후 군사력 증진에 도움을 받기 위하여 연맹국인 가락국에 두 번이나 대장군을 수행하였고 군사훈련에 남다른 공적을 쌓아 번예 반열의 장군까지 신분을 상승시킬 수 있었다.

진시를 반식경 지날 무렵 국왕 일행이 성산 입구에 도착하자 기다리고 있던 번예 장군과 전 가족들이 도열하여 허리를 굽혀 절했다. 국왕을 영접 나온 가족들은 줄잡아 40여 명이었다. 가족들은 모두가 자락이 긴 적삼과 짧은 바지를 정갈하게 입었다. 여자들의 바지는 좀 긴 듯했다. 다들 왕의 방문을 기꺼워하여 밝은 표정이었다. 따로이 모여 있는 노복들과 하인들도 마냥 싱글벙글했다.

번예 장군은 국왕 오른쪽으로 비켜 걸으며 일행들을 안내하였고 가족들은 뒤를 따랐다.

"장군의 아이들은?"

국왕은 키가 7척이나 됨직한 번예 장군을 옆으로 돌아보며 묻자,

"어린 여식이 둘이옵니다."

번예 장군은 겸연쩍게 웃으며 머리를 긁적였다.

장군의 집은 성산 바로 밑이었으므로 금방 도착할 수가 있었다. 왕의 일행은 안채에 들르지 않았다. 이제 지은 지가 얼마 안 되는 사랑채 가까운 정자 위로 올랐다. 안채의 터에 비해 배나 됨직한 마당가에 서 있는 정자는 정겨워 보였다. 낭만적이면서 포근한 느낌도 주는 정자였다. 동서 양쪽으로 정각 높이만 한 느티나무 몇 그루가 들녘에서

불어오는 바람으로 시원스럽게 나뭇가지를 흔들고 있었다. 앞으로는 시야가 툭 튀였다. 양쪽으로 늘어진 들녘 저 멀리 방어산이 버티고 있었다. 그 위로는 높은 하늘이 넓게 푸르렀다.

일행이 앉자마자 간식과 주안상을 차려왔다.

“아침나절에 웬 주안상이로고. 점심 후엔 곧 가락국 대장군 일행을 맞이해야 하는데 말일세.”

그러면서도 안색은 싫어하는 표정이 아니었다. 눈치 빠른 험측 대인이 재빨리 말했다.

“전하! 듣기에 가락국 대장군은 술을 잘한다 하옵나이다. 회의장에 술이 없어서야 되겠나이까? 회의장에 약주를 들이는 것은 격식에 어긋나지 않사옵니다.”

그렇다. 중국의 진나라 군주 영거량도 중요한 국사를 의논하는 자리에 반드시 귀주를 준비하지 않았던가!

“그렇사옵니다. 오히려 회의장 분위기를 돋우는데 도움을 줄 것이옵니다. 좋을 만큼 드시옵소서.”

험측 대장군도 거들었다. 왕은 평소에 사촌지간인 험측 대장군과 대인에게 말을 낮추었다. 신분도 낮은 데다가 나이도 두세 살씩 아래였기 때문이다. 또한 어렸을 때부터 사이좋게 같이 놀고 배웠기 때문에 서로 신뢰가 쌓였다.

“주안상이 초라하옵니다. 드옵소서.”

“정성이 대단하이. 전하께 잔을 올리겠네.”

대장군이 국왕께 올리는 잔을 시작으로 여러 종류의 곡주와 과실주를 취향에 맞는 대로 두어 잔씩은 마셨다. 읍차 대신도 별상을 하여 조금씩 마실 수 있었다.

“전하께서 여기 납신 것은 장군에 대한 신임의 표시일세. 깊이 새기게나."

대장군이 일러주었다.

"감읍하옵나이다. 가슴 깊이 새기겠나이다."

"장군 집에 벌써부터 와보려 했는데 좀 늦었구먼. 대장군을 잘 도와주오. 안야국을 위하는 일일 것이오. 그리고 훈련대장을 맡길 터이니 성심을 다해주구려."

국왕이 말했다.

이 순간 번예 장군은 안야국을 위한 분골쇄신의 충성 의지를 굳건히 다졌다.

백여 명쯤은 앉을 만한 의정청 마루에는 위로 국왕이 앉았고 그 아래 단상에는 동과 서쪽으로 안야국 험측 대인과 가야 사절단 수장이 자리하였다. 그 아래 큰 마루에는 가야의 수행원과 번예 장군을 비롯한 읍차급 이상의 대신들과 장군들이 동서로 반상을 앞에 두고 띄어 앉아있었다. 신시가 약간 지날 무렵이었다.

드디어 읍차 대신이 국왕의 좌석 아랫단 험측 대인들 옆에 서서 대청을 바라보며 말했다.

"국왕의 명을 받잡아 회의를 시작하겠소이다. 소개가 끝나면 큰 박수로 환영해 주었으면 하오이다. 먼저 가락국 대장군을 소개드리면, 장군께서는 일찌기 사로국(신라)을 두 번이나 방문했으며 미리미동국(밀양), 불사국(창녕), 골포국(창원, 마산) 등을 둘러본 경험을 가져 대외정보에 밝으며, 대인께서는 가야 치수의 부족장 유수간 장손의 아우로 몇 년 전 사로국에 화친 사절로 다녀오신 분이외다. 두 분 다 그럴 수 없이 귀한 손님이오이다. 고마움의 힘찬 박수로 환영해주기 바라나이다."

소개와 동시에 가락국 대장군과 대인이 일어나자 대청을 울리는 요란한 박수 소리가 오랫동안 계속되었다. 국왕도 기쁜 빛으로 환영의 뜻을 표했다.

먼저 가락국 대장군이 단상 앞으로 나왔다.

"진심으로 환영을 해 주어 고마우이다. 우리 두 나라는 일찍부터 두터운 신임으로 친교를 맺어 온 사이므로 아는 대로 기탄없이 말하리다. 골포, 칠포(함안 칠원), 고자미국(고성) 등 해상국들이 군사 동맹을 맺는다 하오. 주적 대상국이 드러나진 않았으나 본국과 귀국일 가능성이 크오이다. 이 점 유념해야 할 것이오. 그리고 본국 사정을 잠깐 말씀해 드리리다. 잘 아실 것이라 보오만 수로 군왕 때 우리 가락국은 사로국에 비견할 만했었소. 그러나 지금의 사로국은 정치 체계와 군사 조직을 강화하여 강국이 되었소. 우리는 친교사절을 보내 과거 침입의 잘못을 모두 사과해야 하는 처지라오. 이제 우리는 사로국에 대응하기 위해서 왜인의 도움을 받는 처지가 되고 말았소. …(중략)… 친교 사절에 대해서는 본국 대인이 더 자세히 말할 것이외다."

가락국 대장군이 말을 마치고 제자리로 가는 사이 회의장은 침묵이 흘렀다. 그 침묵은 잠깐이었으나 안야국 신하들에게는 숨 막히는 긴 침묵이었다.

그러나 가락국 대인이 사로국 상황을 설명하고 나서는 분위기가 좀 살아났다. 내용의 요지는 이랬다.

그동안의 적대 관계로 말미암아 서기 201년에 화친 사절을 보냈는데 거절당할까 봐 걱정했다. 그러나 거절은커녕 환대를 받았다. 금성(경주) 월성(경주)의 황궁에서 그리 멀지 않는 곳의 귀족층 시가지와 철제품 제련 공장, 토기 가마골, 군사 훈련장도 살펴보도록 배려해 주었다. 최고의 악사와 가무꾼들이 흥을 돋구는 연회까지 베풀어 주었다. 그러나 마냥 환대를 고마워할 것이 아니란 생각이 들었단 말도 덧붙였다. 중요한 내용은 철제 문화의 발달로 강하고 예리한 무기를 만드는 기술을 소유했으며, 더욱 놀라운 것은 군병이 몇만 이상으로 늘었다는 것이었다.

「삼국사기 <신라본기>」를 보면 이와 관련되는 내용이 여러 왕조에 걸쳐 나타난다.

신라 제5대 파사왕은 즉위 15년 서기 94년 2월에 가야의 적들이 마두성으로 쳐들어 와서 포위하므로, 왕은 아찬 길원을 파견하니 그는 군사 1천을 거느리고 나아가 적을 격파 퇴주시켰다.

25년(104) 5월에는 군사를 일으켜 비지국(불사국, 창녕), 다벌국(대구), 초팔국(합천 초계)을 정벌하여 이를 병합하였다.

6대 지마왕은 즉위 5년 서기 116년 8월에 장병을 파견하여 가야(금관 가야, 가락국)로 쳐들어가게 하고, 이어 왕은 정병 1만을 거느리고 따라가니 가야에서는 성을 둘러 군사를 정비하고 굳게 지켰다. 때마침 오랫동안 비가 오므로 왕은 군사를 돌렸다.

10대 내해왕 6년(201) 2월에 가야국이 화친할 것을 요청하였다.

안야국도 대외정세에 아주 어두운 것은 아니었으나 그 당시 국세가 앞서는 가락국과는 비교가 되질 않았다. 그런 만큼 가락국 대장군과 대인의 대외정세 설명은 충격을 줄 수밖에 없었다. 대인과 대신들은 숨을 죽이며 한 마디도 놓치지 않고 들었다. 아니 들어야만 했다.

회의 도중에 '여인들이 참 아름답더이다' 관련 농담으로 박장대소하여 한순간 긴장을 풀기는 하였으나 고작 군사래야 오천이 안 되는 안야국으로서는 소름끼치는 일이 아닐 수 없었다.

어쨌든 이들의 내왕에서 안야국이 얻은 소득은 나라가 세워진 후 최대의 정보 습득이었고, 국력 증강에 대한 자각을 불러일으켜 주었다.

가락국 사신들이 이틀 동안을 머물고 돌아간 다음 날부터 안야국의 조회 시간이 길어졌다. 그만큼 의논할 국사가 많기 때문이었다.

무엇보다 긴박한 국사는 군사력 증강과 군량미 확보, 군사 정보 수집을 위한 세작을 양성하는 일이었다. 그와 동시에 이미 불사국(창녕), 미리미동국(밀양)의 북부 영역까지 영향력을 행사하고 있는 사로국과 친교를 맺는 일도 미룰 수 없는 일이었다.

위급 상황이 다가온다는 정보를 확인한 안야국은 곧바로 대책을 세워 준비를 해 나갔다. 군사력은 부족하지만 소삼(군북), 아랑촌(함안) 등지에서 철 생산량이 많은 만큼 무기 제련 기술은 타국에 비해 뒤떨어지지 않았다. 강과 큰 냇물을 끼고 있는 넓은 들은 어지간히 큰 수해가 들지 않는다면 언제나 식량이 남아돌았다. 군량미 확보는 어려운 일이 아니었다. 세작 기밀 활동은 험측 대장군을 수장으로 번예 장군이 맡았다. 사로국과의 친교 사절은 험측 대인이 기어이 성사시켜 인적왕래와 물물교환까지 이루어졌다. 진터에는 군사훈련으로 매일 함성이 일었다. 주변국과의 국지전이 있을 때마다 일방적 승리를 거두었다. 그야말로 유비무환의 결과였다. 그러나 그런 세월은 오래가지 못했다. 몇 년이 지나는 사이 가락국 대장군의 조언이 엄청난 사실로 드러난 것이다. 세작 활동으로 포상팔국의 군사 이동을 확인한 안야국은 전전긍긍했다. 특단의 대책을 강구할 수밖에 없었다. 험측 대장군과 대인은 대책 마련에 골몰했다. 국왕과 대장군, 대인이 은밀히 만났다.

"대책을 어떻게 세우는 게 좋겠소?"

국왕이 무겁게 운을 떼었다.

대인이 호흡을 가다듬더니

"우리 안야국 단독으로는 포상팔국 침입을 상대하기 어려우니 군사력이 있는 나라에 의존할 수밖에 없겠나이다."

조심스럽게 말했다.

"나도 같은 생각이오만 어느 나라가 좋을지 또 무엇으로 도움을 받아야 할지 묘안이 떠오르지 않는구려."

"신의 소견으로는 초팔국 불사국도 아니되고, 가락국도 사로국(신라)과의 소모 전쟁으로 국력이 약화되어 있으니 다만 사로국에 의지하는 것이 어떨까 하나이다."

'사로국이라 사로국이라' 국왕은 나직이 되씹더니

"사로국엔 대인이 두어 번 갔다 온 일이 있지요. 어떻게 하면 좋을지 방책을 말해보오."

그랬다. 가락국 대신이 갔다 온 이야기를 들은 후 이듬해와 작년 초 두 번을 다녀왔다.

"군사력의 도움을 얻으려면 아무래도 아름다운 공주 중 한 분을 보낼 정도는 되어야 일을 성사시키지 않을까 생각이 드옵니다만…."

"그건 아니 되오."

험측 대장군이 대인의 말을 막았다.

"차라리 신의 생각엔 공주님 대신에 국왕 전하의 제씨인 수대인을 보냄이 어떨까 하옵니다."

"아우로요. 하아, 그게 좋겠소마는 누가 임무 수행을 잘 할 수 있을지가 걱정이구려."

"부족하오나 제가 수행하겠나이다. 안야국이 안정될 때까지만 모시고 있다가 돌아오도록 하겠사옵니다."

"대인께서 그리만 해 준다면 얼마나 좋겠소. 좋소이다."

특단의 대책이란 안야국왕의 첫째 동생 수대인을 볼모로 하여 많은 선물을 보내는 일로 정해졌다. 결정이 난 이상 하루라도 빨리 시행하는 것이 급선무였다. 그토록 급박한 일이라는 것을 안야국 조정은 잘 알고 있었다.

세월은 유수와 같았다. 엊그제 봄인가 싶더니 벌써 여름이 다가오고 있었다. 209년 5월 안야국에서는 구원병을 요청하기 위하여 사로국으로 급파한 수대인을 단장으로 한 사신들의 소식을 노심초사 기다리고 있었다. 그런데 드디어 소식이 온 것이다. 국왕의 눈가에는 감회의 눈물이 방울방울 맺혀 끝내 소맷자락으로 훔쳐내야만 했다. 안야국 역사에서 전무후무할 정도의 성공적 외교사라 할 만했다. 내해왕이 태자 우로와 이벌찬 이음을 수장으로 군사 7,000을 보낸다는 꿈만 같은 소식을 접한 것이다. 늦어도 6월 중순이면 충분히 도착할 수 있으리란 자세한 추신까지 보냈다.

이러한 사로국의 결정에는 변방을 순행하여 국세를 확인할 겸 안야국을 구원해줌으로써 장차 국책인 영토 확장을 이루려는 무시무시한 속셈이 도사리고 있었다. 그러나 안야국으로서는 설혹 그 사실을 인지한다 하더라도 따질 계제가 아니었다. 오로지 고맙기만 할 뿐이었다. 얼마나 급박했으면 앞으로의 문제를 전혀 고려치 않고 국왕이 감읍의 눈물을 훔쳤겠는가!

그날 오후에 중신회의가 열렸다. 국왕이 비장한 어조로 말했다.

"제신들은 들으시오. 지금 대외정세가 위급지경이오. 골포국이 포상팔국 군사들을 끌어들이고 있다오. 이는 필시 본국을 치려는 음모이니 각 부처에서는 맡은 바 임무를 한 치의 소홀함이 없이 시행하여야 할 것이오. 이후부터를 비상시국으로 선포하오. 차질을 빚는다면 책임을 엄히 묻겠소."

사로국이 도와준다는 소식은 중신회의에서 알리지 않았다. 워낙 중대 사항이라 험측대인 몇 사람만이 기밀 사항으로 알고 있었다. 그날 이후로 안야국의 조정은 긴박하게 움직였다. 사로국과의 합동 군사 전략, 군량미 비축 관리, 징병, 군사훈련, 전쟁 전후 대비 책략, 백성 안정 교화 등 각 부처에서는 밤잠을 설칠 지경이었다. 곧 전쟁이 일어난다는 것을 기정사실로 받아들였다. 이무렵 사로국 태자 우로와 이벌찬 이음이 육부병을 이끌고 이서국(청도)을 거쳐 남하하고 있었다. 비사벌(불사국, 창녕)에 주둔하며 주변국의 동태를 살피고 안야국의 긴급 지원 요청이 사실이라면 외세확장 기회로 여겨 군세를 확실히 보여 줄 계획이었다. 안야국도 4천 군사를 언제 어디서든 투입할 준비를 갖추고 있었다. 어느 누군들 인간 잔혹사인 전쟁을 바랄까마는 서로 이해관계가 달라 침략하지 않으면 이익을 얻을 수 없고 막지 아니하면 국가를 보존할 수 없으니 전쟁은 일어나기 마련이었다.

아니나 다를까? 포상팔국 군사들이 모두 골포국으로 집결한다는 첩보가 들어왔다. 안야국은 대장군을 총사령관, 번에 장군을 선봉장으로 삼아 병부장, 차부위장, 하부장, 소부장 등으로 장창 철검 기마부대, 보병 철갑 장창 부대, 가죽 갑옷 창검 부대, 고수(북치는 병사), 나팔, 깃발 소대 등을 지휘하게 하여 진터에서 밤낮없이 실전 훈련을 쌓았다. 천우신조로 마침 사로국 군사들이 비사벌(불사국, 창녕)에 이르렀다는 소식을 접했다. 이러한 때 포상팔국의 군사들은 골포국에 집결하고 있었다. 안야국으로서는 천만다행으로 동맹군이 은밀히 움직이지 않는다는 것을 알았다. 한낮에 그것도 한꺼번에 이동하는 것을 여러 번 포착한 것이다. 이와 같은 동맹군의 움직임은 어쩌면 자만일 수도 있었고 무지일 수도 있었다. 어쨌든 그들의 움직임은 안야국에 의하여 일거수일투족이 거울에 알몸 비치듯 드러나고 있었다. 놀랍게도 그들의 공격 최종 집결지는 골포국이 아니었다. 바로 안야국의 옆구리에 붙어 있는 칠포국(칠원)이었다.

209년 7월 마침내 칠포국 무릉벌(함안 칠원) 구릉지에서 처절한 싸움이 벌어졌다. 포상팔국으로서는 대망의 전쟁이었다. 안야국 군사들이 선봉에 서고 사로국 군사들이 부채살같이 후진을 펴고 있었다. 저 멀리 마상의 움직임을 알아볼 만한 거리 저쪽에서는 포상팔국 동맹군이 진열을 가다듬고 있었다. 양진영은 북을 둥둥 울렸다. 갑자기 동맹군의 장수들 몇이 바쁘게 그들의 진영 앞으로 뛰어다녔다. 그동안 사로국의 군사 이동을 감지하지 못해서일까? 안야국 대장군은 사로국 태자 바로 뒤의 이벌찬 이음 대장군과 함께 동맹군의 진영을 유심히 살피고 있었다. 일사불란한 진열이 아니었고 무언가 허둥거리는 모습도 포착할 수가 있었다.

"보아하니 오합지졸이오. 장수의 마상 자세도 꽉 짜이지 못했소. 짐작키로 말을 다루는 솜씨도 익숙하지 못한 듯하오. 저래가지고서야 도망도 멀리 가지 못할 것 같소만. 하하하"

이음 대장군이 호탕하게 웃었다.

"이벌찬 대장군의 혜안이 놀랍지 않소. 사로국에서는 이미 다 아오이다."

태자도 고개를 끄덕이며 대장군을 바라보며 말했다.

"실로 경이롭사옵니다. 한편 저의 부족함이 부끄럽기도 하고요."

험측 대장군도 그 사실을 간파했지만 침묵을 지켰다.

"태자 저하, 먼저 선공하여 적을 시험한 후 명령을 하달할까 하나이다."

"의논할 게 뭐 있소. 대장군이 알아서 전략을 펴시오."

태자의 말이 끝나자마자 명령을 내렸다. 북을 둥둥 치자 안야국 선봉 부대가 앞장을 섰다. 뒤이어 궁수, 보병, 기마 연합군이 노도와 같이 밀고 들어갔다. 그와 동시에 방패를 앞세운 포상팔국 동맹군 선봉 부대가 달려 나왔다. 그 뒤에는 지척지간으로 모두 9천여 명이 됨직한 보병이 한꺼번에 북소리에 맞춰 물밀듯이 밀려왔다. 함성이 '와아 와아' 일었다. 산을 뒤덮는 함성이었다. 안야국 궁수병들은 적들이 사정거리에 들어서자 숨 쉴 틈도 없이 화살을 쏘았다. 동맹군도 그에 질세라 비 오듯 화살을 퍼부었다. 동맹군 보병이 수없이 밀어닥치자 번예 장군도 번개같이 튀어나갔다. 그때 연합군 진영에서 긴 나팔 소리가 났다. 대접전의 총공격 명령이 떨어진 것이다. 순식간에 구릉지 이쪽 저쪽에서 창과 칼 부딪히는 소리가 요란했다. 그럴 때마다 불꽃이 튀었다. 불꽃이 튕길 때마다 선혈이 튀어 올랐다. 쫓고 쫓기는 싸움이 아니라 서로 뒤엉켜 아수라장을 이루었다. 시간이 흐를수록 전장이 넓어졌다. 일당백이라 했던가! 앞뒤로 달려드는 적병들을 비호같이 빠른 동작으로 베고 찌르며 종횡무진 전장을 누비는 장수가 있었다. 그의 앞에 적들은 추풍낙엽처럼 목이 날아가고 팔이 떨어졌다.

"대장군! 저어기 좌충우돌 마음대로 휘젓는 장수가 누구요?"

"본국의 번예 선봉 장군이외다."

"놀랍소! 참으로 훌륭한 장수이외다."

이벌찬 이음은 연신 고개를 끄덕이었다.

전세의 윤곽은 반시진도 지나지 않아 드러났다. 동맹군이 밀리기 시작한 것이다. 포효 같은 함성으로 돌진하여 닥치는 대로 찌르고 휘두르며 달리는 안야국과 사로국의 연합군 기마병들을 동맹군들은 당해낼 수가 없었다. 동맹군들은 후퇴하기 시작하였다. 연합군 진영에서 북소리가 더욱 크게 울렸다. 또 한 번 긴 나팔소리가 났다. 연합군은 나팔소리를 신호로 더욱 함성을 지르며 도망가는 동맹군을 맹렬히 추격하며 나뭇가지 치듯 베었다.

"항복하는 자는 두어라. 무기를 버리는 자는 죽이지 마라. 항복하라."

연합군은 맹렬히 추격하면서 여기저기서 고함을 질렀다. 동맹군은 전의를 잃고 도망가기에 바빴다. 언덕으로 치닫고, 구릉지를 내달리고, 읍락촌으로 기마병을 뒤따르기도 했다. 뒤로 처진 병사들은 구릉을 넘고 초지를 가로질러 한창 벼가 자라는 논바닥으로 달려 들어가 첨벙첨벙 허청거리는 자가 부지기수였다. 제풀에 열십자로 벌렁 나가떨어지는 병사들도 있었다.

해가 하늘 가운데 오를 때는 이미 전쟁이 끝났다. 포상팔국 동맹군 대망의 전쟁은 일방적으로 밀리다가 무참하게 패하고 말았다. 연합군은 최소한의 희생으로 6천의 병사를 포로로 잡고 많은 병기를 노획한 대승을 거둔 것이다.

「삼국사기 〈신라본기〉」와 「삼국유사 〈피은〉 물계자전」에서는 포상팔국의 전쟁을 이렇게 기록하고 있다.

신라 제10대 내해 이사금이 서기 196년에 즉위하였다. 재위 35년이었다. 14년(209년) 7월에는 포상팔국이 가라를 침략하려 도모하므로 가라 왕자가 와서 구원을 청하였다. 왕은 태자 우로와 이벌찬 이음으로 하여금 육부병을 이끌고 가서 구원하게 하였다. 마침내 육부병은 팔국의 장군을 쳐서 죽이고 그들에게 사로잡혔던 6천 인을 빼앗아 돌아왔다.

「삼국사기 <신라본기>」

물계자는 내해 니사금 때의 사람으로서 집안은 한미하였으나 사람됨이 쾌활하여 어릴 때부터 큰 뜻을 품었었다. 당시 포상팔국이 동모하여 아라국을 침입하므로 아라가 사신을 보내 구원을 청하니 니사금이 왕손 날음을 시켜 가까운 군대와 육부군을 거느리고 가서 구원케 하니 드디어 팔국병이 패하였다.

「삼국유사 <피은> 물계자전」

포상팔국 전쟁에서 대승을 거둔 안야국과 사로국의 연합군은 우렁차게 승리가를 부르고 북을 치면서, 의기양양하게 안야국읍으로 돌아왔다. 군사들은 진터에 막사를 지어 머물고 사로국 태자와 이벌찬 이음 대장군은 왕궁으로 초대되었다.

이들은 사흘간에 걸쳐 융숭한 대접을 받았다. 밤낮으로 가무와 산해진미가 넘치는 연회를 열어 감사의 뜻을 표했고 진귀한 선물도 주었다. 병사들에게도 푸짐한 음식을 주어 잔치를 베풀었다. 회군하는 전날에는 태자와 이벌찬이 똑같이 군사력 증강에 대하여 조언했다. 그 밖에도 여러 국사에 관한 의견 교환이 많았으나 안야국왕에게 귀에 쟁쟁한 잊히지 않은 말이 있었다.

“전하! 적당한 시기에 왕궁도 새로 지음이 좋겠사옵니다. 변성도 쌓으면서 말입니다. 왕궁을 지을 때 변성을 쌓으면 목재와 초석을 얻을 수 있어 일거양득이 되옵니다. 고려하옵소서.”

어찌 보면 월권을 한다고 비판할 수도 있겠으나 안야국왕은 고깝게 생각하지 않았다. 오히려 미처 생각하지 못한 바를 깨우쳐 주어 고맙게 여겼다.

포상팔국 전쟁이 끝난 이후부터 안야국은 태평성대의 세월이 흘렀다. 주변의 포상 국가들과 소삼(군북), 법수, 노함(의령남부) 등지의 읍락국 거수들을 완전히 귀속하여 연맹체로서의 지휘체계를 확고히 하였다. 읍락마다 매년 강과 냇물을 낀 들녘에는 논들이 넓혀졌고 구릉과 산자락엔 밭이 일구어졌다. 가을이면 풍년의 노랫소리가 메아리쳤다. 어디 그뿐이던가. 읍락 곳곳에서 쇠를 달구었다. 토기 가마에서는 수많은 그릇도 구워내고 세공 장척들은 신비스러운 색깔로 빛나는 비취, 마노, 구슬, 옥, 유리 등으로 목걸이, 팔찌, 귀걸이와 같은 장식물도 만들었다. 가을에는 당산에 올라 천지 신께 제사를 올리고 풍성한 축제를 하였다. 진터에서는 일정 계획에 따른 군사훈련도 게을리하지 않았다. 이러한 세월이 20여 년은 좋이 계속되었다. 그런 만큼 국세도 크게 신장되었다. 그러나 안야국왕은 가슴에 맺혀있는 큰 국사를 처리하지 못하고 있었다. 그것은 사로국 태자의 조언인 왕궁 건립과 성의 완성이었다. 그동안 급한대로 대현관문, 여항산성, 방어산성, 포덕산성, 문암사성, 변경지방의 성은 쌓았으나 도성과 나라 안의 방어진지 구축을 위한 성은 쌓지 못했다. 그런데 그 염원의 날이 온 것이다.

안야국왕은 중신들을 모두 불러 모았다.

"마침내 기다리던 사로국의 도성, 왕궁 건립 장척들이 왔소. 신들은 날짜를 정하여 대역사를 시작하기를 바라오. 총거수로 험측대장군, 왕궁건립은 험측대인, 도성과 변성은 번예 장군이 맡으시오. 10여 년이 걸려도 좋으니 완벽했으면 하오. 한 치의 소홀함이 없도록 애써주시오."

서기 229년 초봄, 드디어 후기 가야의 중심국이 될 안야국 왕궁 건립 대역사가 시작되었다. 포상팔국 전쟁이 끝난 지 20년 후였다.

왕궁지 지형을 활용, 도성을 쌓아 그 안에 남북을 축으로 큰 마당을 지나 외전, 정전, 침전을 사이를 띄어 짓되 정전과 침전의 거리는 좁히고 그 뒤의 중심 축 북쪽으로는 동서로 왕후전과 동궁전을 세우고 왕후전과 동궁전의 뒤에는 후원을 조성하기로 하였다. 각 궁의 옆으로도 외전, 정전의 동서로 각기 건물을 지어 조정 각부의 기관실을 두도록 하였고 그 서쪽으로는 후원과 사대를 만들도록 하였다. 또한 성곽은 토성으로 하되 동서남북 4대문은 양옆을 돌로 쌓고 북문 쪽으로부터 동서 양쪽으로 수로를 파 남으로 내려오게 하였다. 성곽의 동서남북 귀퉁이에는 망루를 세우고 남문은 세 칸의 2층 궁전 출입문과 조정의 기관실로 바로 이어지는 두 칸의 낮은 단층 출입문을 만들기로 하였다. 그 밖에도 정원, 우물 등 필요 시설과 설치물, 궁성의 바깥 한길까지도 소홀히 여기지 않고 설계하였다.

공사는 국태민안을 천지 신께 비는 제례 의식을 치른 다음 날부터 시작되었다.

그 해 2월 초부터 국읍의 거리는 엄청난 사람들이 몰려다녔다. 부역자들이 대부분이었으나 장사를 하는 사람도 많았다. 길목에서는 길목이라는 동네답게 오가는 사람들로 붐볐고 원두막골 주막에는 술 마시는 사람들로 발 디딜 틈이 없었다. 갈말목 넓은 마당에서는 석장들의 돌 깨는 소리가 귀를 울렸고 왕궁지 남문에서는 목재 다듬는 소리가 장단 맞춰 톡닥거렸다. 산이란 산에는 부역꾼들의 석·목재를 베고 캐고 운반하는 모습들이 하얗게 드러날 정도였다. 장척이든 부역자들이든 일꾼들은 모두 부지런히 일했다.

번예 장군은 심복들과 이른 아침부터 저녁까지 산길을 더듬으며 산봉을 차례차례 정복해나갔다. 방어성을 쌓기 위한 지세 조사, 축성방법, 자재 조달 등 축성 기간을 단축하기 위하여 동분서주하였다. 산을 오를 때마다 이미 오래전이었는데도 포상팔국 전쟁이 눈앞에 생생하게 떠올랐다. 그럴 때마다 연맹체로 귀속되어 있는 주변 포상국이 언제 보복전을 할지도 모른다는 생각이 스치기도 했다. 또한 작금의 상황으로 보면 주변국보다는 안야국에 도움을 준 사로국과 백제 왜인이 앞으로 더 골칫거리가 되고 위협이 될런지 모른다는 생각도 문득문득 들었다. 험측 대장군과 은밀히 논의했다. 언제 다가올지 모르는 국난을 대비하기 위해서는 반드시 해야 할 국사라는 데 뜻을 같이했다.

험측 대인은 왕궁 건립을 3년 정도 앞당기는 공정을 세워 착착 일을 진행했다. 처음엔 가슴이 답답할 정도로 걱정했다. 그러나 기단, 기둥, 내외진주, 대들보, 주심도리부터 종도리, 대공, 장혀가 제대로 잘 맞춰지고 서까래까지 전각의 뼈대가 여러 곳에 우뚝우뚝 제 모습을 드러내자 어려운 일은 넘어갔구나 싶어 가슴을 쓸어내렸다. 때때로 공사의 진척을 바라보며 감개무량하기도 했다. 그렇지만 왕궁을 건립하기까지는 크고 작은 어려움이 가끔씩 발생하곤 했다. 주변국과의 교역권 조정, 자재 조달, 인구 유입 문제, 직접 물물 교환의 빈번한 다툼뿐만 아니라 수해 피해로 인한 농산물 감소, 광물 생산의 차질 등 나라 안팎의 여러 문제로 국력을 소모해야만 했다. 그러나 안야국의 국세 신장에 따른 왕궁 건립은 시대 상황의 필연적 결과였다.

7년이 지난 뒤 마침내 안야국 봉안왕이 염원했던 왕궁 건립과 나라 안팎의 도성, 변성이 구축되었다.

봉안왕 30년(236년) 10월 어느 날 국왕은 험측 대장군과 대인, 번예 장군을 비롯한 중신들은 천신제와 대축제를 앞두고 위용을 드러낸 왕궁의 모습을 돌아보고 있었다. 어느덧 국왕의 관모 아래에는 흰 머리의 선이 굴곡을 이루었고 턱밑의 수염은 햇살을 받아 은빛으로 하얗게 빛났다. 봉안왕은 바짝 붙어 따르는 늠름한 모습의 태자와 흰 수염이 성성한 대장군과 대인을 돌아보며 말했다.

"참으로 훌륭하구려. 애 많이들 썼소이다. 공신들의 노고에 무엇으로 답해야 할지?"

"이는 오로지 전하의 홍복에 기인하였사옵니다. 신들은 다만 전하의 뜻을 따라 움직였을 뿐입니다. 괘념치 마옵소서."

대장군이 말하자 번예 장군도 거들었다.

"그러하옵니다. 전하!"

"허어! 예나 지금이나 번예 장군의 우렁찬 목소리는 변함이 없소. 사대가 잘 만들어졌다 하니 나중에 활 솜씨나 한번 보여 주구려"

기골 장대한 번예 장군의 신출귀몰한 활약상을 떠올리며 봉안왕은 흐뭇하게 웃었다.

"궁밖 관실도 잘 만들었사옵니다. 외국 사신들을 맞아야 하기에."

대인이 말했다.

"어련하시겠소. 다 공신들의 덕분이외다. 그나저나 외국 사신들은 잘 묵고 있겠지요."

"내일 밤 대축제에 모두 참여하도록 조치가 되어 있사옵니다."

"잘 하였소. 대축제는 안야국 모든 사람들이 기쁨에 홍청거리도록 성대히 치르도록 합시다."

국왕의 일행은 궁궐의 회랑을 거쳐 여러 궁전을 둘러보고 침전 뒤의 후원과 궁궐 곳곳에 조성해 놓은 정원, 장식물, 연못까지 살펴본 다음 끝으로 사대로 가서 국왕을 비롯하여 대장군과 번예 장군의 활 솜씨를 각기 뽐냈다. 물론 번예 장군의 기량과는 비교가 되지 않았으나 국왕과 대장군은 조금도 싫은 기색이 아니었다. 오히려 찬탄의 말을 쏟기만 했다.

다음 날은 오전 이른 시각에 조회를 열어 사신들을 접견하고 태양이 높이 솟은 오시에 당산에서는 안야국왕과 신하들만 참여한 천신제가 거행되었으며 대축제는 진터 넓은 마당에서 외국 사신들과 군사 및 백성들이 참여한 가운데 시작되었다. 10월 보름날이었다. 자양산 산봉 저쪽 하늘에 보름달이 휘영청 제 모습을 드러낸 초저녁 밤이었다.

축제의 단상에는 한가운데 안야국 봉안왕이 왕후와 같이 용상에 정좌했고, 옆으로 약간 비킨 뒤켠에는 태자가 앉았으며, 용상과 좀 기리를 둔 그 좌측으로 험측 대장군과 대인, 읍락 거수들과 신하들이 앞줄로부터 계층별 순서대로 좌정하였다. 오른편으로는 각국의 사신들이 역시 용상과 거리를 두고 여러 줄로 앞에 앉았으며, 좀 떨어진 뒤로는 안야국의 하층 신하들이 자리하였다. 번예 호위장군은 국왕의 뒤에 몇몇 무장과 함께 저만큼 떨어져 앉아있었다.

마당에는 단상 바로 앞에 많은 신하들이 도열하였고 좌우와 뒤에는 수많은 백성들이 서 있었다. 만여 명이 넘어 보이는 축제의 대군중 좌우에는 수천 명의 군사들이 서 있었다.

진터의 수많은 인파가 잠시 숨을 죽일 무렵 단상에서 국왕이 흐뭇한 미소를 지으며 일어섰다. 단상의 신하와 사신들 모두 따라 일어섰다. 단상 앞 여러 개의 봉화대 좌우에는 등불이 단상을 밝히고 있었다. 봉안왕은 다른 것보다 몇 배나 큰 중심 봉화대 앞에 섰다. 도열한 안야국의 수많은 백성들을 쭈욱 둘러보며 우렁찬 목소리로 외쳤다.

"국왕이 이르노라! 오늘부터 안야국의 국호를 안라국으로 한다. 이미 천지신명께 아뢰었도다. 안라국 번영을 위하여 모두가 힘쓸지어다."

국왕이 소리 높이 외치자 진터 넓은 들의 수많은 백성들과 군사들이 함성을 질렀다.

"국왕 전하 만세! 안라국 만세!"

함성 소리가 몇 번이나 거듭된 후 침묵이 또 흘렀다. 달빛만이 그윽했다. 스산한 가을 저녁 바람이 옷깃을 스쳤다. 그것도 잠시뿐 또 국왕이 소리쳤다.

"본왕이 안라국의 횃불, 대축제의 횃불을 올릴지어다. 횃불은 안라국의 방방곡곡을 밝혀줄 것이니. 그리고 그 횃불은 안라국의 영광을 위하여 자손만대에 훨훨 타 오를 것이로다." 그러고는 읍차대신이 건네주는 기다란 봉화봉에 불을 붙였다. 읍락의 거수들도 양쪽으로 그들의 봉화대 앞에 섰다. 이어 국왕은 오른손을 높이 들어 횃불을 흔들다가 중심 봉화대 위의 커다란 철제 그릇에 꽂아 넣었다. 그러자 횃불이 큰 덩이 작은 덩이로 서로 훨훨 바꿔지면서 휘몰아쳐 하늘로 솟구쳤다. 동시에 여러 개의 봉화대에도 일시에 불꽃이 타올랐다.

"국왕 전하 만세! 안라국 만세!" 또다시 함성이 메아리쳤다. 그와 동시에 궁성의 전각 뜰에서 횃불이 솟아올랐고 국읍, 별읍, 소읍 마을은 물론 사람이 다니는 곳곳마다 모닥불과 횃불이 타올랐다. 진터의 하늘에는 불화살이 인파의 뒤쪽에서 수없이 날아올랐다. 불꽃의 향연이었다. 수많은 군중의 함성이 끊이질 아니하였다. 축제의 향연에 대한 감탄이기도 했고 안라국으로 용솟음치는 자부심이기도 했다. 봉안왕은 태자를 가만히 응시했다. 털끝만큼도 흐트러짐이라곤 보이지 않았다. 내심 흡족했다. 축제의 밤을 선언한 봉안왕은 다음 일을 태자에게 맡기고 군중들에게 손을 흔들며 자리를 떴다.

"국왕 전하 만세! 안라국 만세! 국왕 전하, 안라국 만만세!"

대축제는 사흘 밤낮으로 흥청거렸다. 말타기, 궁술, 목검 등의 무예 겨루기는 진터에서 진행되었고, 씨름, 달리기, 외다리 걸어 넘어뜨리기 등의 개인 경기는 읍락의 곳곳에서 벌어졌다. 길쌈 솜씨 겨루기,

수예품 만들기 등의 여자들의 놀이도 시행되었고 철장, 목장 등 장인들의 솜씨도 겨루었다. 북치기, 나팔 불기, 슬瑟타기 등의 예능대회도 열렸다. 한 종목도 빠뜨리지 않고 참여 선수만 있으면 기회를 주었다.

후대에 가라국(고령)에서 우륵 같은 훌륭한 음악가가 나와 숭앙을 받고 있으나 이 시기의 안라국에도 재기가 출중한 음악가들이 많았다. 풍년이 들어 흥겨운 격양가 노랫소리 울려 퍼지는데 어찌 음악이 성행하지 않았겠는가!

재능이란 타고 나는 바에 따라 소질이 다르고 노력하기에 따라 실력이 달라지는 법이다. 힘이 있고 실력이 출중하고 재능이 뛰어난 사람들은 금방 소문이 난다. 그랬다. 안라국의 대축제로 번예 장군의 아들 길마가 혜성과 같이 나타나 무술대회의 여러 종목에서 우승을 차지하는 영광을 누린 것이다. 결승이 벌어지는 날 험측 대장군과 번예 장군이 목검술과 마상 궁술대회를 함께 관전하였다.

무술대회는 어느 종목 없이 관중이 많았다. 군사들이 대부분이었으나 일반 백성들도 경기장을 둘러쌌다. 목검술대회가 시작되었다. 번예 장군 아들 길마와 신읍 읍차 대신의 아들 석진이 결승에서 맞붙었다. 군사들이 사방으로 앉고 서서 서로 자기편을 응원하였다. 처음 1합은 자웅을 겨루었다. 찌르고 베는 동작을 취할 때마다 목검 부딪히는 소리가 쇳소리처럼 쟁강거렸다. 2합이 끝날 무렵 어찌 된 일인가! 길마의 칼이 번개같이 춤을 추자 석진의 칼이 언제 공격을 받았는지도 모르게 저만큼 멀리 떨어져 버렸다. 순식간의 일이었다. 관전 군사들은 바람 소리를 가르는 소리만 들었을 뿐, 칼 움직이는 것을 보지 못했다. 그만큼 움직임이 빨랐던 것이다. 군사들은 소름이 끼칠 정도의 동작에 숨을 죽이고 말았다. 험측 대인은 신음을 내뱉으며 고개를 끄덕이었다. 번예 장군은 아들이 어쩜 자기보다 나은 장군이 될 것 같다는 생각에 가슴이 뭉클했다. 얼마지 않아 장군의 기대는 굳은 확신으로 바뀌었다. 마상 궁술 경기에서다. 대회에서 보여준 길마의 마상 움직임과 활쏘기 재주에는 군중들의 눈이 휘둥그레졌고 벌어진 입을 다물지 못했다. 마상에서 바짝 엎드린 자세로 한 발 쏘는가 싶더니 동시에 말의 방향과 달리 돌려 누운 자세를 취하며 두 번째의 시위를 당겼다. 화살 두 개가 과녁 한복판 같은 지점에 연이어 깊이 들어박혔다. 군중들의 입에서는 저절로 탄성이 흘렀으며 어느 쪽에선지 모르게 함성을 질렀다. 곧 여러 겹의 함성소리는 들을 지나 산에 부딪쳐, 와아와아 다시 경기장으로 되돌아왔다.

험측 대인은 번예 장군의 손을 꼬옥 잡으며 말했다.

"번예 장군! 일세의 장군이 탄생했네. 안라국의 훌륭한 장군이 말일세."

"대장군의 덕분이옵니다. 감읍하나이다."

장군은 머리 숙여 절했다.

'내 늦둥이 딸과 혼사를 시키면 안 될까. 혹여 거절이라도 하면….'

험측 대장군은 문득 이런 생각을 하며 다시 한번 장군의 손을 꼬옥 쥐었다. 거절하면 아니 되네, 라는 듯이.

여기서 후대에서 일어났던 일을 잠시 소개하면 험측 대장군의 바람은 어렵지 않게 이루어졌고 더욱 특기할 만한 경사는 두 장군의 손녀가 왕후까지 된 사실이었다.

이렇듯 안라국의 대축제는 경사스런 인연까지 맺으며 많은 인재와 재주꾼을 발굴하였다. 마지막 날 폐식에는 태자가 참석하였다. 횃불은 여전히 처음처럼 타오르고 있었다. 승자 패자는 물론, 관전하는 군중 모두 한 덩어리가 된 즐거운 축제였다.

드디어 안라국 최대의 축제는 태자의 사자후 같은 선언으로 막을 내렸다.

"들으시오! 국왕 전하의 말씀을 전하오. 이제부터 안라국 시대가 될 것임을 선언하오. 안라국 대축제의 횃불은 영원히 꺼지지 않고 만만세 후대로 이어갈 것이오. 백성들이여! 그 뜻으로 함께 안라국의 영광을 위하여 안라국 만만세를 외칠까 하오."

태자의 말이 끝나자 진터에 모인 모든 신하들과 백성들은 천지가 진동하는 함성으로 태자의 선창을 따라 외쳤다.

"국왕전하 만세! 안라국 만세! 만만세!"

"국왕전하 만세! 안라국 만세! 만만세! 안라국 만만세!"

그로부터 천 칠백여 년이 흐른 지금 안라국 옛터 함안에는 잊혀진 고분과 산성, 들녘과 야산에서 고히 잠들었던 안라국의 헤아릴 수 없을 정도의 많은 영혼이 환생하였다. 어쩌면 환생한 국왕과 혐측, 번예 대장군의 후손일지도 모르는 마갑총, 54호분, 84호분, 4호분 등 흔적을 드러낸 수많은 수장들과 신하들, 그리고 어느 산자락과 들녘에서 하얗게 그 모습을 드러낸 안라국 백성들의 혼백들은 지금까지도 생생히 안라국 대축제의 횃불 잔치를 기리면서 후손들에게 길이길이 흐르는 역사를 일깨우고 있을 것이다. 〈終〉

장덕영

· 동아대학교육대학원 졸, 부산시교육청 장학관, 중 · 고등학교 교장
· 수필부문 신인상(시와수필사), 한국소설 신인상(한국소설가협회)
· 단편집 '오리궁둥이의 춤'(2017), 2019 신예작가 선정(한국소설가협회)
· 한글서예 초대작가(대한민국기로미술협회. 2019)
· 한국문인협회 및 한국소설가협회 회원(현)

<작가노트>

넘치게 작위적인 작품은 향기가 없어

-정년 이후 취득한, 소설가로서의 인연-

장덕영

나의 소설가 입문은 늦었다.

교직 정년 이후에서야 가슴속의 정서를 꿰매어 보고 싶었던 어린 시절의 막연한 꿈이 되살아나기 시작했다. 그때서야 늦으나마 80대에 소설가, 박사가 된 인사를 소개하는 신문, 방송의 보도 내용에 큰 자극을 받으면서 남은 세월 동안 소설가로서의 길을 걷겠다는 옹골찬 다짐을 하였다. 이후 몇 년간 모 대학의 평생교육대학원에서 문학 수업을 받으며 습작을 하여도 좀체 진전이 없었다. 그러다가 부산에서 서울로 주거를 옮겨 남산도서관의 '소설창작반' 강좌를 수강하게 됨으로써 자질이 뛰어난 예비 작가들과의 합평, 독후감 쓰기, 습작품 발표하기 등 집중적인 노력을 투입하게 되었다.

그때의 강사님이 한국소설가협회 김지연 이사장(전)님이셨다. 나에게는 그런 행운이 없었다. 넘쳐나는 수강생들 때문에 신청 등록 순위 1등으로 입반(入班)하였으나 70대에 들어선 나이로 감당할 수 있을까, 단순히 선착순 자격으로 젊은이들을 젖히고 수강해도 되는 것인가, 자책감마저 들었다.

그런데 이사장님께서 80세에 들어 창작반 수강으로 등단한 사례와 그 밖의 격려 말씀을 들려주시면서 용기를 불러일으켜주었을 때는 정말이지 눈물이 날 정도였다. 사실 속으로 가슴이 울컥거렸다. 그 날 밤에 김지연 이사장님의 이력이 어떠한가를 인터넷으로 찾아보았더니 엄청난 자료들이 게시되어 있는 것을 보고 놀라움을 금치 못하면서 인생 늦으막에 이런 행운의 인연이 어디 있나 하면서 행복감에 도취되어 자료들을 보고 또 보았다. 그때 본 자료로 1964년 <여상>지에 단편「비탈」로 제3회 여류신인문학상 수상, 1967년 매일신문 신춘문예 단편「천태산 울녀」 당선, 1968년 현대문학「산영」 추천완료를 시발점으로 2010년대까지 30여권(당시)의 저서와 작품과 주요 이력(각종 수상 및 경력)의 연보를 보면서, 일생을 통하여 인간의 본성과 자연의 순수성을, 생명의 존엄과 경시에 대해 깊이 통찰한 문학 영역을 구축한 우리나라 현대문학사의 거장이라는 평을 새삼 주목했다. 이를 두고 원로 문학평론가 김태동님은 자연의 힘을 인간적 원리로 결합해서 전체적인 통일성으로 변형 또는 승화시켰다고 등단 50주년 기념 단편선집『山 가시내』후기에서도 밝혔다.

정년 이후 남산 도서관 '소설창작반'에서 노심초사 이사장(전)님께 수강하여 마침내 등단한 늦깎이 소설가로서 스승의 업적에 대한 존경과 은사로서의 가르침에 대한 고마움과 문학인으로서의 경외감을 한껏 느끼면서 그분에게서 배웠다는 자긍심을 가슴속에 늘 간직하고자 했다. 그럼에도 불구하고 작금의 현실이 순수 예술 문화에 대한 사회적 국가적 정책 소홀과 관심으로 문학인들은 사기가 저하되어 있고 심지어는 문학사를 빛낸 훌륭한 분들조차 제대로 대접을 받지 못함에 서운한 마음을 금치 못한다.

이에 즈음하여 스승이신 김지연 이사장(전)님께서 방년芳年 20대 초반에 등단하시어 금년에 팔순(여든)이 되어「스승과 제자」작가들이 함께하는 팔순 기념문집을 만들기에 이르렀다. 앞으로 선생님의 만수무강과 왕성한 활동을 빌어마지 않으면서, 나와 제자들에게 충고한 말씀을 서술하는 것으로 끝맺음 한다.

"장선생, 옛날 습관적 작법을 벗어나게. 글은 진솔함이 우선이야. 지나치게 작위적이거나 이론적으로만 완성된 작품은 향기가 나지 않아. 무엇보다 인간 본연의 뜻, 본질이 무엇인지 깊이 성찰하여야 하는 거야."

〈단편소설 22〉

푸른 옷소매

전현서

상주톨게이트를 빠져나오자 차는 눈에 띄게 줄었다. 양쪽으로 시원스레 펼쳐진 평야가 환영한다는 듯 넓게 팔을 벌린 채 엎드려있었다. 창을 열기에는 아직 쌀쌀했지만 히터를 끄고 창문을 조금 내렸다. 작은 틈으로 바람이 밀려 들어왔다. 이제야 좀 살 것 같았다. 꽉 막힌 도로에서 3시간을 넘게 있었더니 속이 울렁거리고 머리가 지끈거리던 참이었다. 조금 더 갔더라면 중간에 내려 구역질을 해댔을 것이다. 기영은 갑자기 불어온 찬바람에 신경이 쓰였는지 뒷좌석의 영후를 바라보았다. 영후는 차가 출발하면서부터 잠에 떨어졌다. 규칙적으로 내뱉는 영후의 코 고는 소리가 창틈으로 달아나고 있었다.

“애 담요라도 덮어 줘야 하는 거 아닌가?”

“이 정돈 괜찮아. 우리가 답답하면 애도 답답했을 거야.”

“자기 힘들었나 보군. 그래도 영후 좀 덮어 줘. 감기 무서워.”

기영은 자기주장이 강한 사람은 아니었다. 늘 물처럼 굴었기 때문에 존재감이 특별하다거나 튀는 인물은 더욱 아니었다. 남자랍시고 어깨에 힘주며 허세를 부리지 않았는데 그런 면은 그를 지적이고 사색적으로 보이게 했다. 하지만 영후 일이라면 달랐다. 그런 기영을 보며 나는 사랑은 병이라고 핀잔을 주곤 했다. 담요를 끌어 영후를 덮어주었다. 장시간 운전에 싫증이 났을 법도 한데 기영은 껌을 씹으며 라디오에서 흘러나오는 올드팝을 따라 흥얼거리고 있었다. 핸들에 올려둔 손가락까지 까딱거리는 폼이 여행길에 나선 사람처럼 들떠 보였다. 부드러운 곡선을 지으며 돌출된 그의 콧방울은 사람의 마음을 안정시켰다. 동글동글 잘생긴 코에 비해 눈이 작다는 것이 흠이라면 흠일까. 그래도 요 며칠 예민해져 까탈스럽게 쏘아대던 나를 무던하게 눈 감아 준 것이나 아버지에게 다녀와야겠다는 말에 선뜻 따라나서 준 그가 새삼 고마웠다. 3월이었지만 봄이 올 것 같지 않은 날들이 계속되었다. 엊그제는 철 늦은 눈이 먼지처럼 흩날리기도 해서 출산을 앞두고 먼 거리를 움직이는 일이 괜찮은 것인지 고민했다. 그래도 당분간은 못 내려 올 것 같아 길을 나섰는데 멀미를 제외하면 잘했다는 생각이 들었다.

상주시 외곽에 있는 아버지 집은 30여 분을 더 가야 한다. 5년 전 퇴직한 아버지는 엄마의 평소 원대로 이곳에 자리를 잡았다. 엄마는 농가를 헐값에 사들여 공을 들이고 돈을 들였다. 울타리 대신 심을 남천을 구하려고 2시간 거리의 옆 도시에 직접 다녀온다거나 창틀의 마감재를 고르는 일에도 며칠씩 생각하고 고민했다. 힘을 쓰는 일을 빼면 자잘하고 세심한 집 안팎의 인테리어는 엄마 손을 안 거친 곳이 없는, 그야말로 엄마가 새로 지은 집이나 마찬가지였다. 여생의 숙제인 듯 엄마는 시골집 수리하는 데 매달렸다. 그리고 6개월 전, 엄마의 병이 깊어져 더이상 손을 쓸 수 없다는 의사의 말을 들었을 때 아버지는 애꿎은 집 대문을 발로 차며 흐느꼈다.

"이 집 때문이었어. 이 집. 이 집만 아니었어도…."

그것은 집 때문도 아버지 때문도 아니었다는 걸 모를 리 없었지만,

그때 아버지는 엄마 병의 원인을 그 누구에게서든 찾으려고 했었다.

왕복 사차선으로 정비되기 전 이 길은 운치가 있었다. 낮은 언덕을 돌며 구불구불 이어진 길옆으로 사철마다 다른 꽃이 피고 졌으며 겨울이면 앙상한 나뭇가지조차 아련한 분위기를 만들어 엄마를 사로잡았다. 엄마는 오솔길을 좋아했다. 모퉁이를 돌 때마다 설렌다고 아이처럼 웃던 엄마 모습이 지금은 사라진 산길을 따라 흩어지고 있었다. 잠에서 깬 영후가 칭얼대자 기영은 유기농 요구르트에 빨대를 꽂아 아이에게 건넸다. 차 안에 금세 선선한 공기가 돌았다. 창문을 올리고 아버지에게 전화를 걸었다. 미리 연락하지 않았기에 아버지가 집에 없을지도 몰랐다. 통화 연결음이 길게 이어진 끝에 전화를 받을 수 없다는 기계 목소리가 흘러나왔다. 나는 종료 버튼을 거칠게 누르고 창밖으로 눈을 돌렸다. 비행기가 지나간 하늘에 선명한 두 줄의 비행운 자국이 남았다.

"전화기를 두고 텃밭에라도 나가셨나 보지."

기영이 내 눈치를 살피며 말했다.

"그렇게 얘기를 해도 왜 안 들으시는지 모르겠어. 전화기는 항상 챙기라고 했건만."

평소에도 전화를 잘 받지 않는 아버지와 자잘한 신경전이 오고 가는 것을 잘 아는 그였다. 엄마를 놓친 후부터 아버지는 어린아이가 된 것 같았다. 끼니때마다 전화를 걸어 멸치볶음과 콩자반은 냉장고 두 번째 칸에 있다, 물김치는 조금씩 떠서 먹고 치워야 상하지 않는다, 따위의 잔소리를 해야만 했는데 매번 생경하다는 듯 되묻곤 했다. 머릿속에 논리나 이성이 남아있지 않은 사람처럼 무력하고 어눌했다. 서기관으로 퇴직하던 무렵의 날렵하고 영민한 아버지 모습은 찾아볼 수 없었다.

아버지는 밭에 나가지 않았다. 좁은 방 한가운데 석고상처럼 앉아 갑자기 들이닥친 우리를 멍하니 바라만 볼 뿐이었다. 아버지가 앉은 주위로 새둥지만 한 공간이 겨우 있을 뿐 방안은 도둑이라도 맞은 듯 어지럽고 더러웠다. 아버지는 쓰레기 처리장 안에서 유일하게 살아 움직이는 의뭉한 동물처럼 꿈지럭, 엉덩이를 움직여 간신히 일어났다. 방안 먼지가 덩달아 따라올라 창문 틈을 비집고 들어온 가는 빛 속에서 어지럽게 부유했다. 아버지는 낯선 사람이라도 대하듯 불안하게 눈동자를 굴렸다. 이불 뭉치를 구석으로 밀며 자네 왔는가, 라고 했는데 아버지의 말에는 높낮이가 없었고 물기는 더욱 없어 단어가 허공에서 부서졌다. 기영이 이불을 개서 장롱에 넣고 대충 앉을 자리를 만들었다. 아버지는 영후를 향해 팔을 벌렸다.

"영후야, 할아버지다."

영후는 웃는 듯 찡그리는 듯 묘한 표정을 하고 내 뒤로 숨더니 이내 고개를 빼고 할아버지를 쳐다보았다. 기영이 영후를 안아 할아버지 앞으로 데려다 놓았다. 영후는 낯을 가리는 편은 아니어서 금세 할아버지 품에 안겼다. 근 한 달 만에 보는 손자가 감격스러운 아버지는 뽀얗고 보드라운 영후의 손을 가져다가 자신의 얼굴에 대고 비볐다. 거친 느낌이 따가운지 영후는 어색하게 웃으며 할아버지와 눈을 맞추었다. 아버지 눈동자에 영후가 반영되어 보였다. 아버지는 얼굴이라 하기도 민망하리만큼 말라있었다. 나무껍질처럼 거칠고 푸석한 흑갈색 피부 속에서 커다란 눈만 오히려 깊고 또는 빛났다. 영후를 쓰다듬는 아버지의 앙상한 손가락들이 가느다랗게 떨렸다.

복잡한 감정들이 가슴을 헤집고 지나갔다. 서울에서 장을 봐 온 반찬이며 일상용품 따위를 정리하려고 부엌으로 들어갔다. 사람의 온기가 느껴지지 않는 것은 부엌도 마찬가지였다. 어디에도 살림의 흔적은 없었다. 엄마가 애지중지했던 부엌살림들, 예쁘고 독특하게만 생겼을 뿐 실용적 기능을 하지 못하던 국자나 집게, 여행 중 틈틈이 사서 모아둔 북유럽풍의 접시들, 갖가지 모양과 색으로 반짝거리던 찻잔들은 아버지가 손수 짜 넣은 나무 선반 위에서 화석이 되어가고 있었다. 소주병이 발에 채이고 아무렇게나 버려진 인스턴트 밥 용기나 참치캔 등이 바닥에 굴러다녔다. 가스레인지 위에 놓인 양은 냄비는 뿌연 먼지로 덮여 있었다. 냉장고 안에서 깻잎장아찌는 흰 곰팡이를 피웠고 근원을 알 수 없는 퀴퀴하고 불쾌한, 음울한 냄새가 부엌을 떠다녔다. 몇 번 헛구역질 끝에 밑반찬을 꺼내 쓰레기통에 버렸다. 냉동실에 무질서하게 채워진 검고 흰 비닐봉지에 쌓인 정체 모를 먹거리들을 들어냈다. 베이킹파우더를 물에 희석해 냉장고를 닦았다. 그러다 나는 울고 말았다. 힘 풀린 다리가 풀썩 부엌 바닥에 스러졌고, 소리를 삼키려고 손으로 입을 막았다. 아랫배가 단단해지며 뭉근한 통증이 왔다. 한번 시작한 눈물은 심연에 가라앉았던 오래된 감정까지 끌어 올리며 멈출 줄 몰랐다. 나는 울면서도 이 눈물의 의미는 무얼까, 생각했다. 아버지 방 쪽에서 간간이 영후와 아버지의 웃음소리가 섞여 들려왔다.

벼락같은 고함이 들려온 것은 아버지가 좋아하는 김치찌개를 끓이려고 육수를 우려내려던 때였다. 아버지 목소리였지만 지금까지 한 번도 들어 본 적 없는 격앙되고 날카로운 비명과도 같은 울부짖음이었다. 놀란 영후의 울음소리가 뒤를 이었고 기영의 어수선한 음성과 허둥거리는 몸놀림 등이 느껴졌는데 이 모든 것은 찰나에 일어났다. 방 안으로 뛰어 들어갔을 때 아버지는 엎드려 울고 있었고 영후는 겁에 질려 기영 품에서 꺽꺽, 힘든 숨을 넘기고 있었다.

"왜 그래요? 대체 무슨 일이냐구욧!"

날카로운 고함이 튀어나왔다. 바닥에는 하얀색 가루가 흩어져 있었고 아버지는 그것을 손바닥으로 훑으며 울고 있었다. 내가 기영에게 무슨 일이냐고 눈짓으로 물었고 그는 자기도 영문을 모르겠다는 답변을 역시 눈짓으로 보내왔다. 기영이 영후를 감싸 안으며 밖으로 나갔다. 등을 돌리고 반쯤 누운 상태로 오열하던 아버지는 말없이 가루를 쓸어 담았다. 먼지 같은 그것을 마치 금가루 다루듯 조심스럽게 손바닥으로 쓸고 또 쓸었다. 작은 유리병 안에 가루를 붓는 아버지 손은 몹시 떨리고 있었지만 한 알도 날려버리지 않겠다는 듯 호흡을 조절해 가며 안간힘을 썼다.

쌀가루처럼 뽀얀 그것을 보는 순간 나는 엄마, 하고 가늘게 신음했다. 그것은 두 손을 가지런히 모으고 잠을 자듯 관 속에 누워있던 엄마가 산화되어 흩뿌려진 모습, 바로 엄마의 얼굴이었다. 몸이 떨렸다. 나는 아버지의 굽은 등 뒤에 주저앉았다. 웅숭그린 등 위로 불거진 척추뼈가 위태롭게 아버지를 지탱하고 있었다. 거친 숨소리가 아버지에게 들리지 않도록 용을 쓰느라 깊게 숨을 몰아쉬었다. 끈적한 땀이 목을 타고 흘러내렸다. 알 수 없는 불안이 밀려와 칙칙한 방 안 공기와 함께 가슴을 옥죄었다.

얼마나 시간이 흘렀을까. 방안이 어둑해지기 시작해서야 나는 정신을 차렸다.

"무슨 일이에요?"

침착하고 냉정한 어조를 유지하려고 애썼는데 생각과는 다르게 목소리가 흔들렸다. 아버지는 대답 대신 손에 쥔 유리병만 만지작거렸다. 마당 구석 배롱나무 가지에 걸쳐있던 해가 방안 사물에 음영을 만들며 들판 너머로 사라지고 있었다. 아버지는 몸을 일으켜 옆방으로 건너갔다. 그 방은 엄마가 생전에 서재로 쓰던 작고 볕이 잘 드는 곳이었다.

기영과 영후가 들어왔고 우리는 김치찌개 없는 마른 저녁을 먹었다. 누구도 선뜻 이야기를 꺼내지 않았다. 기영이 틀어 둔 티브이만 홀로 집안의 적막을 깨우고 있었다. 원로 배우 가족의 일상을 담은 다큐멘터리 드라마를 아버지와 기영과 나는 기다렸다는 듯 밥을 한 술씩 입에 떠 넣을 때마다 오래도록 쳐다보았다.

긴 저녁 식사를 마치고 기영은 영후를 재우겠다며 방으로 들어갔고 아버지는 바람을 쐬고 싶다며 앞마당으로 나갔다. 나는 설거지를 끝내고 캐모마일 찻잎 몇 장을 다관에 넣었다. 아버지는 저녁 식사 후나 잠자리에 들기 전 캐모마일을 즐겨 마셨다. 주전자에 물을 붓고 끓이는 동안 기영과 영후의 잠자리를 보러 들어갔다.

"영후가 피곤했나 봐. 씻기자마자 곯아떨어졌어."

기영이 잠든 영후의 머릿결을 쓸어 넘기며 말했다. 목소리에 개운치 않은 여운이 돌았다. 아버지의 느닷없는 행동에 놀랐을 영후가 걱정된다는, 아버지를 이해할 수 없다는 그 나름의 섭섭함과 반감이었다.

"아까, 무슨 일이 있었던 거야?"

나는 그런 기영의 심정은 모르는 척 담담하게 물었다.

"순식간이었어. 영후가 어머니 서재에서 작은 유리병을 가지고 나왔는데 그걸 본 아버님이 불같이 화를 내신 거야. 영후 많이 놀랐을 텐데…."

기영은 영후의 이마로 코끝으로 조심스럽게 손길을 옮겼다.

"가루는 왜 엎어진 건데?"

"아버님이 병을 빼앗으려다 놓치는 바람에 뚜껑이 열렸어. 아버님 아무래도 이상해. 저런 모습 처음이라 당황스럽고 무엇보다 우리 영후가 그렇게까지 야단맞을 짓을 한 건 아니잖아. 나는 좀…."

"무슨 말을 하려는지 알아. 하지만 지금 그게 중요한 거 아니라는 거 알잖아."

나는 기영의 말을 자르고 영후의 턱밑까지 덮어 올린 이불을 가슴께로 끌어내렸다.

"알아, 알아. 아버님 우울증세 심하시다는 거, 그래서 오늘 이렇게 왔잖아. 그래도 이건 아니지. 자기도 홑몸이 아니고… 차라리 아버님을 모시고 올라가는 건 어때?"

기영은 감정을 조절해 가며 나직하게 물었다.

"그 문제는 좀 더 생각해 보자."

"자기, 아직도 아버님 때문에 어머님이 돌아가신 거라 여기는 건 아니지?"

"… 차 끓였는데 마실래? 영후는 괜찮을 거야."

무슨 말인가를 하려는 기영의 말을 채 듣지 않고 방을 나왔다. 지금 그에게서 어떤 말이라도 듣게 된다면 걷잡을 수 없는 감정에 휘말려 주저앉을 것만 같았다. 캐모마일 차를 들고 다시 방으로 들어갔을 때 기영은 내 손을 끌어당겨 앉히며 어렵게 이야기를 꺼냈다.

"저기… 그 유리병 말인데… 자기… 괜찮아? 처음엔 좀 당황스러웠는데 생각해 보니 아버님 이해할 수도 있을 것 같아. 오죽했으면 그러셨을까 싶기도 하고…."

"아버지는 늘 이런 식이야. 본인 내키는 대로, 상대방 생각은 조금도 안 하잖아."

억눌러왔던 화가 치밀어 오르며 숨이 가빠왔다. 그동안 아버지의 성공과 안락함이 엄마의 희생을 발판으로 했다는 것을 아버지는 모르는 것일까. 그래서 죽음 후엔 훨훨 날아 어디든 갈 수 있도록 해달라고, 한 조각도 남김없이 자신을 뿌려달라던 엄마의 바람 같은 건 염두에도 없었다는 말인가. 둘째 아이가 태어나기 전 아버지와 화해를 해야겠다는, 적어도 아버지를 향했던 원망만큼은 지우고 싶었던 마음이 아득해지며 다시 아랫배가 땅겼다.

"왜? 배가 또 아픈 거야?"

기영이 재빠르게 배 위로 손을 얹었다.

"좀 진정하고 천천히 숨을 쉬어. 그냥 아버님께 맡기자. 그래야 자기도 편할 것 같아."

요동치던 심장이 잦아들고 단단하게 뭉쳤던 배가 조금씩 부드러워지자 나는 기영을 바라보았다. 가끔 똑 부러지는 자기주장 없이 적당한 선에서 타협하려는 그가 우유부단하거나 무능한 건 아닌가 미덥지 못했다. 하지만 이것저것 따져 묻지 않고 기다리자고 나를 진정시키려 애쓰는 그가 고마웠다. 아버지에게 맡기자, 라고 유연하게 말해주는 기영이 든든했다. 기영은 일찍 자야겠다며 누웠다. 방에 불을 끄고 찻주전자를 챙겨 마당으로 나왔다.

앞마당 멀리 자동차 불빛이 간간이 지나갈 뿐 사방이 어두웠다. 그제야 맑은 하늘에 총총하게 떠 있는 별들이 눈에 들어왔다. 마당에 자리를 펴고 누워 쏟아지는 별을 향해 웃었던 지난 여름밤이 떠올랐다.

"내 생애 제일 잘한 일 중 하나는 이 집을 장만했다는 거야."

엄마는 들떠서 이야기했다. 이 집과 함께 엄마와 아버지의 인생 후반이 평안하고 행복할 거라 우리 모두 그렇게 믿고 있을 때였다. 처마 밑 전등 스위치를 올렸다. 어둠이 밀려나며 마당이 한눈에 들어왔다. 아버지는 자두나무 옆 벤치에서 캄캄한 하늘 너머 먼 곳에 눈을 둔 채 망연하게 앉아있었다. 미동도 없이 움츠린 모습이 일부러 배치해 둔 조형물 같았다. 자두나무는 어느새 내 키만큼 자라있었다. 가지에 '강영후'라 쓰인 이름표가 이따금 불어오는 바람에 이리저리 흔들렸다. 2년 전 영후가 태어났을 때 엄마는 기념으로 무언가 하고 싶어 했다.

"마당에 나무를 심는 건 어때?"

엄마가 낸 의견에 탐스럽고 달콤한 자두가 좋겠다는 결론을 내려

심은 나무였다. 엄마가 돌아가시기 전 몇 번이고 부탁한 그 나무, 영후의 자두나무가 아버지를 감싸듯 가지를 뻗고 있었다. 내가 다가가자 아버지는 손에 들고 있던, 불을 붙이지 않은 담배를 다시 주머니에 넣었다.

"불이라도 켜고 계시지. 어둡잖아요."

"나는 괜찮다. 영후는 잠이 들었니?"

"네. 캐모마일이에요."

차를 따라 아버지에게 건넸다. 찻잔을 받아드는 손이 떨리고 있었다. 아버지는 선생님에게 야단맞으러 나온 아이처럼 고개를 숙였다. 여남은 개 항아리가 옹기종기 모인 장독대 주변에 수선화 줄기가 가지런히 올라와 있었다. 얼마 지나지 않아 노란 꽃을 피워 올리면 단아한 엄마를 떠올리게 할 것이다. 울타리 삼아 돌려 심은 남천이 넓은 마당과 바깥 길을 구분 짓고, 잔디와 오래된 기와지붕의 곡선이 어울릴 듯 말 듯 묘한 분위기를 지어내고 있었다. 예쁘고 정갈한 집.

"아버지, 왜 그러셨어요?"

나는 이렇게 물어놓고 스스로 놀랐다. 어쩌면 아버지는 예상하고 있을지 모를 질문이었지만 그 시기가 지금이 맞는 건지는 나 자신도 알 수 없었기 때문이었다.

"미안하구나."

"그 말을 들으려는 건 아니에요. 아버진 한 번도 이유를 말씀하지 않았어요. 왜 그때 엄마 곁에 없었는지."

"곧 돌아오려고 했단다. 아니다, 엄마 소식을 듣고 당장 비행기 표를 구하려고 했지만 어쩔 수 없었지. 난 오려고 했다."

"결국은 늦게 오셨죠. 아버지가 네팔로 떠날 때는 이미 엄마 병이 위중하다는 걸 아셨잖아요. 가지 말았어야 했어요."

"난 정말이지 그럴 줄 몰랐다. 느이 엄마가 그렇게 버티지 못하고 서둘러 갈 줄 알았다면 나도 히말라야 등반을 포기했을 거다. 하지만 얘야 이 애비도 그때 멈출 수가 없었다. 30년 공직 생활을 마치고 퇴직했을 때 나는 누군가, 어디쯤 와 있는 건가, 이제 어디로 가야 하는가, 느닷없는 절망과 허무함에 견딜 수 없었지… 그곳에 다녀오면 내 안에서 소용돌이치는 알 수 없는 불안과 상심이 가라앉으리라 희망했단다."

"엄마는 마지막까지 아버지를 찾았죠. 혀가 굳어 말은 할 수 없었지만 엄마는 기다렸어요. 죽음과도 같은 힘든 시간이 지나면 내일은 올까, 잠시 잠든 사이에 오지 않을까, 정신을 놓지 않으려 안간힘을 썼죠."

"미안하다…."

"아버지는 평생 엄마를 기다리게 했어요."

아버지는 머리를 움켜쥐었다. 아버지와 나 사이에 넓은 강이나 깊은 계곡이 있어 우리는 서로의 마음에 닿을 수 없는 것처럼 막연하고도 지난한 시간이 흘렀다. 캐모마일 차가 식었고 서늘한 바람이 목덜미에 닿을 때마다 팔뚝에 오스스 소름이 돋았다. 희미한 달빛이 사위를 더욱 스산하고 불안하게 만들고 있었다.

"이제 그만 엄마 보내주세요."

감정이 섞이지 않은 낮은 목소리였는데 아버지는 손으로 얼굴을 감싸며 흐느끼기 시작했다. 어떻게 해 볼 겨를도 없이 오열하는 모습에 가슴이 서늘해졌고 아랫배가 다시 아팠다. 예정일이 아직 두 달 남았지만 알 수 없다고, 조심하라던 의사의 말이 떠올랐다. 나는 한 손으로 배를 문지르며 다른 손으로 아버지의 등에 손을 얹으려다 그만두었다. 아버지에게 울 시간이, 고통의 눈물 한 방울까지 들어내야 할 시간이 필요할지도 몰랐다. 아버지의 울음소리는 깊은 동굴에서 메아리치듯 웅웅거리기도 했고 모래바람이 이는 것처럼 팍팍하기도 했다.

그러다 어느 순간 아버지는 구부렸던 몸을 세우고 담담하게, 너무나 차분하게 말을 이어갔다.

“영후 에미야, 나는 느이 엄마에게 몹쓸 짓을 또 하고 말았구나. 엄마를 그렇게 보내고 절 뒷산에 뼛가루를 뿌리던 날, 나는 잠시 정신을 잃은 것 같다. 산에서 내려와 담배를 피우려고 주머니에 손을 넣었는데 뭉클하게 무언가 만져지더구나. 꺼내 보니 엄마의 유골 가루가 들어 있었어. 얘야, 정말이지 나는 그러려고 한 건 아니었다. 내가 감히 어떻게 그런 마음을, 제정신이 아니고서야 어떻게 그럴 수 있었겠니….”

몸속에 있던 눈물이 다 쏟아져 나와 한 방울도 남아있지 않은 것처럼 아버지 목소리는 건조했다. 퀭한 눈동자만 반짝거리며 내 가슴을 후비고 있었다.

“그래도 엄마는 아버지를 원망하지 않았어요. 편안하게 눈을 감았죠.”

“살면서 그때만큼 후회한 적은 없었단다.”

아버지는 어두운 하늘을 올려다보며 말했다. 짧은 한숨 소리가 함께 새어 나왔다.

평생 일밖에 모르던 아버지였다. 엄마는 병과 싸우는 자신을 두고 떠났던 아버지를 이해했던 걸까. 퇴직 후에 주어진 긴 시간 앞에서 막막했을 아버지를 기다리지 못한 것은 엄마가 아니라 나였을지 몰랐다. 엄마의 체취가 그대로 남아있는 이 집, 발 디디는 곳곳마다 엄마가 떠오르는 이 집에서 죄책감과 슬픔으로 고통스러웠을 아버지가 가여웠다. 살아서 애틋한 감정 한번 제대로 표현하지 못했던 아버지, 엄마의 유해라도 붙들고 사랑한다 말하고 싶었을까. 아버지의 사랑법은 저렇게 품에 간직한 채 놓지 못하는 것일까. 어쩌면 아버지를 이해할 수 있을 것도 같았다. 아버지를 남겨두고 일어나 엄마의 서재로 들어갔다.

이 집을 마련하고 엄마가 가장 많은 시간을 보내며 애정과 눈물과 기쁨과 슬픔을 공유했던 공간, 엄마의 서재는 이 세상에 엄마가 없다는 사실을 모르는 듯 태연하게 옛 모습 그대로였다. 6개월이 지나도록 돌아오지 않는 주인을 기다리고 기다리고 끝내 기다릴 모양새였다. 해외 출장으로 많은 날 집을 비웠던 아버지 대신 엄마 곁을 지켜 준 오래된 책들이 두 평이 안 되는 방을 채우고 있었다.

마흔이 되던 해에 수필로 등단했던 엄마는 소설을 쓰고 싶어 했다. 작은 일조차 아버지와 의논해서 결정했던 순종적인 엄마의 꿈은 그러나 꿈으로만 그쳐야 했다. 사무관 승진을 앞둔 아버지는 엄마가 자신에게 집중하길 원했다. '사무관만 달면, 그때 당신 하고 싶은 거 해.' 하지만 엄마가 하고 싶은 일을 시작할 기회는 좀처럼 오지 않았다. 누구보다 출세를 지향했던 아버지는 능력을 인정받아 사상 최단 시간에 서기관으로 승진했다. 그 후로 엄마는 안팎으로 아버지의 손과 발이 되어 뒤치다꺼리를 해야 했다. 아버지는 엄마의 꿈 같은 건 잊은 듯 보였다. 이제 엄마가 하고 싶은 일 하라고 말하던 내게 '느이 아버지 마음 불편하게 하면서까지 뭘... 나중에, 나중에 하지.'라고 말했다. 그리고 그 나중은 영영 기약할 수 없게 되었다.

책상 서랍을 열었다. 가지런하게 정리된 서랍 속에서 갈색 리본을 묶어 둔 상자가 눈에 띄었다. 상자에는 스킨과 로션, 핸드크림 샘플들이 종류별로 질서 있게 놓여있었고 '내 나라 맛집 지도'라든가 '드라이브하기 좋은 코스 100선' 따위의 안내서가 쌓여있었다. 엄마는 어디로 가고 싶었던 걸까. 상자 밑바닥에서 장기기증 등록카드를 꺼냈다.

나는 생명나눔을 실천하기 위해 아래와 같이 장기기증 등록을 합니다.

사후 각막

뇌사 시 모든 장기(각막, 신장, 간장, 심장, 췌장 등)

생존 시 신장 기증

인체조직(뼈, 피부, 인대 등)

항목마다 브이 표로 체크된 하단에는 엄마의 이름과 서명이 날인되어 있었다.

내가 결혼을 앞두었을 때 엄마는 장기기증 서약을 했다고 알렸다. '생각해 보니 이 나이 되도록 남을 위해 한 일이 별로 없더라. 그래서 말인데'라고 운을 뗀 엄마는 건강검진을 받았고 이상이 없다는 결과에 만족하며 장기기증을 약속했다. 엄마의 바람과는 달리 서약서는 쓸모가 없었다. 엄마는 병중에도 그 점을 아쉬워했다. 그러면서 '너도 아이 낳고 키우면서 항상 주변에 감사하는 마음을 가져야 해.'라고 힘주어 말했다. 선하고 아름다운 사람이었구나, 엄마는. 카드를 주머니에 넣고 벽에 걸린 원피스로 다가갔다. 엄마의 흔적을 간직해야겠다고 마음먹었을 때 떠올린 것이 푸른 옷소매의 이 원피스였다. 풍성한 주름이 잡힌 치마가 발목 길이로 내려오고 푸른색 소매가 비칠 듯 말 듯 부드럽게 팔을 감싸는 모양의 원피스. 엄마가 유난히 즐겨 입었던 탓에 내가 '여왕 그린 슬리브스'라는 별명을 붙여주었던 기억이 났다. 아담하고 살집이 없던 엄마가 이 원피스를 입으면 기품이 있어 보였고 실제로 영화 속의 왕비 앤처럼 우아했다.

몇 해 전 어느 문학의 밤 행사에서 시를 낭송하던 엄마의 모습이 아직도 생생했다. 시 낭송을 마쳤을 때 쏟아지던 박수 속에서 엄마는 환하게 웃었는데 그동안 보아온 그 어떤 때보다 행복해 보였다. 좀처럼 볼 수 없었던 자신감이나 성취감으로 엄마 얼굴은 상기되어 있었다. 그날 푸른 옷소매의 원피스를 입은 엄마는 눈이 부셨고 그 모습은 내게 짙은 이미지로 남았다. 고귀하고 우아했던 엄마는 그렇게 떠났고, 그리고 6개월이 지났지만 아버지와 나는 어색하게 소원해졌다. 우리 각자는 엄마를 잃은 상실감과 아픔이 너무 커 서로를 살피지 못했다. 서로를 보지 못했을 뿐 아니라 자신도 추스르지 못한 채 그저 견디고 있었다.

둘째의 임신 사실을 알게 되었던 날 엄마의 시한부 선고도 함께 받았다. 나의 축복이 엄마의 병을 담보로 한 것은 아닌지 두려웠고 미안했다. 나의 불안함과 황망함은 엄마가 급격하게 진행되는 병과 싸울 때 살뜰하게 챙기지 못했던 아버지에 대한 원망으로 옮겨갔다. 나는 아버지를 외면하고 미워함으로써 스스로에게 면죄부를 주었다. 아버지는 그사이에 우울증이 깊어졌고 술에 의존해 지냈으며, 기영은 아버지와 나 사이에서 어떤 역할이든 하고 싶어 했으나 나는 곁을 주지 않았다. 아버지가 겪고 가야 할 과정이라 매몰차게 말했다.

옷걸이를 빼내자 원피스는 형체를 잃고 힘없이 가라앉았다. 팔을 잃은 사람처럼, 다리를 빼앗긴 사람처럼 주저앉았다. 문득 아버지가 움켜쥔 유골 가루가 엄마의 팔이나 다리는 아니었을까, 그래서 온전한 몸을 갖지 못한 엄마가 원하는 곳으로 가지 못하는 것은 아닐까 생각했다. 아버지가 원망스러웠다. 아니, 안쓰러웠다. 놓을 수도 잡을 수도 없었던 막막한 시간, 그 속에서 아픔을 견뎌내야 했던 아버지. 이제 아버지의 짐을 덜어줘야 할 때가 되었다. 나는 원피스를 무릎에 덮고 엄마가 책을 보다가, 창 밖 하늘을 보다가 잠깐씩 눈을 붙였을 자리에 누웠다.

한기를 느끼고 눈을 떴을 때 어스름하게 새벽이 오고 있었다. 가볍고 상쾌한 공기였다. 원피스를 접어들고 마루로 나섰다. 기영과 영후가 잠든 방은 고요했고 아버지 방문도 닫혀있었다. 마당의 벤치 위에 그대로 놓인 찻잔과 주전자를 보며 어젯밤 일이 꿈은 아니었을까 생각했다.

무를 삐져 넣은 맑은 북엇국으로 아침을 준비했다. 기영과 영후가 잠에서 깨어 마당을 산책하는 동안에도 아버지는 보이지 않았다. 방은 비어 있었고 이불을 폈던 흔적도 없었다. 전화를 걸어봐야겠다고 돌아서는데 집 뒤편에서 아버지가 허청거리며 나타났다. 옆에서 누가 붙잡지 않으면 금방이라도 쓰러질 듯 아버지는 아슬아슬하게 걸음을 뗐다. 오랜만에 아버지 얼굴을 자세히 들여다보았다. 기세 좋던 풍채와 윤기로 빛나던, 옛날에 태어났으면 재상감이라고 할머니가 자랑스러워했다던 높은 이마는 없었다. 앙상한 손목과 팔다리로 간신히 버티고 있었는데 들판 허수아비에 씌워 놓은 것처럼 셔츠와 바지가 제멋대로 펄럭거렸다. 밭에라도 다녀왔는지 신발 끝이 젖어 있었다. 아버지는 깊은 고민의 시간을 보낸 흔적이 역력했지만 눈빛만은 살아있어 어제처럼 초점 없이 허공을 배회하는 모습은 아니었다. 무언가 중대한 결심이라도 한 것처럼 앙다문 입술에는 결기마저 느껴졌다.

아침상을 차렸다. 기영이 국물에 밥을 말아 영후 입에 떠 넣었다. 물끄러미 바라보던 아버지는 조용히 숟가락을 놓고 일어섰다.

“미안하다. 입맛이 없구나. 너희들은 아침 먹고 올라가거라.”

유리병에 담긴 엄마의 유해 가루에 대하여 아버지는 입을 다물고 있었지만, 아버지 스스로 엄마를 보낼 방법을 찾았다는 것을 알 수 있었다. 의아해하는 기영을 재촉해 짐을 챙겼다. 영후는 어느새 할아버지 품에 안겨 떨어지지 않으려 했다.

아버지는 영후의 볼을 쓰다듬고는 천천히 영후를 내려놓았다.

"영후야, 다음에는 할아버지와 시장에 놀러 가자."

아버지와 영후가 새끼손가락을 걸며 약속했다. 나는 아버지에게 이르듯 큰 소리로 영후에게 말했다.

"영후야, 스무 밤만 자면 할아버지 우리 집에 오실 거야. 기다릴 수 있지?"

아버지는 환한 웃음으로 우리를 배웅했다. 기영과 영후가 차에 오르는 것을 보고 아버지 곁으로 갔다.

"이거 엄마 서재에서 찾았어요."

엄마의 장기기증 카드를 아버지 손에 쥐여 주었다.

"어쩌면 엄마의 콩팥이나 심장, 아니면 팔이나 다리였을지도 모르는 것들을 아버지와 내가 붙들고 있는 건 아닌가 하는 생각이 들었어요."

"……"

아버지 눈동자가 흔들렸다. 아버지의 손 위로 내 손을 포개어 잡았다. 거칠었지만 따뜻했다.

"더이상 엄마 기다리게 하지 않으셨으면 좋겠어요. 밥 잘 챙겨 드시구요."

"그래… 걱정 말거라. 내가 어떻게든 돌려놓을 테니."

차가 안 보일 때까지 서 있는 아버지 모습이 이리저리 흔들렸다. 고속도로에 들어섰을 때 기영이 걱정스럽다는 듯, 하지만 오래 참았다는 듯 물었다.

"아버님, 별일 없으시겠지? 저렇게 계시게 해도 괜찮을까?"

"응, 아무 일 없을 거야."

"아버님과 이야기 좀 나눴어?"

"응, 그냥."

기영은 더 묻지 않았다. 나는 아버지가 '걱정 말거라. 내가 어떻게든 돌려놓을 테니.'라고 했던 말을 되뇌었다. 아버지는 그럴 것이다. 어떻게든 돌려놓을 것이다.

이틀 뒤, 새벽에 갑작스러운 진통으로 응급실에 간 나는 출산을 했다. 두 달을 미처 채우지 못하고 나온 아이는 선한 눈매에 동글동글한 콧방울을 한 딸이었다. 인큐베이터에서 첫 세상과 마주하겠지만 크게 걱정되지는 않았다. 기영으로부터 소식을 받은 아버지가 편지와도 같은 긴 문자를 보내왔다.

'정연아, 네가 와줘서 고마웠다. 애비로서 면목이 없지만 네 엄마의 마지막을 내 손으로 정리할 기회를 줘서 고맙구나. 내가 부질없는 짓을 저질렀더구나. 그날 내 손안에서 흩어지는 엄마를 붙잡고 싶었다. 미안하다는 말도 못 한 채 그냥 보낼 수는 없었다. 그 순간 한 줌을 집어 주머니에 넣고 말았다. 그 후 나는 먹을 수도 잠을 잘 수도 없었다. 네가 다녀가던 날, 밤새 생각해 보았다. 어떻게 하면 네 엄마를 온전하게 보내줄 수 있을까. 엄마의 죽음은 끝이 아닐 거다. 그 숨결은 바람 속에서, 햇빛 속에서 머물며 우리 곁에 있지 않겠니…'

목이 메어 더 읽을 수가 없었다. 눈물이 손등으로 한 방울씩 떨어졌다. 아버지는 둘째 아이 이름이 정해지는 대로 알려달라고 했다. 살구나무를 사다가 영후의 자두나무 옆에 심을 거라고도 했다. 손녀 이름을 새겨 넣을 나무판을 직접 만들겠다고, 완성되면 보여주겠노라고 했다.

나는 기영에게 둘째 아이 이름 짓는 것을 서두르자고 했다. 퇴원하면 장롱 안에 넣어 둔 푸른 옷소매의 원피스를 꺼내어 절에 가져갈 생각이다. 아버지와 내가 붙들고 있던 엄마를 이제는 정말 보내야겠다. 그렇다고 우리가 영원히 헤어지는 것은 아니다. 〈終〉

전현서

2021년 『한국소설』 신인상에 단편소설 「스틸」로 당선. 여행기 『국립공원 힐링로드 77선』, 『오늘은 태안』(이상 공저), 『도도한 여행 우이도』를 썼다.

〈작가노트〉

시절인연

전현서

한참 주눅이 들어 있을 때였다. 10년 가까이 글공부를 한다고 식구들과 주변에 소문은 났는데 정작 이렇다 할 결과를 보여주지 못해 조바심을 내던 시기. 스스로 재능을 의심하면서도 문우들과 만나 소설이야기를 할 때면 나도 작가가 된 듯한 착각으로 한번씩 들뜨곤 했었다. 그러다 집으로 돌아오는 버스 안에서 문득 정신을 차려보면 갈 길은 멀고도 아득했다. 책상에 앉아 몸살을 앓다가 어쩌다 술술 글이 써지기라도 하면 금세 또 뭐가 될 것처럼 눈앞이 환해졌는데 이상하게도 그럴 때마다 피치 못할 일이 생기곤 했다. 어머님이 아프시거나 집안에 단속해야 할 자잘한 일들이 불쑥불쑥 튀어나와 글을 쓰지 못한 핑계가 되었다. 재능을 타고나지 못한 것도 씁쓸한데 우주의 기운이 나를 외면하는구나, 상심하기도 여러번이었다.

마음을 다잡고 신춘문예에 최적화된 수업을 한다고 정평이 난 어느 글쓰기 교실에 들어갔다. 커리큘럼에 따라 배운 대로만 하면 글쓰기 근육이 단련되지 않을까 하는 기대와 다짐으로 몇 개월 애를 썼다. 과연 훌륭한 강의와 젊은 사람들의 빛나는 아이디어는 나를 긴장시켰으며 의욕을 갖게했다. 하지만 그뿐이었다. 어느 순간 그들과 발맞춰 가는 일이 버거워지더니 전보다 더 깊은 좌절이 밀려왔다. 아무래도 이쯤에서 그만두어야겠다고 포기하고 있을 때, 문우 하나가 김지연 선생님이 하시는 마포소설교실을 알려주었다. 기대는 없었다. 강의와 선생님의 문제가 아니라는 것, 쓰지 못하는 내 자신의 문제라는 것을 알고 있었기 때문이었다. 하지만 정말 마지막으로 한 번만 더… 나는 마포에 입성했다. 우선 마음이 편안했다. 강의실 안에 흐르는 공기가 마음을 안정시켜주었는데 생각해보니 선생님 얼굴에서 떠나지 않던 미소때문이었던 것 같다. 부드러우면서도 절제된 카리스마. 첫날 선생님은 '나의 이야기'를 써 보라고 하셨다. 그것이 글쓰기 기본이 되어 있는지를 가늠해 보시는 테스트 비슷한 것이었겠지만 전혀 부담스럽지 않았다. 편안하고 솔직하게 짧은 인생 이야기를 풀었다. 그러고 나니 선생님과 문우들이 아주 오랫동안, 어쩌면 전생부터 함께 공부했던 사람들이 아닐까 생각이 들었다.

인원이 적어 합평작을 내야 하는 시간이 숨가쁘게 돌아왔고, 더러 내 순서를 건너뛰기도 하면서 버틸 수 있었던 건 선생님의 가르침 덕분이었다. 그것은 격려였다. 선생님은 부족한 글에도 용기를 주셨고 기어이 장점을 찾아 칭찬해 주셨는데 나처럼 유약한 사람에게 그것은 강력한 동기부여였다. 선생님은 기다려주셨고 마침내 작은 결실을 얻었을 때, 나는 시절인연을 떠올렸다. "시절인연이 도래하면 자연히 부딪혀 깨쳐서 소리가 나듯 척척 들어맞으며 곧장 깨어나 나가게 된다."라고 했던가. 먼 길을 돌아 선생님을 만나고 글맛을 알게 되었던 것이 어찌 우연이겠는가. 모든 것이 감사할 따름이다.

〈단편소설 23〉

빛의 메모리Memory

조순자

이제 너를 생각하면 나는 너를 자세하게 묘사할 자신이 없다. 네 얼굴의 눈 코 입 어느 것도 기억이 희미하다. 심지어는 너의 말소리, 네가 좋아했던 음식이나 취향도 뚜렷이 아는 게 없다.

다만 너를 처음 보았을 때 강렬했던 이미지, 네 전체가 하나의 큰 빛 덩어리로 다가왔던 게 뚜렷하게 내 뇌리에 남아있을 뿐이다. 그때 내 느낌으로 너는 지상의 속한 여자가 아니고 하늘에 소속된 듯 멀고 이질적이고 또는 함부로 건드릴 수 없는, 나도 이해할 수 없는 이상한 경외감을 느꼈다고나 할까.

너는 청바지를 입고 성큼성큼 걷는 다리가 길쭉했고   을 덮은 헐렁한 귤 감색 울 재킷이 너 스스로 뿜어내는 아우라 속에 흐릿한 윤곽으로 꿈속에서인 양 남아있다. 너의 뽀얀 자연피부, 쌩얼을 디테일하게 그려내기보다 그것마저 순수하고 맑은 아침 첫 햇살에 반짝이는 이슬방울의 이미지로 뭉뚱그려 브레인 기억 창고에 톡 떨어졌었다.

네가 처음 나를 보며 미소 지었던가. 알 수 없다. 다만 하나의 커다란 광채로만 보였으니까.

사실 나란 놈은 질이 좋은 녀석은 아니다. 특히 사춘기를 지나며 여자라는 동물의 쓰임새를 알고부터는 멋모르고 다가오는 어린 계집애나 예쁜 아가씨 또는 율동적으로 엉덩이를 흔들며 유혹적으로 눈길을 끄는 여자들을 닥치는 대로 포식했다. 그리고 끝을 본 다음엔 씹다 버린 츄잉껌처럼 아무렇게나 뱉어 버렸다. 하기사 한 계집애는 그런 중에도 집요하게 찰거머리처럼 달라붙어 이날 이때까지 떨어지지 않고 있지만 쩝! 하지만 기본 메뉴로 하나쯤 남겨두는 것도 나쁘지 않지.

그런데 너를 처음 본 순간 나 자신 놀랍게도 본능적으로 또는 반사적으로 마음의 소리를 들었다.

'쟤는 건드리지 마라, 다만 지켜줘야 한다. 땅에서 뭇 남자의 먹잇감이 아니다. 하늘에 속한 아이니까 하늘에 돌려줄 때까지 세상의 때가 묻지 않게 잘 건사해 주는 게 이 땅 사내들 중 특히 너의 사명이다'

이런 젠장 무슨 개구리 뒷다리 들고 체조하는 소리가 들리는 거다.

"오빤 왜 잔뜩 찌푸리고 나를 봐요? 뭐 잘 못 됐어요?"

참으로 어리고 천진한 목소리에 나는 움찔 놀랐다. 처음 보는 낯선 아이란 걸 자각하며, 내가 선배라는 우월감으로 슬쩍 목소리를 깔아 거만하게 물었다.

"너는 누구냐?"

"엊그제 입학한 캠퍼스 초보 쟈니키타예요. 같은 과 선배님께 인사하고 있는데요."

"쟈니키타, 그런 이름이 어딨냐? 농담 따먹기는 집어치우고"

"너무 길면 키타는 빼시던지요."

너는 별일 아니라는 듯 심드렁하게 말했다.

"알았다, 쟈니라고 부르면 되겠구나. 오늘은 햇볕이 쎄구만, 난 먼저 들어간다."

난 우리 노탱들이 모여앉아 지나다니는 애들 품평이나 하고 쓸데

없는 개그 놀이나 하는 본관 건물 앞 벤치에서 몸을 일으켜 강의실로 들어갔다. '무신 개풀 씹어먹는 소리, 쟈니키타가 이름이라니 말야' 마음속으로는 투덜댔지만 굉장한 광채에 시각이 마비되었던 눈은 아직 제 시력을 회복하지 못해서 건물 안 어두컴컴한 복도에서 잠시 휘청거렸다.

"요즘 한국서 유학이랍시고 오는 애들 말이야. 현지에 적응해서 열공할 생각은 개뿔도 없고 지들 끼리끼리 모여 잘도 놀더라. 주말 저녁이면 뉴욕씨티 나이트로 튀는 거야, 간도 크지,"

평소 쓸데없이 흥분 잘하는 영철이 포문을 열었다.

"요새 젊은것들을 어째 막냐. 지들 하고 싶은 대로 살다가 죽는 거지"

노탱 멤버들이 대여섯 모였으니 대화가 제법 활기차다. 노탱은 글자 그대로 대학생치고 몇 년씩 꿇어 나이 좀 들은 '아재' 같은 애들이다. 따라서 이들의 대화는 약간 노파심 비슷하고 회고성 다분한 얘기들이 오간다.

필라델피아 시티 한복판에 자리한 템플 대학교는 공룡대학이다. 세계 각처에 해외 캠퍼스를 두고 그들이 쉽게 들어올 수 있도록 적극적인 홍보를 한다. 입학 과정이 까다롭지 않고 학비도 비교적 저렴하다. 따라서 세계 각국에서 몰려든 학생 수가 대단히 많고 이들의 수요충족을 위해 학교 시설 규모도 해마다 커져 이제는 손꼽히는 매머드 대학이 되었다.

캠퍼스에서 한국 유학생들도 꽤 많이 보게 된다. 또한 교포 학생들도 미주 원근 각지에서 모여들어 한인 학생들은 어디서나 쉽게 눈에 띄었다. 그런데 묘한 것이 얼굴도 비슷하고 언어도 동일권인 유학생들과 토박이 교포 학생들은 결코 섞이지 않는다는 것이다. 유학생파와 교포파로 나누어져 서로 눈도 맞추지 않고 물과 기름처럼 겉돈다. 왜일까, 여러 추측이 난무했지만, 교포 측 노탱들은 불만이 많았다.

"짜식들이 말이야 한국에서 시시한 대학은 가기 싫구 인서울In seoul 대는 실력이 딸리니 핑계 좋게 유학이랍시고 온 거 아니냐, 집에서 또박또박 부쳐주는 돈에 잔소리하는 부모도 가까이 없겠다. 시간은 널널하겠다 가뜩이나 날라리 노는데 이골난 놈들이 이 신천지에 와서 공부에 집중이 되겠냐?"

상당히 신랄한 캐빈의 말이다.

"그래두 굼벵이도 구르는 재주가 있다고 그치들 똘똘 뭉쳐서 족보 돌리며 학점 메꾸는거 보통 통빡 아니더라. 족보가 선배부터 척척 대물림되어 학점은 어영부영 채우며 넘어가는 거야. 짜식들 눈치만 빠삭해 갖구 말야"

영철이 아니꼽다는 듯 침을 찍 뱉으며 말했다.

"와우! 걔들 뒷배경 장난 아니더라, 오자마자, 럭세스, 비엠더블유, 쌈쌈한 스포츠카 포르세, 그런 죽여주는 신차를 빼서 몰고 다니니 계집애들이 안 꼬이겠니?

이십 년이 다 되어 털털거리는 쉐비 웨건을 몰고 다니는 창수가 눈을 부라리며 말한다.

여기 노탱들은 사실 그런 호사를 누릴 처지가 아니다. 강의가 없을 땐 부모 옆에서 비즈니스를 도와야 하고 용돈도 노동과 바꾸며 스스로 해결해야 했다. 장학금이 아니면 부모에게 학비를 기댈 수 없으니 공부하는 게 온통 론(학자금 대출)이고 그나마 학업에 올인할 형편이 안되면 과목별로 수강 신청해서 졸업 학점을 맞추려니 하세월 나이만 먹고 학업에도 요령이나 부리는 능구렁이가 되었다.

"야 밥, 아까부터 왜 길만 보냐? 누구 기다려?"

영철의 말에 몽롱하던 나는 고개를 돌렸다. 딱히 누구라 할 거 없이 자꾸 정문 쪽에서 들어오는 애들에게 눈길이 가고 있었다. 누구를 기다리는지는 스스로도 확실하지 않다. 역시 말없이 우르르 우르르 몰려들고 나는 학생들을 바라보던 아담이 불쑥 말했다.

"이번 학기에 새로 들어온 법대 지망 신입생, 쟈니라고 했던가, 그 기집애는 유학파니? 교포파니?"

불쑥 여럿에게 물었다.

"걔 유학생 아니다, 짜식아, 말씨 좀 교양적으로 써라. 기집애가 뭐니"

나는 대답인지 뭔지 화가 난 목소리로 퉁명스럽게 아담에게 쏘았다.

"햐 저는 더한 말도 잘하면서 새삼, 뭐 못 먹을 거 먹었니?"

아담이 내게 턱을 쳐들고 항의하자 나는 대꾸 없이 벌떡 일어나 건물 안으로 들어갔다.

어젯밤 너의 집 앞에서 오랜 시간 머물며 네 생각을 했다.

너는 어제저녁 7시 반에 집으로 돌아왔다. 네 방에는 8시쯤에 불이 켜졌고 그 불은 오랫동안 꺼지지 않았다. 너의 오렌지빛 환한 창문을 바라보며 네가 무엇을 하고 있을지 머릿속에 그려보는 게 무척 흥미로웠다. 너는 방에 들어오자 백팩을 책상 위에 던지고 네 연한 살구색 피부를 감싸고 있던 투박한 청바지를 벗어 던진다. 베스룸에 들어가 머리를 감고 따뜻한 물줄기를 맞으며 바디클린져를 풀어 온몸에 골고루 칠한다. 레이스 같은 비누 거품으로 뒤덮인, 물줄기 속의 너의 나신, 거기서도 눈 부신 빛을 뿜을까, 잠깐 상상 속의 유리문이 수증기로 덮인 듯 뿌예지며 현기증이 났다. 젖은 긴 머리는 해초같이 네 어깨를 덮고 너는 기분 좋은 콧노래를 흥얼거릴까. 상상은 한없이 이어진다. 늦도록 불 켜진 네 창문을 바라보며 마감이 빠듯한 리포트 작성에 잠을 잊은 걸까 짐작해 보기도 했다.

새벽 두 시가 넘어서야 네 방 창문에 불이 꺼진 것을 확인하며 나도 서서히 네 집 앞을 떠났다. 네게 주려고 준비해 간 꽃다발은 이미 시들고, 시들어가는 장미 향이 차 안에 숨 막히도록 가득해 차창을 내려 심호흡을 했다. 참 제 버릇 개 못 준다고 하지 않던가, 건들지 않기로 맹세한 하늘의 아이, 너를 욕심내서 너를 꼬시려 네 집 앞을 서성이는 내 놈이 한심하다. 너를 유혹하려고 준비했던 꽃다발을 망설이느라 주지 않은 게 결국에는 다행이야 휴우!

쟈니, 너를 보면 내라는 인간이 아주 비열한 속물이라는 생각을 떨칠 수가 없어 그 이유는 나도 모르면서 공연히 주눅이 들어. 여태까지 내가 본 여자들은 그저 허기나 채워 주는 먹거리였던 생각이 네 앞에 선 무지 부끄럽고 수치스러운 짓이었다는 걸 뼈저리게 느끼게 되는거야. 이게 뭔 해괴한 감정인지. 천하의 카사노바 밥이 어떻게 된거 아냐?

대개의 계집애들은 감히 생각지도 못했던 멋진 사내에게서 근사한 저녁 식사에 초대받고 꽃다발로 프로포즈까지 받으면 꼴딱 넘어가거든. 특히 너 같은 애송이 초짜들 말이야. 하지만 너를 대상으로 그런 사기성 코스프레를 할 맘이 싹 가셨어, 이유는 잘 모르겠지만.

난 내 수준에 맞는 다른 계집애한테나 가서 이 허전한 맘을 풀어내야겠구나. 쟈니 너에게 내 더러운 욕망의 꾸정물을 덮어씌울 수 없어. 잘 자라 천사 같은 쟈니.

나는 전의를 상실한 패잔병처럼 후줄근하게 그 집 앞을 돌아서 차를 몰았다.

애리는 잠결에 도어락 푸는 삐삐 소리를 들었다. 살짝 눈을 떠 보니 새벽 세 시가 다 되어가고.

'바부탱이 밥, 여태껏 어디로 싸돌아다니고 이 한밤에 내게 기어들어 오냐 말이다'

밥이 문을 살짝 닫고 들어오는 기척에도 애리는 자는 척 누워있었으나 샛눈을 떠 그의 움직임을 살폈다.

'어라, 이 늦은 밤인데도 술기운 하나 없이 멀쩡한 얼굴이네' 더하여 평소 보지 못하던 낯선 진지한 표정에 짐짓 엄숙함마저 보인다. 밥은 샤워실에 들어가 대강 몸을 씻고 아직 물기가 남은 몸으로 애리 곁에 누웠다. 그러나 그는 반듯이 누워 천정을 올려다본 채 애리가 듣든 말든 그녀에게 말을 한다.

"애리야 내가 본 중 가장 이상한 여자애를 만났어. 내 평소 버릇대로 걔를 먹어버리면 신에게서 큰 벌이 떨어질 것 같아 차마 손을 뻗을 수 없는--- 아르테미스의 신성한 흰 사슴 같은 아름다운 여자애야"

'흐훙 아닌 밤중에 웬 김밥 옆구리 터지는 소리' 하고 비웃던 애리가 다음 순간 펄쩍 정신이 든다. 이러다 몇 년째나 공들이고 있는 내 남자 뺏기는 거 아냐? 이상한 기집애가 눈앞에 어른대다 바부탱이 혼을 휘리릭 빼가면 --? 절대 그럴 수 없지. 애리는 여전히 몽롱한 기분으로 중얼대고 있는 밥의 입을 막으며 그의 젖은 머리카락 얼굴을 가슴에 꼭 안았다.

"밥, 우린 지상의 법칙에 충실하면 되는 거야 바부탱아"

애리는 밥의 귀에 달콤하게 속삭였다.

"오빠, 오빠는 나를 되게 좋아하는구나!"

너의 한 옥타브쯤 높은 목소리에 나는 펄쩍 놀라 우선 주위부터 둘러보았다. '얘가, 얘가 뭘 믿고 이렇게 앞서가니' 독심술이라도 배웠던 거야. 하지만 난 무심한 척 말했다.

"너 도끼병이 단단히 든게야, 너무 들이대지 마라. 소문나면 네가 곤란하다"

"오빠가 나를 좋아한다는 이유를 몇 가지로 대 볼까요?"

너는 장난꾸러기가 되어 거리낌 없이 다가오며 킥킥 웃었다.

"첫째, 오빠의 시선은 늘 나를 따라다녀요. 근데 웃기는 건 내가 보면 얼른 시침을 떼고 딴 데를 봐요.

둘째, 다른 사람들에게는 늘 유쾌하고 재미있다가도 나를 보면 갑자기 무뚝뚝하고 부자연스럽게 버벅대다 머쓱하게 자리를 뜨고 말아요."

"흠, 제법 논거가 그럴듯해,"

나도 모르는 사이 흥미를 느끼며 세 번째는 뭐냐고 물었다. 쟈니는 더욱 얼굴을 내 가까이 디밀어 눈을 가늘게 뜨고 작은 소리로 말했다.

"오빠는 왜 번번이 우리 집 앞에서 나를 감시하지요? 나 점점 무서워지려 해요"

아, 그건, 그건 하며 손이 머리로 갔다. 머리를 두 손으로 감싸고 마구 긁적댄다.

"그러니까 오빠, 의심스런 행동 말고 자수하여 광명 찾자구요. 쟈니는 품이 넉넉한 여자랍니다"

나는 앞뒤 없이 불쑥 말했다.

"너, 너 볼링 좋아하니? 생각 있으면 토요일에 우리 단골 빅토리 볼링장으로 나와라"

그래서 너는 우리 노팅팀에 자주는 아니지만, 가끔 함께 어울렸다. 때로는 네 친구들까지도 합세해 우리 노팅들에게 참신한 바람을 일으켜 주었다. 진정 우리 노팅들은 후레쉬맨 너희 친구들로 인해서 신선한 공기를 공급받자 아주 신바람이 나서 수염으로 꺼칠하던 얼굴에 쉐이브도 자주 하고, 그리고 제법 오데콜론 향기까지 풀풀 풍기는 거였다. 너는 늘 내 곁에 껌딱지처럼 딱 붙어서 내 주인 행세를 하였다. 나는 네가 그렇게 하도록 내버려 두었다. 그건 내가 너를 마크하지 않으면 어차피 다른 놈이 접근할 텐데 그 꼴은 내가 못 보지. 나는 너를 보호할 의무가 있어 나는 네 잎에서 수탉이 깃털을 세우고 경계하듯이 늘 감시망을 늦추지 않았다. 그러잖아도 아담 녀석은 항상 넋 놓고 너를 보고 있는게 신경 쓰였는데 언젠가는 내게 불평도 하는 거였다.

"얌마, 넌 애리는 어쩌구 양다리냐? 내가 확 애리한테 꼰지를거다." 하며 제법 엄포까지 놓는거다.

'아, 애리' 생각하자 갑자기 짜증이 차올랐다. 그 계집애를 어떻게 너와 나란히 비교한단 말인가. 애리는 애초 순수하지 못하게 나한테 접근해 왔다. 부잣집 아들, 앞길이 탁 트인 공부 잘하는 법대생, 졸업한 후 변호사 자격시험만 통과하면, 지 미래는 따놓은 당상이다. 하며, 육신 공양도 서슴지 않는 거 나는 알고 있다. 그런 속셈을 알면서도 넘어가 주는 나는 또 뭐냐. 다루기 쉽다고 함부로 이용해 먹는 나란 놈은 또 괜찮은 놈이냐. 욕지거리로 투덜대며 분풀이를 위해서라도 오늘 저녁 애리를 불러낼 생각을 했다. 젠장!

네가 자신의 베프 혜진을 영철과 연결해주어 칸막이가 있는 카페에서 거창하게 쏘맥 파티를 하며 언약식을 치른 날이다. 그들이 공식 커플로 인정되어 '오늘 밤 베이비만은 좀 유보해라' 같은 진한 농담을 던지고 뿔뿔이 흩어진 후, 아까 언약식 때는 진행자로 나서서 신나게 웃고 떠들던 네가 영 기분이 꿀꿀한지 말이 없다.

"쟈니, 왜 그래? 뭐 잘 못 됐어?"

나는 너의 침묵이 부담스러워 슬그머니 물었다. 쟈니는 조그맣게 한숨을 쉬었다. 그리고 역시 대답이 없다. 나는 공연히 불안해지고 조급증이 나고 안절부절못해서 버럭 소리를 지르고 말았다.

"아, 말을 하라구, 말을 해야 알아먹지"

"혜진이가 부럽더라"

너는 어깨 너머로 그 말만을 던지며 빠른 걸음으로 주차장에 세워 둔 네 차로 갔다.

너의 하얗고 깜찍한 포드 스포츠카 스탐이 과격한 엔진소리를 내며 출발하고 난 다음 나는 얼빠진 놈이 되어 마후라에서 쏟아져 나온 매케한 매연을 고스란히 덮어쓰고 한참이나 있었다.

드디어 아담 녀석과 한 판 붙었다. 이건 피치 못할 수컷들의 운명적인 대결이다. 평소 녀석이 네게 넋이 빠진 건 알고 있었지만, 요즘은 너와 녀석이 썸을 타고 있는 게 내 눈에도 훤히 보이더라.

이번 주말 영화나 보러 가자고 맥없이 던지는 내 말에 너는 눈을 반짝이며 주말에는 뉴욕 간다고 했다.

"아담 오빠가 이번 주말 나 보여 주려고 브로드웨이 티켓 끊어 놨대 〈바람난 고양이들〉 보고 싶었는데 기대되!"

'브로드웨이 뮤지컬이라니'

이런 젠장, 내가 너무 나르시즘에 빠져 뒤처지고 있는 게 아냐? 뭔가 결단의 시각이 다가오고 있다.

이젠 너는 나만 보면 아담오빠가 어쩌고저쩌고, 아담오빠가 이번에는 또 머시기 거시기. 아담 오빠가 입에 걸렸다. 내가 기가 막혀 뻥 하니 입을 벌린 채 듣고 있노라면 너는 더욱 신바람이 나서 침을 튀기는 거였다.

아담 내 이 녀석 쌍판에 한 방 펀치를 먹일테다. 내가 운명적으로 지키고 있는 순결한 쟈니를 채가려 하다니.

"아담 너 캠퍼스 팍 왼편 숲으로 오너라, 할 말이 있어."

녀석도 내심 각오하고 있었던 듯 "좋아, 당장 가지" 하며 당당히 앞서가는 것이다. 사람 기척이 뚝 끊어진 후미진 숲으로 들어서자 나는 기선을 잡아 기습적으로 녀석의 면상에 강편치를 날렸다, 주먹 쥔 손 끝으로 인간의 여린 뼈와 살이 뭉개지는 느낌, 아싸! 네 녀석 정면으로 맞았구나. 그러나 녀석의 순발력 있는 강한 주먹 또한 내 얼굴을 노리고 뻗어왔다. 귓바퀴를 스치는 살기 어린 바람을 느끼며 한 주먹은 얼굴을 커버하고 한 주먹은 놈의 턱을 향해 또 한 방 어퍼컷의 순간을 노렸다. 녀석도 한 치의 방심 없이 나를 꼬나보며 우린 그렇게 제자리에서 몇 바퀴를 빙글빙글 돌았다. 녀석의 얼굴에 코뼈가 나갔는지 피가 엄청나게 번져 흐르고. 눈두덩도 점점 부풀며 한 눈이 찌부러지고 있다. 순간순간 변하는 아담의 면상을 보며 문득 겁도 나고 따라서 전의도 상실되어 갔다.

"얌 마, 우선 피나 닦아라"

내 셔츠를 훌떡 벗어 그에게 던졌다. 놈은 내 셔츠로 면상을 훑으며 낭자한 피와 욱신거리는 통증에 놀라고 고통스러웠는지 짐승 같은 목소리로 울부짖는 것이다.

"밥 이 나쁜 놈아, 넌 계집애들마다 건들고는 걷어차는 바람꾼이 아니냐? 쟈니는 너한테 일회성으로 그렇게 끝날 애가 아니다. 쟈니를 너 같은 악당한테 방임할 수 없어, 쟈니는 내가 지킨다.

넌 애리나 잘 챙겨라."

젠장, 또 애리 그 계집애가 내 앞길을 막는구나.

애리는 노출이 심한 빨간 드레스에 긴 속눈썹, 빨간 립스틱으로 치장하고 클럽에 나타났다. 주로 한국에서 온 날라리 유학생들이나 놀기 좋아하는 아시안계 놈팡이와 그에 걸맞은 애송이 여자애들, 애리는 실내를 둘러보며 새삼 자신이 발랄하고 어린 그들에 비해 이모뻘쯤 되는 것 같아 어색했다. 나도 이젠 이런 난장판을 어서 벗어나야지. 이런데서 얼쩡대는 자신이 혐오스러워졌다. 어디 밥이 있을 텐데, 애리는 목을 길게 빼고 어두컴컴한 홀을 둘러본다. 밴드가 느린 재즈를 연주하는 스테이지 앞 사방이 탁 트인 테이블에 앉아 칵테일을 마시는 그를 보았다. 맞은 편으로 앳되게 생긴 여자애가 같이 마주하고 있다. 몇 잔째인지 여자애는 얼굴이 발그레하여 흐르는 재즈 리듬에는 아무 관심도 없는 듯 밥의 얼굴을 빨아드릴 듯 바라보며 그의 말에 귀 기울이며 헤벌레 웃고 있다.

'홍 너는 나이는 뒤로 호박씨처럼 까먹으면서 아직도 어린 여자애들을 호리고 다니냐? 내가 끝을 보여 주마'

애리는 서슴없이 그들의 테이블로 가서 밥의 옆자리에 앉아 맞은 편 어린 여자애를 턱짓으로 가리키며

"쟤가 그 다이앤의 신성한 흰 사슴이야?"

밥은 갑자기 나타난 애리를 보고 눈살을 찌푸리고 여자애는 황당한 애리의 출현에 눈이 휘둥그레지며 달콤한 분위기는 순식간에 깨져버렸다.

"절대 아니거든, 걔는 이런 똥밭에서 구를 애가 아니야!"

밥은 버럭 역정을 낸다.

"오빠 그럼 난 똥밭에서 놀라고 일부러 여기 데려왔나요?"

곁에서 듣던 소녀가 파르르 화를 낸다.

"아가씨, 이 오빠는 여자들을 급수로 나누어 관리해요. 아마 아가씨는 삼급수쯤?"

심히 자존심이 상한 소녀는 눈에는 눈물이 가득하고 입술은 앙다문 채 코트와 백을 챙겨 들고 바람을 일으키며 단호하게 나가버린다.

"그래도 존심과 성깔이 있는걸. 보니 정신은 살아있네. 밥 너의 달콤한 청춘사업을 훼방 노아 미안해"

애리는 다정하게 밥의 팔짱을 낀다.

"다 잡은 고기 한 마리 너 때문에 놓쳤으니 대신 네가 나를 채워 줘야 해"

"뭐를 채워 줘야 할까? 하니"

애리는 얼굴을 그에게 바짝 당겨 가볍게 입 맞춘다.

"내 영혼, 마음 가슴 내 육체 모두 텅 비고 메말라 있다구"

밥도 몇 잔 술에 취기가 돌아 있다. 그러나 맘속 깊은 말은 입안에서 스러진다 '이 갈증은 쟈니, 오직 쟈니에게서만 해갈될 수 있는거라구--'

스테이지에선 악단이 바뀌어 찢어진 청바지에 헝클어진 머리칼을 치렁치렁 늘어드린 몇 명의 젊은이들로 교체되었다. 전자 키타와 고성능 앰프로 무대를 설치하고 음을 고른 다음, 실내는 터져나갈 듯 해비메탈 음률 속에 열기가 상승한다. 느린 동작으로 흐느적대던 젊은 친구들도 소리를 지르며 광기 어린 몸놀림을 시작한다. 〈Take off〉 귀에 익은 음악이 나오자 애리는 밥을 끌어 잡고 플로어 한가운데로 들어갔다. 애리의 현란한 춤동작은 아직 펄펄 살아있다. 빠른 리듬 따라 헤어뱅에 팔을 휘저으며 허리를 꼬아 격렬한 몸짓을 하던 그녀가 '아' 하는 짧은 비명으로 얼른 자리에 가서 앉는다. '아 틀림없어. 내 몸에 이상이 생겼어.' 바라기도 했지만 차마 바라지 못했던 두려운 일. 배짱 두툼하던 애리도 왕창 겁이 났다.

"밥, 여긴 너무 시끄러워. 조용한 데로 자리를 옮기자. 할 말이 있어."

조용한 카페에 들어가 앉아 눈을 내리깔고 조용히 말했다.

"내일 우리 같이 병원에 가자. 나 프라그넷 검사를 받아야겠어."

"뭐야? 뭐야? 그게 나하고 무슨 상관이야? 해괴한 소리 하고 있네."

밥은 질색을 한다.

"밥 잘 들어 둬. 네가 싫다면 나 혼자라도 가서 확인해 볼꺼야, 그리고 임신이 사실이라면 난 내 아버지에게 고하고 네 아버지도 결국 알게 될꺼야. 그다음 상황은 너도 각오해 두는 게 좋겠지"

애리는 마치 이런 난감한 일을 기다리고 있었다는 듯이 당당하게 말하고 훌쩍 자리에서 일어나 나갔다.

엊그제 애리의 아버지를 만났다. 그는 이곳 카운티에서 제법 큰 교회 목사이다. 하필 목사의 딸이라니, 쩝, 그는 점잖을 빼며 나를 이래위로 꼼꼼히 스캔한다. 이건 뭐냐, 내 아버지인 한국계 은행의 행장과 그녀 아버지 대형 교회 목사가 결탁하고 여우같이 간교한 애리가 연출하여 나를 옴짝 못할 코너로 몰아넣자는 음모 아닌가.

"자네 변호사 시험은 언제 있는가?" 묻지만, 그는 내 대답은 상관하지도 않고 건너뛴 채 소위 인륜지대사로 이야기를 끌고 간다.

"어서들 날짜 잡아, 그만했으면 사귀기도 오래 했으니 알만큼 다 알 것이고, 내 딸 애리 배불러 오면 이 애비 체면도 있고, 설마하니 애비 없는 자식 만들 생각은 아니겠지?"

그는 차오르는 분노를 자제하느라 큰 숨을 몰아쉬고 딸을 유린한 큰 도둑 밥을 미워죽겠다는 표정으로 노려보며 또 한 번 침을 꿀꺽 삼킨 다음

"자네 아버지와도 다 의논이 되었네. 자네 결정만 남았어."

판사가 최종 판결을 하듯 무게 있게 말했다.

아, 바비킴의 청춘은 내 원한 바가 아닌 막다른 길로 빠져드는가. 이렇게 끝나가는가. 끝이 뻔한 허상의 인생에 목매어 끌려가게 되는가.

자신의 머리 위에 아우라가 빛나고 있다는 사실을 모르고 너는 이 하찮은 놈을 좋다고 쫓아다니며 내 저질 사랑에 목말랐던 쟈니, 그만 됐다. 너를 떳떳이 사랑할 용기도 없었고 지켜주지도 못하고. 그리고 본의

아닌 상처만을 주면서 나는 하데스의 감옥으로 영영 끌려가는구나.

"쟈니 나 결혼하게 됐어, 집안끼리의 결정이라 어떻게 막을 수가 없구나!"

한밤중 전화선 저 너머에서 너는 믿기지 않는지 몇 번이나 확인했다.

"네가 나를 소망한 만큼 나를 미워해라. 욕을 해도 싸다. 그치만 내 진심은 이렇다. 내 인생 오직 하나뿐인 내 사랑 너, 너를 계속 보는 것만도 닳을까 봐 아까워 늘 눈길을 떨구던 나였다. 이건 내 영혼의 고백이다."

나는 전화선 너머에서 격렬하게 흐느끼는 네 울음소리를 들으며 전화의 종료 버튼을 거칠게 눌렀다.

그리고 스스로를 심하게 욕했다.

Rot in hell, you damn fool

(지옥에서 썩어 문드러져라, 저주받은 이 어리석은 놈아)

예견했던 대로 애리와의 결혼 생활은 지옥 그것이었다. 애리는 명실상부 대갓집 며느리, 잘나가는 로펌 대표의 아내로서 여왕 같은 위세를 떨치며 밥의 갈기털을 움켜쥐고 거침없이 뾰족한 발톱을 드러내었다.

애리가 아들을 낳아 집으로 데리고 온 날은 마치 로마 황제의 개선식 같았다. 원근 친척과 지인들의 축복과 찬사를 받으며 한껏 우쭐해진 그녀는 내게 명령하는 것이다.

"밥, 나는 네 아이를 내 뱃속에 넣고 열 달 동안이나 불철주야 조심하며 불편함을 겪으며 길러서 세상에 내놓았어. 이제부터는 교대근무야, 열 달 동안 네가 책임지고 밤마다 아기를 돌봐"

나는 멍청하게 반문했다

"밤에는 아기를 포함해서 모두가 잠자는 시간인데 내가 할 일이 뭐가 있겠어?"

"흥, 아기는 밤에도 네 시간마다 우유 먹이고 다이퍼 첸지해야 하고, 거의 옆에서 지내야 할걸, 참고로 말하는데 아기는 뱃속에서 밤낮없이 살아서 세상에 태어났어도 얼마 동안은 밤낮 구별을 못 하거든."

그리고 잘난 척 턱을 추켜들고 한 마디 더하는 것이다.

"더 이상 무식한 소리 말고 너도 아빠가 되었으면 인터넷이라도 찾아보며 육아 공부를 해 두라구"

아 나더러 무식하다니, 변호사 시험에 합격한 후 법인 로펌을 창설하여 빛나는 경력을 차근차근 쌓아나가 사회적으로 앞날을 촉망받는 이 밥에게 어떻게 그런 막말을 하는가 말이다. 젠장! 그러나 육아에 대한 한 나는 무식할 수밖에 없는 초보 아빠임을 인정하며 말없이 고개를 숙였다.

아기가 자라면서도 아기에 대한 애리의 요구는 끊이지 않았다. 육아는 부부 공동의 책임이라며 나에게도 항상 모종의 임무가 주어졌다. 아기용품은 모두 내가 담당해야 한다는 것이다. 필요한 아기 살림살이, 장난감, 분유, 기저귀, 많기도 많다. 하루는 출근 시간이 늦어져 허둥허둥 뛰쳐 나가는데 애리가 나를 부른다.

퇴근길에 아기 기저귀와 몇 가지 이유식을 사 오라는 것이다. 아기가 무럭무럭 자라니 기저귀의 사이즈도 확실치 않고 이유식이라니, 뭐? 하는 꼰두선 내 눈초리를 본 애리가 얼른 꼼꼼히 샤핑 리스트가 적힌 포스트잇을 내 양복 깃에 붙여준다.

"그것대로만 사와"

나는 그래도 화가 풀리지 않았다. 내가 나가서 놀고만 먹는 줄 아니? 풋내기 변호사가 민원인과 상담, 자질구레한 관련 서류들이 책상 위에 키 높이로 쌓였고 하나하나 읽어가며 분석하고 때로는 피고나 증인들을 직접 심문, 법조문에 맞추어 논조 만들기, 그것만도 머리가 터질 것 같은데 애리 날? 부글부글 끓어오르는 열기가 기관차 화통처럼 빽 소리로 나오려 할 때 애리는 얼른 아기를 두 팔로 안아 밥의 코 앞으로 디민다. 이제 백일이 되어 한창 젖살이 올라 통통한 녀석이 제 본적지를 알아보곤 벙긋벙긋 웃는다.

"알았어! 내 필요한 건 다 사 오지 내 새끼인데"

때로는 피곤을 못 이겨 아기가 깨어 우는 소리도 모르고 아기방에서 곯아떨어져 잠들어 있을 때 애리는 보살 같은 미소를 띠고 와서 사랑스러운 손길로 아기에게 우유를 먹이고 기저귀를 갈아 보송보송하게 하고 다독다독 재운 다음,

"달링 오늘 밤은 우리 침대에서 편히 자. 내가 아기는 돌봐줄게" 하며 손을 잡아끈다. 밥은 그야말로 정신이 화다닥 나고 긴장한다.

'애리 네가 또 얼마나 나를 달달 볶으려고'

아기 돌봄에서 해방됐던 아침에도 피곤 백배가 되어서 출근하는 밥은 후줄근하다.

결혼 5년차로 접어들어 주니어 밥도 킨더가든으로 들어가고 육아에서 좀 놓여나나 했으나 이인삼각의 결혼 생활은 더욱 그 부담이 가중될 뿐이다. 결혼 전 독신 때의 마음껏 누리던 자유가 그립다. 사람이 개처럼 목줄에 매여 사는 것이 어찌 행복이란 말인가. 총각 때의 자유 - 하면 으레이 떠오르는 빛의 아우라 속 쟈니, 다시 그녀를 만나러 갈 수 있을까? 이제는 좀 세속의 때가 묻어 다가가기 수월할까.

애리를 거부하는 저변에는 쟈니에의 미련과 소망을 포기하지 못하

는 무의식의 충동일까.

곰곰이 생각한 끝에 밥이 운을 뗴었다.

"애리야 이런 생활 너는 행복하니? 나는 숨 막혀 못 살겠다."

"밥 무슨 말을 하는 거야? 우릴 아는 모든 사람들은 우리가 모범적으로 잘 사는 부부로 알고 있다구. 당신의 부모님과 우리 부모님을 까무러치게 할 거야?"

"애리 우리 인생은 우리의 것이야, 그들이 대신 할 수 없다구. 난 내 인생을 자의적으로 살겠어."

"당신 우린 하이스쿨 때부터 십 년 동안이나 사귀며 어렵게 결혼에 골인했어. 내가 당신을 잡으려고 얼마나 공들였는지 알기나 해? 난 이제야 내 원하던 바를 성취해 불만 없이 살고 있다구"

"미안해, 애리야 난 원래 가정적인 인간이 못되나 봐. 난 누구에게 속박되기도 싫고 내 자유의지로 좋아하는 일이나 열중하며 맘 편하게 살고 싶어"

애리는 의외로 침착하게 뭔가를 생각하는 듯했다. 그녀는 이미 이런 날을 예상하고 있었을까.

이윽고 샘물처럼 차갑고 해맑은 목소리로 그녀가 말했다.

"밥, 나와 이혼하려면 넌 많은 것을 포기해야 할 거야. 네 인생의 큰 데미지를 각오한다면 한 번 시도해 보시지"

마지막 어절은 마치 푸르게 겨른 칼날의 날카로움처럼 뼛속으로 한기가 들었다.

"알았어, 주니어 밥은 내가 책임질거고 그러기 위해 어떤 댓가도 지불하겠어. 그리고 작은 원룸을 찾는 즉시 내 짐을 꾸려 이 집을 떠날 거야

애리와의 이혼소송은 지루하고 지지부진하게 시간을 끌었다. 장본

인들의 심플한 의견은 무시된 채 양가의 격렬한 이해타산적 시비가 그러했고 특히 주니어 밥의 양육권 문제가 첨예하게 대립되어 한 치의 양보가 없었다.

"아버지, 주니어 밥도 성인이 되면 누구에 소속되지 않은 독자적 인생이 될 겁니다. 애리나 저나 아이를 잘 키울 것은 믿어 주세요. 누가 키우면 어떻습니까? 또 관계나 만남은 헌법이 보장하니 아주 남남이 되는 것은 아니에요."

밥이 아버지를 설득하려 했으나 아버지는 입가에 푸들푸들 경련을 일으키며 사납게 눈을 흘기는 것이다. '아버지의 아들은 그저 속물입니다. 잘난 놈이 아니에요. 다만 심신이 편하고 자유롭고, 그리고 평범하게 사는 걸 제일 좋아합니다. 더 바랄 게 없어요.'

그런 어느 날 나는 우연히 신문에 큰 활자로 게재된 뉴스를 보았다. 13번 도로는 뉴욕과 뉴저지 필라 시내를 관통하는 8차선의 매우 바쁜 도로이다.

새벽 출근길에 어떤 미치광이 노동자가 졸음운전을 하다 중앙 녹지대를 건너질러 맞은편 달려오는 차에 정면으로 충돌했다는 기사와 함께 검사의 법복을 입은 쟈니의 사진이 선명하게 떴다.

차는 형편없이 꾸겨졌고 하필 그 차는 쟈니의 신임 검사 취임을 축하해 부모가 특별히 사 주었던 새하얀 아우디였다나. 쟈니 내 팔에 닿지 않았던 쟈니는 허망하게 꾸겨진 아우디 차와 함께 영원히 가버렸다.

젠장 썩어빠진 영혼으로 지상에서 허우적대는 양아치 같은 내 놈마저 그토록 아끼고 지켜주려던 순결한 쟈니를 전능하신 하나님은 사정없이 데려갔다.

과연 하나님은 그가 가꾸는 정원에 아름다운 꽃을 하나 더 장식하기 위해 순결하고 어여쁜 쟈니를 데려갔는가. 하나님 엿이나 목판째 잡숴.

내가 진정 사랑하여 아끼고 지켜주려던 순결하고 아름다운 쟈니.

〈終〉

조순자

· 미국 필라델피아 거주
· 2016년 한국소설가협회 신인상
· 2017년 소설집 〈무엇이 되어 만나리〉 출간
· 한국소설가협회 회원
· 미주소설가협회 회원

〈작가노트〉

내 인생 터닝포인트

조순자

그 즈음 나의 하루하루는 바닥을 기는 우울하고 참담한 나날이었다.

일과 삶에 의욕을 잃고 지리멸렬하던 어느 날 설상가상 크게 교통사고를 당했다.

차는 완파되었고 나는 척추가 몇 마디 부서져 꼼짝없이 병원 침대에 묶여 있게 되었다.

'나도 언젠가 저렇게 거리를 활보할 수 있으려나?' 창 밖을 보며 거리의 행인들이 부러웠다.

진통제와 갖은 약들을 복용하며 4개월을 시체처럼 병상에 묶여 지낸 후 겨우 운신하여 허리에 보정 벨트를 하고 걷기 연습을 새로 시작하였다. 그리고 서투른 보행이나마 어느 정도 하게 되자, 죽음이 찰나라는 걸 알게 되어, 이왕 죽기 전 한국을 다녀와야겠다는 결심을 하였다.

한국을 떠난 지 삼십 년이 흐른 뒤였다.

오랜만에 찾아 온 고향은 좋았다.

말이 통하고 정겨운 산천, 그리웠던 사람들.

그리고 내 인생의 터닝포인트를 그어준 '김지연 선생님'을 만났다 !!

선생님은 내 문학에의 열망을 알아 보시곤, 소설가로서의 길을 열어주셨다.

나조차도 잘 모르던 내 깊이 내재되어 들끓던 마그마의 분출을 도와주신 것이다. 그로 인해 나는 삶에 대한 이유와 목적과 의미를 깨달아 살아가려는 의욕과 힘을 찾게 되었다.

지금 나의 인생은 '축복'이다. 비록 나이들어감에 따라 육신은 쇠약해지고 인간들과의 부대낌이 데미지를 내고 세상의 잡다한 정보들이 나를 어지럽혀도 그것이 모두 내 머리 속에 스토리로 엮어지는 것을.

인생을 크게 멀리 보며 관조하는 마음에 근심이나 불만은 없다.

이런 내 인생 후반의 새 삶의 방식은 한 행운의 만남으로 이루어진 것이다.

"김지연 선생님, 오래오래 강녕하시어 우리 후배들의 살아있는 모럴과 멘토가 되어 주세요.

〈단편소설 24〉

비만계층 지수

채수원

TV 채널을 돌렸다. 미국 보건복지부 사회등급 판정과 사무실이 나왔다. 한 판정관이 미소를 띠고 서류에 사인을 하며 말했다.

"체지방률이 80%이군요. 작년보다 1%가 올라가서 드디어 중산층에 진입하셨습니다. 이런 속도라면 십 년 내에 10%를 더 올려 상류층에 진입할 수 있겠네요. 지금처럼 노력하십시오. 축하합니다."

"고맙습니다. 그동안 식사 때마다 비곗덩어리, 빵, 케이크를 먹었습니다. 일하는 시간을 빼고는 종일 먹고 잠을 잤습니다. 이런 생활을 유지하여 지금의 나를 만들었습니다. 자랑스럽습니다. 앞으로도 계속 돼지처럼 생활을 하여 상류층에 들어가도록 하겠습니다. 지금까지 너무 말라 사회에서 받았던 냉대가 한꺼번에 녹아버리는군요. 더 이상 소개팅을 해도 체지방률이 낮다고 퇴자를 맞는 일은 없겠네요. 정말 감사합니다."

요즘 TV 드라마에서 흔히 나오는 장면이다.

우리 집안은 손이 귀했다. 할머니는 5대 독자가 될 아빠를 임신한 때부터 호미를 들지 않아도 되었고 부엌일도 면제받았다. 집안 어른들은 말했다.

“마음 편안히 좋은 생각만 하고 몸에 좋다는 것은 다 먹어라. 그래야 듬직한 아들을 낳지. 그 비용은 집안에서 다 대겠다.”

할머니는 좋다는 한약재와 음식을 달고 살았다. 그 덕분인지 4.3kg의 우람한 아빠가 태어났다. 5대 독자가 태어나자 집안에서는 경사가 났다며 잔치까지 벌였다.

한국전쟁이 끝난 지 15년이지만 가난을 벗어나지 못해 통통한 애들은 없던 시절이다. 아빠를 업고 나가면 신기한 듯 다가와서는 볼을 잡아당기거나 엉덩이를 때리며 한마디씩 했다.

“왜 다 큰 놈이 업혀 다니니?”

이래서 아빠는 아직도 볼에 탄력이 적다고 한다. 아기 때부터 이런 억울함을 맛보았다. 초교 시절 6년 동안 ‘건강한 어린이’로 뽑혀 상장을 휩쓸었다. 담임은 교내 미술대회나 글쓰기 대회에서 입선만 해도 침이 마르게 칭찬해 주었지만, 전교생 앞에서 받은 ‘건강한 어린이’ 금상은 못 본 척하고 오히려 빈정댔다.

“뚱뚱한 게 자랑이냐?”

이런 말을 들으니 아빠는 어디 가서 상을 탔다고 말할 수도 없었다. 뚱뚱하다는 의미의 별명이란 별명은 다 붙었다. ‘돼지’라는 소리만 나오면 자신을 부르는 줄 알고 으레 고개를 돌렸다.

중학교에 입학했다. 누구에게나 꿈은 있다. 아빠는 코트를 누비며 멋지게 점프하여 골을 넣는 농구선수가 되고 싶었다. 마침 농구부에서 신입 선수를 모집한다는 광고를 보고 할아버지에게 말했다.

“저는 멋진 농구선수가 되고 싶어요.”

“너는 대를 이을 장남이야. 그런 천한 짓을 하면 안 돼. 훌륭한 학자가 되려면 공부를 열심히 해야 해. 그런 건 꿈도 꾸지 마라!”

물론 허락받으려고 한 말은 아니었다. 일단 알렸다는 것이 중요했다. 집안의 대를 이어 준 할머니의 위세는 대단했다. 할아버지도 꼼짝 못 했다. 할머니를 졸라 농구 감독에게 갔다. 아빠를 위아래로 훑어본 그의 미간에 주름이 깊어졌다.

"키는 괜찮은데 농구를 하기에는 너무 뚱뚱해요. 그냥 공부나 시켜서 훌륭한 사람으로 키우시지요. 운동으로 성공하기는 너무 힘든 세상이에요."

이 말에 아빠는 굴욕을 느꼈지만, 포기하고 싶지는 않았다. 할머니를 졸라 양담배 한 보루를 싸 가지고 다시 감독을 만났다.

"열심히 뒷바라지할 테니 팀에 들어가게만 해 주십시오. 본인이 저렇게 농구에 목매는데 기회를 주십시오. 부탁드립니다."

감독은 매정하게 끊지는 못했다.

"정 그러시면 한 달 동안에 몸무게 15kg을 빼게 하세요. 그러면 고려해 보겠습니다. 그게 안 되면 더 이상 찾아오지 마십시오. 부담이 되는군요."

아빠는 한 달 동안 하루에 한 끼로 버티며 최선을 다했지만 10kg도 빼지 못해 농구선수의 꿈을 접었다. 포기란 자유를 주는 법, 그날부터 마음껏 퍼먹었다. 일주일도 안 되어 원상 복귀되었고 그다음 주에는 5kg가 더 불었다. 이게 요요현상이라는 것을 안 것은 10년이 넘어서였다. 아빠는 살에 대한 혐오감만 더 커졌다.

"내가 뚱뚱하게 태어나려고 한 것도 아닌데, 왜 세상은 나를 가로막지? 다시는 나 같은 불행한 사람이 나오지 않도록 꼭 복수를 하고야 말겠어."

아빠는 여기저기서 들은 말들을 노트에 정리하고는 하나씩 체크해 가며 실험을 시작했다. 농구에서 실패한 절식은 목록에서 빼어버렸다. 할머니를 졸라 용하다는 한약방을 찾아다니며 값비싼 한약이나 식품도 먹어봤지만, 초기에만 반짝했을 뿐이다. 사우나에 오래 들어가 비지땀도 흘려봤지만, 현기증이 나며 쓰러지는 일까지 생겼다. 이것도 목록에서 지워버렸다. 헬스장의 근력운동도 수영도 소용이 없었다. 식욕이 올라가 실패했다.

고교에 진학하면서 아빠는 마라톤을 시작했다. 새벽에 일어나 한 시간씩 뛰었다. 운동 직후 식사를 하니 식욕이 떨어져 체중을 줄이는데 효과가 있었다. 물론 아침 자습 시간에는 코를 골기는 했다. 이것도 고3에 올라가 입시에 목매이며 접어야 했다. 몸무게가 야금야금 올라가더니 곧 원래 체중으로 돌아왔다. 아빠는 여기서 멈출 수는 없었다. 서울로 대학 진학을 할 때 체중감량에 관계된 전공을 찾았다. 의대가 최적이지만 아빠 실력으로는 힘들었다. 체육대학은 실기에 자신이 없었다. 결국 생물과로 택했다. 그때 친구들이 말했다.

"야! 생물과에 코끼리 이빨 닦으러 가냐?"

"아니, 상아 뽑으러 가는 거야."

이런 비아냥거림을 들으면서 입학했다. 생물학 원론의 생리 부분에서 다이어트란 음식조절과 운동으로 저장지방을 태워야 한다는 것을 알았다. 저장지방 산화를 집중적으로 파고들기로 했다.

신입생들이란 미팅, 축제, 동아리다 해서 놀기에 바빴지만, 아빠는 목표 달성을 위해 혼자 도서관에 처박혔다. 다음 해에 군에 입대해서도 밥의 반은 배고픈 동료들에게 공양하며 다이어트를 계속했다. 제대할 때쯤 원하는 만큼은 아니어도 상당히 날씬해졌다. 복학을 한 후에도 체중과의 싸움과 전공 공부는 계속되었다. 졸업반이 되면서 아빠가 생각했던 다이어트라는 것이 반쯤은 맞고 반은 틀린다는 것을 알았다.

이 분야를 심도 있게 연구하려고 전공 교수를 찾았지만 없었다. 선진국에서도 다이어트는 초기 단계에 불과했기 때문이다. 결국 미국에서 석사 과정을 밟기로 하고 조교 장학금을 받기 쉽다는 유전 분야를 택했다.

유학 첫 학기에 조교로 있으면서 잉여지방을 태우는 갈색지방세포를 연구하는 교수를 발견했다. 갈색지방세포를 녹여 에너지화한다는 것이다. 다음 학기에 학과장에게 양해를 구해 그 교수의 연구실로 자리를 옮겨 석사 학위를 마쳤다. 담당 교수는 연구 여건이 좋은 미국 보건 연구소를 추천해 주었다. 당시 교수는 그 연구소와 장기 프로젝트를 수행 중이었다. 아빠가 중간에서 역할을 해 주고 그 연구를 주제로 박사과정을 동시에 밟을 수 있게 해 주었다.

연구원들과 아빠는 많은 실패 끝에 비만과 당뇨를 유발하는 백색지방세포를 갈색지방세포로 전환하는 방법을 찾는 데 성공했다. 이 공로로 아빠는 주임 연구원으로 승진하고 박사학위도 받았다.

할아버지는 박사학위를 마쳤으니 한국으로 돌아와 자리를 잡고 결혼하라고 했다. 하지만 그 분야에 관심조차 없는 한국에 들어가는 것은 생매장되는 것이라 생각했다. 귀국한다고 자리가 보장되는 것도 아니었다. 먼저 학위를 마치고 들어간 선배들 중에는 자리를 잡지 못해 전국을 떠돌며 시간강사를 하는 사람이 적지 않았다. 대학 전임 교수직이란 빽이나 돈으로도 거래된다는 것도 익히 들어왔다. 연구소도 연줄이 없으면 자리 잡기는 쉽지 않다고 했다. 더구나 갈색지방 산화에 대한 물꼬를 튼 아빠는 이 분야의 선두 자리를 놓치고 싶지 않았다. 할아버지를 설득하기로 했다.

“지금 한국에 들어가면 제가 연구할 마땅한 자리가 없습니다. 든든한 빽이 없다면 취직은 고사하고 고급 실업자가 될 수밖에 없어요. 부잣집 자식들은 100m 달리기에서 50m쯤 앞에서 출발하는 것이 한국 아닌가요? 일본은 30m쯤 앞에서, 미국은 10m 앞에서 출발하지요. 한국에 발판이 없는 저에게는 도와줄 교수조차 없습니다. 변변한 기반도 없이 미국에서 살아남을 수 있었던 것은 공정한 경쟁 기회가 주어졌기 때문이지요. 한국에서 저를 필요로 하는 시기가 오면 그때 들어가겠습니다.“

할아버지는 학위를 받기만 하면 다 교수가 되는 줄 알고 있었다. 이 고정관념을 바꾸기는 어려웠다. 결국 갈등으로 이어져 부자 관계를 청산하자는 말까지 듣게 되었다.

그즈음 미국에서 다이어트 붐이 일었다. TV 채널에서도 체중조절에 대한 프로그램들이 인기를 누렸다. 아빠는 몇 안 되는 갈색지방세포 산화의 전문가로서 TV에 출연도 하고 신문에 연재도 하고 강연에 초청되며 명성을 쌓아갔다.

하지만 아빠는 이 정도로 만족하지 않았다. '다시는 나 같은 불행한 사람이 없도록 하겠다.'던 초심을 잃지 않았다. 인류에게서 비만이 사라지는 날까지 연구를 계속한다는 결심은 더 굳어졌다. 어느 날 실험실에서 연구원들의 환호성이 들렸다. 목표에 근접한 결과가 나온 것이다. 갈색지방세포를 유전자조작을 통해 자손에게 유전시킬 수 있는 인자를 발견한 것이다. 이것을 의학에 접목시켜 후에 노벨 의학상 수상자가 되는 획기적인 성과를 이루었다.

타임이나 뉴스위크지 표지에는 웃고 있는 뚱뚱한 아빠의 모습이 보였고, TV 건강 토론에서도 이름은 자주 거론되었다. 하지만 갈색 세포 유전자조작 시술 비용이 워낙 비싸 서민들은 엄두도 내지 못했다. 부유층에게만 비만을 사라지게 했을 뿐이다.

그 시술은 여자들에게 인기가 높아 남편들은 이렇게 시달려야 했다.

“돈이 문제가 아니에요. 이 시술만 받으면 성인병이 줄어 의료비 절감은 물론 당신도 같이 받으면 자손 대대로 유전이 된대요. 이런 기회를 놓치면 평생 후회하게 돼요.”

경제적 부담이 크지만, 시술을 받고 나면 자신감, 건강 또 아름다움을 한꺼번에 걸머쥐었다. 켄터키 프라이드치킨 가게 앞의 뚱보 할아버지도 살이 찌지 않은 날씬한 아줌마로 바뀌었다. 시술을 받은 부유층은 마음껏 식사를 해도 몸매 유지하는데 전혀 문제 될 것이 없어졌다.

'역사상 최고의 매출을 올리는 고급 식당들'이라는 표제 기사가 자주 눈에 들어왔다. 그 아래에는 큼지막한 스테이크를 씹는 날씬한 여자들의 사진이 떴다. 반면 병원은 가난한 건강보험 대상자들만 들끓었다. 수입이 좋아 최고의 신랑감으로 꼽히던 의사들은 순위가 한참 뒤로 밀렸고, 부유층에서 중류층으로 전락해 버렸다. 다이어트를 비롯한 건강 관련 산업들도 선망의 직업군에서 급격히 떨어져 나갔다. 이 시술을 받은 후에 태어난 아이들도 부모들처럼 날씬하고 건강했다. 부자 동네에서 통통한 아이들은 사라졌다. 굳이 젖살이 남은 아이들을 보려면 서민 아파트 밀집 지역이나 빈민촌으로 가야 했다. 시술의 성공으로 비만은 하류층의 문제로 남게 되었다.

은행들의 광고 문구가 바뀌었다.

"당신의 멋진 삶, 우리가 도울 수 있습니다."

은행들은 주택자금 융자보다 이 시술을 위한 장기 대출 상품을 내놓아 성공을 거두었다. 하지만 경기가 나빠져 이자율이 올라가면 무리하게 융자를 받아 이 시술을 한 사람들은 신용 불량자로 전락하는 경우가 많아졌다. 뉴욕 타임스에서는 미국 인구의 3%가 넘는 1,000만 명이 이 시술을 받았거나 할 계획이 있다고 했다. 시술을 하려고 세계 각지의 부유층들도 대거 몰리는 바람에 1년 이상 기다려야 했다. 미국의 경제는 더 이상 하이테크에 매달리지 않아도 된다고 주장하는 학자들이 늘어났다.

*

몇 년 후 귀국 문제로 할아버지와 척을 진 아빠를 위해 할머니는 미국까지 날아왔다. 눈물로 호소하는 할머니를 저버릴 수 없어 아빠가 중매 결혼을 하는 것으로 화해가 되었다. 아빠는 당연히 마른 편인 엄마를 택했고, 2년 후에 내가 태어났다. 우량아가 아니어서 아빠는 다행이라고 생각했을 것이다. 뚱보인 아빠는 자기가 개발한 갈색지방세포 시술을 받지 않았다. 개발 중인 최신 시술법이 인증을 받으면 그때 하겠다고 했다. 아빠는 여전히 고전적인 방법인 식단 조절이나 운동요법에 의지하지만, 효과는 별로였다.

엄마의 출산 후에도 아빠는 변한 게 없었다. 아침 식사를 마치면 도시락 2개를 가지고 연구실로 가서 밤늦게 들어왔다. 어릴 적에 나는 아빠 얼굴이 낯설어 보기만 해도 얼굴을 돌리고 울었다고 했다. 초교 때 가정환경조사서에는 일주일 동안 가족이 모두 함께하는 시간을 적는 항목이 있었다. 나는 그곳에 10분이라고 적었다. 주말도 예외는 아니었다. 가족여행이나 휴가는 없었고, 하다못해 근처 바닷가에도 함께한 간 적은 없었다.

"물론 나도 가고 싶어. 하지만 내 목표가 완성될 때까지는 최선을 다해 일에 몰두해야 해. 그러니 엄마와 놀러 가도록 해."

일이 우선이라는 아빠와 가족이 먼저라는 엄마의 사이에서 나는 혼란스러웠다. 엄마는 이런 아빠의 태도에 불만이 많았다. 한국의 외할머니에게 전화를 걸어 자주 하소연했다.

"미래가 밝은 과학자라는 말에 결혼했는데, 이런 이기적인 사람인지는 꿈에도 몰랐어요. 이력만 보고 결혼하라고 한 어머니가 미워요."

엄마는 끝내 울음을 터트리는 것을 옆에서 지켜보았다. 엄마는 한국에 있는 친가와 외가에 6대 독자인 나를 인사시키러 가겠다고 졸랐지만, 아빠는 자기 뒷바라지나 제대로 하라며 윽박질렀다. 아빠는 컨퍼런스나 강연회 등 일에 연관된 해외여행을 제외하고는 사치로 여겼다. 내가 초교 3학년 때에는 엄마가 아르바이트로 모은 돈으로 한국을 방문하겠다고 했을 때도 못 가게 했다. 그날 대판 싸움이 났고 나는 이불 속에서 겁을 먹고 있었다. 얼마 후 엄마의 트렁크 여닫는 소리를 들으며 울먹이다가 잠에 빠졌다. 내가 깨어났을 때 엄마는 이미 집에 없었다. 아빠는 곧 돌아온다며 우는 나를 달랬지만 그 말은 맞지 않았다. 일주일이 지나고 한 달을 기다렸지만, 엄마는 나타나지 않았다. 그 빈자리는 허전했다. 이 집에서 아빠가 할 수 있는 일은 없었다. 연구와 운전이 전부였다. 내가 좀 컸더라면 집을 나가버렸을 거다. 결국 새 가정부가 살림을 맡으며 자리를 잡아갔지만, 엄마의 빈자리를 채워 주는 것은 아니었다.

예전처럼 침묵의 아침 식사를 마치면 아빠는 도시락 2개를 가지고 연구실로 갔다. 집안은 가정부의 역할에 익숙해지며 조금씩 안정되었다. 그나마 나에게 유일한 낙이라면 매주 목요일 저녁 엄마와의 전화 통화였다.

일 년쯤 지났을 때 엄마의 변호사가 전화를 걸어 와 아빠와 통화하고 싶다고 했다. 이혼 문제였다. 우리 학급의 반 이상이 한 부모나 새 부모와 살고 있어 새로울 것이 없는 줄 알았는데 막상 나에게 닥치는 것은 무섭고 슬펐다.

아빠란 엄마와 나를 갈라놓은 피곤한 존재였다. 나와 눈높이를 맞추지 못하는 아빠와는 항상 의견충돌이 생겼다. 이럴 때 엄마가 더 그리웠다. 이혼소송이 끝나면 엄마와 함께 살 줄 알았는데, 엄마는 나를 아빠에게 남기고 혼자 한국으로 들어가 버렸다. 엄마도 미웠다. 일 년에 한 번 정도 미국에서 올 때 몰래 만났지만, 그것도 곧 끊겼다. 엄마가 재혼했기 때문이다. 그 후로 엄마는 내 생일에나 안부 전화를 하는 정도였다.

친구들 중에는 새엄마나 새 아빠와 사는 애들이 있었다. 그들이 힘겨워하는 것을 옆에서 지켜봤다. 그 친구들은 내가 부럽다고 했다. 아빠가 아직 새로 결혼을 하지 않았기 때문이다. 새엄마가 들어오면 더 힘들어진다는 충고도 들었다. 나도 사춘기에 접어들며 가족이 왜 중요한지, 엄마가 왜 떠나야만 했는지 이해하게 되면서 아빠에 대한 증오는 점점 강해졌다. 아빠 얼굴만 보아도 화가 치밀고, 무슨 트집을 잡아서라도 한바탕 싸워야 속이 풀렸다. 아빠가 나를 때려주기를 은근히 바라기도 했다. 그래야 경찰에 신고해서 교도소로 보낼 수 있기 때문이다. 학교 카운슬러에게도 아빠가 나를 학대한다고 신고를 한 적도 있다. 하지만 거짓말이 들통이 나서 학교에서도 나쁜 학생으로 낙인이 찍혔다. 그렇지만 아빠의 속을 썩이는 것이 내게는 큰 즐거움이었다.

나는 초교 시절 나쁜 놈들을 때려눕히는 이소룡 영화를 보고 매료되어 아빠를 졸라 태권도 도장에 갔다. 아빠는 어린 시절 포기했던 농구 얘기를 해 주며 열심히 하라고 했다. 아빠는 내가 방에 붙인 아빠 사진을 주먹과 발로 뭉개며 연습한다는 것을 까맣게 몰랐다. 운동을 계속하여 중학교 3학년이 되어서는 태권도 2단이 되었다.

내가 진학한 고교에는 오래된 폭력조직이 있었다. 약한 학생들을 못살게 굴고 때로는 돈도 빼앗았다. 어느 날 내 책을 뺏으려는 그들과 승강이가 벌어졌다. 반항을 하다가 세 명에게 두들겨 맞기 시작했다. 허리를 숙이고 꼬꾸라진 채 맞으면서 코에서 끈적끈적한 액체가 흘러나오는 느꼈다. 이러다 죽을 수도 있겠다는 생각에 악에 받쳤다. 양발을 허공으로 세게 뻗었다. 발이 반 회전을 하다가 잠시 물렁한 물체에 닿았다가 다시 허공으로 지나갔다. 그리고는 내 앞으로 무언가가 쿵 소리를 내며 떨어졌다. 일어서려고 머리를 드니 나를 때리던 놈 중 하나가 엎어져 있고 패거리들은 부리나케 그를 업고 어디론가 사라졌다. 얼굴이 아프고 피로 범벅이 됐지만, 아빠에게 복수를 한 것처럼 상쾌했다.

다음날 지역신문에 학교 폭력에 관한 기사가 났다. 폭력조직 간의 암투가 벌어져 구 조직이 신 조직에게 당했다고 했다. 나는 졸지에 신 조직의 보스가 되어있었다. 그뿐 아니었다. 내 성family name을 가진 가족은 이 작은 도시에 우리밖에 없어 나는 삽시간에 아버지와 연결되었다. 그가 너무 알려진 유명인사이기 때문이다. 학교 사친회에서는 이번 사건을 계기로 학교 폭력을 근절해야 한다며 관련 학생 모두를 퇴학시키라고 주문했다. 나와 아빠는 빠져나갈 길을 잃게 되었다. 학교도 학부모들의 권고를 더 이상 거부할 수 없다며 자퇴를 권고했다. 아빠는 이곳에서는 머리를 들고 다닐 수 없다며 펄펄 뛰었다. 더 이상 물러설 곳이 없는 나도 아빠에게 대들었다.

"아빠가 노벨 수상자가 아니었으면 일이 이렇게 커지지 않았겠죠. 내가 신 조직 보스가 아니라는 것을 빤히 알면서도 발 벗고 나서지 않는 이유가 뭐예요? 아빠의 명예 때문에 나는 희생되어도 좋다는 건가요? 지금까지 아빠가 나에게 해 준 게 뭐가 있어요!"

이 말을 던지고는 나도 엄마처럼 짐을 싸 가지고 집을 나와 뉴욕행 고속버스를 탔다. 지난 학기에 집안 불화로 뉴욕으로 내뺀 친구가 있었는데 그와 연락이 닿았다. 도너스 가게에서 새벽부터 일을 하는 그를 만나 당분간 그와 함께 지내기로 했다.

그가 사는 동네는 빈민촌이었다. 흑인들과 멕시칸 등 유색 인종이 대부분이었다. 허름한 옷을 걸친 사람들이 계단에 아무렇게나 앉아 맥주를 마시고, 지나는 사람들에게 구걸을 하는 일도 흔했다. 치안도 좋은 편이 아니어서 마약이나 마피아들이 들끓었다. 정부의 보조금으로 연명하는 사람들이 많은 동네였다.

친구가 나를 위해 구해 준 일은 빌딩 청소였다. 나는 위생사로 청소부보다는 훨씬 고상한 이름으로 불렸다. 직원들이 퇴근하면 그때부터 새벽까지 12시간씩 일을 했다. 내가 퇴근할 때 친구는 출근했다. 우리는 한 방을 쓰면서도 겹치는 일은 거의 없어 함께 살기로 했다. 돈 쓸 시간조차 없어 적은 수입이지만 생활비가 적게 들어 저축도 할 수 있었다. 특히 음식이나 식품 가격이 저렴했다. 싼 음식이란 건강과 반비례되는 재료들이다. 기름지고 달고 짠 음식이 된다. 그래서인지 이곳에는 뚱뚱한 사람들이 유난히 많았다. 나도 이런 음식에 길들여지며 체중이 많이 불었다.

일 년쯤 지나 어느 새벽에 일을 마치고 나오는데 건너편에 낯익은 얼굴이 눈에 보였다. 5년 전에 마지막으로 본 엄마였다. 동네에서 친하게 지내던 이웃으로부터 내가 아빠와 싸우고 타지로 떠났고, 아빠도 중서부의 대학에서 교수가 되었다는 이야기를 듣고 수소문해 내가 있는 곳을 어렵게 찾았다는 것이다. 나는 엄마를 보자 나를 버리고 떠난 엄마에 대한 증오감과, 아빠로부터 지켜주지 못했다는 자책감 두 마음이 교차했다. 엄마 앞에서 참고 또 참았지만 결국 눈물을 보이고야 말았다. 하지만 엄마가 아빠를 용서하라고 하는 순간 격분했다. 언젠가 그를 죽여 버리겠다는 말까지 했다. 엄마는 나를 달래며 말했다.

"진정으로 복수하려면 아빠보다 더 훌륭한 사람이 되는 것뿐이야."

처음에는 받아들일 수 없었지만 내 마음을 지배하는 엄마를 거역할 수 없었다. 어이없이 동의하고야 말았다.

"미국에서 부모란 고등학교 졸업까지는 책임을 져야 하지. 그러니까 아빠가 네 공부에 스폰서가 되는 것에 대해 부담을 가지지 말아야 해. 넌 직접 아빠를 만나지 않아도 되니 걱정은 하지 마. 기숙사에서 열심히 공부만 하면 마주치는 일은 없을 거야."

나는 뉴욕 생활을 접고 마음에 썩 내키지는 않지만, 아빠가 있는 지역의 사립 과학 고등학교에 편입하기로 했다. 일 년 동안 밑바닥 생활의 체험은 공부 목표를 정하는데 도움이 되었다. 괜찮은 성적으로 고교를 졸업하고 동부의 대학으로 진학했다. 생물을 전공하고 부전공으로 에너지 학을 택했다. 아빠가 비만에 한을 가지고 공부했던 것처럼 나는 아빠를 이기기 위해서 공부했다. 아침을 먹고 도시락 2개를 가지고 대부분의 시간을 도서관에서 보낸 것도 꼭 닮아 있었다. 학부를 졸업한 후 곧바로 보건대학원의 에너지 과학과에 석박사 과정에 들어갔다. 아빠가 가끔 논문발표나 학회에 참석할 때 연락을 하면 마지못해 만났을 뿐이다.

내 연구는 동물성 지방을 발전기 연료로 사용하여 전기를 생산하는 것이었는데, 일부 동물 실험에서 성공을 거두기도 했지만 경제성과 거리가 멀어 상용화되지는 못하고 있었다. 나의 지도교수는 신문에 이런 글을 실었다.

“인간에게는 100,000kcal 정도의 저장지방이 있는데, 이 양은 400km를 달릴 수 있는 에너지이다. 이것을 전기화한다면 연료 절감의 혁명을 일으킬 수 있을 것이다.”

언젠가는 내가 이것을 상용화하겠다고 마음먹었다. 사실 이런 연구결과는 1970년대 오일쇼크가 있은 후 많이 나왔지만, 전기로 만드는데 오일 가격보다 훨씬 비싼 비용이 흠이었다. 오일 가격이 오르면 대체 에너지 연구비가 늘어났다. 누군가 먼저 이 연구를 상용화 시키느냐가 관건이었지만 지난 반세기 이상 이렇다 할 진전은 없었다.

이 분야에 선행이 필요한 무선전력전송 기술은 이미 오래전에 개발이 완료되어 주변에서 흔히 사용하고 있었다. 이제 내가 연구하는 저장지방의 발전 기술만 가능하다면 실용화는 코앞에 왔다고 할 수 있다. 그런데 이것이 발목을 잡고 있었다.

아빠에게 신세 지는 것은 싫었지만, 연구를 하다가 벽에 부딪칠 때면 조언을 구할 수밖에 없었다. 아빠는 신이 나서 자문을 해 주었다.

답을 주는 것은 아니어도 방향을 제시해주곤 했다. 아빠가 박사학위를 받고 노벨상을 받은 연구소에서 내 분야의 연구원을 모집하고 있었다. 다른 학교나 연구소보다 훨씬 좋은 조건이 있었다. 처음에는 망설였지만, 아빠가 떠난 지 오랜 그 연구소에 지원하기로 했다. 아빠의 아들이라는 것만도 입소하는 데 큰 도움이 되었다. 몇 년 뒤 내가 연구팀장이 되었을 때도 아빠는 기꺼이 맨토 역할을 해 주었다. 아빠가 자기의 연구 성과와 상관없이 자발적으로 나를 도우며 기뻐하는 것을 보며 갈등이 생겼다. 미움에서 애증으로 마음이 변하고 있었다.

내가 주도하는 팀에서 돼지의 피하지방을 연료로 하는 발전기를 만들었다. 지금까지 만든 것 중에는 열효율이 가장 높고, 1.5L짜리 페트병만 한 획기적인 크기의 발전기였다. 작은 튜브를 살에 꽂아 흡입한 지방을 연료로 전기를 만드는 방식이다. 대량생산으로 발전기 가격이 떨어지자 곧 상용화되었다.

그때부터 반려동물이 개나 고양이는 돼지로 바뀌었다. 돼지를 몇 마리 끌고 다니느냐가 부의 상징으로 변했다. 처음에는 MP3 플레이어, 스마트폰 노트북 등 작은 전자기기에 전기를 공급했다. 차츰 효율성을 높이면서 이제는 전기자동차 운전석 옆 좌석은 돼지의 공간으로 되어버렸다. 부자 동네에 가면 집집마다 꿀꿀거리는 소리와 냄새로 잠을 자기 어려울 지경이 되었다. 가정에서 쓰는 전기는 돼지가 공급하기 때문이다. 문화의 선호도도 서서히 변했다. 승마가 쇠퇴하고, 빨리 달리는 돼지의 경기인 승돈이 스포츠의 왕좌로 자리 잡았다.

어느 날 휴스턴 우주본부 인사과에서 연락을 받았다.

"박사님 전에 공동연구자로 참가하셨던 일을 이곳에 와서 해 주실 수는 없을까요? 우주 정거장 밖에서 일을 할 때 배터리 용량이 적어 장시간 일은 못 하고 있습니다. 이 발전기 사이즈를 획기적으로 줄이면 우주산업에 큰 도움이 됩니다. 본격적으로 이곳에서 연구를 해 주시지요."

내가 원하던 연구이기에 기꺼이 휴스턴 NASA 연구소로 자리를 옮겼다. 이 년 만에 볼펜 두 개의 크기인 발전기를 만드는 성과를 올렸다. 다음 해에는 열효율을 세 배로 올렸다. 이것도 곧 상용화되었다. 처음에는 저소득층을 중심으로 체중감량에 활용되어 성과를 올렸지만, 대부분의 상류층에게는 의미가 없었다. 이미 아빠가 개발한 갈색지방 유전 시술까지 마쳤기에 사용할 저장지방이 적었기 때문이다. 저장지방의 열효율이 점점 더 올라가며 예전처럼 돼지를 끌고 다니지 않고 자기 몸의 저장지방만을 연료로 사용해도 충분하게 되었다. 와이파이를 이용한 전력 전달이 더 쉬워져 한집안에 식구가 네 명만 있으면 따로 전기 요금을 낼 필요가 없어졌다. 돼지는 더 이상 집에 있을 필요가 없었다. 돼지는 이제 전기가 아닌 인간의 영양을 위해 제자리로 돌아갔다. 가정의 패턴도 달라져 자식을 낳지 않는 추세에서 최소한 둘 정도를 낳아야 경제적이고, 풍요로워지려면 넷 이상이 되어야 한다는 사고가 굳어졌다. 이로 인해 인구 감소로 생산력이 떨어져 움츠렸던 경제가 되살아났다.

핵발전소 기피 풍조로 석유 가격이 급등한 것은 물론이지만 그나마 고갈이 되어 이 대체 에너지가 산업체에서도 활기를 띠게 되었다. 큰 공장이나 시설에서도 많은 사람을 고용하면 에너지 절감 효과가 커져 사회에서는 자발적 실업을 제외하면 완전고용에 가까워졌다. 아무 능력이 없는 사람이라도 뚱뚱하기만 하면 일류 기업에서 서로 스카우트 경쟁을 벌였다. 가정에서는 손톱만 한 발전기를 피부 속에 넣으면 평생 전기를 사용할 수 있게 되었다. 거리에 전선주와 전선이 사라졌다. 대통령은 인구와 고용의 감소, 가정의 해체, 에너지 가격 상승 등은 더 이상 큰 문제가 아니라며 활짝 웃고 있었다,

1964년 중학교 입시 문제에 엿을 만드는 방법을 택하라는 항목이

있었다. 답은 다이아스테이스였지만 무즙으로도 엿을 만들 수 있다며 정답으로 인정하라는 치맛바람의 데모가 극렬했다. 한일회담 반대로 위수령을 해제한 지 얼마 안 되는 살벌한 시기였다. 무즙으로 엿을 만들어 들고 학부모들은 외쳤다.

"'엿 먹으라!'"

이것이 욕으로 굳어졌다. 그 당시 책임자는 존경받는 교육자였다. 그의 명언 중에 이런 것이 있다.

"세상에는 세 가지 부류의 인간이 있다. 첫째, 세상에서 꼭 필요한 사람, 둘째 있으나 마나 한 사람, 셋째 있어서는 안 될 사람이다."

지금은 이 명언이 이렇게 바뀌었다.

"세상에서 꼭 필요한 사람은 뚱뚱한 사람이고, 있으나 마나 한 사람은 근육질인 사람, 있어서는 안 될 사람은 바싹 마른 사람이다."

갈색지방 유전 시술을 받은 날씬한 사람들은 졸지에 사회에서 있어서는 안 될 부류로 전락해버렸다. 이런 사람들 집에서는 돼지를 여러 마리 키워야 하고, 외출할 때도, 돼지 한 마리는 꼭 끌고 다녀야 사람 구실을 했다. 공장이나 회사에서도 효용성이 떨어져 고용을 기피했다. 이들은 수입이 줄고 돼지 사육 비용이 커지며 점점 사회에서 경제권을 잃는 약자로 변해갔다. 또 돼지로 인한 소음, 냄새 등 부작용에 대한 세금이 올라가며 그들의 부담은 더 커졌다. 오랫동안 유지했던 상류 사회의 주도권이 무너지는 직접적 원인이 되었다. 갈색지방 유전 시술을 받은 사람을 원상 복귀시키는 연구가 계속되지만, 유전자 변형을 되돌리는 기술은 아직 불가능했다. 그들의 자식들도 하류층으로 대물림될 수밖에 없었다. 그래서 그들은 자식이라도 극빈자를 면하려고 뚱뚱한 배우자를 구하려 애쓰지만, 유전자는 우성이었기에 별 의미가 없었다.

사회는 이미 저장지방이라고 부르는 체지방량에 따라 사회등급이 다시 매겨지고 있다. 체지방율 95% 이상 최상류층, 90% 이상은 상류층, 80% 이상 중산층, 80% 이하 하류층, 25%는 이하 극 빈곤층. 이 순위로 세상은 재편되고 있었다.

내 연구 덕분에 시술을 미룬 뚱뚱이 아빠는 최상류층을 유지하고 있지만 날씬한 엄마는 살을 불리려 밥통을 안고 산다는 소식이 들렸다. 아빠의 노벨상 수상을 박탈하고 대신 내가 받아야 한다는 여론이 들끓고 있다. 〈終〉

채수원

2018년 '한국소설' 신인문학상. 같은 해 '에세이문학'에서 수필로 등단하였다. 시는 문학세계에서 받았다. 2020년 신예작가에 선정되기도 했다. 전국 백일장에서 장원 등 다수 입상을 하였다. 시를 부풀려 수필을 만들고, 수필을 뻥튀기하여 소설을 만들고 있다. 1999년 철인3종세계선수권대회와 2002년 초인세계선수권대회에 참가했다. 현재 한국소설가협회 극단 운영위원이다.

<작가노트>

삐뚤빼뚤 청개구리

채수원

어려서부터 부모나 선생님 말을 그리 잘 들은 편은 아니었다. 내 별명 중에는 '개구리'도 있다. 다행히 앞에 '청'자를 빼준 속 깊은 친구들에게 감사할 뿐이다.

소설 습작 때도 다르지 않았다. 능글능글 빙글거리며 하라는 대로 안 하고 이리 삐뚤 저리 빼뚤하며 김지연 선생님께서 속을 좀 긁은 편이다. 그래도 지구력 운동의 대명사인 철인 3종 경기를 완주한 덕에 맷집이 좋은 편이라 막판까지 미루다가 결국 소설가가 되었다.

나의 필명이 성 없이 '쉰' 한 글자인데, 이것을 한글에서 타이핑하면 'tnjs'로 나온다. 또 경기도 도청 소재지인 '수원'을 인터넷 세상에서는 '쉰'이라고 한다. 필명을 이것으로 정했다. 아니나 다를까 선생님께 야단을 맞았다.

등단을 위한 소설 제목을 '똥'이라고 했다가, 선생님께서 제목을 바꾸라고 하셔서 '똥똥'으로 바꾸어 슬쩍 신인문학상 신청을 했다. 마지막 5편까지는 올랐지만 제목하고 필명을 진지하게 선택하라는 충고를 들으며 떨어졌다. 그 다음에는 신중하게 '비만계층 지수'라는 그럴 듯한 제목과 이름도 본명으로 선택해서 당선되었다.

선생님, 팔순 축하드립니다. 그리고 애 많이 타셨죠? 죄송합니다.

〈단편소설 25〉

도로시의 시간여행

채은유

"한정인 씨."

"네."

"올해 스물아홉이고…두통이 심하다고요? 꿈꾸고 나서 특히?"

"네."

"지금 무슨 일 해요?"

"주유소랑 마트에서 아르바이트요. 5년 됐어요."

악몽이 언제부터 시작되었는지는 기억나지 않는다.

기억. 그것은 무척이나 허무한 것이다. 때문에 나는 지우개로 머릿속의 기억을 열심히 지운다. 그들은 희미한 글자가 되어 점점 옅어져 간다. 의사는 나에게 묻는다. "정말 어린 시절의 기억이 없어요?" 나는 답한다. "네." 의사가 묻는다. "어린 시절의 기억이 없는 사람은 없어요. 잘 생각해봐요." 나는 답한다. "없어요, 나는 원래 어릴 때 기억이 없다니까요." 의사는 다시 묻는다. "최면치료나 심리 상담을 받아보는 건 어때요. 지독한 악몽의 원인이 옛 기억에서 시작될 수도 있는 건데." "행복한 기억이면 진작 생각났겠죠. 버리고 싶은 기억이니까 잊어버린 거예요. 굳이 그걸 힘들게 캐야 하나요. 그리고 나는 돈이 없어요. 상담 받을 돈 없어요. 진통제나 주세요, 선생님. 시간이 없어요."

시간. 여기서 시간은 무엇을 의미하는 걸까. 나는 스스로도 알지 못한다. 직장에 출근하기까지의 시간인 걸까. 겨울이 오기까지의 시간인 걸까. 이 생 마지막까지의 날들인 걸까. 의사는 다시 나에게 묻는다. "친구는요? 만나는 사람은 있나요? 소통하는 사람이요." 나는 답한다. "그런 게 꼭 있어야 하나요." "사람은 사회적 동물이에요. 친구가 필요하죠. 그리고…기억과 감정이 없는 사람은 로봇과 같아요. 정인 씨는 시급한 치료가 필요해요." 의사는 걱정스러운 눈으로 나를 바라본다.

삐걱삐걱- 약봉지를 들고 병원을 나선다. 감정 없는 로봇처럼 움직일 때마다 몸에서 쇠 냄새가 난다. 가을이다. 노란 들판이 출렁인다. 들길 따라 걸어간다. 삐걱삐걱- 그렇게 오늘의 기억도 빛바랜 글자들처럼 옅어진다.

그리고 밤, 나는 또 다시 지독한 악몽 속에 있다. 꿈은 여느 때와 다를 바 없다. 어두운 저녁 긴 하천 옆을 달리는 나. 낄낄대며 뒤를 쫓아오는 여섯 개의 운동화. 막다른 골목에 다다르자 거대하고 소름끼치는 여섯 개의 운동화가 점점 가까워 온다. 나는 망설인다. 하천으로 뛰어내릴까, 아니면 저들의 먹이가 될까. 결국 뛰어내리기 위해 강물을 바라본다. 강물 위로 일렁이는 얼굴이 비친다. 물 위의 얼굴을 바라보려 눈을 부릅뜬다. 하지만 내 모습은 보이지 않는다. 짙어져버린 어둠 때문일까. 아니면 벌써 그들의 그림자가 모든 것을 덮어버린 걸까.

쨍그랑-

무언가 깨지는 소리가 들린다. 초록빛 파편이 흩어진다. 꿈에서 깬다.

식은땀으로 젖은 얼굴을 대충 닦고 일어난다. 화장실에서 세수를 하고 작은 냉장고에서 김치를 꺼낸다. 낡은 밥솥을 열어 누런 밥을 푼다. 약을 먹으려면 밥을 먹어야 한다고 누군가 말했다. 그 누군가가 누구인지 기억나지 않는다. 약사인지, 얼굴도 모르는 엄마라는 사람인지. 띠링- 문자가 온다. 월세가 밀렸다는 집주인의 문자다. 띠링- 또 다시 문자가 온다. 오늘부터 나오지 말라는 마트 점장의 문자다. 나보다 똑똑한 신입사원이 채용되었다고 한다. 그 아이 이름은 키오스크. 픽, 하고 웃어버린다. 숟가락을 들어 첫 술을 뜬다. 어젯밤의 악몽을 씹는다. 하나, 둘, 하나, 둘. 기계적으로 밥알을 씹어 넘긴다.

똑똑-

문 너머로 노크 소리가 들린다. 잘못 들었나보다.

똑똑똑-

또 다시 노크 소리가 들린다. 올 사람이 없는데. 아니, 나를 찾을 사람이 없는데. 의아한 마음에 일어나 잠금장치를 풀고 문을 연다. 한 소녀가 서 있다. 나는 그 소녀를 내려다보며 묻는다.

"…누구세요?"

소녀는 함박미소를 지으며 말한다.

"도로시요."

"네?"

"도로시요. 전 시간 여행 왔어요."

"……예?"

"한정인 언니, 맞죠?"

네모난 큰 책가방을 메고 낡은 신발주머니를 든, 빨간 곰돌이 머리끈으로 꽁지머리를 질끈 묶은 아홉 살 소녀. 헤져 너덜너덜해진 낡은 캐릭터 운동화. 소녀는 무언가 상반되어보였다. 단순히 겉과 속이 달랐다기보다는 뭐랄까, 서 있는데 앉아 있는 것 같기도 하고 앉아 있는데 서 있는 것 같기도 하고. 맛있다고 말하지만 사실 맛없다고 생각하는 것 같기도 하고. 그러니까 웃고 있는데 울고 있는 것 같다고나 할까. 진짜 말하고 싶은 무언가를 숨기는 것 같기도 했고. 그러니까 꼭 나 같았다. 아픈 데도 아프지 않고, 슬퍼도 미소 짓는 로봇처럼.

특히 가방, 그 가방이 진짜 웃겼다. 90년대나 볼 법한, 얼굴의 3분의 2를 차지하는 네모나고 반짝거리는 두 눈을 가진 여자주인공이 그려진 그 가방. 진짜 타임머신을 타고 튀어나온 것 같았다. 걔네 가족도 양심이 있으면 그냥 요즘 것 새로 하나 사주지. 아 그러고 보면 옛날 가방 디자인을 내가 '기억'하고 있는 거네. 난 원래 '기억'이란 게 없는 사람인데. 이상하다.

그 아이를 들인 것은 불쌍해서도 아니고 말동무가 필요해서도 아니었다. 시간 여행을 왔다는 엉뚱한 농담이 귀여워서도, 친구를 만들라는 의사의 처방 때문도 아니었다. 바로…그 애의 흉터 때문이었다. 아이의 뺨에는 길고 깊은 흉터가 나 있었는데 그것은 내 뺨의 옅은 흉터와 닮아있었다. 거울을 볼 때마다 나는 이 흉터를 나도 모르게 손가락으로 매만지곤 했다. 하지만 이것이 언제, 왜 생겼는지는 통 기억나지 않았다. 그래서 어느 순간부터는 흉터가 나의 일부라고 생각했다. 태어난 후에 흉터가 생긴 것이 아니라 흉터와 함께 내가 태어난 것이라고. 차라리 그렇게 생각하니 맘이 편했다. 왠지 이번 생이 덜 억울했다.

"그런데 내 이름…어떻게 알아?"

"네?"

"아까 물어봤잖아. 한정인 언니 맞냐고."

전 직장이었던 마트에서 사람들은 나를 "야!", "저기!", "어이!" 따위로 불렀다. 명찰에 '한 정 인'이라는 이름이 새겨 있는데도 꼭 "야!", "저기!", "어이!"라며 소리쳤다. 주유소에서도 마찬가지였다. "얌마!", "새끼야!", "알바!" 라며 화를 냈다. 때문에 나 역시도 내 이름을 종종 잊어버렸다. 가끔 동사무소에서 신분증을 내밀 때, 휴대폰 통신사나 광고 목적으로 보험사에서 전화가 올 때 "한정인 씨 맞으시죠?" 그러면 "예"라고 답하며 '아, 내 이름이 한정인이었구나' 하는 거다. 그런데 이 아이가, 처음 보는 이 아이가 나도 잊어버린 내 이름을 불러준 것이다.

"요 앞 편지함 속 편지 안에 적혀있었어요."

그러면 그렇지. 내 이름을 알고 있었을 리가 없지. 밀린 고지서에 적힌 이름을 보았나보다.

맞다. 전기세 밀린지 오래됐는데. 그거 안 내면 전기 끊길 텐데. 이런 저런 생각을 하다가 다시 그 애를 향해 묻는다.

"부모님은, 안 계셔?"

"가족 없어요."

"네 이름은 뭐야?"

"아까 말했는데? 도로시요."

"아니, 진짜 이름."

"도로시요."

장난하나 진짜. 머리가 약간 어떻게 된 건가. 또랑또랑한 눈을 보니 어디가 부족한 애는 아닌 것 같은데. 나는 다시 묻는다.

"도로시가 뭐야?"

"도로시를…몰라요?"

아이는 놀란 눈으로 나를 바라보다가 금세 시무룩해진다.

"어떻게 모를 수 있어요?"

아니 내가 도로시를 꼭 알아야 하나. 왜 지가 아는 걸 나도 꼭 알아야 하지. 이런저런 생각을 하던 찰나에 소녀는 책가방 안에서 그림일기 스케치북을 꺼낸다. 왜 오늘의 기억나는 장면을 그리고, 밑의 원고지 칸에 글자를 채우는. 저 칸을 채우려고 얼마나 낑낑댔던가. 할 말 드럽게도 없었는데. 어? 난 기억이 없는 사람인데. 왜 나도 모르는 기억이 떠오르는 거지? 진짜 이상하네.

아이는 깡통 소리가 나는 네모난 필통을 꺼낸다. 안에는 색연필 세 개와 몽당연필 두 개, 닳고 닳은 분홍 소시지색 지우개 하나가 들어 있다. 검은색 색연필을 골라든 아이는 스케치북 위에 글자를 쓰기 시작한다. 삐뚤빼뚤한 글자들. 그것은 누군가의 이름들이었다.

민준영
한수빈
김철수

"이게 뭐야?"

"이 사람들 알아요?"

나는 고개를 젓는다. 아이는 시무룩해진다.

"누군데?"

"내가 찾고 있는 사람들이요."

아이는 고사리 같은 손가락을 펼치더니 하나하나 숫자를 세보고는 다시 입을 연다.

"지금 모두 서른다섯 살이에요. 언니가…찾아주세요."

나는 이름들을 멍하니 보다가 그 중 한 사람의 이름에 시선이 간다. 민준영. 물론 민준영이라는 이름은 세상에 셀 수 없이 많지만, 일단 나는 그 많고 많은 민준영들 중 한 명을 알고 있다. 그는 내가 아르바이트를 하는 주유소의 단골고객으로, 기름을 채우러 이틀에 한 번 꼴로 주유소를 방문한다. 외제차 안에는 항상 여자가 타고 있는데 재밌는 사실은 여자가 매번 바뀐다는 거다. 함께 일하는 아르바이트생 수아는 고등학교 2학년인데 그의 차가 주유소로 들어올 때마다 사무실 탁자 밑으로 몸을 숨긴다. 한 번은 왜 그러느냐며 물어봤더니 민준영이 올 때마다 전화번호를 물어보며 집적댄다는 것이다. 밖에는 자기 여자가 있는데도 사무실에 들어와 몰래 미성년자의 번호를 물어본다니 참으로 대담한 놈이 아닌가. 직접 겪어보진 못했지만 민준영은 그런 놈이었다. 어쨌든 정상은 아닌 놈. 나는 그 이야기를 도로시에게 했다. 도로시는 부탁했다. 혹시 나를 알고 있느냐 물어봐 달라고.

그날 밤, 나는 소녀를 집에 두고 주유소로 출근했다. 몇 시간이 흘렀을까. 드디어 익숙한 외제차가 들어온다. 민준영이다.

"가득."

차를 세우고는 민준영이 말한다. 90도로 굽힌 허리를 펴고 "예"라고 대답한 후 주입구에 가득 기름을 채우기 시작한다. 이번에는 조수석에 여자가 없다. 민준영은 흘끔흘끔 바깥을 살피고는 나에게 묻는다.

"수아는. 안 왔어?"

"예."

"아이씨, 오늘 일진 사나워서 걔 얼굴 보고 재미 좀 볼랬더니."

그는 욕지거리를 하며 뭐라고 중얼거리더니 담배를 피우기 시작한다. 그의 눈치를 살피다 조심스럽게 묻는다.

"저…혹시 도로시를 아세요?"

민준영은 내 목소리를 듣지 못한 듯 계속 담배를 빼끔댄다.

"저기요. 혹시…"

그는 그제야 고개를 돌려 나를 바라본다.

"도로시를, 아세요? 아홉 살 여자아이인데…"

"뭔 소리야. 너 사이코냐?"

민준영은 담배를 휙, 바닥에 던지고는 차를 출발시킨다. 매연을 뿜으며 검은 차가 멀어져간다. 그런데 순간, 차가 다시 후진한다. 위잉- 창문이 열리고 민준영이 나를 바라본다. 의아한 얼굴이다. 그가 나에게 묻는다.

"너 혹시…예전에 나 어디서 본 적 있냐?"

띵-

순간, 머릿속에 강한 통증이 인다.

정신을 차려보니 나는 다시 악몽 속에 있다. 꿈은 여느 때와 다를 바 없다. 어두운 저녁 긴 하천 옆을 달리는 나. 낄낄대며 쫓아오는 여섯 개의 운동화. 막다른 골목에서 나는 망설인다. 뛰어내릴까, 아니면 저들의 먹이가 될까. 아니, 둘 다 아니야. 이번에는 그들과 맞서보기로 한다. 뒤를 돌아본다. 여섯 개의 운동화, 그러니까 세 명의 그들은 모두 교복을 입었다. 순간 한 사람의 상반신이 보인다. 민준영. 교복 위 명찰에 새겨진 이름이다. 당신이 왜 여기 있어? 물어보려 하지만 목소리가 나오지 않는다. 운동화들이 가까워진다. 그들의 그림자는 너무나 크고 아득하다. 결국 나는 뛰어내리기로 한다. 물 위로 얼굴이 비친다. 나도 모르게 얼굴을 바라보려 눈을 부릅뜬다. 오늘도 내 모습은 보이지 않는……어? 보인다. 잃어버린 내가 보인다. 일렁이는 물결이 조금씩 잠잠해진다.

쨍그랑-

무언가 깨지는 소리가 난다. 초록빛 파편이 흩어진다. 꿈에서 깬다.

어김없이 밝아온 새벽, 식은땀으로 젖은 얼굴을 대충 닦고 일어난다. 옆에는 누군가 앉아 책을 읽고 있다. 도로시다. 그 애는 잠이 덜 깬 나를 빤히 바라보다 묻는다.

"언닌 머리 왜 짧아요?"

"…뭐?"

"머리 왜 짧아요? 난 긴 머리가 좋은데."

도로시는 종종 뜬금없는 말을 한다. 내가 블랙커피를 마시면 자신도 한 모금 먹어보겠다며 꼭 입을 가져다댄다. 이내 쓰디쓴 얼굴을 하며 "이걸 왜 먹어요?"라고 묻는다. "단 거 안 좋아하니까." 나는 차갑게 대답한다. 그러면 도로시는 꼭 이렇게 말한다. "이상하다. 나는 단 거 좋아하는데."

매번 이런 식이다. 마치 자신이 좋아하는 걸 나도 꼭 좋아해야 하는 것처럼, 자신이 기억하는 걸 나도 꼭 기억해야 하는 것처럼. 그러나 우린 너무나 다르다. 긴 머리의 도로시와 짧은 커트 머리의 나. 알록달록한 옷을 좋아하는 도로시와 무채색의 옷뿐인 나. 어디서나 눈에 띄는 도로시와 금방이라도 지워질 것만 같은 나…….

"그런데, 도로시가 누구야? 진짜 네 이름이야?"

아이는 나를 빤히 보더니 그림동화 책을 가져와 펼쳐 보인다.

"오즈의 마법사. 이 동화 속 주인공이에요. 내가 제일 좋아하는 사람이 도로시예요. 폭풍우를 만나도 집을 잃어도 혼자 씩씩하게 오즈의 성까지 가요. 아픈 친구들한테는 희망도 주고요."

"희망? 어떻게 주는데?"

도로시는 동화책을 한 장 한 장 넘기기 시작한다. 책을 바라보는 그 애의 눈이 반짝인다.

"여기, 용기 없는 사자에게 용기를."

"여기, 뇌 없는 허수아비에게 똑똑함을."

"그리고 여기, 심장 없는 양철 나무꾼에게 심장을 줘요"

도로시가 가리키는 동화 속 양철 나무꾼을 바라본다. 두드리면 텅, 텅 하고 소리가 날 것만 같은 은색 양철로 된 물체. 사람인지 기계인지 모를 차가운, 그러면서도 허약해 보이는 양철이 나를 응시하고 있다.

"양철 나무꾼은요. 저주를 받았어요."

"저주?"

"그래서 심장이 없어요. 마녀가 저주를 내렸거든요. 사람인데 온 몸이 양철이 됐어요. 로봇처럼요."

"……나랑 비슷하네."

"왜요?"

"가끔 나도 심장이 없는 것 같아서. 맞아도 안 아프고 욕먹어도 멀쩡하고, 어느 순간부터 살아도 사는 것 같지가 않네. 감정이 없는 것처럼."

일어나 부엌으로 향한다. 생각해보니 아이를 위해 어젯밤 소시지를 사왔다. 우유도 사왔다. 소시지를 잘라 프라이팬에 굽는다. 맛있는 냄새가 난다. 누군가를 위해 아침을 준비한 적이 있던가. 아마 처음일 것이다.

치이익-

프라이팬 위로 기름이 튄다. 노릇노릇한 소시지 냄새가 좁은 방 안을 메운다. 가스 불을 끄고 소시지를 접시에 담는다. 하나하나 젓가락질을 해 옮긴다.

"곧 따뜻한 심장이 생길 거예요."

툭, 소시지가 떨어진다. 나는 당황한다. 젓가락질이 빗나갔다.

"도로시를 만났잖아요."

고개를 돌려 그 애를 바라본다. 햇살이 스며든다. 도로시가 미소 짓는다.

약을 더 많이 받아왔다. 일주일 분에서 이주일 분으로, 약의 개수도 더 늘어났다. 먹는 약이 많아졌으니 두통도 빨리 가라앉을 것이다. 의사는 내가 환각 증상을 앓고 있다고 했다. 하지만 나는 신경 쓰지 않는다. 한 손에 약봉지를 들고 빠른 걸음으로 병원 로비를 향해 걸어간다. 티비 앞에 도로시가 앉아있다. 철 지난 2D 애니메이션이 케이블 채널에서 방영 중이다. 나는 일부러 멀찌감치 서서 그 애를 바라본다. 도로시가 웃을 때마다 꽁지머리 위의 빨간 곰돌이도 춤을 춘다. 그 애를 보고 있으면……몸이 더 이상 삐걱거리지 않는 것 같다. 쇠 냄새가 사라지는 것도 같다. 악몽도 곧 끝이 나려나.

병원을 나와 그 애의 손을 잡고 간 곳은 놀이동산. 한 번도 가 본 적 없으니 꼭 가봐야 한다나 뭐라나. 그런데 회전목마를 지나치고 후룸라이드도 지나치고 롤러코스터도 지나친다. 무언가를 찾는 듯 자꾸 두리번거리다가 이번에는 피에로도 지나치고 열기구도, 그리고 예쁜 캐릭터가 새겨진 하트 모양 풍선들도 지나친다. 대체 무엇을 찾고 있는 거지. 도로시가 지나가는 직원을 붙잡고 묻는다. 여기, 오즈의 성이 어디 있어요? 직원은 말한다. 그런 곳은 없어요. 도로시는 다시 묻는다. 아니에요. 분명히 있어요. 내 친구가 그랬어요. 분명히 갔다 왔다고. 재밌었다고 나한테 자랑했어요. 당황한 직원이 얼버무리며 빠른 걸음으로 멀어진다. 이번에는 또 다른 직원을 붙잡고 묻는다. 여기 오즈의 성이 어디 있어요? 직원은 되묻는다. 오즈의 성이요? 처음 들어보는데……. 도로시는 열심히 설명하기 시작한다. 돌아가는 원통을 지나고 정글숲 다리를 건너고 무서운 거울의 방이 있는 곳. 분명히 있어요. 직원은 생각난 듯 답한다. 아아~ 그 오즈의 성! 그거 폐장됐어요. 5년 전에. 사고가 있었거든.

놀이동산 안의 식당에 마주 앉아 돈가스를 먹는다. 도로시의 얼굴이 시무룩하다. 자신의 성을 잃어버린 표정이다. 돈가스를 작은 크기로 잘라 그 애 앞에 놓는다. 아이의 접시를 내 접시와 바꾸고는 내 것을 자르기 시작한다.

"다른 거 타자. 다른 게 더 재밌는 게 많아. 5년 전에 그 놀이기구에서 어린 아이 하나가 다쳤어. 그래서 폐장된 거래."

나의 위로에도 대답 없는 도로시는 포크도 들지 않은 채 여전히 울상이다. 액정이 깨진 휴대폰을 들어 ‘오즈의 성’을 검색해 본다. 누군가 올려놓은 오즈의 성 체험 영상. 정말 구조 한 번 복잡하게도 생겼다. 돌아가는 원통을 비집고 아슬아슬한 다리를 지나고 빨간 거울의 방을 통과한다. 자리에 앉아 있으면 알아서 떠먹여주는 다른 놀이기구와는 다르다. 우여곡절을 거쳐야 비로소 끝이 난다.

“잊어.”

“뭘요?”

“오즈의 성 말이야. 다른 거 타면 되지.”

“어떻게 잊어요. 자꾸 기억이 나는데.”

“난 그래. 금방금방 잊어.”

“그래서 언니까지 잊어버렸어요?”

돈가스를 자르다 말고 도로시를 바라본다. 아이가 아이답지 않은 말을 한다. 나와 닮은 선명한, 그 애 뺨의 흉터가 나를 응시한다. 도로시의 말대로 정말 나는 나까지 잊어버린 걸까. 흉터가 생긴 이유도 기억나지 않을 만큼 그렇게 모든 것을 지워가고 있는 걸까. 생각하고 싶지 않아. 더 이상 이딴 것들을 곱씹기 싫어. 나는 화제를 돌린다.

“참. 그 민준영 말이야. 네가 찾는 사람.”

아이의 눈빛이 흔들린다. 시공간이 멈춘 듯 굳어진다.

“만났어. 네가 찾는 그 사람이 맞는지는 모르지만……. 그런데 도로시를 아냐고 물어보니 모른다던데?”

“그 사람…지금 불행해요?”

불행? 불행의 정의가 뭘까. 행복하지 않다는 뜻일까. 아홉 살짜리 입에서 나오는 단어치고는 참으로 성숙하다. 나에게 불행과 행복의 기준은 단순하다. 돈과 웃음. 생각해보면 민준영은 돈이 많다. 그리고 웃음을 자주 흘린다. 조수석에 있는 여자와 미성년자 아르바이트생 수아에게 특히. 그 웃음은 굉장히 비열하고 소름끼치고 차갑다. 하지만 그것 역시 결국, 웃음이다. 나는 도로시에게 말한다. 불행하긴, 굉장히 잘 살고 있어. 그리고 엄청 부자야. 금수저. 외제차 몰고 다녀. 내 말을 들은 도로시의 얼굴이 갑자기 슬퍼진다.

"이 흉터…그 사람이 그랬어요."

"응?"

도로시는 뺨에 패인 깊은 흉터를 매만진다. 나와 닮은 그 흉터. 위치도, 모양도 비슷한 그 흉터. 차이가 있다면 그 아이는 선명하고, 나는 옅다는 것.

"민준영이요. 그 사람이 그랬어요."

띵- 머릿속에서 또다시 통증이 인다.

"강가에서요. 어두운 밤이었어요. 나한테 못된 짓 했어요."

나는 도로시를 바라본다. 아이의 눈이 흐려진다.

"두 명은 남자고 한 명은 여자요. 남자들은 때리고 나쁜 짓 했어요. 여자는 망을 보면서 킬킬댔어요. 언니도 알잖아요. 왜 모른 척 해요."

아, 머리가 아프다.

"동네 사람들이 나보고 용서하라고 했어요. 용서할 줄 알아야 착한 사람이래요. 그런데 나는 착한 사람이 아닌가 봐요."

나는 포크를 든다. 빠른 속도로 돈가스를 먹기 시작한다. 고개를 숙인 채, 우걱우걱.

"그냥 잊어버리래요. 나만 잊어버리면 된대요. 근데요. 그러다 나까지 잊어버리면 어떡해요?"

띵- 띵-

두통이 깊어진다. 약 먹을 시간이 지난 게 분명하다. 돈가스를 빨리 해치워야겠다. 그래야 약을 먹을 수 있으니까. 하나, 둘, 하나, 둘, 돈가스를 입에 넣고 씹는다. 양철 나무꾼처럼 기계적으로…우걱우걱 기억을 씹기 시작한다. 뚝- 뚝- 눈물이 떨어진다.

깜깜한 밤, 다시 주유소다. 사무실에서 유니폼 조끼를 입는데 이상한 냄새가 난다. 화장을 고치는 수아에게 무슨 냄새냐고 묻는다. 수아는 아무 냄새도 나지 않는다고 말한다. 킁킁- 킁킁- 아무래도 내 몸에서 나는 냄새 같다. 비릿한 쇠 냄새가 다시 진동한다. 수아는 새로 산 21호 파운데이션이 자신의 피부 톤과 맞냐며 연신 물어온다. 미용 관련학과를 다니는 수아의 꿈은 메이크업아티스트다. 꿈. 꿈이 있구나. 순간 그 애가 부러워진다. 나도 꿈이 있을까…아니, 있었을까. 기억이 나지 않는다. 나는 '기억'이라는 것을 하지 않는 사람이기에. 아니 어쩌면 기억이 있는데도 보지 않는 것이 아닐까. 지우개로 열심히 지웠지만 사실은 지우지 않고 얇은 종이로만 덮어버린 것이 아닐까. 소파에 앉아 사장님은 뉴스를 본다. 집단성폭행을 가한 미성년자들이 체포되었다는 소식이다. 대형로펌의 변호사들을 선임한 그들이 증거불충분으로 풀려날 가능성이 높다는 소식이다. 다음 소식이다. 어떤 사람이 사람을 죽이고 3년 형을 받았다는 소식이다. "나라가 망하려나보네. 잡것들." 사장이 자기도 모르게 혼잣말을 한다. 차가 들어온다. 민준영의 차다. 수아는 재빨리 탁자 밑으로 몸을 숨긴다. 얼마나 집적댔으면 애가 저렇게 치를 떨까. 그의 차 앞으로 달려가 90도 인사를 한다. 주입구에 기름을 주입한다. 이번엔 조수석에 여자가 타 있다. 역시 새로운 여자다. 창문이 열리고 민준영이 담배를 피우기 시작한다. 시선이 느껴져 바라보니 그 역시 나를 응시하고 있다. 그가 입을 연다.

"너 진짜…나 어디서 본 적 없냐?"

"…없는데요."

"오케이."

민준영은 다시 창문을 닫는다. 순간, 나는 무슨 용기가 생겼는지 닫히려는 창문을 부여잡는다. 조수석의 여자가 깜짝 놀란다. 민준영은 다시 창문을 열고는 나를 노려본다.

"뭔데"

"저…물어볼 게 있는데요."

스케치북 위의 삐뚤빼뚤한 글씨들이 떠오른다. 처음, 옥탑 방에 왔을 때 적어 보여준 이름들. 민준영 김철수 한수빈. 도로시를 괴롭힌 사람들. 올해 서른다섯 살이 된 그 악마들.

"혹시, 몇 살이세요?"

조수석의 여자가 풉, 하고 웃는다. 뭐야, 저 사람. 저 여자 오빠 좋아해? 진짜 별별 것들이 달라붙는다. 여자는 입 꼬리를 실룩대며 아래위로 내 몸을 훑는다. 나는 아랑곳 않고 민준영을 향해 다시 묻는다.

"서른다섯…맞아요?"

"맞아. 그런데 왜?"

"…김철수랑 한수빈을 아세요?"

"…뭐?"

민준영의 낯빛이 상기된다. 하얘진다. 하얘지다 못해 얼음장같이 차가워진다. 수상쩍은 분위기에 조수석의 여자가 민준영을 바라본다. 오빠, 왜 그래? 나는 다시 그에게 묻는다.

"아세요? 김철수, 한수빈? 그 사람들도 서른다섯인데."

"너…너 씨발 누구야?"

민준영의 눈빛이 서늘해진다. 차문을 벌컥 열고 내려 다가온다. 나의 멱살을 잡아 흔들고는 벽에 밀친다. 퉁, 양철 나무꾼이 부딪치는 소리가 난다. 언니! 수아의 비명소리가 들린다. 나는 통증을 이기지 못하고 그대로 주저앉는다. 양철 나무꾼의 다리가 힘없이 풀린다. 비릿한 쇠 냄새가 난다. 민준영이 다시 멱살을 잡고 나를 일으킨다. 죽일 듯이 노려보며 소리친다.

"니가 씨발 뭘 아는데?"

"…김철수…한수빈…몰라요?"

미쳤나보다. 무슨 용기인지 터진 입이라고 계속 말을 한다. 삐걱삐걱 소리가 나는 고장 난 기계처럼 질문을 멈출 수 없다. 민준영의 눈깔이 다시 뒤집어진다. 그가 주먹을 치켜든다. 양철 나무꾼의 얼굴을 강타한다. 텅, 얼굴이 찌그러진다. 아악-! 조수석의 여자가 비명을 지른다.

쨍그랑-

초록빛 유리 파편들이 흩어진다. 에메랄드빛 물결. 비온 뒤의 하늘. 무지개. 편안하다. 새로운 기억들인데 익숙하다. 힘겹게 눈을 뜬다. 깨진 소주병을 든 수아가 서 있다. 병을 든 수아의 손이 부들부들 떨린다. 겁먹은 그 애의 눈에서 눈물이 흐른다. 수아야, 괜찮아, 울지 마. 머리를 감싸 쥔 민준영의 얼굴이 일그러진다. 그의 이마에 피가 흐른다.

"한정인!"

사장님이다. 상기된 얼굴로 달려온다. 아, 이번에도 해고인가.

"한정인! 진수아! 지금 뭐하는 거야, 니들!!"

일그러진 민준영의 얼굴이 갑자기 파래진다. 겁에 질린 얼굴이다. 공포로 가득한 모습이다. 그런 그의 두 눈에 내가 담겨있다. 민준영이 나를 보며 뒷걸음친다. 차에서 내려 달려온 조수석의 여자가 묻는다. 오빠, 괜찮아? 민준영은 여자의 손도 뿌리친다. 뒤돌아 그대로 내달린다. 차도 버린 채 미친 듯 달린다. 조수석의 여자는 그를 쫓아간다. 도망가는 민준영이 조그맣게, 조그맣게 보인다. 까만 점처럼 보인다. 눈이 점점 감긴다. 스르륵, 나는 깊은 잠에 빠진다.

그날 밤, 나는 다시 악몽 속에 있다. 지겨울 정도로 반복되는…… 꿈. 어두운 저녁 긴 하천 옆을 달리는 나. 낄낄대며 쫓아오는 여섯 개의 운동화. 막다른 골목. 그들이 가까워진다. 일렁이는 강물을 바라본다. 물 위로 얼굴이 비친다. 익숙한 얼굴이다. 그런데 그것은 내가 아니라……겁에 질린 아홉 살 소녀, 도로시다.

쨍그랑-

무언가 깨지는 소리가 들린다. 초록빛 파편이 흩어진다. 돌아보니 민준영이 깨진 소주병을 들고 있다. 살이 쓰리다. 뺨 위로 무언가 흐른다. ……빨간 피다. 민준영이 웃고 있다. 다른 남자도 웃고 있다. 멀리서 망을 보는 여자도 웃고 있다. 나는 울고 있는데 그들은 웃는다. 교복 입은 그들은 어리다. 하지만 꿈속의 나는 더 어리다. 민준영이 내 팔목을 꽉 움켜쥔다.

"한정인."

나는 벌벌 떨며 그를 올려다본다.

"신고하면 죽여 버린다."

눈을 떴을 때 보인 것은 하얀 병실 천장. 의사와 간호사는 상태를 진단한 후 뭐라 뭐라 말을 했고 몇 분 후 두 명의 변호사가 찾아왔다. "민준영 씨 변호인입니다. 말씀드릴 게 몇 가지 있습니다." 그들은 민준영의 폭행에 대한 합의를 제안하며 내가 과거 사건으로 민준영을 간접 협박한 정황이 있다고 주장했다. 20년 전의 성범죄 사건은 미성년자 보호처분으로 판결이 났으며 그 사건을 가지고 재 협박 시 변호인 측에서 조치를 취하겠다는 말도 덧붙였다. 세 명의 가해자들 중 여자는 이미 성인이 되어 가정을 이루었고 남자는 유명한 사업가가 되었다는 말도 했다. 민준영을 비롯한 세 사람이 사건 이후로 힘든 나날을 보냈다는 이야기도 덧붙였다. 그러고는 또 부드러운 미소로 이번

폭행 사건에 대해서는 합의를 하는 것이 어떻냐고 물어왔다. 나도 몰랐던 나의 경제적 상황들을 읊어대며 합의할 시 받을 액수를 제시했다. 순간 어디에선가 쇠 냄새가 났다. 킁킁- 킁킁- 냄새를 맡아본다. 냄새는 나에게서 나는 것이 아니다. 이 사람들 쪽에서 나는 것이다. 나는 묻는다. "사람 맞아요?" 분명 그들도 마녀의 저주에 걸린 게 분명하다. 자신도 모르는 사이에 온 몸이 양철로 변한 것이 틀림없다. 나는 다시 말한다. "도로시를 찾아가 보세요. 분명 따뜻한 심장이 생길 거예요." 변호사들은 무슨 말인지 모르는 듯 벙 찐 얼굴로 나를 바라본다. 그들 뒤에 걸린 달력에 시선이 간다. 이틀이나 죽은 듯 누워 있었다니. 방금 꾼 악몽 속 강물에 비친, 겁에 질린 도로시의 얼굴이 나를 부른다.

손등의 주사바늘을 빼고 침대에서 내려와 병실을 빠져나간다. 의사와 간호사의 목소리가 들려온다. 돌아보지 않고 그대로 병원 밖으로 달린다. 우르릉 쾅쾅- 천둥이 치고 있다. 장대 같은 가을비가 내린다. 비를 맞으며 미친 듯 달린다. 도로시가 있는 옥탑 방으로.

벌컥- 옥탑방의 문을 연다. 신발장에 그 애의 신발이 없다. 네모 낳고 큰 가방도, 신발주머니도 없다. 방 어디에도 오즈의 마법사 그림책이 보이지 않는다. 온 몸이 젖은 상태로 미친 사람처럼 창고를 뒤진다. 먼지 쌓인 박스를 뒤지고 또 뒤진다. 툭, 그 애의 그림일기장이 떨어진다. 조심스럽게 페이지를 넘긴다. 가장 마지막 페이지를 펴 본다. 돈가스를 먹는 도로시와 나의 모습이다. 그 밑으로 써 진 그 애의 삐뚤빼뚤한 글씨.

언니 안녕하세요? 나는 아홉 살이고요. 이름은 한정인입니다
언니의 세상은 어떤가요
착한 사람은 행복하고 나쁜 사람은 불행한가요

시간이 지나면 모두 괜찮아지나요
미래의 나는 울지 않아도 되나요

나는 그림일기를 덮고는 표지를 바라본다. '이름: 한정인' 삐뚤빼뚤한 그 애의 글자가 나를 향해 묻는다. 자신을 기억하냐고 물어온다.

옥탑 방에서 나온 나는 버스에 올라탄다. 버스가 서울 외곽으로 진입한다. 비가 그친다. 언제 그랬냐는 듯 평화롭게, 황금빛 들판이 출렁인다. 비 개인 하늘 위로 무지개가 보인다. 창 밖 들길 사이로 도로시가 보일 것만 같다. 오즈의 성으로 향하는, 당찬 그 애의 뒷모습이. 나는 소리친다. "아저씨, 세워주세요."

버스에서 내려 길을 따라 걷는다. 잊고 있었던 기억을 따라 걷는다. '황금보육원'이라는 글자가 보인다. 도로시가 살았던 곳이리라. 조금 더 걸으니 악몽 속에서 만났던 하천이 보인다. 대낮의 하천은 평화롭다. 에메랄드 빛 물결. 익숙한 냄새. 강물은 맑고 깨끗하다. 햇살도 포근하다.

저기……저 멀리 도로시가 보인다. 강가에 홀로 앉아있다. 고개를 숙인 그 애의 얼굴이 슬프다. 나는 천천히 다가가 그 애 옆에 앉는다. 잔잔한 강물 위로, 나와 그 애의 얼굴이 비친다. 아홉 살의 도로시와, 스물아홉의 양철 나무꾼이.

"……여기 어떻게 왔어요?"

그 애가 놀란 눈으로 나를 바라본다.

"시간여행."

"기억이 났어요?"

"응, 다 기억 났어."

"미안해요."

"뭐가."

"기억하면 슬프잖아요. 아프잖아요."

그 애의 손 위에 내 손을 포갠다. 도로시의 손이 아직 따뜻하다. 기억할게. 잊지 않을게. 너는 잘못한 게 없으니까. 순간 우리는 하나가 된다. 쿵-쿵-심장이 뛴다. 차가운 양철 나무꾼의 몸에 심장이 생긴다. 빨갛고 따뜻한, 심장이 쿵쾅거린다. 그 애가 웃는다. 나도 웃는다. 뺨 위의 상처가 점점 옅어진다. 새살이 돋는다. 물결 속 가을 구름이 피어오른다. 〈終〉

채은유

· 한국외국어대학교 중국어과 졸업
· 제1회 서울스토리 드라마 극본 공모전 대상 수상
· 제56회 한국소설신인상 수상
· 한국소설가협회 2019 신예작가

〈작가노트〉

저린 기억 심부에 오묘한 채색

채은유

시간은 빠르게 흐르고 기억은 옅어집니다. 인간은 바쁘게 현재를 살아가고 언제 그랬냐는 듯 계절은 가을로, 겨울로 달려갑니다. 잠깐 정신을 놓은 사이에 집 앞에 핀 봄꽃이 지고 초록빛 나무들이 인사하며 철새들이 작별을 고합니다.

이미 지나버린 그 풍경을 종이라는 액자에 담아 글이라는 물감으로 써 내려가는 것. 김지연 선생님은 그 방법을 가르쳐 주셨습니다. 선생님을 만난 후 저는 그 기억들을, 풍경들을 색칠하는 방법을 천천히 배우기 시작했습니다. 10년 전 여행했던 타지에서 겪은 경험들, 사회면 신문기사를 보다가 느낀 분노와 슬픔들……. 어쩌면 그냥 지나칠 수 있는, 기억나지도 않는 과거의 순간들을 '나'라는 종이에 펼쳐보았습니다. 그것은 바로 소설가의 길이었고, 김지연 선생님이 전해주신 소중한 깨달음이었습니다.

선생님의 소설을 읽고 있노라면 오감이 살아나는 것을 느낍니다. 풀숲의 냄새, 새소리, 순수한 등장인물의 표정과 묵직한 어투까지……. 글에서 뛰노는 모든 것들은 독자의 마음을 사로잡고, 읽는 이를 선생님의 소설 세계에 안착하게 합니다. 글 속 집 마당 어디에선가 등장인물의 하루를 바라보고 있는 착각을 느끼게 하는 것입니다. 주인공이 입고 있는 옷의 텁텁한 냄새, 고요한 밤공기의 쓸쓸함까지 느껴지는 선생님의 글은 과거에도, 현재에도, 그리고 미래에도 저의 나침반이 될 것입니다.

잔잔한 호수와도 같은 인자한 선생님을 따르는 제자로서 선생님과 선생님의 새로운 소설을 30년, 40년 더 만나볼 수 있으면 좋겠다는 소망을 가져 봅니다.

훌륭한 스승을 만나는 것은 행운이고 삶에 있어서 커다란 선물입니다. 그 선물에 두 손 모아 감사드리며, 어언 팔순을 맞이하신 선생님의 건강과 행복이 늘 함께 하기를 기도합니다.

〈단편소설 26〉

빛의 왈츠

최성진

거기에는 보이지 않는 세월이 깃들어 있다. 말하자면 아무나 찾아낼 수 없는 나이테 같은 것이 존재한다고나 할까. 가까이 놓고 무심결에 눈길이 닿으면 한참을 바라보기도 했지만, 그 물건들은 애초에 내 것이 아니었다. 무엇보다도 원주인에게 행복한 기억을, 시간을 되돌려 주고 싶었다.

그 대신, 두고두고 소중한 기억으로 남을 기념품을 찾아냈으니까. 내가 냉담한 채 버려두었던 반지를…. 전에는 미처 몰랐지만 말이다.

공덕역 1번 출구 앞에서 우리의 거래는 이루어졌다. '이웃과 중고품을 사고파는 마켓'의 줄임말인 '이중마켓'이라는 앱에서 처음으로 물건을 사게 된 것이다. 나는 짧은 커트머리에 검정 반바지를 입고 있다고 1대1톡에 인상착의를 남겨놓았다. '알파고 백단'이라는 닉네임을 가진 판매자는 자신의 소개가 없었다. 머릿속에서는 기원에 출입하며 바둑깨나 두는 초로의 남성 이미지를 그려보고 있었다.

진회색 마스카라로 속눈썹을 들어 올린, 교복 차림의 여학생이 내 앞에 섰다.

"… 맞죠?"

그녀는 인사도 없이 불쑥 물건을 내밀었다. 그것은 장정의 주먹만 한 크기였는데 휴지로 두툼히 싸여 있었다. 조심스레 포장을 벗겨내니 통통한 얼굴에 장난기를 잔뜩 머금은 토우가 나를 보고 있었다. 인형의 등 뒤에 달린 유난히 작은 날개가 앙증맞으면서도 한편으로는 안쓰러워 보였다.

"취미로 모으는 거예요."

"학생이 알파고 백단?"

'모으는'이라고 현재시제를 말하고 있는 그녀의 말에 석연치 않은 기분이 들었다. "요즘 여학생들은 풀full 메이크업에, 교복치마는 또 왜 이렇게 짧게 입는지…."

내 웅얼거림을 핀잔으로 잘도 알아들었는지 새하얗게 비비크림을 바른 그녀는 언제 봤다고 쓸데없이 참견이냐는 듯 불쾌한 기색이었다.

"근데 혹시, 지금은 필요 없어서 파는 건가?"

"저기요. 사회 수행평가 때문에 한 번 올려봤는데 아줌마가…. 아, 됐구요. 너무 많아서 처분하는 거예요. 그럼 예쁘게 쓰세요."

예쁘게 쓰라는 다소 퉁명스러워진 말투에 이번에는 그 물건이 장식품 이외에 다른 용도가 있는지 궁금했다. 나는 오천 원짜리 지폐를 지갑에서 꺼냈다. 그녀는 신속한 동작으로 스커트 주머니에서 천 원을 꺼내 내 것과 맞바꾸었다. 이제 어떤 절차가 남은 건가 생각하며 잠시 쭈뼛거리는 사이, 그녀는 벌써 저만치 뛰어가 버렸다. 무거워 보이는 축 처진 책가방을 양어깨 위로 추켜 매면서.

피아노 위에 놓인 아기천사 인형은 바라볼 때마다 미소를 끌어냈다. 투박하게 빚어진 황토인형에게 신기하게도 그런 재주가 있다니…. 까칠하고 무뚝뚝한 성격인 나에게 절실한 능력이란 걸 알기에 부럽기도 했다. 곱슬머리와 동그란 콧방울을 보니 남편의 어릴 적 모습이 이랬을까도 싶었다.

"선생님, 제가 너무 잘하고 있나요?"

은경은 깔깔거리며 내 표정을 살폈다.

"아까부터 계속 입꼬리가 올라가 있는데요? 제가 실수해도 모르시겠어요."

"내가 그랬어? 저것 때문인가 봐. 은경씨가 소개해준 앱에서 산거야."

"애들 같이 장난감을 좋아하시는구나. 좀 특이하긴 하네요."

"저렇게 놓고 보니까 되게 귀엽네."

"앱만 깔아드렸는데 진짜 구매를 하셨네요. 거기 '이중마켓'에 물건도 은근 많고 싸죠? 중고 싫어하는 사람들도 있는데 저는 오히려 쓰기 편하고 애착이 가더라구요. 일요일에 로봇청소기 샀잖아요. 5만원 주고 산 로봇이 진짜 청소를 해줘요. 시간이 좀 걸려서 그렇지, 우와! 방바닥에 떨어진 머리카락 주우러 기어다닐 필요가 없어진 거 있죠. 그만큼 시간 여유가 생길 걸 기대하고 사긴 했는데…. 막상 게으름만 늘었어요."

"직장인이 그 정도 휴식은 괜찮지, 뭐. 자, 집중해서 다시 해볼래?"

"솔라시 도레미 레도레미파레솔. 이다음 마디부터 칠까요?"

은경이 누르는 건반의 소리는 역시 그녀의 성격처럼 경쾌했다. 가끔 악보와 상관없이 끊어졌다 이어지는 소나티네를 들으며, 시선은 다시 지루할 만큼 가지런한 피아노 건반에서 천사 인형으로 옮겨갔다. 피아노 위에 혼자 놓인 천사가 심심할지도 모르겠다는 상상을 해보았다. 핑곗김에 취미로 장식소품 같은 걸 모아볼까 하는 엉뚱한 궁리를 했다. 그러고 보니 돌아가신 시어머니가 액세서리나 소품을 선물로 주시곤 했다. 사실 신혼집을 꾸밀 때 어머니가 주신 것들 대부분은 포장을 뜯자마자 내 취향이 아니라며 바로 돌려드렸다. 당돌하고 건방지기까지 한 행동이었다는 걸 조금은 시인한다.

남편은 방문을 열어놓고 나가 냉장고 안의 생수를 병째 들이켰다. 그러고도 졸음을 쫓기 위해서인지 냉장고 문을 열고 한동안 서 있는 것이었다. 아직 컴컴한 한밤중이었다. 냉기와 냉장고 램프의 빛으로 눈부신 아침의 분위기를 만들어 내려는 나름의 전략인 것 같아 보였다. 남편이 나가는 시각은 내가 본격적으로 잠을 초대하는 즈음이다.

재작년, 감염병 사태로 내가 경영하던 피아노학원의 수강생도 현저히 줄었다. 급기야 나는 임대료라도 줄이기 위해 학원을 정리했다. 아기방이 될 작은방을 남겨두고 현관 옆방에 방음공사를 하였다. 흡음재를 사용해서 소리가 새어 나가는 것을 줄이고 집에서 피아노를 가르치기 시작했다. 그러고 나서 얼마 지나지 않아 남편의 직장에서 부서 통폐합을 단행했다.

남편은 누가 뭐라고 하기도 전에 스스로 사표를 냈다. 나 같으면 부당한 회사의 방침에 항의하며 끝까지 사투를 벌였을 텐데 말이다. 나는 끊임없이 구인 정보를 수집해 그의 턱 밑에 내밀었다. 나중에 알고 보니 마음 졸이며 괜한 헛수고만 한 꼴이었다. 본인은 정작 이력서를 한 군데에도 제출하지 않았다. 재취업을 선택하는 대신 정부에서 운영하는 창업스쿨에 등록한 거였다. 그리고 정부 지원 사업에 지원했다가 탈락하고. 그렇게 소위 재화를 창출하지 못하고 11개월을 놀았다.

나에게 남편의 무직 기간은 갈수록 몇 곱절로 힘겨웠다. 돌이켜보면 고작 1년도 안 되는 시간이었다. 급기야 그가 못 견디게 미워져서 음식을 씹고 넘기는 모양새도 소리도 내게 날카로운 고문처럼 느껴졌다.

"PC방이라도 좋으니 좀 나가! 날 어두워져서 들어오면 내가 반갑게 맞아줄 테니까!"

라며 악을 쓰기도 했다. 노상 들여다보는 휴대폰의 깨진 액정 화면처럼 불편했다. 사사건건 마음에 들지 않아 괴롭히고 시비를 걸었다. 이미 노산이라고 할 수도 있는 나이에 더 미뤘다가는 아기를 낳을 수 있을지 불안함도 컸다.

출퇴근할 일이 없어진 남편은 휴가라도 얻은 것처럼 여유로워 보이기까지 했다. 전에는 새벽에 눈 뜨자마자 세수를 마치면, 두유나 요구르트병을 손에 쥐고 나가기 바빴다. 모유가 부족한 어미가 빈 젖을 빨아대는 아기를 못내 밀어내듯, 억지로 단잠을 털어내며 쫓기듯 직장으로. 그러니 '5분만 더 잘게'를 외치지 않고 잠자리에 무한정 머물 수 있는 게 실감나지 않는다고 했다. 잠에서 갓 빠져나온 나른한 몸을 이리 뒹굴 저리 뒹굴거리다가 곁에 누워있는 내 젖가슴을 가만히 쓰다듬으며 몸을 달구기도 했다. 전날 밤 곁에 두고 잠든 리모컨으로 TV를 깨우고 아침 방송에 빠져드는 맛도 색다르다고 했다.

반면, 결혼한 지 4년째 되는 해이자, 아기를 갖기로 계획한 시점에서 나는 절망적인 심정이 되었다. 남편도 그게 가장 마음에 걸리는 눈치였다. 그래도 내 앞으로 들어오는 레슨비도 있고, 자신이 소업所業의 방향을 조금 틀었을 뿐, 부모가 되는 일을 많이 늦출 필요는 없다며 나를 위로해 주었다. 몇 가지 달콤한 유혹과 다른 여러 가지 고민이 반복되는 날들이 계절과 함께 흘러가고 있었다.

그러던 중, 남편의 둘도 없는 친구가 함께 일해보자고 제안을 해왔다. 그 친구는 수유시장에서 생선을 판다. 그런데 근처 숭인시장에 매장을 새로 하나 늘린다며 믿을만한 남편에게 도움을 청한 것이다. 알고 보면 남편이 도움을 받는 입장이겠지만 나는 당연히 남편이 거절할 것으로 알았다. 남편은 비위가 약한 체질로 생선 반찬을 그다지 즐기지 않았다. 양복 차림으로만 일하던 남편에게 고무장화와 앞치마가 어울리지 않을 뿐 아니라, 상극이 아닐까 생각할 정도였다. 그런데도 남편은 생선을 진열하고 판매하는 일을 배웠다. 나는 말리지 않았다. 속으로는 시장에서 며칠 고생하다가 포기하면, '내 그럴 줄 알았다' 하고 비웃어 주리라 생각했다. 그런데 예상과 달리 무사히 첫걸음을 떼더니, 남편은 경매까지 해보겠다고 한밤중에 나서는 것이었다. 매상이 꽤 좋고, 생각보다 장사가 재미있다면서 뜻밖에 그 일에서 희망을 보는 것 같았다. 내가 깊은 잠에 빠져있을 때 남편은 일에 한창이었다.

오후에 아이들 몇이 왔다 가고 6시에 마지막 레슨이 기다리고 있었다. 수강생을 더 받아야 하겠지만 야간에는 혹시 모를 민원 때문에 그러지를 못한다. 헤드폰을 끼고 연습을 하게 할 수는 있다. 그렇지만 어쿠스틱으로 연주되지 않는 피아노를 청취하는 일은 마치 고무장갑을 겹겹이 끼고 설거지하는 것처럼 거북하다. 순수연주회는 아니지만 일체의 음향효과나 전자장치 없이 순수하게 음악을 즐겨야 한다는 내 고집 때문이기도 하다. 또, 흡음재로 옷을 입힌 방이지만 이웃과의 평안한 삶을 위해 무리수를 두지 않는다. 나의 까칠한 성격을 동네 사람들이 이미 알고 있으니 잘 봐주지 않을 것이다. 그렇지 않아도 작년까지는 마주치면 인사하던 주민들이 나를 보면 슬슬 피하는 눈치였다. 작년 말, 12층에서 엘리베이터를 탄 아이가 내내 축구공을 튕기는 걸 보고, 5층쯤에서 네 학교에서는 이런 데서 공놀이하라고 가르치는구나 하고 쏘아주었다. 멀미해도 될까 할 정도로 쿵쾅대는데도 아이의 엄마로 보이는 여자가 주의를 주지 않았고, 순간 격분하였기 때문이었다. 그런데 같이 타고 있던 부녀회장이 4층에서, 어린애가 그럴 수도 있지, 싫은 소리를 왜 하냐고 했다. 지하주차장에 도착할 때까지 나의 뼈있는 말에 호되게 봉변을 당한 뒤로는 서로 눈인사도 하지 않는 사이가 되어버렸다.

나는 차가운 우유에 시리얼을 말았다. 우유를 흠뻑 빨아들인 곡물 시리얼은 눅눅하고 흐물거려서 싫다. 시리얼을 우유에 조금씩 새로 넣어 먹으면 바삭한 식감을 끝까지 느낄 수 있다. 입에 들어가 녹아버리지 않고 빳빳하게 살아있는 게 흡사 숨죽기 싫어하는 내 성질머리와 닮아서일까. 6시에서 10분이 조금 지나자, 은경은 미안한 표정으로 샌들을 벗고 올라왔다.

"쌤, 늦어서 죄송해요. 마케팅 부서로 옮긴 이후엔 너무 바빠서 쇼핑 갈 시간도 없어요. 손톱도 다 벗겨졌는데 네일숍에 간 지도 오래고…."

"피아노 레슨 받으러 올 시간은 있어서 다행이네."

그녀는 손톱을 길게 기르지는 않았지만, 가끔 큐빅 장식을 붙이거나 화려한 색의 매니큐어로 꾸미고 있었다. 거기에 비해 나는 대학 시절에도 손톱 한번을 길러본 적이 없다. 건반을 제대로 누르기 위해 항상 짧게 깎아야 했다. 게다가 전공과목 덕분에 발달한 근육이 부끄러워 여름에도 굵은 팔뚝을 감추는 옷만 찾았다.

"일주일에 두 번은 좋아하는 걸 위해서 시간을 내는 거죠. 깐깐한 선생님한테 음악 연주론도 들을 겸. 호호."

그녀는 피아노 앞에 앉더니 갑자기 요한 슈트라우스의 왈츠곡 일부를 연주하면서 과장된 고갯짓을 했다. 우리는 눈이 마주치자 경쾌한 박자에 맞춰 춤이라도 추듯 웃음을 터뜨렸다. 전공자라도 초견으로 악보를 읽어내고 연주하는 데는 힘이 드는 법인데 평소 은경은 까다로운 곡을 시작해도 눈썹 하나 찡그리지 않는 성격이었다.

"자기처럼 긍정적으로 즐겁게 사는 방법은 뭐야?"

"네? 저는 사소한 걸로 행복해지던데요. 예를 들어 짧은 여행이나, 아님 시간을 절약했다든지. 시간 절약은 곧 금전의 절약이다, 이런 생각인 거죠. 또…, 필요한 물건을 완전 싸게 산다든지 할 때? 아, 제가 알려드렸던 앱 있죠. 그 재미에 빠져서 허우적대고 있어요. 혼자 산다고 해도 안 쓰는 물건이 많은데, 폰으로 사진 찍고 간단히 설명 곁들이면 물품 등록 끝인 거 있죠."

"나는 별로 팔 건 없고…, 사보니까 괜찮더라."

"그렇죠? 선생님, 근데 지난주에 제가 이중마켓에서 삼만 오천 원을 사기당했어요. 이사 때문에 급하게 내놓는다고 해서 바로 입금했는데 연락이 없는 거예요. 전화해봤는데 계속 무시하구요. 사기꾼도 패턴이 있어요. 제가 그 일 때문에 경험담 많이 찾아봐서 아는데요. 일단 시세보다 물건값이 너무 싸고 직거래를 안 하려고 하면 의심해봐야 해요. 또, 카톡 프로필 사진에 너무 예쁜 사진 올려놓은 경우도 조심하세요."

"개념 결핍들도 많은가 봐. 황당하다."

"그러니까요. 그리고 상품들이 사진처럼 전부 다 최상급은 아니에요. 몇 번 안 썼는데 생활 스크래치 있다고 그러면 완전 고물일 수도 있어요. 아셨죠?"

은경과의 대화 중에 아기천사 인형이 파고들었다. 피아노 위에 천사 인형이 하나. 비 오는 날의 텅 빈 놀이터처럼 휑해 보였다. 한 개는 좀 썰렁한 것 같기도 했다. 레슨을 끝내고 스마트폰을 집어 들었다. 은경의 조언 덕분에 별일은 없을 것을 확신하면서.

'이 아이는 제가 산 지 10일 만에 되파는 거라서 진짜 새것이라는…. 가격 조정 안 됨. 냉큼 사가세요.'

나는 사진 속 천사의 모습에 매료되어 곰곰이 생각해보지도 않고 '제가 살게요'라는 댓글을 달았다. 1초도 못 되어 채팅창으로 '후회 안 하실 거예요. 오늘 밤 10시 10분쯤 공덕역 괜찮나요?'라는 답이 날아왔다. 남편이 자고 있을 때 도둑처럼 현관문을 조용히 닫고 나왔다. 약속 장소에는 그때 그녀가 서 있었다. 그러고 보니 판매자명을 확인하지 않았다는 생각이 났다.

"알파고 백단? 이 밤중에…."

"학원에서 지금 끝나서요. 4천원이요."

나는 만원을 내밀었다.

"잔돈이 없는데…."

지난번에 그녀는 진홍색 립글로스를 바르고 있었는데 이번에는 맨 얼굴이었다. 화장기 없는 얼굴이 더 예쁘고 앳돼 보였으나, 지친 듯 표정이 없었다. 볼륨업 되지 않은 속눈썹조차 기운이 없어 보이는데 일조하고 있었다. 늦게까지 학원에서 공부를 하느라고 그런 건지 아니면 늦더위 때문인지 아무튼 안됐다는 생각이 들었다.

"그럼, 저기 편의점에서 음료수라도 사야겠다. 시원한 거 어때?"

그녀는 냉장고에서 다이어트 콜라 캔을 골랐다.

"역시 톡 쏘는 탄산음료가 진리야. 아줌마, 땡큐."

"'아줌마'라니까 기분이 별로네."

그녀는 대꾸 대신 계면쩍은 웃음을 지어 보이며 물었다.

"노처녀예요? 나도 결혼 같은 거 안 할 생각인데…."

"……."

"천사인형은 우리 엄마 거예요. 내 맘대로 가져왔어요. 처음에는 진짜 팔릴 줄 몰랐구. 지역 정보나 문화, 뭐 그딴 과제가 있어서 아무거나 올려본 건데…."

"뭐? 엄마 물건을 허락도 없이 내다 파는 거란 말이야?"

"그게 어때서요."

"지금 제정신이니?"

"네. 저는 제정신 맞고요. 우리 엄마는 우울증 환자예요."

"우울증?"

"아빠가 이혼해달라고 오랫동안 엄마를 못살게 굴었어요. 결국 딴 여자한테 가버렸죠. 둘 다 나한테 공부에만 신경 쓰라면서 정작 공부를 못하게 해요. 엄만 약을 안 먹으면 잠도 못 자고 자주 화내고…. 어떨 땐, 그걸 막 집어던져요. 정신이 들면 소중한 엄마 컬렉션이라는 걸 깨닫고 울죠. 그러니까 총탄 하나씩 없애는 기분으로 갖다 파는 거예요."

그녀는 엄마의 수집품을 계속 판매할 거라고 했다. 오늘 가져온 인형은 사실 초등학교 시절부터 거실 장식장에 있던 거라고. 그녀는 솔직했다. 부모님이 헤어진 이후 힘든 시간을 보내고 있었다. 뭔가 삐딱한 게 나의 과거 모습을 보는 듯 닮아 있었다.

"나도…, 어릴 때 부모님이 자주 싸우셨어."

철부지인 이웃 여학생에게 나도 마음을 열기로 했다.

"아무튼 결국은 이혼했지만. 부모님 불화 때문인지 피아노에 빠져 살았던 것 같아. 난 피아노 가르쳐. 행복한 동화 속 주인공들이 내 앞에서 춤을 춘다고 상상하면서 연주를 하고 어린 시절을 보냈어. 독신으로 살려고 마음먹었다가 남편의 감동적인 프러포즈 덕분에 결혼했고. 암튼 어른도 멍청하고 아프고 그래. 그래서 도움이 필요하다는 걸 이제 좀 알아가려고 해."

초등학교 때부터 언제 끝날지 모를 가정불화로 불안한 어린 시절을 겪었다. 정서적으로 방치되었던 어린 내가 혼자 힘으로 감당하기에는 절벽처럼 아득한 시간이었다. 그녀도 비슷한 악몽을 경험한다고 생각하니 돌덩이 같은 내 마음도 아렸다.

"난 길 건너 아파트에 살아. 심심하거나 힘들면 연락해도 돼. 물론 싫으면 관두고."

나는 그녀에게 휴대폰 번호를 두 번 불러주었다.

"저장해 둘게요. 우린 같은 앱에서 거래도 했고, 집도 가까운 편이니까 진짜 이웃이네요. 내가 이렇게 이웃이라는 말을 리얼로 써먹을 줄은 몰랐네.”

우리는 더 이상 앱을 통하지 않고 개인적으로 연락했다. 그녀가 물건 사진을 보내오면 나는 사 주었다. 가격은 항상 4천원이었다. 어떨 때는 그 가격에 두세 개의 인형을 내밀기도 했다. 스토리가 무궁무진하게 나올 듯한, 등 뒤로 꽃다발을 숨기고 있는 천사를. 그리고 핸드메이드인 스위스풍의 깜찍한 단발머리 천사를. 목마를 탄 천사를…. 나는 새로운 천사 인형을 만나는 것도 좋았지만, 그녀가 아직 씩씩한지 아니면 극한 두려움에 빠졌는지를 눈치채지 못하게 살폈다. 어느 날 그녀는 엄지손톱보다 조금 클까 말까한 천사 펜던트를 가지고 나왔다.

“엄마가 평생 모은 것들 중에서도 제일 아끼는 골동품이에요. 비싸서가 아니고, 엄청 오래 돼서 골동품이라고 하는 거지만…. 이거 까맣게 보이지만 실제로는 순 은이에요.”

집에 돌아온 나는 공중목욕탕에서 세신사가 등을 밀어주듯이 정성스럽게 펜던트를 닦았다. 그것은 허물을 벗은 것처럼 뽀얗게 반짝였다. 그때, 머릿속에 시어머니의 반지가 떠올랐다. 반지는 나에게 와서 터무니없이 저평가되고 오랫동안 외면당하고 있었다.

잠이 부족한 남편의 어깨를 손가락으로 톡톡 쳐서 깨웠다. 눈꺼풀을 겨우 들고 나를 쳐다보았다. 힘겹게 껌뻑거리는 눈이 잠에 취한 채 충혈되어 있었다.

“여보, 나가기 전에 피아노 좀 잠깐 밀어줘야 해.”

한밤중, 콩나물국에 밥을 말아 훌훌 마시듯 식사를 끝낸 남편은 피아노 방으로 군말 없이 걸어갔다. 육중한 덩치의 피아노지만 바퀴가 달려있어 걱정은 없었다. 그러나 카펫 위에 오랫동안 붙박이로 놓여 있던 탓에 자리에서 꼼짝하기가 쉽지 않았다. 나는 피아노 다리 한 짝에 매달려 거들었다.

"아니, 더 좀 당겨봐. 내 손이 안 들어가잖아."

"어랏~차! 됐어?"

"이깟 것 좀 하는데 무슨 구령까지 붙이냐? 한번만 더!"

나는 작고 거무스름한 동그라미 두 개를 먼지 뭉치와 함께 거머쥐었다.

"어머, 여기 있다."

"그게 뭔데?"

"반지. 이제 다시 제자리로, 여보."

남편은 내 손바닥에 놓인, 색이 죽은 반지를 물끄러미 바라보았다. 내가 학원을 접고 집에서 일을 시작할 무렵 떨어뜨린 거였다. 잠시 손가락을 푸는 중에 빠져나가 한 쌍이 실에 묶인 채 피아노 뒤쪽으로 사라졌었다. 그리로 숨은 걸 보고도 매정하게 무관심했다. 시어머니의 은반지를 2년 만에 구해낸 것이다.

"박쥐가 복을 가져다준다더라."

한때 어른들 사이에서는 장수반지라는 게 유행했다. 시어머니는 남들보다 두 배로 복을 받으려고 쌍가락지로 맞추었다며 한껏 들떠 손가락을 펴 보였다. 파란 바탕에 하나는 색동, 하나는 금색의 칠보 박쥐가 양 날개를 펼치고 있었다. 나는 박쥐라니까 공포영화의 흡혈박쥐인 뱀파이어가 떠올랐다. 그리고 우화에서의 배신자 이미지도 뒤따라와 아무래도 복을 가져올 동물은 아닌 것 같았다. 야행성 동물이라 왠지 음침하고 거부감도 느껴졌다. 찬찬히 그때의 마음을 들여다보면 시어머니, 아니 그 연배의 어른들, 결국 부모님에 대한 반감이나 반항심이 발휘된 건지도 몰랐다. 밝은 낮 동안에 활동하는 나비라면 좋았을 텐데…. 나비는 꽃가루를 몸에 묻히고 다니면서 꽃들을 수정시켜주는 이로운 곤충이기도 하니까. 아무튼 800도 온도의 가마에 구워 단단하고 깨지지 않는다며 가족관계가 그렇게 견고하게 되길 바란다고 어머님은 말했다. 나는 자식 앞에서도 치열하게 언성을 높이던 부모님을 마음속에서 있는 힘껏 밀어내며 자랐다. 말로는 나를 사랑한다면서 서로 이기심을 내세웠고, 그럴수록 어른의 세계에 대한 불신감은 커갔다. 그래서인지 시어머니도 살갑게 받아들이지 못했다. 나는 그녀를 만나기도 전에 고부 관계를 사납게 정의 내렸다. 한 남자와의 결혼으로 내가 모르던 사람들이 하루아침에 내 가족이라고 줄줄이 등장한 것도 곤혹스러웠다.

“딸이라고 생각할게. 괜찮다면 경미씨도 나를 엄마처럼 대해줘요. 우리 그렇게 하기로 약속할까?”

결혼 전에 처음으로 시댁 식구와 대면한 자리에서 어머님은 이렇게 말했다. 그리고 내게 두둑한 새끼손가락을 내밀었다. 금방이라도 울 것처럼 촉촉해진 그녀의 눈을 보고 결국 손가락을 걸었다. 그때의 그 어색함이란….

쌍가락지는 조금 크게 맞춰야 한다는 걸, 어머님은 고집을 부려서 당신 새끼손가락에 들어갈 정도의 사이즈로 주문했다. 알고 보니, 결국은 막내며느리인 나에게 물려줄 것을 미리 염두에 두고 그렇게 한 것이었다. 그녀는 내 검지에 그 쌍가락지를 끼워주고 눈을 감았다. 하나라도 잃어버릴까 봐 그랬는지 한 쌍의 반지는 하늘빛 색 실로 꽁꽁 매여 있었다.

돌아가실 때 어머님은 나목처럼 앙상하게 쇠잔해있었다. 내가 여전히 유년시절의 좁은 시야에 갇혀있었어도 그녀는 나를 있는 그대로 품어주었다. 병고와 싸우는 중에도 변함없이 내게 너그러웠다. 생전에 어머님은 시인이 되고 싶다고 하였다. 멀리서 바람에 나뭇가지가

흔들리는 걸 보면,

"얘, 저기 감실거리는 게 뭔지 아니?"

라면서 춘향이 그네 탈 적에 이도령이 던졌을 법한 낮간지러운 대사를 구사하곤 했다. 시댁에 모여 김장을 담글 때는 배춧속을 넣으면서 나와 두 형님에게,

"배추김치를 이렇게 쭉 찢어먹으면 더 맛있단다. 그거 아니?"

그 이유는 위아래 줄기와 이파리가 각각 염도나 양념 침투 정도가 다르기 때문이란다. 썰어 먹는 것과는 달리, 손으로 길게 찢으면 배추김치의 다양한 부위를 맛볼 수 있는 장점이 있다고 TV에서 배운 과학 상식을 동원했다. 시어머니는 고부 관계를 '우리의 우정'이라고 표현했다.

"우리 우정도 그렇다. 꽁다리 부분은 아삭아삭 질긴듯하면서도 고소하고, 중간은 적당히 씹는 질감이 있고 양념도 잘 배어 있잖아. 근데 나는 간이 좀 센 이파리 부분이 좋더라. 부들부들해서 대충 씹어 넘겨도 걸리는 거 없는 게…. 우린 말하자면 그런 조합이 되자."

하며 함박미소를 지어보였다. 나는 그녀에게 질긴 꽁다리였는지 아니면 간이 센 이파리였는지 모르겠다. 함께 보낸 세월이 나보다 길어서인지 시어머니와 두 형님들은 이야기도 잘 통하고 분위기도 비슷하게 동화되어 보였다. 반면에 나는 어른들 앞에서도 거리낌 없이 내 주장을 세우며, 농담도 따져 물어 분위기를 망쳐놓기 일쑤였다. 한마디로 겉돌았다. 솜씨 없는 요리사가 만든 튀김 요리처럼 영락없이 따로 떨어져 나간 튀김옷 꼴이었다. 시어머니는 살아서 몸을 아끼면 죽어서는 연옥이라는 곳에 가서 연단을 받는다는 믿음을 가지고 있었다. 그게 몸서리치게 무섭다며 큰 몸집을 부지런히 움직였다.

나는 속이 자주 쓰린 편이었는데 시댁에 초대되어 갈 때면 위장에 좋다며 항상 양배추가 상에 올랐다. 양배추 쌈, 양배추 김치, 양배추

전, 양배추샐러드, 양배추랑 토마토를 같이 갈아서 주스까지. 시어머니는 양배추 썰 때 수걱수걱하는 소리가 일품이라며 좋아하였다. 단단한 야채를 썰 때 칼이 도마에 탕탕 닿아 귀에 거슬린다면, 양배추는 전혀 그럴 것이 없다며 양배추 반의 반 통을 순식간에 가늘게 썰어 담아냈다. 그런데 나는 그런 시어머니를 너무 빨리 잊어버리고 말았다. 달그락 소리, 된장찌개 끓는 소리, 차르르 빈대떡 지지는 소리가 언제나 가득 집안에 퍼졌다. 거기에 비해 지금의 내 부엌은 한밤처럼 고요하다. 남편이 어쩌다 가져오는 어패류들도 식탁에 오르는 대신 모두 냉동실로 직행하는 실정이었다.

백수 생활 끝에 일을 찾은 남편은 내 염려와 달리 그 일에 싫증을 내지 않았다. 어느 날 남편이 손을 다쳐서 돌아왔다. 엄지와 검지 사이에 합곡 부분을 도미 지느러미에 찔렸다고 했다.

"그 지점은 자극하면 배변에도 도움이 된다는데 잘됐네."

나는 이렇게 비꼬면서 비위가 약한 남편의 밥상 앞에서 금기어인 똥 이야기를 내뱉고 말았다. 나도 대학 시절, 피아노를 한창 열심히 칠 때 그쪽에 통증이 심해서 침도 맞아보고 물리치료도 다니고 그랬다. 그런데 다들 말했다. 연주할 때 힘을 빼라고. 아무튼 나는 그 핑계로 한참을 피아노 앞에 앉지 않았다. 그런데 남편은 쉬지도 못하고 또 일을 나가야 했다. 박쥐가 밤하늘을 날아서 감지해낸 먹잇감을 사냥해야 사는 것처럼.

식사를 끝낸 남편이 빨래 바구니를 뒤져 비린내 나는 옷 주머니에서 약봉지를 꺼냈다. 얼핏 보기에 대수롭지 않은 줄 알았는데 약까지 지어온 걸 보니 상태가 안 좋은 것 같았다. 나는 구급약 상자를 들고 와서 남편의 양손을 나란히 잡고 비교해 보았다. 다친 부위가 부어올라 있었다.

“상처가 좀 오래 가겠는데…. 방수밴드로 붙였어. 그래도 물 닿지 않게 조심해.”

남편은 친구와 새벽 1시부터 노량진 수산시장 경매장에서 패류와 오징어 그리고 활어를 순서대로 사들인다. 경매는 해산물의 신선도를 위해 빨리 진행된다 해도 새벽 5시경이나 되어야 끝이 난다고 들었다. 가게로 실어 온 생물들은 해수를 채운 수족관에서 헤엄을 친다. 바다로 되돌아갈 듯이 힘차게 파닥거리는 생선을 남편은 손으로 하나하나 수족관에 옮겨 담았다. 비늘이 조금이라도 상하지 않게 하려고.

아침밥이라고 해야 하나. 자정 12시가 넘어서 하루를 시작하는 남편을 위해 홍합탕을 끓였다. 양배추 쌈과 제육볶음을 예쁜 접시에 담아 밥상을 차렸다. 약 기운 때문인지 평소보다 더 힘겹게 졸음과 싸우며 일어난 남편이 오랜만에 농담을 건넸다.

“경미야, 이 수랏상 내 거야?”

“고맙지? 내 수호천사를 위한 밥상이랄까. 수라간 상궁의 성의를 봐서 먹고 가. 약 먹어야 하잖아!”

내 손가락에 끼워진 은반지는 깊은 그늘을 거두고 예전 그대로의 모습으로 돌아왔다. 그것은 실내등에 반사되어 은은한 빛을 동그랗게 내뿜었다. 모나지 않게 잇고 또 이어지는 매끈한 링. 그렇지 않았으면 빛나지 않았을지도 모를…. 박쥐보다는 꽃밭을 나풀거리며 날아가는 나비가 나을 걸 하는 투정 따위는 부질없었다.

검은 활자가 가득한 지역신문을 찢어 순진무구해 보이는 작은 천사들을 꼼꼼히 감쌌다.

“안녕! 귀여운 천사들아. 더 정들기 전에 진짜 주인한테 가. 나는 이제 너희들이 없어도 될 것 같아.”

천진한 그들의 얼굴을 하나하나 다시 눈에 담았다. 그녀를 만나기로 했다.

"자주 만나네요."

인사는 또 생략이었다.

"'안녕하세요'가 아니고? 학원에서 오는 길이야?"

"매일 똑같죠, 뭐. 이거 받으세요."

그녀는 손에 들고 있던 작은 상자를 내밀었다.

"나 주문한 적 없는데?"

나는 인형들을 넣어가지고 온 장바구니를 팔에 건 채 상자를 열어 보았다. 이번에는 쌍둥이 천사들이 손을 모으고 있었다. 나는 뚜껑을 닫았다. 그리고 상자가 놓인 그녀의 손을 감싸 쥐었다. 그녀는 나를 보았다. 눈빛은 뭔가 예상과 다르게 돌아가고 있다는 걸 느끼고 있었다. 바삐 오고 가는 사람들 틈에서 우리는 간혹 행인들의 어깨에 부딪혔다. 그러나 잠시 휘청거릴 뿐 고집스럽게 둘 다 자리를 비켜주지 않았다.

"에이, 씨."

"요즘 애들 입에 욕을 달고 사는 것 같더라."

"또 잔소리…. 진짜 필요 없어요?"

"그래. 다 반품하려구. 내 말 잘 들어봐. 내가 너희 엄마 입장에서 생각해봤는데 말이지. 아무래도 엄마한테는 생활비 아껴서 하나하나 사 모은, 얘들이 있어야 할 것 같아. 언젠가 너희 가족한테는 반드시 꺼내 볼 사진첩 같은 존재이기도 할 거고. 엄마 마음이 바뀌어서 내버릴 수도 있겠지만…."

그녀는 자신의 손에 들려 있는 상자에 시선을 고정하였다. 내 말을 듣지 않은 채 휑하고 가버릴 수도 있었다. 그러나 고맙게도 그러지 않았다.

"너나 아빠가 기념일에 선물한 것도 있을 테고. 안 그래? 너희 엄마는 조심조심 먼지 털면서 그런 기억에 행복한 때도 있을 거 아니니. 나라면 그럴 거 같은데."

나는 들고 있던 장바구니에 작은 상자까지 집어넣어 그녀에게 건네주었다. 그것을 말없이 받아드는 그녀의 얼굴에서 불안감 같은 게 잠시 걷히는 걸 보았다. 거리는 불빛으로 환했다.

"저기요, 환불은 지금 못 해 드려요. 용돈 타면 계좌로 쏠게요. 약속해요. 이웃끼리 그 정도는 믿을 수 있죠?"

"좋아. 그보다 혹시…, 얘들을 딴 데다 팔 거니?"

"몰라요. 알아서 뭐 하게요?"

"아니, 그냥. 그동안, 이 인형들 가지고 있으면서 행복했거든. 근데 무슨 죈지는 모르지만, 내가 공범 같다는 생각이 든 적도 있었어. 너희 엄마 거잖아. 다른 사람한테 넘기지 말았으면 좋겠는데…."

그녀는 뭔가 할 말이 있는 것처럼 보였다.

"출출해서 그러는데 야식이나 같이할래?"

"학원에서 석식 먹었어요."

두 철부지가 각자 집을 향해 돌아섰다. 몇 걸음 옮기다 뒤를 돌아보았다. 가슴에 천사를 가득 안은 그녀가 나에게 손을 흔들어 주었다.

〈終〉

최성진

· 숙명여고, 경기대 교정학과 졸업
· 2017. 5《한국소설》신인상, 김유정기억하기 공모전-「생의 반려」대상
· 2019. 1《2019 신예작가》선정. 단편소설「빛의 왈츠」,「춤추는 하늘씨」,「그녀가 쿨하게 사는 이유」외
·『김수환 추기경 전집』최연소 편찬위원, 가톨릭신앙생활연구소 연구원 역임

<작가노트>

우연인 듯 소중한 배움으로

최성진

인생에 있어 지식과 열정을 다해 꿈을 향해 길을 터준 스승이 있는가. 지금 만약, 코로나의 위기로 무력감에 빠져있다면 소중한 배움의 순간을 떠올려보면 어떨까. 과거의 그때 우리 자신이 가졌던 용기와 열정을 되새겨보는 기회를 가져보는 시간은 미래를 위해서도 유용할 것이므로.

나는 우연하게도, 50여년 세월을 소설가로서 대중과 소통한 김지연 선생님의 문하에서 공부할 수 있었다. 대담무쌍한 창작의 세월을 이기며 '논개' 등 다양한 작품을 발표한 작가. 그런 작가와 함께 남산을 걸으며 소설을 읽었다. 그리고 함께 감상을 나누다보니 어느새 한국 소설을 사랑하는 독자였던 나에게 소설을 쓸 수 있는 영감과 힘이 생겼던 것 같다.

솔직히 세계가 코로나로 불안한 요즘, 걱정과 우울함으로 나도 주저앉아 있었다고 할 수 있다. 이런 위기의 시기에 선생님의 팔순 축하를 위하여 글을 준비하게 되어 감사하는 마음으로 이야기를 풀어본다. 김지연 선생님의 문하에서 공부한 여러 작가들과 함께 통찰력 있는 분석과 창의적인 생각을 하며 소설을 쓴다는 일에 대해 다시 한 번 생각해 본다.

'벌어먹느라 평생 현장을 뛰면서 거기다 골수에 들러붙은 글 귀신을 붙잡고 50여 년을 골즙 빼며 살아온 지난 삶이 소중하다.' 한국 문학에 주요한 업적을 쌓아온 김지연 선생님이 삶을 회고하며 한 말이다. 서민들의 비참하고도 리얼한 삶을 파헤친 스승의 작품들을 통해 언젠가 맞닥뜨릴지 모를 불안한 상황에 대해 독자들은 백신 같은 대항력을 기를 수도 있게 된다.

생명윤리와 인간과 자연과의 동화라는 두 갈래의 커다란 테마의 소설을 써온 김지연 선생님은 산울음, 히포크라테스의 연가, 명줄, 논개 등 30여권의 소설을 집필한 스승 작가이다. 여고에서 국어를, 강단에서 문예창작학을, 공무원 연수원 등에서 다녀간 문학강의를, 또한 일간지와 의학 전문지 기자로 활동하던 선생님은 유달리 치열하게 작가의 길을 걸어오신 소설가이다.

우연인 듯 필연으로 김지연 선생님을 만나 소설을 배운 나는 작가의 삶을 열어준 스승에 대한 존경을 바탕으로 팔순을 맞으신 선생님의 건강과 건필을 오래오래 기원드리고 싶다.

〈단편소설 27〉

딸꾹질

황이정

- 오 년쯤 후엔 사람들의 기억에서 단순한 딸꾹질로 빛바랜 역사 속의 한 페이지로 사라질 수 있을까? -

잎으로 무성한 가지들을 길고 넓게 뻗어 그늘을 만들어 놓고 오수라도 즐기는지 살랑살랑 불어오는 바람에 잔잔한 몸짓만 한다. 때때로 들려오는 건 나무 밑에서 자고 있는 마루의 코 고는 소리다. 요즘으로 유난히 활발해진 산돼지와 고라니의 활동으로 밤새도록 짖어 댔기 때문인지 피곤한 모양이다. 한참을 코를 골던 마루가 멀리서 들려오는 개 짖는 소리에 부스스 눈을 뜨고 머리를 들어본다. 별것이 아니라고 생각했는지 다시 머리를 땅바닥에 대고 눈을 감는다. 쪽문이 열린다. 마루가 놀라서 일어난다.

작업복 차림의 회색 모자를 눌러 쓴 한 남자가 쪽문을 밀면서 들어선다. 코로나19 때문에 커다란 마스크를 쓰고 검은 테의 안경까지 썼다. 얼굴은 대부분 가려진 셈이다. 손에 쌀 포대 자루 하나를 들고 있다. 굵고 거무스름한 팔로 움켜쥔 포대는 흔들린다. 바람이 전혀 없는 잔잔한 대기를 향해 발길질이다. 이를 본 마루가 목소리 높여 짖는다. 남자도 처음 보지만 무언가 알 수 없는 포대는 더욱 낯설다. 포대는 장단이라도 맞추려는 듯 마루의 짖는 소리와 함께 큰 폭으로 펄떡거린다. 언덕 밑 배나무밭에서 배의 봉지를 싸 주고 있던 부용이 마루의 높아진 목소리에 사다리를 내려와 걸어온다. 과일나무 사이사이 풀숲에서 먹이를 찾던 닭들도 하나씩 둘씩 부용의 뒤를 따른다. 무슨 일인지 모두가 궁금한 모양이다.

"잘 지냈어? 참으로 오랜만이군. 그런데, 벌써 장작을 많이 장만해 놨네."

차곡차곡 쌓인 장작더미를 보고서 하는 말이다. 보기만 해도 따듯한 겨울이 연상 되나 보다. 반말을 사용하는 낯선 사람에 자못 당황한 부용은 무슨 말을 해야 할지 몰라 머뭇거린다.

"누구신가요?" 묻자 대답이 그녀를 더욱 당황하게 한다.

"나 몰라보겠어? 능선의 진달래꽃이 좋아서 들어왔어. 기억나? 우리 곤충 채집하러 여기 왔었잖아. 나는 너를 알아보겠는데 너는 나를 못 알아보네. 나, 윗동네로 얼마 전에 이사 왔어. 나, 동협이야. 염동협."

"염동협?" 귀에 익은 이름이다. 머리가 잠시 혼란스럽다. 자신의 기억을 믿어야 할지 아니면 잘못 착각을 하는 건 아닌지 망설여진다. '능선의 진달래꽃'이라는 말은 두 초등학생이 깔깔대며 뛰놀던 시절 방학숙제로 곤충 채집하러 다니던 일의 은어처럼 쓰던 말이다. 그녀의 마음이 지난날들을 더듬어 초등학교 시절로 돌아간다. 동협이는 반장이었다. 묵직한 행동과 누구에게나 친절한 그는 아이들 사이에 인기가 있었다. 동협은 자신을 못 알아보는 그녀를 대수로운 일이 아니라는 듯 화살나무 그늘에서 옹기종기 모여 상황을 지켜보고 있는 동그란 눈망울들의 앞을 지나 닭장 앞으로 간다. 그러자 눈망울이 유난히 큰 수탉 한 마리가 조바심이 나는지 '꾸-욱' 하고 한마디 한다.

"윗동네 이사 왔다는 사람이 너였어?"

"응."

포대를 땅에 놓고 마구리를 열어 주자 후다닥 튀어나온 건 두 마리의 암탉들이었다. 화살나무 그늘 밑에 닭들이 놀랐나 보다. 눈들을 크게 뜨고 웅성거린다. 수탉 한 마리가 '꼬꼬댁' 하고 소릴 지른다. 모두 놀란 표정이다. 부용도 놀란 얼굴이다. 생전 처음 보는 모양의 닭이다. 회색빛은 청계를 닮았는데 어두운 그림자가 머리에서 발끝까지 그늘져 있다. 눈이 보이지 않는다. 눈이 없을 리는 없는데 보이지 않는다. 한참 후에야 어두운 벼슬 밑에 무엇이 반짝이는 게 눈인가 보다는 생각에 조금 더 자세히 들여다본다. 닭이 자신을 잡으려는 줄 알고 푸드덕거리면서 자리를 피한다. 눈이 회색인 듯 흑색인 듯 분간키 어렵다. 눈가에 검은 그늘이 눈을 가리고 있다. 키가 청계보다 커 보이고 걸음걸이는 어기적거리는 게 침침한 뒷골목에서 본 깡패를 연상시킨다. 벼슬 또한 수탉만큼이나 크다. 수탉들의 벼슬은 붉은색인데 이 암탉은 수탉의 벼슬만큼이나 크고 검은 것이 얻어맞아 멍이라도 들었는지 검푸루둥둥하다.

닭들이 웅성거리면서 저희들도 처음 보는 생김새에 끌려 서서히 그늘에서 나와 이리저리 흩어지더니 접근을 시도한다. 수탉들은 여전히 꾸꾸 거리면서 불편한 모습이다.

"오골 청계들이야."

부용은 그의 얼굴을 쳐다보면서 말한다.

"오골 청계는 처음 보네. 그런데, 옛날의 염동협 모습이 보이기는 하는데 혹시 동생 아니야? 아무리 100세 시대라지만. 환갑에 가까운 나이의 모습이 아니라서 말이야."

"내가 그렇게 젊어 보여? 얼마 전에 먼발치에서 너를 보고 내가 그렇게 생각했어. 딸인가 하고. 너는 삼십 대로 보여."

"너도 많이 젊어 보이는구나. 그러면 저 닭들은 결국, 오골계도 청계도 아니고 그사이라는 거지? 개량종이라는 거야? 참으로 신기하네. 청계 모습이 분명한데 오골계 모습도 보이고 말이야. 그런데 왜 이걸 나한테 가지고 온 거야?"

"키우려고 친구네서 가져왔는데 시간이 안 되겠었어 나 대신 키우라고. 알 낳기 시작했어. 키울 수 있지?"

"집엔 아무도 없어?"

"나 혼자 와 있어."

"왜?"

"둘째가 시험공부 한다고 밥해 주러 가 있어. 그럴 필요 없다고 해도 말 안 들어."

"그게 엄마 마음이지. 그런데, 내가 여기 사는 건 어떻게 알았어?"

"너 여기 사는 건 나뿐만 아니라 윤용이도 알고 있고 정팔이도 알고 있더라. 어제 정팔이 여기 왔었어. 누가 산돼지 잡으려고 놓은 덫에 오소리가 걸렸다고 신고를 했데. 그거 풀어 주러 왔다고 하더라. 돼지는 안 잡히고 다른 동물들이 자주 걸린 데. 시청 야생 동물 관리하는 것 가끔 봐주나 봐."

"걔들은 어디들 사는데?"

"둘 다 시내에 살아."

"나는 졸업 후 너희들 한 번도 본 적이 없는데. 너는 몇 남매나 뒀어? 결혼들 했고?"

"아들이 둘인데 우리 애들은 총각으로 늙으려나 봐. 중매 좀 해라."
"중매? 요즘 누가 중매를 한담."

닭들이 처음 보는 두 마리의 암탉 곁으로 몰려들자 마루도 어슬렁거리면서 다가간다. 오골 청계 두 마리는 경계하는 눈으로 몸을 도사린다.
"너희는 이름이 뭐야?"
"나는 오골이고 울 언니는 청골이야."
"그런데 너희들 이상해. 궁둥이가 맨살이야."
"집이 너무 더러워서 털이 모두 빠졌어."
"집이 더러운데 왜 너희 털이 빠지지?"
"알을 낳을 때는 할 수 없이 더러워도 바닥에 앉아야 하거든. 알을 서서 낳을 수는 없잖아, 깨질 테니까."
"저런…저런. 힘들었겠다. 잘 왔어. 그런데 집이 더러우면 풀밭에서 낳으면 안 되나?"
"우린 닭장 속에서만 살았거든. 너흰 풀밭에서 자유롭게 사는구나.
"저녁엔 집에 들어가야 해. 족제비, 부엉이, 그리고 사람들이 버리고 간 고양이들이 야생이 되어 우릴 먹으려 하거든. 낮에는 주로 정원이나 과수 밑, 풀밭에서 지내."
막내가 엄마 닭이 말해 준 걸 앵무새처럼 되풀이한다. 그리고는 한마디 덧붙인다.
"그런데 왜 너희 궁둥이는 까만색이야?" 막내가 삐악거리면서 묻는다.
"오골계는 검은 닭이야."
"좌우지간 나는 재네들이 이상하게 생겼어. 이상하단 말이야."

막내가 언니들 뒤로 숨으면서 말한다.

"그런 소리가 어디 있어. 이제 쟤들도 우리 가족이야. 한 가족으로 살지 않으면 안 되는 거 몰라? 막내야, 너는 아직 세상을 몰라서 그래. 세상은 엄청 빠르게 변하고 있어. 달나라 만 가는 게 아니라, 과학이라는 것으로 호모사피엔이 별의별 거 다 하는 세상이야. 복제 양이 만들어진 이후 동물 복제는 흔한 일이지. 작은 강아지, 작은 토끼를 비롯해서 과일도 신맛이 싫으면 단맛으로 바꾸고, 맛있고 자그마한 과일이 어느 날 두 배의 큰 것으로 나오는 세상이야. 앞으로 무슨 일들이 우리를 놀라게 할는지 궁금하고 한편 무서워. 실체의 프랑크 스타인이 안 나올 거라고 아무도 장담 못 할 세상이 되었거든."

회색 점이 박힌 이모 구절초가 말한다.

"세상이 좁아진 거래. 세계가 한 식구가 된 거래. 서로가 오고 가고, 물건을 사고, 팔고. 자연도 바뀌고 있다고 해. 네가 좋아하는 옥수수는 브라질이라는 나라에서 왔다고 해. 밀림이던 곳에서 키운 거래."

꾸꾸 거리던 수탉이 거든다.

"그게 어때서?"

"밀림이 없어진 게 문제라나 봐. 밀림 대신 콩을 심고 팜 나무를 심는 게 문제라나 봐. 우리 숨통을 옥죈다나."

"그것보다 더 심각한 게 있데."

막내가 또 나선다.

"그게 뭔데?"

"호모사피엔이 고기를 너무 많이 먹어서 지구가 망가지고 있다나 봐."

"브라질 밀림에 소를 무척 많이 키울 뿐만 아니라, 대부분의 나라에서 닭을 수십만 마리씩 가두어 키우는데 이들이 한정된 공간에 선반 같은 방에 앉은 자세로 먹고 그 자리에서 알을 낳는다고 해. 돼지들도 좁은 공간에서 힘들게 살고 있대. 그리고 그 소들이 누는 똥도 문제지만 방귀를 얼마나 많이 뀌는지 지구의 공기가 바뀌고 있대. 그만큼 많은 소들을 키워 우유도 빼 먹고 잡아도 먹는다는 말이지. 그런데, 호모사피엔이 뭐야?"

"그건 나도 몰라. 호모사피엔이 지구를 망치고 있다는 부용 아주머니의 전화 대화를 들었을 뿐이야. 그리스, 터키, 러시아, 미국의 여러 주를 비롯해서 산불이 나거나 홍수가 나서 많은 사람이 죽는다고 해. 딸꾹질을 하는 거래. 딸꾹질이 잦아지면 감기도 걸릴 수 있대."

"누가?"

"지구가. 지구가 딸꾹질을 한다는 거야. 지구가 쳇 기가 있어 보인데. 호모사피엔이 지구에서 너무 까불고 있다나 봐. 유람선이라는 게 그 본보기라고 해. 자동차도 비행기도 너무 많이 누비고 다닌다는 거야. 해변의 쓰레기는 상상을 초월한 지가 오래고, 각가지 유행의 변화는 소비심을 불러일으켜 낭비의 원인이 되고 있고 멀쩡한 물건들을 버리는 게 슬프고 화가 난다고 하더라고. 교통수단이 수소가 원료가 되면 미세 먼지 상황은 다소 나아질 거라더군."

"자동차는 유익한 거 아닌가? 우리 부용 아주머니 자동차 없이는 못 살걸."

"자동차가 필수품이 되었으니 걱정인 거지. 세계에서 제일 크다는 대만산, 중국의 수출품 실린 컨테이너 싣고 지중해에서 표류된 화물선 기사 정말 놀랍던데."

"그보다 더더욱 놀라운 건 얼마나 많은 화물선들이 며칠 사이에 정체에 합류했는지. 세상에는 얼마나 많은 화물선들이 활동하고 있는지… 우리의 자동차나 텔레비전이 아프리카로 가고 유럽으로도 가고…"

"그래서 코비드나 아프리카 돼지 열병도 마찬가지로 사람과 물건들처럼 어디든지 갈 수 있게 된 거 아니겠어." 오소리의 말이다.

"너는 누구야? 못 본 얼굴이네. 아니, 본 것도 같고."

"물론 나를 보았지. 내가 올무에 걸렸을 때 네가 아저씨하고 산책 나왔었지. 기억 안 나?"

"그래. 그랬지. 그런데 너는 아저씨가 목이 마를까 봐 너를 위해 가지고 간 우유 통으로 만든 물통을 보고 물도 먹지 않고 화가 난 얼굴로 이빨을 보이면서 찢어 버렸잖아. 네가 곧 올무에서 풀려날 건 알았지만 35도를 오르내리는 더위에 목마를까 봐 가져갔는데…"

"그래서 오늘 여기 온 거야. 나는 사람이 놓은 올무에 걸렸는데 사람이 가지고 온 물을 믿을 수가 없었어. 나를 죽이려나 한다고 생각했어. 그런데 너는 내가 그 무서운 철 올무에서 풀려날 걸 어떻게 알았어?"

"우리 부용 아주머니가 시청 환경부에 오소리가 돼지 올무에 걸렸다고 알렸거든. 아프리카 돼지 열병 때문에 놓은 덫인데 네가 걸린 거지. 좌우지간 다행이야 우리가 너를 보았으니 망정이지 못 보았으면 더위에 못 버텼을걸."

"사실이야. 목도 마르고 배도 고프고 머지않아 죽겠더라고. 누군가가 나를 도왔다고 생각은 했지. 고마워. 아저씨 아주머니께도 고맙다고 전해 줘. 이제 내 아늑한 굴집에 가서 푸-욱 쉬어야겠어. 안녕."

어슬렁어슬렁 깊은 산을 향해 걸어가는 오소리를 멀거니 쳐다 만 보고 있던 닭들이 무리로 머리 위를 날아가는 산 까치들 소리에 놀라 정신이 들었다. 이맘때쯤 되면 익어 가는 뽕나무의 오디를 먹으러 찾아오는 새들이다.

닭장 앞에 묵묵히 서서 듣고만 있던 복숭아나무가 한숨을 쉰다.

"산불도 걱정이고 홍수도 걱정이고 AI, 조류 독감도 걱정이지만 나처럼 나비와 벌이 따듯해진 날씨로 만개한 꽃을 찾아다니다가 갑자기 내린 눈과 서리로 꽃도 나비도 죽는 상황이 왜 생기는지 알고 싶고 걱정이 돼. 기후변화라는 것이 생각보다 훨씬 심각한 상황임을 사람들이 인식하지 못하고 있는 것 아닐까?"

"나는 요즘 사실 무서워. 나는 부용 아주머니가 해마다 가지를 쳐주어 큼직한 복숭아를 키울 수 있었는데 작년부터 복숭아가 자라지 못해. 기후변화 때문인 것이 틀림없어. 벌과 나비들이 아직 겨울잠에서 깨어나지도 않았는데 봄처럼 따뜻한 날씨가 며칠 계속되더라고. 그래서 나는 서둘러 꽃망울을 키우고 꽃까지 피웠는데 갑자기 서리가 내리더니 눈까지 뿌리더라고. 꽃이 모두 떨어질 수밖에 없었지. 당연히 꽃이 없이 열매가 있을 수 없는 건 당연하지 않아? 겨우 몇 개를 키웠는데 이들마저 말벌들이 까맣게 달려들어 순식간에 먹어 치우더라고. 옛날엔 본 적이 없는 무시무시하게 생긴 말벌이야. 병균처럼 어디서 온 것 같아. 머지않아 나를 쓸데없는 나무라고 송두리째 잘라 버릴지도 모른다고 생각하면 오싹해져"

"못살겠는 건 나도 마찬가지야."

밤나무가 기지개를 하면서 투덜거린다. 밤나무는 자신이 열심히 키운 밤들이 벌레투성이여서 모두가 퇴비에 버려졌다는 것이다.

옆에 말없이 듣고만 있던 호두나무가 고개를 끄떡인다.

"호모사피엔이 먹어 치우는 소나 닭들의 숫자를 우리는 감히 상상조차 할 수 없다고 해. 우리들에게 말해 주어도 우린 그 숫자가 얼마나 큰 숫자인지를 알지 못할 거라고 해. 소와 닭 이외에도 많은 다른 동물들이 호모사피엔의 욕구를 충족시키기 위해서 축산이란 이름으로 그리고 수산이란 이름으로 운영된다고 하는데 이 문제를 어떻게 해결할지 궁금한 거지. 축산도 수산도 먹이를 필요로 하니까."

커다란 치마를 입고 서 있는 제비 취가 잎을 펄럭이며 말한다.

"호모사피엔은 고기가 필요하고 고기 생산을 위해 너희들 가축은 사료가 필요하고 사료는 농토가 필요하니 아마존을 불태워 재로 변한 땅에 옥수수를 심고 그 옥수수로 닭을 키우고, 초식하는 소들을 키우고, 나무로 울창할 때 나무뿌리가 머금던 물줄기가 나무가 없어지면서 마르게 되니 가뭄과 산불이 나고, 나무들이 빨아들이던 탄소는 갈 곳을 잃었는데 비행기, 유람선, 자동차에 소의 방귀까지 더하니 하늘이 뿌옇게 변할 수밖에."

"모든 생명체는 살아남으려 하고 또한 종족을 보전하려하는 본능은 자연 그 자체이니 박쥐도 그러하고 코로나19도 그런 것 아니겠어?" 암탉 구절초가 말한다.

"그럼 박쥐하고 코비드는 같이 살아도 돼?"

"모르긴 몰라도 박쥐에겐 코비드가 견딜 만한 감기일지도 몰라. 그게 인간에겐 치명적인데 말이야. 박쥐들이 사는 영역을 침범하지 않고 내버려 두면 되는 거 아닐까?"

"인간이 그런 생각을 안 했겠어? 과학자, 정치인, 장사꾼 모두가 머리를 짜 보았지만, 결론은 호모사피엔스들이 풀어야 할 문제라는 얘기야. 꾸꾸꾸꾸"

수탉이 한마디를 거둔다.

그때 다른 수탉이 풀밭에서 굼벵이 한 마리를 잡았다. 암탉들 앞에서 자랑거리가 생겼으니 멋진 깃털을 흔들면서 암탉들을 부른다. 암탉들이 앞을 다투면서 뛰어간다. 굼벵이 한 마리가 입에서 입으로 번갈아 뺏고 뺏기기를 한참 돌고 돌더니 마침내 한 녀석이 꿀꺽꿀꺽 삼켰다. 굼벵이를 포기할 수밖에 없게 된 닭들이 멋쩍어진 표정으로 어슬렁어슬렁 풀밭으로 돌아간다.

바삐 가야 한다면서 사라지는 동협이의 뒤를 보면서 부용은 다시 배 밭으로 향한다. 그때 전화가 온다. 남편의 전화일 거라고 생각하면서 전화를 받는 그녀의 얼굴이 일그러진다.

"누구시라고요?"

"시청 축산과입니다. AI 때문에 전화드렸어요. 내일 닭장 열어 주지 마시라고요. 내일 저희가 가지러 갈 거예요. 살처분하라는 지시가 내려서요."

"우리 닭을요?"

"얘. 보상은 해 드려요."

부용은 동상처럼 얼었다. 내일 아침에 모든 닭을 살처분하러 오겠다는 청천벽력 같은 소리다. 조류 독감 AI가 고개 넘어까지 퍼졌는데 3킬로 이내를 모두 살처분 한다는 것이다. 고갯길이 분명히 3킬로가 더 된다고 말하자 하늘길로 계산을 한다는 것이다. 돼지 살처분하는 뉴스를 보고 몹시 슬펐는데 우리 닭들이 살처분을 당해야 한다니. 가두어 두겠다고 해본다. 아니면 목욕실에 가두겠다고 해본다. 소용이 없다. 정부의 정책이라는 것이다. 일단 멀쩡한 닭들을 왜 죽이느냐고 대문 안으로 못 들어오게 할 거라 말은 해 놓았지만 불안하다. 자신들이 키운 동물들이 살처분 당하는 걸 경험한 농장주들의 가슴이 얼마나 아팠을까. 남의 일로만 생각했던 일이 내게 닥쳤다. 이를 어찌하면 좋을까? 옆에 누구라도 있었으면 좋겠다. 탁구 치러 간 남편은 왜 이리 늦어질까? 농장주들의 아팠을 가슴을 상상해 본다. 더욱이 굴착기로 자기가 매일 돌보던 돼지들이 땅속으로 산 채로 묻어지는 것을 보는 사람의 정신이 온전할 수 있었을까. 정신이 돌아 버렸다고 해도 믿을 수 있을 것 같다.

어느새 해가 서산을 어정거리고 닭들이 하나둘 집으로 들어가서 홰에 오르고 멀리서 어렴풋이 부엉이 소리가 들린다. 부용도 주섬주섬 일을 마칠 준비를 한다. 아직 몇 그루가 남았다. 남은 배나무들을 내일은 끝낼 수 있으리라는 생각을 하면서 집으로 향한다. 시계가 네 시를 넘어 다섯 시를 향해 가고 있다. 대문 쪽을 쳐다보며 혼잣말을 한다.

"올 때가 됐는데 왜 안 오지?

소파에 눕는다. 하루 종일 사다리를 오르내린 덕분에 다리가 뻐근하고 어깨가 천근이다.

마루가 짖어 댄다. 트럭 한 대가 대문 앞에 섰다. 건장한 남자 두 사람이 닫힌 대문을 뛰어넘어 들어오더니 대문 안쪽에 있는 빗장을 연다. 곧바로 닭장으로 가서 닭들을 마구 잡아 자루에 넣더니 순식간에 모든 자루를 트럭에 싣고 떠나는 것이었다. 당황한 부용은 트럭을 따라갔다. 트럭은 고개를 넘어 큰길을 지나 높은 산을 향해 달렸다. 부용도 속도를 냈다. 얼마를 가던 트럭이 선 곳은 산 밑이었다. 트럭 바로 뒤에 부용도 차를 세웠다. 여러 대의 트럭들이 주차되어 있고 사람들이 빠른 동작으로 일하는 것이 보였다. 모든 트럭에는 포대가 실려 있었다. 트럭에서 포대를 땅으로 던지고 이를 열어 둥글게 파 놓은 구덩이로 닭들을 쏟아부었다. 부용이 자기네 닭들이 들어 있는 트럭 앞에 도착했을 때는 포대의 닭들이 구덩이로 떨어져 들어가고 있었다. 거기에는 이미 수백 마리가 아니면 천여 마리가 던져져 있었다. 그중에는 동협이가 가지고 온 오골 청계들도 있었다. 원망스러운 눈으로 부용을 쳐다보며 구덩이로 떨어져 갔다. 잠시 후 굴착기가 구덩이를 메우기 시작했다. 이를 본 부용은 오열할 수밖에 없었다.

"아! 아! 안 돼! 안 돼!"

"뭐가 안 돼?"

깜짝 놀라서 눈을 떴다.

"아! 당신 왔네.

일어나 앉은 부용은 사방을 둘러본다. 다행이다. 꿈이었다. 왜 자신은 오골청계를 생각지 못했을까 그렇다. 그들을 데려다주어야 한다. 살처분된 걸 동협이 알게 되면 얼마나 충격을 받을까. 원망은 얼마나 할까. 남편의 팔을 끌고 닭장으로 간다. 홰에 오른 닭들 중에 안 잡히려고 도망 다니는 오골청계 두 마리를 어렵게 잡아 포대에 넣는다.

식탁 앞에 앉은 부용은 물만 마신다. 아무것도 목구멍을 넘길 수 없다. 체한 것처럼 가슴이 답답하고 무겁던 기분이 닭을 갖다주고 오니 조금은 해소된 것 같지만 아직 도 그녀의 닭들 생각을 하면 막막하다.

닭 우는 소리에 부용이 눈을 뜬다. 뉴스다.

후유! 그러면 그렇지!

3킬로 이내가 1킬로 이내로 바뀌었단다.

닭들이 서로 다투면서 풀밭으로 향한다. 되돌아온 두 마리의 오골청계들도 서둘러서 쫓아간다. 조금은 낯선지 두리번거리면서 다른 닭들을 따라서 풀밭으로 들어간다. 무성한 풀 속에 먹이가 많은가 보다. 모두가 바쁘게 무엇인가를 쪼아댄다. 오골청계 한 마리가 무엇인가를 쫓는다. 껑충 뛰어 무엇인가를 입에 물었다. 닭의 입에서 몸부림치는 건 귀뚜라미 같기도 하고 메뚜기 같기도 하다. 오늘도 마루는 멧돼지와 고라니 때문에 어젯밤에도 잠을 설쳤는지 늦잠을 자고 있다. 기후변화를 생각하게 하는 아침이다. 〈終〉

황이정

· 대한상공회의소 근무
· 대한무역진흥공사 영국 런던지사 근무
· 런던대학 SOAS 학. 석사 취득
· 저서-장편소설집《책 속의 미혼모》

〈작가노트〉

하고픈 말 한마디

황이정

어느 날부터 나는 하고픈 말 한마디가 생겼습니다. 이 하고픈 말 한마디는 세월이 흐르면서 이리저리 밀리고 당겨지기를 하면서 둥글었다가 모가 났다가 자기만의 형체로 갖춰갔답니다. 오랜 외국 생활 후 귀국해서는 하고픈 말 한마디가 그만 산산조각이 나고 말았답니다. 반가운 우리 말을 만나서 기뻤어야 할 나의 하고픈 말 한마디는 그동안 나라와 함께 몰라보게 성장하고 변화된 우리말, 국어의 낯선 모습에 그만 당황했던 것입니다. 나의 국어실력은 내가 한국을 떠나던 '70년대 국어'에서 멈춰 있었기 때문입니다.

자주 다니던 서울 길을 걸으면서 옛 생각을 하던 중 눈에 들어온 건물이 남산도서관이었습니다. 나의 발길은 이미 건물 안으로 들어가고 있었고 거기서 소설창작반을 발견했습니다. 한 학기 수강 신청을 하여 여러 수강생들을 만나서 즐기기도 잠시, 학기가 끝나자, 더 이상 수강 신청을 할 수 없을 만큼 경쟁이 심해졌습니다. 신청일 9시 정각에 수강 신청을 하기 위해 도서관엘 도착해도 매번 소설창작반은 이미 만원! 남산도서관의 소설창작반이 그토록 인기 있는 강좌인줄도 몰랐고, 뿐만아니라 우리나라가 IT 강국이라는 것을 미처 알지 못했거든요. 강의 신청을 버스 타고 현장까지 가서 하는 사람은 오직 나 하나뿐이라는 걸 얼마 후에야 알게 되었거든요.

내 속의 웅크리고 있던 하고픈 말 한마디는 세상으로 마구 쏟아져 나오기 시작했습니다. 더 이상 기다릴 수가 없었던 것입니다. 결국 두서없이 쏟아진 말 꾸러미를 들고 다시 찾아간 곳은 남산도서관 소설창작반 김지연 선생님이었습니다. 선생님은 이를 마다하시지 않고 적극적으로 도와주시어 마침내 나의 하고팠던 말 한마디는 세상 빛을 보게 되었습니다. 장편소설집 '책 속의 미혼모'입니다.

선생님. 고맙습니다. 팔순 생신 축하드립니다.

〈단편소설 28〉

생존증후군

강수화

2020년 새해도 한 달이 지나고 어느새 2월 중순으로 접어들고 있었다. 겨울 막바지 추위가 골목길 모서리로 꼬리를 감추는 듯하더니, 다시 유턴을 하여 돌아온 듯 쌀쌀했다.

출근길을 나서던 금옥은 예년 때 같잖은 차가운 날씨에 다시 집으로 들어가 코트를 걸치고 나갔다. 서울 외곽도시 남편이 대표로 있는 회사에 정기 출근하는 날이었다. 남편은 출퇴근 시간대의 혼잡한 교통체증으로 주중에는 회사 근처 아파트에서 지내고, 주말이면 서울 집으로 온다. 이른바 주말 부부인 셈이다. 처음엔 금옥도 허전하더니 갈수록 점점 익숙해져 편하다는 생각이 들고, 부부 사이는 오히려 더 애틋해졌다. '오십 줄의 주말부부는 덕을 쌓은 자에게만 하늘이 내리는 공덕'이라고 부러워하는 친구들을 보며 속으로 은근히 즐기기도 했다.

굳이 아내의 손길이 필요할 정도로 작은 회사가 아니건만 기어이 출근하는 이유는 고지식한 남편 때문이었다. 초창기 부부 두 사람으로 회사를 일구었던 것이 규모가 커지며 금옥이 일선에서 물러나게 되었는데, 월급은 꼬박꼬박 받고 있었다.

남편은 가족을 유령직원으로 위장 등록한 채 급여를 책정하는 중소기업체 등에 국세청이 망원경을 들이대고 있다며 회사에 나와 무슨 일이라도 하라고 채근했다. 주머닛돈이 쌈짓돈, 경제적으로 아쉬운 건 아니었지만 회사가 자신을 필요로 한다는 것을 모르지 않았다. 외국에서 손님이 오더라도 미국대학에서 학위 취득하고 온 자신보다 금옥이 영어를 더 잘해 통역관으로는 물론 분위기 메이커로도 제격이었던 까닭이다. 이래저래 쓰임새 있는 존재로 금옥은 주 1회 출근하기로 회사와 약정을 맺었다.

차 시동을 켜자마자 터지는 뉴스는 여느 때와 별반 다르지 않았다. 작년 연말부터 중국 어느 도시 이름을 딴 바이러스 전염병이 돌고 있다는 사실과 확진자가 매일 몇 명씩 증가한다는 내용이었다. 그런 일을 두려워하거나 겁낸 적은 없었다. 사이비 종교의 특정 신도들이 신봉하는 지구멸망설만큼이나 비현실적으로 느껴졌기 때문이다. 교통방송과 음악 위주의 FM만을 고정으로 듣고 있어 곧바로 채널을 돌렸다.

-○○○○ 번님, 가수 지니의 보랏빛 엽서를 신청하셨네요. 이 곡 원주인은 설운도 씨죠. 가끔 원곡 가수보다 다른 가수가 불러 빛나는 경우가 있는데 이 노래도 대표적인 경우가 아닌가 합니다. 무명가수지만 요즘 유튜브에서 인기몰이하고 있죠, 지니가 부릅니다.

-오우! 이 노래!

보랏빛 엽서에 실려 온 향기는당신의 눈물인가 이별의 마음인가 오늘도 가버린 당신의 생각엔 ~~~~

금옥은 목청껏 노래를 따라 부른다.

지난해 봄, 두 올케 포함한 친정 형제 8명이 다달이 붓는 곗돈으로 동남아 5박 6일 관광을 다녀왔다. 금옥 친정 형제들의 첫 해외 나들이였다. 낮에 관광지 투어를 하고 야간에 호텔지하에 있는 노래방에 들렀었다. 노래를 시작하기 전, 큰오빠가 잠깐 소회를 밝히겠다며 마이크를 잡았다.

-동생들과 제수씨와 이렇게 해외여행을 오게 되다니 꿈만 같고…, 흩어지지 않고 똘똘 뭉쳐 우리 형제가 여기까지 온 데 대해…, 아아, 에에, 으음…, 앞으로도 지금처럼….

오빠는 더 이상 말을 잇지 못하고 눈시울을 붉힌 채, 스스로 민망하고 머쓱한지 곧장 노래방기기 버튼을 눌렀다. 그때 만난 노래가 '보랏빛 엽서'였다.

크고 작은 가족 행사를 치르며 가족들이 종종 노래방을 이용했지만 큰오빠가 최신가요를 부른 적은 없었다. '안개 낀 장충단 공원'이나 '배신자' 등 주로 배호 가수의 노래를 즐겨 불렀는데 최신가요라니, 큰 산 같던 오빠가 젊고 싱싱하게(?) 느껴져 알 수 없는 충만감에 젖어 들었다. 놀라움은 거기서 끝나지 않았다. 1절을 부른 뒤 오빠는 큰올케에게 2절을 넘겼다. 그날 큰올케의 노래를 처음 들었다. 올케는 자신의 차례가 돌아오면 늘 공기처럼 어디론가 새고 없었던 것이다. 그림자처럼 조용히 시가 형제와 자식들 뒷바라지하느라 본인의 목소리를 낸 적 없어 그러려니, 가족들을 위해 산소와 그늘을 내어주는 커다란 나무로만 인식하고 있었다. 허스키한 음색이 가미된 풍부한 성량에 자막으로 띄워 올리는 가사의 조합이 묘하게 어우러지며 독특한 매력과 슬픔을 자아냈다.

큰오빠 내외의 노래가 이어지는 동안 작은 오빠도 눈시울을 붉혔고 금옥과 자매들은 엉엉 소리까지 내며 울었다. 각자의 마음속에 공통분모처럼 도사려왔을 가난과 한숨, 설움들이 큰오빠 내외의 구성진 가락에 신들리듯 승차하며 대나무처럼 떨었는지 모른다.

남의 전답 소작을 더 많이 했지만 그래도 행복했던, 부모님과 6남매가 오순도순 살던 집안의 평화가 깨진 건 금옥이 중학교 일학년 때였다. 모내기가 한창이던 무렵, 모판을 실어 나르던 아버지 경운기가 언덕길에 전복하면서 함께 타고 있던 엄마와 아버지가 그 자리에서 즉사하고 말았다.

기계공고를 졸업하고 군대에 간 큰오빠가 의가사 제대를 하고 돌아왔다. 친척과 동네 사람들 도움을 받아 부모의 장례를 치르고, 큰오빠는 어느 중소제조업체에 취직하여 집안의 가장이 되었다.

운명의 여신이 도왔던지 큰오빠 곁에 천사 같은 여인이 자리하며 다시 집안에 훈풍이 돌고 따뜻한 가정의 울타리가 쳐지기 시작했다. 큰오빠는 결혼식도 올리지 못한 채 두 조카를 낳았고, 다섯 동생들을 모두 결혼시킨 뒤 가장 뒤늦게 결혼식을 올렸다. 큰오빠 결혼식장은 축제가 아닌 울음바다였었다.

여행지 곳곳을 누비며 웃고 울던 기억을 떠올리며, 당시 녹음한 형제들의 노래를 반복해 들으면서 어느새 회사에 도착했다.

평소 농담 좋아하는 금옥은 주말 집에서 살 부비고 간 남편을 불과 삼사일 만에 보면서도 늘 반가운 몸짓과 제스처로 반색한다. 그런데 그날따라 회사가 수런거리고 남편 또한 자리에 없었다. CCTV로 남편을 찾으니 여기저기 바쁘게 움직이는 모습이 포착되었다. 금옥은 남편 동선을 따라 현장으로 다가갔다.

-회장님! 사흘 동안 옥체만강 하셨사옵니까? 하온데, 어째 안색이?

-당신과 처갓집 아니면 나를 상하게 할 일 없지.

-무슨 당치도 않은 말씀을? 주말 동안 잘 먹어 보낸 일밖에 없는데, 그리고 가만있는 처갓집은 왜 들먹이시나이까?

-지금 농담할 기분 아냐!

-무슨 일 있어?

-오늘 새벽 대구염색공단에 전격 출하했는데 화물차가 공단으로 진입하지 못해….

-…, 사업하다 보면 손해도 나고 그러는 거지 뭐.

-그 손해가 문제 아니라니까. 대구로 출장 간 직원들이 복귀를 못한대. 2주간이나 격리…, 그나저나 처갓집은 별일 없는가?

-무슨 별일? 우리 형제들 염색공단 근무하는 사람 없는데?

-당신, 뉴스 안 봤어?

-왜, 대구에서 무슨 일이?

-31번 확진자가 대구시를 인질로 시한폭탄을 안고 있는 상황, 친정이 대구면서 어떻게 그렇게 무심해?

금옥은 급히 휴게실로 들어가 TV를 켰다.

-대구시 코로나 비상 "31번 확진자와 예배 본 1000명 전수조사…, 대구시 31번 슈퍼 전파일 듯…, "31번 확진자 거짓말" vs "대구시가 거짓말?"….

지상파 종편 할 것 없이 온통 31번 확진자 이야기로 도배되다시피 했다. 이동 경로와 동선 등이 컴퓨터그래픽 화면으로 클로즈업되며, 빨간색 자막이 점멸신호등처럼 깜빡거리며, 마치 성수대교나 삼풍백화점 붕괴사고 같은 대형재난 발생 때를 연상케 했다. 남편 말로는 31번 확진자가 대구시를 인질로 잡았다고 했지만 그녀가 느끼기엔 대구시가 대한민국을 인질로 곧 핵무기를 발사할 것처럼 보였다.

처음으로 21세기를 강타한 신종질병에 두려움이 일기 시작했다.

회사에 닥친 듯한 위기와 대구시를 기반으로 살고 있는 형제들 안위에 덜컥 겁이 났던 것이다.

그러고 보니 하루에 수차례씩 일상적인 대화나 사진 등을 올리며 안부를 주고받는 형제들 단톡방이 며칠째 조용했다는 생각이 들었다. 서둘러 올케 둘을 포함 8명이 모인 단톡방을 열었다.

-이게 무슨 일입니까!

톡 올리기 무섭게 큰언니가 전화를 걸어왔다.

-니 알았더나?

-이제사.

-누가 카더노? 서울 동생한테는 알리지 말라 했는데…, 친정 일이라면 물불 가리지 않고 뛰어들어, 울고불고 할까 봐….

-예에? 무슨, 말이야?

어떻게 이렇게 까만 세상을 살고 있었을까! 큰오빠가 사고를 당했다고 했다.

큰오빠는 용접공이었다. 그 직업으로 오 남매 동생들 먹여 살리고 공부시켰으며, 자신의 가정 일구고 두 자녀를 대학까지 공부시켰다.

그날, 어느 아파트 상가 2층에 간단한 땜질 작업 있어 크레인을 부르는 대신 사다리 위에서 작업을 하고 있었단다. 아래서 안전을 담당하던 요원이 잠시 한눈판 사이 지나가던 차가 사다리를 들이받아 오빠가 땅으로 곤두박질쳤다는 것이다. 가해 차량이 곧바로 오빠를 싣고 대구 시내 대학병원을 돌아다녔으나 코로나 환자가 아니라는 이유로 거절. 결국 개인병원 정형외과에 입원 중이며, 가족조차 면회가 안 돼 오리무중. 그저 발만 동동 구르고 있는 상황이었던 것이다. 31번 환자 출현으로 대구시가 도시 기능을 잃고 마비 상태. 특히 병원은 아비규환 내지 아수라장 상태라는 것이 금옥이 형제들로부터 알아낸 전부였다.

큰오빠를 구심점으로 오순도순 살아왔다. 그는 부모였고 맏형 큰오빠였으며 각자가 자신의 둥지를 틀고 떠나간 뒤에도 여전히 그 자리서 동생들에게 온기를 불어넣어 주는 든든한 친정의 어른이었다.

동생들을 끔찍이도 사랑한 오빠는 일 년에 두 번 가족 모임 일을 정하고 특별한 일 없으면 그날만은 함께 모이기를 원했다. 조부모 기일을 한날로 모으고, 한날한시에 돌아가신 부모의 기일까지, 두 날이었다.

조카들이 하나둘 결혼하고 손자들이 태어나며 직계존비속이 한자리에 모이는 통에 큰오빠 내외의 그 날에 대한 부담이 커질 법도 하지만, 마음 넉넉한 큰올케 덕에 오히려 더 풍성한 날로 자리매김하고 있었다. 제사 후 조카들은 물러가고, 형제들은 일박하며 밤새 고스톱과 수다 삼매경에 빠지며 다음날 근처 유원지 등을 돌며 못다 한 이야기(?)와 회포를 풀다 헤어지는 걸 관례처럼 이어오고 있었던 것이다.

제삿날 친정 행차는 아무리 힘들어도 금옥은 직접 차를 몰고 간다. 올케와 언니들의 정성 가득한 반찬과 식재료 등을 바리바리 싸 오는 재미 때문이다. 돈만 있으면 먹을 것들이 넘쳐나는 세상이지만 친정의 그것들은 돈으로 환산할 수 없을 만큼 소중했다. 특히 큰올케는 막내 시누이인 금옥에게 장 종류와 김치를 제공해주었다. 큰오빠를 제외한 다른 형제들이 올케를 말리기도 하지만, 부모 일찍 잃은 아기씨(?) 불쌍하다며 개의치 않는 눈치였다. 금옥도 그러한 큰오빠 내외의 정을 모르지 않았다.

그래서인지 금옥이 가장 좋아하는 여행은 단연 대구로의 친정행이었다. 떠올리기만 해도 흐뭇한 웃음이 번졌다.

-금옥아, 니 오데까지 왔노? /근데 이번에 뭐 사오노? 우리 니 온다

고 몇 달 전부터 화장품은 일체 안 샀다이. / 언니, 금옥이한테 혹시 까묵고 안 샀거든 근처 백화점 들렀다 오라캐라. 천천히 와도 된다꼬. / 맞아, 금옥아! 들리나? 엄마 아부지한테 옥이 좀 늦는다꼬 기다리라고 하께. / 하모. 다 듣는다. 자아는 세련돼서 블루투슨가 지루박인가 연결해 바로 듣더라 아이가. / 탱고 아니고 지루박…, 핥핥핥핥, 하하하하 호호호호….

드디어 오빠네 아파트에 주차하고, 엘리베이터를 타고 7층으로 올라 초인종을 누르면…, 좁은 공간에 꽉 채운 물건이 와르르 무너지는 것처럼, 직계 존비속들이 현관으로 쏟아져 반겼다.

무슨 정신으로 집까지 왔는지, 금옥은 집 거실 TV 앞에 붙박혔다. 31번, 31번…, 매체마다 그놈의 숫자가 점령군처럼 그녀의 뇌리에 총을 겨누고 있는 듯하다. 요 며칠 뉴스를 접하지 않은 사이 다른 행성으로 떠밀려 온 느낌이었다.

금옥은 통화하지 못한 아니 할 수 없었었던, 큰올케에게 전화를 걸었다.

-오빠는 현재 어떤 상황인가요?

-병원 면회가 안 돼…, 딸을 통해서만…, 으흐흑, 아가씨이, 오빠 좀 살려주세요. 저 사람 저대로 보내면 안 돼, 으으어억엌….

통곡 반 울음 반, 말을 잇지 못하는 올케를 뒤로하고 조카들에게 차례로 전화를 걸었다. 오빠의 두 자녀 중 첫째인 아들은 대기업 구미공장에 근무하며 작년에 결혼해 갓 태어난 아기가 있고, 둘째인 딸은 부모와 같이 살고 있으면서 결혼 날짜를 받아놓고 있던 터였다.

-고모, 죄송해요, 회사에서 대구시로의 입성을 말려서…, 굳이 가려거든 일 개월 이상 연차나 휴가를 내라구…, 가봤자 어차피 병원 면회

도 안 돼….

조카 또한 자식을 가진 한 가정의 가장이다. 사표를 쓰라는 것과 맞먹는 회사의 강압적 분위기에 쉽사리 문을 쉽게 박차고 나오기 힘들었을 것이다. 정부에서조차 대구시를 중국 우한 시처럼 완전 고립시킬 카드를 만지작거리고 있었으니, 그 누구를 원망하고 탓할 수 있으랴.

이어 둘째 조카딸에게 전화를 걸었다.

-우주 복장을 한 의료진에게 병원 밖에서, 뜻 모를 서류에 서명만 잔뜩 해주어…, 저도 아빠 상태가 어떤지 정확하게 잘 몰라…, 고모 대학병원 좀 알아봐 주세요, 으어엉….

사지를 넘나들고 있는데 수술은커녕, 보호자 한 명도 들여보내 주지 않는다니 60년대 중반에 출생한 금옥이 단 한 번도 경험하지 못한 세상이었다. 우주여행을 다녀오는 시대, 금세기 선진국 문턱을 벌써 넘은 대한민국에서, 이거 실화냐싶었다.

아내와 아들딸조차, 오빠의 상태에 대해 알지 못했다. 답답하다 못해 금옥이 직접 병원으로 전화를 걸었다. 여직원이 전화를 받아 개인 정보 보호 차원이라며 환자 신상 공개를 꺼렸다. 대학병원으로 옮길 방안을 강구 중인 동생이라고 하자 잠깐 기다리게 해놓곤, 수건돌리기 하듯 전화기를 이리저리 돌리는 분위기가 느껴지는가 싶더니, 한참 만에 건장한 성인 남자 목소리가 들렸다.

-아아 대학병원 모시고 간다꼬예?

-그러려고 애쓰고 있습니다만, 현재 환자 상태는요?

그들로서도 뜨거운 감자였던지, 반색을 하는듯한 음성으로 대답했다.

-지금요 한쪽 팔 부러진 건 저희 병원에서 수술했는데요, 나머지 어

깨와 얼굴은 저희 병원에선 손을 못 대고 있어예.

-상처가 어느 정돈지요?

-상처 정도가 아니고예, 한마디로 어깨와 얼굴이 다 뿌사졌다 아입니꺼. 웬만했으면 저희 병원에서 벌써 수술했지예…, 사실 이런 큰 사고 환자들은 병원과 병원끼리 연계, 저희 같은 개인병원에 먼저 실려 왔다케도 응급처치만 하고 대학병원으로 보내거든예. 근데 지금 대구는 상식이고 뭐고 없습니더. 모든 질서와 체계가 다 무너졌다 아입니꺼.

-환자 의식은 명료한가요?

-그기 문제라예. 고마 잠시 기절이라도 해뿌마 좋은데 저리 고통스러워 해싸서…, 들리지예?

~~~살려줘, 살려줘, 으으으으어, 으으으으음, 아아아악, 엄마, 엄마아~~~

전화기 너머로 진즉부터 짐승의 울부짖음 같은 소리가 들렸지만, 교통사고 환자들이 드나드는 정형외과니 그러려니 했었다.

-저 사람이… 저희 오빠라예?

-맞심더. 저희 병원엔 모두 경증 환자뿐인데, 중환자는 한사람밖에 없다 아입니꺼.

-흐어…, 흐어…

-보이소, 보이소, 여보세요? 보호자님! 울지만 말고예, 우짜든지 백방으로 대학병원 알아봐갖고 퍼뜩 모시고 가이소. 한시가 급합니다.

듣기만 해도 정이 뚝뚝 흘러내리던 대구 사투리가 어찌 저리 차갑고 비정하고 무서운지, 꺼진 휴대폰을 든 채 금옥은 사시나무 떨듯 부들부들 떨었다.

무너져 내리려는 정신을 가까스로 추스른 금옥은 자신과 남편의 인
~~~

맥을 총동원, 대학병원과 줄을 댈 수 있을 만한 사람을 찾아 염치 불고하고 안면몰수한 채 전화를 걸어댔다.

의사, 대학병원 수간호사, 중형 병원장 부인, 시의원, 구의원 등, 다양한 직업군들이 골고루 있었으나 어느 누구도 대구시로의 접근을 꺼렸다. 사방팔방, 동서남북, 외국에 있는 지인에게까지 전화를 걸어 오빠를 살려 달라 절규했으나 하나같이 '대구시'를 저주했다.

오빠의 다 뿌사져뿠다(부스러지다)는 어깨를 입원해있는 개인병원에서 수술하는 게 어떤지 찬반을 묻는 의견이 단톡방에 올라왔다. 올케는 조선 시대 여인처럼 오빠와 시가인 금옥 형제들에게 순종만 하고 살아 세상 이치에 밝지 아니하고, 두 조카들 또한 사회 경험이 미숙한 편이라 시 형제와 삼촌 고모에게 물어온 것이다. 그 병원에서도 정밀 검사 후 여러 의사들의 협진으로 수술해야만 하는 중환자여서 몇 차례나 대학병원으로 중복 의뢰서를 발송했으나 일반 환자는 받을 수 없다는 답만 돌아왔다는 것이었다. 저대로 두었다간 사망밖에 답이 없다며 '모 아니면 도', 최후통첩의 선고였다.

처음 금옥 혼자 반대의견을 내세웠다. 매일같이 전화로 대학병원 문을 두드리고 있는 데다 불확실한 술기로 수술해버리면 영원히 큰 병원으로 옮길 기회를 박탈당하지는 않을까 해서였다.

눈뜨고 죽어가는 사람을 지켜보느니 뭐라도 하며 운에라도 승부를 걸어보는 편이 낫지 않겠느냐는 형제들의 의견에 결국 무릎을 꿇을 수밖에 없었다.

어깨 수술이 끝났다는 소식을 전해 들은 금옥은 자리에 털썩 주저앉았다. 보호자와의 따뜻한 눈길 손길 한 번 교환하지 못한 채 살지 죽을지 알 수 없는 수술실로 들어갔다 나온, 마취가 풀리며 찢고 꿰매고 한 상처들에서 새어 나올 통증, 아직 손조차 대지 못한 함몰된 얼굴….

뭉크의 절규 같은 형상으로 일그러진 오빠가 캄캄한 고속도로에서 불귀의 객이 될 뻔한 그녀를 소환했다.

금옥은 남편 유학길에 동행해 미국에서 몇 년간 산 적이 있었다. 애초 양가의 도움을 받을 형편이 못되어 금옥이 현지에서 남편 뒷바라지를 할 각오로 건너간 터였다. 그런데 예상치 못한 장벽에 부딪혔다. 남편 학교 주변 도시는 백인 밀집 지역으로 아무리 값싼 노동력이라 할지라도 노동허가서 없는 사람을 불법 채용하지 않는다는 사실이었다.

천신만고 끝에 불법 이민자들이 많은 시카고의 어느 식당 허드렛일 자리를 구했다.

남편 학교가 있는 도시와 시카고는 자동차로 약 4시간 걸리는 거리였다. 주말부부는 선택이 아닌 필수였다. 남편은 학교 셔틀버스로 학교와 집만 오가기로 하고, 자동차는 금옥이 소유했다. 차 없는 미국 생활은 상상할 수도 없었다. 생필품은 물론 흔한 우유 하나 살 수 없기 때문이다. 금옥이 단 한주라도 집에 오지 않으면 안 되는 이유였다.

매주 금요일 오후 9시, 일 마친 후 남편이 있는 집으로 가서 일주일치 음식을 마련해놓고, 일요일 저녁 시카고로 다시 돌아가는 생활을 반복하고 있었다.

금옥 일터인 식당은 금요일 저녁 시간대가 가장 바쁜, 유일하게 브레이크 타임이 없는 날이기도 했다.

한밤중 파김치가 된 몸으로 4시간여의 장거리 운행이 결코 만만치 않았다. 긴 고속도로 주행 구간 중 휴게소라곤 딱 한군데 뿐인 데다 갓길에 차를 세울 수도 없어, 졸음이 밀려오면 운전이 아슬아슬한 곡예처럼 느껴지기도 한다. 텅 빈 듯한 고속도로지만 호수가 많은 지리적 특성으로 늦은 밤과 새벽 시간대는 안개가 도로를 점령하기 때문이다. 물류운반목적의 대형화물차들이 전속력으로 달리기도 해 까딱하면 큰 사고로 이어질 위험성이 높았다.

거리의 가로수들이 초겨울 바람에 이리저리 나부끼는 을씨년스런 늦가을, 어느 금요일이었다. 전날 잠을 설친 데다 유난히 더 바쁜 날이기도 해 퇴근 무렵에 이르자 입에서 단내가 났다. 4시간을 운전해 가려니 태산이 앞을 가로막은 만큼이나 아득하게 느껴졌다.

커피를 연거푸 몇 잔 마시고 출발을 했지만 채 한 시간도 달리지 않아 벌써 눈꺼풀이 내려왔다. 휴게소까지는 아직 한 시간여 더 달려야 했다. 고속도로는 상하행선이 완전히 분리된, 중앙분리대가 구릉과 언덕으로 이어져 있었다. 겉보기엔 완만한 구릉이 구간별 얕고 깊음의 차이가 커서 아득한 절벽 높이에 해당하는 곳도 있었다.

이미 눈꺼풀이 다 감겨내려 왔지만, 안개가 너무 심해 어디라도 차를 세울 곳이 없었다. 사력을 다해 눈꺼풀을 밀어 올리며 관성에 의한 동작으로 핸들을 붙들고 있었다.

엄마 아버지를 따라 5일장이 선 읍내로 가고 있었다. 머리에 무거운 곡식을 인 엄마가 내 손을 놓으며 저만치 앞서가는 아버지를 따르라고 했다. 깡충거리며 아부지를 좇았지만 아무리 뛰어도 닿지 않았다. 문득 두려움에 뒤돌아 엄마를 찾았다. 주변이 어둠인지 안개인지로 어둑시근하고 을씨년스러워 사물의 형체가 뚜렷하지 않아 엄마를 분별할 수가 없었다. 애타게 엄마 아버지를 찾으며 울부짖는 사이, 천둥소리 같은 굉음이 고막을 찢었다.

-뿌아아아아앙…! 퍼헉!

정신이 화들짝 깨어남과 동시에 정신을 잃었다. 그 찰나 사이를 '아아 죽는구나!' 여섯 글자가 섬광처럼 지나갔다.

-Kumook Lyoo! Open your eyes, Hello, Can you open your eye?

예리한 통증에 숨이 끊어질 듯했다. 군데군데에서 새어나오는 신음사이로 알아듣지 못할 외계 언어들이 혼재했다. 캄캄한 우주 속 한 점 먼지처럼 사라져버릴 것 같은 공포!

궤도를 이탈한 우주선이 지구와의 교신이 두절된 채, 거대한 블랙홀의 회오리 속으로 빙글빙글 빨려들어. 원자 같은 입자가 거의 홍채를 벗어날 무렵 '뚜우뚜우' 잡히는 신호음. 지구와 우주선을 잇는 원초적 언어. 비로소 우주선에 피돌기가 시작되고, 비틀거리며 자신의 궤도를 찾는다.

-여보, 여보, 금옥아, 정신 차려. 미안, 내가 미안…, 으흑, 허억, 어허허헉….

익숙한 교신 음에 갈팡질팡하던 영혼이 좌석에 이끌리듯 몸체로 귀환했다. 남편의 음성은 이승과 저승 사이를 잇는 명줄이었다.

당시 금옥은 남편의 음성이 청력을 뚫고 들오는 순간, '아아 이제 죽어도 되겠구나'하는 역설적 안도감까지 들었다.

수술 전이나 후 불안해할 환자에게 손잡고 위로해주는, 지극히 형식적이고 겉치레 같은 요식행위가 환자에게 얼마나 크고 중요한 의식인지 사지를 넘나들며 깨달은 바 있기에, 오빠의 고투가 처절하게 다가왔던 것이다.

도무지 형체를 드러내지 않던 대학병원의 문이 자동으로 스르르 열린 것은, 우습게도 오빠가 코로나 확진자로 판명되고 나서였다. 오빠 수술에 관여한 의료진 ○명이 확진자로 밝혀지면서, 오빠의 감염 여부가 확인되었다. 대학병원 입원까지. 참으로 신속하고 빨랐다

하지만 이미 얼굴의 광대뼈와 눈 주위가 괴사되기 시작한 데다 눈은 거의 실명 상태, 수술한 어깨 쪽 부위도 재검 여부가 필요하지만 음압병실에 갇혀 손조차 쓸 수 없게 되어버렸다.

죽음 앞에는 성역도 빈부 차도 없었다. 인간사 가장 공평무사한 죽음이거늘, 누구도 비켜 갈 수 없기에 때로는 그 단어가 희망이 되기도 한다. 인간 절망의 가장 긴 끝자락에 아스라이 매달린 별, 어느 한계치를 넘어서면 가보지 못해 공구恐懼하면서도, 그 미지의 세계를 받아들이는 수순으로 접어든다. 환자보다 보호자가 성큼 앞선 걸음으로.

친정 단톡방 분위기도 연일 상향 선에서 폭풍 오열로 감정선이 출렁이다 어느 순간 울음이 잦아들며 서서히 하향으로 내려갔다. 평형에서 큰 폭 없이 잔잔하게 움직이다 다시 완만한 상향그래프를 그려나갔다. 올케와 두 조카를 위로하는 파란색 오름차선 이었던 것이다. 간헐적으로 나오는 눈물과 한숨, 탄식에서 오빠의 죽음이 편안하기만을 바라는, 무언의 숨소리만 들렸다.

금옥은 대구로 출장을 갔다 격리돼 있는 직원들의 빈자리에, 가을 농번기에 덤벙이는 부지깽이처럼 금옥도 두 팔 걷어붙여야 했다. 며칠 동안 정신없이 뛰어다니며 동분서주한 끝에 직원들이 복귀하자, 금옥은 한시가 급하게 다시 서울로 돌아와야 했다. 입시 준비하는 아들이 혼자 서울 집을 지키고 있었기 때문이다.

핸들을 잡다 말고 문득 친정 단톡방이 며칠 동안 계속 조용했다는

생각이 들었다.

-지난번처럼, 혹시 오빠가?

부랴부랴 갓길에 차를 세우고 방을 열었다. 아니나 다를까, 오빠 대학병원 입원 일을 기점으로 뚝 끊겨있었다. 회사 내려오기 전 금옥이 올린 어느 시인의 짧은 시구가 마지막 잎새처럼 대롱거리고 있었던 것이다.

그녀 몰래 장례를 치른 게 아닌지, 덜컥 내려앉는 심장을 부여안은 채 덜덜 떨리는 손으로 기도하는 캐릭터 이모티콘 하나를 띄웠다.

운전하는 내내 방을 의식했지만 아무런 응답이 없다. 신호를 기다리며 다시 방을 들여다보니 읽기는 모두 다 읽었다. 이상하다. 다시 이모티콘 하나를 더 쏘고 액셀러레이터를 밟았다. 다시 신호등 앞에서 확인했지만 꿀 먹은 벙어리다. 대화창 아래 아무 숫자도 없었다.

금옥은 전신에 오싹한 기운을 느꼈다. 2주 동안 격리되었던 직원들로 인해 피해가 이만저만 아닌 회사 사정을 알고 있는 형제들이 자신에게 연락 않은 채….

이래저래 남편에게 눈치가 보이던 중이었다. 회사 손실이 꼭 자신 때문에 발생한 것 같고, 이래저래 정신없을 남편을 어지간히 볶아댔다. 오빠 대학병원 입원 도움 줄 인맥 연결해 달라며.

형제들의 배려를 생각하자 뜨거운 눈물이 물컹물컹 솟아올랐다. 목을 타고 가슴을 지나 배 밑까지 축축하게 젖는다. 흐르는 눈물을 도저히 주체할 수 없어 잠시 차를 세우고, 서럽게, 서럽게, 목 놓아 통곡했다.

어떤 울음이든 자기연민의 감미로움이 들어있기 마련이다. 바싹 다붙어있던 오빠의 죽음이 점점 체념으로 바뀌고 원경遠景으로 물러나며 객관화가 이루어지고 있던 터라 처음 같지 않게 달착지근한 맛까지 섞인 쾌감(!)을 시원하게 쏟아냈다.

몸속 물기가 다 없어져 갈 무렵 전화가 울렸다. 연년생인 바로 위 언니다. 금옥은 설움에 받쳐 다시 울었다. 틀림없이 오빠의 장례를 마쳤다는 전화이리라. 더 이상 무슨 말이 필요하리. 형제지간 통곡을 교환하는 일도 민망스러워 두 번이나 더 울린 언니 전화를 스쳤다.

집에 도착하니 저녁때가 훌쩍 지나있었다. 늦은 저녁을 라면으로 때우고, 양치질하고 목을 가다듬은 뒤, 언니 번호를 눌렀다.

-와그리 전화를 안 받노!

-회사 일이 바빠….

-오빠 폐렴까지 왔다니…, 문제는 장례식이다…. 전염병은 죽을 때 가장 많이 전파된다더라. 니만 알고 있어라. 언니들과 둘째 오빠 내외, 대구 사람들만 방을 만들어 의논하고 있는데, 모두 손자들 딸려있고, 본인들도 지병 한 가지씩, 나도 갑상선이 안 좋아….

-….

-내 말 듣고 있어?

-…, 내, 내가 잘못 들은 것 맞지? 무슨 작당을 했다고?

금옥은 발끈하며 언니에게 대들었다.

-니가 대구 사정 몰라서 그런다. 일반 사망자는 시신을 냉동고에 보관하고 장례식을 미루는 게 허용되지만 코로나로 사망한 경우는 곧바로 화장해서 장지나 납골당으로….

-언니! 그만, 그만해! 그만하라고오! 나 모르게 그 모의들 하느라, 큰올케와 나만 빼돌리고 단톡방까지 따로 만들었다고? 허얼!

-내 말 들어봐라!

-아니! 나 대구사람 아니거덩! 방 따로 만들었다매. 거서 정책들 잘 만들어 보시지!

금옥은 전화를 탁 끊은 뒤 아예 전원 스위치까지 꺼 버렸다.

치가 떨렸다. 온몸이 부들부들 떨리고 진정이 되지 않아. 싱크대 문을 열고 양주병을 꺼내 병째 나발을 분 뒤, 물귀신에 홀리듯 한강으로 뛰쳐나갔다.

-생각을 하고- 또 생각을 하고- 아아! 그랬구나-수억 년 쌓인 지층 모양 -세상에 믿을 놈 없다더니-생각은 쌓이고 쌓여-저것들이 누구 덕에-내 머리통은 터질 것만 같다-오빠 아니었으면 모두 고아 신세-내 머리통이 깨질 것 같다-오빠아- 엄마아….

금옥은 가끔 정신력의 한계를 이기지 못할 때 틱tic이 발현한다. 감정 컨트롤러가 제멋대로 움직여 끊임없이 씨부렁대는 것이다. 박경리의 시 〈생각〉과 그녀 〈생각〉이 머릿속에 마구 뒤섞이며 신 내린 사람처럼 횡설수설했다. 신경회로에 과부하가 일어 어느 선線을 넘으면 머리통이 깨져버릴 것만 같은, 그 임계점에서의 숨비소리나 다름없었다.

-아직 목숨이 붙어있는 …, 그 시커먼 속내를 눈치채지 못하고, 검은 머리 짐승 거두는 거 아니라더니….

신기가 다할 무렵 그녀는 한강 둔치 어느 콘크리트 제방 위에 철퍼덕 주저앉았다.

캄캄한 밤, 수면 아래쪽으로 쭉 이어진 불빛들에 반사된 물빛이 흑색인 듯 회색인 듯, 물결이 일렁일 때마다 번들거렸다. 알게 모르게 스며든 오염수나 폐수, 온갖 쓰레기들을 야비한 은박지로 포장한 듯, 그 번듯번듯한 움직임이 속물스럽고 천박했다.

우주는 자신을 축으로 돈다는 걸 잠시 착각했다. 언니에게 멱살잡이하듯 발악한 이유도 자신에 대한 혐오와 환멸 때문이라는 걸…. 속으론 장례를 치르길 은근히 바랐다니, 세상 모든 악惡의 끝판왕은 아닌지. 일찍 부모를 여읜 탓에 언니 오빠들로부터 사랑과 관심과 보호만 받고 자랐다. 특히 큰오빠는 부모 잃은 젖먹이 아이 대하듯 그녀를 애틋하고 갸륵해 했으며 어려운 형편에 고등학교까지 보내주고, 남편과의 유학길에는 적금까지 깨서 보태주었었다.

대구가 아무리 죽음의 도시였어도, 어차피 면회가 안 돼 오빠는 볼 수 없다 하더라도, 올케와 조카를 안아주고 오는 게 도리였다. 머리로는 올케와 조카들을 껴안으며 우는 척하면서 정작 자신 주변의 행복 단속하느라 모두들 꽁무니를 있는 대로 뺐던 것이다.

은혜도 모르는 이기적인 동생들의 배신에 환멸을 느꼈을까, 다음날 오빠의 사망 소식이 전해졌다. 옆에서 울어주는 단 한 사람 없이 대학병원보다 드높은 저 구름 속으로 오빠는 떠났다. 살기 위해 넘은 문턱에서 죽음을 선사 받은 것이다.

장례식장 관계자에게 따르면, 부인과 아들딸 세 명이 유리 벽 너머로 남편과 아빠의 입관식을 지켜보았단다. 세 명이라고 하는 걸 보니 조카며느리도 자리에 없었던 듯하다. 시어머니인 올케가 어린 손자 지키라며 접근치 못하게 했으리라. 아무리 그러기로서니 친정에 아이를 맡기고라도 참석하는 게 옳지 않은가! 금옥은 시아버지 장례식에 참석하지 않은 조카며느리를 빌미로 기어이 자신의 불참 당위성을 확립했다. 동생이 가까운지 며느리가 가까운지 굳이 촌수까지 따져가며.

"어쩌면 조카 부부의 계략일지도…, 내 가정의 행복이 최우선이라며 굳이 대구행을 만류하던 남편에 못 이긴 체… 멈춘… 나를 보더라도."

2020년 3월 ○일

-코로나 현황입니다. 국내 확진: 6,593 퇴원: 108 사망: 44….

차 시동을 켜자마자 나오는 뉴스는 여느 때와 달랐다. 사망자 통계치에 금옥의 오빠가 숫자 1로 들어있기 때문이다. 오빠 사고 이후 뉴스에 촉각을 곤두세워왔지만 더는 듣고 싶지 않았다. 비현실이 현실이 되는 세상이 너무 두렵고 무서웠다. 금옥은 곧바로 채널을 돌렸다.

오르간 반주에 선 굵은 첼로 음이 가슴을 때린다. 세상에서 가장 슬픈 음악인 알비노니 아다지오로 들린다. 긴지 아닌지 모르겠다. 하지만 선율에 실리는 가사가 또렷하다. 조카와 통화 중 저 멀리서 들리던 올케의 통곡 소리!

-이봐요! 우째 그리 허망하게… , 가까이 오지도 못하게…, 유리창 너머로…, 비닐로 수없이 감고, 또 감고…, 그것도 모자라 박스 테이프로 말고 또 말고…, 아이고오오오…, 공기 한 점 들어갈 수 없게…, 영혼도 못 빠져나오게…, 멀쩡한 몸으로 나갔다 한 줌 가루로…, 어째 그렇게 불쌍하게…, 으으어어이이….

14세기 중엽, 전 유럽을 강타한 흑사병은 당시 전 세계 인구 약 10억 명이던 숫자를 8억 명으로 감소시켰다고 한다. 중고등학교 시절 그러한 역사를 교과서에서 배울 때만 해도 단지 시험에 나올만한 이야긴지 아닌지를 빨간 줄로 쳐놓았을 뿐 특별한 감정이 개입되지 않았었다. 뿐만 아니다. 그리 머지않은 과거에 우리 조상이 겪은 6.25 전쟁에서 희생된 목숨 역시 먼 역사적 이야기로만 전달되었을 뿐 피부 가까이 느끼지 못했었다.

역사 속의 인구감소에 대해 특별한 애도나 슬픔을 가지지 못한 죄의 대가였을까, 1, 2차 세계대전, 페스트, 콜레라, 스페인 독감 등으로 희생된 수많은 사람들이 몇 세기 혹은 수십 번의 강산을 돌고 돌아 현세의 금옥에게 거대한 쓰나미로 몰아닥쳤다. 코로나19로 사망한 인구 숫자를 지식으로 외우고 있을 미래의 지구인을 생각하자 더더욱 살아 있음이 덧없게 느껴졌다.

금옥은 차 안에서…, 자신이 누구이며 어디서 와서 어디로 가는 지…, 생존증후군生存症候群이라는 질병의 덫에 끝내 갇혀버렸다.

〈終〉

강수화

· 장편소설「 왕자와 무수리의 결혼이야기」 출간
「멘도타 성으로 가는 길」 출간
· 2014년「 한국산문」에 수필「단감」 당선
· 한국소설가협회, 한국문인협회, 일신문학회 회원

〈작가노트〉

내게 빛으로 오신 선배님

강수화

경남 합천군은 1988년 합천댐이 건설되기 이전과 이후로 구분되어질 만큼 명확하고 뚜렷한 경계를 가지고 있었다. 댐이 건설되기 이전의 몇 개 면 단위 지역은 도시 문명과 거의 단절되다시피 한 고장이었다. 폭이 넓고 수심이 깊은 도시와의 교통을 거의 차단하고 있었기 때문이다. 그 어둡던 한곳에 내 고향도 있었다.

그 오지에 초등학교가 있었다. 늘 교사 부족에 시달렸다. 그 교사들마저 사범고, 보통고, 농고, 출신자들로 친구의 아버지나 삼촌, 오빠 등이 대부분이었다. 1, 2학년 동안 옆집의 친구 아버지가 담임을 맡다 보니 나의 학교생활도 어떤 신선한 자극 같은 게 없었다. 그저 무의미한 일상의 반복처럼 여겨지고 있던 터였다.

3학년이 되었다. 그런데 꿈인지 생시인지 아름다운 여자 선생님이 교단 위에 서 있는 게 아닌가!

선생님은 한 명 한 명 출석을 부르며 환한 웃음으로 눈 맞춤 해주었다. 나와 눈이 마주쳤을 때의, 그 설렘과 두근거림을 무슨 말이나 글로 표현할 수 있을까!

우리는 3학년이 되도록 음악, 미술 시간을 가져본 적이 없었다. 음악 교과서의 콩나물 모양의 기호가 무슨 뜻인지 알지 못하다가 선생님의 풍금 소리에 맞춰 노래를 부르며 알게 되었다. 변변한 크레용조차 없었던 우리들에게 길쭉한 크레용을 나눠주며, 학교 뒷산에 있는 나무와 꽃, 주변의 논밭, 그곳에서 일하는 엄마 아버지…, 그리고 상상 속의 모든 것을 도화지에 담는 법도 알려주셨다.

배우고 익히는 일이 그렇게 기쁜 일이라는 걸 처음으로 깨달은 셈이니, 여 선생님은 캄캄한 문맹에 새로운 빛을 비춘 분이기도 했다.

매일같이 엔돌핀을 발산하며 학교로 향하던 내게 큰 고민이 생겨나기 시작한 건 다름 아닌 동네 사람들과 엄마, 언니 오빠들이 하는 이야기를 귓등으로 흘려들은 뒤부터였다.

-몇 달이나 버틸지…/ 우리도 4학년 때 새로 여선생님이 오셨었거든. 근데 여름방학 지나고 나니 안 왔어….

그런 후로는 등교하여 선생님이 자리에 앉아계시면 가슴을 쓸어내리고, 선생님이 꽃으로 인식되고…, 나도 종일 꽃이 되었다.

선생님이 떠나실까 노심초사하던 내 걱정과는 아랑곳없이 선생님은 우리의 3학년을 온전히 채워주셨다. 4학년으로 올라가며 우리 담임을 맡지 않았지만, 학교에서 선생님을 바라보는 것만으로 심장이 뛰었던 기억을 잊을 수 없다.

진주여고 출신 문인들이 문학 잡지를 만든다는 단톡방에 자의반 타의반으로 초대되었다. 서로를 알지 못하는 캄캄한 사이버공간, 책 팔리지 않는 시대에 누가 무슨 의도로 이러한 기획을 하는지 못내 불편한 심기로 잔뜩 웅크린 채 발톱을 숨기고 있었다.

그런데 본능적인 더듬이질 끝에, 뭔지 모를 튼실한 기운에 자석에 이끌리듯 빨려들었다.

문학한답시고 사방팔방 헤매고 다니며 별 소득 없이 나이만 먹고 있던 터였다. 더 이상 골수 짜내는 일 따윈 접어야겠다고 생각할 무렵, 풍금, 크레용으로…, 소설에 대한 새로운 지식의 지평을 열어주신, 초등학교 3학년 짝의 그 선생님이, 김지연 선배님으로 오셨다. 깊고 치밀한 소설 자문과 학습, 조용한 카리스마의 선배 선생님으로 오셨다.

인간은 깜냥껏 삶을 영위해간다. 아는 만큼 세상이 보이고, 보이는 범위 내에서의 행동반경이 이루어지며, 그 직경 따라 그릇의 크기도 달라진다고 믿고 있다.

선배님의 드넓은 창으로 비로소 소설, 소설가의 길을 문틈으로라도 엿볼 수 있으니, 당신은 나에게 빛이시다.

팔순 생신을 축하드리며 오로지 지금처럼 강건하시길 빌어 마지않는다.

<단편소설 29>

이승의 한 生 · 둘

金芝娟

쪽마루에 누워 바라본 흙 마당의 상치며 쑥갓이며 채소들이 가뭄에 모두 까부라져 있고, 흙이 발가벗은 듯 유독 노랗다. 백발노인이 허구헌날 서성대는 곳이 코앞의 다섯 평 남짓한 흙마당뿐이고, 쭈그리고 앉아 첩의 머리채 잡아채듯 풀을 뽑는 일뿐이니, 후줄그레 늘어진 푸성귀 아래로 드러난 흙밭이 이날따라 씻은 듯 말갛기도 하다.

노인이 쪽마루에서 어구구 신음과 함께 굽어진 허리를 일으키다 슬며시 입귀를 비죽이고 웃는다. 지난 봄, 씨를 뿌리고 포실포실한 흙으로 덮어 도독해진 밭두렁을 보면서 할매 민보지 같다고 지절대던 천금댁의 상말이 불시에 떠올랐기 때문이다.

"흐흐흐… 글쌔나, 지금사 풋새(푸성귀)가 차서 민보지를 면한 것 같다마는, 그래도 흙밭에 풀이 너무 없고 풋새꺼정 물을 못 먹어 휘청휘청 뿌여니, 백발 터럭이 듬성듬성 붙어 있는 늙은이 불두덩 같기는 하구만…. 그노무 할망구 주둥이는 똥장군 같애도, 그래도 인정은 유별하제…"

노인이 중얼거리며 흙마당으로 내려선다. 구십도로 굽어진 허리를 굴리듯 터벌썩 흙마당에 퍼지르고 앉으면서 상치며 부추며 깻잎이며 쑥갓을 한 웅큼 뜯어낸다. 그리고 어구구 신음과 함께 엉덩께를 들고 정짓간으로 들어가 앉은뱅이 항아리에서 물을 한 바가지 떠내어 뜯은 푸성귀를 집어넣고 주물럭주물럭 두어 번 헹군다. 이어 얕으막한 대나무 살강(그릇 씻어 엎는 곳)에 엎혀진 대바구니를 내려 보리밥 한 덩이를 막사발에 퍼담곤 다시 쪽마루로 나온다. 조반 겸 점심끼니를 때우려는 것이다.

찬물과 보리밥 한 덩이에 푸성귀 한 바가지 그리고 생된장이 전부인 소찬이다. 그러나 노인은 상치 쑥갓 부추 한 주먹에 밥 한 덩어리와 된장을 얹어 함몰되고 주름투성인 입안으로 욱켜 넣고 우적우적 씹는다. 치아가 한 개도 없는 잇몸뿐이니 씹는다기보다 아랫잇몸으로 힘주어 눌러 으깬다는 것이 어울리는 표현일 터이다. 배가 고팠던 것일까. 노인의 얼굴 전체가 요동을 치듯 움짓거린다. 온통 주름뿐인 그야말로 펴진 곳이 한 군데도 없는 자글자글 고랑진 안면을 성급하게 경련하듯 흔들며 주먹쌈을 걸성지게 먹어댄다.

노인은 올해로 이승 나이 아흔다섯 살로 접어들었다. 당신의 말을 빌리면, "딱 백 살까지만 살 작정인깨 그리 째려보지들 마소. 천지신명님이 세상에서 젤 좋다는 거를 나에게는 주지 않터만, 명줄은 좀 늘려준 거 같소. 아직 귓구멍도 눈구멍도 트여있고 정신도 말짱하요. 밥통도 아직 괜찮고, 잘 먹고 잘 싸니 백 살은 거뜬 할끼요." 했다. 장수비결이 무엇이냐고 사람들이 물어오면 노인은 늘 그렇게 말했다.

사람들은 노인에게 세상에서 제일 맛 좋은 것이 무엇인데 천지신명님이 할머니에게 주시지 않았느냐고 재차 따지듯 궁금해하면, 검버섯과 햇살에 검게 그을은 노인의 자글자글 주름진 얼굴이 거짓말처럼 붉어진다.

"그런 것이 있소마" 하며 얼굴은 더욱 검붉어진다.

할머니의 왼손 약지에는 또 한 개의 손가락이 붙어있다. 그래서 노인의 별명은 육손이 할매다. 노인은 가끔 왼손을 쳐들며 남에게 없는 것을 나는 하나 더 얻었으니 이것도 복 받은 것이라고 했다. 사람들은 노인의 얼굴을 쳐다보며 고개를 끄덕여 주거나 다소곳한 낯빛을 지었다. 천지신명에게서 긴 명줄과 육손을 복으로 받았다면 결국 받지 못한 것은 서방한테 소박맞고 평생 과부 아닌 과부처럼 혼자 살아온 그 아픔을, 한恨이 져서 말하는 것이려니 짐작들을 했다. 열다섯 살에 스무 살 총각에게 시집 왔지만 서방이 가출하여 소박을 받고도 평생 시부모를 봉양하여 나라에서 효부상을 받기도 한 그 공적이, 노인에겐 차라리 상처로 느껴졌을 수도 있겠다고 사람들은 나름대로 짐작도 했다. 그러나 천지신명님이 노인에게 명줄을 늘려주고 대신 하사치 아니한 그것이 정확히 무엇인지는 사람들은 알지 못했다.

노인이 보리밥 한 덩이와 푸성귀 한 바가지를 거의 다 비웠을 때쯤, 여든 고개를 넘긴 천금댁이 지팡이를 짚고 손에 검정 비닐을 흔들며 노인의 흙마당으로 들어섰다.

"할매, 인제사 점심 잡숫는 깁니꺼?"

"점심인지 아침인지 배고파서 먹었지만, 양반은 몬(못) 되겄다, 내가 좀 전에 천금댁 생각을 했던기라."

"무신 생각을 했십니꺼? 아이고, 쌍추, 쏘풀(부추) 꼬치(고추)가 다 말라죽네— 마실 물도 귀한 깨네 밭에 줄 물도 엄꼬…, 하기사 장마가 금방 올끼라 캅디더"

"손에 든 거이 뭐꼬?"

노인이 천금댁 손에 대롱대롱 매달린 검정 비닐봉투를 보고 물어본다.

"오늘, 장날 아입니꺼. 꽁치라예. 메느리가 열댓 마리 사왔길래 댓마리 가져왔십니더"

"식구도 많은데 당신들 묵지, 말라꼬(뭐 하려고) 그렇키 많이 가지오노. 나 그런 비린 거 안 묵는 줄 알믄서, 한 마리만 내놓고 도로 가져가라"

"꽁치는 안 비리고 몸에 좋은 기라예. 소금 뿌려서 갖고 왔신깨 두고 잡수이소. 그란데, 아까 천금댁 생각을 하싯다니, 무신 생각 했십니꺼? 그래도 할매 맨날 생각는 사람은, 나밖에 움따(없다) 아입니꺼"

노인이 고개를 끄덕이며 웃는다.

"맞어, 맞어… 온제나 천금댁이 고맙다는 생각을 한거여"

그 말은 맞는데, 포슬포슬 풀 없는 밭두둑이 터럭 없는 할매 그것 같다고 했던 것을 떠올렸다는 말은 삼켜 버린다.

천금댁이 지팡이를 쪽마루 귀퉁이에 세우고, 할매의 박바가지에 남아있는 풋고추를 집어 노란 생된장에 콕 찍어 와작 씹는다.

"아코쿠, 매버라— 땡깔막하게 좆같이 생긴 거이 사람 잡네, 할매, 물 물 좀 주소"

노인이 구십도로 꺾인 허리를 잽싸게 놀려 정짓간으로 들어가 물 한 바가지를 떠서 천금댁의 코앞으로 들이민다.

"하고 하고 매버라, 할매 이기 땡삐 꼬치네예. 참말로 매버 죽겄네"

"날이 뜨겁고 가물어서 더 매버졌을 끼다. 보리밥 줄낀 깨 찬물에 말아 묵어봐라"

노인이 또다시 정짓간 문턱을 넘어 물바가지에 찬밥 한 덩이를 넣어 나온다.

"쎄상에… 요새도 이리 순 꽁보리밥 묵는 집도 있네. 할매, 할매가 이런 거 잡사서 징그럽게 오래사는 갑다 —"

"쯔쯔… 저노무 주둥이… . 오래 살라꼬 꽁치도 갖다 주면서, 오래 살아서 징그럽다는 말은 또 뭐꼬—. 천금댁은 그 주둥이 땜에 들오는 복을 차내는 기라"

"맞십니더, 서방한테도 내 씹 주고 맨날 볼따구 맞았십니더"

"또 또 또… 쯔쯔… "

노인은 그만 흐흐… 웃고 만다. 그러다 자글자글 주름진 얼굴에 어인 붉은 물결이 살짝 일렁인다.

왜 볼따구(뺨)를 맞았느냐고 물어보고 싶지만, 입술만 우물쭈물 우물거리다 만다.

천금댁이 찬물에 말은 보리밥을 후루루 두세 번 꿀떡꿀떡 들이키더니 속이 확 트인다고 한다.

"갈 때, 푯새나 좀 뜯어가라"

"우리집에도 많소"

"농약 치고 비료 주고 영양제 쏟아붓고 키운 거 하고, 햇빛하고 바람하고 빗물하고 땅 맛(흙)만 보고 큰 우리 꺼 하고는 다르다"

"그거는 그렇소마. 그란깨네 할매가 백 살 보고 사는 기, 쌩짜배기(제멋대로 혹은 야생으로)로 큰 푯새들만 묵고 살아서 그런갑소"

"쌩짜배기가 뭐꼬. 이장 말마따나 유기농이라 카는 기다. 그려, 천금댁 말 맞다. 나는 하우스 속에서 자란 푯새들은 싫터라. 땡볕에서 비바람 맞고 큰 거하고 농약 비료 안 주는 것만 먹고 산다. 그래서 백 살 턱 밑인데도 새까만 머리도 나고 허리도 펴질라 칸다"

"참말로 징그럽게도 오래 사요. 그래도 백 살은 꼭 넘기시요. 나도 할매따라 살낀깨. 할매 잡숫는 거 할매 하는 거동 다 따라 할끼요"

"인명은 재천이라고 하늘에 있다는디 내 따라 할끼 뭐가 있노. 지금 맨키로 아무 생각 없이 기냥 묵고 자고 싸고 나물 뜯고 나라에서 돈도 주니 곡물도 사고 막걸리도 사 묵고… 시상에 참말로 사는 기 올매나 좋은지…, 요새(요즘)만 같으모 백스무 살까지도 살 꺼 같은 기라"

"오매 오매 하이고오— 욕심도 많소, 자꾸 욕심이 생기는 갑소? 제발 그리 사시오, 그라모 우리 동네 세상 만방에 이름 날끼다. 봄에도 방송국에서 와서 사진 찍어 갔는디… 우쨌거나, 백 살은 꼭 넘어 사시요이—"

천금댁이 다시 흙마당으로 내려서더니 상치 쑥갓 근대 아욱 닥치는대로 꺾고 풋고추까지 한 주먹 가득 따서 윗 옷자락에 눌러 움켜잡곤 삽짝을 벗어난다.

영감이 저물녘에 덕천강 머리에 메기탕 먹으러 가자고 했다면서 갑자기 지팡이를 휘두르며 잰 걸음으로 서둘렀다.

"지팽이 짚고 천천히 천천히 내려가라, 넘어지모 뺙다구 부러진다. 팔순 늙은이가 와 그리 잠방스럽노. 꽁치 잘 묵을깨이, 고맙다 —"

천금댁이 노인의 눈앞에서 사라졌다.

사방에 적막이 내렸다. 노인이 길게 하품을 한다. 보리밥 쌈밥을 가득 먹어선지 언제나 그렇듯 선하품과 함께 졸음이 쏟아지기 시작했다.

앞산에서 뻐꾸기가 한낮의 산촌 정적을 깨트리며 뻐꾸욱 뻐꾸욱 울어 젖힌다.

노인이 눈을 떴다. 남색 하늘에 솜덩이 같은 뭉게구름이 퍼져있고 눈이 부셨다. 비가 내릴 낌새는 어디에도 없고 맑은 바람만 살랑살랑 몸둥이를 간지럽힌다.

노인은 선하품을 두세 번 연달아 더 뱉어내면서 물기가 모여드는 눈귀를 손등으로 누른다.

발정 난 검둥이가 목줄을 끊고 아랫마을로 달아난 후 오두막 주변은 언제나처럼 적막강산이다. 뒤란 대밭 속에 풀어놓은 토종닭들도 조는지 조용하고 간간이 들려오던 뻐꾸기 울음도 끊어지다 들리다 한가롭다.

이 세상 사는 것이 노인은 마냥 즐겁다. 부모 복 없어 유년 소년 적은 남의 집에서 쌔(혀) 빠지도록 종년질하고 동네 놀잇감으로 돌림(왕따)을 당하여 서럽긴 했어도, 사는 일이 나쁘지 않았다.

돌잡이 즈음일 때 어느 집 사립짝에 버려져서 이집 저집 동네 업둥이로, 식모로 굴리어지다 열다섯 살에 뫼바위 골짜기의 봉사 통잽이(나무로 물통 똥장군 등을 만드는 사람)집에 민며느리로 보내어졌었다.

부모가 누군지 그나마 돌잡이까지 키우다가 자식 없는 집 사립짝에 버려졌던 것인데, 집주인이 거두어들이지 않았다. 업둥이가 아들이 아닌 여식인데다 젖배까지 골아 비쩍 마른 새끼 북어 같은 데다. 손가락이 여섯인 병신에 한쪽 눈은 짓물러 숫제 감겨져 있어 새끼 송장 치겠다며 오히려 삽짝 밖으로 훠훠 소금을 뿌렸다.

마을 구장이 동네에 들어온 돌쟁이 업둥이를 지서에 바로 넘기기가 흉물스런 일 같다며, 자기 집으로 데려가서 한 달여 밥물을 먹여 키웠다. 그리고 다른 집으로 돌렸다. 10여 가구 남짓 사는 밤골 동네에서 돌아가며 며칠씩 봐주는 천덕꾸러기 동네 아이가 되었다. 그러나 구장을 비롯한 두세 집의 노인네가 있는 집에서는 사나흘 길면 대엿새 봐주기도 했지만, 육손이(아기적부터의 이름이었다.)를 가장 많이 거둔 사람은 동네 머슴이나 다름없는 벙어리 노인 '버부리(벙어리) 할배' 였다. 지리산 화전터에서 숯을 굽다가 밤골로 내려왔다는 '버부리 할배' 는 산밤 굴밤나무(도토리과 참나무) 군락지인 골짜기 막바지의 천연 동굴에서 가마니로 굴 입구를 가리고 혼자 살았는데 서너 살의 육손이를 데려가 친손녀 이상으로 보살폈던 것이다.

동네 일을 나갈 때는 지게에다 육손이를 지고 나가 일하는 논이나 밭두렁가에서 놀게 하고 점심밥을 얻어 먹였다. 밤골 사람들은 버부리 할배에게 손짓 발짓으로 혼자 외로운데 친손녀 삼으라고 했고, 할배가 어느 집에서 일을 하든 육손이의 밥은 당연히 함께 먹여주었다.

다섯 · 여섯 살이 된 육손이는 어린 아이답지 않게 야무졌다. 한쪽 눈은 여전히 감겨져 대뽀 총재이(대포 총잡이) 형상을 하고 몸은 피골이 상접한 듯 메말랐지만 눈빛은 반짝였다.

그런데 다섯 살이 되었어도 말이 어눌했다. 띄엄띄엄 뱉는 말이 소통은 되었지만 느렸고, 급하면 손짓 발짓 몸짓으로 자기표현을 했다. 동네 사람들은 아이가 나이보다 영민한데 말이 늦다고 했다. 그러다 그 원인이 바로 말을 하지 못하는 벙어리 할배에게 있음을 알고는 어른들은 일부러 육손이에게 많은 말을 가르치기도 했다. 그렇지만 동네 아이들은 아니었다. 벅벅대는 육손이의 말을 흉내내고 '버부리 대뽀 총재이'라며 놀려댔다. 돌을 던지는가 하면 멋대로 산발한 더벅머리를 잡아 당겨 육손이를 끊임없이 울렸다. 그럴 때면 버부리 할배가 괴성을 내지르며 막대기로 아이들을 쫓고 육손이를 안아 눈물을 닦아주곤 했다.

그런데, 육손이 열 살이 되던 가을. 버부리 할배가 굴밤나무 꼭대기에 기어올라 도토리를 털다가 나무에서 떨어져 즉사하고 말았다.

육손이는 동네 사람들이 할배를 묻은 산자락 비탈에 앉아 온종일 울어댔다. 할배 일어나서 굴에 가자며 사람들이 대충 쌓아 놓은 무덤의 흙을 두 손으로 긁어내며 울어댔다. 그리고 할배를 땅에 묻은 그 날부터 육손이는 동네에 내려가지 못했다. 밤에는 굴에서 자고 낮에는 할배의 무덤 옆에서 놀았다. 배가 고프면 산밤을 주워 먹고 도토리도 주워 돌로 짓이겨 쭈구렁 냄비에 끓여 먹고 야생버섯도 따서 구워 먹었다. 자기를 보호해줄 할배가 세상에 없다는 사실이 육손이는 너무 두렵고 무서웠다. 사내아이들이 무서워서 동네에 내려갈 엄두를 내지 못했다.

그렇게 혼자 살기를 열흘쯤 지냈을 때, 늙은 구장이 동굴로 찾아왔다. 동네로 내려가자고 했다. 육손이는 '버부리 할배' 이전부터 자기를 거두어 주던 구장의 말을 거역하지 못하고 따라나섰다.

그날부터 구장집 정짓간의 꼬맹이 식모가 되었다. 구장집 손자를 업어주기도 하고 며느리의 보조 식모로 구박덩이로 삼백예순다섯 날 일속에서 벗어나지를 못했다. 며느리는 열 살짜리 육손이를 마치 어른 식모처럼 부려먹었고 육손이는 시키는 대로 온 몸을 던져 일했다. 구장네 집 아홉 식구 밥을 가마솥에 불을 때서 세끼 모두 지어내고, 돌잡이 튼실한 손자를 업어주는 일은 그나마 수월한 일이었다. 가파른 비탈길을 내려 동네 우물에 가서 물 길어오기와 집 밖 헛간에 쌓아 둔 땔감 나무를 정짓간으로 옮겨쌓는 일은 어린 그녀에겐 심히 버거웠다. 제 키만 한 양철 물동이에 반 넘어 물을 채워 비탈길에서 중심을 잡지 못해 미끄러지기도 하고, 헛간에 쌓인 땔감 나무들은 가시가 많은 아카시아 나무와 굵은 찔레나무 넝쿨도 있어 정짓간으로 안아 옮기기와 불을 지피는 일이 여간 힘들지 않았다. 며느리는 어린 육손이에게 과분한 일임을 인정하지 않고 그나마 제대로 되지 않을 때는 거침없이 욕질하고 큰 주먹으로 쥐어박았다. 울면 더 세게 때려 육손이는 울지도 못했다.

배불리 먹지도 못했다. 하루 두 끼, 시커먼 보리밥을 뚝배기에 주걱 훑기로 담아 정짓간 울퉁불퉁한 흙바닥에 개밥처럼 놓아주면, 육손이는 쭈그리고 앉아 김치대가리와 함께 우적우적 씹어 먹었다.

힘든 일에 치여 육손이는 자라지 못했다. 겨울만 되면 얼굴이 트고 손등은 숫제 쩍쩍 갈라져 피가 비죽여졌다. 아침마다 노할머니 방에서 나오는 요강의 따뜻한 오줌 속에 두 손을 담궜다. 무슨 작용에선지 오줌을 거름 독에 부어버리기 전에 그렇게 몇 번씩 손을 담그면 손등 갈라지는 것이 좀 완화되었다.

그렇게 열두세 살까지 어린 상머슴처럼 구장네 집의 부엌데기로 살았다. 못 먹고 못 입어 키는 작고 야위고 거지 형색처럼 누더기 옷에 가려져 있었지만 육손이의 마음은 이미 아이어른이 되어 있었다. 그러나 밖에 나가면 여전히 짓궂은 동네 아이들의 놀림감이 되고, 어른들은 제 집 머슴처럼 무슨 일이든 시키려 "육손아 저것… 육손아 이것… 해라, 가져 오라, 애기 업어라" 들볶듯 했다.

육손이는 당연한 듯 모두 받아들였다. 여섯 손가락으로 세상에 버려진 사람은 그렇게 살아야 되는 팔자라 생각하고 순종했다.

뒷골 백치 자매들처럼, 무당 어미가 버리고 가서 황토 파먹고 동네의 잡놈들이 씨를 뿌려 애기 배서 뒤뚱거리며 돼지들처럼 살고 있음도, 무당 자식들이라 귀신이 씌어서 그러려니 생각했다. 그러나 자기 신세에 대해 한탄할 틈조차 육손이에게는 주어지지 않았다. 틈만 생기면 잠 속에 빠져 들었다.

육손이 열네 살 접어들던 정월. 구장은 동네에 아들 하나 데리고 살던 통잽이 당달이 봉사네 집 민며느리로 육손이를 이불 한 채 만들어 주어 시집을 보냈다. 봉사와 태생 소아마비로 반신을 잘 쓰지 못하는 아내 등 장애인 사이에 신체적 이상이 없는 스무 살의 건달 아들이 있었는데, 그 아들은 한쪽 눈 찌그랭이에 난장이처럼 작고 비쩍 마른 육손이를 보곤, 코웃음을 쳤다.

"니도 가시나(여자)라고 구장이 나한테 보냈다 말이가, 참말로 병신 집 자식이라고 무시하네. 우쨌든 잘 왔다. 우리 옴마 아부지나 잘 뫼시라 —"

어디를 나다니는지 그는 아비인 봉사가 더듬거리며 통 만드는데 필요한 참나무며 대나무 종류를 베어다 주고는, 휙 집을 나가면 두세 달에 한 번씩 들르곤 했다.

육손이는 몸이 불편한 시부모를 나름 극진히 뫼셨다. 돌산을 일구어 텃밭을 가꾸고 목화를 심고 감자 고추도 심어 봉사가 통을 만들어 삯을 받지 않아도 밥은 굶지 않도록 꾸려나갔다. 맞절로 혼례식을 올리지 않았지만 그래도 신랑인 아들은 몇 달 만에 한 번씩 들러 제 부모와 육손이 사는 모습을 보곤 또 사라지곤 했는데, 육손이 열여덟 살이 되던 해는 신랑이 집에서 사나흘을 묵었다. 그때는 왜소하고 초췌했던 육손이도 경도를 치른 이후로 그런대로 여자의 태態가 생긴 모습이었는데, 신랑은 육손이의 옷을 벗겨보곤 "아이쿠 재수 없어라. 이거… 민대가리 아니가 — 어이 썅, 재수 없어 —"

그날로 신랑은 집을 나가 다시 돌아오지 않았다.

육손이는 신랑이 자신의 샅을 보고 험악한 낯빛으로 소리치던 그 말이 무슨 뜻인지를 알지 못했다. 몇 년 후에사 말복 날 개울에서 멱을 감다 동네 할매가 육손이의 벗은 몸을 보고 "하이고— 육손이 몸에 터럭이 한 올도 없네…" 해서 알게 된 내용이었다.

'그란데, 샅에 터럭이 없는데… 와(왜) 재수가 움따(없다) 말인고…'

육손이는 이유를 알 수 없었지만, 그것도 타고난 내 팔자려니 개의치 않았다. 그것 때문에 신랑과도 남들처럼 살지 못하는 것인가 싶어 쓸쓸함 같은 것을 느꼈을 뿐이었다.

결국 신랑이란 사내는 그의 장애인 부모가 모두 환갑을 전후로 사망한 후까지도 나타나지 않았고, 육손이는 큰일 모두를 혼자 치루어 냈다. 그리고 나라에서 효부상을 받기까지 했다.

이후, 긴 세월이 흘러 육손이 어렸을 적의 동네 어른들은 거의 타계했고 천금댁 등은 그녀가 업어도 키운 동네 토박이들이었다.

해가 지려했다. 서녘 하늘이 발갛게 물들면서 그 빛살이 쪽마루까지 뻗쳐져 노인은 부신 듯 눈을 감는다. 서럽지도 않은데 눈귀가 촉촉이 젖어 들었다. "살았으모… 딱 백 살이겠구먼…"

초례청에서 혼례를 올린 적도 없고 부부연으로 몸을 섞은 일도 없고, 그냥 신랑의 불구부모를 평생 땅 일구어 보살피고 의지하며 장례까지 치룬 일밖에 없는데, 열여덟 살적, 벗겨놓고 재수 없다 소리치며 떠나버린 그 사내의 안부가 이렇듯 석양녘이면 어이없이 떠오른다.

"진작 죽었제… 살았겄어… . 그려, 사람이 다 갖출 수는 없제. 천지신명님이… 이리도 길게 내 명줄을 늘려주신 거는… 나를 종자 받는 밭으로… 만들어 주지 않았기 때문일 거여…"

노인은 태생 업둥이로 유년 소녀 청년적의 고달팠던 인생은 까마득한 옛이야기로 남아 감정의 일렁임은 없었지만, 그 신랑이라는 사내만 떠올리면 심장 께가 컹컹 요동을 쳤다. 사내가 죽었다는 소식은 아직 없었으니 감나무가지의 까치 울음소리에도 예민해지는, 아흔다섯 동정녀童貞女 노인은 이날도 혼자 볼을 붉힌다. 〈終〉

金芝娟 年譜

金芝娟

진주(晋州) 출생. 진주여고 · 중앙대학교 예술대 문예창작학과를 졸업하였다. 1967년 「매일신문」 신춘문예 소설 부문에 당선, 1968년 「현대문학」 소설 추천으로 등단하였다. 한국소설문학상(10회), 월탄문학상(31회), 채만식문학상(8회), 성균관문학상(3회) 등을 수상하였다.

의사신문 취재부 차장, 경남일보 문화부장을 역임하였고, 성신여자대학교, 동덕여자대학교 강사, 경원대학교 겸임교수. 공무원연수원(34회), 중소기업연수원(26회) 출강을 하였다. 방송심의위원, 은평문인협회 회장, 한국문인협회 부이사장, 한국여성문학인회 회장, 김동리기념사업회 회장, 중앙대문인회 회장, 한국소설가협회 이사장을 역임하였다. 현재 한국소설가협회 명예이사장, 서울시 은평문화원 원장으로 있다.

金芝娟(소설가)

〈작품 연보〉

1964년 〈女像〉지 제3회 여류신인 문학상 수상, 작품『비탈』
1967년 〈매일신문〉 신춘문예 작품『천태산 울녀』당선
1968년 현대문학지『山影』으로 소설 천료
1974년 단편소설집『산가시내』출간
1978년 단편소설집『산정 山情』장편소설『산울음』출간
1979년 장편소설집『산 배암』출간
1980년 중편소설집『불임 여자』출간
1980년 장편소설집『정녀情女』『자매의 성』출간
1981년 장편소설집『돌개바람』장편소설집『양철지붕의 담쟁이』출간
1982년 꽁트집『사나이 대장부』출간
1983년 장편소설집『씨톨1』출간
1984년 장편소설집『야생의 숲』출간
1985년 장편소설집『씨톨2』장편소설집『촌 남자』출간
1986년 장편소설집『고리』출간
1987년 장편소설집『흑색 병동』출간,
수필집『생의 부초가 되기 싫거든』출간
1988년 장편소설집『씨톨3』출간, 수필집『그대 내 영혼 되어』출간
1989년 중편소설집『아버지의 장기』출간, 수필집『배추 뿌리』출간
1990년 장편소설집『욕망의 늪』출간
1991년 장편소설집『살구나무 숲에 트는 바람』
1992년 꽁트집『잘난 남자』출간
1992년 단편소설집『내 절벽 가슴』출간
1994년 장편소설집『히포크라테스의 연가』발표
1997년 장편소실집『두 여자』출간

1998년 장편역사소설 『소설 논개』 〈국제일보〉에 2년간 연재
2003년 단편소설집 『산막의 영물』 출간
2004년 장편소설집 출간
2006년 중편소설집 『산죽』 출간
2007년 경인일보 『생명의 늪』 1년간 연재
2009년 장편소설 『생명의 늪』 1·2권 출간
2011년 단편소설집 『명줄』 출간
2015년 단편소설집 『인생』 출간
2017년 장편소설집 『소설 논개』1·2·3권 출간
2019년 50주년기념 단편선집, 『산가시내』 출간
2020년 단편소설집 『내 살점』 출간
2021년 문학지 『일신문학』 창간
2022년 팔순 헌정 師弟창작집 『이승의 한 生』 출간

〈문학상 수상〉

1984년 제10회 한국소설문학상 작품 『야생의 숲』
1991년 제3회 남명문학상 작품 『살구나무 숲에 트는 바람』
1994년 제11회 펜문학상 작품 『히포크라테스의 연가』
1996년 제31회 월탄문학상 작품 『어머니의 고리』
1997년 은평문화예술대상 수상
2003년 제40회 한국문학상 작품 『산막의 영물』
2004년 제18회 예총예술문학상 수상
2006년 제2회 유주현문학상 작품 『생명의 늪』上·下권
2018년 제8회 채만식문학상 작품 『명줄』
2018년 제1회 성균관문학상 작품 『인생』
2019년 제3회 한국여성 문학인상 작품 『소설 논개』1·2·3권

〈경력〉

1942년 경상남도 진주 출생
1962년 진주여자고등학교 졸업
1964년 서라벌예술대학 문예창작학과(2년제) 졸업
1965년~1967년 〈경남일보사〉 문화부 차장
1967년 〈매일신문〉 신춘문예에 단편소설 『천태산 울녀』 당선
1967년~1969년 마산제일여고 국어교사
1971년 서라벌예술대학 문예창작학과 학부(4년제) 졸업, 이후, 중앙대 예술대학교와 합방
1969년~1977년 의사신문사 취재부 차장(9년)
1990년~1996년 공무원연수원(강좌 34회) 및 중소기업연수원(강좌 36회) 강사
1995년~1996년 성신여대사회교육원 문예창작과 강사
1997년~2007년 은평문인협회 회장(10년)
1998년~1999년 동덕여대 인문대 문예창작과, 동대학원 문예창작과 강사
2000년~2002년 방송위원회 심의위원
2001년~2004년 경원대사회교육원 겸임교수(문예창작)
2003년~2006년 한국문인협회 부이사장
2004년~2010년 문화예술저작권 협회 부회장 복사전송권 협회 이사
2005년 7월 6·15선언민족작가대회대표, 방북
2008년~2010년 한국여성문학인회 회장
2016년~2018년 김동리 기념사업회 회장
2008년~2021년 남산도서관 소설창작 강의(13년)
2016년~2019년 한국소설가협회 이사장
2020년~현재 한국소설가협회 명예이사장
2015년~현재 은평문화원 원장
2022년~현재 『일신문학』 발행인

김지연 소설가와 27人의 소설

이승의 한 생

초판 인쇄 2022년 9월 16일
초판 발행 2022년 9월 29일

지 은 이 | 김지연 고중제 구영비 김상희 김진영 김채강 김태정
김현주 낭 은 박 황 유영근 윤천석 이태연 이남산
이다경 이수빈 이월성 이채원 이혜미 임옥희 장덕영
전현서 조순자 채수원 채은유 최성진 황이정 강수화

펴 낸 이 | 노용제
펴 낸 곳 | 정은출판
편집기획 | 정은출판기획실
편집위원 | 고중제 김태정 유영근 윤천석 이남산 이월성 이채원 채수원
출판등록 | 제301-2011-008호(2004년 10월 27일)
주 소 | 04558 서울시 중구 창경궁로1길 29 (3F)
전 화 | 02)2272-8807
팩 스 | 02)2277-1350
이 메 일 | rossjw@hanmail.net
홈페이지 | www.je-books.com

ISBN 978-89-5824-464-6 (03810)
값18,000원